HEYNE
BÜCHER

OLIVIA GOLDSMITH

Die schönen Hyänen

Roman

Aus dem Englischen
von Iris G. Drouven

WILHELM HEYNE VERLAG
MÜNCHEN

HEYNE ALLGEMEINE REIHE
Nr. 01/12230

Titel der Originalausgabe
FLAVOR OF THE MONTH

Umwelthinweis:
Dieses Buch wurde auf
chlor- und säurefreiem Papier gedruckt

Redaktion: Doris Steinbacher

Taschenbuchausgabe 05/2001

Printed in Germany 2001
http://www.heyne.de
Umschlaggestaltung: Hauptmann und Kampa
Werbeagentur, CH-Zug
Umschlagillustration: Bildagentur Mauritius/AGE,
Mittenwald
Druck und Bindung: Elsnerdruck, Berlin

ISBN: 3-453-18025-9

Für Paul Eugene Smith
Sei er an Land, auf See oder in der Luft.

ANONYM I

»Das erste wirkliche Problem, dem ich in meinem Leben begegnet bin, war das der Schönheit.«

Yukio Mishima

»So wie ich die Sache sehe, Leute, weiß man erst dann, was wirklich schlimm ist, wenn man aufwacht und sich selbst gräßlich findet. Deswegen möchte ich auch nichts in der Art hören: ›Ich glaube, daß es sehr schwierig ist, sehr gut auszusehen und trotzdem ein guter Schauspieler zu sein …‹ Das bringt mich verdammt nochmal auf die Palme.«

Don Simpson

»Hat jemand Schaden an der Seele genommen, kann man das nicht im Gesicht korrigieren. Eine Gesichtsverletzung dagegen, die von jemandem in Ordnung gebracht wird – das kann sehr wohl dazu beitragen, eine Seele zu heilen.«

Jean Cocteau

1.

New Yorker Winter gehen nicht gerade sanft mit uns Zigeunern vom Broadway um, dachte Mary Jane Moran nicht zum erstenmal an diesem Tag. Eine heftige Windböe erfaßte sie, als sie die schwere Glastür des Arbeitsamtes aufdrückte. Sie ging in den gruftartigen grauen Raum, ohne den Hinweisschildern, die an Drahtketten von der Decke baumelten, Beachtung zu schenken. Wie jede Woche in den vergangenen sechs Monaten reihte sie sich in eine lange Schlange ein, diesmal stand sie hinter einer sehr kleinen Frau. Hoffentlich zwingt die mir keine Unterhaltung auf, dachte Mary Jane.

Sie seufzte abgrundtief. Das alles war ihr nur allzu vertraut. Wie üblich entlassene Saison- und Fabrikarbeiter, doch sie vermutete, daß viele der wartenden wie sie selbst waren: jung, tatendurstig, wahrscheinlich sogar talentiert. In New York verdienen die wenigsten talentierten Leute ihren Lebensunterhalt mit ihrem künstlerischen Beruf. An anderen Tagen empfand sie Mitleid mit den nicht mehr gefragten Schreiberlingen, den Tänzern, Schauspielern und Sängern. Heute nicht. Sie hatte genügend eigene Sorgen und wühlte in ihrer großen Plastiktasche nach einem Kaugummi und einem Heftchenroman. Die Warterei konnte dauern.

Eine ganze Weile später drehte sich die kleine Frau nach Mary Jane um. »Mistwetter heute, nicht wahr?«

Mary Jane blickte über den Rand ihres Romans auf die Frau hinunter. Sie trug einen braunen Kindermantel mit Knebelknöpfen und sah aus wie eine Bettlerin: nicht sonderlich sauber, eher verschüchtert oder sogar verrückt. Sam nannte Mary Jane mitunter einen »Dreckmagneten«, weil sich alle Irren und Dummköpfe an sie heranmachten.

»Was machen Sie denn, wenn Sie Arbeit haben?« fragte Mary Jane, weil sie nicht unfreundlich sein wollte.

»Ich bin Schriftstellerin, aber zuletzt habe ich in einem Anwaltsbüro am Computer gearbeitet. Und Sie?«

»Schauspielerin, zur Zeit ohne Engagement. Vor drei Jahren hatte ich meine große Chance. Hab sagenhafte Kritiken bekommen. Dann nichts mehr.«

»Wie hieß denn das Stück?« fragte die Frau neugierig.

»*Jack and Jill and Compromise.* Das Stück lief über ein Jahr.« Mary Jane überfiel erneut tiefe Hoffnungslosigkeit. »Seither hat sich niemand mehr für mich interessiert.«

»Der Nächste!« Bei dem Aufruf zuckten sie beide zusammen. »Viel Glück!« rief die kleine Frau noch. Sie selbst hatte wohl kein Glück. Der Angestellte schüttelte den Kopf. Wohin würde dieses winzige Wesen sich nun verkriechen?

Mary Jane erhielt ihr Arbeitslosengeld mit dem deutlichen Hinweis, daß sie nur noch zwei Wochen Anspruch auf finanzielle Unterstützung habe. Dann verließ sie das Arbeitsamt an der 26. Straße Ecke Sixth Avenue und hüllte sich fester in den Mantel, der ihren kräftigen Körper schützte. Zwei Stunden und vierzig Minuten Schlangestehen für einhundertfünfundsiebzig Dollar. Nachdem sie kurz am Portal des Gebäudes gezögert hatte, machte sie sich auf den langen Weg zur St. Malachy-Kirche auf der West Forty-sixth Street, wo das Ensemble probte. Ihre Moonboots aus billigstem Plastik versanken in dem graubraunen Schneematsch. Längst waren ihre Füße durchnäßt. Es schneite wieder. Toll, dachte Mary Jane, nagelt mich doch gleich ans Kreuz, und bringt es hinter euch! Sie zog den Schal tiefer ins Gesicht, so daß er ihr besseren Schutz gegen die großen flaumigen Schneeflocken gab. Die Hände in den Fäustlingen steckten tief in den Taschen ihres abgetragenen Mantels.

An Kälte war sie gewöhnt. Von klein auf. Mary Jane war in Scuderstown im Staat New York bei ihrer Großmutter aufgewachsen. Ihre Eltern waren bei einem Verkehrsunfall ums Leben gekommen. Mary Jane erinnerte sich nur dunkel an den Streit zwischen ihrem betrunkenen Vater und ihrer Mutter. Der Wagen geriet ins Schleudern, Reifen quietschten, Glas splitterte. Danach nichts mehr. Doch: An die Kälte erinnerte sie sich genau. Der Unfall geschah in einer Nacht im Dezember. Mary Jane erinnerte sich auch daran, daß sie frierend in der Eingangshalle des Krankenhauses gewartet hatte, ein schockiertes, vierjähriges Mädchen, das unbeachtet blieb, weil Ärzte und Schwestern sich um die Eltern bemühten.

Mary Janes Mutter starb. Der Vater trug schwere Kopfverletzungen davon und wurde in ein Heim eingewiesen. Mary Jane wurde, wenn auch widerwillig, von der Mutter ihres Vaters aufgenommen, der einzigen sonst noch lebenden Verwandten. Kindheit und Jugend verbrachte sie in einem baufälligen Bauernhaus als ungeliebter, geduldeter Gast einer verbitterten alten Frau. Im Winter wurde es eisig kalt, draußen wie drinnen. Mary Jane hatte die Kälte damals ebenso gehaßt wie jetzt.

Am Herald Square fiel ihr auf, daß die Weihnachtsdekorationen bei Macys noch glitzerten. Im Januar! Mary Jane hatte die Feiertage überstanden, doch sie wünschte sich, Weihnachten wäre nie erfunden worden. Die Menschen, die das Kaufhaus verließen, schienen ihre Ansicht zu teilen. Alle hassen es, dachte sie. Nur sagt es niemand und keiner wagt, von dem Zug abzuspringen, nachdem er einmal ins Rollen gekommen ist. Seufzend gestand sie sich ein, daß auch sie nicht abgesprungen war. Sie erinnerte sich an den Anruf ihrer Großmutter.

»Ich bin krank, Mary. Wahrscheinlich habe ich die Grippe, ich kann mein Bett kaum verlassen. Ich würde dich nicht darum bitten, wenn es nicht sein müßte, Mary.« Grandma nannte sie immer nur dann bei ihrem Namen, wenn sie etwas wollte. »Kannst du nicht einige Tage herkommen und mich versorgen?« Immerhin bist du Krankenschwester. Das sprach Grandma nicht aus, doch Mary Jane hörte es dennoch heraus. Obwohl sie nichts lieber getan hätte, als den Hörer einfach auf die Gabel zu knallen und unterzutauchen, konnte Mary Jane sich nicht von ihren Schuldgefühlen der alten Frau gegenüber befreien.

Also fuhr sie am 24. Dezember im Bus zu dem Menschen, mit dem sie am wenigsten zusammensein wollte. Weihnachten in New York würde schon trostlos genug werden, da Sam zu seinen Eltern nach Sarasota sein würde. Doch wieder in diese Bruchbude außerhalb von Elmira zu fahren und sich um die alte Frau kümmern zu müssen, kam einem Alptraum gleich. Irgendwie verletzte es Mary Jane nun noch mehr, daß Sam sie nicht eingeladen hatte, mit ihm zu seinen Eltern zu fliegen. Schämte er sich seiner Freundin?

Sam hatte sehr jung geheiratet. Seine Frau hatte ihn verlassen. Darum haßte er die Ehe, behauptete er. An sich störte das Mary Jane nicht. Sie hatte Sam, wozu brauchte sie noch einen Ring? Doch wenn sie verheiratet gewesen wären, hätte er sie sicher nach Florida mitgenommen. Die schlimmsten Schwiegereltern waren allemal besser als Grandma, glaubte Mary Jane.

Es wurde ein scheußliches Weihnachten. Grandma zeigte keine Spur von Dankbarkeit. Das war bei ihr nicht drin. Sie schwankte zwischen stumpfer Gleichgültigkeit und Keiferei. »Du hast zugenommen. Sieh mich an. Nur Haut und Knochen. Aber du warst ja schon immer dick. Hast dich an meinem Essen, auf Kosten meiner Pension, meiner Sozialhilfe und meiner Essensmarken vollgefressen. Fett und eingebildet. Hältst dich für was Besseres. Scuderstown ist dir ja nicht gut genug. Krankenpflege auch nicht. Hättest eine einfache Helferin im Krankenhaus sein können. Aber nein, du mußtest es ja zur examinierten Krankenschwester bringen. Und nun übst du den Beruf nicht mal aus. Miss Schauspielerin! Hast du etwa in letzter Zeit eine Rolle abgekriegt? Hab jedenfalls nichts von dir im Fernsehen oder sonstwo mitbekommen. Was ist denn mit dem Stück, in dem du gespielt hast?«

In dem Stil ging es endlos nervtötend weiter. Es hörte erst auf, wenn die Großmutter abends durch genügend Bourbon zum Schweigen gebracht worden war.

Ich muß dankbar sein, daß ich gesund bin, sagte sich Mary Jane, wenn sie sich am Ende ihrer Kraft fühlte. Ich muß auch dankbar sein, daß ich nicht gerade dumm bin. Das verschafft mir gewisse Vorteile.

In der Schule hatte Mary Jane allerdings niemanden beeindruckt. Inmitten der allseits beliebten Jungen und Mädchen blieb Mary Jane ein unscheinbarer, unbeachteter Trampel. Ein reizloses Mädchen mit großer Nase, buschigen Augenbrauen, festem, schnittlauchgeradem Haar und dünnen Lippen. Schon damals wußte sie, daß sie es im Leben nicht leicht haben und daß ihr niemand helfen würde.

Sie mußte alles selbst tun. Kein Freund, der half, bestimmt nicht Grandma.

Also hatte sie den Kampf allein aufgenommen. Krankenpflegeschule mit Stipendium. Schauspielunterricht. Abklappern von Agenten, Vorsprechen, Aushilfsjobs, Statistenrollen, Absagen. Es hatte Jahre gedauert, bis Mary Jane endlich zeigen konnte, was in ihr steckte. Sie landete einen Hit, wurde anerkannt, gehörte auf einmal dazu und erhielt Geld für die Tätigkeit, die sie von ganzem Herzen liebte. Außerdem wurde sie von einem Mann geliebt, der nicht nur gut aussah, sondern auch sonst einfach genial war. Und das alles schien Mary Jane zu entgleiten.

Der Wind fegte eisig über den Broadway. Mary Jane flüchtete in eine Einfahrt, wo sie wieder zu Atem kommen konnte. Sie stellte sich wieder einmal die Frage, deren Antwort sie schon kannte: Wozu das alles? Gib's auf, sagte ihr eine innere Stimme, die Stimme ihrer Großmutter. Du hast nicht mal genug Geld, um dir einen Busfahrschein zu kaufen, deine Stiefel sind undicht, dein Mantel ist fünf Jahre alt und löst sich an den Nähten auf, und du kämpfst dich durch einen Schneesturm zu deinem Theater-Workshop, wo du fünfzig Stunden die Woche arbeitest, ohne auch nur einen Penny dafür zu bekommen. Du mußt verrückt sein.

Doch sie war nicht verrückt. Sie hielt nur an etwas fest, was sie von klein auf angestrebt hatte. In ihrer Kindheit in Scuderstown hatte die Schauspielerei ihr das Leben erträglich gemacht. Sie hatte in allen Stücken der Laienspielschar ihrer Schule mitgewirkt, immer in den Charakterrollen: die Regina in den *Kleinen Füchsen*, Mrs. Webb in *Unsere Stadt*. Sie spielte gut, lebte ihre Rollen. Denn die Schauspielerei wies ihr den Weg aus Scuderstown, fort von einem elenden Leben. Weil ihre Großmutter ihr weder den Besuch eines College noch der Schauspielschule ermöglichen würde, hatte sie sich zur Krankenpflegerin ausbilden lassen. Notgedrungen – sie wollte nichts als Theaterspielen. Dabei konnte sie sich selbst vergessen und Freunde gewinnen.

Es hatte eine Zeit gegeben, sie lag noch gar nicht so lang zurück, da hatte Mary Jane gemeint, die Tage ihrer Gelegenheitsjobs sei endgültig vorüber, und sie sei endlich so weit, daß sie sich als Schauspielerin ihren Lebensunterhalt verdienen könnte. Sie hatte in einem Zweipersonenstück die weibliche Rolle bekommen: *Jack and Jill and Compromise*. Mary Jane spielte eine untersetzte, ältliche und frustrierte Kassiererin, die sich auf eine Liebesnacht mit einem heruntergekommenen Verkäufer einläßt. Die beiden verliebten sich ineinander. Das Ganze spielte im Bett, nackt, auf einer praktisch kahlen Bühne. Für Mary Jane erfüllte sich ein Traum. Und Wunder über Wunder, die Kritiker lobten das Stück. Die Aufführung wurde in ein besseres Theater verlegt, wenn auch noch nicht an den Broadway. Fast zwei Jahre lang hatte Mary Jane die Jill gespielt. Es kam noch besser. Das Stück sollte verfilmt werden. Einer der Produzenten, Seymore LeVine, hatte sich mit Mary Jane unterhalten und ihr die Rolle praktisch zugesagt.

Damals in Scuderstown hatte Mary Jane natürlich von einer besseren Zukunft geträumt. Doch auch in ihren kühnsten Träumen hatte sie nie an eine Filmrolle gedacht. Nun rückte die Aussicht in greifbare Nähe. Alle würden sie eines Tages sehen können. Sie konnte sich von allen Erniedrigungen reinwaschen und das große Geld verdienen!

Durch das Stück hatte Mary Jane auch Sam kennengelernt. Er hatte *Jack and Jill and Compromise* geschrieben und die Regie geführt. Er hatte Mary Jane die Rolle gegeben, sie geführt und sich in sie verliebt. Vor etwa einem halben Jahr kaufte Hollywood die Filmrechte. Sam verhandelte mit den Leuten, weil er unbedingt Regie führen wollte. Er hatte Mary Jane gesagt, sie werden die Jill auch im Film spielen dürfen. Es war eine mutige, wirklichkeitsnahe Rolle, tragisch wie der Alltag selbst.

Sam Shields flog nach L.A. Anfangs rief er Mary Jane jeden Abend an, dann jeden zweiten. Schließlich hörte sie eine ganze Woche lang nichts von ihm und wurde darüber fast wahnsinnig. Endlich traf eine kurze Mitteilung von ihm ein: »Verzeih mir. Was ich tun konnte, habe ich getan. Ich bin in vier Tagen wieder da.«

Zwei Tage später las sie in *Variety*, daß man Crystal Plenum die Rolle der Jill angeboten hatte. Mary Jane verkroch sich vierundzwanzig Stunden lang in ihrem Bett.

Ihr Freund Neil Morelli richtete sie wieder auf. »Das sind alles nur Arschlöcher«, redete er auf sie ein, während sie, das Gesicht in das Kissen gedrückt, lautlos weinte.

Neil hatte ein Gesicht wie ein Frettchen, doch wenn er lächelte, konnte er richtig gut aussehen. »Hier, ich habe Rigatoni mit Pesto gemacht. Crystal Plenum ist doch eine Hure. Die wird einen ganz schönen Reinfall erleben. Vergiß es! Du hast die Jill erst zu dem gemacht, was sie ist. Wer dich gesehen hat, wird dich nie vergessen.«

»Aber es wird mich auch niemand wieder sehen.« Grenzenlos traurig wandte sie sich ab. Die Tränen flossen.

»Nun mal langsam. Du wirst ja wieder eine Rolle bekommen. Erinnerst du dich nicht, was die Kritiker geschrieben haben? ›Pathos ohne eine Spur von Sentimentalität‹. Sogar dieser Mistkerl John Simon hat dich in den höchsten Tönen gelobt, und der macht doch alle runter. Scheiß auf Hollywood, scheiß auf Sam, scheiß auf sie alle.«

Neil, Mary Janes bester Freund, nahm sie in die Arme, wenn sie weinte, brachte sie zum Lachen und kochte ihr Nudeln. Neil war ein großartiger Freund, doch er behielt nicht recht. Nach *Jack and Jill and Compromise* wurde Mary Jane keine neue Rolle angeboten.

Sam kehrte zurück. Schuldbewußt und betreten. Mary Jane versuchte, sich mit den Tatsachen abzufinden. Verständnis zu zeigen. Sam hatte eben keine Wahl gehabt. Klar wollte Hollywood die momentan schärfste Frau für die Rolle, und die hieß eben Crystal Plenum. Als Crystal Plenum die Rolle übernahm, bemühte Mary Jane sich nach Kräften, es Sam nicht zu verübeln, daß er sich wahnsinnig darüber freute.

Das letzte halbe Jahr lang hatte Mary Jane alles versucht, Sam verzeihen zu können, während seine Karriere sprunghaft nach oben schnellte. Sie mußte ihm verzeihen, wollte sie ihn nicht verlieren. Sie liebte ihn, und sie wußte, daß er sich für sie, so gut es eben ging, eingesetzt hatte. Hollywood hatte einfach keine Verwendung für dicke, unscheinbare Frauen, auf der Leinwand, die schon auf die Vierzig zugingen. Was das anlangte, hatte niemand in Amerika für solche Frauen Verwendung.

Fröstelnd zog Mary Jane den alten Mantel fester um sich.

Sam hatte versucht, ihr die Enttäuschung zu nehmen. Er spielte die Bedeutung seiner Flüge nach Hollywood und die Vorbereitungen herunter. Er begann, an einer neuen Produktion zu arbeiten, in der Mary Jane die Hauptrolle übernehmen sollte. Doch Sam nahm ihr übel, daß sie so niedergeschlagen war.

Wieder erschauerte sie. Der Wind wurde eisiger. Am Times Square ging sie nach Westen durch das Theaterviertel. Ein häßliches, schrill-billiges Viertel, mit alten, zerfetzten und aufgeweichten Reklamezetteln an noch älteren Ziegelmauern, nach Urin riechenden Toreinfahrten. Dennoch ein Viertel, das Mary Jane liebte. Es war Mittwoch, Matinee-Tag. Unter den Markisen der Theatereingänge drängelten sich jetzt, am Spätnachmittag, die Besucher.

Mary Janes Blick fiel auf das große Plakat über dem Plymouth Theater. *Dead Stop.* Dafür hatte sie vorgesprochen. Absage. Voller Neid dachte sie an die glücklichen Schauspieler, die Rollen bekommen hatten und jetzt nach der Aufführung hochgestimmt in ihren winzigen Garderoben saßen.

Seit *Jack and Jill* nicht mehr auf dem Spielplan stand, fühlte Mary Jane sich verloren und fürchtete nun, auch Sam zu verlieren. Er schwärmte von seinem Film, während sie immer tiefer in ihrem Elend versank. Sie sah ihm zu, wenn er sich für seine Ausflüge an die Westküste vorbereitete und haßte sich selbst, weil sie wie eine Klette an ihm hing, bevor er abfuhr.

Sam konnte es nicht leiden, wenn sich jemand an ihn klammerte. Darum hatte er wohl auch darauf bestanden, sich erst am Abend auf der Probe mit ihr zu treffen. So ging er Gefühlsausbrüchen aus dem Weg. Die erste Probe mit Sam seit Wochen! Seit fast vier Jahren probte er mit der Truppe und studierte verschiedene Aufführungen ein. Ohne ihn fühlten die Schauspieler sich verloren. Sie alle bauten auf Sam.

Zugegeben, Sam hatte Mary Jane aufgefordert, mit ihm nach Los Angeles zu fahren. Sie hatte abgelehnt. Ein Fehler? Zumindest das Wetter wäre dort besser gewesen. Kein Schnee, aber auch keine Arbeit.

2.

Sam Shields nahm seinen Pullover aus der Reisetasche und warf ihn auf das Bett. Nach dem Flug von L.A. nach New York hätte er eigentlich müde sein müssen. Doch er barst vor Energie. Außerdem war die Privatmaschine der Metro Goldwyn Mayer ein schickes Transportmittel. Nur Ersteklassesitze, nur Ersteklassepassagiere. Das MGM-Studio hatte Sam in einem Rolls Royce zum Flughafen bringen lassen. Gipfel des Luxus.

Geld, eigenes oder das anderer, hatte immer mehr oder weniger außerhalb Sams Reichweite gelegen. Er war an der North Shore von Long Island aufgewachsen, in einem winzigen, gemieteten Haus, das so feucht war, daß die Tapeten sich von den Wänden lösten. Es reichte nie für ordentliche Kleidung oder ein vernünftiges Stück Fleisch, aber immer für ausreichend Gin, dem seine Eltern zusprachen. Sam hatte früh gelernt, wie man ohne Schätze auskommt. Seinem Vater, einem erfolglosen Werbefachmann, hatte die erstklassige Schulbildung nicht geholfen – nur die Mutter, eine schlanke, gut aussehende Frau, hatte ihn wohl für eine ausgezeichnete Partie gehalten und ihn einen Monat nach dem ersten Kennenlernen geheiratet.

Die Verzauberung bröckelte rasch ab. Als Werbetexter zu arbeiten, hielt Philip für unter seiner Würde. Doch was konnte er schon, das nicht unter seiner Würde gewesen wäre? Er sprach davon, ein Buch zu schreiben, setzte den Vorsatz jedoch nicht in die Tat um. Seine Frau verzieh ihm das nie. So verging die Zeit. Der reichliche Schnapskonsum bewirkte, daß Philip nicht einmal mehr als Texter Arbeit fand. Sams Mutter, mit einem Herz aus Stein, begriff, daß sie sich von Sams Bildung und seinen hochfliegenden Plänen hatte blenden lassen. Sie hatte auf das falsche Pferd gesetzt.

Sam glättete sein zerknittertes schwarzes Leinenjackett. Er trug fast ausschließlich Schwarz. Das leichte Jackett taugte nicht für ein winterliches New York. In L.A. war es gerade richtig gewesen. Dort hatte einfach alles geklappt. Zwischen ihm und April hatte es gestimmt, die Textänderungen waren akzeptiert worden. Alles deutete darauf hin, daß man im Mai mit der Produktion beginnen konnte.

Zu einem Stück wie *Jack and Jill* gehörte Mut. Sam hatte eine Verfilmung eher als Schwarzweißstreifen vor Augen gehabt. Auch jetzt konnte er sich noch nicht ganz von der Vorstellung trennen. Dabei fehlte es in dem Drama weder an Humor noch an Spritzigkeit. Doch das änderte nichts an der düsteren Wahrheit dahinter.

Ein Stück Leben. Sams Leben. Ein junger Mann aus Long Island geht in die Großstadt, hungert, lebt fürs Theater, schreibt gute Stücke, die niemand will, gibt fast auf, schreibt dann doch noch ein Stück und erreicht damit den Durchbruch.

Sam verlor die Lust am Auspacken und kippte den Haufen schmutziger Wäsche einfach in eine Ecke. Normalerweise hätte er Mary Jane die Wäsche gebracht. Doch unter den Umständen ging das nicht.

In den letzten zwei Jahren hatten sie vorwiegend zusammen in Mary Janes Wohnung gelebt, obwohl Sam seine kleine Dachwohnung in der östlichen 19. Straße beibehalten hatte. Er brauchte einen Ort, an den er sich zurückziehen konnte. Das machte er auch Mary Jane deutlich. So hatten sie ihre Grenzen abgesteckt. Sie waren ein Paar, doch Sam ließ keinen Zweifel daran, daß er seine Freiheit behalten wollte.

In einer Ecke seiner Wohnung stand ein Anrufbeantworter. Sam drückte auf die Taste. Er ließ das Band zurücklaufen und hörte Mary Janes Stimme: »Bist du noch nicht zurück? Hoffentlich hattest du einen guten Flug. Ich muß jetzt zum Arbeitsamt. Bei diesem Wetter! Ruf mich an, wenn du da bist. Ich gehe um halb zwölf.« Sam sah auf die Uhr. Mary Jane war also schon unterwegs. Es war Viertel vor eins. Das paßte ihm ganz gut. Obwohl ihre Stimme munter geklungen hatte, fühlte Sam sich nicht wohl in seiner Haut.

Alles andere als wohl. Mary Jane war gewiß keine kapriziöse Frau. Von denen hatte Sam genügend ausprobiert, neurotische, depressive, narzißtische Schauspielerinnen, die ihm die Hölle heiß gemacht hatten. Mit dreiundzwanzig hatte er Shayna geheiratet und sie vier Jahre lang ertragen. Danach hatte er seine Freiheit genossen, bis er Nora fand, die kaum besser war als Shayna. Nora folgten zahlreiche grazile, vollkommene Frauen, Körper wie Tänzerinnen, prächtige Brüste, hübsche Lippen, zärtliche Blicke aus betörenden Augen, die viel versprachen und nichts hielten. Alle hatten ihn entweder gelangweilt oder verrückt gemacht.

Mit sechsunddreißig mußte Sam sich praktisch eingestehen, daß er ein Versager war, verzweifelt und bedrängt von Zukunftsangst. Angst vor einer neuen Beziehung, die bald wieder in die Brüche gehen würde, Angst vor einem vermeintlichen Durchbruch, der dann doch zum Flop werden könnte, Angst davor, daß er nach dem nächsten erfolglosen Stück ausgebrannt sein würde und ihm neue Ideen fehlten. Da lernte er Mary Jane kennen, begabt, ja, sogar mehr als das. Sie übernahm die Rolle der Jill und erfüllte sie mit Leben. Solange Mary Jane auf der Bühne stand, konnte Sam die Augen nicht von ihr lassen. Die Arbeit mit ihr machte Spaß. Mary Jane ließ kein Nuance aus. Sie kannte ihr Metier. Auf unnachahmliche Weise verstand sie es, Emotionen aufzubauen. Sie brachte den Gag genau zum richtigen Zeitpunkt. Und das Abend für Abend. Sie spielte immer so, als wäre es das erste Mal. So wirkte es frisch und neu.

Wenn Mary Jane nicht auf der Bühne stand, konnte man keinen Staat mit ihr machen. Sam hatte sie seinen kritischen Eltern nie vorgestellt. Er konnte sich mühelos vorstellen, was seine Mutter nach dem ersten Blick zu Mary Jane sagen würde. Angesichts der Vorurteile seiner Eltern, die ihn schon als Kind gelehrt hatten, daß man auf Juden, Italiener und Iren herabzusehen hatte, von Schwarzen ganz zu schweigen, sprach schon Mary Janes Herkunft gegen sie. Halb Irin, halb Jüdin. Sam stellte sich die geringschätzige Miene seiner Mutter vor, das erzwungene Lächeln, das die Augen nie erreichte. Nein, Mary Jane würde vor seinen Eltern keine Gnade finden.

Doch in Mary Jane hatte Sam einen Menschen gefunden, mit dem er reden konnte. Sie hatte nichts gemein mit den egoistischen Schönen, mit denen er sich sonst zeigte. Mary Jane hörte zu, sie ging auf seine Probleme ein, war warmherzig und liebevoll und beeindruckte ihn durch ihre absolute Ehrlichkeit. Sam stöhnte. Ja, Mary Jane war grundehrlich, und er wertete Ehrlichkeit und Wahrheitsliebe hoch, obgleich er sich in letzter Zeit weder um das eine noch das andere bemühte. Vor drei Jahren verkörperte Mary Jane die Antwort auf Sams Probleme. Das durfte er nicht vergessen, auch wenn es nur mit banalem Sex begonnen hatte. Mary Jane war leidenschaftlich und wußte, was ihm gefiel. Sie half ihm auf die Beine durch ihr Wesen und ihr schauspielerisches Talent. Zudem rührte es ihn tief, wie sehr sie ihn liebte.

Mary Jane verlangte nichts, gab jedoch alles. Dieses Ungleichgewicht störte ihn zwar, doch er hinterfragte es nicht. Einige Ausrutscher hatte er sich dennoch geleistet, indem er mit dem einen oder anderen Mädchen geschlafen hatte. Er hatte es gut gefunden, mitunter sogar sagenhaft gut. Doch er kehrte stets zu Mary Jane zurück. Dabei hatte er ihr nie etwas versprochen. Nichts. Doch sie schlich sich in sein Herz. Er gewöhnte sich an, bei ihr zu wohnen, weil sie es gemütlich hatte, weil sie stets ein Essen für ihn bereithielt, weil sie seine Wäsche wusch und bügelte. Bei ihr konnte er wieder zu sich selbst finden und seine Wunden lecken. Ihr Übergewicht hatte etwas Mütterliches. Zudem glaubte sie an ihn, wie das seine dürre, schöne, hartherzige Mutter nie fertiggebracht hatte. Mary Janes Glauben und ihre künstlerische Begabung hielten Sam über Wasser. Sie arbeiteten den Tag über intensiv an den Proben für *Jack and Jill*, Abends trösteten sie sich gegenseitig. Wahrscheinlich war Mary Jane die einzige und erste Frau, die Sam je wirklich geliebt hatte. Obwohl er von der Ehe eigentlich nichts mehr wissen wollte, geriet er oft in Versuchung, Mary Jane zu heiraten.

Mary Jane brachte ihm Glück. Als das Stück einschlug, erhielt sie überschwengliche Kritiken. Sie zog die Massen an. Es wurde nötig, in ein größeres Theater umzuziehen. Auszeichnungen regneten auf sie herab. Beste Schauspielerin, bestes Stück, bester Regisseur.

Statt sich vor seinem vierzigsten Lebensjahr die Pulsadern aufzuschneiden, schmiedete Sam neue Pläne. Er flog an die Westküste und machte einen Film.

Doch Hollywood dachte gar nicht daran, sechzehn Millionen Dollar in einen Film zu investieren, dessen Hauptrolle mit einer unbekannten, unattraktiven Schauspielerin besetzt wurde, obwohl die Rolle gerade dieses Aussehen verlangte.

Crystal Plenum zeigte sich an der Rolle interessiert. Wenn sie sie spielte, brachte der Film Geld ein. Darum mußte Sam klein beigeben. Er konnte sein Versprechen Mary Jane gegenüber nicht halten. Und wen nervt es nicht, wenn ihm ständig ein treuer Hundeblick folgt, der ausdrückt: »Ist schon okay, du kannst ruhig nach mir treten, das bin ich gewöhnt.«

Sam ahnte, daß Mary Jane unheimlich sauer auf ihn war. Doch das sagte sie nicht. Es stellte die einzige Unehrlichkeit dar, bei der er sie je ertappt hatte. Sie fand sich mit der Tatsache ab. Ende. Ihre Stimme auf dem Anrufbeantworter hatte ja auch ganz normal geklungen. Ein Segen, daß er ihr nie einen Heiratsantrag gemacht hatte.

Der Anrufbeantworter meldete sich wieder: »Hier spricht Sy Ortis von Early Artists, der Anruf betrifft Mr. Shields. Bitte rufen Sie mich in Los Angeles unter 555-0111 an.«

Sam staunte. Sy Ortis rief ihn persönlich an. Wenn das erst bekannt wurde! Sy Ortis galt als Topshot in L.A. Sam notierte die Nummer.

Die letzte Nachricht war von April Irons, Sams Agentin. Sie meldete sich nie mit Namen. Das hatte sie nicht nötig. »Hallo, mein Großer – ich meine dein Ding, wenn ich das sage. Hoffentlich hattest du einen guten Flug. Ruf mich an.«

Trotz April Irons, trotz all der anderen liebte Sam Mary Jane. Er hoffte sehr, daß sie ihn nach Los Angeles begleitete. Obwohl er sich ihrer schämte, brauchte er sie jetzt noch mehr als früher. Weil er seine Angst nicht loswurde.

3.

Mary Jane stieg die Treppe zu dem Keller unter der Kirche hinunter, der in den letzten vierzehn Jahren als Probe- und Vorführraum benutzt worden war. Sie dankte Gott für die Wärme und lauschte sekundenlang dem Stimmengewirr und der Unruhe, die Schauspieler vor der Vorstellung um sich verbreiten.

Der riesige Saal mit seiner niedrigen Decke wurde durch Säulen in einzelne Segmente aufgeteilt. Grüngestrichene Wände, ein grauer Kunststoffbelag auf dem Boden, Unmengen von Klappstühlen aller Farben und Formen und eine Bühne am einen Ende, die nur aus einem erhöhten Podest bestand, wirkten nur für Fremde abstoßend. Ein zerschlissener dunkelroter Vorhang, jetzt zurückgezogen, gab den Blick auf den engen Raum hinter den Kulissen und auf die Jupiterlampen frei. Einige Akteure standen in kleinen Gruppen zusammen und probten einzelne Passagen. Zwei Frauen stellten die Scheinwerfer ein, obwohl die Produktion noch weit von den Feinheiten der Beleuchtung entfernt war.

Mary Jane entdeckte einen kleinen Tisch mit einer großen Kanne Kaffee und geöffneten Kekspackungen. Sie stürzte sich dankbar darauf. Genießerisch nippte sie an dem heißen Kaffee und knabberte dabei einen Keks. Obwohl Mary Jane sich nun schon viele Jahre in der New Yorker Theaterszene auskannte, packte sie die Atmosphäre immer aufs Neue. Ein Schauspieler konnte es sich zudem gar nicht leisten, die Chance, in seinem Beruf arbeiten zu dürfen, auszuschlagen, auch wenn es wie hier nicht bezahlt wurde. Und dieses Ensemble leistete gute Arbeit. Sam führte Regie, schrieb die Stücke, übernahm die volle Verantwortung.

Als Sam vor sieben Monaten zum erstenmal nach Kalifornien reiste, hatte er dem Ensemble versprochen, daß es sich nur um eine vorübergehende Unterbrechung seiner Arbeit in New York handeln würde. In L.A., der Stadt mit den trügerischen Happyends, könne er nicht glücklich sein. Er schätze seine Arbeit hier beim Theater, das auch vor avantgardistischen Aufführungen nicht zurückschrecke. Alle hatten eingesehen, daß Sam völlig richtig handelte. Er mußte seine Chance in L.A. wahrnehmen.

Der Kaffee wärmte Mary Jane wieder auf. Auch die Nähe der Menschen, die ein Leben führten wie sie selbst, machte sie wieder munter. Manche kannte sie schon zwölf Jahre und fühlte sich ihnen verbunden wie Familienmitgliedern. Ihnen allen war gemeinsam, daß sie nur mit Mühe über die Runden kamen. Alle hatten Talent, einige mehr, andere weniger, und alle trieb der Ehrgeiz, es eines Tages zu schaffen. Außenseiter sahen in dem Kirchenkeller nur einen Haufen Schauspieler. Sie wußten nicht, daß es sich um Kellner, Taxifahrer, Sprachlehrer, Sekretärinnen und Barkeeper handelte. Alle hatten Gelegenheitsjobs.

Das neueste Ensemblemitglied, Bethanie Lake, begrüßte Mary Jane strahlend. Mary Jane mußte sich zwingen, ihre Abneigung gegen die bildhübsche Bethanie zu verbergen. Mary Jane war noch immer nicht in der Lage, ihre Kindheit und Jugend bei der Großmutter aus ihrem Gedächtnis zu streichen. Das schlechte Essen, die billige, ungepflegte Kleidung, derer sie sich schämte, spitzzüngige und höhnische Bemerkungen von Grandma und den Schulkameraden hatten sich tief in Mary Jane festgesetzt. Am schlimmsten hatte jedoch geschmerzt, daß Grandma recht hatte, wenn sie von ihrer dicken, häßlichen Enkelin sprach, deren Kopf voller verdrehter Träume steckte.

Wie oft war Mary Jane in das dunkle, vermoderte Badezimmer des Bauernhauses geschlichen, um vom Spiegel ihre bösen Befürchtungen widerlegt zu bekommen. Eine Sechzig-Watt-Birne ohne Schirm zeigte gnadenlos alle Schwächen. In der flachen Schublade unter dem Arzneischrank tastete Mary Jane zwischen Haarnadeln, kaputten Scheren und teilweise verbrauchten Salben nach dem Handspiegel, dessen eine, gesprungene Seite vergrößerte. Auf der Kommode hockend und mit Hilfe des Handspiegels und dem über dem Waschbecken konnte Mary Jane ihr Profil betrachten.

Sie wagte den Blick nie sofort. Er kostete sie eine ganze Portion Mut. Sie schloß die Augen und flüsterte ein Gebet.

Ihr Herz klopfte, ihre Handflächen wurden feucht. Dann sah sie auf. Und stets überfiel sie tiefe Mutlosigkeit.

Ihre gebogene Nase ragte weit unter der Stirn hervor. Die buschigen Augenbrauen trafen sich fast auf dem Nasenrükken, der sich nach unten zu fleischig verbreiterte, was in scharfem Kontrast zu den dünnen Lippen stand. Mary Jane hatte ein fliehendes Kinn. Ihre Wangen waren zu dick, wie die Pausbäckchen eines Eichhörnchens. Nur daß diese Tiere niedlich sind, während Mary Janes Gesicht diese Bezeichnung nicht verdiente.

Sooft sie dort im Badezimmer hockte, traten Tränen in ihre Augen. Dennoch starrte sie sich weiter an. Sie sah die großen braunen, von Tränen verwässerten Augen. Fenster zur Seele. Was nützten hübsche braune Augen? Gott hatte sich da einen Witz mit ihr erlaubt. Die Augen halfen ihr nur, die eigene Häßlichkeit deutlicher zu sehen.

Mit dreizehn wußte Mary Jane Moran, daß sie schlauer als die meisten Kinder ihrer Schule war. Dazu gehörte in einem Ort wie Scudertown im Staat New York nicht gerade viel. Doch tatsächlich war sie auch schlauer als die meisten ihrer Lehrer. Das ließ sie sich jedoch nie anmerken. Niemand schätzt es, einem anderen geistig unterlegen zu sein. Grandma hatte Mary Jane oft als »kluges Köpfchen« bezeichnet. Doch aus ihrem Mund hörte es sich wie eine Gemeinheit an, nicht wie eine Anerkennung. Mary Jane wußte auch, daß ihre Großmutter sie nicht liebte. Wegen ihres unattraktiven Äußeren glaubte Mary Jane automatisch, daß niemand sie je lieben würde.

Sams Stimme riß Mary Jane aus ihren Grübeleien: »So, Leute, fangen wir an. Wir haben zu tun.«

Mary Jane ging mit den anderen zu den kreisförmig aufgestellten Stühlen. Sie lächelte Sam zu. Der nickte nur. Mit etwas anderem hatte Mary Jane auch nicht gerechnet. Sam hielt sich in der Öffentlichkeit immer zurück. Später würde er sie schon gebührend begrüßen. Zu Hause im Bett. Zunächst galt es zu improvisieren, zu proben, zu ändern und noch einmal zu proben. Aus dieser zusammengewürfelten Gruppe wurde ein Ensemble, das beachtliche schauspielerische Leistungen vollbrachte. Sie arbeiteten an einer Unterhaltungsshow, die sich mit dem Leben vor und hinter den Kulissen befaßte. Die Idee stammte von Sam.

Mary Jane fand die Idee super. Doch darum liebte sie Sam eben auch. Sie konnte ihn bewundern. Er war ihr witziger, schillernder Freund. Es störte sie nicht, daß er hin und wieder mit einer anderen schlief. Sam hatte darauf bestanden, keine feste Bindung mit ihr einzugehen. So zog es Mary Jane vor, die Augen vor solchen Seitensprüngen zu verschließen.

Mary Jane liebte nichts mehr, als Sam auf der Bühne beobachten zu können und jede seiner Bewegungen und seine Mimik zu verfolgen, ohne daß er das merkte. Sam war groß und schlank. Er bewegte sich mit der Grazie eines Tänzers. Seine sonst eher blasse Gesichtsfarbe hatte von der kalifornischen Sonne profitiert. Der Zweitagebart und der schwarze Rollkragenpullover erinnerten sie immer an einen italienischen Filmstar aus den 50ern. Sein langer, seidig schwarzer, im Nacken zusammengebundener Haarschopf bildete den Kontrast zu dem leicht zurückgehenden Haaransatz.

Bald bricht er wieder nach L.A. auf. Und was mache ich dann? fragte Mary Jane sich. Zwar hatte sie ihm längst verziehen, daß er es nicht fertiggebracht hatte, ihr die Rolle in seinem Film zu verschaffen. Doch sie fürchtete auch, nicht gelassen zusehen zu können, wie der Film *Jack and Jill and Compromise* ohne sie entstand. Ebenso zweifelte sie daran, daß sie aus eigener Kraft eine Rolle in L.A. ergattern könnte.

Das war auch ein Argument Sam gegenüber gewesen. »Sehen wir doch den Tatsachen ins Auge. Ich bin nicht der Typ für L.A.«

»Gerade du wirst Angebote bekommen. Charakterrollen. Das ist fast sicher. Du bist so verdammt talentiert. Das müssen sogar die Dickschädel dort einsehen.«

»Seymore LeVine hat es jedenfalls nicht eingesehen«, erinnerte sie Sam.

»Der ist nur Produzent und ein Armleuchter obendrein.«

»Soweit ich das beurteilen kann, sind die Armleuchter für die Rollenbesetzungen zuständig«, stellte Mary Jane trocken fest.

Sam enttäuschte ihre Absage. Er reagierte nicht nur traurig, sondern auch ärgerlich, und das ergibt eine tödliche Mischung. Insofern nahm Mary Jane ein großes Risiko auf sich, wenn sie sich auf eine lange Trennung einließ. Immerhin wurde viel über Crystal Plenum erzählt. Und ohne Sam lief für Mary Jane in New York tatsächlich nicht viel. Sie hatte keine Ahnung, wie sie es monatelang ohne ihn aushalten sollte. Nur er gab ihrem Leben einen Sinn.

»Also, wir müssen vier Szenen vor dem Vorhang zusammenbringen und sechs dahinter«, faßte Sam nun zusammen. »Wir brauchen noch einige Varietényummern, um die Show abzurunden. Dazu habe ich eine Idee, doch ich möchte erst einmal eure Vorschläge hören.«

Bevor jemand antworten konnte, flog die Tür auf, und Neil Morelli stürmte herein. »Ich hab ihn, ich hab ihn!« schrie er.

Alle sprangen auf und liefen zu ihm. Sie umarmten ihn und redeten durcheinander. Neil Morelli, Mary Janes bester Freund, hatte offenbar die Fernsehrolle bekommen, für die er im letzten Monat vorgesprochen hatte. Also hat es wieder einer von uns geschafft, dachte Mary Jane und mischte sich unter die Gratulanten. Vielleicht war Neil ein kleines bißchen verrückt. Doch er hatte ein Herz aus Gold. Es war zudem ein brillanter Alleinunterhalter, ein echter Komiker.

Neil wurde mit Glückwünschen überschüttet. Auch Mary Jane umarmte ihn. »Hallo, Jughead! Ich freue mich so, als ob ich die Rolle hätte. Du hast es verdient.«

Der kleine Neil hob Mary Jane mit einiger Mühe hoch und drehte sich im Kreis. »Vielen Dank für die Zeit, die du mir bei den Proben geopfert hast.« Er küßte sie schallend auf die Wange. »Du bist die nächste, paß nur auf.«

Das entlockte Mary Jane nur ein gequältes Lächeln. So viele lange Jahre versuchte sie schon in New York eine Rolle zu bekommen. Stets machte eine andere vor ihr das Rennen, und stets hörte Mary Jane die gleichen Worte: »Du wirst die nächste sein.« Doch sie war nie die nächste. Daran hatte auch *Jack and Jill* nichts geändert.

Sam gratulierte zuletzt. »Viel Glück!« sagte er und reichte Neil die Hand. Neil ergriff sie zögernd. Die beiden mochten sich nicht, duldeten einander aber, vielleicht um Mary Janes willen. Sam schenkte Neil ein kaltes Lächeln. »Wir freuen uns alle mit dir, Neil. Aber wenn ihr so weit seid, wollen wir anfangen. Wie gesagt, ich hab da einen Gag, eine Art Parodie. Ein Zauberkunststück.«

Alle stöhnten. Zauberei!

»Wir gehen ganz demokratisch vor. Ich höre mir euer Urteil an. Dann entscheide ich.« Alle lachten. »Mary Jane, Bethanie, Neil. In die Mitte der Bühne.«

Sam sagte in groben Zügen, was er sich vorstellte. Neil sollte den Zauberer spielen, Bethanie und Mary Jane die üblichen Assistentinnen. Neil, der keine Gelegenheit ausließ, auf der Bühne im Mittelpunkt zu stehen, verschob das Feiern auf später, zog sich den Mantel aus und betrat die Bühne. Nach Sams Anweisung steckten sie Mary Jane in die Zauberkiste. Neil machte sein Simsalabim. Mary Jane vollführte brav die übliche Handbewegung einer Zauberassistentin. Das brachte Lacher. Auf das Stichwort warf Neil ein Tuch über die Schachtel. Dann ging Neil unter allerlei Blödeleien auf das Publikum zu und bezog es in die Nummer ein. In der Zwischenzeit ergriff Sam Mary Janes Hand und zog sie hinter dem Tuch hervor. Blitzschnell nahm Bethanie Mary Janes Platz ein.

Mit einer weitausholenden Armbewegung zog Neil das Tuch fort. Bethanie imitierte vortrefflich Mary Janes Handbewegung. Dann entstieg sie der Box. Das Ensemble schwieg zunächst. Dann brach Gelächter aus. Mary Jane stand abseits, fast regungslos. Noch begriff sie nicht genau, was passiert war. Doch ihr Magen verkrampfte sich. Sollte das etwa ein Witz sein? Einer ihrer Kollegen rief laut: »Ich verstehe: Das ist das ›Vorher‹ und das ›Nachher‹.«

Die Erkenntnis traf Mary Jane wie ein Schlag. Vor Demütigung stieg ihr die Röte ins Gesicht, Tränen brannten hinter ihren Lidern. Sie konnte weder Sam noch sonst jemanden ansehen. Fassungslos fragte sie sich: Wie konnte er mir das antun? Warum? Als Jill hatte Mary Jane eine unattraktive Frau spielen müssen. Logisch. Jeder wußte das. Sie selbst machte geringschätzige Bemerkungen über ihr Äußeres.

Doch das ging zu weit. Mußte Sam einen so billigen Witz bringen, wenn er damit Mary Jane nur wehtat? Denn so gefühllos konnte Sam unmöglich sein, daß er sich nicht klarmachte, wie sehr dieser angebliche Witz verletzte.

Mary Jane zwang sich, nun alle anzusehen. Das sind meine Freunde, machte sie sich klar, meine Familie. Sie lachen mich aus.

Nicht alle. Molly Closter sah sie mitleidig an. Auch Bethanie wandte sich beschämt ab. Doch das Mitleid schmerzte mehr, als lächerlich gemacht zu werden.

Plötzlich streckte Neil Morelli beide Hände hoch und rief Sams Namen. Alles verstummte.

»Ich verstehe das nicht, Sam«, behauptete Neil. »Was soll daran so komisch sein?«

Sam setzte zum Sprechen an. Doch noch bevor er etwas erklären konnte, unterbrach ihn Neil. Mary Jane ahnte, was er vorhatte. Er gedachte das nicht hinzunehmen, sondern wollte es zum Eklat kommen lassen. Nicht, Neil, flehte sie lautlos. Vergiß es. Bitte spiel nicht um meinetwillen den Helden!

»Verwandlungsakt, ja? Die kleine dunkelhaarige Mary Jane wird zur großen blonden Bethanie. Kaum nachvollziehbar. Schlimmer noch. Ich halte es nicht mal für komisch. Warte mal, Sam, da habe ich eine bessere Idee. Laß uns die Szene ein bißchen abändern. Dann verliert sie das Klischeehafte. Das motzt auch den Heiterkeitserfolg auf. Vertauschen wir die Rollen. Sie sagt Simsalabim, du verschwindest, und an deiner Stelle taucht Rick auf.«

Alle Blicke wandten sich dem jüngsten Ensemblemitglied zu: Rick, jung, phantastische blonde Locken, ein perfekt proportionierter Körper. Manche lachten. Molly Closter und andere applaudierten.

Sam sah Neil kalt an. Dann lächelte er. Doch Mary Jane erkannte, daß das Lächeln nicht echt war. Sam kochte vor Wut. Das Lächeln diente nur als Fassade. Alle verfolgen Neil, wie er ohne Hast zu dem Stuhl ging, über den er seinen Mantel gelegt hatte. »Komm, Mary Jane«, sagte er und zog den Mantel an.

Sie schüttelte nur stumm den Kopf. Denn damit machte sie

ja alles noch schlimmer. Sie hatte so auf Sams Rückkehr aus L.A. gewartet. Zwei Wochen lang. Sie hatte sich vorgenommen, die vielen Probleme am Abend mit ihm zu besprechen, und sie wollte von ihm in den Arm genommen werden und mit ihm schlafen. Wohin sollte sie denn gehen, wenn sie sich von Sam und ihrer Familie lossagte? Wenn sie sich das zu nahe gehen ließ. Wenn man ihr die Demütigung zu sehr anmerkte, konnte sie hier überhaupt nicht mehr mitspielen. Neil setzte sie unter Druck. Davor scheute Mary Jane zurück. Sie schüttelte erneut den Kopf.

»Also gut«, meinte Neil und seufzte. »Aber ich mache hier nicht mehr mit. Nie mehr.« Kurz vor der Tür wandte er sich noch einmal an Mary Jane. »Es war mir ernst. Du bist mit Abstand die begabteste Schauspielerin, und du bist die nächste.«

Die Tür fiel hinter ihm ins Schloß.

4.

Sollten Sie einmal die unscheinbarste Stadt der Welt suchen, empfehle ich Ihnen Lamson in Texas. Eintönig und schier endlos führt die Interstate 10 von El Paso nach San Antonio. Jeder Punkt auf der Landkarte an dieser trostlosen Strecke markiert etwas, das sich Stadt nennt, eine immer staubiger und ausgestorbener als die vorhergehende. Ich, Laura Richie, weiß das, denn ich lernte sie bei meinen Recherchen kennen. Lamson hat es allerdings noch nicht einmal zu dem Punkt auf der Landkarte gebracht. Lamsons schäbigste Unterkünfte befinden sich auf dem Wohnwagenplatz direkt neben der Straße.

Sharleen Smith sprang aus dem verbeulten gelben Schulbus, ging schnell ein Stück die Interstate 10 entlang und bog dann in eine von Unrat starrende Seitenstraße ein, die zu wahllos aufgestellten, altersschwachen Wohnwagen führte. Im Gehen zog sie das rote Band aus dem Haar, mit dem sie ihre langen, weißblonden Locken im Nacken zusammengebunden hatte.

Sharleen summte vergnügt vor sich hin, denn an diesem Tag vermochte sie nicht einmal der Anblick des nüchternen Blechwohnwagens, den sie mit ihrem Vater und Bruder bewohnte, zu deprimieren. Auch an die Gemeinheiten ihrer Klassenkameradinnen dachte sie nicht mehr, weil Boyd zu ihr hielt. Tatsächlich wußte sie nicht, warum die Mädchen sie haßten. Klar, sie war arm und nicht sonderlich schlau, dafür aber bildhübsch. Das hatte Momma ihr immer wieder gesagt. Momma wohnte allerdings schon lange nicht mehr hier.

»So ein Mist!« Sharleen hatte den betagten Kleinlastwagen ihres Vaters hinter dem Wohnwagen entdeckt. Eine Tür stand offen. Das deutete darauf hin, daß Sharleens Vater wieder getrunken hatte. Sie seufzte. In Lamson, Texas, änderte sich eben nie etwas. Leise öffnete sie die Tür des Wohnwagens. Unter keinen Umständen wollte sie ihren Vater wecken und bete lautlos, daß er ihr den bevorstehenden Abend nicht durch seine Aggressivität verdarb.

Eine penetrante Mischung aus Körpergeruch und Bier schlug Sharleen entgegen, sobald sie in dem Wohnwagen stand. Zwar wusch und bügelte sie für Vater und Bruder gewissenhaft, doch sie schaffte es nicht, ihren Vater dazu zu bringen, daß er sich häufiger duschte und seine Kleidung wechselte. Glücklicherweise war es ganz still im Wagen. Das deutete darauf hin, daß der Vater sich bis zur Bewußtlosigkeit hatte vollaufen lassen. Sie roch nun auch verschütteten, billigen Bourbon. Den trank er nur, wenn er eine besonders schlimme Sauftour hinter sich hatte.

Sharleen war froh, mit niemandem sprechen zu müssen. Dean, ihr Bruder, half nach der Schule in einem Geschäft für Futtermittel aus. In aller Eile zog sie sich aus und schlich zum Badezimmer, um die seltenen Minuten zu genießen, in denen sie ungestört war. Vorher allerdings drückte sie noch einmal das Ohr an die Tür, hinter der ihr Vater schlief. Sie nickte befriedigt. Er schlief fest und schnarchte.

Sie zog die Tür des winzigen Badezimmers hinter sich zu und bedauerte nicht zum erstenmal, daß das Schloß nicht funktionierte. Ein Privatleben besaß Sharleen nämlich nicht.

Obwohl Dean eigentlich das Schlafzimmer mit dem Vater teilen sollte, schlief er meist bei Sharleen auf der Schlafcouch im Wohnzimmer. Das störte Sharleen nicht. Tatsächlich hätte sie sich jetzt sicherer gefühlt, wäre Dean dagewesen, denn er hätte den Vater abgelenkt, solange sie duschte. Sie drehte im Bad den Wasserhahn auf. Hoffnungsvoll. Nicht immer lief das Wasser. Der Brunnen auf Lamsons Wohnwagenplatz trocknete mitunter aus, oder die Pumpen funktionierten nicht. Diesmal hatte Sharleen Glück. Sie regulierte die Temperatur, zog den billigen Plastikvorhang zu und stellte sich unter den Strahl.

Ihr Haar wurde dunkel vor Nässe. Das Wasser rann über ihre Brüste und verhärtete die Brustwarzen. Langsam und mit geschlossenen Augen drehte sie sich um die eigene Achse. Sie fühlte, wie das Wasser auf ihrem Körper die langen, wohlgeformten Beine hinunter bis zu den Füßen rann. Das tat gut! Ich bin zwar nicht klug oder reich oder jemand Wichtiges, aber ich danke dem Herrn, weil ich hübsch bin. Weil ich hübsch bin, hat mich Boyd gern.

Sharleen kam auf ihre Momma heraus. Die war auch hübsch. Männer mochten Momma. Alle eigentlich, außer Daddy.

Sharleen wußte noch genau wie Momma aussah. Ein Bild besaß Sharleen jedoch nicht. Wenn sie an die vergangene Zeit dachte, wurde sie traurig. Sie erinnerte sich noch, wie sie sich mit Dean unter dem Wohnwagen versteckt hatte, während über ihnen Daddy ihre Momma verprügelte. Sie kannten die Geräusche, sie wußten auch, was sie hinterher zu sehen bekommen würden.

Sharleen dachte an den letzten Streit. Momma kam müde von der Wäscherei, in der sie arbeitete, heim. Das Haar hatte sie unter einem Haarnetz hochgesteckt. Kleine Strähnen ringelten sich schweißfeucht über ihre Schläfen. Sie trug ihre rosa Uniform und verschlissene Tennisschuhe, in denen sie täglich die fünf Kilometer zwischen Wäscherei und Wohnwagen zurücklegte. In einem Plastikbeutel hatte sie ihre weißen Schuhe, die sie jeden Morgen sorgfältig putzte und nur in der Wäscherei anzog. Als Dean Momma den winzigen Welpen zeigte, den er an diesem Tag gefunden hatte und zärtlich an sich drückte, lächelte Momma trotz ihrer Müdigkeit.

Bis Daddy nach Haus kam…

Sharleen summte unter dem Wasserstrahl vor sich hin. Das Wasser fühlte sich so tröstlich an wie Deans Hand, wenn er ihr in seiner ruhigen Art über das Haar strich. Den Tag mit dem Welpen empfand Sharleen auch jetzt noch wie einen Alptraum. Dean und Sharleen hatten sich verängstigt im Rhythmus mit ihrem Atem unter dem Wohnwagen gewiegt, während über ihnen der Streit ihrer Eltern tobte. Sharleen glaubte noch jetzt Deans warmen Körper an ihrem zu fühlen. Dean hatte seine Hand auf ihre geheimste Stelle gelegt und sie dort gelassen. Ihr wiegender Rhythmus hatte ihnen beiden ein Stöhnen entlockt. So schienen die Geräusche aus dem Wohnwagen in immer weitere Ferne zu rücken.

Sie hatten die Nacht unter dem Wohnwagen verbracht. Irgendwann hörte auch das Schreien über ihnen auf. Doch die Stille war beängstigend.

Sharleen erinnerte sich an den letzten gemeinsamen Morgen. Momma hatte sich auf die Suche nach ihnen gemacht. »Sharleen, Dean! Seid ihr irgendwo?« hatte sie geflüstert.

»Wir sind hier, Momma. Dean, komm schon.« Sie krochen unter dem Wohnwagen hervor und klopften sich den Schmutz von den Kleidern. Mommas eine Gesichtshälfte war rot und geschwollen. Das rechte Auge hatte sich schwarzblau verfärbt, das andere war völlig geschlossen.

»Geh dich waschen, Dean, aber sei leise«, verlangte Sharleen. »Weck ihn bloß nicht auf.«

Nachdem Dean im Bad war, legte Sharleen eine Hand auf Mommas Gesicht. Die zuckte zusammen und wich zurück. Noch nie zuvor hatte Momma so schlimm ausgesehen.

»Momma, diesmal ist es Zeit, daß wir dich ins Krankenhaus bringen.«

»Nein, Liebes. Es tut weh, aber Gott wird sich schon um mich und den kleinen Hund kümmern.« Momma zog eine Schuhschachtel unter der Couch hervor. Darin lag der Welpe. Tot. Sharleen brauchte keine Fragen zu stellen.

Momma und Sharleen knieten vor dem Karton. Dean kam hinzu. Seine Augen wurden groß und immer größer.

»Schläft er?« fragte Dean.

»Nein, Dean. Er ist jetzt im Himmel.«

Nach dem Frühstück, das nur aus Cornflakes ohne Milch bestand, begleitete Momma Sharleen und Dean zu der Haltestelle des Schulbusses. Sharleen fiel auf, daß ihre Mutter ihr bestes Kleid trug. Hellblau mit einem weißen Kragen. Sie hatte auch einen Pappkarton dabei. Da begriff Sharleen, daß jetzt ein neuer Lebensabschnitt begann. Schlimmer konnte es allerdings nicht werden. Dean ging ihnen ein Stück voraus. Er litt unter dem Tod des Welpen. Und Momma nutzte die Gelegenheit, ein ernsthaftes Gespräch mit Sharleen zu führen.

»Sharleen, Liebes, deine Momma muß jetzt erst einmal für eine Zeit fortgehen. Ich kann euch beide nicht mitnehmen. Aber ich hole euch, sobald ich einen Job und eine Bleibe für uns gefunden habe. Du weißt, daß du nicht meine leibliche Tochter bist, aber ich liebe dich wie mein eigen Fleisch und Blut. Dean ist mein Sohn, dein Halbbruder. Hab ihn lieb wie eine Schwester.« Sie gab Sharleen eine kleine Bibel. »Behalte die, bis ich wiederkomme. Nein, Liebes, wein' nicht. Du mußt stark sein. Gott hält seine Hand über uns. Sprich mit dem Herrn, dann hilft ER dir.« Sie machte eine Pause. Sharleen ahnte, daß ihr das Sprechen Schmerzen bereitete. »Versprich mir, dich um Dean zu kümmern. Er ist nicht so hell wie du.«

Sharleen hörte schweigend zu. Was hätte sie auch sagen sollen? Wer konnte ihrer Mutter einen Vorwurf daraus machen, daß sie die Schläge nicht länger einsteckte? Momma hatte keine Wahl. Im Grunde war Sharleen froh, daß Momma fortgehen konnte. Und Sharleen dachte in ihrer Gutmütigkeit nicht darüber nach, daß ihr nun niemand mehr blieb, von Gott einmal abgesehen und von Dean. Und für Dean sollte Sharleen von nun an die Verantwortung tragen.

»Sag Dean noch nichts, Liebes. Erst am Abend vielleicht. Er soll sich nicht aufregen«, bat Momma.

Sharleen nickte. Sie dirigierte Dean im Schulbus zu den Rücksitzen. Von dort aus konnte sie noch einmal ihre Mutter sehen. Die zarte Frau hob die Hand. Sie winkte zweimal.

Dann ging sie schnell in die andere Richtung zu einem Bus, der sie in die Stadt bringen würde. Sharleen zwang sich, nicht in Tränen auszubrechen. Wenn sie erst zu weinen anfing, konnte sie wahrscheinlich nicht so schnell wieder damit aufhören. »Dean, ich werde von nun an für dich sorgen«, sagte sie ihm. Er schwieg erst, dann legte er den Kopf an ihre Schulter und schloß die Augen. »Es war ein so gutes Hundchen«, weinte er.

Das alles fiel Sharleen unter der Dusche wieder ein. Sie war so in Gedanken, daß sie nichts hörte. Plötzlich zerrte Daddy den Duschvorhang zurück. Sein übler Körpergeruch verbreitete sich.

»Was zum Teufel machst du da?« wetterte er. »Du hast mich geweckt. Bist du verrückt?«

Sharleen erschrak, wich in der winzigen Kabine zurück. Mit geübtem Blick schätzte sie den Zustand ihres Vaters ein. Er war betrunkener denn je. Vor acht Jahren hatte Momma sie verlassen. In all den Jahren hatte Daddy unmäßig getrunken. Dean und Sharleen gemein behandelt. Doch so benommen wie jetzt hatte er sich nie. Bitte, lieber Gott, hilf mir, dachte Sharleen.

»Ich bin sofort fertig, Daddy«, flüsterte sie. Sie quetschte sich an ihm vorbei, wickelte im Gehen ein Handtuch um sich und wollte ihre Kleidung erreichen. Doch er war schneller.

Sie fühlte seine Hand auf ihrem Kopf. Er zerrte sie an einem Haarbüschel in sein stickiges, widerliches Schlafzimmer. Das Handtuch fiel zu Boden.

Sharleen schrie entsetzt. Sie versuchte, sich am Kühlschrank festzuklammern. Doch Daddy gelang es, ihre Finger zu lösen.

Instinktiv ließ sie sich fallen. Statt locker zu lassen, zog er sie am Haar hoch. »Nicht, Daddy, nicht!« schrie sie.

Er brachte sie mit einem Schlag seiner breiten, schwieligen Hand in ihr Gesicht zum Schweigen. »Schluß damit, du kleine Hure. Ständig zeigst du dich in diesen enganliegenden Hosen und trägst das Haar aufreizend offen, wie eine sündige Jezebel.«

Er zerrte sie hinter sich her. Sie fiel wieder hin. Ihr Vater schleifte sie bis zum Fußende seines Bettes. Sharleen versuchte, das Laken als Schutz um sich zu ziehen. Doch blitzschnell packte er sie und legte sie über seine Knie.

»Dir werde ich schon noch Respekt vor mir beibringen, und wenn ich den in dich reinprügeln muß.« Das Gesicht nach unten, eingehüllt in den faulen Geruch des Zimmers, versuchte Sharleen alles, um dem Schoß des Betrunkenen zu entrinnen.

»Bitte, Daddy, nicht! Es tut mir ja leid.« Doch da schlug er sie schon mit aller Kraft auf den nackten Po. »Bitte!« schrie sie wieder. Er preßte ihren Kopf so fest auf die Matratze, daß sie kaum noch Luft bekam und schlug weiter.

»Schlampe! Hure! Wie deine Mutter. Mit wievielen Jungen hast du's schon getrieben? Mit Boyd und mit wem noch? Du elendes Miststück.« Er nahm eine ihrer längst wunden Pobacken in die Hand und zwickte sie grausam zusammen. Sharleen schrie vor Schmerz und Scham.

»Halt den Mund«, warnte er sie, ohne seine Prügelei zu unterbrechen. Sharleen schwieg tatsächlich. Irgendwann hörten die Schläge auf. Doch der Vater hielt Sharleen noch immer fest. Sie atmete flach.

Plötzlich durchfuhr sie eisiges Entsetzen. Die Hand ihres Vaters glitt zwischen ihren Beinen nach oben bis zu ihrer intimsten Stelle. Er riß ein Büschel Schamhaare aus. »Hast du die Jungen hier rangelassen?«

»Nein, Daddy«, würgte sie mühsam hervor.

Gnädig nahm er seine Hand fort. Doch aufatmen konnte Sharleen nicht. Denn er faßte nach ihrer rechten Brust, die ihm über das eine Knie hing. »Hast du sie deine Titten anfassen lassen?«

»Nein«, schrie sie wieder. Er quetschte die Brustwarze fest zwischen Daumen und Zeigefinger ein. Der Schmerz durchfuhr Sharleen wie ein Messer.

»Wirklich nicht?«

»Bestimmt nicht!« schluchzte sie.

»Gut. Sonst bist du bald eine Hure wie alle anderen.« Er stand auf. Sharleen rollte nackt auf den Boden. Angeekelt sah er auf sie hinunter. »Schamloses Stück Dreck. Zieh dich an. Ich gehe.«

Sharleen stolperte aus dem engen Raum. Sie ging wieder unter die Dusche. Es gab kein heißes Wasser mehr, nur noch kaltes. Das merkte sie gar nicht. Sie stand unter dem kalten Strahl und wartete, daß er ihre Schmerzen linderte. Danach tupfte sie die geschundene Haut mit einem dünnen Handtuch ab. Gott sei Dank hat das Dean nicht miterlebt, dachte sei. Mit seinen sechzehn Jahren war er einsfünfundachtzig groß und hundertfünfundsechzig Pfund schwer. Er hätte versucht, es mit dem Vater aufzunehmen, und der hätte ihn getötet. Sharleen errötete vor Scham, als sie an die Hand ihres Vaters auf ihrem nackten Körper dachte. Am schlimmsten war gewesen, was sie an ihrem Bauch gefühlt hatte, während er sie schlug. Ihr Vater hatte zweifellos beabsichtigt, daß sie seine Erektion spürte. Nein, Dean durfte nie etwas von diesem Auftritt erfahren.

Mit den Händen strich sie über die Stirn, als könnte sie den abstoßenden Vorfall damit aus der Welt schaffen. Dann zog sie sich das an, was sie sorgfältig für diesen Abend vorbereitet hatte: Eine Bluse und einen Rock, frisch gebügelt. Ihre Hände zitterten, als sie die Lippen vor dem fleckigen Spiegel über dem Küchentisch schminkte. Eisern zwang sie sich jedoch, die Nerven zu behalten. Herr im Himmel, nimm mir nicht auch das noch, betete sie. Die ganze Woche hatte sie sich auf ihre Verabredung an diesem Abend gefreut.

Sharleen nahm den Hackbraten vom Vortag aus dem Kühlschrank, der vorwiegend aus Brot und kaum aus Fleisch bestand, schnitt zwei große Scheiben ab und legte sie in eine Auflaufform. Sie häufte den Rest des Kartoffelpürees darüber und eine kleine Dose Mais. Das deckte sie mit Alufolie ab und stellte die Form in den Backofen. Sie schrieb Dean auf, wie er sein Abendessen warmmachen mußte und daß sie auf einer Schulfete sei. Von Boyd oder einer Verabredung schrieb sie nichts.

Im Spiegel vergewisserte sie sich noch einmal, daß der Überfall ihres Vaters keine verräterische Spuren hinterlassen hatte. Danach wartete sie vor dem Wohnwagen auf Boyd.

5.

Theresa O'Donnell ist seit über dreißig Jahren in der ganzen Welt berühmt. Jeder kennt ihre Filmkarriere, weiß alles über ihre Villa, ihre katastrophale Ehe, ihren sinkenden Stern, das rauschende Comeback und dann wieder das Abrutschen und die Alkoholexzesse. Schwer verständlich ist nur, daß bis vor drei Jahren niemand von ihrer Tochter Lila Kyle gewußt hatte. Und das, obwohl wir wie verrückt hinter allem her sind, was über die Reichen und Berühmten durchsickert, obwohl wir uns für Theresas neuerschienenes Album interessieren, das Parfum, das ihren Namen trägt, ihre Probleme mit dem Finanzamt.

Der Leser mag sich fragen, was die beiden Frauen Mary Jane und Sharleen verbinden könnte und ob Laura Richie nicht vielleicht den roten Faden ihrer Geschichte verloren hat. Aber Sie lieber Leser, ahnen wohl schon, wie die Schicksale dieser Frauen in einen Knoten aus Ruhm Sex und Kommerz verknüpft sind. Und sie fragen sich nun, wer die dritte im Bunde ist: Sie ist die berühmteste und berüchtigste von allen.

Fast lautlos glitt der Rolls Corniche durch das Westtor von Bel Aire. Leicht surrte er die Steigung hinauf und hielt am Ende einer pompösen Auffahrt. Lila Kyle stieg aus. Sie schritt über die breiten Stufen aus Carraramarmor, öffnete eine reich geschnitzte Holztür und ließ sie krachend hinter sich zufallen. Sie stand in einer Diele, die einem Foyer glich, dessen Glanz allerdings verblichen war, obwohl der riesige Kristallüster und die geschwungene Treppe zum Obergeschoß noch von der alten Pracht zeugten.

»Kein Heim, aber beeindruckend«, sagte Lila halblaut. Sie stieg nach oben. Estrella, Haushälterin von Lilas Mutter, tauchte auf und verwies Lila erbost: »Knallen Sie die Tür nicht immer so! Wie oft habe ich Ihnen das schon gesagt?«

Lilas Hand ruhte auf dem Geländer. Sie wandte sich ohne Hast nach Estrella um und warf die Handtasche lässig über die Schulter. Lila war nicht nur die Tochter einer weltbekannten Mutter. Auch ihr Vater, Kerry Kyle, hatte in den

40er und 50er Jahren Berühmtheit erlangt. Gereizt fragte Lila sich, wann dieser Drachen von einer Haushälterin endlich entlassen wurde. »Du sagst mir, was ich tun soll, Estrella? In meinem Haus? Das dürfte dir kaum zustehen. Du bist hier nur eine Angestellte. Und ich bin, verdammt noch mal, kein Kind mehr.«

Estrellas Gesicht rötete sich. Angst trat auf ihre Züge. Lila hatte schon vor langer Zeit begriffen, daß man sich nicht die Freundschaft dieser Luder kaufen konnte, wohl aber ihren Respekt verlangen durfte. Diese Lektion hatte ihre Mutter leider nie gelernt.

Lila durchquerte ihren Salon und warf in ihrem Schlafzimmer die Handtasche aufs Bett. Sie zwängte sich aus den enganliegenden Jeans und dem dreihundert Dollar teuren Seidenjersey-T-Shirt und stellte die Sauna an. Während die aufheizte, nahm Lila aus dem begehbaren Kleiderschrank den Chenille-Morgenrock, den sie besonders schätzte.

Von dem Schlafzimmer, das ihrem gegenüberlag, sah sie zum Swimmingpool hinunter. Dieses Zimmer gehörte Lilas beiden »Schwestern«, Holzpuppen, die Theresa in ihrer Fernsehshow berühmt gemacht hatten. Die Puppen lagen in einem Doppelbett, die starren Augen zur Decke gerichtet. Lila verzog das Gesicht. In dem seit langem unbenutzten Zimmer roch es nach Moder. Warum läßt sie das alles so vergammeln, dachte Lila verärgert. An Geld fehlte es nicht. Puppenmutter Theresa verfügte über genügend Einnahmen. Nein, Theresa ließ einfach nach. Sie verprellte ihre Angestellten und ersetzte sie nicht durch neue. Unbeteiligt sah sie zu, wie der Haushalt verkam. Inzwischen beschäftigte sie nur noch Estrella und Perez. Estrella saß die meiste Zeit auf ihrem fetten braunen Hintern neben Theresa vor dem Fernseher. An sich kümmerte Lila das nicht. Ihr war nur wichtig, daß ihr immer genügend Geld zur Verfügung stand.

Vom Fenster aus konnte Lila den Pool überblicken. Aus dieser Entfernung wirkte das alles nicht einmal übel. Nur aus der Nähe betrachtet, fielen die Risse in den Kacheln des Beckens auf und das Unkraut, das um das Badehaus wucherte.

Ein berühmter Schauspieler hatte das Haus in den 30er Jahren gebaut, bevor sein Stern sank und er bankrott ging. Das Haus und die luxuriöse Anlage galten damals als Gipfel der Verschwendungssucht in Hollywood. Seither wurden Stil und Aufwand allgemein jedoch um ein Vielfaches übertroffen. Auf der Höhe ihrer beruflichen Karriere hatte Theresa O'Donnell den Besitz gekauft und dem Haus zu seinem ursprünglichen Glanz verholfen. Doch das lag viele Jahre zurück.

Inzwischen hatte bei Theresa O'Donnell der Abstieg begonnen. Sie bekam keine Rollen mehr – weder im Musiktheater, noch beim Film; nicht einmal für diese blödsinnigen Shows oder für Aufzeichnungen wurde sie engagiert. Sie lebte zwar bequem von den Einkünften aus einem gut angelegten Vermögen, doch das glamouröse Leben war vorbei. Manche glaubten sogar, Theresa wohne gar nicht mehr hier, sei gar schon tot. Doch die alternden Galane – der »Hof der Schwulen Königinnen«, wie Tante Robbie ihn nannte – schauten nur zu gern bei Theresa vorbei, um sich herauszuputzen, Kleider und Make-up auszuprobieren und als Höhepunkt schließlich Theresa ihren Titelsong singen zu hören: »The Loveliest Girl in the World.«

Mit einem Blick erkannte Lila, daß die Liegen um den Pool unbesetzt waren. Sie atmete auf. Das Reich gehörte ihr. Kein Schnorrer, kein abgewrackter Ehemaliger. Auch die waren in den letzten Jahren übrigens weniger geworden. Wer Theresa treu blieb, verfiel so wie das Haus. Es bildete sich jedoch eine neue Gruppe um Theresa, die der Filmfreaks. Das waren meist junge, bebrillte Männer, schmalbrüstig, akademisch gebildet und mit seltsamen Themen befaßt wie dem Symbolcharakter der Brüste in den Frank-Tashlin-Komödien um 1950. Diese jungen Leute starrten Lila an und zollten ihrer Mutter tiefe Verehrung. Viel half ihnen das nicht. Theresas Lieblingsbeschäftigung war es, in ihrem Vorführraum zu sitzen und sich ihre alten Filme anzusehen. Sie konnte nie genug davon bekommen. Besonders nicht von dem Film *Birth of a Star*, denn mit diesem Film war sie berühmt geworden.

Kevin gehörte zu den Ausnahmen in Theresas Bekanntenkreis. Ursprünglich hatte er nur ein Interview mit ihr machen wollen. Doch dann wurde er auf Lila aufmerksam und blieb, um mit ihr zu reden. Er arbeitete an seiner Diplomarbeit über die Filmindustrie an der UCLA, der kalifornischen Universität von Los Angeles – ein sagenhaft gutaussehender Mann, sonnengebräunt und durchtrainiert. Er stammte aus dem Osten und beeindruckte Lila mit seiner Belesenheit und seiner Gabe, eine anregende Unterhaltung zu führen. Seit Lila ihr Internat in Westlake vorzeitig verlassen hatte, langweilte sie sich.

Kevin kümmerte sich um Lila. Er spielte Tennis mit ihr, sie joggten zusammen. Er fuhr mit ihr zur Long Beach Marina, und sie segelten nach Catalina. Alles Unternehmungen, für die Lilas Mutter zu alt oder zu betrunken war. Kevin behandelte Theresa höflich, hörte sich aber geduldig Lilas Klagen über die Mutter an und stimmte Lila zu. Manchmal legte er den Arm um Lilas Schultern. Mehr nicht.

Das fand sie gut. Kevin war größer als sie. Die anderen reichten ihr meist nur bis zur Schulter. Er war auch sportlicher, und es fühlte sich ganz gut an, so locker in den Arm genommen zu werden. Mehr wollte Lila gar nicht, und mehr verlangte Kevin auch nicht.

Doch als Theresa dann mit ihrem Plan herausrückte, die beiden zu verheiraten, wurde Lila wütend. Sie betrachtete Kevin als ihren ganz persönlichen Geheimtip. Außerdem war sie erst siebzehn. Zu jung zum Heiraten. Und was ging das die Puppenmutter überhaupt an? Lila fand es peinlich. Denn Kevin hatte von sich aus nie von Heirat gesprochen. Ohne Lila auch nur ein Wort davon zu sagen, arrangierte ihre Mutter die Sache mit Kevin – das glaubte sie zumindest.

Theresa wählte für den großen Empfang ein Datum, das am Ende einer Reihe von Filmproduktionen lag und so eine Lücke füllte. Das würde ihr den größtmöglichen Zulauf bescheren. Natürlich bestellte sie den Partyservice, den auch Jack Wagners Frau immer nahm. Theresa zermarterte sich den Kopf, wem sie als Zeremonienmeister den Vorzug geben sollte: McMahon oder Pat Sajak. Aus all dem schloß Lila, daß Theresa ein neues Comeback plante.

Eine Heirat mit Kevin bedeutete für Lila ein Entkommen aus diesem Mausoleum. Lila wußte nicht, wo Kevin sich momentan aufhielt. Sie vermutete ihn auf dem Tennisplatz, und das paßte ihr gut. Manchmal mußte sie einfach allein sein. Menschen, auch Kevin, nahmen ihr mitunter die Luft zum Atmen. Die Puppenmutter hatte ihr versprochen, daß Kevin das akzeptierte, auch nach der Heirat akzeptieren würde.

Lila kehrte barfuß in ihr Zimmer zurück, zog sich bis auf den Slip aus und setzte sich in die Sauna. Die dicke Tür verschaffte ihr ein Gefühl von Sicherheit. Schweiß bildete sich auf ihrem Busen, tropfte herunter. Auf Theresas Wunsch hin nahm Lila seit ihrem zehnten Lebensjahr Hormone. Doch an ihrem sechzehnten Geburtstag schenkte ihr ihre Mutter eine Brustoperation. Jetzt hatte sie perfekte Brüste, rund, nach oben gerichtet. Die kleinen rosa Warzen standen deutlich hervor. Keine Narbenbildung hatte die perfekte Operation beeinträchtigt. Trotzdem wollte Lila ihre Brust nicht von einem anderen berühren lassen. Sie dachte über Kevin und die Ehe nach. Kevin hatte nie ihre Brüste gedrückt, es nicht einmal versucht. Auch sonst nichts. So fühlte sie sich mitunter von ihm besser verstanden als sie sich selbst verstand.

Tatsächlich wünschte Lila sich nichts sehnlicher, als diesem verrücktem Haus, ihrer Mutter und den ewigen Auseinandersetzungen zu entkommen. Sie brauchte Theresas Geld, bis ihr eigenes verfügbar wurde. Doch das würde noch dauern. Bis zu ihrem einundzwanzigsten Lebensjahr! Da hatte ihr Vater ihr einen schlechten Dienst erwiesen. Er hatte das Geld in einen Treuhandfond eingebracht und festanlegt. Bis zur Verfügbarkeit des Geldes blieb Lila von ihrer Mutter abhängig. Ihre Mutter ließ sie aber nur gehen, wenn sie verheiratet war. »Ein Mädchen braucht einen Mann im Haus. Der hält die Wölfe in Schach.« behauptete Theresa. »Außerdem schickt es sich nicht für ein Mädchen deines Alters, allein zu leben. Niemand soll mir nachsagen können, ich hätte mich nicht um dich gekümmert oder sei dir keine vorbildliche Mutter gewesen.«

Darauf lief es stets hinaus: Theresa und ihr Ruf. Lila wollte fort von all dem. Kevin war noch der beste Typ, den sie bisher kennengelernt hatte, vielleicht weil er jung war und gut aussah. Jedenfalls war er entschieden besser als Mutters Hofstaat, von Tante Robbie einmal abgesehen. Lila wollte aber auch ihn nur als Zwischenlösung in Kauf nehmen, solange, bis sie Verfügungsgewalt über ihr Vermögen erhielt.

Doch heiraten wollte sie eigentlich nicht. Fortgehen, ja – nicht heiraten. Immerhin hatte Theresa ihrer Tochter versichert, Kevin werde sie nie zu etwas zwingen. Er würde sie behutsam behandeln und sie sogar ganz in Ruhe lassen, falls sie das wolle. Er habe Verständnis.

Manchmal fühlte Lila sich wie die Puppen. Candy und Skinny. Diese Puppen hatte Lila einmal gehaßt. Sie war eifersüchtig auf sie gewesen. Jetzt hatte sie für die Holzpuppen nur ein mitleidiges Lächeln.

Nach der Sauna ging Lila zu ihrem Sekretär und öffnete mit einem Schlüssel, den sie an einer Kette um den Hals trug, eine Schublade. Sie nahm drei Tablettenröhrchen heraus. Auf die Etiketten brauchte sie nicht zu sehen. Die kannte sie seit ihrem elften Lebensjahr, genau wie die Dosierung. Sie nahm die Tabletten und spülte sie mit einem Schluck Wasser im Badezimmer hinunter.

Die Tablette, die sie am seltensten nehmen mußte, hinterließ immer einen bitteren Nachgeschmack. Lila spülte den Mund mit einem Mundwasser, schloß die Medikamente wieder weg und zog sich den schwarzen Badeanzug von Versace an. Sie ging zum Pool.

Lila machte es sich auf einer Liege bequem. Wasser tropfte auf den weißen Leinenbezug des Polsters. Ihre innere Spannung löste sich. Das verdankte sie der Sauna und dem anschließenden kraftvollen Schwimmen. Ein Schatten fiel auf ihre geschlossenen Augen. Ihr Herz klopfte schneller.

»Kevin?« Langsam schlug sie die Augen auf und schützte sie vor der tiefstehenden Sonne.

»Nein, Miis, nur Perez.«

Jetzt erkannte Lila den neuesten und gleichzeitig ältesten

Hausmeister ihrer Mutter. »Hast du Kevin gesehen?« fragte Lila ungehalten.

»Nein, Miis. Er hier vor einer Stunde. Wieder gehen. Nicht wissen, wohin. Ist okay, wenn ich schneide Hecken hier, Miis Lila?«

»Wo alles hier vor die Hunde geht, mußt du ausgerechnet jetzt hier arbeiten? Such dir was anderes zu tun.« Perez machte sie nervös, weil er sie ständig mit Blicken verfolgte, wenn sie sich im Freien aufhielt. Er fand immer etwas in ihrer unmittelbaren Nähe, woran er sich zu schaffen machen konnte. Deswegen hatte sie sich schon bei der Puppenmutter beschwert. Aber die hatte Perez aller Wahrscheinlichkeit nicht zurechtgewiesen. Niemand arbeitete für geringeren Lohn als Perez.

Normalerweise kam Kevin um diese Zeit zum Schwimmen. Morgens spielte er eine Stunde lang Tennis, dann noch einmal zwei Stunden nachmittags mit seinem Coach, den Theresa für ihn engagiert hatte. Als nächstes schwamm er fünfzig Bahnen. Lila mochte es, daß er sich um seinen Körper kümmerte. Sport treiben, Vitamine nehmen. Auch das hatten sie gemeinsam. Lila fand ihn auch in Tennis-Shorts oder Badehose attraktiv. Wenn er sich in dem Badehaus umzog, küßte er sie immer im Vorbeigehen. Bevor sie das Internat verließ, hatte er sie auch immer von der Schule abgeholt. Alle Mädchen waren neidisch auf sie gewesen. Er sah wirklich phantastisch aus.

Sie vermißte ihn. Wo zum Teufel war er? Sie stand auf und zog sich den Bademantel an. Sie ging ums Haus herum am Solarium vorbei. Auf diese Weise konnte sie das Haus durch die Küche betreten und vermied ein Zusammentreffen mit ihrer Mutter. Die Tür zum Solarium, das niemand mehr benutzte, war geschlossen. Doch das Sprossenfenster stand offen. Lila hörte Stimmen.

Das leise Lachen klang vertraut. Lila drehte den Türknopf und stieß die Tür auf. »Kevin?« Im Zwielicht des späten Nachmittages bewegten sich zwei Gestalten in der dunklen Ecke an dem vergammelten Holztisch.

»Kevin?« flüsterte sie wieder. Dann erst hatten ihre Augen

sich an die Lichtverhältnisse gewöhnt. Kevin beugte sich über den Tisch. Mit seinen muskulösen Armen hielt er sich an der Platte fest. Nackt! Sein Tennis-Coach stand hinter ihm, mit dem Rücken zu Lila. Er bewegte sich. Seine weißen Shorts lagen auf dem Boden.

»Ist es gut so?« fragte Bob, als er kräftig die Hüften gegen Kevins nackten Hintern stieß. »Sag mir, ob du's so gern hast.«

»Ja!« Kevin lachte. »Ja, du Bastard.« Er grunzte.

Eine eiskalte Klammer schien sich um Lilas Herz und ihre Lungen zu legen. Das Schnaufen und Keuchen ging weiter. Dann ein Aufstöhnen. Diese ekelhaften Geräusche lähmten Lila. Sie wich zurück. Da bemerkte Kevin sie.

Die beiden lösten sich langsam voneinander. Sie atmeten schwer. Lila glaubte, sich übergeben zu müssen. Kevin stieg in seine Tennis-Shorts. »Es ist nicht, was du denkst, Lila. Ich liebe dich, Baby.«

Da schrie Lila: »Ich würde euch am liebsten beide ermorden.« Ihre Stimme überschlug sich. »Ich habe dir vertraut, Kevin. Wir wollten heiraten. Und nun das!«

»Ruhig, Baby, reg dich ab. Du, ich habe echt gedacht, du wüßtest das und hättest Verständnis dafür. Ist das wirklich eine Überraschung für dich?« Kevin erwartete eine Antwort.

Bob zog den Reißverschluß seiner Shorts hoch, glättete sein verschwitztes Haar und betrachtete sich in dem großen Spiegel. Bevor er ging, rief er Kevin zu: »Morgen gleiche Zeit? Ruf mich an.«

Lila verschlug es die Stimme. Es dauerte eine Weile, bis sie wieder ruhig atmen konnte. »Ich verachte dich, du Arschficker.« Lila ging zur Tür. »Du bist keinen Deut besser als die anderen ekelhaften Typen, die um meine Mutter herumscharwenzeln. Ich hätte es wissen müssen. Verschwinde. Sofort.«

Kevin trat einen Schritt zurück, als habe sie ihn geschlagen. Dann wurde seine Miene hart. »Stimmt genau. Das hättest du wissen müssen. Theresa sagte mir auch, daß du es wüßtest und daß das alles in Ordnung ginge. Freiheit und ein untadeliger Ruf für dich, und ich bekomme dafür ein hübsches Gehalt. Wir sind offenbar beide reingelegt worden. Nun bekommt keiner von uns, was er wollte. Nicht mal deine Mutter.« Er schüttelte den Kopf und ging hinaus. »Es hätte sogar funktionieren können.« Er zögerte noch einmal und lächelte. »Nichts für ungut, ja?«

Lila stieß ihn hinaus und zog die Tür zu. Lange stand sie in dem düsteren Raum und rührte sich nicht. Sie konnte weder denken, noch sich bewegen. Irgendwann öffnete ihre Mutter die Tür des Solariums. »Nimm ihn wie er ist, Schätzchen. Er ist das Beste, was du bekommen kannst.«

Lila tobte. »Verdammt, warum hast du mir das nicht gesagt? Angelogen hast du mich. Ich hasse diese Arschficker. Das weißt du auch. Du hast gesagt, er wäre nicht so…«

»Ich sagte dir, daß er dich nicht will. Nur das gute Leben. Ich habe dir gesagt, daß er dich in Ruhe lassen würde. Bei ihm wärst du sicher gewesen. Wir wären es beide gewesen.«

»Warum hast du nicht ganz offen mit mir geredet?«

Wie üblich ignorierte Theresa die unangenehme Frage. »Es war eine einmalige Chance, und die hast du ausgeschlagen. Das habe ich nur deinetwegen gemacht, Lila.«

»Es geht um mein Leben!«

»Und um mein Geld. Es ist mein Haus, und du trägst Kleidung, die ich bezahlt habe. Es war deine Idee, im Westlake Schluß zu machen. Gut, ich habe dir nichts in den Weg gelegt. Du wolltest hier ausziehen. Auch dagegen hatte ich nichts, solange es jemanden gibt, der sich um dich kümmerte. Ich erlaube dir nicht, ein Lotterleben zu führen, das zu Gerüchten führt. Darum habe ich das arrangiert. Ich habe ihn entdeckt, ihn bezahlt, und was ist mein Dank?«

»Erspar' mir den Rest, Mutter. Als nächstes wirst du mir erzählen, daß Candy und Skinny dankbarer sind als ich.« Lila holte tief Luft. Weinen wollte sie nicht. Dazu war sie zu wütend. Sie sah Theresa an. Das Zerrbild eines ehemaligen Stars. »Die Wahrheit ist doch, daß du eifersüchtig auf mich bist. Schon seit langem.«

»Eifersüchtig? Daß ich nicht lache! Ich bin Theresa O'Donnell, eine Berühmtheit. Du bist diejenige, die eifersüchtig auf mich ist.«

»Ich kann noch immer berühmt werden, Mutter, aber du kannst nicht wieder jung werden.«

Blitzschnell schlug Theresa Lila ins Gesicht. Es war ein harter, gemeiner Schlag. Lila keuchte. Sie faßte sich an die Wange, ging einen Schritt auf ihre Mutter zu, hielt aber gleich wieder inne. Ihre Stimme klang nun tief und drohend. »Das wirst du nie wieder tun. Solltest du es versuchen, bringe ich dich um. Doch soviel bist du mir gar nicht wert. Du kotzt mich an. Deine ständigen Intrigen und Tricks kotzen mich an. Ich bin keine Puppe. Herrgott, ich bin noch nicht mal deine gottverdammte Tochter.«

Theresa wurde leichenblaß. »Wag es nicht, das noch einmal zu mir oder zu sonst jemandem zu sagen!« Speichel rann aus Theresas Mundwinkeln.

Lila wandte sich ab. »Ich gehe.« Sie schritt auf das Haus zu.

»Wag es nicht! Wohin willst du denn gehen?« schrie die Puppenmutter hinter ihr her. »Du besitzt keinen Penny. Und wer will dich schon haben?« Ihre Stimme überschlug sich. »Wag es nicht, mein Haus zu verlassen, Lila.«

Erst als niemand ihre Tränen sehen konnte, ließ Lila ihnen freien Lauf. Aber sie blieb nicht stehen.

6.

Zum besseren Verständnis dieser Geschichte müssen Sie mehr über Neil Morelli wissen. Seit der Emmy-Verleihung kennt ihn jeder. Vorher war er unbekannt. Jetzt ist er berühmt – berüchtigt, damals war er nur ein Komiker unter vielen, der auf eine eigene Show hoffte. Er lechzte nach Anerkennung. Wie ihm ging es hunderten hungriger Entertainer in New York, die alle auf den großen Coup warteten. Abgesehen davon war er Mary Janes bester Freund.

Nachdem Neil Morelli den Schauplatz von Mary Janes Demütigung in dem Kirchenkeller verlassen hatte, machte er sich auf den Weg zur Arbeit. Eines Tages wird sie klüger sein und merken, wer sie wirklich liebt, dachte er. Er gestattete es sich nicht, deprimiert zu sein. Mit Elan verließ er den Fahrstuhl im achtundzwanzigsten Stock des Rockefeller Centers und betrat die Anwaltsfirma, in der er als Schreibkraft an einem Computer arbeitete. In dem großen Schreibsaal saßen die Angestellten hinter ihren elektronischen Geräten. Neil begrüßte die Kollegen freundlich. Dana, die Leiterin des Schreibbüros, winkte ihn heran, dabei rutschte ihr wie üblich die Brille über die magere Nase nach unten. Neil haßte Dana. Auch sie wurde von dem Ehrgeiz getrieben, Erfolg beim Theater zu haben. Doch darin unterschied sie sich von Neil, denn sie besaß nicht die geringste Chance, auf der Bühne Karriere zu machen. Oft genug hatte sie vorgesprochen, stets ohne Erfolg. Die Mißerfolge hatte sie verbittert.

Sieben Jahre arbeitete Neil bereits in dem Büro. Abends jobte er als Entertainer in Clubs und Bars, anfangs in recht finsteren, doch nach und nach in besseren. Das erregte Danas Neid. Mit sadistischer Freude wischte sie Neil eins aus oder rügte ihn, sooft es ging.

Diesmal tadelte sie ihn, weil er wieder zu spät kam.

»Ich weiß und bitte um Entschuldigung«, sagte Neil. Alle blickten zu ihm hin, obwohl ihre Finger weiterhin über die Tasten huschten. Neil zog ein angemessen betretenes Gesicht. Keine flotten Sprüche jetzt. Er wußte, wie er ein Publikum in den Bann ziehen mußte. Nun wandte er sich an seine Kollegen vor den Monitoren. »Hallo, Leute! Was ist der Unterschied zwischen einem Geier und einem Anwalt?« Sie warteten gespannt. »Der eine ist ein verlaustes Vieh, das sich von den Unglücklichen dieser Welt ernährt.« Eine Kunstpause. »Der andere ist ein Vogel.«

Alle tobten vor Lachen. Dana nicht. »Das ist das dritte Mal in dieser Woche, daß du zu spät kommst, Neil, und heute ist erst Mittwoch.«

Neil blieb die Ruhe in Person. Er wußte, daß das ein guter Witz war, den sie aber nicht verstand oder nicht verstehen wollte.

»Ich kann dich nicht dauernd vor dem Chef decken«, fuhr sie fort und log damit sträflich. Denn der Chef wußte nur das, was Dana ihm sagte. »Ganz unter uns, Neil, hier bekommst du mehr bezahlt als in deinen Clubs. Hier verdienst du deine Brötchen, Neil.«

Super, dachte er. Diesmal gebe ich es dir. Wochenlang hatte er sich zwingen müssen, nichts von seinen Zukunftsaussichten auszuplaudern. Endlich war seine große Stunde da.

»Für die Clubs arbeite ich auch nicht mehr, Dana.«

»Das ist vernünftig. Soweit ich weiß, hat sich ja auch in letzter Zeit nichts mehr für dich ergeben.«

»Hier werde ich allerdings auch nicht mehr arbeiten.« Alle im Saal hörten auf zu schreiben.

»Wie bitte? Warum denn nicht?«

»Weil ich eine eigene Fernsehshow in L.A. angeboten bekommen habe.«

Die Kollegen, eine zusammengewürfelte Gruppe aus Versagern und Aussteigern, applaudierten, stampften mit den Füßen und gratulierten ihm überschwenglich. Nur Dana saß wie erschlagen da. Neil wartete, bis sich alle beruhigt hatten. Er brauchte die Stimme nicht mehr zu erheben, es war mucksmäuschenstill. »Ich kündige hiermit.« Er nahm seine Tasche und ging zur Tür. Dort drehte er sich noch einmal um, weil er seinen Kollegen zum Abschied noch mit einem Anwaltswitz Freude machen wollte. »Warum hat New York alle Anwälte und New Jersey alle Giftabfälle?« rief er.

Erwartungsvoll sahen ihn alle an. »Warum?« brüllten sie.

»Weil die beiden gewettet haben, und New Jersey hat gewonnen.« Hinter sich hörte Neil noch das schallende Gelächter. Er wandte sich noch einmal Dana zu. Jetzt endlich konnte er ihr all die Sticheleien und Gemeinheiten heimzahlen. »Laß dich nicht stören, Dana. Denk dran: Hier verdienst du deine Brötchen.«

Auf dem Weg zum Fahrstuhl pfiff Neil vergnügt vor sich hin.

Neil schloß seine Wohnung auf, ließ seine Tasche und die Post auf den Küchentisch fallen und nahm sich ein Bier aus dem Kühlschrank. Er trank nur selten. Doch an diesem Tag gab es etwas zu feiern. Er blätterte die Post durch, nachdem er den ersten tiefen Schluck getrunken hatte. Rechnungen und noch einmal Rechnungen.

Neil hatte den meisten Clubs schon mitgeteilt, daß er nicht mehr auftreten werde. Jetzt, wo er die Erfolgsleiter zu erklimmen begann, krochen sie wie die Kakerlaken aus ihren Löchern und wieselten um ihn herum, hofierten ihn, behaupteten kühn, sie seien es ja gewesen, die ihn entdeckt und gefördert hatten. Jeder glaubte, bei Neil absahnen zu können. Doch Neil ließ sie alle abblitzen. Sie hatten ihn zu oft wie einen Bettler behandelt und ihn gedemütigt.

Neil dachte an Sam Shields. Auch so ein Mistkerl. Neil bedauerte an sich die bevorstehende Trennung von Mary Jane und der Truppe. Doch er genoß noch im Nachhinein Triumph, als er ihnen von seinem Erfolg erzählte. Sam, dieser aufgeblasene Bastard, spielte sich auf, als gehöre die ganze Truppe ihm persönlich. Was für eine Gemeinheit, Mary Jane vor ihnen allen so bloßzustellen! Obendrein betrog er sie nach Strich und Faden, auch wenn Mary Jane das nicht wahrhaben wollte. Neil seufzte.

Wie kommt es nur, daß jemand wie Sam an einer Mary Jane hängenbleibt? Schön ist sie nicht, dachte Neil, aber eine treue Freundin und sagenhaft begabt. Eine Frau mit Herz, die einen Mann ohne Herz liebt. Neil hatte es nie verstehen können, warum Sam mit seinem überheblichen Künstlergehabe so gut bei den Frauen ankam. Schwarze Kleidung und Starallüren!

Neil kannte Dutzende vom Typ eines Sam Shields. Typen, die in hochkarätige Privatschulen gegangen waren, aber behaupteten, von der Straße zu kommen und schrieben Stücke über die einfachen Leute, ihre aber waren gespickt mit Wörtern der feinen, gebildeten Gesellschaft. Neil kam von der Straße. Sein Dad war ein unbedeutender Rabbi in New York gewesen. Mit der hochnäsigen »besseren Gesellschaft« konnte Neil nichts anfangen. Er haßte sie. Aus der Ferne beobachtete Neil, wie Sam sich als Bursche aus der harten Gosse aufspielte und die Frauen ihm reihenweise verfielen und die Beine für ihn breitmachten. Man konnte die Achtung vor den Weibern verlieren.

Für einen so kleinen, mageren und häßlichen Kerl hatte Neil bei den Frauen, mit denen er ihm Lauf der Jahre geschlafen hatte, nicht schlecht abgeschnitten. Doch er brachte es nie fertig, sie so brutal zu behandeln, daß sie ihn liebten. Weil er Mary Jane liebte, konnte er sie erst recht nicht hart anfassen.

Kurz darauf schüttelte Neil sein Selbstmitleid ab. Er begann zu packen.

7.

Sharleen war glücklich. Sie war mit Boyd ausgegangen. Die beiden trafen sich schon seit fast einem Monat. Boyd benahm sich richtig super. Schon neben ihm in seinem roten Cabrio zu sitzen, machte Spaß.

Seit Sharleen sich mit Boyd verabredete, begriff sie immer deutlicher, daß er sie wirklich mochte. Das sah sie an seinen Blicken.

Viel zu schnell neigte auch dieser Abend sich dem Ende zu. Sie saßen noch eine Weile auf der unbefestigten Zufahrt zu dem Wohnwagenplatz. Boyd hatte den Motor abgestellt und die Scheinwerfer ausgemacht. Die Stille der Nacht umfing sie. Sharleen legte den Kopf zurück und blickte zum Sternenhimmel hoch.

Sharleen war dankbar, daß Boyd nicht sofort an ihr herumgrabschte, kaum daß er den Motor abgestellt hatte. Darin unterschied er sich von den anderen Jungen der Schule. Er hatte sich auch als echter Gentleman auf der Party erwiesen. Im Vergleich zu Boyd wirkten die anderen Jungen kindisch.

Sie unterhielten sich, denn auch das gehörte zu Boyds Vorzügen: Er konnte zuhören.

»Weißt du, daß du das hübscheste Mädchen der ganzen Schule bist?« fragte er nach einer Weile.

Sharleen errötete vor Freude.

»Du schreibst auch die hübschesten Gedichte. Das Gedicht in der Schülerzeitung neulich hat mir super gefallen. Du bist nicht wie die anderen Mädchen. Sharleen... willst du meine feste Freundin werden?«

Boyd war der reichste Junge der Gegend, der einzige, der ein neues Auto fuhr, keinen Gebrauchtwagen. Er wirkte reifer als seine Klassenkameraden, hatte aber noch ein jungenhaftes Gesicht, eher wie Dean. Sharleen hatte immer ein wenig Angst vor dem Flirten, doch nicht darum zögerte sie. Hin und wieder konnte sie mit Boyd ausgehen. Vielleicht einmal die Woche. Öfter nicht. Sonst würde Daddy dahinterkommen. Außerdem wäre dann Dean zuviel allein. Aber wie sollte sie das alles Boyd erklären?

»Boyd, ich möchte mit niemandem fest befreundet sein. Ich hab dich wirklich gern, Boyd. Ehrlich. Aber momentan darf ich keinen festen Freund haben.« Sie spürte, daß ihre Antwort ihn enttäuschte und versuchte, ihn aufzurichten. »Können wir nicht einfach eine Zeitlang gute Freunde sein, Boyd? Du weißt schon, zusammen rausfahren und uns nur unterhalten? Ohne all den Aufstand. Ich hab dich wirklich lieb.«

Wenn er ihr fester Freund wurde, würde sie auch seinen Freundschaftsring tragen müssen. So was wurde bemerkt. Daddy konnte Schwierigkeiten machen, und Dean würde sich vernachlässigt fühlen, vielleicht sogar eifersüchtig werden. Sie küßte Boyd auf die Lippen, ganz zart. Dann wich sie wieder zurück.

»Sharleen, ich liebe dich. Ich werde alles tun, was du willst, aber ich möchte gern so oft es geht, mit dir zusammen sein.«

Sie hörte das Geräusch Sekundenbruchteile, bevor der Baseballschläger auf Boyds Hinterkopf krachte. Erst da erkannte sie ihren Vater. Er torkelte um den Wagen herum, den Baseballschläger nach immer in der Hand. Boyd sackte nach vorn, mit dem Kopf aufs Steuerrad. Blut spritzte umher, Unmengen von Blut. Im Nu war der Sitz durchtränkt.

»Du dreckiges Luder«, fauchte Sharleens Vater. »Knutschen mit Fremden. Raus aus dem Wagen, du Flittchen.«

Sharleen starrte entgeistert auf Boyds blutenden Kopf. Ihr Vater zerrte an dem Türgriff. Doch in seiner Erregung gelang es ihm nicht, die Tür zu öffnen. Sharleen versuchte über den Rücksitz den Wagen zu verlassen. Doch ihr Vater packte ihr Fußgelenk und zerrte sie mit solcher Gewalt zurück, daß es ihr den Atem verschlug. Sie konnte nicht einmal mehr schreien. Instinktiv wußte sie, daß ihr Vater jetzt zu weit gehen würde. Er wollte sie töten.

Unter einem gewaltigen Aufgebot ihrer Kräfte stieß sie mit beiden Beinen nach ihm. Er verlor die Balance. Sharleen sprang aus dem Auto und rannte zum Wohnwagen.

»Dean!« schrie sie. »Hilf mir, Dean!«

Ihr Vater holte sie ein, warf sie zu Boden. »Kleine läufige Hündin! Wie deine Mutter. Aber ich werd's dir schon austreiben. Du hurst nie wieder mit hergelaufenen Jungen herum.« Er drehte sie auf den Rücken, setzte sich rittlings auf sie und schlug sie ins Gesicht.

»Dean! Hilf mir!« schrie Sharleen so laut sie konnte. Nach dieser gewaltigen Kraftanstrengung atmete sie nur noch mühsam. Ihr Vater nutzte die Gunst der Stunde. Er riß ihr Rock und Bluse auf. Gegenwehr nutzte nichts.

Sharleen begann zu beten. Halblaut und inbrünstig. Sie schloß die Augen. Der faul riechende Atem ihres Vaters verursachte ihr Übelkeit. Sie hörte, wie er den Reißverschluß seiner Hose öffnete. Da betete sie lauter.

Sie sah den Schläger nicht, sah auch nicht, daß Dean ausholte. Sie hörte nur, wie das Holz auf den Kopf ihres Vaters krachte. Es gab ein schreckliches, knirschendes Geräusch. Sharleens Peiniger fiel von ihr herunter. Er gurgelte noch einmal. Erst als Sharleen die Augen öffnen und sich hochrappeln konnte, sah sie ihn im Schmutz liegen. Blut sickerte in den Boden. Er rührte sich nicht mehr. Da freute sie sich.

Dean stand wie gelähmt da. Sharleen rannte zu Boyd. Sie sah auf den ersten Blick, daß der Schlag mit dem Baseballschläger ihn getötet hatte. Sein Gesicht war entspannt, trotz der Unmengen von Blut und Gehirnmasse, die aus seinem Kopf quollen. Es war so schnell gegangen, daß Boyd seinen Tod nicht mehr gespürt hatte.

Sharleen ging zu Dean zurück. Sie legte die Arme um ihn. »Danke, Dean. Du hast mir das Leben gerettet. Er hat Boyd getötet. Sieh es dir an, Dean.« Sie zwang ihn, sich den Toten zu betrachten. »Er hat Boyd den Schädel eingeschlagen, Dean. Auch mich wollte er töten.« Sie stand ganz dicht bei Dean und übertrug ihre Wärme auf ihn, holte ihn dadurch zurück. Denn Dean glich jetzt einem verängstigten Tier.

»Du hast mir das Leben gerettet, Dean. Von nun an werde ich nur noch für uns beide sorgen. Verlaß dich auf mich.«

Er nickte. »Er hat unser Hündchen getötet, Sharleen, und er hat Momma geschlagen. Er hat auch dir wehgetan.«

»Ich weiß. Aber jetzt ist alles wieder gut. Du mußt das alles vergessen.«

Er legte den Kopf auf ihre Schulter und begann zu weinen. »Ich bin okay, Sharleen. Wirklich. Ich wollte das nicht. Aber ich erlaube niemandem, dir wehzutun. Niemandem. Nie!«

8.

Mary Jane brachte den Kaffee in ihrem Becher zum Kreiseln. Sie saß in der Küche. Durch das kleine, verschmutzte Fenster mit Blick auf den Lichtschacht konnte sie die Sonne nur sehen, wenn sie sich aus dem Fenster lehnte und die Wange auf das Fensterbrett drückte. Sie aß einen Löffel Yoghurt und wünschte sich, er hätte Fruchtgeschmack.

Gedankenlos nippte sie wieder an ihrem Kaffee. Sie erschrak, als sie Sam im angrenzenden Zimmer hörte. Er redete oft im Schlaf. Jetzt rief er laut, dann seufzte er tief. Er hustete einmal, dann knarrte das Bett, als er sich auf die andere Seite drehte.

Mary Jane atmete erleichtert auf. Ich kann jetzt noch nicht mit ihm reden, dachte sie. Erst muß ich mir über das klarwerden, was gestern abend gewesen ist. Wo muß ich einen Schlußstrich ziehen, wenn ich meine Selbstachtung behalten will? Er hat mich gekränkt, und das vor Molly und Neil und all den anderen.

Wie stets versuchte Mary Jane auch jetzt, einer Auseinandersetzung auszuweichen. Sie versuchte, Sam zu entschuldigen. Hatten sie nicht alle eine schwere Zeit durchgemacht? Schlechtes Gewissen, Scham und Zorn ergaben eine Mischung, die Gefühle brodeln ließ. Sam und sie hatten schon oft darüber gesprochen, und Mary Jane wußte, daß sie sich in L.A. verloren fühlen würde. Andererseits ertrug sie den Gedanken nicht, ohne Sam zu leben.

Sie wußte, daß er ihr böse war, weil es ihr nicht genügte, ihn nur als seine arbeitslose Freundin zu begleiten. Denn gerade jetzt litt er bei seinem ersten Film unter der nervlichen Belastung. Hatte er sie darum so gedemütigt? Wollte er es ihr heimzahlen, weil sie sich ihm nicht fügte? Mary Jane schüttelte den Kopf. Das wäre eine total überzogene Reaktion gewesen.

Sie stand auf und ging die wenigen Schritte von der winzigen Küche zu der nur angelehnten Tür des Schlafzimmers. Sams schulterlanges Haar breitete sich fächerartig auf dem Kissen aus. Den einen Arm hatte er weit von sich gestreckt. Mary Jane empfand es schon als sinnliches Vergnügen, den langen Arm, die Wölbung der Muskeln und das feine Haar auf dem Unterarm zu sehen. Mit seiner Adlernase erinnerte er sie an einen schlafenden Krieger.

Seit er die Filmrechte für *Jack and Jill and Compromise* verkauft hatte, war Sam sauer auf sie gewesen. Er mochte es nicht, wenn sie den Kopf hängen ließ. Das machte ihn ungeduldig und reizbar. So war es auch zu dem Eklat am Abend vorher gekommen.

Seufzend ging sie zu ihrem CD-Spieler und legte eine Scheibe mit Geräuschen des Regenwaldes auf. Die Kaffeetasse in der Hand lauschte sie dem rauschenden Wasser, den Lauten der Tiere. Mary Jane atmete gleichmäßig und tief, wie sie es im Yoga-Unterricht gelernt hatte. Ich darf die Kontrolle nicht verlieren, sagte sie sich.

In ihre Gedanken brach Sams Stimme ein, der vom Schlafzimmer aus rief: »Hast du einen Kaffee, Baby?«

»In der Kanne«, antwortete sie. Sollte er sich seinen Kaffee ruhig selbst holen. Mary Jane hatte ihn verwöhnt. Jeden Morgen hatte sie ihm den Kaffee ans Bett gebracht. So rührend dankbar war sie für seine Nähe, daß sie sich aufführte wie ein treuer Hund.

Plötzlich fragte sie sich, ob Sam sich entschuldigen würde. Vielleicht schob er alles auf den Streß oder Jet-Lag. Wenn er es bereuen würde, wäre der Tag gerettet.

Sam erschien im Wohnzimmer. »Soll ich dir deinen Becher nachfüllen?« fragte er. Offenbar hatte er begriffen, daß er sich anstrengen mußte. Normalerweise hätte er ihren leeren Becher gar nicht zur Kenntnis genommen.

»Nein, danke. Ich möchte nichts mehr.«

Verstohlen beobachtete sie ihn. Er tat cool. Also brauchte sie auf keine Entschuldigung zu warten. Sie mußte von sich aus das Thema anschneiden. Doch sie ermahnte sich auch, nicht gleich loszupoltern, die Ruhe zu bewahren. Sie haßte Streit. Einige Male hatten sie sich heftig gestritten. Jedesmal hatte es damit geendet, daß Sam Türen knallend davonging und sie fürchtete, ihn nie wiederzusehen.

Er griff nach der Zeitung.

»Sam, ich muß mit dir über gestern abend sprechen.«

»Was ist mit gestern abend?«

»Das weißt du genau, Sam. Es geht um die Parodie. Du hast mich verletzt.«

Er sah sie verständnislos an. »Ich? Von was redest du überhaupt? Ich versuche eine Show auf die Beine zu stellen und habe eine Rolle besetzt.«

Warum können ansonsten völlig normale Männer keine Entschuldigung zustande bringen? Warum geben sie nie ihre Fehler zu? »Du mußtest mich nicht auf diese Weise lächerlich machen. Wollest du mich kränken?«

Energisch setzte Sam seinen Becher ab. »Moment mal, Mary Jane. Ich habe nur eine Parodie als Showeinlage gebracht. Wenn du deine Rolle nicht magst, spielt sie eine andere. Du machst doch die Mücke zum Elefanten. Wie kommst du darauf, ich hätte dich gedemütigt?«

Unglaublich! Es tangierte ihn gar nicht. Das fachte ihren Zorn an. »Ich wurde auf Grund meines Aussehens lächerlich gemacht. Sag bloß, daß das nicht stimmt. Und sag mir auch, daß so was nicht entwürdigend ist.«

»Nun nimm dich mal zusammen, Mary Jane! Ich brauchte ein ›Vorher‹ und ein ›Nachher‹. Der klassische Gag. Du warst gerade da und konntest das ›Vorher‹ machen. Du bist schließlich nicht für die Jill ausgesucht worden, weil du aussiehst wie Claudia Schiffer.«

Das schmerzte wie ein Hieb in die Magengrube. Sam nahm die Zeitung wieder zur Hand. »Ich lasse mir jedenfalls nicht den Schwarzen Peter für dein Aussehen zuschieben. Ich habe dir schon oft gesagt, daß du mir gefällst. Hundertmal haben wir das durchgekaut. Du solltest dich allmählich zu deinen eigenen Gefühlen bekennen und sie nicht auf mich projizieren.«

»Ich projiziere gar nichts, Sam. Ich bin gekränkt. Alle haben mich entweder ausgelacht oder bedauert. Beides finde ich scheußlich.« Mary Jane begriff, daß diese Unterhaltung ein schlimmes Ende nehmen würde. Sie fand es unerträglich, daß Sam alles auf ihr ablud.

Sam stand mit seinem Kaffeebecher vor der Küche. »Weißt du, was dein Problem ist? Du bist paranoid.« Er verschwand im Schlafzimmer.

Mary Jane folgte ihm. »Paranoid? Was soll das heißen, Sam? Willst du behaupten, daß das, was du gemacht hast, nicht gefühllos war?«

Sam verdrehte die Augen und schaute genervt an die Zimmerdecke hoch. »Okay, Mary Jane, du bist jetzt nicht paranoid. Jetzt bist du nämlich hysterisch. In dieser Stimmung kann ich nicht mit dir reden.« Er zog sich in aller Ruhe an. »Ich komme wieder, wenn du dich abgeregt hast.« Er stopfte sein T-Shirt in die Jeans und nahm seine schwarze Lederjacke aus dem Schrank. Er ging zur Tür. »Krieg dich erst mal wieder ein.«

»Du Mistkerl!« schrie Mary Jane. »So machst du es doch immer! Ständig verdrehst du die Tatsachen. Erst verletzt du mich, aber am Ende bin ich eine Furie, die dich vertreibt.«

»Auch ich habe meine Gefühle«, erklärte er, öffnete die Tür und knallte sie dann so heftig hinter sich zu, daß der Schlüssel aus dem Schloß fiel.

9.

Lila schlug die Augen auf. Sie versuchte, im Dämmerlicht des Gästezimmers die Uhrzeiger zu erkennen. Viertel nach elf vormittags! Das Zimmer glich einem Zelt aus Tausendundeiner Nacht. Eine Orgie in Seide. Es fehlte weder an Kamelsätteln noch Messinglampen.

Lila rührte sich nicht. Sie versuchte sich zu besinnen. Entsetzen überfiel sie wie eine Woge. Also verdrängte sie die Erinnerungen.

Die Tage und Nächte verschmolzen scheinbar zu einem einzigen brennenden Schmerz, unterbrochen von tiefen Schlafphasen, die Lila wie eine Gnade empfand. Erst als sie den Kopf bewegte, merkte sie, daß ihr Kissen feucht war. Sie hatte in der Nacht geweint. Mühsam versuchte sie sich darüber klarzuwerden, ob es Dienstag oder Mittwoch war.

Wie lang bin ich eigentlich schon hier? fragte sie sich. Sieben, vielleicht acht, nein, neun Tage! Vor neun Tagen war sie aus dem Haus ihrer Mutter zu Tante Robbie gerannt. Plötzlich hatte sie Kevin wieder vor Augen, wie er sich über den Tisch beugte. Rasende Kopfschmerzen meldeten sich schlagartig zurück. Die quälten Lila seit Tagen. Sie dachte an die tierischen Laute aus Kevins Mund, sah wieder alles vor sich. Übelkeit stieg in ihr hoch. Sie schluckte hastig, um nicht erbrechen zu müssen.

Vom anderen Ende des Bungalows, den Tante Robbie im Benedict Canyon gebaut hatte, näherte sich ein leises Surren. Lila kannte das Geräusch. Plötzlich verstummte es. Lila hörte, wie Tante Robbie den Türgriff hinunterdrückte und die Tür aufstieß. Es mußte Robbie sein, denn José, Tante Robbies Hausbursche, stellte das Frühstückstablett normalerweise vor der Tür ab.

»›Suffering was the only thing made me feel I was alive‹«, sang Robbie mit tiefer Stimme. Nur die Schmerzen sagten mir, daß ich noch lebe. Robbie hielt ein chinesisches, rotgelacktes Frühstückstablett in Brusthöhe und stellte es auf einem niedrigen Tisch aus gehämmertem Messing ab. Er rollte zum Fenster und zog die Gardinen zurück, so daß das Zimmer von Sonne überflutet wurde. Wieder sang er die Zeile aus Carly Simons Song: »Suffering was the only thing made me feel I was alive.«

»Hör auf, geh!« wimmerte Lila.

»Komm schon, Schwester Miseria. Novena ist um. Neun Tage wegen eines Mannes jammern und wehklagen, das reicht. Mehr billigt Gott dir nicht zu.« Überraschend behende setzte Robbie sich auf den Kamelsattel. Sein großblumiger Seidenkaftan legte sich in üppigen Falten um seine Beine und verhüllte die Rollschuhe an seinen Füßen. Auf die Frage, warum er sich mit Vorliebe auf Rollschuhen fortbewegte, hatte er Lila einmal geantwortet: »Das verschafft mir ein Gefühl der Schwerelosigkeit.« Robbie schmunzelte jetzt. »Also erheb dich. José hat das Frühstück auf meinen Wunsch hin speziell für dich zusammengestellt.« Er schenkte den starken schwarzen Kaffee aus einem kleinen antiken Samowar – angeblich das Geschenk seines ersten Freundes – in eine hauchdünne Porzellantasse.

Da Lila sich nicht rührte, schlug er mit einem Klöppel auf einen Tempelgong aus Messing. Lila zuckte zusammen. »Nun hör mir mal zu, liebe Freundin. Du bewegst deinen Hintern jetzt sofort und kommst hierher.« Er wies auf die gefüllte Kaffeetasse.

Ihr Kopf schmerzte nach dem hallenden Gong noch mehr. »Wie kannst du mir das antun, Tante Robbie? Bitte!« flehte Lila.

»Hör mit der Winselei auf. Es wird für uns beide Zeit, daß wir uns ein bißchen unterhalten.« Er klopfte auf ein Kissen auf dem Boden neben ihm. »Setz dich neben deine alte, aber so umwerfend attraktive Tante.«

Lila erhob sich seufzend. Der Weg bis zu dem Kissen fiel ihr schwer. Sie sank darauf, legte aber gleich die Hände vor das Gesicht und weinte. »Robbie, ich halte das einfach nicht länger aus.«

Robbie ließ sie weinen, bis sie von sich aus die Tränen mit dem Ärmel des Frisiermantels abwischte, den er ihr am Tag ihrer Ankunft bei ihm gegeben hatte. Sie trank einige

Schlucke Kaffee. »Was soll ich nur tun?« fragte sie zum tausendsten Mal in diesen neun Tagen.

»Es kommt darauf an, was du willst«, erwiderte er. Tante Robbie berührte Lilas Kinn mit einem kurzen Würstchenfinger. An diesem Tag hatte er seine Fingernägel blutrot lakkiert. Lila wußte, daß Robbie sie mochte, obwohl sie vor seiner Berührung zurückschrak, wie übrigens vor der Berührung jedes Menschen. Doch an seiner sanften Stimme und seiner zarten Geste merkte sie, daß er sich um sie sorgte.

»Mein liebes Kind, ich weiß, wie hart dich das getroffen hat und wie sehr es dich aufwühlt. Aber du brauchst deswegen nicht zu zerfließen. Es ist mir völlig ernst: Neun Tage sind genug.« Robbie stand auf und rollte zum Fenster. »Du hast das Zimmer noch kein einziges Mal verlassen, seit du hergekommen bist.«

»Ich hasse sie«, stieß Lila hervor.

Robbie drehte sich zu ihr um.

»Sie hat diese Heirat eingefädelt. Meine eigene Mutter! Sie sagte, er würde mir nie zu nahe treten. Aber sie hat nicht gesagt, warum. Bevor ich da reinging und die beiden sah, wußte ich nicht, daß er...« Lila sprach nicht weiter. Sie wollte Tante Robbie nicht kränken, obwohl sie wußte, daß sie ihm gegenüber kein Blatt vor den Mund nehmen mußte. »Du weißt schon. Es war nicht nur ekelhaft, sondern auch verlogen. Er hatte doch gesagt, daß er mich liebt.«

»Vielleicht tut er das sogar. Es gibt verschiedene Arten von Liebe.« Robbie stand jetzt vor dem hohen Spiegel und zupfte sein rotgefärbtes Haar zurecht. »Wenn ich mich jedes Mal ins Bett verkriechen würde, wenn einer meiner Freunde in Nachbars Garten nascht, befände ich mich als unheilbarer Fall in der Psychiatrie.« Er drehte sich auf seinen Rollschuhen um die eigene Achse und betrachtete sich dann wieder im Spiegel. »Im Grunde bin ich längst reif für die Psychiatrie, aber du wirst schon wissen, was ich damit andeuten wollte.«

Lila verließ den Platz auf dem Kissen und setzte sich auf einen Stuhl vor dem Toilettentisch. Sie starrte in den dreiteiligen Spiegel und begann, ihr verfilztes, rotes Haar zu bürsten, das sonst so schön seidig war. »Was ich nicht verstehe«, sagte sie, »ist, daß meine eigene Mutter absolut keine Rücksicht auf meine Gefühle nimmt. Sie hat mich zu dieser Verlobung offenbar nicht meinetwegen gedrängt.«

Tante Robbie hatte seinen Platz am Fenster verlassen. Er saß nun mit übereinandergeschlagenen Beinen auf dem Bett und wippte mit einem berollschuhten Fuß auf und ab.

»So was nennt man Narzißmus«, antwortete Robbie. »Ich kenne deine Mutter schon sehr lang, und ich liebe sie auch, aber gemocht habe ich sie nicht immer. Immerhin mußt du daran denken, Lila, daß es Gründe gibt, warum die Menschen so sind, wie sie sind. Weißt du etwas über ihre Kindheit?«

»Verschon mich mit diesem Schwachsinn. Müssen wir jetzt darüber sprechen, wie sie zu ihrem ersten Vorsprechen in L.A. barfuß durch den Schnee stapfte?« wehrte Lila sich gereizt.

»Weißt du, man kann nur eine gute Mutter oder ein guter Vater sein, wenn man selbst gute Eltern hatte. Die hatte deine Mutter nicht. Darum hat sie dich so großgezogen, wie sie ihre Karriere aufgebaut hat: Indem sie sich auf den Hosenboden setzte und sich anstrengte.« Lila stand wütend auf und wollte zur Tür gehen. Robbie hielt sie zurück. »Jetzt wartest du gefälligst. Glaubst du denn, daß du ein Kind besser erziehen kannst als sie es gemacht hat, Lila? So, wie du aufgewachsen bist?«

»Ich werde keine Kinder haben.«

»Aber wenn du welche hättest?«

»Ich denke mir, daß ich es besser machen würde«, behauptete Lila.

»Eben. Das hat auch Theresa gedacht. Und sie hat es auch besser gemacht als ihre Eltern.« Robbie stand auf. Er rollte wieder zum Fenster und öffnete es. Im Garten reinigte sein Liebhaber Ken den Swimmingpool. Ken trug nur einen winzigen fleischfarbenen Badeslip. Robbie rief Ken zu: »Mary, hab ich dir nicht schon hundertmal gesagt, du sollst nicht diesen Fetzen anziehen? Du siehst ja grotesk aus.« Robbie wandte sich wieder Lila zu.

Die mußte lächeln. Ken fuhr mit dem Poolsauger langsam

über die Wände des Beckens, als hätte er Robbie nicht gehört. Er war nicht allein. Doch Lila konnte nicht sehen, wer ihm Gesellschaft leistete.

»Sieh dir das an, Lila!«

»Als hätte ich Ken nicht schon mehr als einmal in dieser Badehose gesehen! Laß ihn doch in Ruhe. Der hört sowieso nie auf dich. Das weißt du genau.« Sie musterte Robbies Aufmachung kritisch und lachte. »Und du sagst, er sähe grotesk aus? Was ist denn mit dir?«

»Du sollst dir nicht Ken ansehen, sondern das Mädchen, das auf der Liege sitzt und mit Ken spricht.«

»Du meinst das kleine schwarze Kind?« fragte Lila.

»Das ist Simone Duchesne, Star der Fernsehshow *Opposites Attract*. Gegensätze ziehen sich an. Und sie ist kein Kind. Sie ist zweiundzwanzig.«

»Das ist Simone Duchesne? Ich dachte Simone sei so alt wie das Kind, das sie spielt, etwa sechs oder sieben.«

Robbie seufzte. »Ja, das glauben alle. Sie sieht nur wie ein Kind aus. Sie hat einen gutartigen Tumor an ihrer Nebennierenrinde. Dadurch wurde ihr Wachstum gebremst. Man hätte den Tumor leicht chirurgisch entfernen können, nachdem er entdeckt worden war. Doch ihre Eltern, die Simone auch managen, haben die Operation abgelehnt. Nun ist es zu spät.«

»Warum?« fragte Lila, doch ein ungutes Gefühl in der Magengrube sagte ihr, daß sie die Antwort schon kannte.

»Angeblich, weil sie kein Geld für die Operation hatten. Doch wäre Simone normal gewachsen, wäre sie zu groß für die Fernsehrolle geworden. Die Eltern entschieden sich für das Geld.«

»Armes Kind, ich meine, arme Frau.« Lila fröstelte. »Ist sie nun hinter Ken her?«

»Nein, nein. Sie ist geschlechtslos«, stellte Robbie richtig. »Auch das haben ihr die Eltern genommen, indem sie die Operation ablehnten. Simone hat sich Ken angeschlossen und folgt ihm wie ein Hündchen. Du weißt ja, wie gut Ken zuhören kann. Sie haben sich bei einer Show kennengelernt. Ken machte die Beleuchtung. Sie wird nie für eine andere Rolle einen Vertrag bekommen. Was für ein Leben!«

Lila schwieg tief betroffen.

»Es gibt Schlimmeres, als das Kind eines Stars zu sein. Zum Beispiel: Kinderstar zu sein. Simones geldgierige Eltern haben sie ihres Wachstums, ihres Geschlechtslebens und ihres Geldes beraubt. Von Ken weiß ich, daß Simone neuerdings einen Anwalt konsultiert. Der hat auch schon eine Klage gegen die Eltern eingereicht. Doch wie der Fall auch ausgehen mag, Simone wird immer die Verliererin bleiben.«

»Ich kann mir denken, wie ihr zumute ist«, flüsterte Lila.

»Ts, Ts. Meinst du wirklich, Miss Selbstmitleid? Sieh dich im Spiegel an. Nein, ich meine nicht deine verquollenen Augen und deine Blässe. Das verschwindet in zwei Stunden wieder. Sieh dich richtig an. Was siehst du da? Keine schwarze Zwergin, oder?«

Lila betrachtete sich. »Ich weiß, daß ich schön bin, Tante Robbie, und daß die Männer hinter mir her sind. Aber ich möchte nichts mit ihnen zu tun haben.«

»Magst du Mädchen?« fragte Robbie mitfühlend.

Lila schauderte. »Nein, ich hasse Frauen.«

Robbie wiegte bedenklich den Kopf. »Bleibt nicht viel übrig, wie? Falls es dir ein Trost ist: Du stammst aus einer Familie mit einer langen Tradition von Geschlechtsproblemen. Dein Vater war der einzige Mann, den ich wirklich geliebt habe – womit ich Ken nicht kränken will. Aber dein Vater wußte selbst nicht, was er wollte. Der hat sich durch ganz Hollywood geschlafen. Weiblich oder männlich. Theresa war diejenige, die in der Familie die Hosen anhatte. Du könntest von ihr lernen. So ausgebufft wie sie ist, hat sie eine gute Entscheidung getroffen: Sie hat erkannt, daß ihr Mann sie immer unglücklich machen würde. Die Konsequenz, die sie daraus für dich zog, gefällt mir nicht, doch sie hat ihr geholfen, bei Verstand zu bleiben. Weil sie merkte, daß ihr Liebesleben sie nicht ausfüllen würde, beschloß sie, ihre Karriere zu ihrem Liebeslebenersatz zu machen. Dieses Ziel verlor sie nicht mehr aus den Augen. Wie ist das mit dir, Lila? Was erwartest du dir eigentlich von deinem Leben?«

Lila schwieg lange, bevor sie erwiderte: »Ich will von allen geliebt werden, aber nur aus der Entfernung.«

10.

Zwölf Kilometer hinter Fort Dram, Texas, blieb Sharleen am Straßenrand der Interstate 10 stehen. Die Sonne brannte erbarmungslos auf sie herunter, die Hitze des Asphalts drang durch die dünnen Sohlen ihrer Sandalen. Auch Dean hatte jeden Zoll dieser zwölf Kilometer gespürt. Denn er schleppte obendrein ihr gemeinsames Gepäck.

Als sie beim letztenmal von einem Lastwagenfahrer mitgenommen worden waren, hatte Sharleen schon nach wenigen Meilen das Gefühl gehabt, der Mann werde zudringlich werden. Sharleen hatte Dean einen Wink gegeben, und sie waren schleunigst ausgestiegen. Das hätte auch Momma ihnen geraten, wenn sie dagewesen wäre. Obwohl Momma nun schon jahrelang nicht mehr bei ihnen war, richtete Sharleen sich stets nach dem, was Momma gutgeheißen hätte. Unter keinen Umständen wollte sie ihrer Momma Schande machen. Sharleen glaubte kein Wort von dem, was Daddy über seine Frau gesagt hatte.

Sharleen betete lautlos: Lieber Gott, ich danke dir, daß du uns heil aus Lamson und Fort Dram geführt hast und daß wir beizeiten aus diesem Laster ausgestiegen sind, obwohl meine Füße jetzt so wehtun.

Sie fürchtete, daß sie und Dean in die Hölle kamen, wegen dem, was sie Daddy angetan hatten. Doch sie hoffte auch auf Verständnis beim lieben Gott. Es wird nie wieder passieren, versprach sie ihm.

Mitunter, wie auch jetzt, fühlte Sharleen sich so erschöpft, daß sie glaubte, keinen Schritt mehr machen zu können. Doch das mußte sie. Sie mußten Texas verlassen, vielleicht sogar das Land. Wenn sie von einem Sheriff aufgegriffen wurden, kamen sie und Dean in Teufels Küche.

Sie hatten den Körper des Vaters zu Boyds Cabrio getragen, auch den Baseballschläger. Sharleen hatte noch ein Gebet gesprochen und Gott gebeten, sich der beiden Seelen anzunehmen. Sie glaubte allerdings nicht, daß Gott sich ihres Daddys erbarmen würde. Sharleen konnte Daddy jedenfalls nicht verzeihen. Mit Mommas Bibel und einigen Kleidungsstücken und den wenigen Scheinen, die sie aus ihrem Versteck unter der Spüle hervorgeholt hatten, verließen sie Lamson noch in der gleichen Nacht. Einmal wurden sie bei Fort Dram mitgenommen. Danach schliefen sie den Tag über in einem Park in der Nähe des Postamtes. Das nächstemal lief es nicht so gut, das war der Lastwagenfahrer, dem sie nicht traute. Sharleen wußte, daß sie einen Plan machen mußte. Sie mußte sich überlegen, wie es weitergehen sollte. Doch ihr fiel nichts ein, und so dachte sie bei jedem Schritt nur: »Vater vergib ihnen, denn sie wissen nicht, was sie tun.«

Sharleen hörte das Auto, lang bevor sie es sah. Der Motor klang stark. Sie drehte sich um, sah zunächst nur das Flimmern über dem glühenden Asphalt. Das Auto näherte sich. Silberfarben, getönte Scheiben. Es fuhr nicht so schnell wie alle anderen.

Wortlos stellten Dean und Sharleen sich in Position. Dean am Straßenrand, den Daumen erhoben, die andere Hand lässig in den Gürtel verhakt. Sharleen nahm ihren Platz auf dem Koffer ein, teilweise von Dean verdeckt. Sie beugte sich nach vorn und blickte zu Boden. Das verbarg ihren aufreizenden Körper.

Die Fenster des Pontiac waren geschlossen. Als der Wagen hielt, galt Sharleens erster Blick dem Fahrer. Es war ein alter Mann, fünfzig oder älter. Günstig also! Außerdem hatte er einen Hund dabei. Sharleen glaubte, daß Mädchenschänder keine Hunde bei sich hätten. Sie rannten beide zu dem Fenster auf der Beifahrerseite, das der Fahrer hinunterließ. »Wohin wollt ihr?« fragte er.

»Montana«, sagte Dean.

»Kalifornien«, sagte Sharleen gleichzeitig.

Der Fahrer lachte. »Ein bißchen durcheinander, wie?«

»Wir wissen schon, wohin wir wollen«, stellte Sharleen klar. »Erst nach Kalifornien, dann später nach Montana. Wohin fahren Sie denn?« Dean streichelte den Hund, einen großen schwarzen Labrador. Sharleen hatte das Gefühl, daß sie sich getrost diesem Fahrer anvertrauen konnten.

»Steigt ein.« Sharleen warf Dean einen Blick zu. Sie öffnete die hintere Tür und stieg ein. Dean setzte das Gepäck auf den Platz neben Sharleen und stieg neben dem Fahrer und seinem Hund ein. So hatte es Sharleen mit Dean ausgemacht, für den Fall, daß sie von einem Personenwagen mitgenommen wurden.

Kaum daß die Türen geschlossen waren, wurde es angenehm kühl. Sharleen bemerkte eine Reisetasche des Fremden auf dem Fußboden und einen zerbeulten Zwanzigliterkanister. Offenbar fuhr der Mann mit viel Gepäck und hatte das nicht mehr im Kofferraum untergebracht. Sie lehnte sich an die Kopfstütze und atmete tief durch. Die kühle Brise aus der Klimaanlage trocknete den Schweiß auf ihrer Stirn und ihr feuchtes Shirt. Ihre Brustwarzen wurden hart. Dean drehte sich zu ihr um und schmunzelte.

»Wie heißt ihr?« fragte der Fahrer, nachdem sie wieder fuhren.

»Ich bin Sharleen, und das hier ist mein Bruder Dean. Und Sie?«

»Dobe Samuels. Meinen Hund habe ich Oprah genannt, nach dieser Frau im Fernsehen, weil er dick, schwarz und schlau ist.«

Es wurde nicht viel gesprochen. Dean streichelte Oprah, Sharleen genoß den Komfort. Sie dankte Gott für das Glück, das er ihnen beschert hatte. Dobe machte einen gepflegten Eindruck. Sein Haar war frisch geschnitten, und er trug ein sauberes, gebügeltes Hemd.

Einmal fuhr ein Wagen dicht hinter ihnen auf. Sharleen bekam einen gewaltigen Schrecken. Immerhin waren sie und Dean auf der Flucht. Doch das Fahrzeug setzte kurz darauf zum Überholen an.

Inzwischen lag eine beträchtliche Entfernung zwischen ihnen und Lamson. Wer in den silberfarbenen Wagen sah, mußte sie für eine Familie auf Urlaubsreise halten. Für die Polizei waren sie jedenfalls nicht mehr auffällig.

Plötzlich brach Dobe das Schweigen. »Ich muß bei der nächsten Tankstelle halten.« Kurz darauf bog er von der Straße ab und hielt vor einer einsamen Tankstelle.

Sharleen wurde nervös. Erwartete Dobe, daß sie sich an den Benzinkosten beteiligten? Sie und Dean besaßen ganze sechzig Dollar. Damit konnten sie kein Benzin bezahlen und sich nur gelegentlich etwas zu essen kaufen.

Dobe öffnete die Tür hinter sich und nahm den Kanister heraus, der neben Sharleen gestanden hatte. Er ließ die Tür offen und befahl Oprah, im Auto zu bleiben. Unter dem Vordach der Tankstelle lümmelte ein junger Bursche, die Beine auf einen Teerkanister gelegt, den Holzstuhl an die Wand hinter sich gekippt.

»Darf ich Sie um etwas Wasser bitten?« Dobe hielt seinen leeren Kanister hoch, so daß der Mann ihn sehen konnte.

»Kein Benzin?« fragte der Junge.

»Das brauche ich nicht. Nur Wasser.« Dobe lächelte breit.

»Ich verkaufe aber Sprit.«

»Ich brauche aber keinen, mein Junge.« Er ließ sich von dem dreisten Ton des Jungen nicht aus der Ruhe bringen.

Sharleen stieg aus und schob die Hände in die Gesäßtaschen ihrer Jeans. »Wir wären Ihnen sehr dankbar«, rief sie. Sie wußte genau, wie man mit störrischen Typen aus der Provinz fertig wird.

Der Bursche setzte sich gerade. Er riß die Augen auf bei ihrem Anblick. »Klar doch, Madam. Ums Haus rum. Soviel Sie wollen.«

Dean sprang aus dem Auto, um Dobe zu helfen. »Wozu brauchen Sie Wasser, Mr. Samuels? Der Wagen ist nicht überhitzt.« Dean verstand fast soviel von Motoren wie von Tieren.

Dobe öffnete seinen Kanister und ließ das Wasser hineinlaufen. »Mein Sohn, du wirst gleich Zeuge eines modernen Wunders der Wissenschaft«, erklärte Dobe großartig.

»Was für ein Wunder?«

»Ich werde das Wasser hier in meinen Benzintank gießen und dann eine Wundertablette hinzufügen. Das ergibt Benzin.«

»Echt?« Deans Stimme überschlug sich.

»Echt. Du wirst's gleich erleben.«

Dean rief nach Sharleen. »Du, Sharleen, Dobes Wagen fährt mit Wasser. Er hat eine besondere Tablette dafür.« Deans Blick hing bewundernd an Dobe.

Sharleen fragte sich, was dieser Unsinn sollte. Gehörte Dobe zu denen, die sich wichtig machten, indem sie sich über den gutgläubigen, nicht gerade hellen Dean lustig machten? Davon hatte es in Lamson genügend gegeben, und Sharleen hatte sich immer schützend vor Dean gestellt. Offenbar hatte Dobe Samuels schon gemerkt, daß man mit Dean fast alles machen konnte. Das stimmte Sharleen traurig.

So zeigte Sharleen auch keine Spur von Erstaunen, bis Dobe tatsächlich seinen Tankverschluß öffnete.

»Mister!« Der junge Tankwart sprang auf. »Wenn Sie Wasser in Ihr Benzin schütten, fährt Ihr Wagen keinen Meter weiter. Darauf wette ich mit Ihnen fünf Dollar.« Er stopfte die Hände in die Taschen seines Overalls und grinste überlegen.

»Das wäre keine Wette, junger Mann, sondern glatter Diebstahl.« Dobe schüttete das Wasser gelassen in seinen Tank. Dean und der Tankwart erstarrten.

»Aber Mister! Sie versauen sich doch Ihren Wagen!«

Dobe achtete nicht auf den Protest, sondern goß weiter. »Dean, mein Sohn, hol mir die Schachtel mit den Tabletten aus dem Handschuhfach, bitte.«

Dean gehorchte bereitwillig. Dobe entnahm der Schachtel eine Kapsel, hielt sie ins Licht und ließ sie so, als gelte es, eine rituelle Handlung vorzunehmen, bedächtig in den Tank fallen. Gemächlich schraubte er den Verschluß zu.

Dobe warf Dean seine Wagenschlüssel zu. »Laß ihn schon mal warmlaufen, Dean. Inzwischen hole ich uns was zum Trinken. Er ging in den Verkaufsraum und nahm aus dem Kühlschrank dort vier Dosen Mineralwasser. Das Geld legte er an die Kasse. Inzwischen hatte Dean den Motor gestartet. Dobe verteilte die Dosen an Dean, Sharleen und den Tankwart.

»Wo haben Sie diese Tabletten her, Mister?« fragte der Tankwart tief beeindruckt.

»Eigene Herstellung. Ich habe eine Erfindung gemacht und kann uns aus Wasser Benzin herstellen. Übrigens heiße ich Dobe Samuels. Und Sie?«

»Eb Cloon. Wieviele Kilometer fahren Sie denn mit einem Liter?«

Dobe nahm einen großen Schluck. »Das läßt sich nicht mit Benzin vergleichen. Ein Liter Wasser und eine dieser Pillen ist gleichbedeutend mit einer oder zwei Tankfüllungen.«

»Einer oder zwei Tankfüllungen?«

»Sharleen, haben wir heute schon einmal angehalten um Wasser zu holen?« fragte Dobe.

»Nein, das ist das erste Mal«, antwortete sie wahrheitsgemäß.

»Sehen Sie, und ich bin heute morgen in San Antonio, Texas, gestartet.«

»Aus was bestehen die denn?«

»Das ist ja gerade das Komische. Eb. Ich darf Sie doch so nennen?« Eb Cloon nickte. »Sie bestehen aus Zeug, was man so im Haus hat. Ich wette, daß Sie alles dafür in Ihrem Küchenschrank finden. Aber mehr sage ich Ihnen nicht. Es gibt nämlich einige, die sind mächtig interessiert daran. Das dürfen Sie mir glauben.«

»Was kosten die Pillen eigentlich?« wollte Eb wissen.

»Die sind nicht im Handel, junger Mann. Ich bin auf dem Weg zu einer der großen Ölgesellschaften. Denen will ich meine Erfindung vorführen.« Er trank noch einen Schluck aus seiner Dose und warf sie dann in den Abfalleimer.

»Ich würd' gern ein paar von den Dingern kaufen, wenn der Preis stimmt«, bot Eb an.

Sharleen beobachtete, wie Dobe nachdenklich zögerte. »Nur, wenn Sie mir versprechen, daß Sie nicht versuchen werden, das Rezept zu kopieren.«

Eb nickte zustimmend.

»Also dann könnte ich Ihnen einige zu fünf Dollar das Stück überlassen, keinesfalls mehr als zehn. Wir müssen noch bis Kalifornien.« Er lächelte Sharleen zu. Sie mochte sein Lächeln. »Allerdings hätte ich noch eine Bitte. Ich brauche etwas Wasser für meinen Hund. Er ist mächtig durstig.«

»Klar doch, Sir. Gern.« Eb rannte förmlich in den Kassenraum, um das Geld zu holen.

Dobe brachte Oprah Wasser in einer Schüssel, und die Hündin trank gierig. Er übergab Eb zehn rote Kapseln und steckte dessen fünfzig Dollar ein. »Denken Sie daran: Ein Liter Wasser auf eine Pille. Das langt mindestens für eine Tankfüllung, mitunter auch für zwei. Aber ich will nicht übertreiben. Sonst wären Sie hinterher enttäuscht.«

Dobe scheuchte Oprah zurück in den Wagen und setzte sich hinter das Steuer. Durch das Fenster verabschiedete er sich von Eb.

»Mr. Samuels, ich danke Ihnen«, erklärte Eb feierlich. »Wenn das mein Pa hört!«

Dobe fuhr ab. Dean schwieg eine Weile. Schließlich meinte er: »Mr. Samuels, Sie werden ein reicher Mann sein, wenn Sie nach Kalifornien kommen.«

Sharleen fing Dobes Blick im Rückspiegel auf. »Ich bin schon reich genug, mein Sohn.« Er tätschelte Oprahs Kopf und zwinkerte Sharleen zu.

Sharleen wachte zeitig auf. Dean schlief noch in dem Einzelbett, das sie miteinander geteilt hatten. Sie hatten das zweite Bett nicht berührt. Sharleen stand leise auf, um Dean nicht zu wecken, und verschwand in dem kleinen Badezimmer des Motelzimmers. Als sie in der vergangenen Nacht angekommen waren, hatte sich die frische Bettwäsche unglaublich gut angefühlt. Sharleen hatte vor Freude gestöhnt. Dean und Sharleen waren müde, satt und glücklich gewesen und sofort eingeschlafen. Dean hatte den Arm schützend um Sharleen gelegt.

Die dichten grünen Vorhänge ließen kaum Licht herein. Angenehm weich fühlte sich der graue Teppichboden unter Sharleens Füßen an, als sie ins Bad ging. Nie zuvor hatte Sharleen ein so hübsches Zimmer gesehen. Sie fuhren nun schon fast eine Woche mit Dobe. Sharleen hatte noch immer nicht herausbekommen, was der Haken an der Sache war. Gott hatte ihnen geholfen. Die Bestätigung dafür, daß ER seine Hand im Spiel hatte, glaubte Sharleen darin gefunden zu haben, daß sie in fast allen Motelzimmern eine Bibel im Nachttisch fand.

Sie hatten inzwischen mehr als tausend Meilen zurückgelegt und Texas hinter sich gelassen. Seit gestern. Dobe fuhr über Nebenstraßen. Das bedeutete mitunter kleine Umwege.

Er hielt drei- oder viermal täglich an, um Wasser zu tanken und verkaufte seine Tabletten. Das kam Sharleen alles so leicht vor, daß sie kein schlechtes Gewissen verspürte, wenn Dobe ihre Mahlzeiten und ihre Unterkunft bezahlte. Kein einziges Mal unternahm Dobe irgendwelche Annäherungsversuche.

Von dem Toilettensitz aus sah Sharleen sich in dem blitzsauberen, gekachelten Badezimmer um. Für jeden von ihnen waren zwei Handtücher vorgesehen, auch zwei kleine, eingewickelte Seifenstücke. Richtig hübsch. Sharleen fand, es sei zu schade, die Seife nur ein einziges Mal zu benutzen und sie dann zurückzulassen. Sie hätte gern so ein hübsch eingepacktes Seifenstück besessen, doch sie scheute davor zurück, sie einfach mitzunehmen. Als sie die Spülung betätigte, staunte sie über den kräftigen Strahl Wasser, der die Toilettenschüssel reinigte.

Sie zog den weißen Duschvorhang zurück und drehte den Wasserhahn auf. Auch hier fand sie wieder zwei kleine Seifenstücke. Sie dufteten gut. Sogar eine kleine Flasche Haarshampoo fehlte nicht. Dobe hatte ihr gesagt, daß solche Dinge mit dem Zimmerpreis bezahlt wurden und daß sie das behalten konnte. Doch sie hielt das für Unrecht.

Dieses Zimmer mußte teuer gewesen sein, glaubte sie. Allerdings kannte sie die Preise nicht, da sie vor ihrer Fahrt mit Dobe nie ein Motel betreten hatte.

Bevor Sharleen letzte Nacht eingeschlafen war, hatte sie über das Glück nachgedacht, das ihr und Dean in Person von Dobe in den Schoß gefallen war. Sie aßen in hübschen Lokalen, schliefen in sauberen Betten, durften heiß duschen.

Als Sharleen sich jetzt abtrocknete, fiel ihr Blick durch das Badezimmerfenster hinaus ins Freie. Sie sah Dobe Samuels, wie er von der Tankstelle auf der anderen Seite der Straße zurückkam. Er trug zwei Benzinkanister. Oprah trottete hinter ihm her.

Durch das von Wasserdampf beschlagene Badezimmerfenster sah Sharleen, wie Dobe seinen Kofferraum öffnete und nach einem raschen Blick in beide Richtungen die Kanister in den Kofferraum entleerte. Danach schloß er den Kofferraum wieder und bückte sich, griff unter den Kotflügel direkt unter dem Tankverschluß, in den er immer das Wasser einfüllte, und dann zog er an etwas. Wasser sprudelte heraus und bildete eine große Pfütze um seine Füße. Oprah leckte daran. Dobe zog ein Taschentuch aus seiner Hosentasche und wischte seine Hände ab. Dann ging er auf Sharleens und Deans Zimmer zu.

Sharleen duckte sich. Sie war sich noch nicht im klaren darüber, was sie da gerade gesehen hatte, doch ihre Hände zitterten. Irgend etwas stimmte hier nicht. Rasch zog sie Jeans und ein T-Shirt an. Dobe klopfte an die Tür.

Dean wachte auf. Sharleen öffnete die Tür. Die Morgensonne stand so tief, daß Sharleen die Augen zusammenkneifen mußte, um Dobe sehen zu können.

»Seid ihr fertig zum Frühstück?« fragte Dobe freundlich.

»Klar«, rief Dean. Er verschwand im Badezimmer.

»Wir treffen uns in zehn Minuten in der Cafeteria.« Damit ließ Dobe sie allein.

Während Dean duschte und sich anzog, machte Sharleen die Betten, wischte Staub und faltete die Handtücher ordentlich zusammen.

Die Cafeteria war fast leer. Nur am Tresen saßen einige Lastwagenfahrer. Sharleen und Dean setzten sich Dobe gegenüber. Die Kellnerin schenkte ihnen Kaffee ein. »Was hättet ihr denn gern, Kinder?« fragte Dobe. »Bestellt, was ihr wollt. Ich zahle.« Er schob ihnen die Speisekarte über den Tisch.

Dean brauchte nicht lang zu überlegen. »Steak und Eier, Bratkartoffeln und Pfannkuchen mit Sirup.«

Dobe lachte. »So was gefällt mir: ein Mann, der sich nicht um seinen Cholesterinspiegel kümmert.« Er winkte die Kellnerin an den Tisch und bat zusätzlich um einen Teller mit gebratenem Speck für Oprah.

Sie frühstückten schweigend. Dean hatte seine gewaltigen Portionen zuerst vertilgt. Zufrieden erklärte er: »Voll wie eine gefüllte Weihnachtsgans. Ich drehe besser noch eine Runde ums Haus. Wenn es Ihnen recht ist, Mr. Samuels, bringe ich Oprah auch ihren Speck.«

Sharleen nützte Deans Abwesenheit sofort. »Dobe, ich weiß, daß Sie ein intelligenter und sehr netter Mann sind, aber wissen Sie, bei den Benzinkapseln… Also ich glaube, ich verstehe das nicht so recht.« Sharleen wollte den Mann nicht kränken, der ihnen soviel Gutes getan hatte. Doch wenn da etwas faul sein sollte, wollte sie mit Dean lieber rechtzeitig aussteigen. Sie hatten Schwierigkeiten genug.

»Was verstehen Sie nicht, Sharleen?« fragte Dobe.

Da rückte sie mit der Wahrheit heraus: »Ich habe gesehen, wie Sie Benzin in den Kofferraum gefüllt haben. Mißverstehen Sie mich nicht, Dobe. Ich habe gar nicht das Recht, Sie zu kritisieren.«

Dobe beugte sich über den Tisch. Er blickte Sharleen offen an. »Ich habe viel Respekt vor dir, mein Mädchen.« Er überlegte kurz, wie er das formulieren sollte. »Ich merke auch sehr genau, wenn jemand in Schwierigkeiten steckt, und so möchte ich mal sagen, daß du und Dean wahrscheinlich momentan einen guten Freund nötig habt. Jeden Tag beobachte ich, wie du dich schützend vor den Jungen stellst und wie er seinerseits darauf bedacht ist, daß dir nichts zustößt. Das gefällt mir. Sehr sogar. Sagen wir es mal so: Gott hat mich mit einer gewissen Begabung ausgestattet, und die verwende ich, um Geld zu verdienen. Den Guten tue ich nie etwas Böses an. Da kannst du ganz beruhigt sein.«

Sharleen nickte. »Ich verstehe: Aber vielleicht sollten Dean und ich doch lieber allein weiterreisen.«

»Das würde ich sehr bedauern. Siehst du, da ich nun einmal diese Begabung habe, lasse ich gern auch andere an dem, was der Herr mir geschenkt hat, teilhaben. Außerdem wird es manchmal ganz schön langweilig unterwegs. Trotz Oprah. Laßt euch von mir wenigstens bis Kalifornien mitnehmen, und erlaubt mir, für euch zu sorgen. Es ist mir schon aufgefallen, daß Dean eine gewisse Führung braucht.«

Sharleen dachte an die vielen Bequemlichkeiten, die sie dank Dobes Großzügigkeit genossen: das klimatisierte Auto, gutes Essen, ordentliche Betten. Doch Dobe leugnete nicht, daß er etwas Verbotenes tat. Scher dich fort von mir Satan, dachte sie. Andererseits sah Dobe überhaupt nicht wie ein

Satan aus. Dagegen sprachen schon sein gütiges Gesicht und die Lachfältchen um seine Augen.

»Dobe, Sie wissen, daß Dean und ich kein Geld haben. Wir können also Ihre Hilfe nicht irgendwie vergelten, außer daß wir Ihnen Gesellschaft leisten.«

Dobe sah Sharleen noch immer an. »Das erkenne ich auch an. Ihr schuldet mir absolut nichts, Sharleen. Es hilft mir schon, daß du aussteigst, wenn wir an einer Tankstelle halten. Du bist ein rundherum erfreulicher Anblick. Ohne dich hätte ich häufig weder das Wasser bekommen, noch die Aufmerksamkeit auf mich lenken können. Diese Burschen werden manchmal ganz schön frech. Darum genügt es durchaus, wenn du auch künftig aussteigst, wie bisher. Manchmal genügt schon ein hübsches Gesicht, damit man das bekommt, was zu geben eigentlich Christenpflicht wäre.«

Sharleen senkte den Blick. »Dobe, diese Kapseln haben keine Wirkung, nicht wahr?«

»Für mich haben sie eine, Sharleen. Ich verkaufe ja nie sehr viele. Darum handelt es sich nie um ein großes Geschäft. Nur die, die was umsonst haben wollen, kaufen sie. Ich werde nie von dir verlangen, daß du lügst. Du brauchst nur neben dem Wagen zu stehen. Damit riskierst du nichts. Ich werde euch beide heil nach Kalifornien bringen und dann nach Montana, wenn ihr das wollt.«

»Also gut, Dobe, wenn wir nicht lügen oder sonst etwas Unrechtes tun müssen, bin ich einverstanden.«

Dobe streckte ihr die Hand über den Tisch und schüttelte sie fest. »Sie haben mir einen großen Gefallen getan, gnädige Frau«, erklärte er feierlich. Er lehnte sich zurück. »Ich bin sehr viel älter als du, Sharleen, und mag Frauen. Von dir würde ich nichts wollen, weil ich weiß, daß da etwas zwischen dir und Dean läuft. Du brauchst von mir also nichts zu befürchten. Außerdem habe ich in den letzten Jahren meine Zuneigung von Frauen auf Hunde übertragen. Die blamieren einen wenigstens nicht.« Sie lachten beide.

Eine Weile beschäftigte sich jeder mit seinen Gedanken.

»Als ich heute morgen an deine Tür kam, Sharleen, fiel mir auf, daß ihr nur ein Bett benutzt habt. Das ist eure Sache. Erlaub mir trotzdem, dir einen kleinen Rat zu geben. Du wirst mit Leuten zusammenkommen, die glauben, sich einmischen zu müssen. Darum finde ich, du solltest Dean nicht als deinen Bruder ausgeben. Sag den Leuten, daß er dein Freund ist. Das wollen die Leute hören, und du hast es leichter.«

Sharleen errötete tief. Jahrelang hatte sie mit Dean in inniger Vertrautheit gelebt. Sie hatten sich im Bett gewärmt, sich getröstet. Doch niemand hatte das, was zwischen ihnen war, jemals in Worte gefaßt. Nun mußte sie Dobe eine Antwort geben.

»Er ist mein Freund«, sagte sie fest. »Ich spreche nur von ihm als meinem Bruder, damit niemand denkt, wir lebten in Sünde.« Sie hatte gelogen und fühlte sich elend deswegen. Nun hatte sie schon wieder ein Gebot des Herrn übertreten!

»Tut mir leid, daß ich das mißverstanden hatte.« Später gingen sie zusammen zum Auto. Dobe sagte leise zu Sharleen, so daß Dean ihn nicht hören konnte. »Dean ist ein reizender Kerl, begeisterungsfähig und unverdorben. Es wäre eine Schande, wenn er sich mal ändern würde.«

Sharleen nickte.

11.

Mary Jane weinte sich in den Schlaf. Seit vier Tagen hatte sie nichts mehr von Sam gehört. Sie schwankte zwischen tiefer Sorge und grenzenloser Wut über sein Benehmen. Sie hielt sich an Kekse und Whisky, schlief mitunter kurz ein und wachte dann unglücklicher auf als zuvor. Sie wagte nicht, die Wohnung zu verlassen, um Sams Anruf, wenn er denn kommen sollte, nicht zu verpassen.

Das Telefon klingelte! Sharleen atmete auf. Endlich! Doch es war nicht Sam, sondern Neil, der sich nach ihr erkundigte.

»Es geht mir dreckig«, antwortete sie auf seine Frage. »Sam ist weg. Ich hab seit Tagen nichts mehr von ihm gehört.«

»Willst du darüber sprechen?«

»Bloß nicht!«

»Dann weiß ich etwas anderes. Erinnerst du dich, daß ich heute abend im Comedy Club auftrete? Ein ganz neues Programm und mein letztes, bevor ich in L.A. anfange.«

»Ach Neil, das hatte ich total vergessen.«

»Macht nichts. Ich hab dir einen Tisch reserviert.«

»Ich komme bestimmt.«

Doch ihr fehlte die Lust dazu. Midnight, Mary Janes dicker weißer Perserkater sprang auf den Küchentisch und drückte sich an sie. Vergeblich suchte Mary Jane nach Katzenfutter. Sie fand schließlich eine Dose Thunfisch und füllte den Freßnapf.

Unter einer heißen Dusche kam Mary Jane wieder zu sich. Da klingelte das Telefon erneut. Diesmal war es Sam. Er begann sofort: »Du, Mary Jane, das mit neulich tut mir leid. So war das nicht gemeint. Weißt du, es war alles ein bißchen viel. Die Verhandlungen und der lange Rückflug…«

Sam entschuldigte sich! Tränen traten in ihre Augen. »Aber sicher verstehe ich das. Außerdem habe ich mir überlegt, daß ich doch mit dir nach Los Angeles gehen werde. Auch ohne Rolle. Irgendwas wird sich schon ergeben. Ich muß nur noch das eine oder andere hier regeln. Dann kommt Midnight in einen Katzencontainer, und ich nehme mit ihm den nächsten Flug nach L.A.«

Schweigen am anderen Ende der Leitung.

»Bist du noch da, Sam?«

»Ja. Ich… ich bin nur überrascht. Du, wir müssen unbedingt über das alles reden. Vielleicht sollte ich heute abend zu dir kommen.«

»Ich muß heute abend zu Neils letztem Auftritt in New York. Aber ich bin gegen Mitternacht wieder da. Kannst du dann kommen?«

»Also gut.« Er legte auf.

Neil freute sich rührend, daß Mary Jane gekommen war. Er wirkte hochgradig aufgeregt. Doch es gelang ihm sehr schnell, sein Publikum in den Bann zu ziehen. Seine Satire konnte ätzend sein, oft gewagt. Doch er kam an.

Mary Jane gratulierte ihm nach seinem Erfolg, überließ ihn dann aber den Glückwünschen der anderen und fuhr mit dem Taxi nach Haus, um so schnell wie möglich bei Sam zu sein. In Gedanken fühlte sie schon seinen Körper an ihrem. Gerade noch rechtzeitig erinnerte sie sich an ihre Katze und kaufte Futter.

Sie rannte in dem kalten Treppenhaus hoch. In ihrer Wohnung brannte kein Licht. Midnight begrüßte sie und schmiegte sich mit seinem weißen, seidigen Fell an ihre Beine. Mary Jane nahm den Kater auf den Arm und rief nach Sam. Ob er eingeschlafen war? Hatte er es sich anders überlegt? Ihr Magen zog sich vor Angst zusammen.

Auf dem Weg in die Küche drückte sie den Kater an sich. Sie entdeckte Sam im Schlafzimmer. Er schlief fest. Sein langer, schöner Körper zog Mary Jane sofort an. Er lag quer über das breite Bett. Sie sehnte sich nach ihm. Doch er war müde. Also wollte sie ihn schlafen lassen. Morgen war auch noch ein Tag. Sie zog sich im Dunkeln aus.

Doch als sie sich neben ihn legte, drückte er den Kopf in ihre weiche Halsbeuge. »Es tut mir so leid«, flüsterte er. »Glaub mir das bitte.«

Sie verzieh ihm sofort. Bedingungslos. Seine Stimme, heiser vor Kummer, vielleicht auch vor Lust, befreite Mary Jane von ihrer Wut und ihren Schmerzen. Denn Sam litt auch, und sie hatte die Möglichkeit, ihn von seinen Schmerzen zu befreien. Sie brauchte nur seine Entschuldigung anzunehmen.

»Liebst du mich?« fragte er. Sie fühlte seine Lippen dicht an ihrem Ohr, seine beglückende Wärme erregte sie.

»Natürlich.«

»Ich brauche dich, Mary Jane.«

Sie preßte sich an ihn. Ihr weiches Fleisch gegen seinen harten, muskulösen Körper. Sie fühlte seine Schulter, seine Brust, seinen Bauch, seine Hüften und konnte gar nicht dicht genug an ihn heranrücken. Er griff nach ihren Brüsten, suchte mit dem Mund ihre Lippen. Er rollte sich auf sie. Sie fühlte seine Erektion und weinte vor Dankbarkeit. Ich habe noch die Kraft, ihn zu erregen, und er liebt mich, er braucht mich, dachte sie. Das hatte er ja gesagt. Und sie brauchte ihn so sehr, daß sie ihn ihre Verzweiflung lieber nicht spüren ließ.

»Ach, Sam!« flüsterte sie.

»Versprich mir, daß du mir verzeihst.«

»Ich verzeihe dir, Sam.«

»Du mußt mir immer verzeihen. Ich brauche dich doch.« Sie hörte deutlich, daß er so verzweifelt war wie sie selbst.

»Ja, das verspreche ich dir.«

Da seufzte er vor Erleichterung. Er glitt in sie hinein. Sie erschauerte. Ganz fest umklammerte er sie. Doch Mary Jane fühlte deutlich, daß sie es war, die ihm Trost spendete, nicht umgekehrt.

»Ich liebe dich«, sagte sie.

»Ich weiß.« Erst sehr viel später wurde Mary Jane klar, daß er kein einziges Mal von seiner Liebe zu ihr gesprochen hatte.

Am nächsten Morgen wachte sie mit einem Lächeln auf den Lippen auf. Sie tastete nach Sam. Doch er war schon aufgestanden. Sie schlüpfte in ihren Bademantel. Barfuß machte sie sich auf die Suche nach ihm. Midnight, der die Nacht wie immer am Fußende ihres Bettes verbracht hatte, streckte sich und folgte ihr.

Mary Jane fand Sam weder im Badezimmer noch im Wohnzimmer. Sie roch den frischen Kaffee und ging in die Küche.

Auch da keine Spur von Sam. Doch auf der zerkratzten Resopalplatte des Tischs lag ein Zettel.

> Mary Jane, zunächst einmal dies: Deine Großmutter hat angerufen, während ich gestern abend hier auf dich gewartet habe. Sie ist wirklich krank und möchte dich sehen.
>
> Außerdem habe ich gründlich über alles nachgedacht, was vorgefallen ist. Ich sehe ein, daß ich mich unmöglich benommen habe. Das tut mir leid.
>
> Ich finde es allerdings keinen guten Gedanken, wenn du mich nach L.A. begleitest. Du weißt selbst, wie außergewöhnlich intensiv unsere Beziehung war, solange

Jack and Jill uns beschäftigte. Zwischen uns ist etwas verlorengegangen, und ich glaube, es ist besser, wenn wir ohne dieses Etwas nicht weitermachen.
Versuch bitte, mich nicht zu hassen.

Mary Jane stand in der kleinen Küche und hielt den Zettel wie erstarrt fest. Er schläft mit mir und verschwindet, dachte sie bitter, bevor sie hemmungslos zu schluchzen begann.

12.

Eines meiner ungewöhnlichsten Interviews machte ich vor zwölf Jahren bei einem Brunch mit Theresa O'Donnell in ihrer Villa in Bel Air. Ein Kameramann begleitete mich, um Bilder »in heimischer Umgebung« zu machen. Zum ersten Mal sah ich Theresas Haus und lernte Lila Kyle kennen.

Theresa glänzte in einem dieser modischen Bettjäckchen aus Seide und einem seidenen Pyjama. Ihre Tochter trug das gleiche in entsprechend kleinerer Ausführung. Ebenso gekleidet waren auch Candy und Skinny, die beiden Puppen, die in Theresas Fernsehserie zu den Hauptakteurinnen gehörten. Der Tisch war für fünf Personen gedeckt. Ein Witz, möchte man meinen. Doch den Puppen wurde tatsächlich das Essen serviert. Sie redeten auch während der ganzen Mahlzeit. Theresa brachte eine überzeugende Vorstellung ihrer Fähigkeiten als Bauchrednerin zustande. Doch ich beobachtete Lila. Damals mochte sie fünf oder sechs Jahre alt gewesen sein. Sie benahm sich, als sei das alles völlig normal. Sie nannte ihre Mutter »Lovely Mummie« und hatte tadellose Tischmanieren. Doch Candy und Skinny hackten ständig auf ihr herum. Theresa mischte sich ein, wenn es die beiden zu wild trieben.

Ich erinnere mich nicht mehr genau, was am Ende den Eklat auslöste. Ich glaube, Lila wollte ihren Obstsalat nicht aufessen. Theresa verlangte es. Lila verteidigte sich damit, daß Candy und Skinny ja auch ihren Obstsalat nicht gegessen hatten. Theresa lächelte zuckersüß und meinte nur, das sei wirklich schlimm, Lila müsse ihn jedoch essen. Da nahm Lila ihre Obstschale und kippte sie Skinny in den Schoß.

Skinny nannte Lila ein elendes Luder.

Seither habe ich oft darüber nachgedacht, was die kleine Lila in diesem Haus für ein Leben führte. Doch ich sah sie erst fünf Jahre später an ihrem Geburtstag wieder.

Lila erinnerte sich an die Party, weil sie einen Wendepunkt in ihrem Leben markierte. Als sie jetzt in Tante Robbies Haus vor die Frage gestellt wurde, was sie von ihrem Leben erwartete, standen die Ereignisse von damals wieder deutlich vor ihr.

Lila hatte über Tante Robbies Frage intensiv nachgedacht, Sie kam zu dem Schluß, daß sie mehr als alles andere ein großer Star sein wollte – eine mächtige, wichtige Persönlichkeit, bedeutender als ihre Mutter oder ihr Vater.

Lila wußte nicht einmal, ob sie als Schauspielerin Talent besaß. Das kümmerte sie auch nicht. Sie wußte jedoch schon, daß sie die Aufmerksamkeit der Menschen auf sich zu lenken verstand. Sie konnte ihr Interesse erregen und die Menschen faszinieren. Lila dachte an ihren bühnenreifen Auftritt bei der Party, umgeben von Stars aus Film und Fernsehen. Sie hatte den Song *The Loveliest Girl in den World* gesungen, den Titelsong ihrer Mutter. Lila erinnerte sich auch, daß alle ihr wie gebannt zugehört hatten.

Lila fröstelte. Der Titelsong ihrer Mutter verursachte ihr eine Gänsehaut. Sie haßte den Song. Lila Kyle, Kind eines der gekrönten Häupter von Hollywood, wußte längst, daß die Gnade einer solchen Geburt kein glückliches Leben garantierte, wie sie ja auch Prinzessin Anne oder Margaret oder sogar die arme Queen Elizabeth nicht zu einem glücklichen Leben verholfen hatte. Doch Lila hatte nicht vor, einmal eine Rolle wie Nancy Sinatra oder deren Bruder Frank zu spielen, wie Julian Lennon oder auch Jane Fonda, die trotz allem das Ansehen ihres Vaters nie erreicht hatten. Darum gedachte Lila Kyle sich ihren eigenen Ruhm zu verschaffen.

Anläßlich der Party hatte Lila eine Auseinandersetzung

mit Estrella, der Haushälterin, Estrella behauptete fest, es sei Lilas zehnter Geburtstag, obwohl Lila wußte, daß sie den vor einem Jahr gefeiert hatte. Mit elf Jahren fühlte sie sich auch zu alt für die Schleifen im Haar, auf denen Estrella gleichfalls bestanden hatte. Lila hatte sich fügen müssen. Dabei war ihr zehnter Geburtstag überhaupt nicht groß gefeiert worden. Nur Tante Robbie und Estrella hatten ihr Glück gewünscht. Es hatte weder eine Party noch eine Geburtstagstorte gegeben. Denn Lovely Mummie und die Kinder, also die Puppen, hatten dafür keine Zeit gehabt.

Doch das war eben noch, bevor Mummies Fernsehshow abgesetzt wurde. Eine Show absetzen, das ahnte Lila schon damals, war etwas ganz Schlimmes. Denn Mummie hatte seither ständig herumgeschrien, und man verstand sie auch schwer, wenn sie nicht schrie. Jedenfalls mußte es schlimmer sein als Krankheit, ja schlimmer noch als der Tod. So jedenfalls reagierten Mummie und Tante Robbie. So benahmen sich auch die Klassenkameraden in dem Internat.

Vor der Geburtstagsparty hatte Lila auf Zehenspitzen am Fenster ihres Schlafzimmers gestanden und das Eintreffen der Gäste verfolgt. Dabei sagte sie sich noch einmal deren berühmte Namen vor: Miss Taylor, Mr. Stewart, Mr. Peck, Lilas Mutter bestand darauf, daß Lila die Gäste stets namentlich begrüßte. Mr. Sagarian, Agent von Lovely Mummie. Mr. Wagner von CBS und Mummies Manager. Dazu viele andere übergewichtige, kahlköpfige Männer, durchweg Erwachsene. Lila hatte keine richtigen Schulfreundinnen. Doch da es nun einmal ihr Geburtstag war, hatte sie schon gehofft, auch mit einigen Gleichaltrigen zusammensein zu können.

Lila genoß es, daß die Partys in letzter Zeit seltener geworden waren. Früher hatte Lila sich immer gewünscht, einmal mit ihrer Mummie in einer Show aufzutreten, anstelle dieser blöden Puppen Candy und Skinny. Damals sah sie jede Folge der *Candy Floss and Skinny Malink Show, präsentiert von Theresa O'Donnell.*

Vor der Geburtstagsparty hatte Theresa ihre Tochter gründlich auf das Ereignis vorbereitet. »Vielleicht können wir Jack Wagner oder eine dieser anderen Ratten an die Kandare nehmen. Dann wechsle ich einfach zu CBS und mache ein Comeback. Das Konzept müßte etwas aufgemotzt werden, Candy und Skinny brauchten nicht mehr so oft aufzutreten. Mehr Pep, mehr Satire, weniger Gesangsnummern. Du könntest zum Beispiel mitmachen. Eine Familien-Show. Wie die Osmonds. Welche Eltern wünschen sich schon diese Krimis und Western für ihre Kinder.«

Die Vorstellung, daß Candy und Skinny verdrängt werden sollten, gefiel Lila. Sie haßte die beiden Puppen. Als Lila noch sehr klein war, hatte Lovely Mummie ihr eingeredet, daß das echte Geschwister seien. Inzwischen wußte es Lila natürlich besser. Doch Lila ertappte sich noch mit zehn Jahren dabei, daß sie die Puppen mitunter als etwas Lebendiges betrachtete.

Obwohl der ominöse Geburtstag schon viele Jahre zurücklag, erinnerte Lila sich an jede Minute. Zwischen den Zweigen der Bäume wippten chinesische Laternen im warmen Abendwind. Auf dem Pool schwammen auf Korkplatten brennende Kerzen in zarten Glasbehältern. Dazwischen trieben parfümierte Gardenien. Kellner in weißen Jacketts bedienten die illustren Gäste. Als Lila das Lachen und das Stimmengewirr hörte, wäre sie gern hinuntergegangen. Doch Lovely Mummie und Tante Robbie hatten ihr eingeschärft zu warten.

Lila wartete also. Die Puppen saßen, wie üblich, am Teetisch. Lila bemerkte die Stelle, von der aus ihre Mutter Münder und Gliedmaßen während der Show bewegte. Die Puppen existierten lange bevor es Lila gab, und Lovely Mummie behauptete auch ihrer Tochter gegenüber oft, daß sie die Puppen so liebte wie Lila selbst.

Lila spielte mit geschlossenen Augen das nach, was sie mit Tante Robbie und ihrer Mutter einstudiert hatte.

Dann rief ihre Mutter nach ihr. Lila sprang auf. Da stand Theresa schon im Zimmer und griff nach den Puppen. »Hallo, Kinder, jetzt dürft ihr meine Gäste unterhalten. Wie goldig ihr ausseht!« Lila schauderte, denn ihre Mutter zog die Worte so zusammen, wie sie das nur machte, wenn sie zuviel getrunken hatte.

Stirnrunzelnd betrachtete Theresa O'Donnell ihre Tochter, die sich auf ihren Wunsch vor ihr drehte. »Gut«, entschied Theresa am Ende und setzte ihr Fernsehlächeln auf. Plötzlich runzelte sie die Stirn. »Was ist das? Eine Kette? Mach sie ab. Candy und Skinny haben auch keine Ketten. Das wäre nicht fair.« Theresa tätschelte die Puppen. »Ihr braucht nicht traurig zu sein. Lila wird sie nicht tragen.«

Lila gehorchte ihrer Mutter zähneknirschend. Tante Robbie hatte ihr die Kette als Glücksbringer geschenkt. Warum konnte ihre Mutter nicht endlich damit aufhören, die Puppen in ein Gespräch miteinzubeziehen? Wozu hielt sie an diesem Spuk fest?

Sehr ernst redete Theresa nun auf ihre Tochter ein: »Lila, dort unten sind sehr viele Menschen, die für mich von großer Bedeutung sind. Du darfst deiner Mutter also keine Schande machen.«

»Bestimmt nicht, Lovely Mummie.«

»Lächelt, Kinder, wir haben unseren Auftritt.« Theresa nahm unter jeden Arm eine Puppe und ging unsicher die Treppe hinunter. Lila hoffte inständig, daß sie nicht wieder hinfiel.

Unten angekommen, legte Theresa eine Kunstpause ein, bis sie sich der Aufmerksamkeit ihrer Gäste sicher sein konnte. »Heute abend möchte ich Sie alle mit meiner anderen kleinen Tochter bekanntmachen. Lila ist heute abend unsere Debütantin.«

Candy beugte sich vor und sagte: »Debüt und Rücktritt in einer Vorstellung.«

»Candy, so etwas sagt man nicht«, schalt Theresa die Puppe.

»Aber es stimmt«, beharrte Skinny auf der anderen Seite von Theresa. Alles lachte. Lila klopfte das Herz bei den giftigen Bemerkungen der Puppen. Das hatten sie so nicht geprobt.

Mummie brachte ihre Gäste in den Ballsaal. Lila bestieg das Bühnenpodest. Tante Robbie flüsterte ihr zu: »Keine Angst, Kleine. Du brauchst nur zu machen, was wir einstudiert haben.«

Sie saß auf einem Kinderstuhl neben ihrer Mutter und wartete, bis Tante Robbie die Moderation gesprochen hatte. Candy und Skinny saßen auf je einem Bein ihrer Mutter. Sie drehten die Köpfe und sahen sich unter den Gästen um.

Die Musik schwieg. Theresa wandte sich an die Puppen. »Skinny, Candy, wer ist denn das andere hübsche kleine Mädchen auf der Bühne? Ist es eine Freundin von euch?«

Skinny und Candy sahen sich an. Dann zuckten sie mit den Schultern. »Ich sehe kein hübsches Kind auf der Bühne«, antwortete Candy. »Du etwa, Skinny?«

»Nichts«, bestätigte Skinny. »Ich sehe nur dich und mich. Wir sind hübsch. Das ist richtig. Noch ein hübsches Mädchen sehe ich nicht.«

Lila wurde es kalt. So hatte der Sketch nicht beginnen sollen. Mummie hatte etwas vergessen. Tante Robbie hatte Lila eingeschärft, was sie zu tun hatte, falls ihre Mutter den Text vergaß.

»Also ich sehe ein hübsches kleines Mädchen und zwei Puppen«, erklärte Lila.

Beide Puppen wandten ihre Köpfe Theresa zu, dann Lila. Lila hörte die Lacher aus dem Publikum und staunte, daß ihr das soviel Spaß bereitete. Sie merkte auch, daß ihre Stimme in dem großen Raum anders klang als gewöhnlich.

»Ihr müßt es ihr nicht übelnehmen«, sagte nun Skinny. »Sie hofft, vom Varieté entdeckt zu werden.«

»Meine Bewegungen sind jedenfalls nicht hölzern«, stellte Lila fest. Wieder erntete sie einen Lacherfolg. Doch Lovely Mummie schien das aufzuregen.

In dem Stil ging es weiter. Man hielt sich mehr oder weniger an die Vorlage. Lovely Mummie vergaß häufig ihren Text, und Lila überspielte das. Sie achtete darauf, daß sie sich bewegte wie die Puppen, den Kopf hielt wie sie und ihre Texte auf ähnliche Weise sprach. Endlich war es geschafft. Sie brauchte nur noch auf ihrem Stuhl zu sitzen, während ihre Mutter ihren berühmten Leitsong vortrug.

Tante Robbie spielte die ersten Takte auf dem Klavier. Mummie blieb sitzen und lächelte. Das Lächeln wirkte seltsam starr. Im Publikum entstand Unruhe. Das klang wie das

Rascheln des Windes in den Orangenbäumen. Warum sang Mummie nicht? Tante Robbie wiederholte die ersten Takte, und Lila verstand, was er ihr damit sagen wollte. Verzweifelt begann Lila den Song aus der Show ihrer Mutter zu singen. *The Loveliest Girl in the World.* Sie sang so engagiert, daß ihr nicht auffiel, wie totenstill es geworden war. Jedes Gesicht wandte sich Lila zu, sogar das ihrer Mutter, Lila hatte das Lied nie geprobt, doch sie hatte ja Mummies Spielfilm *Birth of a Star* viele Male gehört. Sie beherrschte den Song perfekt. Sie kam zu der letzten hohen Note, schloß die Augen und sang sie fehlerlos.

Dann schlug sie die Augen auf. Tante Robbie stand neben dem Flügel und applaudierte. Die Gäste erwachten aus ihrer Erstarrung. Sie schrien, klatschten, pfiffen. Ich hab's geschafft, dachte Lila. Ich hab nicht gepatzt, nicht mal bei Mummies Song. Sie mögen mich. Lila sah ihre Mutter an, stolz und glücklich über ihre Leistung. Ihre Mutter erwiderte den Blick ausdruckslos. Sie hielt Candy und Skinny nun wie richtige Puppen. Das hatte sie noch nie vor Publikum gemacht, und Lila wurde unsicher. Doch sie verbeugte sich vor den Gästen und ließ sich feiern.

Schließlich trat Mummie neben Lila. Nun lächelte auch sie und verbeugte sich. Sie brachte Lila von der Bühne und verbeugte sich ein letztes Mal allein. Ohne die Rufe nach einer Zugabe zu beachten, erklärte Theresa liebenswürdig: »Ich danke Ihnen allen. Die Mädchen gehören längst ins Bett. Aber Sie werden sie wiedersehen.« Wie auf Wolken ließ Lila sich durch die Gästeschar hinausführen.

Mr. Wagner legte im Vorbeigehen die Hand auf Theresas Arm. Es wurde wieder still. Alle wollten hören, was Mr. Wagner zu sagen hatte. »Jack, mein Lieber, wie nett, daß Sie kommen konnten«, zwitscherte Mummie. »Was halten Sie von unserer kleinen Familienunterhaltung?«

»Sie hat mir gut gefallen. Ich könnte mir vorstellen, daß sich daraus eine Fernsehserie machen ließe. Haben Sie Interesse?«

Theresa strahlte Mr. Wagner an. »Wir sind immer am Fernsehen interessiert, Jack. Und wir würden liebend gern wieder eine Serie machen, nicht wahr, Kinder?«

»Ich bezog mich auf Lila, Theresa. Die Kleine ist eine Naturbegabung. Wir könnten sie mit einer halbstündigen Sendung nach der Schule bringen und dann sehen, wie es läuft.« Er beugte sich zu Lila hinunter. »Wie sieht das mit dir aus, Kleine? Möchtest du in einer Serie mitspielen?«

»Ja, gern, Mr. Wagner.« Doch dann sah sie Lovely Mummie an und wußte, daß da etwas nicht stimmte. »Aber das muß meine Mutter entscheiden.« Denn Lila hatte sehr wohl gemerkt, daß Lovely Mummie nichts von Mr. Wagners Vorschlag hielt.

Theresa brachte ihre Tochter in ihr Zimmer, schloß die Tür und lehnte sich dagegen. Candy und Skinny lagen wie ein Haufen schmutziger Wäsche zu ihren Füßen. Lila sah ihre Mutter ängstlich an.

»Was bildest du dir eigentlich ein?« begann Mummie aufgebracht.

»Was meinst du denn, Mummie?«

»Du hast mich heute abend bloßgestellt, und das vor allen, die in dieser Stadt von Bedeutung sind. Auch vor Mr. Wagner.« Sie trat einen Schritt näher zu Lila und schrie: »Du hast mich gedemütigt!« Sie holte aus und schlug Lila ins Gesicht. Lila fiel neben den Puppen zu Boden. Nicht nur die Worte ihrer Mutter, sondern auch der Schlag hatten sie aus dem Gleichgewicht gebracht.

Schluchzend flehte Lila: »Was hab ich denn falsch gemacht, Mummie? Ich hab doch alles gebracht, was ich sollte, wenn du deinen Text vergißt. Und ich kam an. Mr. Wagner hat das auch gesagt.«

»Halt den Mund, du hinterlistige Verräterin. Ich habe meinen Text nicht vergessen. Den vergesse ich nie«, zischte ihre Mutter, und Speichel tropfte aus ihrem Mund. »Du hast mir absichtlich meinen Song gestohlen.« Theresa griff nach Lilas Haar und zerrte sie daran näher. Lila wimmerte.

»Alle haben mich ausgelacht, du Luder. Du hast ja förmlich darauf gelauert, mich fertig zu machen. Wie mußt du mich hassen, daß du mir absichtlich meinen Auftritt stiehlst, so daß ich als Trottel dastehe.« Sie schrie, war total außer sich. »Jetzt bekomme ich nie mehr einen Vertrag. Wärst du nicht gewesen, hätte Wagner mich unter Vertrag genommen.«

Theresa hob die zwei Puppen vom Boden auf und schüttelte sie vor Lilas Gesicht. »Versuchst du etwa, dich an ihren Platz zu boxen? Glaubst du, du könntest das Geld verdienen, das sie eingespielt haben?« Mummie erwartete keine Antwort. »Das kannst du nicht. Nie. Merk dir das. Ich bin die Talentierte, nicht du. Ich!« Ihre Mutter holte wieder zum Schlag aus. Doch diesmal wich Lila rechtzeitig aus.

Ihre Mutter atmete schwer. Doch sie verfolgte die Tochter nicht. Nach einer Weile strich sie sich das Haar aus dem Gesicht. Vor dem Spiegel zupfte sie an ihrer Kleidung herum. »Ich gehe jetzt zu meinen Gästen. Ich werde den Leuten in die Augen sehen und so tun, als hätte meine Tochter mich nicht in meinem eigenen Haus blamiert. Du bleibst hier, bis ich dir erlaube, dein Zimmer zu verlassen. Denk gefälligst darüber nach, was du mir und meiner Karriere heute abend angetan hast.«

Theresa verließ das Zimmer, unter jedem Arm eine Puppe. Die Tür fiel krachend hinter ihr ins Schloß. Lila weinte. Sie wußte nicht genau, was sie verbrochen hatte, außer, daß sie nie wieder singen würde.

Daran hatte Lila sich auch gehalten. Dieser Abend hatte jedoch noch einen anderen Effekt. Lila begriff zum erstenmal, daß die Puppenmutter Fehler machte, für die sie, Lila, büßen sollte. Lila wußte, daß sie bei den Gästen angekommen war. Das Publikum hatte ihr applaudiert, nicht Theresa O'Donnell. Trotz der brennenden Wange, trotz der Tränen, verschaffte Lila dieses Wissen tiefe Befriedigung.

Auch jetzt legte Lila die Hand an die Wange. Sie meinte, den Schlag ihrer Mutter noch immer zu fühlen. Auf einmal wußte sie, daß sie von nun an singen wollte. Sie wollte ein Publikum haben. Das mußte gelingen. Der erste Schritt dazu ging über das Geld. Von der Puppenmutter durfte sie weder Geld noch die geringste Hilfe auf dem Weg zu einer Karriere erwarten.

Nach elf Tagen in Robbies abgedunkeltem Gästezimmer

stand Lila in der Anwaltskanzlei, die für ihren verstorbenen Vater gearbeitet hatte. Der Vater hatte Lila Geld hinterlassen. Die Anwälte sollten ihr nun helfen, es zu bekommen. Die Räume der Kanzlei schüchterten Lila ein. Das passierte ihr nicht oft, aber sie hatte nicht mit so luxuriös ausgestatteten Räumen gerechnet. Immer wenn es wegen ihres Vaters Vermögen etwas zu besprechen gab, hatte Mr. Shlom von Moody, Shlom und Stone die Puppenmutter in ihrem Haus aufgesucht, nicht umgekehrt.

Mr. Moody kam persönlich aus seinem Büro. Er tat hocherfreut, Lila begrüßen zu können. »Lily Kyle, ich bin Bart Moody.« Er schüttelte ihr die Hand. »Ich freue mich, Sie kennenzulernen.«

Lila bemerkte, daß ihre Schönheit ihn beeindruckte und spielte sie aus. »Wie ich Ihrer Sekretärin gestern schon sagte, geht es um den Stand und die Konditionen meines Treuhandsvermögens.«

»Richtig. Ihr Vater hatte da sehr genaue Vorstellungen. Er wollte Sie unbedingt versorgt wissen.«

»Darum bin ich hier. Ich möchte meiner Mutter nicht länger auf der Tasche liegen und brauche meine Unabhängigkeit, um mich ganz dem Theater widmen zu können. Soweit ich weiß, kann ich erst nach meinem einundzwanzigsten Lebensjahr ein Einkommen aus dem Treuhandvermögen erhalten.«

Mr. Moody nickte.

»Wäre es nicht möglich, daß man eine Ausnahme macht, da ich doch genau das vorhabe, was mein Vater sich erhofft hatte? Können Sie mir schon jetzt etwas Geld überweisen?«

Der Mann lächelte boshaft. Offenbar bereitete es ihm ein diebisches Vergnügen, die herrische junge Frau abblitzen zu lassen. »Tut mir leid, doch die Bedingungen der Vereinbarung lassen da keinen Spielraum in der Auslegung zu. Das Gesetz verpflichtet mich, diese Bedingungen einzuhalten. Wie alt sind Sie jetzt?«

»Achtzehn.«

»Ja, ja, die Zeit verfliegt. Es gibt allerdings eine Klausel, die es Ihnen gestattet, von Ihrem achtzehnten Geburtstag an Geld aus dem Treuhandvermögen zu erhalten.«

Lila lächelte dankbar. »Wann kann das ausgezahlt werden? Sofort?«

»Ich kann sofort ein Gesuch schreiben, damit Sie in den Genuß des Geldes kommen.«

Lila strahlte ihr schönstes Lächeln. Das lief entschieden glatter als ich gefürchtet hatte.

Doch da grinste Mr. Moody wieder, und das ließ Lila Böses ahnen. »Wir müssen natürlich erst den Testamentsvollstrecker Ihres Vaters um Zustimmung bitten.«

»Und wer ich der Testamentsvollstrecker?« fragte Lila, die wegen dieser Umständlichkeit allmählich die Geduld verlor.

»Ihre Mutter. Wenn Sie Ihr Geld vor dem einundzwanzigsten Geburtstag haben wollen, geht das nur durch Heirat oder die Erlaubnis Ihrer Mutter.«

Lila faßte das kaum. Ihr eigener Vater enthielt ihr Geld vor, das ihr zustand und gab Theresa die Verfügungsgewalt darüber. Dabei hatte er Theresa nicht einmal gemocht.

»Vergessen wir Theresa. Kann ich einen Vorschuß haben oder das Vermögen beleihen?«

Mr. Moody schüttelte in gespieltem Bedauern den Kopf. »Sie können es nur mit Einwilligung und Hilfe Ihrer Mutter.«

Lila sprang auf. »Meine Mutter kann sich nicht einmal selbst helfen. Haben Sie sie in den letzten zehn Jahren einmal gesehen? Sie ist Alkoholikerin. Eine Verrückte. Bis oben vollgepumpt mit Alkohol. Geistig zerrüttet. Die gibt mir zu gar nichts ihre Einwilligung. Ich brauche das Geld ja gerade, damit ich von ihr fortkomme.«

»Ich bitte Sie, Miss Kyle, Sie sind achtzehn. Schon in drei Jahren haben Sie das vorgeschriebene Alter.«

Lila starrte Bart Moody wütend an. »Drei Jahre! Wissen Sie, was in Los Angeles drei Jahre für eine Frau bedeuten? Ich bin jetzt noch frisch, könnte groß herauskommen, es zu etwas bringen. In drei Jahren kann ich tot sein. Ich brauche das Geld jetzt.«

Bart Moody erhob sich. »Dann schlage ich vor, daß Sie sich mit Ihrer Mutter unterhalten. Sie ist die einzige, die Ihnen zu Geld verhelfen kann. Einen guten Tag.«

Wie betäubt verließ Lila die Kanzlei. Sie brauchte ein Auto, Maniküre, Kosmetik, Kleidung, eine vernünftige Wohnung. Auf dem Weg zum Parkplatz zögerte sie. Es blieb wieder nur Tante Robbie. Lila wußte nicht, wie lange sie ihn würde ertragen können. Außerdem war Robbie kein reicher Mann und konnte es sich nicht leisten, Lila in großem Stil auszuhalten.

Ich muß mich einfach einschränken. Kosmetik nur einmal monatlich, Fußpflege fällt aus. Robbie wird mir ein Taschengeld geben, wenn ich mich verpflichte, es ihm zurückzuzahlen. Dann wird es gehen.

Denn Lilas Alternative hieß: zurück zur Puppenmutter. Doch das zog sie erst gar nicht in Erwägung.

13.

»Wann geht dein Flug?« fragte Mary Jane höflichkeitshalber, als Neil anrief. Es fiel ihr in letzter Zeit schwer, mit ihm oder Molly oder einem anderen vom Workshop zu sprechen. Seit Sam nach L.A. geflogen war, hatte ihr Leben seinen Sinn verloren.

Doch Neil, der gute Kerl, verdiente es, daß Mary Jane sich zusammenriß. Sam war weg. Neil stand kurz vor seiner Abreise, und auf Mary Jane wartete noch eine Fahrt zu ihrer Großmutter. Das genügte. Mary Jane kam sich vor wie ein Lamm auf dem Opfertisch.

»Um neun Uhr vom Kennedy-Flughafen«, antwortete Neil. »Bringst du mich hin?«

Mary Jane zögerte. Davor hatte sie sich gefürchtet. Der vierte Abschied eines Freundes innerhalb eines Jahres. Alle reisten nach L.A., alle mit Verträgen. Den Gerüchten zufolge hatte Bethanie Sam bei seinem letzten Flug begleitet.

Hatte Sam, als er mit Mary Jane schlief, schon gewußt, daß es ein Abschied für immer sein würde? Oder hatte er es sich erst danach überlegt? War er vielleicht nur gekommen, um sich zu verabschieden und hatte Mary Janes Bereitwilligkeit als willkommene Zugabe betrachtet? Hatte Sam schon eine Freundin in L.A.? Warum nahm er dann Bethanie mit? Brauchte er einfach jemanden, egal wen? Hatte er Mary Jane nicht verziehen, daß sie es anfangs abgelehnt hatte, ihn zu begleiten? Liebte er sie? Hatte er sie je geliebt?

Es gab keine Antworten auf diese Fragen. Vielleicht hätte nicht einmal Sam die Antworten gewußt. Doch das hinderte Mary Jane nicht daran, sich unaufhörlich zu fragen: Warum?

Nun mußte sie auch mit Neils Abreise fertigwerden. Am liebsten hätte sie sich vor der Fahrt zum Flughafen gedrückt. Doch das konnte sie ihm nicht antun. Sie sagte also zu. »Welchen Bus müssen wir denn nehmen?«

»Vergiß den Bus, der Produzent bezahlt mir die Fahrt im Taxi. Allerdings muß ich dich schon morgens um sieben Uhr abholen. Wir können auf dem Flugplatz frühstücken. Danke, Mary Jane!« Sie hörte, wie glücklich er über ihre Zusage war.

Mary Jane wartete am nächsten Morgen also pünktlich vorm Haus. Sie strich mit der Hand über ihr dichtes, fast schwarzes Haar. Das wenigstens sah gut aus. Obwohl sie etwas gegen die grauen Strähnen unternehmen mußte. Der Jeans-Wickelrock brachte ihre breiten Hüften unvorteilhaft zur Geltung. Doch Neil hatte einmal gesagt, er möge den Rock an ihr, weil sie darin wie die Veronica in den Archie-Comics aussah. Und Veronica war seine Kultfigur, seine erste Liebe. Also hatte Mary Jane sich bemüht, Veronica ähnlich zu sehen.

Sie trug eine Laura-Ashley-Bluse mit kleinen Rosenblüten und einem Bubikragen, vom Schlußverkauf, außerdem typisch Veronica. Auf dem Kragen trug sie eine goldene Anstecknadel, außerdem hatte sie ihr Glücksbringerarmband angelegt, beides Plastik, beides von Woolworth.

Als das Taxi vorfuhr, rief Neil sofort: »Veronica!«

»Jughead«, rief sie zurück und drehte sich vor Neil, bevor sie einstieg.

»Du bist verrückt, Mary Jane«, fand Neil lachend. »Darum liebe ich dich auch.«

»Ich wäre verrückt? Du bist doch der Mann mit dem Veronicatick. Ich kenne niemanden sonst, der sich in eine Comicfigur verliebt hat.«

»Nicht verliebt hat. Ich wollte mit ihr schlafen.«

Mary Jane lachte. Sie betrachtete Neil von Kopf bis Fuß. Er hatte die obersten drei Knöpfe seines rohseidenen, rosafarbenen Hemdes offengelassen. Zu weißen Hosen trug er weiße Mokassins von Gucci, ohne Socken. Jeder andere hätte in dem Aufzug umwerfend ausgesehen. »Scheint mir ganz so, als wäre ich nicht die einzige, die sich herausgeputzt hat.«

»Was meinst du, passe ich so nach L.A.?«

»Moment mal.« Sie wühlte in ihrer ausgebeulten, großen Handtasche herum. »Es fehlt noch was. Gute Reise, Neil.« Sie hielt ihm ein grell verpacktes Geschenk hin.

Neil riß das Papier ab, dann schrie er vor Lachen, als er die großgliedrige imitierte Goldkette mit einem riesigen Einhornanhänger herausnahm.

»Jetzt paßt du nach L.A.«, erklärte Mary Jane überzeugt und legte ihm die auffallende Kette um den Hals. Der Anhänger lag auf Neils blasser Brust mit den wenigen dünnen Haaren. »Richtig Los Angeles.«

Sie checkten Neils Gepäck ein und setzten sich dann in eine Cafeteria.

Die Kellnerin brachte ihnen Kaffee und nahm ihre Bestellung für das Frühstück entgegen. »Und zwei doppelte Bloody Marys«, trug Neil auf.

»Sag mal, willst du mich betrunken machen?« fragte Mary Jane kokett.

Neil griff nach ihrer Hand. »Komm mit mir, Mary Jane«, bat er ernst.

Nicht auch das noch, seufzte sie lautlos. Mir fehlt einfach die Kraft, tapfer zu sein. Meine Kraft ging drauf, indem ich mich bemühte, niemandem die Laune zu verderben. Sie erklärte locker: »Klar, darauf wartet Hollywood doch: eine fette, häßliche Hure, die keine Rolle bekommt, weil die nicht mal die Hübschen bekommen.« Die Kellnerin brachte die Drinks. Mary Jane hob ihr Glas. »Auf dein Wohl, Neil, und deinen Erfolg.« Sie stieß mit ihm an.

»Es ist mir ernst, Mary Jane«, drängte Neil nach einem tiefen Schluck. »Komm einfach mit. Ich kann dir ein Ticket auf meine Kreditkarte besorgen. Dann haben wir es geschafft.«

Mary Jane wurde unruhig. »Das kann ich nicht, Neil. Du weißt das auch genau.«

»Ich liebe dich. Seit du von Sam getrennt bist, kann ich das ja sagen. Ich liebe dich. Ich träume jede Nacht von dir. Ich möchte dich ständig berühren, für dich dasein.«

Mary Jane wurde die Kehle eng. Das alles war wirklich zuviel. Auf gewisse Weise war es wohl auch beleidigend. Sam war zwar zu gut für sie, doch diesen Clown konnte sie haben. Allerdings durfte man Neil nicht nur einen Clown nennen. Er war ihr Freund. Sie sah ihn an, sah, daß er litt. »Neil, ich dachte, wir wären nur gute Freunde. Das wußte ich nicht.« Sie begann zu weinen. »Es tut mir leid, Neil.«

»Wenn du es schon nicht meinetwegen machst, dann deinetwegen. Du bist enorm begabt. Du bekämst bestimmt eine Rolle.«

Mit Gewalt riß sie sich zusammen. »Neil, wenn ich die Rolle in der Filmversion von *Jack and Jill and Compromise* nicht bekommen habe, nachdem ich sie jahrelang auf der Bühne gespielt habe, werde ich auch keine Rolle in einem anderen Film bekommen. Das war meine einzige Chance.« Neils Kummer schnitt ihr ins Herz. Sie wollte nicht, daß er New York in dieser Stimmung verließ.

»Was wird denn jetzt aus dir?«

»Ich habe den Workshop und genügend Freunde. Vielleicht komme ich ja in Zukunft noch einmal mit einem erfolgreichen Stück heraus. Wer weiß?«

Neils Flug wurde aufgerufen. Er nahm sein Gepäck und mahnte: »Vergiß Sam, Mary Jane. Du bist zu gut für ihn. Er sieht prima aus und so, und manches an ihm hat Übergröße, unter anderem auch sein Ego. Außerdem läuft er allen Frauen nach.«

»Nicht hier oder jetzt, Neil. Ich will das alles nicht hören.«

»Entschuldige, Mary Jane. Ich liebe dich wirklich. Doch als Freund muß ich dir meine Meinung sagen. Ich lehne Sam nicht ab, weil er dich hat, sondern weil er die Leute ausnützt. Dich hat er bis zuletzt ausgenützt. Sein Stück hätte nicht einmal die erste Hürde geschafft. Es wäre durchgefallen wie seine anderen Stücke. Dein schauspielerisches Talent hat das Stück zum Erfolg geführt. Du bist nur auf ein gutaussehendes Gesicht hereinfallen. Ich sehe nicht gut aus, aber vielleicht solltest du zweimal hinsehen.«

Mary Jane sah Neil fest an. »Auf Wiedersehn, Neil. Viel Glück.«

Neil zog Mary Jane in die Arme. »Ich werde dich nie vergessen.« Dann küßte er sie. Nicht flüchtig. Seine Zunge glitt in ihren Mund, seine feuchten Lippen berührten ihre trockenen.

Mary Jane erstarrte.

Neil griff nach seinem Handgepäck. »Ich bin noch immer ein Frosch, oder hast du mich inzwischen in einen Prinzen verwandelt?«

»Du warst für mich immer ein Prinz.«

»Das ist die erste Lüge, die ich von dir gehört habe. Weißt du was, ich habe es satt, die Rolle des Stützrades in deinem Leben zu spielen. Ich bin bereit für die Hauptrolle. Warum habe ich dich immer Veronica genannt, du mich aber nie Archie? Für dich war ich immer Jughead. Jughead hat zwar die Pointen, aber Archie bekommt die Mädchen. Ich sah dich als Veronica, doch du in mir nie Archie. Du hast mich immer nur Jughead genannt. Das tat weh. Jedesmal. Jetzt hängt mir die Rolle zum Hals heraus. Ich will Archie sein.« Er stellte sein Bordcase auf das Transportband, drehte sich aber nicht mehr nach Mary Jane um.

Mary Jane wartete vor dem Flughafengebäude auf ihren Bus. Sie wischte mit einem Papiertaschentuch die Tränen ab und warf es in den Papierkorb – zusammen mit dem lächerlichen Glücksbringerarmband und der Brosche.

In ihrer Wohnung erwartete sie Midnight und ein Telegramm. Sie riß den Umschlag auf.

IHRE GROẞMUTTER STARB HEUTE FRÜH BITTE
KOMMEN SIE SPÄTESTENS MORGEN NACH ELMIRA
UND RUFEN SIE BEERDIGUNGSINSTITUT
EDWARD ROBINSON AN.

Mary Jane brauchte eine Weile, bevor sie den Inhalt des Telegramms begriff. Ihre Großmutter war tot. Nach all den Fehlalarmen und Jammereien hatte Mary Jane sich beim letzten Mal entschlossen, einfach nicht mehr zu reagieren. Nun war sie tot. Mary Jane weinte nicht. Sie beneidete ihre tote Großmutter grenzenlos.

14.

Sharleens Sorgen verflüchtigten sich. Das bewirkten Dobes bequemes Auto und das unkomplizierte Leben, das sie führen durfte. Zudem sagte sie sich, daß die Polizei höchstens nach ihr und Dean suchte, nicht aber nach einer Familie. Denn so mußten sie ja auf andere wirken. Dobe brachte sie oft mit Anekdoten zum Lachen. Abwechslung brachten auch die Stopps an den Tankstellen. Dobes Geschäft blühte. Sie verbrachten eine Woche in Arizona und erreichten dann Nevada. Bei jeder Landesgrenze betete Sharleen inbrünstig.

Seit Dobe mit Sharleen über Dean gesprochen hatte, dachte sie viel nach. Sie log, wenn sie behauptete, Dean sie ihr Freund und nicht ihr Bruder. Doch diese Lüge störte sie weniger als die Tatsache, daß er tatsächlich ihr Freund war und ihr Halbbruder obendrein. Dean hatte in vieler Hinsicht die Mentalität eines Kindes. Andererseits beschützte er Sharleen auch. Umgekehrt fühlte sie sich ebenso für Dean verantwortlich, und sie brauchte seine zärtliche Liebe. Er war ihre Familie. In Lamson hatte sie das Problem verdrängen können. Jetzt nahm es neue Formen an.

Plötzlich erschien ihr das alles unsinnig. Wem schadeten sie denn? Wer sollte ihnen nachweisen, daß sie ein Unrecht begingen?

In der nächsten Nacht besiegelten sie ihre Liebe. Sie versprachen sich auch, einander nie allein zu lassen.

15.

Mary Jane wachte plötzlich auf. Nur unter großer Anstrengung öffnete sie die Augen. Eisige Kälte umgab sie. Sofort senkte sich tiefe Niedergeschlagenheit über sie.

Denn sie hatte nie wieder aufwachen wollen. Sie haderte mit sich, weil sie nichts ordentlich machen konnte. Wozu hatte sie Krankenpflege gelernt? Sie lag auf dem Bett ohne Decke, noch in dem schwarzen Kleid, das sie am Tag zuvor zur Beerdigung getragen hatte. Jetzt war es zerdrückt und unansehnlich geworden.

Der Tag der Beerdigung stand wieder vor Mary Janes Augen. Nach der Beisetzung hatte sie getrunken. Viel getrunken. Wieder erschauerte sie unter der Kälte. Sehr langsam stand sie auf. Plötzlich erbrach sie sich.

Danach sah Mary Jane sich in dem kärglich eingerichteten, armseligen Zimmer um. Sie fühlte sich wie ein Eindringling, obwohl sie in diesem Schlafzimmer großgeworden war. Allerdings hatte sie sich stets als Eindringling gefühlt. Auch als Kind. Sie wußte, daß hinter der Schranktür die Kartons mit den Resten ihrer Kindheitserinnerungen gestapelt waren. Der Geruch von Moder mischte sich mit dem ihres Erbrochenen. Mühsam beseitigte sie die Spuren, die ihre Übelkeit hinterlassen hatte, mit einem alten Lumpen, der einmal ein Handtuch gewesen sein mußte.

Auch nach so vielen Jahren schmerzte es noch, daß ihre Großmutter alle Habseligkeiten ihrer einzigen Enkelin fortgeräumt hatte, kaum daß diese ihre Krankenpflegeausbildung begann. Mary Jane hatte es nie über sich gebracht, sich mit dem Inhalt der Kartons zu befassen: alte Kleidung, Zeitungsausschnitte, Tagebücher, Erinnerungsstücke. Dennoch hatte sie es ihrer Großmutter übelgenommen, daß die es so eilig gehabt hatte, alle Spuren ihrer Enkelin zu beseitigen.

Mary Jane zog ihren Morgenrock an. Sie fror erbärmlich. In Strümpfen tappte sie die ausgetretene Holztreppe hinunter. Sie meinte neben sich Snowball zu hören, wie er sie auf sanften Pfoten begleitete. Sie hatte den Kater geliebt. Inzwischen war er längst tot. Nun hatte sie in New York nur noch

Midnight als Freund. Sehr viel hatte sich seit ihrer Kindheit also nicht geändert.

In der Küche sah es verheerend aus. Ihre Großmutter hatte den Haushalt verkommen lassen.

Mary Jane füllte einen Kessel mit Wasser und setzte ihn auf den Herd. Während sie darauf wartete, daß das Wasser kochte, sah sie sich in der Küche um. In einer Ecke waren leere Suppendosen gestapelt. Es gab eine Menge angeschlagenes Geschirr. Die Tapete war verblaßt und wellte sich, was Mary Jane auf das Regenwasser im Frühjahr zurückführte und das undichte Dach. Den grünbraunen Emailleherd auf seinen sechs Metallfüßen bedeckte ein Schmutzfilm. Vor dem Ausguß und dem Herd kamen die Dielen unter dem abgenutzten Linoleum hervor.

Der Blick aus dem schmutzblinden Fenster konnte die Stimmung kaum heben. Ein stahlgrauer Himmel, die Wolken schwer vor Nässe. Allmählich erinnerte Mary Jane sich an die Einzelheiten des vergangenen Tages. Nur wenige Leute hatten sich auf dem Friedhof eingefunden, Nachbarn, die es für ihre Pflicht hielten, der Verstorbenen ein letztes Geleit zu geben. Mary Janes Großmutter hätte diese Pflicht ihren Nachbarn gegenüber sicher nicht für nötig gehalten.

Nachdem die erste Schaufel Erde dumpf auf den billigen Fichtenholzsarg gepoltert war, bezahlte Mary Jane die Beerdigungskosten bei Mr. Robinson und stieg in ihren Mietwagen, den sie sich an sich nicht leisten konnte. Allein kehrte sie in das trostlose Bauernhaus zurück. Sie trank einen Schluck Whisky.

Danach noch einen und noch einen. Sie weinte. Doch nicht um ihre Großmutter, sondern um ihr eigenes verpfuschtes Leben. Sie war in das Zimmer ihrer Großmutter gegangen und hatte alle Tabletten, die sie dort auf dem Nachttisch fand, genommen und mit Whisky heruntergespült. Sie hatte nicht wieder aufwachen wollen, weil sie glaubte, nicht noch einen einzigen Tag ohne Zukunftsaussichten ertragen zu können. Mit vierunddreißig Jahren hatte sie ihre Scheibe vom Glück bereits erhalten und verbraucht. Sie hatte eine gute Rolle als Schauspielerin gehabt und einen Mann, der etwas Besonderes darstellte. Wenn es eine dicke, unattraktive Schauspielerin bis zu ihrem vierunddreißigsten Jahr nicht geschafft hatte, durfte sie sich von der Zukunft nichts mehr erwarten.

Leider hatte das Tablettenschlucken nichts gebracht. Sie, eine Krankenschwester, fand nicht das richtige Rezept für einen Selbstmord. Grotesk!

Keine gnädige Bewußtlosigkeit oder, noch besser, der Tod, schützte sie vor der häßlichen Umgebung, vor dem Schmutz, vor ihr selbst. Trotz aller Anstrengungen, dem allen zu entkommen, hatte sie es nicht fertiggebracht.

Sie durfte auf keinen zweiten Sam hoffen, auch auf keine neue Rolle wie die Jill oder einen Freund wie Neil.

Im Küchenschrank suchte Mary Jane nach etwas Eßbarem, mit dem sie ihren kranken Magen beruhigen konnte. In alten Einmachgläsern fand sie Trockenerbsen und -gemüse, seit Jahren gelagert. Endlich entdeckte Mary Jane Crackers. Sie wußte, daß das die einzige feste Nahrung war, die sie vertragen konnte. Mit der Plastikschachtel setzte sie sich wieder an den Küchentisch.

Der Kaffee dampfte in ihrer Tasse. Vorsichtig biß Mary Jane in einen Cracker. Er schmeckte schauderhaft. Sie spuckte den Bissen in den Ausguß. Dann nahm sie eine andere, scheinbar noch versiegelte Packung Crackers aus der gleichen Schachtel, stellte aber fest, daß auch die geöffnet worden war, wenn auch am falschen Ende. Und die Packung enthielt auch keine Crackers, sondern etwas Grüngraues.

Mary Jane dachte zuerst an eine Maus und ließ die Packung fallen. Doch nichts bewegte sich. Da untersuchte sie die Pakkung genauer und hielt die Luft an. Vor ihr lag ein Bündel Banknoten, mit einem Gummiband zusammenhalten.

Die Geldscheine waren so fest zusammengerollt, daß es eine Weile dauerte, bis es Mary Jane gelang, sie zu zählen. Es waren 637 Dollar. Wie erschlagen starrte Mary Jane auf den Schatz. Woher stammte das Geld? Offensichtlich hatte ihre Großmutter doch das Geld bewußt versteckt!

Was hast du damit anfangen wollen, Grandma, dachte Mary Jane. Und plötzlich weinte sie wirklich um die verrückte alte Frau. Sie trauerte um die verpaßten Gelegenheiten ihrer Großmutter, denn sie ging davon aus, daß sie ein Leben lang hatte dafür sparen müssen.

Inzwischen war der Kaffee nur noch lauwarm. Zum erstenmal in ihrem Leben dachte Mary Jane über die Einkünfte ihrer Großmutter nach. Sie hatte ja immer erklärt, bettelarm zu sein. Mary Jane erinnerte sich nur zu gut daran, wie Grandma darauf pochte, daß es nur der Güte ihres Herzens zu verdanken sei, daß sie Mary Jane durchfütterte, obwohl sie selbst kaum genug zum Leben hatte. Nun fragte Mary Jane sich, ob das alles gestimmt hatte. Zweifellos hatte Grandma eine Unterstützung für ihre minderjährige Waise erhalten. Der Großvater hatte bei der Eisenbahn gearbeitet. Hatte er nicht auch eine Pension bezogen? Erhielt Mary Janes Vater nicht eine Pension von der Armee, bei der er gedient hatte? Erst jetzt dachte sie darüber nach, daß die Großmutter auch Pachtgeld für das Weideland um das Haus bezogen haben mußte.

Wie eine Schlafwandlerin, die allmählich zu sich kommt, schüttelte Mary Jane den Kopf. Konnte da noch mehr sein?

Mary Jane riß alle vorhandenen Crackerpackungen auf. Sie fand nichts. Nur Verfall, Staub und Spinnweben. Nein, Grandma mußte tatsächlich bettelarm gewesen sein. Doch der Gedanke ließ Mary Jane nicht mehr los. Wenn es nun doch noch mehr Geld gab?

Mit zitternden Händen nahm sie jedes einzelne Glas aus dem Regal und untersuchte den Inhalt. In der hintersten Reihe fiel ihr ein verstaubtes Glas auf. Sie wusch die Schmutzschicht ab, öffnete das Glas und griff hinein. In eine Plastikfolie eingewickelt, fand sie eine weitere Rolle mit Geldscheinen. Sie zählte das Geld. Fast zweitausend Dollar!

Noch einmal setzte Mary Jane Kaffee auf. Ihr Herz klopfte wie ein Schmiedehammer. Wo soviel war, konnte noch mehr sein.

Beim Anblick der Geldscheine auf dem Küchentisch begriff Mary Jane endlich, daß ihre Großmutter sie nie geliebt hatte. Zwar hatte sie die Enkelin nach dem Unglück ins Haus genommen, doch geliebt hatte sie das Kind nie. Das erklärte im Nachhinein auch Mary Janes Gefühl, in diesem

Haus nur geduldet gewesen zu sein. Mary Janes Bitten um etwas Geld für Kino oder Süßigkeiten waren stets mit der Bemerkung abgelehnt worden: »Jetzt, wo ich zwei Mäuler zu stopfen habe, können wir uns das nicht leisten. Schlimm genug, daß du mir zur Last fällst.«

Mary Jane schlug mit der Faust auf den Tisch. Die alte Frau hatte gelogen. Woher stammte das Geld? Sie stand auf und sah sich um. Warum waren die gespülten Suppendosen aufgehoben worden? Mary Jane stieß den Stapel um, so daß die Dosen über den Boden schepperten.

Verdammt, Grandma, ich habe dir doch nichts getan. Wie konntest du nur so gemein sein? Warum hast du mir kein winziges bißchen Liebe gegönnt?

Mary Janes Blick fiel wieder auf die Beulen in der Tapete über dem Ausguß. Sie nahm ein Messer und schnitt ein Viereck in das Papier. Behutsam löste sie die Tapete ab. Dahinter fand sie Papiere, wie sie als Schutzblätter in Fotoalben zwischengeheftet werden. Durch den dünnen Einband hindurch konnte Mary Jane sehen, daß es sich um Obligationen handelte. Sehr alte. Sie zählte sie, Elftausend Dollar!

Danach nahm sie das Haus systematisch auseinander. Das dauerte Stunden. Sie drehte jedes Bild um, untersuchte die Polster, die Bodenbretter, selbstverständlich alle vorhandenen Einmachgläser. Im Tiefkühlschrank entdeckte sie viertausend Dollar in einen Eisblock eingefroren. Im Badezimmer 760 Dollar in einer uralten Kleenex-Schachtel. Sie riß auf, zerschlug und durchwühlte alles in dem verkommenen kleinen Haus, in dem sie ihre Kindheit verbracht hatte. Dabei schluchzte sie haltlos.

Am Abend schleppte Mary Jane sich an Körper und Seele erschöpft mit siebenundsechzigtausend Dollar in bar und in Aktien auf ihr Zimmer. Im Vorbeigehen fiel ihr Blick auf den Thermostat, der, wie üblich, so niedrig wie möglich eingestellt war. Auch die unterkühlten Zimmer gehörten zu dem, worauf ihre Großmutter bestanden hatte. Energisch schob sie den Zeiger höher. Von nun an würde sie es wenigstens warm haben.

16.

Während meiner 25 Jahre als Journalistin in Hollywood habe ich, Laura Richie, eine unumstößliche Erkenntnis gewonnen. Es gibt Gesichter, die für die Kamera ideal sind. Die Persönlichkeiten verströmen etwas Lebendiges, das sich dem Betrachter mitteilt, und fesseln seine Aufmerksamkeit. Das ist nicht nur eine Frage des guten Aussehens, obwohl es hilft, fotogen zu sein. Doch es ist mehr, und man findet es viel seltener. Sophia Loren hatte das gewisse Etwas, Gina Lollobrigida nicht. Gary Cooper hatte es, Gregory Peck nicht. Burt Reynolds hatte es, Tom Selleck hat es nicht.

Man kann das nicht einstudieren oder erlernen. Es ist einfach da. Wie der Atem. Wieso? Warum? Das weiß niemand.

Es hängt auch nicht mit dem Talent eines Schauspielers zusammen. Es hat große Schauspieler gegeben, die über das gewisse Etwas nicht verfügten. In den dreißiger Jahren haben die Schencks, Goldwyns und Warners es »Star-Qualität« genannt. Wahrscheinlich trifft es das noch am ehesten. Und glauben Sie mir, lieber Leser, diese Eigenart ist seltener und wertvoller als ein schwarzer Diamant.

Lila parkte ihr Ford Mustang Cabrio hinter einem niedrigen grauen Gebäude in West-Hollywood. Im Gehen warf sie sich die Tasche über die Schulter. Sie hatte es gerade noch rechtzeitig geschafft. Unpünktlichkeit war ihr zuwider, besonders weil es dem Schauspiellehrer George Getz immer ein perverses Vergnügen bereitete, die Zuspätkommenden darauf hinzuweisen, daß sie dem »Ensemble« schadeten. Mit dieser hochtrabenden Bezeichnung meinte er seine Schüler.

Alle jungen Frauen begrüßten Lila freundlich. So war das auch im Westlake gewesen. Lila erfreute sich großer Beliebtheit, vielleicht weil sie sich einen Teufel um alle scherte.

Auf der Damentoilette bürstete sie ihr Haar, das der Fahrtwind im offenen Auto zerzaust hatte. Tante Robbie hatte Ken überredet, ihr seinen Wagen zu leihen. Dabei konnte Lila Fords generell nicht leiden und diesen noch weniger, weil die weinrote Lackierung nicht zu ihrem Haar paßte. Doch Bettler dürfen nicht wählerisch sein, wie sie sich sagte.

Bandie, eine Schauspielschülerin wie Lila, machte sich auch zurecht. »Stell dir vor, Lila«, erzählte Bandie aufgeregt, »ich habe einen Werbeauftrag bekommen. Eine landesweite Werbung. Ich kann es noch gar nicht fassen. Unter sechzehn Bewerberinnen habe ich den Spot bekommen.«

»Gratuliere!« Obwohl Lila dringend Geld brauchte, würde sie sich nie für einen Werbespot hergeben. Daß ihre Klassenkameradinnen das anders sahen, wußte sie. Und die anderen hatten insofern recht, als ein national ausgestrahlter Spot eine ganze Weile die finanziellen Aufwendungen abdeckte – für Schauspiel-, Sprech-, Gesangs- und Tanzunterricht, für Kleidung, Auto, Körperpflege, Trainer, Zahnarzt, Friseur und hier und da eine kleine kosmetische Nachbesserung. Bandie und die meisten anderen Schülerinnen hielten Werbeaufnahmen für eine schauspielerische Tätigkeit. Wahrscheinlich brachten sie alle es auch nie weiter. Lila schauderte allein bei dem Gedanken daran, daß sie Bodenpflege oder Duschgel im Fernsehen anpreisen müßte.

Lila erinnerte sich daran, daß ihre Mutter einmal so etwas hatte unterschreiben sollen. Werbung für ein Waschmittel mit Candy und Skinny. Theresa hatte getobt. »Stars haben weder etwas mit Wäsche noch mit Fernsehwerbung zu tun«, hatte sie ihren Agenten Ara Sagarian angeschrien.

Jetzt war die Puppenmutter eine miese Intrigantin, eine Alkoholikerin, eine Nervensäge und hysterisch obendrein. Immerhin war sie einmal ein Star gewesen. Das war auch Lilas Ziel: ein Star zu sein, der nie Geld bei sich trägt, stets in einer Limousine vorfährt, nie selbst eine Tür öffnet, nie eine Bitte um ein Autogramm abschlägt, sich stets an alle wichtigen Namen erinnert, nie ein Kleid in der Öffentlichkeit zweimal trägt, stets Abstand zum Personal wahrt, niemals Reservierungen selbst vornimmt, ihre Produzenten mit dem Vornamen anredet. Ein Star steuert auch nie ein Auto selbst, es sei denn, es handelt sich um eine ausgefallene Marke. Ein Star beschränkt sich auf seine Wohltätigkeitsarbeit und sieht sich die Auftritte anderer Stars an, kommt spät, geht zeitig, kennt sich mit Verträgen aus und weiß sich stets im Rampenlicht.

Lila wollte übrigens noch mehr. Sie wollte berühmter werden als ihre Mutter. Darum kamen Werbespots schon gar nicht in Betracht.

»Für welches Produkt wirbst du den?« erkundigte Lila sich freundlich, obwohl es sie nicht interessierte.

»Ein neuartiges Toilettenpapier«, erklärte Bandie triumphierend.

Heiliger Strohsack, dachte Lila. Doch sie gratulierte Bandie, weil diese das erwartete.

»Ich habe Mr. Getz sofort angerufen. Er ist sehr stolz auf mich.«

Toll. Der Leiter der Theaterschule war also stolz, weil eine seiner Schülerinnen Klopapier verkaufte! Lila seufzte. Robbie hatte felsenfest behauptet, daß Getz Verbindungen habe. Und irgendwo mußte Lila schließlich anfangen.

Lila sah sich in dem Proberaum der Theaterschule um. Nur schöne Männer und Frauen. Die bestaussehnden Models und Dressmen aus Amerikas Provinz. Sie alle wollten nach L.A. Ihr Aussehen hatte es ihnen ermöglicht, dem Provinzmief zu entfliehen. Doch in Hollywood reichte das nur zu einem Job als Kellnerin oder Parkwächter.

Eine Tür wurde geöffnet. Herein kam ein etwa fünfzigjähriger Mann mit Bauch, langem grauen Haar, das er im Nakken zu einem Pferdeschwanz zusammengebunden hatte. Einige der neuen Schüler klatschten. George Getz ließ sich schwerfällig auf einem Kissen nieder, das ihm einer der Schüler brachte. Im Halbkreis gruppierten sie sich um ihn. Lila betrachtete George, wie er im Schneidersitz seine Notizen durchlas. Sein Bauch ruhte auf den Beinen, weiße, magere Beine, die wie Streichhölzer aus den khakifarbenen Safarishorts herausragten. Sein T-Shirt trug die Aufschrift »Rettet die Wale«. Die Gläser seiner randlosen Brille ließen die kleinen Augen riesengroß erscheinen.

Tante Robbies Ansicht nach brauchten Theaterlehrer ihren Schülern nicht viel beizubringen. Entweder konnte man spielen, oder man konnte es nicht. Es lief also nur darauf hinaus, daß der Lehrer noch einige Tricks des Gewerbes vermittelte, mit deren Hilfe sich das Talent zur Geltung bringen ließ. Das traute Robbie George Getz zu. Außerdem hatte Getz noch einige Verbindungen zu den alten Produzenten und Direktoren.

George blickte hoch und erzwang sich mit den Blicken Aufmerksamkeit. In der Stille glaubte Lila, die Spannung knistern zu hören. Alle hier wollten von diesem Mann lernen. Er verlangte viel Geld dafür. Zu einem Lob ließ er sich selten hinreißen, er machte sich lieber über die Unzulänglichkeiten der Anfänger lustig.

»Alle legen sich auf den Boden. Keine Kissen. Achtet darauf, daß ihr reichlich Platz um euch habt. Wir machen eine Gruppenübung. Richtet den Blick nach innen, schließt die Augen, macht eure Atemübungen.« Die Schüler gehorchten. Man hörte nur das Atmen der Gruppe. Lila hielt solche Übungen für schwachsinnig.

»Setzt euch! Die Augen bleiben geschlossen. Zieht die Beine an die Brust, legt die Arme um die Beine. Atmet. Konzentriert euch. Überzeugt mich durch eure Haltung, daß ihr Vanilleeis seid, das in der Sonne schmilzt. Ich bin Vanilleeis, das in der Sonne schmilzt. Sagt euch das. Die Zeit spielt keine Rolle mehr. Ich sage euch schon, wann ihr aufhören sollt. Fangt an!«

Lila atmete langsamer. So ein absoluter Blödsinn! Lila ging davon aus, daß Darstellkunst von der Fähigkeit herrührte, sich in eine bestimmte Person zu versetzen und diese zu verkörpern. Aber Eiscreme! Allerdings wollte sie ohnehin nicht Schauspielerin werden, sondern ein Star.

Georges Stimme durchbrach die Stille. »Corey, weitermachen mit der Übung, aber die Augen geschlossen halten. Alle anderen öffnen die Augen und sehen Corey an.«

Lila seufzte. Sie wußte genau, was sie erwartete und nahm George Getz übel, daß er zur Befriedigung seiner egoistischen Bedürfnisse die Konzentration zerstörte.

»Was seht ihr? Studiert Corey genau. Seht ihr Vanilleeis in der Sonne schmelzen? Nein!« schrie er laut, so daß alle zusammenzuckten. »Er sieht aus wie ein Haufen Kartoffelpüree. Und das schmilzt nicht. Stimmt das, Corey?«

Corey lächelte verlegen.

»Also, das, meine Schüler und Schülerinnen, ist ein Beispiel dafür, wie man es nicht macht. Lila komm bitte nach vorn. Ich möchte, daß du vormachst, wie du es dir vorstellst. Beobachtet sie!«

Lila hatte sich inzwischen daran gewöhnt, von George auf die Weise herausgestellt zu werden. Nur mit diesem Eiscremequatsch konnte sie nichts anfangen. Indessen verstand sie es, die Aufmerksamkeit auf sich zu lenken. Sie verdrängte alle bewußten Gedanken aus ihrem Kopf und versetzte sich mühelos in die erforderliche Stimmung. Sie entspannte sich, erst den Nacken, dann die Schultern, dann die Arme. Einige Minuten vergingen. Wieder brach George das Schweigen. »Das ist Vanilleeis, das in der Sonne schmilzt«, behauptete er zufrieden. »Lila, hast du schon den Monolog der Portia einstudiert?«

»Natürlich, George.«

»Dann trag das bitte vor. Ich lechze nach einer guten schauspielerischen Leistung.« George lehnte sich an die Wand und schloß die Augen. Die Schüler und Schülerinnen nahmen auch bequemere Stellungen ein. Niemand ließ sich seinen Neid auf Lila anmerken.

Lila stand auf. Sie sagte sich im stillen die ersten Zeilen auf. Dann knipste sie den inneren Schalter an, mit dem sie die Blicke anzog. Den Monolog hatte sie im Grunde gar nicht richtig erfaßt. Doch Robbie hatte mit ihr geprobt, und seine Worte hafteten in ihrem Gedächtnis. Sie hatte den Monolog an Ken ausprobiert, und er war begeistert gewesen. Jetzt wurde aus Lila die Heldin aus einem Shakespeare-Drama. Lila verfügte über eine gute Mimik. Sie erinnerte sich, wo Robbie seine Stimme gesenkt und wo er innegehalten hatte. Doch alles in allem zählte vorwiegend ihre magnetische Energie, die sie nach Belieben an- und abstellen konnte. Sie sah die Bewunderung ihrer Mitschüler und empfand plötzlich ein tiefes Zusammengehörigkeitsgefühl mit all den verzweifelten, traurigen, hübschen und verlorenen jungen Leuten. Jedes ihrer Worte, jede Geste drückte ihre Liebe aus. Sie wollte etwas von sich geben, das diese anderen nicht besaßen, nicht haben konnten und sich nie würden aneignen können. Darum erreichte sie ihr Publikum geistig und zog es an ihre Brust. Sie sprach den Monolog nicht zu der Gruppe, sondern zu jedem einzelnen. Sie genoß es, bewundert zu werden, doch aus sicherer Entfernung.

Nach den letzten Zeilen blieb es zunächst still. Dann brach der Jubel aus. Lila lächelte, verbeugte sich einmal und setzte sich wieder auf ihren Platz. Sie vermied alle Blicke. Das gute Gefühl hatte sich verflüchtigt. Sie fühlte sich ausgebrannt. Bandie, die neben ihr saß, tätschelte Lilas Arm. Lila zuckte zurück und vertuschte dann den Ekel, den sie empfand. Eine Gänsehaut überzog ihre Arme.

George lobte: »Du bist erst vier Monate bei mir und hast dich schon sehr gut angepaßt. Von ihr solltest ihr alle lernen. Das ist die Getz-Methode.«

Danach wechselte er zu einem anderen Thema. Lila hatte bestätigt bekommen, daß sie die Beste war. Sie brauchte nicht darauf zu warten, daß Sy Ortis hier hereinplatzte und sie entdeckte. Darauf warteten hier alle. Lila gedachte die Dinge von nun an selbst in die Hand zu nehmen.

17.

Am nächsten Tag verließ Mary Jane das Haus ihrer Großmutter und beauftragte Mr. Slater, den einzigen Anwalt von Elmira, das Testament zu vollstrecken und den Verkauf von Haus und Inventar zu veranlassen. Dem Testament ihrer Großmutter zufolge fiel Mary Jane das Haus in Treuhand für ihren Vater zu, der jetzt in einer geschlossenen Anstalt vor sich hin vegetierte. In Massachusetts löste sie die Obligationen ein und begann dann die lange Fahrt zurück nach New York. Sie stellte sich immer wieder die eine Frage: Wie konnten 67411 Dollar ihr Leben lebenswert machen?

Das Geld reichte nicht für ein Haus in einer schönen Gegend oder eine Wohnung in New York. Sie konnte damit auch kein Geschäft gründen. Das allerdings wollte sie auch nicht. Sie konnte das Geld verwenden, um ein angenehmeres Leben zu führen. Doch wenn es aufgebraucht war? Sollte sie dann zurück nach Elmira gehen oder zu Whisky und einer Handvoll Tabletten greifen?

Mary hatte stets nur zwei Dinge gewollt: Sam und den Erfolg als Schauspielerin. Mit dem Geld konnte sie Sam nicht zurückbringen. Sie konnte sich davon auch kein Theater kaufen.

Irgendwann hielt Mary Jane an und trank einen Kaffee in einem Drive-in an der Fernstraße. Ganz plötzlich fiel ihr die Antwort ein. Was sie wollte und brauchte war Schönheit.

Warum hatte sie daran nicht schon früher gedacht? Das Talent zur erfolgreichen Schauspielerin besaß sie. Das hatten die Kritiken, die sie für *Jack and Jill* bekommen hatte, bewiesen. Sie verstand es auch, einen Mann durch die Kraft ihrer Liebe zu fesseln. Denn Sam hatte sie, trotz ihres Aussehens, begehrt. Ihre äußere Hülle allein erregte Anstoß, behinderte ihre Entwicklung oder machte sie gar untragbar. Sie hatte versucht, sich ihrer sterblichen Hülle zu entledigen. Das war fehlgeschlagen.

Was sprach dagegen, sich mit den siebenundsechzigtausend Dollar ein neues Gesicht und einen neuen Körper zuzulegen? Von Anbeginn aller Zeiten hatten die Männer sich schöne Frauen mit Geld oder Waren gekauft. Nun würde erstmalig eine Frau Schönheit kaufen. Schönheit für sich selbst. Für ein neues Gesicht reichte das Geld, vielleicht sogar für einen vollkommenen Körper.

Ein Zittern überlief ihre Hände und Arme, dann ihren ganzen Körper. Sie versuchte ruhig zu bleiben, kein Aufsehen zu erregen. Doch die dicke Mutter mit ihren drei unerzogenen Kindern am Nachbartisch hatte andere Sorgen, und der alte Mann mit seiner Frau, die offenbar unter Alzheimer litt, sicher auch. Mary Jane schloß die Augen. Kann ich das schaffen? Habe ich dazu den nötigen Mut?

Die restliche Strecke nach New York legte Mary Jane wie in einem Nebel zurück. Sie stellte das Radio aus, wurde hin- und hergerissen zwischen Zaghaftigkeit und Hochstimmung. Nicht umsonst besaß sie jahrelange Erfahrung als Krankenschwester. Als Mary Jane New York erreichte, stopfte sie die siebenundsechzigtausend Dollar in bar in eine Plastiktüte und verstaute sie in einer dunklen Ecke ihres Schranks.

Mary Jane begann mit Nachforschungen. Sie wußte von einem Dr. Walden und von Dr. John Armstrong. Chirurgen für plastische Chirurgie an der Park Avenue, die die oberen Zehntausend für die angeblich unerläßlichen kleinen Schönheitsoperationen aufsuchten. Sie besaßen beide einen guten Ruf. Doch Mary Jane brauchte mehr.

Sie erzählte niemandem von ihrem Geld oder ihrem Plan. Vielmehr hielt sie sich vor ihren Freunden fern. Erst wollte sie einige Fakten sammeln. Sie rief eine ehemalige Kollegin aus den Zeiten ihrer Krankenpflegeschule an, Nancy Norton. Nancy arbeitete im Mount Sinai Burn Pavilion, einer Spezialklinik für Verbrennungen. Dort wurden oft größere Hautübertragungen und Korrekturen erforderlich. Mary Jane sprach auch mit Bobby Watkins, einem farbigen Schauspieler, der sich seinen Lebensunterhalt als Pfleger in der Notfallambulanz verdiente, und sie sah viele Unfallopfer nach Verkehrsunfällen. Stundenlang las sie sich in der Bücherei des Cornell Medical Center durch medizinische Zeitschriften und konzentrierte sich dabei auf die Beiträge, die sich mit plastischer Chirurgie beschäftigten. Sie verglich die Namen der Mediziner, die diese Beiträge geschrieben hatten, mit dem Register, in dem Ausbildung und Verdienste der Ärzte aufgeführt waren.

So reduzierte sie die Anzahl der in Frage kommenden Ärzte auf vier: Robert Ducker aus Miami, der Dutzende innovativer Techniken bei seiner Tätigkeit auf Haiti und in der Dominikanischen Republik an mittellosen Patienten entwikkelt hatte, weil die Armen es sich nicht leisten konnten, im Fall von Mißerfolgen zu klagen. William Reed praktizierte in L.A. und galt als bester Nasenfachmann. John Collins war ein Modearzt in der Park Avenue. Und dann gab es noch Brewster Moore, Chefarzt für Plastische Chirurgie im Cosmopolitan Hospital von New York. Moore hatte als Armeearzt Veteranen aus dem Vietnamkrieg behandelt und bekleidete den Chefarztposten seit nahezu zwölf Jahren. Er war der einzige ohne eine größere Privatpraxis. In Medizinerkreisen galt er als »Arzt der Ärzte«, weil er die Fehler korrigierte, die anderen Ärzten auf diesem Gebiet unterliefen.

Mary Jane lag in ihrem Bett, das ihr viel zu groß erschien, seit Sam es nicht mehr mit ihr teilte, und starrte an die Dekke. Midnight machte es sich auf ihrem Bauch bequem. Er schnurrte zufrieden. Sie streichelte ihn geistesabwesend.

Ist es möglich, die unattraktive Mary Jane abzustreifen und als Schönheit aufzutreten? Kann ich mich mit meinen vierunddreißig Jahren noch unter die Frauen einreihen, denen die Männer nachblicken? Werde ich es je fertigbringen, durch mein Äußeres Unruhe in einem Raum voller Menschen auszulösen?

Wie fühlt man sich, wenn man nicht ständig versucht, die eigene unbefriedigende Erscheinung durch etwas anderes zu kompensieren? Mary Jane dachte an ihre formlosen Wangen, die große Nase, das fliehende Kinn. Nur einmal wollte sie einem Intendanten vorgestellt werden, der bei ihrem Anblick nicht erst einmal zurückwich. Mary Janes Phantasie steigerte sich. Sie sah sich als jugendliche Naive auf der Bühne, die von den Männern umworben wurde. Wie fühlte man sich, wenn man nicht mehr übersehen sondern von den Männern mit Blicken ausgezogen wurde?

Wieviel Kunst und wissenschaftliches Know-how gehören dazu, aus einer formlosen Masse ein klassisches Profil zu modellieren, die hängenden Brüste zu heben, die massigen Oberschenkel auszudünnen, den prallen Bauch in einen flachen umzuwandeln, überhaupt alles an ihr so zu verändern, daß es dem entspricht, was ein Mann unter Schönheit versteht? Und wieviel kostet das? Wie lang dauert es? Mit welchen Schmerzen ist das verbunden?

Die Ausbildung zur Krankenschwester hatte Mary Jane genügend grundsätzliches Wissen über die Operationen vermittelt, die bei ihr erforderlich sein würden. Es fragte sich indessen, ob es einen Chirurgen gab, der all das gewillt war, an ihr vorzunehmen. Es durfte auch nicht ein x-beliebiger Schönheitschirurg sein, sie brauchte einen Künstler, der sich nicht scheute, monatelang an seinem Werk zu arbeiten, der

Mary Jane ernstnahm und sich bereiterklärte, eine solche Neukonstruktion eines Menschen vorzunehmen, obwohl dieser weder durch Verbrennungen noch Krankheit oder Unfall entstellt war, sondern nur schön sein wollte.

Mary Jane konnte sich gut vorstellen, daß ein Arzt sie für leichtfertig oder geistesgestört halten würde. Leichtfertig war sie gewiß nicht. Daß sie verrückt war, konnte sie allerdings nicht ausschließen. Es gab aber keine andere Möglichkeit, ihr Lebensschiff in eine bessere Zukunft zu lenken? Das Geld der Großmutter reichte nicht für einschneidende oder bleibende Verbesserungen. Die aber mußten erfolgen. Denn so konnte Mary Jane nicht weiterleben.

Da sie in New York wohnte, beschloß sie, zunächst bei Collins und Dr. Moore Besprechungstermine zu vereinbaren. Mit Mühe nur erhielt sie einen Termin bei Dr. Collins. Sie hatte den Namen eines ihr bekannten Krankenhauschefs angegeben, damit Collins sich überhaupt herabließ, sie zu empfangen.

Dr. Collins' Praxis befand sich in einem pompösen Gebäude auf der Park Avenue im vierundsechzigsten Stock. Den Eingang schmückten schwarze und weiße im Schachbrettmuster verlegte Marmorplatten. Die Platten glänzten, als seien sie naß. Die Messingknöpfe des Türstehers blitzten mit dem Namensschild der Praxis um die Wette. Gebührend eingeschüchtert betrat Mary Jane die Praxis. Sie schämte sich ihres abgetragenen Mantels und ihrer formlosen schwarzen Handtasche aus Kunstleder.

Die Empfangsdame befreite Mary Jane nicht von ihrer Befangenheit. Die Frau war schlank, blond und schön. Sie hatte ihr Haar kunstvoll auf dem Kopf zu einem Zopf geflochten, wie es Mars Jane nie zustande brachte.

Mit zitternder Hand füllte Mary Jane die üblichen Formulare aus. Eine halbe Stunde später führte die Empfangsdame Mary Jane ins Heiligtum des Dr. Collins. Er erhob sich und musterte sie von Kopf bis Fuß.

»Wie kann ich Ihnen helfen, Miss Moran?« fragte er.

Mary Jane räusperte sich. »Ich bin Schauspielerin.«

»Ach ja?« Es klang ungläubig. Darum erzählte sie hastig von ihren Erfolgen. »Mein Problem ist, daß ich wegen meines Aussehens keine Rollen bekomme.«

Der Arzt blickte sie unbeteiligt und kalt an. »Sie dachten also an eine Schönheitsoperation?«

»Ja.«

»Wie alt sind Sie?«

»Vierunddreißig, bald fünfunddreißig.«

»Woran hatten Sie gedacht?«

»An alles, was eben nötig ist«, platzte sie heraus.

»Das verstehe ich nicht. Eine Operation der Nase? Oder...«

»Was eben nötig ist, damit ich schön aussehe!« rief sie.

Der Mann seufzte. »Ich bin Arzt, Miss Moran, kein Zauberer.«

Zwei Tage blieb Mary Jane im Bett. Sie hätte fast den Termin bei Dr. Moore verpaßt. Doch am Ende fand sie die Kraft, einen zweiten demütigenden Besuch hinter sich zu bringen, bevor sie ihrem Leben ein Ende setzen würde.

Dr. Moores Arzthelferin hieß Miss Hennessey und glich den Drachen in Menschengestalt, die Mary Jane in ihrer Ausbildung in den Krankenhäusern zur Genüge kennengelernt hatte. »Dr. Moore nimmt keine Operationen am Körper vor. An was hatten Sie denn genau gedacht, ich meine an welches Vorgehen?« hatte Miss Hennessey schon am Telefon bei der Terminvereinbarung wissen wollen.

»Ich möchte Dr. Moore sprechen«, erwiderte Mary Jane direkt, was weitere Fragen der Frau zwar abblockte, sie aber noch gereizter machte.

Als Mary Jane nun die Praxis betrat, drückte sie Miss Hennesseys Gereiztheit nicht nur in der Stimme, sondern in ihrem ganzen Verhalten aus. Schweigend wies sie Mary Jane in ein spartanisch eingerichtetes Besprechungszimmer. Brewster Moore war klein und dunkelhaarig, seine Hände klein und weich. Die blasse Gesichtsfarbe wirkte indessen nicht ungesund, betonte nur sein schwarzes Haar und die dunkelbraunen Augen. Er trug einen dunklen Anzug zu einem weißen Hemd und blauer Krawatte. Mary Jane glaubte, noch nie einen Menschen gesehen zu haben, der so klinisch sauber wirkte. Sein Haar begann zurückzuweichen. Er verhielt sich kühl und unpersönlich.

Mary Jane schlug die Augen nieder. Ihre Hände hatte sie im Schoß gefaltet. Sie fühlte sich noch elender als bei Dr. Collins und noch nervöser als bei ihrem ersten Vorsprechen auf der Bühne. Wie konnte sie das Verständnis dieses Chirurgen gewinnen? Brachten Chirurgen überhaupt Verständnis oder gar Mitgefühl für ihre Patienten auf?

»Wie kann ich Ihnen helfen?« fragte er. Zu ihrer eigenen Überraschung brach sie in Tränen aus.

Sie weinte lange, während er schweigend und reglos vor ihr saß. Nur einmal schob er ihr eine Schachtel Papiertaschentücher zu. Endlich fing sie sich wieder, putzte sich die Nase, wischte die Tränen ab und brachte heraus: »Ich bin Schauspielerin.«

Er nickte. Er zuckte nicht zusammen. Doch es gab auch keine andere Reaktion.

Sie nahm aus ihrer Tasche einen kurzen Lebenslauf, den sie zusammengeschrieben hatte. Das Blatt war schon reichlich abgegriffen. »Sie müssen das einfach glauben.«

Er las das Papier durch. »Viele meiner Patienten bringen eine große Portion Mut auf, Miss Moran. Es erfordert nämlich Mut, hier hereinzukommen. Erzählen Sie mir einfach, was Sie sich vorgestellt haben.«

Sie berichtete ganz ruhig und so sachlich wie möglich und schloß mit ihrer Enttäuschung wegen *Jack and Jill and Compromise.* »Darum brauche ich chirurgische Hilfe. Umfassende Hilfe. Ich brauche sie für meinen Beruf, weiß aber nicht, was möglich ist oder was es kosten wird.«

Während der ganzen Besprechung ließ Moore Mary Jane kaum einmal aus den Augen. »Ihr Problem ist mir jetzt klar, Miss Moran.« Er stand auf, ging um den Tisch, der ihm als Schreibtisch diente und griff behutsam nach ihrem Kinn, das er in verschiedene Richtungen drehte, um sich die Konturen genau einzuprägen.

»Fleisch ist kein Stein, Miss Moran. Fleisch kann man nicht

berechnen. Es bewegt sich, schlägt Falten, produziert Narben. In ihrem Gesicht fehlen markante Formen. Keine hier« – er berührte ihre Wange, »und keine hier.« Er wies auf ihre Oberlippe. »Keine Ausdrucksstärke. Ihre Brauen stehen zu weit vor. Ihrem Kinn fehlt es an Entschlossenheit. Ihre Nase geht in die Oberlippe über ohne diesen Einschnitt, den wir als schön empfinden. Kinn und Nase stellen an sich keine großen Probleme dar. Doch mit der Chirurgie kann man Ihr Gesicht oder Ihren Kopf nicht völlig verändern. Und Schönheit ist ein Zusammenspiel von sehr unterschiedlichen Komponenten.« Er machte eine Pause. »Ich kann natürlich einiges verbessern, aber ich bin mir nicht sicher, ob ich Ihnen Schönheit versprechen kann. Ich warne Sie auch davor, auf einen Arzt hereinzufallen, der Ihnen etwas anderes garantiert.«

Sie dachte an das, was Dr. Collins gesagt hatte und holte tief Luft. »Doktor, ich bin nicht auf der Suche nach einem Zauberer. Doch ich bin auch nicht hier, um mein Profil ein bißchen aufpolieren zu lassen. Ich suche nach einem Künstler. Ich habe viel von Ihnen gehört, habe auch gesehen, was Sie fertiggebracht haben. Ich glaube, Sie schaffen das, was ich will.«

»Danke. Ich habe Sie auch gesehen. Sie waren großartig in *Jack and Jill and Compromise*.«

»Besteht die Aussicht, daß ich eines Tages gut aussehe?«

»Der Schönheitsstandard ist, was die Medien und die Werbung anlangt, ein stark eingeengter Begriff«, meinte Brewster Moore und blickte aus dem Fenster in den grauen Tag. »Unser Land zeigt sich intolerant, was das ästhetische Empfinden anlangt. Das betrifft die ethnischen Unterschiede, die Unvollkommenheiten, die Besonderheiten. Tatsächlich ist Schönheit ja ungewöhnlich. Wahrscheinlich bewundern wie sie darum so sehr.« Er seufzte, schien des alten Problems überdrüssig zu sein, über das er wohl schon unzählige Male referiert hatte. »Ich habe während meiner Ausbildung und Assistenzarztzeit ständig an Leichen gearbeitet. Fast vierhundert Nasen habe ich seziert, um hinter die Zauberformel zu kommen. Was macht eine Nase schön? Wo liegt die proportional ideale Größe? Welche Beziehung hat sie zu dem übrigen Gesicht? Welche Linie oder Kurve ist dafür ausschlaggebend? Ich habe sie alle rekonstruiert, weil ich versucht habe, Vollkommenheit zu finden.«

Hat er das geschafft? fragte Mary Jane sich, wagte die Frage aber nicht laut zu stellen, weil sie fürchtete, er könne das verneinen.

Er wandte sich vom Fenster ab und Mary Jane zu. »Meiner Meinung nach ist die Gesellschaft krank. Sie hat eine falsche, fast unmöglich zu erreichende Vorstellung von weiblicher Schönheit auf den Schild gehoben und die Frauen gezwungen, diese Idealform zu erreichen. Es gelingt keiner. Die schönsten Frauen sind in meine Praxis gekommen, weil sie glaubten, nicht schön genug zu sein.«

»Das trifft ja kaum auf mich zu«, wandte Mary Jane trokken ein.

»Das ist richtig«, stimmte er ohne Umschweife zu. »Doch die meisten Ärzte für plastische Chirurgie leben und profitieren von dieser kranken Gesellschaft. Frauen, die von ihrer Umwelt neurotisch gemacht wurden und glauben, ihre Brüste müßten voller, ihre Nasen kleiner sein. Frauen, deren Männer das glauben. Oder Frauen, die Ehemänner haben wollen, die diesen Idealen huldigen. Der Arztberuf ernährt sich seit Jahren von diesen krankhaften Vorstellungen. Wir verbannen das Natürliche und schaffen das Unnatürliche.«

»Warum befassen Sie sich dann überhaupt damit?«

»Das ist nicht mein Hauptbetätigungsgebiet. Ich beschäftige mich vorwiegend mit Wiederherstellung nach Unfällen. Doch die Arbeit fasziniert mich auch. Ich müßte lügen, würde ich das leugnen. Außerdem ist die Bezahlung dafür sehr, sehr gut. Ich kann verlangen, was ich will. Immerhin werden solche Operationen ohne dringende Notwendigkeit gewünscht. Freiwillig sozusagen.«

»Für manche«, widersprach Mary Jane erneut.

»Das gilt jedenfalls für meine Patienten, die ihr Gesicht liften lassen. Für siebentausend Dollar kann ich das in zwei Stunden erledigen. Mit dem Geld kann ich zwei Gesichter meiner Kinder im Krankenhaus in Ordnung bringen. Oder ich kann einen neuen Operationssaal für unser kleines Krankenhaus in Honduras finanzieren.«

»Sie praktizieren auch in Honduras?«

»Ja. Viele Schußverletzungen. Ich kümmere mich bevorzugt um arme, unterentwickelte Länder. In Honduras brauche ich keine Gesichter zu liften. Dort wird man geachtet, wenn man lang lebt. Falten sind keine Schande. Die Chirurgie bleibt wichtigen Fällen vorbehalten. Es gibt keine Vergrößerung der Brüste oder ein Versetzen von Brustwarzen.«

»Haben Sie Krebsfälle nach Silikontransplantaten in Brüsten?«

Brewster Moore schüttelte den Kopf. »Besorgniserregende Statistiken in Bezug auf Silikontransplantate wurden schon 1979 veröffentlicht. Doch die amerikanischen Frauen riskieren lieber Krebs, als daß sie mit kleinen Brüsten herumlaufen. Und die Ärzte verdienen lieber hohe Honorare, als daß sie sich mit Skrupeln belasten. Das ist leider eine Folge der tödlichen Suche nach Schönheit.«

»Also gut, Dr. Moore«, sagte sie und blickte ihm direkt in die Augen. »Jetzt sind wir uns beide über die Gegebenheiten klar. Eine andere Frage. Was wird es kosten, mich wirklich schön zu machen?«

»Es erfordert sehr viele chirurgische Eingriffe. Narben bleiben nicht aus, auch nicht solche, die nie verblassen und auch nicht kaschiert werden können. Narbengeschwülste können sich bilden und Sie entstellen. Ich konzentriere mich bei meiner Chirurgie nur auf den Kopf. Doch ich kann Ihnen einen Kollegen empfehlen, der auch am übrigen Körper Schönheitsoperationen vornimmt. Außerdem müssen Sie mit Beschwerden rechnen, sogar Schmerzen, großen Schmerzen. Die lassen sich gar nicht vermeiden. Die vielfältigen Verfahren verschlingen Zeit, die Heilungsprozesse müssen zwischen den Eingriffen abgewartet werden. Garantien gibt es nicht. Eine Arbeit in diesem Umfang ist schwierig und teuer.«

»Doch Sie könnten Ihren Teil dazu beitragen, und es wäre im Prinzip möglich? Alle haben mir gesagt, daß Sie der richtige Mann sind, daß Sie Wunder vollbringen können. Können Sie mich schön machen?«

Der Arzt faltete die Hände über einer Akte. Sonst lag nichts auf dem Tisch. »Das kann ich jetzt noch nicht beantworten. Dazu brauche ich Röntgenaufnahmen und die Ergebnisse einer gründlichen Untersuchung. Doch es wäre möglich.«

Sie seufzte, bis ein neuer Gedanke sie erschreckte. »Würde es länger dauern als zwei Jahre und mehr kosten als siebenundsechzigtausend Dollar?«

»Das weiß ich nicht. Vielleicht. Doch das sind Vermutungen, und die gehen davon aus, daß es überhaupt zu bewerkstelligen ist. Warum fragen Sie?«

»Weil ich nur über diese Zeit und soviel Geld verfüge.« Sie schob ihre Tasche über den Tisch auf ihn zu. Er betrachtete die Tasche, dann wieder sie. Zum erstenmal seit Beginn der Besprechung erschien so etwas wie ein Lächeln auf seinen Zügen.

»Es freut mich, daß Sie das Geld haben. Doch dafür ist es noch ein bißchen früh. Ich betrachte das nicht als eine chirurgische Aufgabe, die der Laune einer kapriziösen Frau entsprungen ist, Miss Moran. Die Klinik gäbe dazu niemals ihre Zustimmung. Es wird also einiges kosten. Und Sie werden nach den jeweiligen Eingriffen arbeitsunfähig sein.«

Mary Jane lachte. »Ich bekomme schon jetzt keine Arbeit.« Das Lachen klang so bitter, wie ihr zumute war. »Aber es kostet nicht mehr, als ich zur Verfügung habe?«

»Auch das kann ich Ihnen nicht garantieren. Ich weiß es einfach nicht. Damit setzen wir uns auseinander, wenn es so weit ist. Zunächst einmal möchte ich, daß Sie sich verschiedenen Röntgenaufnahmen unterziehen. Außerdem brauche ich Ihren Zahnstatus. Bitte denken Sie gründlich über die Tragweite dessen nach, was Sie vorhaben. Danach können wir uns wiedersehen.«

»Ja. Vielen Dank, Doktor.«

»Gern geschehen, Miss Moran.«

»Möchten sie eine Vorauszahlung haben? Ich meine, vielleicht wäre Ihnen ein Scheck lieber als Bargeld oder so?«

Er warf ihr einen taxierenden Blick zu. »Vierzig Pfund hätte ich gern.« Einen Augenblick lang dachte sie, er spräche über britische Pfund. Plötzlich schoß die Röte in ihre Wangen. Doch da fuhr er schon fort: »Wir kennen noch nicht einmal die Grundvoraussetzungen, bevor Sie dieses Gewicht nicht verlieren. Danach läßt sich das besser beurteilen.«

Vierzig Pfund! Natürlich wußte Mary Jane, daß sie schon von jeher zu kräftig gewesen war. Füllige Taille, dicke Oberschenkel. Aber vierzig Pfund! Tatsächlich hatte sie sich in der letzten Zeit gehen lassen. Eine Folge ihrer Enttäuschung wegen der verpaßten Filmrolle, eine Folge ihrer Verzweiflung, weil sie Sam verloren hatte. Vierzig Pfund! Da hatte sie ja in der High School von Scudertown noch mehr gewogen. Es war schon hart, zehn Pfund abzunehmen. Aber das vierfache?

Doch wenn das die Voraussetzung war, gedachte Mary Jane das Essen drastisch zu reduzieren und sich noch mehr zu bewegen. Sie wollte beweisen, daß sie es ernst meinte. Also nickte sie und stand auf.

»Vierzig Pfund, Miss Moran. Dann sehen wir, was an Ihnen dran ist.«

Mary Jane nickte noch einmal und schaffte es dann irgendwie, aus dem Sprechzimmer zu stolpern.

18.

»Wohin fahren wir denn?« fragte Dean, weil Dobe angekündigt hatte, er wolle ihnen etwas zeigen.

»Das wirst du schon sehen, mein Junge. Nach ein paar Kilometern sind wir da.«

Sharleen stützte beide Arme auf Deans Sitz vor ihr. »Was kochen Sie und Oprah da aus, Dobe?« fragte sie launisch. Sie bedauerte tief, daß Dean und sie ab morgen auf eigene Füße gestellt sein würden. Ab Bakersfield. Dobe hatte sich während der ganzen gemeinsamen Reise als Gentlemen gezeigt. Er hatte Sharleen und Dean kein einziges Mal zu einer Notlüge gezwungen oder sich Übergriffe bei Sharleen geleistet. Das änderte nichts daran, daß Sharleen um Dobes unsauberen Machenschaften wußte. Es wurde ohnehin Zeit, daß sie und Dean ihr Leben wieder selber in die Hand nahmen. Wie sie das bewerkstelligen sollten, wußte sie noch nicht genau. Doch sie glaubte fest an Gottes Hilfe. Hatte er sie nicht auch heil bis Kalifornien gebracht?

Natürlich hatten sie gesündigt. Sie hatten mindestens zwei Gebote übertreten. Sharleen betete jeden Abend um Vergebung ihrer Sünden. Doch sie erinnerte sich auch immer wieder an Mommas letzte Worte: Sie mußte für Dean sorgen.

Wie ihr das bisher ohne Dobes Hilfe gelungen wäre, wußte sie allerdings nicht. Dobe hatte auch einige Gebote übertreten. Soviel stand fest. Sie dachte an die Geschichte von dem Wanderer, der in die Hände von Dieben fällt und von dem guten Samariter gerettet wird. Doch sie wußte nicht, ob die Bibel etwas darüber sagte, was geschah, wenn Samariter und Dieb ein und dieselbe Person waren.

»Auskochen sollte ich etwas?« entrüstete sich Dobe. »Ich bitte dich, junge Frau, traust du mir so etwas zu?«

Sofort beschwichtigte Dean: »Sharleen hat das nicht richtig ausgedrückt. Sharleen, entschuldige dich bei Dobe. Er hat uns so geholfen.«

»Verzeihen Sie, wenn ich Ihre Gefühle verletzt habe, Dobe«, sagte Sharleen lächelnd. Dobe fuhr nun langsamer. »Wir sind da.«

»Meine Güte, so viele Autos!« rief Dean verblüfft. Auf zehn Hektar wurden hier Gebrauchtwagen angeboten. Dean sprang aus dem Wagen, kaum daß Dobe hielt.

Dobe winkte einem Mann hinter dem Fenster seines Verkaufsraums zu und schritt dann mit Sharleen und Dean die endlose Reihe von Gebrauchtwagen entlang. Er hielt bei einem Wagen mit dem Schild: »Sonderangebot $ 1999.«

»Es wird Zeit, daß wir ein Auto kaufen«, stellte Dobe fest. Das Auto war ein Datsun 280 Z, silberfarben.

Sharleen stand neben Dobe. Dean ging um das Fahrzeug herum, klopfte auf das Dach, trat gegen die Reifen.

»Das ist ein Schmuckstück, Dobe. Silbern wie Ihres. Aber wozu brauchen Sie ein neues Auto, Dobe? Ihres ist doch total gut. In dem hier hätten Sie viel weniger Platz für sich und Oprah.«

»Es ist nicht für mich. Ich dachte, es würde euch gefallen.«

Dean riß die Augen auf. »Uns?«

»Warum nicht? Oprah und ich wollen euch beiden etwas schenken. Zum Abschied. Ihr habt einem alten Mann gutgetan und ihm Gesellschaft geleistet.« Dobe wandte sich an Sharleen. »Und in Kalifornien braucht ihr ein Auto. Ich habe gehört, daß man hier Leute ohne Auto verhaftet.«

Bevor Sharleen etwas sagen konnte, trat ein kleiner, dicker Mann mit einem Zylinder auf dem Kopf zu ihnen. »Willkommen beim Ehrlichen Abe. Ehrlichkeit ist bei mir Trumpf. Darum der Name. Wenn ich Ihnen nicht helfen kann, werde ich Ihnen auch nicht schaden. Wie geht's, Mr. Samuels? Ist das der junge Mann, von dem Sie mir erzählt haben?«

Dobe bestätigte das. Da flüsterte Sharleen Dobe zu. »Wir stehen ohnehin tief in Ihrer Schuld, Dobe. Seit wir Sie kennengelernt haben, durften wir leben wie reiche Leute. Wir haben besser gegessen als bei einem Leichenschmaus auf dem Land. Und Sie waren stets gut zu uns. Sie sollten uns wirklich nicht noch mehr beschenken.«

»Ihr würdet mir aber eine große Freude machen, Sharleen. Für mich war das eine unvergeßlich schöne Zeit. Mir ist, als wärt ihr meine Kinder. Und geholfen habt ihr mir auch. Ihr habt das Geld mitverdient.«

»Sharleen«, rief Dean. »Das Auto ist ein Traum. Und ich könnte es immer tadellos in Ordnung bringen, wenn mal was nicht stimmt.« Sharleen hörte heraus, wie sehr er sich das Auto wünschte.

Tränen traten in Sharleens Augen. Seit Momma sie verlassen hatte, also schon seit einer sehr langen Zeit, war niemand mehr so lieb zu ihr gewesen und hatte sich so rührend um sie gekümmert. »Danke, Dobe. Wir sind Ihnen echt dankbar. Eines Tages werden wir Ihnen das zurückzahlen.«

Dobe ging zu Abe, nahm ihn am Arm und führte ihn außer Hörweite. Als Dobe zurückkam, warf er Dean die Autoschlüssel zu. »So, mein Sohn, nun wollen wir mal eine Probefahrt machen.« Dobe öffnete die Beifahrertür für Sharleen und setzte sich mit Oprah auf den schmalen Rücksitz des Coupes. »Na, wie ist er?«

Dean ließ den Motor aufheulen. Dann fuhr er langsam los. »Der ist einfach super, Dobe. Tolle Beschleunigung.«

»Er gehört euch, Kinder. Ich schlage vor, ihr duzt mich von jetzt an. Das erleichtert uns allen den Abschied, weil wir uns dann als echte Familie fühlen können.«

Sharleen wußte nicht, ob die Polizei den Käufer eines Fahrzeugs routinemäßig überprüfte. Sie wußte ja auch nicht, ob der Sheriff von Lamson ihre Namen auf die Fahndungslisten der Computer gesetzt hatte und ihnen auf diese Weise auf die Spur kommen konnte. Doch später, als Abe mit Dean über den Wagen sprach, nahm Dobe Sharleen noch einmal beiseite. »Von dem Moment an, als ich euch beide sah, hatte ich das Gefühl, daß ihr vor irgendwas davonlauft.« Er hob beschwichtigend die Hand. »Ich weiß nichts und will auch nichts wissen. Doch ich kenne das Gefühl sehr genau. Jedenfalls habe ich den Wagen auf meinen Namen eintragen lassen. Auf Dobe Samuels. Er ist also sauber. Betrachtet ihn als Leihgabe. Eines Tages werde ich euch vielleicht um einen Gefallen bitten, und dann bin ich sicher, daß ihr mir den nicht abschlagen werdet. Bleibt brav, ja?«

Sharleen nickte. Sie kämpfte mit den Tränen.

Zurück im Motel brachten Sharleen und Dean ihre Koffer auf den Rücksitz des Datsun. Dobe stand mit den Händen in den Taschen daneben. Dean fummelte voller Stolz an dem neuen Besitz herum.

So leise, daß Dean ihn nicht verstand, sagte Dobe zu Sharleen: »Ich möchte dir noch einen kleinen Rat geben. Du bist ja mehr als nur hübsch, Sharleen. Du bist eine Schönheit. Das Leben kann entweder zu leicht oder zu schwer für ein schönes Mädchen sein. Du gehörst nun nicht zu denen, die es sich im Leben leicht machen. Aber nimm es auch nicht zu schwer. Wenn du eines Tages mal zu jemandem ja sagen mußt, Sharleen, dann achte darauf, daß du es nur aus gutem Grund tust.«

Sharleen nickte, obwohl sie sich nicht ganz klar darüber

war, was Dobe meinte. Sie glaubte jedoch, daß das wie mit den Bibelsprüchen war. Die erschlossen sich ihr auch immer erst nach einer ganzen Weile. Sie küßte Dobe auf die Wange. Dann umarmte sie ihn fest. »Danke, Dobe, ich danke dir, daß du so gut zu uns bist.«

Auch Dean umarmte Dobe. »Du wirst uns fehlen, Dobe. Und vielen Dank für das Auto und für das Essen und die Betten.«

Dean beugte sich zu Oprah hinunter und umschlang den Hund mit den Armen. »Paß auf dich auf, hörst du?« Oprah leckte ihm übers Gesicht.

Dobe rief den Hund. Er sprang in Dobes Wagen auf seinen angestammten Platz. Sharleen und Dobe winkten, als der große, silberfarbene Pontiac vom Hof des Motels auf die Fernstraße fuhr.

»Er war uns ein Freund, Sharleen. Eigentlich hatte ich ihn um einige Pillen für den Benzintank bitten wollen, aber da er das nie angeboten hat, wollte ich auch nicht gierig erscheinen. War das richtig, Sharleen?«

»Genau richtig, mein Lieber.« Sie legte den Arm um seine Schultern.

19.

Mary Jane saß auf der Schreibtischplatte vor ihrem Fenster und sah auf die 54 Straße hinunter. Seit ihrer Begegnung mit Dr. Moore vor zwei Tagen hatte sie es auf weniger als fünf Stunden Schlaf gebracht. Sie hatte ihren Anrufbeantworter abgestellt und abwechselnd auf dem Bett gelegen oder war im Zimmer herumgegangen.

Sie wußte nicht, wie sie bewerkstelligen sollte, was von ihr verlangt wurde. Ihr Entschluß stand allerdings fest. Entweder schaffte sie es, oder sie kaum dabei um. Sie wußte nicht, wie sie mit einer Verwandlung, wie sie sie plante, fertigwerden würde. Nicht nur körperlich, auch psychisch. Mary Jane hatte schon als Kind nicht hübsch ausgesehen, eher häßlich.

Wie lernte man es, sich als schöne Frau zu fühlen und entsprechend zu benehmen? Ohne einen gewissen schauspielerischen Einsatz ging es sicher nicht. Es genügte nämlich nicht, die Fassade zu verändern, Kleidung, Make-up, Bewegung und Haltung. Mary Jane mußte auch die Eigenarten und das Benehmen einer schönen Frau annehmen. Konnte sie das, nachdem sie bisher gewohnt war, absolut kein Vertrauen zu sich zu haben? Würde sie lächerlich erscheinen, versagen? Was ging in einer Raupe vor, die zum Schmetterling wurde – besaß sie eine genetische Vorlage, die sie auf ihre neue Rolle vorbereitete? Mary Jane hatte eine solche Vorlage jedenfalls nicht. Die mußte sie sich selbst schaffen.

Sie starrte in ihr Notizbuch, in das sie geschrieben hatte: »Finanzplan«, »Sozialplan«, »Berufsplan«, »Fitneßplan«. Sie würde ihre düstere Wohnung nicht verlassen, bevor sie nicht alle vier Punkte gründlich durchdacht und Lösungsmodelle gefunden hatte. Von Beobachtung und Nachahmung verstand Mary Jane viel, von Improvisation wenig. Sie mußte mit ihrer neuen Rolle vertraut werden, wie sie das als Schauspielerin auch mußte. Doch sie konnte es sich noch nicht vorstellen, wie sie als über Dreißigjährige unattraktive Versagerin sich auch innerlich in eine erfolgreiche, schöne Frau verwandeln sollte.

Fest stand, daß der Verwandlungsprozeß nicht vor Freunden oder Feinden stattfinden durfte. Wenn die ganze Welt einmal ihre Bühne sein sollte, durfte sie niemandem gestatten, ihr beim Umziehen in der Garderobe zuzusehen. Molly würde ihr ohnehin einreden wollen, daß sie ganz in Ordnung sei und keine Verbesserung brauchte. Wäre Bethanie dagewesen, hätte sie in der Überzeugung ihrer Schönheit die Überlegenheit ausgespielt und hilfreiche Ratschläge gegeben. Neil würde, sollte er ihr je vergeben, Witze über ihre Pläne reißen und sie zum Lachen bringen. Doch all das half Mary Jane im Grunde nicht weiter. Ohne den drastischen Schritt, den sie plante und ohne dessen erfolgreiche Durchführung brauchte Mary Jane auf keine Hauptrolle mehr zu hoffen. Weder Sam noch sonst ein Mann würde sie jemals um ihrer selbst willen lieben. Ihre Freunde irrten, wenn sie etwas anderes behaupteten. Mit frommen Lügen war Mary Jane indessen nicht geholfen. Die Mary Jane, die ihre Freunde kannten, war in dem verlotterten Bauernhaus im Norden des Staates New York gestorben.

Mary Jane mußte also untertauchen. Das konnte nicht so schwierig sein. Ausziehen und keine Nachsendeadresse hinterlassen. Mary Jane besaß ja keine Familie, der sie ihren Aufenthalt hätte mitteilen müssen. Die Auseinandersetzung mit Neil verschaffte ihr ihm gegenüber eine gute Ausrede, warum sie sich nicht meldete, und Sam hatte offensichtlich nicht vor, sich je wieder mit ihr in Verbindung zu setzen. Also mußte sie nur Molly und ihren anderen Freunden sagen, daß sie einen Aushilfsjob angenommen hatte. Von dem kehrte sie eben nicht zurück.

Mary Jane machte Bestandsaufnahme ihrer Finanzen. Auf dem laufenden Konto hatte sie 1471 Dollar, auf dem Sparbuch 3054. Das Geld ihrer Großmutter hatte sie bereits in einem Safe ihrer Bank deponiert. Das wollte sie nur für die Operation antasten. Da sie im nächsten Jahr nicht vorhatte zu jobben, und das wohl auch gar nicht konnte, brauchte sie mehr als das, was sie besaß, auch wenn sie noch so sehr sparte.

Zunächst einmal gedachte sie zu verkaufen, was sich verkaufen ließ. Da sie aber fast immer kurz vor der Pleite gestanden hatte, bestand ihre Wohnungseinrichtung sowieso schon vorwiegend von der Heilsarmee oder aus Secondhand-Shops. Das brachte also praktisch nichts. Mehr versprach sie sich von ihren Büchern und der Schallplattensammlung. Auch die Stereoanlage ließ sich zu Geld machen und ihr Fernseher. Das würde wohl ein paar Hunderter bringen. Sie mußte sich auch von den Uraltmodellen ihrer Kleider trennen, die sie über Jahre gesammelt hatte: Seidenkleider, Kroko-Taschen, Unterröcke aus Taft, Reifröcke. Sie hatte diese Schätze meist auf Flohmärkten aufgetrieben, sie liebevoll und sehr behutsam gewaschen, gebügelt und ausgebessert. Tatsächlich hatte sie die altmodischen aber reizvollen Roben auch getragen. So lenkte sie die Blicke auf ihre Kleidung und von ihrer Figur ab. Manches dieser alten Stücke war wertvoll geworden. Sie kannte einen Händler in Soho, der sich auf so etwas spezialisiert hatte und rechnete mit einigen tausend Dollar.

Außerdem konnte Mary Jane ihre Wohnung untervermieten. Das brachte ihr eine kleine, aber regelmäßige Einnahme. Es gab genügend Interessenten in diesem Theaterviertel, die auf so eine Wohnung scharf waren. Alles in allem errechnete Mary Jane eine Summe von etwa elftausend Dollar.

Sie besaß noch ihre Angestelltenversicherung. Die belief sich zur Zeit auf achttausend Dollar. Doch wenn sie die einlöste, gingen davon nicht nur die Steuern ab. Sie verlor auch jeden Anspruch auf Altersgeld. Allerdings brachten achttausend Dollar sie auch nicht weiter, wenn sie einmal fünfundsechzig war. Sie beschloß also, auch die Versicherung zu Geld zu machen und ihre Konten aufzulösen. Später wollte sie ein neues eröffnen. Die Bankangestellten kannten Mary Jane, und sie wollte vermeiden, daß man über sie redete, wenn sie sich veränderte, Verbände trug oder ihr Gesicht entstellt war.

Die billigste Art zu wohnen war eine Wohngemeinschaft. Doch dabei mußte sie auch mit Fragen rechnen. Andererseits konnte Mary Jane auch nicht ganz auf Menschen verzichten, für den Fall, daß sie einmal Hilfe brauchte. Also mußte sie ein Zimmer in einem billigen Hotel finden, wo die Durchreisenden keine Notiz von ihr nahmen und an der Rezeption keine Fragen gestellt wurden, solange sie ihre Rechnungen pünktlich beglich.

Das Fitneßprogramm stellte Mary Jane vor weitere Probleme. Den Vorteil eines Hotels sah sie darin, daß sie keine Kochmöglichkeit haben würde. Damit käme sie nicht in Versuchung, sich zwischendurch einen Topf Nudeln zu kochen. Tatsächlich stellte Dr. Moores Bedingung Mary Janes vordringlichste Aufgabe dar. Ihr Leben lang hatte sie fünfzehn Pfund Übergewicht mit sich herumgeschleppt. Mal hatte sie ein wenig ab-, dann wieder zugenommen. Normalerweise hätte sie Größe 42 tragen müssen. Doch ihr paßte nur Größe 44. Im letzten Jahr hatte sie sogar sehr stark zugenommen. Doch vierzig Pfund erschienen ihr ungeheuer viel.

Aus ihrer Krankenpflegezeit kannte sie sich mit Kalorientabellen aus. Sie errechnete, daß sie bei zwei Pfund wöchentlichem Gewichtsverlust Dr. Moore erst in zwanzig Wochen würde aufsuchen können. Doch wenn sie noch weniger Kalorien zu sich nahm, würde sie ständig Hunger haben und wahrscheinlich zu trinken anfangen.

Für Fitneßstudios fehlte ihr das Geld. Sie mußte ihr Gewicht durch Gehen vermindern. Sie ging gern zu Fuß. Das kostete nichts und bewahrte sie auch vor Ausrutschern, solange sie nicht beim Gehen Süßigkeiten naschte. Sie glaubte, am Tag mindestens 15 Kilometer laufen zu müssen.

Wenn sie konsequent blieb, mußte sie das erforderliche Gewicht eigentlich in vier Monaten herunter haben. Schnelleres Abnehmen hatte auch zur Folge, daß der Erfolg nicht dauerhaft war. Zudem setzte sie dabei ihre Gesundheit aufs Spiel.

Was ihren Berufsplan anlangte, nahm sie sich vor, einen neuen Lebenslauf zu schreiben sowie Briefe an die Theatergesellschaften der Westküste. Sie mußte nach der Gesichtschirurgie neue Fotos anfertigen lassen, und sie brauchte einen neuen Namen.

Wenn sie ihren Namen änderte, mußte sie auch ihren Ausweis bei der Berufsgenossenschaft für Schauspieler aufgeben. Dabei hatte sie damals keine Mühe gescheut, um in die Berufsgenossenschaft aufgenommen zu werden. Sich davon zu trennen, fiel ihr fast am schwersten von allem. Darin unterschieden sich nämlich die Profis von den Anfängern. Es wurde immer nach der Zugehörigkeit zur Berufsgenossenschaft gefragt. Wenn Vorsprechtermine bekanntgegeben wurden, stand immer dabei: Nur für Mitglieder der Berufsgenossenschaft. Doch es ließ sich nicht ändern. Die Mitgliedschaft hatte ihr am Ende ja nichts genützt.

Leider mußte sie auch auf ihren größten Triumph verzichten: Die Rolle der Jill. Die durfte sie in ihrem neuen Lebenslauf nicht erwähnen.

Mary Jane streckte sich. Draußen wurde es dunkel. Die Menschen gingen nach Hause. Um die Zeit immer von Osten nach Westen. Wurden sie alle von Familien erwartet?

Freuten sie sich auf eine leckere warme Mahlzeit, eine liebevolle Umarmung, vielleicht ein bißchen Spaß und Lachen nach einem Tag harter Arbeit? Einen Augenblick lang fiel ein schwerer kalter Mantel von Selbstmitleid über sie.

Nur einen Augenblick lang. Dann kehrte ihre Energie zurück. Sie verdrängte die Selbstzweifel, verdrängte die gehässigen Bemerkungen ihrer Großmutter. Sie sagte sich: Ich bin nicht mehr die, die ich einmal war.

20.

Die Nachmittagssonne warf lange Schatten um Tante Robbies Pool. Lila lag bäuchlings auf einer Liege, das Bikinioberteil offen, damit sie die ganze Kraft der Sonne spürte, obwohl sie so dick mit Sonnencreme eingeschmiert war, daß nicht einmal eine Wasserstoffbombenexplosion ihre Haut hätte rosa färben können. Das seidige rote Haar, dick in eine Tönung gepackt, steckte unter einem zum Turban gebundenen Handtuch. José hatte ihr ein großes Glas eisgekühlter Limonade aus frischen Zitronen, gesüßt mit Süßstoff, serviert. Er hatte es sogar mit einem Blatt Melisse garniert. Lila wußte die Vorzüge, die sie in Robbies Haus genoß, durchaus zu schätzen.

Tante Robbie kam und setzte sich auf die Liege neben Lila. »Darf man fragen, warum du hier in der Sonne brätst? Hast du noch nie von den Löchern in der Ozonschicht gehört? Du wirst Hautkrebs bekommen. Dann stirbst du. Das will ich aber nicht, denn ich hasse Trauerkleidung. Schwarz steht mir nicht.«

»Ich brauche eine sonnengebräunte Haut.«

»Mit scheint, du brauchst etwas mehr Grips.«

»In Hollywood läßt man sich bräunen.«

»Das stimmt nicht. In Hollywood versucht man zunächst mal, Karriere zu machen.« Robbie rief nach José und bestellte eine Margherita und noch ein Glas Diätlimonade für »seine Freundin«, wie Robbie das formulierte.

»Es wird Zeit, daß wir etwas auf die Beine bringen. Tante Robbie hat viel über deine Zukunft nachgedacht, Lila, und ich habe da den einen oder anderen Gedanken.«

Das hatte Lila schon so oft gehört. Doch seine Ideen brachten nie etwas. Er hatte den Kontakt zum Showbusineß verloren, in dem man ohnehin nichts übrig hatte für Leute von gestern.

»Will einer deiner Freunde einen Film drehen?« spottete sie.

»Nicht so schnell, Mädchen. Du kannst von Glück sagen, wenn du etwas im Fernsehen bekommst.«

»Das will ich aber nicht«, meuterte Lila und setzte sich. Das Bikinioberteil fiel ihr in den Schoß, doch das interessierte Robbie ja nicht. »Ich will einen Film machen. Beim Fernsehen kommt man dem Volk zu nahe. Außerdem gibt es keine echten Stars im Fernsehen, nur Leute mit einem gewissen Bekanntheitsgrad.«

»Meine Güte, hast du da Apparate hängen«, stellte Tante Robbie fest. »Ein bißchen mehr Zurückhaltung, wenn ich bitten darf.«

Lila zog gehorsam das Oberteil an. »Du hast selbst gesagt, daß Fernsehen zweite Wahl ist.«

»Viele haben über das Fernsehen den Sprung zum Film geschafft. Doch wir zäumen die Sache von hinten auf. Zunächst brauchst du einen Agenten.«

»Und wen schlägst du da vor, Robbie? Bloß nicht Ara. Der ist Agent meiner Mutter, hundertvier Jahre alt und riecht aus dem Mund wie ein kranker Hund. Überhaupt steht er schon mit einem Fuß ihm Grab. Übrigens wird er auch nicht mit mir reden, weil Theresa das nicht erlauben würde.«

»Es ist schon krankhaft, wie du über deine Mutter denkst. Wenn sie so verdammt viel Macht hätte, würde sie doch wohl längst eine Rolle an Land gezogen haben. Sie wird dir schon nichts in den Weg legen. Ara ist erst einundachtzig und auch wenn er mit einem Fuß im Grab stehen sollte, hat er den anderen jedenfalls noch fest in Hollywood. Ara Sagarian hat so hervorragende Beziehungen, daß er auch über seinen Tod hinaus den Leuten, die er unter Vertrag hat, noch Rollen verschaffen wird.«

»Aber ich hasse ihn«, begehrte Lila auf.

»Ja, sicher«, erwiderte Robbie übertrieben geduldig. »Er ist immerhin ein Agent und hatte Jimmy Stewart, Frank Sinatra, Joan Crawford und natürlich deine Mutter unter Vertrag. Er hat immer noch zahllose Renner – Hagman und Michael Keaton zum Beispiel.«

»J.R., nein, wie mich das beeindruckt!« höhnte Lila.

»Mach dich nur lustig. Jedenfalls hat er zur Zeit im Fernsehen viel zu melden. Etwas anderes sehe ich auch nicht am Horizont. Den Termin kann ich dir verschaffen. Das übrige ist deine Sache.«

»Na ja, ich könnte ja mit ihm reden.« Sie lachte. »Soll ich einfach sagen, ich suche eine Hauptrolle, aber nur im Film, nicht im Fernsehen?« Sie meinte das nicht ernst. Doch sie wußte, daß sie nicht einmal als Tochter von Theresa O'Donnell mit offenen Armen von Ara empfangen werden würde. Die Sprößlinge der Stars liefen Ara wahrscheinlich massenhaft die Türe ein. »Meinst du denn, er will mit mir sprechen? Ich meine, nicht nur aus Höflichkeit small talk machen und so?«

»Da mach dir keine Gedanken«, meinte Robbie überzeugt. »Ara ist mein Pate in der Schwulenmafia von Hollywood. Der tut mir jeden Gefallen. Wenn du also zustimmst, rede ich mit ihm und fühle mal ein bißchen vor.«

»Also gut, Robbie, aber im Fernsehen nur kleine Serien und eine Hauptrolle, auch wenn ich ein blutiger Neuling bin. Bloß keine blöden Sitcoms. Nicht so ein Schwachsinn mit hirnrissigen Pointen.«

»Jesus! Ein bißchen wählerisch die Kleine, wie?« Robbie verdrehte die Augen zum Himmel.

21.

Mary Jane steckte ihre Grenzen ab. In den nächsten drei Monaten würde sie sich täglich nur neunhundert Kalorien genehmigen und nicht mehr als neun Dollar für Lebensmittel ausgeben. Während der ersten beiden Tage dieses neuen Lebensabschnitts blieb sie im Bett. Sie schlief viel. Doch nachdem sie ihre Erschöpfung überwunden hatte, erkannte sie, daß das kein Rezept sein konnte. Denn zu Haus im Bett begann sie zu essen. Sie mußte das Haus verlassen. Ohne Bewegung kein Gewichtsverlust, ohne Gewichtsverlust keine Aussicht auf einen Termin bei Dr. Moore.

Zwei Wochen nach der Beerdigung der Großmutter zog Mary Jane sich ihren alten daunengefütterten Anorak an und verließ die Wohnung, gesättigt von einem weichgekochten Ei, zwei Scheiben trockenem Toast und einem kleinen Glas Tomatensaft. Es war kalt an diesem Märztag, doch zumindest fehlte diesmal der schneidende Wind. Sie ging nach Osten. Die 54. Straße ist zu keiner Tageszeit schön, doch an einem grauen Vormittag wie diesem besonders unerfreulich. Hier und da lagen noch vereinzelt Schneereste. Abgabe und Schmutz hatten ihnen eine schwarze Haube übergestülpt. Die Passanten wichen ständig den Hundehaufen auf den Bürgersteigen aus. Mary Jane wechselte zur 10. und dann zur 9. Straße mit ihren Kaschemmen und Alkoholläden. Küchenabfälle warteten vor den Häusern auf Abholung. Am Broadway wurde es noch schlimmer. Männer in korrekten Geschäftsanzügen hasteten vorbei, Aktentaschen in der Hand, die Gesichter verbissen. Niemand schenkte den geschmacklosen Postern oder den Pornoshops einen Blick. Es fragte sich, welcher Anblick bedrückender war: die Pendler, die sich in ihren stets gleichbleibenden Bahnen bewegten, oder diese degenerierten Typen, die sich schon jetzt vor den Gittern der Sexshops drängten, um sich ihren Vormittags-Wichs abzuholen. Man stelle sich ein Publikum vor, das sich um neun Uhr früh einen Pornofilm ansieht! Was sind das für Menschen? Mary Jane schauderte und hastete weiter.

Als ihr kalt wurde, legte sie Ecke Seventh's Avenue/38. Straße eine Pause ein. Sie befand sich jetzt mitten im teueren Boutiquenviertel. Hier trank sie eine Tasse Kaffee und mußte dafür einen Dollar ihres kostbaren Schatzes ausgeben. Doch zumindest nahm sie damit keine Kalorien zu sich. Ein Gast hatte seine Zeitung auf dem Tisch liegengelassen. Mary Jane blätterte sie durch. Sie las nur die Überschriften von den täglichen Verbrechen, mit oder ohne tödlichen Ausgang, und den Kindesmißhandlungen. Dann blätterte sie in den Klatschspalten. Sie enthielten die üblichen Skandal- und Sensationsgeschichten aus New Yorks Theaterwelt, der High Society und aus Hollywood. Shirley McLaine schrieb wieder mal ein Buch über ihre früheren Leben, während ihr Bruder sich die Einnahmen seiner Schwester zunutze machte und mit einem Starlet flirtete.

Plötzlich blieb Mary Janes Blick an einer Meldung hängen.

Crystal Plenum ist so verliebt in ihre Arbeit, daß sie sie mit nach Hause nimmt. Die Produktion des Films Jack and Jill and Compromise hat begonnen, eine ganz heiße Sache. Offensichtlich fühlt sich auch Sam Shields so, der Produzent. Crystal und Shields wurden zusammen im Spago gesehen. Sie turtelten bei einem Frühstück in der Polo Lounge.

Mary Jane wurde es erst heiß, dann kalt. Sie glaubte, sie werde jeden Augenblick in Ohnmacht fallen. Sie bezahlte und verließ das Café wie von Furien verfolgt. Drei Jahre lang hatte sich Mary Janes Leben nur um Sam gedreht. Nun gab es ihn nicht mehr. Sie sah auf die Uhr. In Anbetracht der Zeitverschiebung lag Sam wahrscheinlich jetzt noch neben Crystal Plenum im Bett. Schmerzte es mehr, die Rolle an Crystal verloren zu haben oder den Mann, den Mary Jane liebte? Sie wußte es nicht.

Sie weinte, während sie ihre Wanderung durch die Straßen, wieder aufnahm. Im Chelsea Hotel, einer heruntergekommenen Absteige, in der gelegentlich Künstler und Schriftsteller übernachteten, war es so düster wie eh und je. In der Toilette sah Mary Jane in einen blinden Spiegel. Wenn Dr. Moore es am Ende doch ablehnt, die Operationen an dir vorzunehmen, kannst du immer noch hierher kommen und deinem Leben ein Ende machen, dachte sie. Das hatten schon viele vor Mary Jane hier gemacht.

Sie blätterte eine Weile in einem Buchladen herum und verbrachte damit wieder eine Stunde. Sie mußte lernen, nicht mehr an Sam zu denken.

Gegen Mittag aß Mary Jane in einem griechischen Restaurant eine Melone und zahlte dafür den horrenden Preis von dreieinhalb Dollar. Dann ging sie weiter zur Houston Street. Dort fiel ihr Blick auf ein Filmplakat. Ein deutscher Film aus den frühen 30er Jahren mit Mai von Trilling in der Hauptrolle. Mary Jane kannte den Film. Sie hatte ihn sich schon oft angesehen. Sie verehrte die Schauspielerin und bewunderte ihr Können grenzenlos. Für sechs Dollar erkaufte sie sich vier Stunden Vergessen und wurde Zeugin von hervorragender Schauspielkunst.

Von diesem Tag an erhielt ihr Leben eine feste Kontur. Sie verließ um neun Uhr das Haus, ging fast vier Stunden zu Fuß, unterbrochen von einem Film und einer Tasse schwarzem Kaffee, wenn sich die nicht vermeiden ließ. Sie fand zwei junge Mädchen, die ihre Wohnung mieten wollten, verkaufte ihre Habseligkeiten und entdeckte ein billiges Hotelzimmer in der östlichen 19. Straße. Dort wollte man keine Katzen nehmen. Also brachte Mary Jane Midnight zu Molly, zusammen mit einer schönen Kaschmirjacke, die sie für Molly vor dem Verkauf gerettet hatte. Ohne Midnight fühlte Mary Jane sich total vereinsamt.

In den folgenden Tagen wanderte Mary Jane kreuz und quer durch Manhattan. Sie wagte nicht, sich zu wiegen und wagte es auch nie wieder, eine Zeitung aufzuschlagen. Ihr Zimmer war karg, absolut kein Ort, um es sich gemütlich zu machen. Sie mied auch Spiegel und trieb sich in öffentlichen Bibliotheken und Buchläden herum, besonders solchen, die sich auf Theater- und Filmerinnerungsfotos spezialisiert hatten. Sie kaufte einige preiswerte Schwarz-weiß-Abzüge. So schuf sie sich Ideale für die Zukunft. Sie wünschte sich den Mund von Jeanne Moreau, das Kinn der Garbo, die Wangenknochen der Hepburn. Doch in der Hauptsache ging sie spazieren, wobei »marschieren« wohl die treffendere Bezeichnung gewesen wäre.

Beim Gehen stiegen Erinnerungen in ihr auf – an ihre Großmutter, an Scuderstown, an die Krankenpflegeschule. Am häufigsten kreisten ihre Gedanken natürlich um Sam. Sie erinnerte sich an die langen Gespräche, die sie geführt hatten, meist solche, die mit besonderen Ereignissen verbunden waren – der Premiere von Jill, einer überraschenden Geburtstagsparty, die sie für Sam gab. Sie dachte an die Nächte, in denen er sie geliebt hatte. Das führte dazu, daß sie mit tränennassem Gesicht die Straßen entlanglief. Glücklicherweise interessierte das in New York niemanden.

Mary Jane machte die Erfahrung, daß es gar nicht so schwer ist, ein Ziel zu erreichen, wenn es nur dieses eine gibt. Als ihre Jeans nur noch dank eines um drei Löcher enger geschnallten Gürtels halten wollten, entschloß sie sich, die Drachenfrau Hennessey, Dr. Moores Sprechstundenhilfe, anzurufen und um einen Termin zu bitten.

Sie erhielt ihn für die folgende Woche. In den nächsten sechs Tagen hungerte Mary Jane noch mehr. Sie fürchtete, daß das ihr letzter Termin bei Dr. Moore sein könnte, wenn er bei ihr nicht genügend Engagement entdeckte und mit ihrem Gewichtsverlust unzufrieden war.

Miss Hennessey stellte sie auf die Waage und drehte an den Knöpfen, sah auf Mary Janes Karte und drehte erneut. »Das kann doch nicht stimmen«, wunderte sie sich. »In sieben Wochen haben Sie einundzwanzigeinhalb Pfund abgenommen!«

Trotzdem betrat Mary Jane das Sprechzimmer von Dr. Moore voll düsterer Vorahnungen. Inzwischen hatte er ja auch die Röntgenaufnahmen gesehen. Wenn er nun sagte, daß die gewünschten Resultate nicht zu erreichen waren? Wenn er sagte, daß sie möglich waren, aber mit Risiken beladen! Sollte sie ein solches Risiko eingehen? Angst drückte ihr die Kehle zu.

Dr. Moore stand vor dem beleuchteten Kasten mit den eingeklemmten Röntgenaufnahmen. Er sah kurz zu Mary Jane und wies dann auf die Aufnahmen. »Ein Gesicht ist etwas unglaublich Faszinierendes. Als ich mich auf ein bestimmtes Spezialgebiet der Chirurgie festlegen wollte, tendierte ich zur Herzchirurgie. Die geschicktesten und besten Chirurgen widmeten sich diesem Gebiet. Doch es waren zu viele. Ich fürchtete, ich würde am Ende mit meinem ganzen Können in einem Provinznest in Idaho landen. Erst als ich mich eines Tages ganz zufällig mit einem Arzt für Plastische Chirurgie unterhielt, wurde mein Interesse geweckt.«

Mary Jane stellte sich neben den Arzt. Es erstaunte sie, daß sie ein wenig größer war als er. Wortlos sah sie die dunklen Schatten auf der Aufnahme. Sie brachte es nicht über sich, ihn zu fragen oder gar anzubetteln. Doch als ahne er, was in ihr vorging, begann er von sich aus:

»Ja, ich glaube, ich kann aus Ihnen eine Schönheit machen. Sie gehören zu den Glücklichen. Bei Ihnen ist es nur eine Frage von Zeit und Geld. Sicherheiten kann ich Ihnen nicht geben. Das müssen Sie sich immer vor Augen führen. Außerdem müssen Sie sich mit dem Ausmaß und den Risiken des Programms vertraut machen, das ich Ihnen erklären werde.«

Sie nickte. Zur Antwort fehlte ihr die Kraft. Ihre Dankbarkeit kannte keine Grenzen. Sie war auch dankbar, daß er ihr gestattete, mit ihren Gedanken allein zu bleiben, indem er sie nicht ansah. Dr. Moore stand so dicht neben ihr, daß sie den Geruch der Desinfektionsseife wahrnahm und noch einen Duft. Sie glaubte, es müsse ein Vanillegeruch sein.

»Ich schlage vor, daß wir mit den Veränderungen am Kopf beginnen. Die Wangenknochen brauchen Implantate, die Arbeit an Ihrem Kinn soll für bessere Proportionen sorgen und eine bessere Beziehung zu den Gesichtsflächen.« Während er sprach, berührte er auf den Röntgenaufnahmen die vorstehenden Brauen, die Wangen und schließlich die Kinnpartie. Erst danach sah er Mary Jane an und nickte. Sie sagte noch immer nichts. »Diese Arbeiten werden ein halbes bis ein Jahr in Anspruch nehmen. Das hängt von dem Heilungsprozeß ab. Dazu kommen die Operationen an den Weichgeweben.«

»Was ist das?« fragte sie heiser.

»Die Wiederauflage Ihrer Haut auf Ihre neue Gesichtsstruktur. Lidplastik ist erforderlich, obwohl ich nur ein abgewandeltes Liften der Lider für nötig halte. Sie haben keine Tränensäcke unter den Augen, nur etwas nachgebendes Gewebe. Es genügt, wenn wir das Fett schmelzen, das sich hier festgesetzt hat. Wir machen das nach einem Verfahren, das ich erfunden habe. Ich werde hier« – er berührte sanft ihr Augenlid – »das Gewebe erhitzen und das Fett wegschmelzen. Auf diese Weise erhalten Sie ein schönes Augenlid. Das wird keine sichtbaren Narben hinterlassen.«

Er berührte ihren Hals, tastete über die Haut. »Wir werden auch hier eine Fettentfernung vornehmen müssen. Dann liften wir ganz umfassend. Das heißt, wir straffen nicht nur die Gesichtshaut, sondern trennen sie regelrecht bis hierher ab.« Er wies auf den Brustknochen. »Wir strecken sie und entfernen das Zuviel, bevor wir die Haut wieder annähen.«

»Das hinterläßt doch Narben«, wandte Mary Jane ein.

»Die werden Sie nicht sehen. Ich nähe die Haut oberhalb des Haarkranzes an. Auf diese Weise verdeckt das Haar fast alles.«

»Müssen Sie meinen Kopf dafür glattrasieren?« fragte sie entsetzt. Ihr festes, dichtes Haar stellte eigentlich das einzig wirklich Schöne an ihr dar. Sam hatte ihr Haar immer geliebt.

»Nein. Wir haben große Erfolge damit, daß wir es sterilisieren. Infektionen auf der Kopfhaut gibt es bei mir nicht.«

Er ging zu seinem Schreibtisch und forderte auch Mary Jane auf, Platz zu nehmen. »Sie haben sehr gut abgenommen. Das ist erfreulich. Es beweist mit nicht nur die Spannkraft des Gewebes, sondern auch Ihr persönliches Engagement.«

Unter seinem Blick wurde sie verlegen, denn zweifellos galt sein prüfender Blick nur weiteren Unvollkommenheiten ihres Äußeren. Gleichzeitig dankte sie ihm innerlich, fühlte sich ihm auch auf eine ganz eigene Art nahe. Endlich gab es einen Mann, vor dem sie nichts verbergen mußte.

Wieder einmal verblüffte sie, daß Dr. Moore offenbar nicht nur die Struktur ihrer Knochen und Haut bestimmen, sondern auch ihre Gedanken lesen konnte. »Ein Vorhaben dieser Art führt zu einer großen Vertrautheit. In gewisser Weise könnte man von einer gegenseitigen Verführung und einer Heirat sprechen. Sehr viel wird von Ihrem Gewebe abhängen, davon, wie Sie Ihre Wünsche übermitteln können, wie Sie sich den Erfordernissen unterordnen und wie Ihre Haut heilt. Alles andere hängt von mir und meiner Geschicklichkeit ab. Gesichtschirurgie ist eine Gabe. Abgesehen von dem rein technischen Können erfordert es visionäre Vorstellungskraft. Man muß die Möglichkeiten entdecken. Um das bestmögliche Ergebnis zu erzielen, muß ich mich in die Aufgabe verlieben.«

»Haben Sie sich verliebt?« fragte sie. Draußen rauschte der Regen vom Himmel. Im Raum hörte man nur gelegentlich einen Tropfen auf den Fenstersims fallen und das leise Summen der Neonleuchte über dem Lichtkasten mit den Röntgenaufnahmen.

»Ja.« Mary Jane meinte, ihre Brust werde zusammengepreßt, so ergriff sie diese Antwort. »Die Aufgabe stellt mich vor eine Herausforderung und fasziniert mich.« Er kam ganz dicht zu ihr. »Haben Sie je geraucht?«

»Nein.«

»Gut. Sie dürfen damit auch nie anfangen. Sonne ist verboten. Absolut verboten. Immer Sonnenschutz.«

Sie blickte hinaus zu den tiefhängenden Wolken, dem strömenden Regen. »Immer, Doktor?«

Er lächelte. »Nachts nicht. Auch keinen Alkohol.«

»Nicht einmal Wein?«

»Auch kein Bier. Lassen Sie es mich so ausdrücken: Irgendwann trinkt man doch einmal einen Schluck. Sie müssen nur sehr zurückhaltend sein, denn auch der Alkohol tut Ihrer Haut nicht gut. Bisher hat die Sonne noch keinen Schaden an Ihrer Haut angerichtet.«

»Weil ich mir nie einen Urlaub leisten konnte und ein ölverschmutzter Strand mich nicht lockte.«

»Ein glücklicher Umstand.« Er machte eine Pause, nahm ihre Hand, und sie dachte schon, er werde persönlich werden, ihr Trost spenden. Statt dessen zog er mit Daumen und Zeigefinger die Haut auf ihrem Handrücken hoch und beobachtete, wie der kleine Hauthügel niedriger wurde, bis er verschwand. »Für eine Frau Ihres Alters ist die Elastizität Ihrer Haut bemerkenswert. Das wird uns helfen. Was essen Sie so den ganzen Tag?«

Sie sagte es ihm.

»Gut. Aber sie müssen mehr rohes Gemüse essen und sehr

viel Wasser trinken. Austrocknung ist für die Haut gefährlich. Wenn Sie dieses etwas unnatürliche Gewicht und die Vorzüge der Chirurgie bewahren wollen, können Sie von jetzt an nur zwei fettarme Mahlzeiten pro Tag zu sich nehmen. Sie versuchen, ein nicht naturgegebenes Ideal zu erreichen, ein Ideal, das eigentlich keine Frau nach ihrer Jugend mehr erreichen kann. Seit ein großer Busen zu einem abgemagerten Körper gehört, werden solche Korrekturen vorgenommen, denn es gibt praktisch keine Frau, die diese beiden Erfordernisse von Natur aus mitbringt.«

»Verhelfen Sie den jungen, überschlanken Models zu Brüsten nach Wunsch?« fragte Mary Jane.

»Ich nehme überhaupt keine Operationen am Körper vor. Nur im Gesicht. Ich kenne auch keinen Arzt, der gute Ergebnisse am Busen vorzeigen kann. Ich empfehle immer eine Ärztin. Sylvia Wright. Im Grunde ist es ja auch logisch und nachvollziehbar, daß eine Frau ein besseres Gespür für die Brust einer Frau hat als ein Mann. Aber auch Dr. Wright lehnt Implantate ab. Vor neun Jahren wurde in Fachzeitschriften erstmals über Silikonprobleme geschrieben. Aber Sie brauchen ja kein Implantat. Sie brauchen nur eine Veränderung und ein Liften.«

Mary Jane sah auf ihre Hängebrust. Nach dem Gewichtsverlust sah sie noch schlimmer aus als vorher. Doch alles zu seiner Zeit. Wichtig war für Mary Jane nur, daß Mr. Moore sich ihres Falles annahm und daß er an den Erfolg seiner Bemühungen glaubte.

22.

Sharleen parkte den Datsun, den Dobe ihr und Dean geschenkt hatte, vor einem Schnellrestaurant an der Ming Avenue. Sie griff nach der Zeitung und schlug die Seite mit den Stellenangeboten auf, obwohl sie die Anzeige längst kannte.

Leider wurde auch hier eine »erfahrene Kraft« gesucht. Dieses Lokal war bereits das achte an diesem Tag. Alle anderen Restaurants hatten abgesagt, weil ihr die Erfahrung fehlte, oder man hatte ihr zweideutige Angebote gemacht.

Wieviel Erfahrung braucht man, um Lastwagenfahrern Spiegeleier und Eintopf zu servieren? fragte Sharleen sich. Inzwischen hatte sie in so vielen Schnellrestaurants gegessen, daß sie wußte, wie es hier zuging. Und Sharleen brauchte Arbeit. Ohne Arbeit gab es kein Geld und keine Möglichkeit zu übernachten. Sie hatte nur zwei Alternativen: Entweder mußte sie lügen, was ihre Erfahrung anging, oder sie mußte diesen Typen erlauben, an ihr herumzumachen.

Sharleen blickte in den Rückspiegel. Sie zwickte sich in die Wangen, weil das ihre Mutter immer gemacht hatte, wenn sie kein Geld für Make-up hatte.

Sharleen preßte die Lippen zusammen, bis sie rot wurden. Sie zupfte an ihrer mexikanischen weit ausgeschnittenen Bluse, die immer wieder über die eine Schulter zu rutschen drohte.

»Lieber Gott, hilf mir!« betete sie.

Sie verließ den Wagen, schloß ihn ab und zog den Cowboygürtel noch ein Loch enger. Dann fühlte sie sich gerüstet.

In ihren enganliegenden Jeans ging sie entschlossen auf das Lokal zu. Dabei schwang sie ein wenig die Hüften, für den Fall, daß die Kunden sie kommen sahen. Sie wollte lieber den Eindruck erwecken, als habe sie nicht die geringsten Sorgen.

Bevor sie auch nur die Hand auf den Türknauf legen konnte, ging die Tür auf und der dickste Mann, den sie je in ihrem Leben gesehen hatte, stand vor ihr.

»Ich habe Sie erwartet. Nein, ich sollte besser sagen, ich habe gehofft, daß Sie kommen.« Er hielt Sharleen die Tür auf. Sie quetschte sich an ihm vorbei. Es war kühl und laut in dem Lokal. Die Männer und zwei weibliche Gäste sowie eine ältere Frau in Kellnerinnenuniform sahen Sharleen an. Offenbar hatte Sharleen richtig vermutet. Sie war beobachtet worden.

»Ich bin Jake, und das Lokal gehört mir. Darum heißt es auch ›Jake's‹.« Er brachte Sharleen zu einem etwas ruhigeren Ecktisch.

Sharleen lächelte. »Wetten, daß Sie wissen, warum ich hier bin?«

»Du bist eingestellt. Leg die Zeitung weg, und trink eine Tasse Kaffee mit mir. Dann erzählst du mir etwas über dich.« Er ging an den Tresen und kam gleich darauf mit zwei weißen Steingutbechern voll Kaffee und einem Teller Donuts zurück.

»Moment mal, Jake. Was soll das heißen, daß ich eingestellt bin? Sie haben noch gar nicht nach meiner Erfahrung gefragt.« Erleichtert machte Sharleen sich klar, daß sie nun vielleicht gar nicht lügen mußte. Ein so dicker Mann wie Jake würde auch kaum auf den Gedanken kommen, ihr nachzustellen.

Jake stemmte die fleischigen Arme auf den Tisch und lächelte breit. »Lady, schon als du ankamst, sah ich, daß du erfahren genug bist. Alle haben es gesehen.« Er wies auf die Handvoll Geschäftsleute und Truckerfahrer. »Das sind meine Stammgäste. Die möchte ich auch behalten. Und sie haben alle gemeint, daß du für uns richtig bist.« Er stopfte sich einen Donut in den Mund und wartete gar nicht, bis er ihn hinuntergeschluckt hatte, sondern nuschelte: »Wie heißt du?«

Sharleen lachte. Gottes Wege waren in der Tat oft unerforschlich.

Zwei Reihen weißer Plastikblumen, von Staub und Fettdünsten grau geworden, zierten die Fensterbretter des Lokals. Auf den Tischen lagen geblümte Plastiktischdecken. Um eine künstliche Topfpflanze auf jedem Tisch gruppierten sich Salz- und Pfefferstreuer, eine Flasche Barbecuesauce, ein Zuckerspender und eine Blechschachtel mit kleinen Papierservietten. Die Nischen an den Wänden hatten hohe, steile Lehnen. Die Sitzpolsterung bestand aus orangefarbenem Kunststoff, vielfach aufgerissen und mit grauem Klebeband geflickt, um die herausquellende Füllung zurückzudrängen. In jeder Nische gab es eine kleine Jukebox mit einer Liste der verfügbaren Platten, durchweg Country- und Westernsongs aus den 50er Jahren.

Am Tresen saßen die Truckerfahrer auf Barhockern. Ihre

breiten Hintern hingen über die runde Sitzfläche. Sie beugten sich tief über ihren Kaffee oder ihr Essen. Lautstark wurde über Baseball, Straßenzustand, Jagd und Fischen diskutiert. Nur die beiden Frauen hielten sich aus diesen Gesprächen heraus. Sie waren in ein ernstes Gespräch vertieft.

Die ältliche Kellnerin eilte zwischen Gästen und Küche hin und her. Sie schleppte Fleischgerichte mit viel Sauce und servierte Desserts, meist Obstkuchen. Ständig schrie sie der mexikanischen Köchin neue Bestellungen zu. Der Köchin in der kleinen Küche lief indessen der Schweiß übers Gesicht. Unter einer roten Heißluftlampe standen die fertigen, noch nicht von der Kellnerin abgeholten Tellergerichte.

Das ist besser als McDonald's, dachte Sharleen. Zumindest scheint es hier Trinkgelder zu geben. Jake wischte sich mit dem Handrücken die Krümel von seinem letzten Donut aus den Mundwinkeln. »Wie heißt du?« wiederholte er.

»Sharleen. Wann soll ich anfangen?«

23.

COSMOPOLITAN HOSPITAL

Patient:	Mary Jane Moran	Versicherung: keine
Alter:	34	Anschrift: 749 East 19 th New York, N.Y.
Geb.-dat.:	12.09.1958	

Datum:	22.07.199-	
Verfahren:	Bauchplastik	
Behandelnder Arzt:	Dr. Silverman	Kosten: $7.425,-

Datum:	18.10.199-	
Verfahren:	Gesichtsliftung und Unterkinnfettentfernung	
Behandelnder Arzt:	Dr. Moore	Kosten: $4.300,-

Datum:	11.01.199-	
Verfahren:	Gesäßlifting, Lendenresektion	
Behandelnder Arzt:	Dr. Silverman	$3.830,-
Datum:	21.04.199-	
Verfahren:	Lidplastik	
Behandelnder Arzt:	Dr. Moore	$1.540,-
Datum:	28.09.199-	
Verfahren:	Entfernung von Fettgewebe, Fledermausarme	
Behandelnder Arzt:	Dr. Silverman	$1950,-
Datum:	28.02.199-	
Verfahren:	Hängebrustoperation	
Behandelnder Arzt:	Dr. Wright	$4.300,-
Datum:	01.04.199-	
Verfahren:	Hautschleifen	
Behandelnder Arzt:	Dr. Moore	$1750,-
Datum:	03.06.199-	
Verfahren:	Nasenkorrektur	
Behandelnder Arzt:	Dr. Moore	$4100,-

Auszug aus den Akten von Laura Richie

Nachdem alle vorbereitenden Untersuchungen erfolgt waren, stellte Brewster Moore einen Zeitplan für Mary Jane auf. Er schlug ihr die anderen Ärzte vor, die die Operationen an ihrem Bauch, ihrem Gesäß und ihrer Brust vornehmen sollten. Er versprach ihr, deren Arbeiten stets mitzuverfolgen. Mit vielen arbeitete er ohnehin häufig in der Klinik zusammen, die er für mittellose Kinder gegründet hatte.

»Ist das nicht eine sehr deprimierende Tätigkeit?« fragte Mary Jane.

»Weniger deprimierend, als ein Gespräch mit einer Dame der gehobenen Gesellschaft zu führen, die sich ihr Gesicht bereits zum drittenmal liften lassen will. Möchten Sie einmal die andere Seite meiner beruflichen Tätigkeit sehen?«

Mary Jane entging der Vorwurf in Moores Stimme nicht, und so nahm sie die Einladung an. Seit sie Moore vor Wochen kennengelernt hatte, sprach er nun zum erstenmal über sich und seine persönlichen Interessen. Die Kälte der Ärzte war Mary Jane ja vertraut. Doch Moore glich den anderen nicht. Er trat mit der gleichen Selbstsicherheit auf wie alle anderen Ärzte, die sie kannte. Doch darüber hinaus verhielt er sich zwar förmlich und reserviert, aber immer auch mitfühlend.

Bei dem Rundgang lernte Mary Jane den Arzt erst richtig kennen. Seine Klinik lag ihm mehr am Herzen als alles andere. Aus der ganzen Welt wurden ihm Kinder gebracht, die mit so entsetzlichen, so grauenvollen Mißbildungen zur Welt gekommen waren, daß die Eltern sie aussetzten, weil sie ihnen keine Überlebenschance gaben. »Das kann man auch verstehen«, entschuldigte Brewster Moore die Eltern sachlich. »Wir haben uns daran gewöhnt, daß ein Baby lächelt und reagieren darauf. Doch manchen dieser Kinder fehlt der Mund, mit dem sie lächeln könnten. Auch gebildete Eltern können sich nur schwer mit solchen Problemen abfinden. Da können Sie sich denken, wie ein Bauer in Peru das sieht.«

Moore stellte sie Winthrop vor, einem kanadischen Jungen, dessen Eltern beim Absturz eines Privatflugzeugs umgekommen waren. Nur er hatte überlebt, wenn auch bis zur Unkenntlichkeit von Verbrennungen entstellt. Inzwischen hatte er ein neues Gesicht, das aus Hautübertragungen von seinem Rücken und seinen Oberschenkeln entstanden war.

Hilda, ein blondes dreijähriges Mädchen, wurde einen Tag nach ihrer Geburt auf den Stufen einer Kirche gefunden. Seit sie in die Klinik gebracht worden war, hatte man ihre Hasenscharte zwar beseitigt, doch sie brauchte noch eine Nase.

Raoul, zwölf Jahre alt, stammte aus Honduras. Er konnte sich nur mit seinen strahlenden Augen und den geschickten, ungemein aussagestarken Zeichnungen verständigen, da er ohne Zunge und Unterkiefer geboren wurde.

Die Ausstattung der Krankenstation entsprach dem modernsten Standard. Der Operationssaal galt als musterhaft für das ganze Land. »Wie können Sie das nur alles bezahlen?« wunderte Mary Jane sich, angesichts der Apparaturen und Geräte und des vielen Personals.

»Wir erhalten gewisse Unterstützungszahlungen vom Staat, viele private Spenden, und der Rest wird aus meinen Einnahmen finanziert. Ich nehme an sehr reichen und einflußreichen Persönlichkeiten kosmetische Operationen vor.« Er lächelte. »Damit kann ich vielen helfen.«

»Nun fühle ich mich noch schäbiger«, meinte Mary Jane.

Er blieb mitten im Gang stehen. »Das sollten sie nicht. Machen Sie sich von puritanischen Vorstellungen, wie denen der schicksalhaften Vorbestimmung, frei oder den überholten Moraltheorien, wonach Äußerlichkeiten mit Eitelkeiten gleichzusetzen sind. Manches hat sich nämlich seit Urzeiten nicht geändert. Ihr Gesicht ist Ihr Vermögen. Diese Kinder können das bezeugen.«

Mary Jane vertraute Brewster Moore bedingungslos. Das sagte sie sich immer wieder. Außerdem war sie Krankenschwester und kannte Krankenhäuser seit Jahren von innen. Dennoch verspürte sie grenzenlose Nervosität vor dem ersten »Verfahren«, wie Miss Hennessey das auszudrücken beliebte.

Denn Patientin war Mary Jane nie gewesen. Seit ihrer Geburt hatte sie sich einer robusten Gesundheit erfreut.

Die erste Operation erschien ihr wie ein Alptraum. Sie wurde in ihrem Bett endlose Gänge entlanggefahren. Im Fahrstuhl starrten sie die Besucher an, die mit Blumen und Geschenken ihre Verwandten und Angehörigen oder Freunde besuchten. Die Hilfskraft, die Mary Janes Bett schob, ging mit ihm um wie mit einem Einkaufswagen im Supermarkt. Sie blieb immer wieder stehen und schwatzte mit Kolleginnen. So atmete Mary Jane auf, als sie den Operationsbereich erreichten.

Wäre es nicht um eine Operation gegangen, der Mary Jane sich freiwillig unterzog, sondern um eine lebensrettende, hätte sie vielleicht weniger unter der Gefühllosigkeit des Hilfspersonals gelitten. Doch so spürte sie deutlich Verachtung und Mißgunst, die einem Menschen galten, der Geld genug besaß, um sich Schönheitsoperationen zu unterziehen.

Mary Jane hatte achtunddreißig Pfund verloren. Ihr Bauchansatz war verschwunden. Doch nun hing die Bauchdecke schlapp und faltig herunter. Das sollte die Operation beheben. Es war eine verhältnismäßig schwere Operation. Dr. Moore hatte entschieden, daß sie als erstes erfolgen sollte, damit Mary Jane genügend Zeit blieb, sich zu erholen.

Brewster Moore hatte ihr gesagt: »Sie haben so viel Gewicht verloren, wie nötig war, müssen das aber nun auch halten.«

»Aber ich sehe entsetzlich aus.« Sie hob die Arme. Die lose Haut flatterte an ihr herum.

»Fledermausarme sind typisch. Da hilft auch keine Diät. Jetzt müssen Fettentfernung, Chirurgie und Bewegung den Rest bringen. Ihre Bauchmuskulatur muß gestrafft werden. Wir werden also Ihre Muskeln verkürzen und die überflüssige Haut entfernen.«

»Was ist mit meinem Nabel?«

»Der wird herausgeschnitten. Machen Sie sich nicht die geringsten Sorgen. Ich überwache alles. Silverman wird Ihnen einen hübschen neuen Nabel verpassen.«

Die Operation erforderte sieben bis zehn Tage Krankenhausaufenthalt und begann um halb acht Uhr an einem grauen Donnerstagmorgen. Erst die Spritzen befreiten Mary Jane von ihrer Nervosität und dem Gefühl von Scham. Wie aus weiter Ferne hörte sie Dr. Moores Stimme. Er erkundigte sich nach ihrem Befinden. Der Chirurg war Dr. Bob Silverman, Dr. Moore hierbei nur sein Assistent.

Von allem anderen bekam Mary Jane nicht viel mit. Als sie nach der Operation aufwachte, fühlte sich ihre Zunge wie Schmirgelpapier an. Sie litt unter heftigsten Bauchschmerzen, konnte nicht sprechen, nicht einmal weinen. Die geringste Bewegung vermehrte die Schmerzen. Sie wimmerte nur.

Die Schnitte in ihrem Unterleib brannten. Irgendwann umfing sie Bewußtlosigkeit.

Als sie erwachte, spürte sie die Schmerzen noch immer. Doch sie konnte so klar denken, daß sie wußte, man werde ihr dagegen bald etwas geben.

Eine Schwester erschien. Mary Jane brachte schließlich mühsam heraus: »Wasser!« Kurz darauf fühlte Mary Jane den Einstich. Die Schmerzen wichen. Bevor wohltuender Schlaf sie umfing, dachte sie noch, daß sie nun acht weitere Operationen überstehen mußte.

In der Folgezeit litt Mary Jane unter den juckenden Wunden. Doch nachdem die Verbände abgenommen worden waren, hatte sie einen Bauch wie ein Teenager. Das konnte sie kaum fassen. So glatt und fest! Sie vergaß die Schmerzen, die Kosten. Interessiert betrachtete sie ihren brandneuen Nabel.

Die Brustoperation fand Mary Jane am schlimmsten, obwohl Brewster Moore ihr versicherte, daß der Heilungsprozeß weniger schmerzhaft sein würde als bei der Bauchoperation. »Bei der Brust reduzieren wir keine Muskeln, nur Fett. Sie haben genügend Brustgewebe. Es ist nur zu tief an der Brustwand angewachsen. Dr. Wright wird eine neue Hauttasche formen, höher als bisher, wird sie mit Gewebe füllen und die Warzen wieder zentral einsetzen.«

»Heißt das, daß Sie mir die Brustwarzen abschneiden?«

»Ja. Ich nahm an, das sei Ihnen klar. Das hätte Ihnen eigentlich Frau Dr. Wright bei der Vorbesprechung sagen müssen.« Dr. Moore seufzte. »Doch die Narben werden fast vollständig von dem Warzenvorhof verdeckt werden.«

Übelkeit stieg in Mary Jane hoch. »Wenn sie wiedereingesetzt werden, werde ich sie dann noch fühlen?« fragte sie unglücklich und verlegen zugleich.

»Ja. Natürlich könnten Sie nicht stillen. Doch das Gefühl kehrt mitunter zurück. Meiner Überzeugung nach erholen sich die Nerven. Das ist selbstverständlich ein wichtiger Aspekt. Ich bin davon ausgegangen, daß Sie darüber Bescheid wissen. Sie müssen selbst entscheiden, ob Ihnen das Opfer die Sache wert ist. Manche Frauen haben sogar vermehrtes sexuelles Vergnügen nach der Operation verspürt, weil sie auf ihr Aussehen so stolz sind. Das Gehirn spielt eine wesentliche Rolle. Es ist sozusagen das wichtigste sexuelle Organ.«

»Sie operieren nicht mein Gehirn, Doktor.«

»Das ist mir klar. Ich hoffe, Sie wissen auch, wie ich den Mut bewundere, den Sie gezeigt haben.«

»Die Kinder wie Raoul und Winthrop, die die Hälfte ihres Gesichts durch Krankheit oder Unfall eingebüßt haben, sind die vor denen ich Respekt habe. Aber ich danke Ihnen trotzdem, Doktor.«

24.

Hier bin ich wieder. Laura Richie. Während Mary Jane in New York Schmerzen leidet, haben Sie mich im fernen Hollywood wahrscheinlich vergessen. Kein Wunder. Hollywood ist für seine Vergeßlichkeit bekannt. Hier gibt es keinen Stillstand. Entweder ist man auf dem Weg nach oben oder nach unten. Stehenzubleiben kann sich niemand leisten. Wie Haie, die die Meere durchpflügen. Und wie Haie werden alle von Hunger und Angst getrieben. Das bestimmt auch die Beziehung zwischen Agent und Kunden. Die jungen aufsteigenden Sternchen fürchten die Agenten, als seien sie Götter. Denn Agenten können Karrieren schaffen oder zerstören.

Doch die Angst ist eine Straße mit Gegenverkehr. Sind die Sternchen einmal etabliert, haben sie eine gewisse Berühmtheit erreicht, lassen sie mitunter ihren ersten Agenten fallen und wenden sich einflußreicheren zu. Agenten leben also ständig in der Angst, fallengelassen zu werden.

Lila glaubte die Angst in Ara Sagarians Vorzimmer riechen zu können und hoffte, daß nicht sie diesen Geruch verbreitete. In dem Zimmer saßen noch sechs weitere junge Frauen, eine schöner als die andere, alle mit ihren Unterlagen in der Hand. Nur Verlierer läßt man warten. Lila haßte es. Doch sie ging davon aus, daß keines dieser Mädchen eine Verabredung mit Ara hatte. Sie vermutete, daß das eher die Spreu der Industrie war, die regelmäßig die Runde bei den Agenten machte, in der Hoffnung, ein 5-Minuten-Gespräch zu bekommen, das vielleicht eine Rolle einbrachte. Noch verwegener war die Hoffnung, von dem Agenten unter Vertrag genommen zu werden.

In Hollywood ist ein Schauspieler ohne einen Agenten chancenlos.

»Miss Kyle?« rief die Sekretärin. Alle drehten sich zu Lila um. »Mr. Sagarian ist jetzt frei. Folgen Sie mir bitte.«

Lila lächelte. Sie hatte die Sonderbehandlung erwartet.

Doch sie war nervös. Sie sagte sich zwar, daß Ara Sagarian nicht mehr der Gigant von ehedem war. Die alten Stars hatten sich längst zurückgezogen oder lebten nicht mehr. Ara brauchte frisches Blut, wenn auch keines von den jungen Küken ohne Format, die im Vorraum auf ihn warteten. Er brauchte eine Madonna, einen Tom Cruise – eine Lila Kyle!

»Kommen Sie herein!« rief Are ihr entgegen.

Lila hatte ihn das letzte Mal vor fünf oder gar zehn Jahren gesehen. Niemand hatte sie auf den Tattergreis vorbereitet, der ihr jetzt entgegenhinkte. Der große, imposante Ara Sagarian ging nun gebückt. Ein geschrumpftes Männlein. Der linke Arm hing schlaff am Körper herunter. Ara zog das linke Bein nach. Die linke Seite seines Mundes war teilweise gelähmt. Die Begrüßung blieb teilweise unverständlich.

»Mr. Sagarian, ich bin Ihnen sehr dankbar, daß Sie Zeit für mich haben. Ich weiß, wie vielbeschäftigt Sie sind.«

Ara schüttelte die ausgestreckte Hand. Dann tupfte er mit einem weißen Taschentuch den Speichel aus dem Mundwinkel. Sein bleistiftdünner Schnurrbart war auch feucht. »Ich bitte Sie, meine Liebe, ich freue mich doch, Sie zu sehen. Das letzte Mal müssen Sie etwa sieben oder acht Jahre alt gewesen sein. Sie traten mit Ihrer Mutter und den Puppen in Ihrem Haus bei einer Party auf. Sie haben sich mächtig herausgemacht. Setzen Sie sich doch.« Er wies auf eine Couch und setzte sich neben sie. »Wie geht es Ihrer reizenden Mutter?«

»Sehr gut, Mr. Sagarian. Sie läßt Sie herzlich grüßen. Sie ist Ihnen dankbar, daß Sie sich die Zeit nehmen, mit mir über meine Karriere zu sprechen. Wie Mutter sagt: Wenn du Mr.

Sagarian nicht überreden kannst, dich zu vertreten, bist du auch nicht im Showgeschäft.«

»Bei welcher Karriere soll ich Ihnen denn helfen?« Er tupfte sich wieder den Speichel ab.

»Ich bin Schauspielerin. Mutter sagt, ich sei ein Naturtalent. Sie versucht seit Jahren, mich für das Showgeschäft zu begeistern. Nun habe ich nachgegeben.« Lila strahlte Ara an.

»Was genau hatten Sie gedacht, daß ich für Sie tun soll, meine Liebe?«

Lilas Zuversicht bröckelte ab. Trotz seines Schlaganfalls, trotz seines hohen Alters ging ungeheuer viel Selbstsicherheit von diesem Mann aus. Er besaß eine wahrhaft königliche Würde. Und jetzt verlangte er von ihr, sich nicht nur auf Andeutungen zu beschränken. Spielte er mit ihr?

»Ich dachte... ich möchte Sie bitten, mich zu vertreten. Vielleicht erst für Fernsehrollen. An sich bin ich eher am Film interessiert.«

Ara runzelte die Stirn. »Tut mir leid, daß Sie Ihre Zeit vergeudet haben, Lila. Ich nehme keine neuen Talente mehr an. Das hat nichts mit Ihnen persönlich zu tun. Ich habe das seit Jahren nicht mehr gemacht. Wenn ich gewußt hätte, daß das der Grund Ihres Kommens ist, hätte ich Ihnen den Weg erspart. Vielleicht kann ich Ihnen helfen, indem ich Sie an einen anderen Agenten vermittle.«

Lila geriet fast in Panik. Sie wollte an keinen Möchtegernagenten vermittelt werden. Sie versuchte es mit Schmeichelei: »Ich will nur Sie, Mr. Sagarian. Mutter hat immer behauptet, Sie besäßen mehr Verständnis für künstlerisches Temperament als jeder andere, mehr als ein Produzent. Meine Mutter hat mich auf meine Karriere vorbereitet, bevor ich mich dazu entschlossen habe.«

»Ihre Mutter steht also voll hinter Ihnen?« fragte Ara ernst. »Sie ist von Ihrem Talent und Ihrem Durchhaltevermögen in diesem Beruf überzeugt? Seltsam. Daran erinnere ich mich nicht. Doch mein Gedächtnis ist auch nicht mehr optimal. Wissen Sie, ich respektiere Theresas Meinung. Früher entdeckte sie Talente mit traumwandlerischer Sicherheit. Ihr verdanke ich es, daß ich manchen späteren Star unter Vertrag nehmen konnte. Über Theresa habe ich Marilyn kennengelernt und James Dean. Wenn Theresa findet, daß Sie das Zeug zu einem Star haben, will ich meine Meinung überdenken. Zwar unterstelle ich, daß ihr Urteil durch ihre mütterlichen Gefühle gefärbt sein könnte. Doch sie ist kein Dummkopf. Ich bin alt und habe mich in letzter Zeit nicht mehr wohlgefühlt. Darum will ich mich ganz aus dem Geschäft zurückziehen. Aber vielleicht könnte ich doch noch einmal…«

Lila begann sich zu entspannen. Der Alte schien auf ihre Lügen hereinzufallen. Und wenn er sie nur ein einziges Mal zu Aufnahmen schickte, wußte sie, daß sie gewonnen hatte. Lächelnd bestätigte sie: »Meine Mutter steht hundertfünfzig Prozent hinter mir. Wir haben stundenlang über die Vor- und Nachteile diskutiert, und sie hat mir klargemacht, auf was ich mich einlasse.«

»Dann entschuldigen Sie mich kurz. Ich muß mal telefonieren.« Ara griff nach dem Telefonhörer.

Lilas Herz klopfte zum zerspringen. So einfach war es also. Wen mochte er anrufen? Coppola? Sherry Lansing? Barry Levinson?

Dann hörte sie ihn sprechen: »Guten Morgen, Estrella. Hier spricht Ara Sagarian. Kann ich mit Miss O'Donnell sprechen?« Er lächelte Lila spitz an.

Lila atmete flach. Verdammter Mist!

»Theresa, meine Liebe! Wie geht es Ihnen? Seit meinem lästigen Krankenhausaufenthalt haben wir uns nicht mehr gesehen. Ich möchte Ihnen noch einmal danken, daß Sie mich besucht haben. Nein, nein. Überhaupt nicht. Raten Sie mal, wer mir in diesem Augenblick, dank Ihrer Vermittlung, gegenübersitzt!« Ara lauschte einen Augenblick. Dann fuhr er fort. »Nein. Lila, Ihre Tochter. Danke, daß Sie sie mir geschickt haben, meine Liebe. Ich kann ihr wahrscheinlich helfen.«

Lila beobachtete Ara genau. Seine Miene verzog sich, wurde ernst, undurchdringlich. Theresa hatte viel zu sagen. Und Lila schoß das Blut ins Gesicht. Ihr Magen krampfte sich zusammen. Was um Himmels willen brockte ihr die Puppenmutter da ein? Es war ein Fehler gewesen, auf Robbies Rat zu hören.

»Tut mir leid, daß ich Sie belästigt habe, meine Liebe. Offensichtlich habe ich da etwas mißverstanden. Wir sehen uns sicher bei der Emmy-Verleihung, nicht wahr?« Er machte eine Pause, nickte. »Gut. Ohne Sie hat die Party auch keinen Glanz.«

Ara legte auf und erhob sich. Er hinkte zu seinem Schreibtisch, fischte aus der obersten Schublade ein Röhrchen und nahm einen Tablette mit einem Schluck Wasser. Dann erst wandte er sich wieder Lila zu.

»Sie hätten eigentlich wissen müssen, Miss Kyle, daß ich nicht von gestern bin. Sie hätten mich beinahe ins Messer laufen lassen. Ihre Mutter hat Sie also nicht zu mir geschickt, und sie ist obendrein entschieden gegen Ihre Berufswahl. Sie glaubt auch, daß Sie gefühlsbedingte Probleme haben, die ein Leben in der Öffentlichkeit ausschließen. Außerdem weiß sie, daß Sie keine Spur Talent und keine Erfahrung haben. Darum hat sie Sie gebeten, aufs College zu gehen und sich einen anderen Beruf auszusuchen. Doch das alles stört mich nicht so sehr wie die Tatsache, daß Sie mich angelogen haben.«

»Mr. Sagarian, lassen Sie mich das bitte erklären«, flehte Lila verzweifelt.

»Dazu besteht kein Anlaß. Ich sehe bereits klar und werde Ihnen aus zwei Gründen nicht helfen. Einmal haben Sie eine sehr alte und für mich gewinnbringende Beziehung mit meinem größten Star gefährdet. Und zweitens haben Sie mich unterschätzt.«

Ara zog wieder sein Taschentuch aus der Hosentasche, da der Speichelfluß stärker wurde. »Aus diesen Gründen müssen Sie noch von Glück sagen, Miss Kyle, wenn ich Sie nicht aus meinem Büro werfe und Ihnen ein für alle Mal Ihre Zukunft zerstöre.« Er drückte auf einen Knopf. »Miss Bradley, bringen Sie Miss Kyle bitte zum Fahrstuhl. Wir sind fertig.«

Ara Sagarian griff nach dem Telefonhörer. Lila schenkte er keinen Blick mehr.

In der Fahrstuhlkabine begann Lila Kyle zu weinen.

25.

Wenn man untertauchen will, geht das nirgendwo leichter als in New York. Mary Jane glitt sang- und klanglos aus ihrem bisherigen Leben und wurde zu einer Geistererscheinung. Sie verbrachte fast die ganze Zeit allein. Diese Tage mit endlosen Wanderungen durch New Yorks Straßen, bei denen sie nichts ausgab, nichts aß, mit niemandem sprach und die in einem trostlosen Zimmer endeten, waren von einer schier unerträglichen Leere.

Nur die Erinnerungen leisteten ihr Gesellschaft. Sie dachte daran, wie sie früher einkaufen gegangen war, wie sie mit Molly, Neil und der Truppe herumgealbert hatte. Und sie dachte an Sam.

Sie konnte ihn nicht vergessen. Je länger die Trennung währte, um so öfter dachte sie an ihn. So verblaßte seine Erscheinung nicht, ganz im Gegenteil.

Sie mußte hungern, trainieren, sich Operationen unterziehen und Heilungsprozesse abwarten. Alle Vorgänge, die ihr das Alleinsein aufzwangen. Doch Mary Jane lernte daraus. Sie begriff, daß sie mit allem fertig wurde, fast alles schaffte, was sie wollte, solange sie ihr Ziel nicht aus den Augen verlor. Sie suchte keine neuen Bekanntschaften. Sie verwendete keinen Gedanken an neue Rollen, neue Kleider oder ein neues Buch, nicht einmal an eine gute Mahlzeit. Ihr Trachten richtete sich einzig auf die Perfektion ihres Körpers. Das bedeutete auch, daß sie sich mit dieser neuen Person vertraut machte, die sie einmal zu werden hoffte: einer schönen Frau. Dennoch fürchtete Mary Jane manchmal, in dieser erzwungenen Einsamkeit ersticken zu müssen.

Nach der dritten Operation verlor Mary Jane die Angst vor den weiteren. Sie hatte sich die Implantate genau angesehen, die ihre Wangen und ihr Kinn verbessern sollten. Dr. Moore hatte ihr die Schnittstellen gezeigt und wie sie versteckt werden konnten. Obwohl sie sich nun nicht mehr vor den Operationen fürchtete, litt sie unter heftigen Wundschmerzen. Ihr Gesicht sah entstellt aus. Sie vermied den Blick in den Spiegel.

Bei den Operationen wurde sie nur örtlich betäubt. Auf die Weise konnte der Chirurg besser beurteilen, wie die Haut über ihr Gesicht gezogen werden mußte. Doch sie litt darunter, die Gestalten in Gesichtsschutz und Kittel um sich herum zu sehen, zu hören, wenn am Knochen gearbeitet wurde. Entmutigen ließ sie sich davon nicht. Inzwischen trug sie Größe 38. Ihre Brüste wiesen zwar noch sichtbare Narben auf, zeichneten sich aber nun perfekt geformt unter ihren Blusen ab.

Bei der Chirurgie im Mundbereich wurde es so unerträglich, daß Mary Jane um eine Narkose bat, die sie auch bekam. Acht Zähne wurden gezogen, davon vier Weisheitszähne und vier völlig gesunde, die aber den anderen im Weg standen. Wie der Arzt sagte: »Ihre Zähne sind nicht zu groß, nur Ihr Mund ist zu klein.«

Die Zahnschmerzen hielten lange Zeit an. Ihr Kiefer wurde gebrochen und von Dr. Moore gerichtet. Sie konnte wochenlang kaum etwas essen und verlor noch einmal neun Pfund. Wenn sie sonst nichts zu tun hatte, konnte sie sich ablenken, indem sie ihre Rippen zählte.

Schlimmer noch als die Zahnschmerzen fand Mary Jane die Elektrolyse. Eine Französin, Michelle, beschäftigte sich mit Mary Janes Haaransatz und ihren Augenbrauen, nachdem Dr. Moore seine Arbeit dort abgeschlossen hatte. Die Haarwurzeln wurden mit dünnsten Nadeln ausgebrannt. Grauenvolle Stunden. Der Geruch verursachte Mary Jane Übelkeit.

»Es ist leichter, Ihren Haaransatz nach hinten zu verlegen, als Ihre Stirn zu verändern. Sie haben bildschönes Haar«, sagte Dr. Moore. Damit machte er ihr zum ersten Mal ein Kompliment.

»Meine Großmutter nannte es Indianerhaar. Es ist so dick und schwer, daß ich mich deswegen schämte.«

»In medizinischer Sicht scheint Ihre Großmutter ein Dummkopf gewesen zu sein«, befand Dr. Moore ungewohnt drastisch. Da mußte Mary Jane trotz ihrer Beschwerden lachen.

Sie mochte Dr. Moore. Sehr sogar. Während der langen,

stets von Schmerzen begleiteten und langweiligen Aufenthalte im Krankenhaus, während der Untersuchungen in Dr. Moores spartanisch eingerichtetem Sprechzimmer, sogar bei seinen Telefongesprächen mit ihr behandelte er sie freundlich, mitfühlend. So, als sei sie eine echte Patientin, wie Raoul oder Winthrop oder das kleine Mädchen, das bei dem Autounfall Gesichtsverbrennungen davongetragen hatte oder all die entstellten Patienten, die sich von Dr. Moores Kunstfertigkeit ein Ende ihrer Qualen erhofften. Denn nur er konnte ihnen aus ihrer Vereinsamung heraushelfen.

Doch auch die eisernste Entschlossenheit muß gelegentlich vor finanziellen Gegebenheiten kapitulieren. Nach elf »Verfahren«, wie Miss Hennessey das nannte, besaß Mary Jane fast kein Geld mehr. Seit zweiundzwanzig Monaten hatte sie nicht mehr gearbeitet. Sie besaß nur noch das Haus in Scuderstown. Doch seit dem Tod ihrer Großmutter liefen darum Rechtstreitigkeiten. Ihre Großmutter hatte ihre Angelegenheiten in einem hoffnungslosen Durcheinander hinterlassen. Eigensinnig hatte sie darauf behaart, daß ihr Sohn erben sollte, Mary Janes Vater, obwohl er seit dreißig Jahren nur noch mit Hilfe von Apparaturen lebte und als geistiges Wrack bezeichnet werden mußte. Mary Jane hatte fest damit gerechnet, daß die Gerichte zügig zu ihren Gunsten entscheiden würden. Doch auch da hatte ihr die Großmutter einen Strich durch die Rechnung gemacht.

Also schränkte Mary Jane sich noch mehr ein. Sie verkaufte den Verlobungsring ihrer Mutter. Doch die vierhundert Dollar, die sie dafür bekam, würden nicht lang reichen. Als sie nur noch tausend Dollar besaß, sah sie keinen anderen Ausweg mehr. Sie vertraute sich Dr. Moore an.

»Leider muß ich die nächsten Eingriffe verschieben.« Sie gab sich betont unbeteiligt, obwohl sie mit den Tränen kämpfte.

»Warum?«

»Aus persönlichen Gründen.« Mary Jane mochte Dr. Moore, wollte ihn aber nicht in ihre Probleme einweihen.

»Sie machen eine sehr schwierige Zeit durch. Das ist mir klar. Ihre Identität, Ihr Selbstwertgefühl, ästhetische Gründe,

Schmerzen, Ängste und Narben. Sie fordern viel von sich. Kann ich oder können meine Leute Ihnen irgendwie helfen?«

Sie sah seine Sorge. Er glaubte, er habe sie überfordert und sie wollte es sich anders überlegen. Da gestand Mary Jane leise: »Ich hab kein Geld mehr.«

Brewster Moore brauchte eine Weile, bis er antwortete. »Ist das alles? Und ich dachte, Sie hätten es sich anders überlegt oder litten unter psychischen Störungen. Es geht nur ums Geld?«

»Nur?«

»Damit wollte ich sagen, daß sich da am ehesten ein Ausweg finden lassen wird.«

»Ich habe doch keine Arbeit. Und auch wenn ich irgend etwas finde, reicht es nicht für meine Miete und die Operationen. Darum muß ich alles verschieben, bis der Besitz meiner Großmutter endlich auf mich übertragen wird. Wenn das je der Fall ist.«

Nun standen doch Tränen in ihren Augen. Sie hatte sich allzu lange beherrscht. Auch ihre Kraft neigte sich dem Ende zu. Denn sie wußte nicht, wieviel Verzögerungen und Enttäuschungen noch auf sie warteten.

»Sagten Sie nicht einmal, daß Sie Krankenschwester sind? Sie könnten jetzt für mich arbeiten.«

»Mit Miss Hennessey? Nein, danke.« Die Sprechstundenhilfe verursachte Mary Jane noch immer eine Gänsehaut. Außerdem schien Miss Hennessey die wachsende Vertrautheit zwischen ihrem Chef und seiner Patientin übelzunehmen.

»So schlimm ist sie gar nicht.«

»Das sagen Sie, weil sie Sie verehrt«, widersprach Mary Jane.

»Es ist ganz angenehm, wenn man von jemandem bewundert wird, auch wenn es nur eine Miss Hennessey ist.« Er lachte. »Nein, ich hatte eigentlich daran gedacht, daß Sie den Kindern in der Klinik helfen könnten.«

»Raoul und den anderen?«

»Ja.«

Ihr Magen zog sich zusammen. »Ich glaube nicht, daß ich das kann.«

»Die Kinder würden an Ihrem Beispiel sehen, was man mit einer erfolgreichen Operation erreichen kann. Ihre Operationen sind nicht so außergewöhnlich wie die der Kinder. Doch als Vorzeigemodell würden Sie uns sehr wohl nützen können. Abgesehen davon brauche ich Hilfe, und Sie brauchen die Nasenkorrektur. Damit wäre beiden geholfen.«

»Es wird trotzdem sehr lang dauern, bis ich das Geld für die Operationen zusammengespart habe.«

»Da mache ich Ihnen einen Vorschlag. Wir bleiben bei unserem OP-Plan, und Sie bezahlen mich, sobald Sie Ihr Vermögen freibekommen haben oder von Ihren künftigen Einnahmen. Außerdem wird die Klinik Ihnen kein Tagegeld berechnen, wenn Sie eine Angestellte des Hauses sind.«

Mühsam schluckte Mary Jane die Tränen hinunter. Er war so gut! Gut nur aus Mitleid und Großmut? Diktierte ihm der berufliche Stolz, das Projekt erfolgreich abzuschließen? Mary Jane beschloß, lieber nicht zu tief nachzuforschen. Sie war einfach dankbar.

So trafen sie ihre Vereinbarung.

Mary Jane saß an einem Ecktisch in einer dunklen Ecke des Chinarestaurants und aß ein gedünstetes Gemüsegericht. Es schmeckte nicht. Sie brachte es kaum hinunter. Teilweise hatte das mit ihrer Nervosität zu tun. Sie mußte am Nachmittag zum erstenmal zum Dienst in der Klinik von Brewster Moore erscheinen. Sie wußte ja, daß er dort die schwersten Formen von Gesichtsentstellungen behandelte. Was mußten diese armen, grotesk verunstalteten Patienten empfinden, wenn sie erfuhren, daß sie, ein ganz normaler Durchschnittsmensch, sich freiwillig solchen Operationen unterzog?

Früher hatte Mary Jane in Streßsituationen das Essen nur so in sich hineingeschaufelt. Diese Tage lagen hinter ihr.

Noch immer sah Mary Jane nicht gern in einen Spiegel. Dank Brewsters Skalpell besaß sie nun edel geformte Wangenknochen, ein zartes Kinn und eine keineswegs unnatürlich gestraffte Gesichtshaut. Nur die Nase hing noch immer grotesk in ihrem Gesicht. Sie wirkte sogar häßlicher als zuvor. Dr. Moore hatte darauf bestanden, daß die Rhinoplastik zum Schluß vorgenommen werden mußte, nachdem die anderen Operationen ausgeheilt waren. Und Mary Jane vertraute ihm. Sie sah gut aus in ihren enganliegenden Jeans, doch nicht attraktiv. Mitunter zweifelte sie daran, daß sich das je ändern würde. Zumindest erwartete sie, daß ihr die Tätigkeit in der Klinik wieder etwas Mut machte.

Das geschah tatsächlich. Schon nach einer Woche. Brewster Moore hatte Mary Jane zunächst gebeten, als Nachtschwester auszuhelfen. Nachts traten kaum jemals Probleme auf, die eine für dieses Gebiet geschulte Kraft erforderten. Mary Jane mußte Schmerzmittel verabreichen oder die Kinder trösten, denen Angst oder Unruhe den Schlaf raubten. Brewster hatte erklärt, daß den Kindern am besten geholfen wurde, indem man mit ihnen redete und ihnen Aufmerksamkeit schenkte. »Man muß sie auch ansehen. Die Menschen wenden sich im allgemeinen ab, sobald sie einer Entstellung gewahr werden. Sehen Sie die Kinder an! Nicht anstarren. Es ist für sie wie ein Geschenk, wenn man sie ansieht.«

Das verstand Mary Jane gut. Es war ein Geschenk, Anerkennung im Blick des Mitmenschen zu entdecken. Ihr neugestalteter schlanker Körper hatte ihr schon Pfiffe eingetragen. Wohlgemerkt nur von hinten. Bauarbeiter. Doch schon das hatte Mary Jane gefreut. Sie kannte das ja nicht. In sechsunddreißig Jahren war sie nie Ziel eines Pfiffes gewesen. Darum nahm sie sich vor, die Kinder anzusehen und ihnen das zu geben, was sie brauchten.

Auf der Station befanden sich einige Dutzend Patienten. Kinder wie alle anderen, abgesehen von den grauenvollen Entstellungen in ihren Gesichtern: unschuldig und verletzbar, neugierig und quicklebendig. Natürlich fühlte Mary Jane sich zu einigen mehr hingezogen als zu anderen. Sally, deren Schädeldecke sich zu früh geschlossen hatte, wodurch

Kopf und Kiefer gräßlich deformiert wurden: Jennifer, ein dreijähriges farbiges Mädchen, deren Kurzköpfigkeit ihre Augen grotesk hervortreten ließ. Doch von der ersten Nacht an war es Raoul, der Mary Janes Herz gewann. Seit seiner Geburt vor zwölf Jahren hatte Raoul nur mit seinen Augen reden können. Er wurde in Südamerika ohne Zunge und Unterkiefer geboren. Er konnte nicht gestillt werden, weil sein Mund die Saugbewegung nicht schaffte. Also wurde Raoul ausgesetzt und landete bei Brewster Moore. Nun versuchte er mit einem neuen Mund und einer neuen Zunge eine fremde Sprache zu erlernen. Raoul brachte Mary Jane das Lachen wieder bei.

Er war ein lebhafter Junge. Sechs große Operationen an Mund und Zunge hatte er hinter sich, eine siebte stand bevor. Seine ersten drei Lebensjahre hatte er in einem Krankenhaus verbracht, die nächsten beiden in einem Waisenhaus. Weder das eine noch das andere hatte seinen starken Lebenswillen oder seine Liebesfähigkeit beeinträchtigt. Viel vermochte Raoul nicht zu sagen. Doch er konnte fast alles aufschreiben oder zeichnen. Mary Jane spielte stundenlang mit ihm Gesellschaftsspiele und brachte ihm ein Malbuch mit kleinen Zahlen, die er verbinden mußte, bis Bilder daraus entstanden. Das faszinierte ihn so sehr, daß er von sich aus solche Punkt- oder Zahlenzeichnungen erfand. In ihrer zweiten Woche auf der Kinderstation schenkte Raoul Mary Jane ein Bild, auf dem sie die Punkte verbinden mußte.

Sie nahm den Bleistift und folgte den Zahlen. Herauskam eine Krankenschwester, komplett mit flachen Schuhen und Namensschild. Doch als sie die Punkte im Gesicht verband, erkannte sie ihr eigenes Gesicht, die zarten Wangenknochen, die mandelförmigen Augen, die lächerlich große Nase. Sie nickte, versuchte zu lächeln. Da nahm Raoul ihr den Bleistift ab. »Linda Mary Jane«, schrieb er und sah sie strahlend an. Zunächst wußte sie damit nichts anzufangen. Doch dann fiel ihr ein, daß *linda* im Spanischen »hübsch« hieß. Sie sah in Raouls verwüstetes Gesicht. Nein, er meinte es nicht ironisch. Er meinte es ernst. Raoul war das erste männliche Wesen, das sie hübsch fand.

Häufig kam Brewster Moore am späten Nachmittag auf die Station und besuchte die Kinder oder sprach mit den verängstigten Eltern. Bei Raoul hielt Moore sich meist länger auf. Anschließend trank er eine Tasse Kaffee mit Mary Jane. Darauf freute sie sich. Wenn er einmal nicht erschien, schmerzte die Enttäuschung. Sie spottete über sich selbst: Na fein, jetzt bin ich schon so weit, daß ich wegen meiner Nase Komplexe und wegen meines Arztes Liebeskummer habe. Es wird Zeit, daß ich mich mit einem neuen Leben auseinandersetze.

Zum erstenmal fand Mary Jane Freude an ihrem Pflegeberuf. Den Gedanken, daß sie eines Tages die Kinder würde verlassen müssen, wie diese armen Kleinen schon einmal im Stich gelassen worden waren, fand sie unerträglich. Sie sagte sich, daß sie sich möglichst schnell hier losreißen mußte, bevor sie sich zu tief verstrickte.

So beschloß sie eines Nachts, nach der nächsten Operation in Richtung Kalifornien aufzubrechen. Es wurde Zeit, daß sie ihr enges, selbstgewähltes Gefängnis verließ.

Sie würde einen neuen Namen brauchen. Ihr Alter wollte sie künftig mit vierundzwanzig angeben. Auch wenn sie sich davor fürchtete, erneut zu versagen, wich sie nun innerlich nicht mehr vor dem Neuanfang aus.

Die Nasenoperation erfolgte in Etappen. Dr. Moore hatte eine Methode entwickelt, die es überflüssig machte, das Nasenbein zu brechen, was mit monatelangen starken Schwellungen bezahlt werden mußte. Der erste Teil der Prozedur lag nun hinter Mary Jane. Tagelang war sie den Blutgeschmack im Mund nicht losgeworden, wochenlang hatte sie nur unter Mühen Schlaf finden können. Das Lächeln schmerzte. Es verursachte Beschwerden, wie es hier diskret umschrieben wurde.

Die letzte Operation dauerte kaum eine Stunde. Mary Jane erhob sich vom Operationstisch. Sie fühlte sich nur ein klein wenig schwindelig. Ein weißer Gazeverband bedeckte ihre Nase. Nach einer ruhelosen Nacht packte sie am nächsten Tag ihre Sachen und kündigte ihr Zimmer. Sie arbeitete noch eine Woche in der Klinik und verabschiedete sich dann von den Kindern.

Monatelange Schmerzen, Warten auf Heilung und die nächsten Operationen hatten ein Ende gefunden. Nur der Verband auf der Nase mußte noch entfernt werden. Mary Jane fürchtete sich davor. Sie wagte es nicht allein, sondern ging damit zu Dr. Moore, ihrem einzigen Freund.

In dem Behandlungszimmer überfiel Mary Jane eine solche Woge von Nervosität, daß sie Dr. Moore am liebsten gebeten hätte, ihre Hand zu halten. Natürlich verbot ihr das die Schüchternheit. Doch Dr. Moore schien zu ahnen, was in ihr vorging. Er trat hinter sie und legte die Hände auf ihre Schultern. So veranlaßte er sie, zu einem Spiegel zu gehen. Dort nahm er ihr den Verband ab.

Mary Jane starrte ihr Spiegelbild an. Eine Fremde blickte ihr entgegen. Die Fremde hatte ein ovales Gesicht, ein festes Kinn, eine breite, glatte Stirn, dünne, leicht geschwungene Augenbrauen, feine Wangenknochen und eine edle, schmale Nase. Perfekt auch der scharfe Einschnitt unter der Nase und über der Oberlippe. Ja, Mary Jane war schön. Alles an ihr hatte sich verändert, bis auf ihre Augen.

Unwillkürlich hob sie die Hände an ihr Gesicht, um sich zu vergewissern, daß dieses schöne Gesicht wirklich zu ihr gehörte.

Dr. Moore ließ ihr viel Zeit. Mary Jane konnte sich von dem Spiegel kaum losreißen. Erstaunlicherweise empfand sie keine Befangenheit dem Arzt gegenüber. Vielleicht, weil er sie so intensiv ansah wie sie sich selbst.

Am Ende brach er doch das Schweigen. »Sind Sie zufrieden?«

Sie wandte sich ihm zu. »Danke! Ich danke Ihnen mehr, als ich es je in Worte fassen kann. Sie haben mir ein neues Leben geschenkt. Ihnen verdanke ich eine zweite Chance in meinem Leben. Ich werde immer in Ihrer Schuld stehen.«

Er wich ihrem Blick aus. Vielleicht machte sie ihn verlegen. Doch dann lächelte er sie wenig später wieder an. »Sind Sie für Ihr neues Leben gerüstet?«

Sie nickte stolz. »Ich habe alles fest geplant. Sogar einen neuen Namen. Ich werde nun Jahne heißen. Mary habe ich nie gemocht und Jane ohne das ›h‹ wollte ich auch nicht.«

»Jahne Moran.«

»Nein, nicht Moran. Ich möchte auch einen neuen Nachnamen, wenn auch mit dem selben Anfangsbuchstaben. Ich würde mich gern Moore nennen. Oder macht Ihnen das etwas aus?«

»Im Gegenteil. Ich fühle mich geehrt.«

»Und noch etwas, Dr. Moore. Darf ich Ihnen schreiben? Ihnen und Raoul? Nur gelegentlich natürlich. Ich weiß ja, wieviel Sie zu tun haben. Und Sie brauchen meine Briefe auch nicht zu beantworten.«

»Damit würden Sie mir eine große Freude machen, und antworten würde ich Ihnen bestimmt.«

Jahne stand auf. Sie fand den Abschied schwerer als sie erwartet hatte. »Ich möchte gern Raoul noch Aufwiedersehn sagen.«

»Darüber freut er sich sicher.«

»Hoffentlich erkennt er mich ohne den Verband.«

»Er ist ein Künstler und kann mehr sehen als andere. Er wird Sie erkennen, doch andere werden es nicht können.«

»Sind Sie dessen sicher?«

»Mary Jane, Sie sehen phantastisch aus. Wie vierundzwanzig. Sie haben einen flachen Bauch, schlanke Beine, hohe Brüste und ein vollkommenes Gesicht. Wer sollte Sie erkennen?«

Sie stimmte lächelnd zu.

»Mary Jane!« schrie Raoul ihr entgegen, als sie die Station betrat. Sie waren dicke Freunde geworden. Er zeichnete ihr immer neue Bilder, und sie brachte ihm kleine Geschenke. Der Junge würde ihr sehr fehlen. Seit sie sich um ihn so intensiv kümmerte, hatte sich seine Sprache entschieden verbessert. Doch als sie näher kam, veränderte sich sein Gesicht. Die braunen Augen strahlten nicht mehr.

»Buenos dias, Raoul. Was hast du denn?« Mary Janes Magen zog sich zusammen. Enttäuschte ihn ihr Aussehen?

»Hat das der Doktor mit dir gemacht?« fragte der Junge. Man konnte ihn nur mit Mühe verstehen, doch Mary Jane hatte sich an die Behinderung gewöhnt. Sie nickte.

»Jetzt wirst du fortgehen.«

»Woher weißt du das?«

»Weil du nun schön bist.« Tränen rannen ihm über das Gesicht.

»Ach Raoul!« Traurig nahm sie ihn in die Arme.

Mary Jane rief den Anwalt an, der sich um die Hinterlassenschaft ihrer Großmutter bemühen sollte. Leider hatte er noch immer nichts erreicht. Mary Jane unterbrach seinen Redestrom. »Mr. Slater, ich möchte Ihnen einen Vorschlag machen. Was glauben Sie, habe ich nach allen Abzügen am Ende zu erwarten?«

»Momentan sieht es auf dem Immobilienmarkt nicht so gut aus. Doch ich denke, vierzig- oder fünfzigtausend Dollar müßten es schon werden.«

»Wären Sie damit einverstanden, den Besitz statt einer Gebührenrechnung zu übernehmen und mir nur einen Scheck über zehntausend Dollar zuzusenden?«

Am anderen Ende der Leitung herrschte Schweigen. Kämpfte da die Geldgier mit der Moral? »Das ist ein bißchen ungewöhnlich, und es läßt sich auch noch nicht absehen, wann der Fall abgeschlossen und das Haus verkauft wird.«

»Das ist mir klar. Und das ist ja auch der Grund, warum ich mich mit so wenig begnügen würde. Sind Sie bereit, das Risiko auf sich zu nehmen?« Sie wußte, daß er ein so gutes Angebot nicht ausschlagen würde. Diese kleinen Provinzanwälte glichen sich am Ende alle. Jetzt, wo er ein eigenes Interesse an der Sache hatte, würde er sie in einer Woche abgewickelt haben. Mary Jane aber brauchte das Geld jetzt. Sonst konnte sie ihr neues Leben nicht finanzieren.

»Ja, das würde sich machen lassen«, stimmte er zu.

»Noch etwas, Mr. Slater. Ich möchte Sie bitten, meine Namensänderung gerichtlich eintragen zu lassen. Das ist für meine Karriere von Bedeutung.«

»Kein Problem, solange Sie unverheiratet sind. Ich brauche nur Ihren Geburtsschein und so.«

»Das habe ich alles und werde es noch heute in die Post

geben. Ich erwarte aber auch, daß Sie meinen Scheck noch heute an mich abschicken.«

»Selbstverständlich«, versprach er.

Jahne bummelte über die First Avenue. Die Sonne erzeugte Reflexe auf ihrem Haar. Sie ging mit großen Schritten und einem winzigen Hüftschwung. Den übte und verbesserte sie ständig. Sie war zwar weder sexy noch schön von Natur aus, doch sie war Schauspielerin und hatte genügend Zeit gehabt, die Bethanies dieser Welt zu studieren.

Sie stellte sich an einen Geldautomaten. Ein dicklicher junger Mann stand vor ihr. Er sah sie, trat zur Seite und ließ ihr den Vortritt.

Das war der Tribut, der den Schönen von den Unschönen gezollt wird. Sie fragte ihren Kontostand ab. Sie besaß noch 694,18 Dollar und hob zwanzig Dollar ab.

Danach besorgte sie sich in einem Reisebüro ein Flugticket auf den Namen Jahne Moore nach Los Angeles. Ohne Rückflug.

Entdeckt

»Wenn Liebe und Fachkenntnis zusammenwirken, kann man mit einem Meisterwerk rechnen.«

John Ruskin

»Verabredet man sich in Hollywood ›zum Frühstück‹, heißt das soviel wie ›vielleicht kommen wir ins Geschäft‹, ›zum Mittagessen‹ bedeutet ›ja‹ und ›zum Abendessen‹ soviel wie: ›Laß uns miteinander schlafen.‹«

Richard Rouilard

1.

Wenn Sie die letzten zwei Jahre nicht als Geisel in irgendeinem kriegerischen Land der Dritten Welt verbracht haben, wissen Sie inzwischen, warum drei so unterschiedliche Frauen wie Lila, Sharleen und Jahne zusammentreffen mußten. Doch wie dieses Zusammentreffen erfolgte, wissen Sie noch nicht.

Seit Jahrzehnten hatte Hyram Flanders die zweite Geige neben seiner Mutter Monica Flanders gespielt. Monica Flanders galt als Königin der Kosmetikindustrie, sie bekleidete den Posten der Vorstandsvorsitzenden der Flanders Cosmetics Incorporated und war also Hyrams Chefin und Mutter in einer Person.

Seit Hyram die Leitung des Unternehmens zumindest auf dem Papier übernommen hatte, suchte er nach neuen Wegen. Nicht wie seine Mutter nach neuen Schönheitspflegemitteln. Er wußte ja, daß das Zeug, das sie verkauften, im Prinzip immer das gleiche blieb. Er suchte nach einem Weg, die Werbungskosten zu senken. Denn Schönheit wird über Werbung verkauft. Wenn es ihm gelänge, das Verkaufsvolumen auf dem gleichen Stand zu halten, die astronomischen Werbeausgaben aber zu senken, stünde er als strahlender Sieger da.

Von seiner Mutter erwartete er keine Anerkennung. Monica lehnte jeden seiner Vorschläge, bei der Werbung zu sparen, ab. Man hätte meinen können, sie glaube die Botschaft ihrer eigenen Werbesprüche, so, wie die Verbraucher sie glaubten. Hyram hatte den konstanten Anstieg der Kosten verfolgt, während der Markt sich immer stärker aufsplitterte. Flanders fuhr auf dreiundzwanzig Geleisen, um die jungen, die sehr jungen, die nicht mehr so jungen, die mittelalten und die, die sich noch nicht für mittelalt hielten, zu erreichen. Die Liste ließe sich fortsetzen.

Hyram hatte als erster Les Merchant, dem Chefintendanten des Senders, den Vorschlag gemacht, eine Show zu sponsern, die Frauen aller Altersgruppen ansprach. Anders als in der Filmindustrie sind beim Fernsehen die Frauen die eigentliche Zielgruppe. Hyram und Brian O'Malley von der Werbeagentur Banion O'Malley freundeten sich mit der Idee an. Les Merchant, dem die sinkenden Einschaltquoten zunehmend Angstzustände verursachten, brachte den Vorschlag gegenüber Sy Ortis, Hollywoods gefragtestem Agenten und Vermittler von en-bloc-Programmen, zur Sprache. Sy erwähnte das Projekt gegenüber Marty DiGennaro, der als unfehlbar galt, der allerdings auch stets die Finger vom Fernsehen gelassen hatte.

Es wird Sie, lieber Leser, kaum noch in Erstaunen versetzen, daß alles, was über Funk und Fernsehen ausgestrahlt wird, dazu dient, Ihnen irgend etwas zu verkaufen. Möglicherweise sind Sie nicht so alt, daß Sie sich an die Anfänge des Fernsehens erinnern, als die Hersteller von Fernsehgeräten Programme sponserten, damit überhaupt etwas gezeigt werden konnte. Die Shows wurden nach dem Namen des Sponsors genannt, wie zum Beispiel die »Campbell-Suppen-Stunde«.

So etwas wird auch heute noch gemacht, nur verdeckter. Als Monica Flanders darum Hyram sagte, es sei unmöglich, mehr als jeweils eine Zielgruppe anzusprechen, setzte Hyram alles daran, ihr das Gegenteil zu beweisen. Seine Mutter verspottete ihn. »Reine Zeitverschwendung. Keine Frau verwendet den gleichen Lippenstift wie ihre Mutter.«

Damit sind wir wieder bei Sy Ortis. Agenten haben in Hollywood das Sagen. Agenten kontrollieren die Stars und bringen sie mit Direktoren und Autoren zusammen – die wiederum Kunden der Agenten sind – und verkaufen das ganze »Paket« an die Studios. Agenten mit einem großen Reservoir an Stars sind die gesuchtesten und meistgehaßten Leute in L.A. Und unter diesen Agenten ist Sy Ortis wiederum der gefragteste, umworbenste und am glühendsten gehaßte.

Sy Ortis streckte seinen kleinen Körper durch, so daß seine Füße den Boden nicht mehr berührten. Er drückte den Rükken gegen die schwarze Lederlehne seines Drehsessels, einem von elf gleichartigen Sesseln, die um den eisblau lakkierten Konferenztisch gruppiert standen. Schließlich ging er zum Fenster, blickte hinunter auf den La Cienega Boulevard und seufzte. Wie er dieser unfähigen Arschlöcher überdrüssig war! Weinberg und Glick hätten es eigentlich besser wissen müssen. Sie hatten eine der beiden besten Casting-Agenturen in L.A.

»Darf ich Ihnen das noch einmal in Ihren Strohkopf hämmern«, sagte er zu Glick. Er sprach so langsam, daß seine hohe Stimme einem Wimmern glich. »Marty ist eine Genie. Und Marty verlangt drei unbeschriebene Blätter. Frische Gesichter. Bringen Sie mir nicht diese sechsundzwanzigjährigen Tussies, die sich seit zehn Jahren durch ganz Hollywood gepennt haben. Marty will neue haben. Und was Marty will, will ich auch.«

Glick leckte sich über die dünnen Lippen. Er nickte nervös.

Im Zimmer herrschte Schweigen. Die jungen, durchgestylten kalifornischen Billig-Agenten sahen auf ihren Schoß. Suchen sie die Antwort etwa an ihrem Schwanz? fragte Sy sich gereizt. Warum benutzen die Hurensöhne nicht mal ihren Kopf?

Milton Glick räusperte sich. »Ich glaube, wir können das schaffen, Sy.«

»Das bezweifle ich, wenn diese Scheiße hier die Ausbeute sein soll.« Sy wischte die Hochglanzfotografien mit der Hand vom Tisch, so daß einige Dutzend schöner, lächelnder Frauengesichter auf dem Boden landeten, und zerstörte damit viele Hoffnungen. Keiner rührte sich.

Sy Ortis war zweifellos der mächtigste Agent Hollywoods und einer der mächtigsten Männer der ganzen Film- und Fernsehindustrie überhaupt. Um das zu erreichen, hatte er gearbeitet, wie ein Tier, hatte geblutet und andere bluten lassen. Die meisten Menschen in Hollywood würden ihm liebend gern jeden nur denkbaren Gefallen erweisen. Doch jetzt saß er einem Haufen Schwachsinniger gegenüber, die er für ihre Talentsuche bezahlte, und was er bekam, konnte man vergessen.

Sy versuchte es noch einmal. Wieder betont langsam. »Sehen Sie, Marty DiGennaro hat noch nie fürs Fernsehen gearbeitet. Das soll die größte Show, der größte Trendsetter überhaupt werden. Er will etwas völlig Neues schaffen. Er nennt es eine Show mit ›offenem Inhalt‹. Der Sender gibt ihm dazu freie Hand. Man stelle sich vor: carte blanche!«

Sein Gesicht wurde rot, seine Stimme klang gepreßt. Er selbst hatte den Deal zwischen DiGennaro und dem Sender ausgehandelt, einen unglaublichen Deal, einen, den es noch nie gegeben hatte. Doch Marty hatte auch auf totaler Geheimhaltung bestanden. Das ärgerte Sy. Denn auf diese Weise gab es niemanden, der Sys Verhandlungsgeschick bewundern konnte. Es verursachte Sy körperliche Pein, daß nie jemand wirklich würdigte, was er erreichte. Sie nannten ihn den mächtigsten Mann hinter den Kulissen. Bei solchen geheimnistuerischen, verrückten Kunden wie Marty, mußte er sein Können unter Beweis stellen und durfte sich keine Schlappe erlauben.

Sy blickte in die besorgten Gesichter. Sie kotzten ihn an. Doch er mußte noch einen Versuch unternehmen. »Wir streben also etwas Neues an. Haben Sie das begriffen? Keine Sitcoms, keine abgewrackten Typen von Bierreklamen, keine grinsenden Hamburgerfresser. Wir reden hier über Marty DiGennaro, nicht über Roger Corman. Marty braucht für seine Produktion frisches Blut, und Sie erhalten Exklusivrechte, um ihm die zu besorgen. Begreifen Sie, was das bedeutet?«

Der kleine Mann atmete schwer. Das letzte hatte er geschrien. Plötzlich bekam er keine Luft mehr. Er nahm sein Spray aus Jackettasche und sprühte es sich hektisch in den Mund. Tief sog er das Spray ein. Bloß jetzt keinen Asthmaanfall! Madre de Dios, das kommt alles von dem Streß. Der Smog in der Gegend half auch nicht gerade. Stadt der Engel! Was für ein Quatsch, dachte er gereizt. Bei dieser Luftqualität bekam hier nur der Todesengel Arbeit. Doch hier befand sich nun einmal die Industrie, und Sy war nicht ihr einflußreichster Vertreter geworden, indem er Bergluft in Arizona schnupperte.

Sy wußte, daß Milton und die schlechte Arbeit, die er bisher abgeliefert hatte nicht die Alleinschuld an der Misere trugen. Es lag an dem neuen Marty-DiGennaro-Projekt. Marty war Hollywoods angesehenster und erfolgreichster Filmregisseur. Er besaß Klasse und Geld. Und plötzlich kommt er auf den irren Gedanken, im Fernsehen mitzumischen. Fernsehen, das in der Unterhaltungsindustrie unter Billigware läuft. Doch Marty wollte es so. Obendrein hatte er die verschrobene Vorstellung einer nicht näher definierten Story von drei Mädchen ausgebrütet, die per Anhalter kreuz und quer durch Amerika reisen.

Marty hatte das so ausgedrückt: »Ich brauche Freiheit bei der Gestaltung der einzelnen Folgen. Vorher lege ich mich nicht fest. Mir hängen diese Fortsetzungsgeschichten zum Hals heraus. Ich will was Neues machen.«

Doch neu konnte auch riskant heißen, gefährlich und verlustbringend. Das wußte Sy Ortis. DiGennaro war für seine hohen Spieleinsätze und -verluste in Las Vegas bekannt. Das störte Sy an sich nicht. Doch mußte Marty seine Risikobereitschaft unbedingt auf seine Karriere übertragen?

Um dem Ganzen die Krone aufzusetzen, lehnte Marty Sys Vertragsschaupielerinnen ab. Er lehnte es ab, mit einer Schauspielerin zu arbeiten, deren Gesicht schon einmal über den Bildschirm geflimmert war. Nun verfügte Sy über einen ganzen Stall voller Talente, die sogar die Demütigung in Kauf genommen hätten, fürs Fernsehen zu arbeiten. Doch damit durfte Sy Marty gar nicht kommen. Es mußte eine total neue Besetzung sein. Das bedeutete für Sy, daß er neue Verträge, Prozente, Zusatzleistungen aushandeln mußte. Verzweifelt machte Sy sich klar, daß er mit dem Rücken zur Wand stand. Wenn er die Besetzung nicht bald präsentierte, beauftragte Marty einen anderen, und Sy bleib außen vor.

Allmählich wirkte das Spray. Sy atmete ruhiger. »Milton, diese Mädchen werden groß rauskommen. Riesig. Sie werden auf den Titelseiten von *TV-Guide* und *People* sein, werden in *Tonight* gezeigt. Und das ist erst der Anfang. Wenn es läuft, wird sich eine ganze Werbeindustrie an sie hängen. Also bringen Sie mir keine Pornogirls, keine aus dem *Penthouse*, keine, die als Wetteransagerinnen gearbeitet hat, keine mit Dreck am Stecken oder geplatzten Wechseln. Ich brauche keine Ehemänner und keine Probleme. Sie müssen sauber und neu sein, damit wir sie richtig anleinen können. Also verkaufen Sie mich nicht wieder für dumm, Milton. Bringen Sie mir, verdammt noch mal, neue Gesichter. Wenn Sie das nämlich nicht tun, wird Paul Grasso das für Sie übernehmen.« Sy bemerkte mit Genugtuung, daß Milton bei diesem Namen zusammenzuckte. Grasso war einmal Miltons Partner gewesen, jetzt aber sein erbittertster Gegner. »Ich gebe Ihnen bis Dienstag Zeit.«

Bei dieser Konferenz hatte Sy Ortis das Sagen gehabt, ihm war klar, daß er das bei der nächsten anderen überlassen mußte. Versammelt waren Les Merchant, Chefintendant des Senders, Brian O'Malley von Banion O'Malley, der größten Werbefirma der Welt, und Monica Flanders mit ihrem Sohn Hyram – und Sy Ortis, der kleinste Fisch in diesem Becken. Keiner der Anwesenden repräsentierte weniger als fünfzig Millionen Dollar netto.

Sy erschien, wie gewöhnlich, pünktlich. Überraschenderweise die anderen auch. Der Unterschied zwischen der Industrie und dem Showgeschäft bestand im Einhalten der Termine. Bei Geschäften mit der Industrie verlangte es die Disziplin, daß man seinen Termin einhielt. Sy lächelte bei der Begrüßung, die anderen nicht.

Die Konferenz fand in den Räumen von Banion O'Malley statt, und Sy vertrat hier seinen Kunden Marty DiGennaro. An sich bestanden keine Unklarheiten mehr, doch man mußte trotzdem sehen, daß Sponsor und Sender so lang wie möglich bei Laune gehalten wurden. Heute hatte Sy allerdings nichts zu befürchten. Merchant und O'Malley standen in der Schußlinie.

Brian O'Malley eröffnete die Sitzung. Er war ein massiger Ire. Seine Körperfülle wurde von einem maßgeschneiderten Anzug kaschiert. Von seinem Doppelkinn lenkte ein teueres Designerhemd ab. Monica Flanders – sie hatte die Achtzig schon seit geraumer Zeit überschritten – stand im Mittelpunkt dieser Besprechung.

Sys Informationen zufolge sollte dieses Treffen eine reine Formsache sein. Flanders Cosmetics habe dem Projekt zugestimmt, und Hyram sei bevollmächtigt zu unterschreiben. Darum wunderte Sy sich über die spürbare Nervosität im Raum.

»Sie kennen alle die Statistiken«, begann O'Malley. Hinter

ihm wurde eine großformatige Graphik eingeblendet. »Wir sehen uns mit einem immer stärker aufgeteilten Markt für unsere Produkte konfrontiert. Der größte Marktanteil entfällt auf die Frauen zwischen 30 und 40, flankiert von den kleineren Gruppen der Frauen, die Kosmetik erst ab dem 40. Lebensjahr kaufen und den jüngeren zwischen 13 und 30.«

Er wandte sich der Graphik zu. Die Gruppe der älteren Frauen wurde ausgeblendet. »Wenn wir die Gruppe über 40 mal außer acht lassen, die entweder ihrer Marke treu bleiben oder deren Kaufkraft im Alter zurückgeht oder die wegen Krankheit oder Tod ausfallen, bleibt der größte Anteil bei den anderen Gruppen. Der Marktanteil der reiferen Frauen ist rückläufig, obwohl demgegenüber die Pflegemittel für dieses Alter zunehmen. Der junge Markt bringt nicht mehr das Umsatzvolumen der reiferen Frauen wie früher. Darum mußten wir mit aufwendigen Werbekampagnen gewillt ins Fernsehen und in die anderen Medien gehen, was sich auf die Gesamtkosten ungünstig auswirkt.«

»Ich möchte Sie daran erinnern, Brian, daß Sie es waren, der uns diese gezielten Kampagnen vor etwa zehn Jahren nahgelegt hat«, warf Monica Flanders bissig ein.

»Aus gutem Grund. Es gab keine Alternative. Was würden Sie sagen, wenn ich Ihnen eine Möglichkeit aufzeige, mit der Sie vierzig oder fünfzig Millionen Frauen aller Altersgruppen wöchentlich durch eine einzige Kampagne erreichen?«

Monica Flanders verzog ungeduldig das Gesicht. »Ich würde sagen, daß Sie den Verstand verloren haben. Töchter kaufen nicht den gleichen Lippenstift wie ihre Mütter.«

»Wenn Sie es aber doch täten?«

»Meine Herren, ich bin eine alte Frau, die ihr Geschäft in- und auswendig kennt. Wieviel verschiedene Farben bringt Revlon bei seinen Lippenstiften heraus?« Brian zuckte verlegen die Achseln. Da fuhr Monica Flanders fort: »Hundertsiebzig. Am besten verkaufen sie die Farbe *Wine With Everything*. Estée macht fünfundneunzig. Sie erzielen die besten Umsätze mit *Starlit Pink*. Doch vor zehn Jahren stand *Rosewood* an der Spitze und vor fünfzehn *Frostet Apricot*. Sogar Chanel muß achtundsechzig Farbschattierungen anbieten, weil der Markt so differenziert ist.« Monica Flanders stand auf. »Hyram, bitte lass' meinen Wagen vorfahren.«

»Mutter, bitte warte noch eine Minute!«

Monica sah ihren fast kahlköpfigen, dicken, zweiundsechzigjährigen Sohn an und setzte sich ergeben.

»Mrs. Flanders, wenn es nun eine Show gäbe, ein wöchentlich ausgestrahltes Fernsehprogramm, das eine große Menge weiblicher Zuschauer anlockt, sowohl die junge wie auch die ältere Gruppe?«

»Traumschlösser«, kritisierte Monica Flanders geringschätzig. »Die Jugend sieht das eine, die älteren Leute etwas anderes.«

»Wenn die Serie nun junge Frauen in den Titelrollen hätte...«

»Würden die älteren die Sendung sich nicht ansehen«, wußte Monica.

»Wenn die Serie aber in den sechziger Jahren angesiedelt würde, zu einer Zeit, als die ältere Generation noch jung war?«

Monica schwieg. Seit einem halben Jahrhundert verkaufte sie Schönheit an Amerikas Frauen. Angefangen hatte sie, indem sie die Cremes in ihrer Küche mixte. Nun beherrschte sie fast ein Drittel des Marktes mit jährlich sechs Milliarden Dollar Umsatzvolumen. Sie wußte also, was funktionierte und was nicht. Auch heute noch sagte man ihr das sicherste Gespür nach für Namen, unter denen sie die neuen Produkte herausbrachte.

Les Merchant mischte sich zum erstenmal in die Unterhaltung ein. Sein Sender hatte in den letzten Jahren wegen des Kabelfernsehens starke Verluste an Zuschauerquoten hinnehmen müssen. Dieses Projekt hielt er für aussichtsreich, den Sender wieder in den Vordergrund zu bringen. Er war bereit, darauf zu setzen. Doch bei einem Projekt dieses Ausmaßes brauchte er einen mächtigen Partner. Hyram Flanders hatte bereits zugestimmt, die Show zu sponsern. Doch Les war kein Dummkopf. Er wußte, daß er Monicas volle Unterstützung brauchte. »Monica, denken Sie darüber nach! Ein klasse Projekt mit schönen jungen Mädchen, bei dem die älteren Frauen sich nach ihrer Jugend sehnen und die jungen nach Schönheit gieren. Ausnahmemädchen, unwiderstehliche, Monica!«

Sie brachte es kaum über sich, nachgeben zu müssen. Doch sie wäre nicht so reich geworden, hätte sie nicht ihren klugen Kopf benutzt. Sie saß ganz ruhig da. Die einzige Bewegung in dem Zimmer schien ihr Lidschlag zu sein. Eine Minute lang, zwei, drei. Niemand sagte ein Wort. Alle hielten die Luft an. »Es könnte funktionieren«, gab Monica zu und neigte ihren alten Kopf. Trotz der Künste eines Chirurgen und trotz ihrer ausgezeichneten Visagistin glich sie eher einem angemalten Äffchen, allerdings einem sehr mächtigen. O'Malley lächelte.

Les Merchant fuhr fort: »Wir besitzen Exklusivrechte. Marty DiGennaro wird die Serie machen. Er rechnet mit 1,5 Millionen pro Folge.«

»Wieviele Mädchen?«

»Drei. Sie reisen per Anhalter durchs Land.«

»Ich brauche eine Blonde, eine Dunkelhaarige und eine Rothaarige. Außerdem brauche ich Exklusivverträge über drei Jahre mit jeder von ihnen, damit ich ihre Bilder verwenden kann. Sie werden meine neue Pflegelinie einführen. Wir werden nicht mehr als fünfhunderttausend für jeden Model-Vertrag bezahlen. Das kann unter Umständen gesteigert werden. Wir werden in der neuen Serie Make-up und Hauptpflege bringen. Die Mädchen dürfen nichts anderes benutzen als diese Produkte – vor der Kamera und im Privatleben. Und kein Autostop. Das ist Schrott. Setzt sie auf Motorräder. Das ist sexy. Außerdem sprechen wir damit die männlichen Zuschauer an. Wir verkaufen ihnen auf die Weise die Parfums, die sie ihren Freundinnen zu Weihnachten schenken.«

»Welche Parfums, Mutter?« fragte Hyram.

»Die neuen. Die nach den drei Heldinnen benannt werden. Wie, zum Teufel, heißen die überhaupt?«

»Cara, Crimson und Clover«, schlug Sy vor.

»Glänzend.« Monica schmunzelte zufrieden.

»Aber Mutter, die Kosten! Drei neue Duftnoten in einem

Jahr zu entwickeln und auf den Markt zu bringen habe ich nicht eingeplant.«

»Wenn du die Zeit dafür nicht aufbringst, Hyram, werde ich das übernehmen«, ließ Monica ihn abblitzen.

Sie stand wieder auf. Ihre Hand mit den zahllosen Altersflecken umfaßte den Goldknauf ihres Stockes. Sie bleib noch einen Moment stehen und sah sie alle an. »Wir sind uns über die Hauptdarstellerinnen klar. Keine Drogenabhängigen, keine Huren. Sauber. Holen Sie sie aus Kanada, wenn nötig. Angeblich gibt es dort ja noch Jungfrauen.«

2.

Jahne traf mit einem Koffer in Los Angeles ein. Weil man in L.A. nicht ohne ein Auto auskommt, lieh sie sich für zwei Wochen den billigsten Wagen, den sie bekommen konnte und mietete sich in einem kleinen Hotel ein, in dem sie 286 Dollar pro Woche im voraus zu entrichten hatte. In dem Zimmer fehlte jeglicher Komfort. Doch es war sauber und hatte gute Schlösser an der Tür. Außerdem hörte man keine Betrunkenen grölen und streiten. Ein ruhiges Haus. Einer ihrer Nachbarn war ein netter junger Mann mit langem blonden Haar.

Jahne lag auf dem Bett, neben sich einschlägige Zeitschriften: *Daily Variety, The Hollywood Reporter, Weekly Variety* und einige andere. Gewissenhaft notierte sie alle Vorsprechtermine und das, was dabei verlangt wurde. Nach so vielen Berufsjahren mußte Mary Jane nun nach etwas ganz anderem Ausschau halten als bisher: Rollenangebote für junge, attraktive Darstellerinnen.

Die Arbeit machte Durst. Mary Jane hätte gern kaltes Mineralwasser oder ein Bier getrunken, doch es gab keinen Automaten im *Star Drop Inn.* Dafür hätte sie quer über den heißen Parkplatz zum nächsten Supermarkt gehen müssen.

Vor ihrer Abreise nach Los Angeles hatte Jahne fast zweitausend Dollar ihres Vermögens – der Scheck des Anwalts war rechtzeitig eingetroffen – für einen Fotografen ausgegeben. Dafür hatte er hervorragende Arbeit geleistet, und so war das Geld gut angelegt gewesen. Jahnes dichter Schopf dunkles Haar, von hinten beleuchtet, ließ ihr Gesicht noch vollkommener erscheinen. Immer wieder betrachtete sie die Bilder fasziniert. Wenn also kein persönliches Interview mit den entscheidenden Leute zustande kommen sollte, wollte sie wenigstens eine Foto und ihre Karte hinterlassen können.

Im *Hollywood Reporter* fand sie einen Hinweis auf Neils Show. Sie seufzte. Sie kannte diese Show. Gut fand sie sie nicht. Eine Ironie des Schicksals hatte es so gefügt, daß Jahne nur zwei Leute in L.A. kannte: Sam und Neil. Weder mit dem einen noch dem anderen konnte sie sich in Verbindung setzen. Mit dem einen, weil er sie liebte, mit dem anderen, weil er sie nicht liebte.

Es klopfte. Jahne sprang auf. Sie öffnete die Tür nur einen Spalt. Vor ihr stand der blonde junge Mann von nebenan. »Hallo. Ich bin Pete Warren.« Er hielt ihr eine Dose Bier hin. »Wollen Sie?«

»Nein, danke.« Er sah nett aus. Sie schätzte ihn auf zwei- oder dreiundzwanzig. Seine schönen Zähne blitzen. Schöne Zähne schien überhaupt jeder hier zu haben.

»Moment, ich will ja gar nichts. Hab nur eine Dose übrig«, sagte er und reichte sie ihr durch den Spalt. »Bis bald«, verabschiedete er sich. Er hatte breite Schultern. Unter seinem Hemd spielten die Muskeln.

»Danke!« rief sie ihm nach. Dann schloß sie die Tür. Dankbar trank sie einen langen Schluck. Unwillkürlich stellte sie sich die Frage, ob Pete Warren sie als Mary Jane überhaupt zur Kenntnis genommen hätte. Sicher nicht. So wertete sie das Bier als gutes Vorzeichen.

Im Gegensatz zu den letzten zwei Jahren, die ihr wie ein beklemmender Traum erschienen, war L.A. ein schöner Traum. Nach dem düsteren New York endlich Sonne, Strand. In ihrer neuen Schönheit paßte sie nach L.A.: hochhackige Pumps, schlank, attraktiv. Schon beim Aufwachen fühlte sie sich super. Das Anziehen machte Freude. Mit Genugtuung trug sie ihr Make-up auf. Nur gelegentlich juckten die Narben noch. Abgesehen davon war Jahne voller Optimismus und Lebensmut.

Auch hier gab sie ihrem Tagesablauf eine gewisse Routine. Jeden Morgen fuhr sie zum Sportplatz der Junior High School und joggte fünf Kilometer. Dann duschte sie im *Star Drop*, mixte Banane mit Magermilch und Bierhefe und trank das, während sie sich zurechtmachte. Die Vormittagsstunden verbrachte sie anschließend, indem sie alles abklapperte, was sich anbot. Um ein Uhr setzte sie sich an einen Tisch vor dem *Dim Sum* und aß ein Diätgericht, oder sie bestellte sich im *Chin Chin* einen Geflügelsalat. In beiden Lokalen brauchte sie nie länger als zehn Minuten auf die Bedienung und ihre Bestellung zu warten. Oft setzten sich Männer an ihren Tisch. Sie machten ihr alle möglichen Angebote: wollten ihr das Essen bezahlen, abends mit ihr ausgehen, sie mit einem Agenten bekanntmachen. Sie luden sie ein, sich ihre Wohnungen anzusehen oder mehr. Irgendwie war sie darüber entsetzt. Nicht, weil sie prüde gewesen wäre. Es lag eher an der Aufmerksamkeit, die sie nicht gewohnt war. Natürlich hatte sie gewußt, daß ihr Aussehen Einfluß auf ihr Leben haben würde. Doch nun wurde ihr klar, daß ihr Leben bisher durch ihre Häßlichkeit zerstört worden war. Ist man jung und schön, fällt alles leicht. Jedenfalls brauchte sie nicht zu befürchten, daß sie in den nächsten zehn Jahren allein essen oder trinken mußte, wenn sie nicht wollte.

Sie brauchte sich nur einen Platz in einem gut besuchten Lokal zu suchen, einen Mann aus der Menge herauszupikken und ihn so lange anzusehen, bis er ihren Blick erwiderte. Acht von zehn erhoben sich lächelnd und setzten sich zu ihr. Sie probierte einige Variationen aus: ein schmollender Sie-wissen-schon-was-ich-meine-Blick, auf den sie anbissen wie die Lachse. Es gab aber auch einen unter zehn, den man mit einem ernsten Blick ködern mußte. Die Sorte trug gewöhnlich schwarze Kleidung.

Natürlich reagierten einige überhaupt nicht. Jahne tröstete sich damit, daß es auch treue Ehemänner geben mußte. Nach den langen Hungerjahren geriet L.A. für Jahne zum

Festschmaus. Obwohl sie flirtete und wie vierundzwanzig aussah, war sie ja in Wahrheit sechsunddreißig, und so mußte sie sich bei den Sprüchen der Männer mitunter das Lachen verbeißen. Sie stellten sich als Produzenten oder gute Freunde von Produzenten vor, oder sie arbeiteten angeblich für eine unabhängige Produktionsgesellschaft, ohne die Tätigkeit näher zu definieren. Keiner arbeitete bei einer Versicherung, einer Bank oder am Computer. Alle nur *in der Industrie.* Sie unterhielt sich gut und lachte viel, schloß jedoch nie Bekanntschaften oder gab ihre Telefonnummer preis. Sie fand es zu anstrengend, tagsüber die verführerische Schöne zu spielen und das am Abend fortzusetzen. Nachts mußte sie sich erholen.

Pete Warren, ihr Nachbar im Star Drop, kam immer wieder vorbei. Er war vierundzwanzig und arbeitete als Kameramann. Sein Vater war Filmvorführer in einem der Studios. Jahne fand Pete nett, sehr kalifornisch und sehr, sehr jung. Abends tranken sie ein oder zwei Bier und saßen vor dem Fernseher. Pete wohnte nur solange im Star Drop, bis seine Wohnung, die er zur Untervermietung freigegeben hatte, während er zu Außenaufnahmen unterwegs war, wieder frei wurde.

So unkompliziert ihr Zusammensein verlief, so seltsam war es auch. Pete nahm an, daß sie beide gleichaltrig waren, und Jahne klärte ihn nicht auf. Doch sie hatte vergessen, welche Unterschiede zwischen einem Vierundzwanzigjährigen und einer Sechsunddreißigjährigen bestehen, zwischen New Yorker und kalifornischer Mentalität. Für sie war er ein Kind, wenn auch eines mit viel Sex-Appeal.

Pete erzählte Jahne vom Melrose Playhouse, einem Theater in West Hollywood. Petes Schwester war dort Beleuchterin und konnte Jahne einen Vorsprechtermin verschaffen.

Tatsächlich klappte es mit dem Vorsprechen im Melrose Playhouse. Doch es sprang nur eine Rolle als Hintergrund für eine Bierreklame heraus, die am Venice Beach aufgenommen wurde. Immerhin war das ein Anfang.

Am Abend freute Jahne sich schon darauf, Pete von ihren Erlebnissen des Tages erzählen zu können. Er strotzte vor

Optimismus und guten Ratschlägen. Und er glaubte fest an ihren Erfolg.

Eines Abends versuchte Pete sie zu küssen. Sie schob ihn von sich. Die nächsten Abende erschien er nicht. Das bedauerte sie sehr. Sie merkte erst jetzt, wie einsam sie ohne ihn war und daß es ihr fehlte, seine großen Hände um die Bierdose zu sehen und seine weißen Zähne beim Lachen. Er war ein rundherum erfreulicher Anblick. Als er darum zwei Abende später wieder anklopfte, begrüßte sie ihn mit einem strahlenden Lächeln.

»Wie geht's?«

»Gut«, antwortete sie.

Er brachte wie üblich ein paar Dosen Bier mit. »Darf ich dich etwas fragen, Jahne?«

Sie nickte.

»Willst du nicht mit mir schlafen?«

»Ich glaube nicht.«

»Du gehst auch mit niemand anderem aus. Magst du mich nicht?«

»Doch, Pete, aber nicht genug, um mit dir zu schlafen.«

»Wieviel mehr mußt du mich denn noch liebhaben?« fragte er verwirrt, nicht aggressiv.

Sie lachte. »Ich weiß es nicht.«

»Jahne, ich mag dich sehr. Ich dachte mir, du würdest vielleicht zu mir ziehen wollen, wenn ich wieder in meine Wohnung kann.«

»Aber ich kenne dich doch kaum. Und du kennst mich auch nicht.«

»Dabei würden wir uns ja kennenlernen.« Er stand auf und legte seinen Arm um ihre Schulter. Dann küßte er sie. Ihr Blut begann zu rauschen. Es fühlte sich gut an, so umarmt zu werden. Er küßte sie wieder, und obwohl sie wußte, daß sie einen Fehler beging, erwiderte sie seinen Kuß. Sie vermochte ihrem Körper einfach nicht genügend Widerstand entgegenzusetzen. Seine Haut fühlte sich so warm an! Er roch so jung! Kurz dachte sie an Sam. Dann ließ sie sich von Pete auf das Bett legen.

3.

Nachdem sie eine Woche lang gemault und ihre Wunden geleckt hatte, redete Lila wieder mit Robbie. Zwar geriet das Reden eher zum Streit. Doch zumindest sprachen sie wieder miteinander.

»Ich bin noch nie in meinem Leben so gedemütigt worden«, keifte Lila.

»Doch. Daran willst du dich nur nicht mehr erinnern.«

Lila kniff die schönen Augen zusammen. »Am liebsten würde ich dich umbringen. Du spielst dich auf, als würdest du alle Welt kennen und könntest mir Türen öffnen. Daß ich nicht lache! George Getz und ein Rausschmiß bei Ara Sagarian. Mehr ist bei dir nicht drin.«

»Reg dich ab, Lila«, befahl Robbie scharf. »Woher sollte ich wissen, daß Ara Theresa anrufen würde? Außerdem habe ich dir nicht gesagt, daß du lügen sollst. Damit hast du dir selbst alles verdorben. Er hätte dich vielleicht genommen, wenn du ehrlich gewesen wärst. Mein Rat war gut.«

»Klar, gib auch noch mir die Schuld. Du hattest diesen Plan ausgeheckt. Ein saudummer Plan. Meine Mutter ist noch immer Aras Liebling. Du bist nur ein fetter Gestriger. Besser gesagt ein Niemand. Du warst auch niemals einer der zählt. Du hängst dich nur an die Berühmten. Wie an meine Mutter.« Plötzlich beschlich sie ein schlimmer Verdacht. »Du triffst sie doch noch immer.« Hatte Robbie das alles mit der Puppenmutter abgesprochen? Hatte Lila auflaufen sollen? Ihr wurde schlecht bei dem Gedanken.

»Lila, ich treffe deine Mutter, weil wir befreundet sind und sie mich braucht. Du brauchst mich auch.«

»Ich brauche niemanden«, brauste Lila auf.

Ken kam ins Wohnzimmer. Er verzog leidend seine Miene. »Könnt ihr beiden nicht endlich mit der Streiterei aufhören?«

Ohne auf Ken zu achten, fuhr Robbie fort. »Mir ist da ein Gedanke gekommen. Vergessen wir Agenten für den Augenblick. Konzentrieren wir uns auf deine Rolle. Die richtige Rolle. Erst dann suchst du dir den Agenten aus. Und wenn es Ara Sagarian ist.«

»Eines Tages wird er sich vor mir im Dreck winden wie ein Wurm«, versprach Lila rachsüchtig.

»Vielleicht schaffst du es nächste Woche. Momentan kann er kaum laufen«, witzelte Ken.

Robbie machte eine Bewegung, als sei Ken für ihn nur ein lästiges Insekt. »Ich will Lila im Fernsehen auf den Weg bringen. Das eine oder andere werden wir schon auftreiben können.« Und zu seinem Liebhaber gewandt: »Sag ihr, sie soll mir zuhören, Ken. Im Fernsehen wird sie am schnellsten bekannt. Aber sie steht auf dem Standpunkt, daß echte Stars keine Fernsehrollen übernehmen. Leider ist sie noch kein Star.«

Lila durchbohrte Robbie mit den Blicken. Da mischte Ken sich tatsächlich ein. »Warum denn nicht, Lila? Wenn Marty DiGennaro zum Fernsehen überwechselt, warum nicht auch du?«

»Marty DiGennaro macht kein Fernsehen«, stellte Lila fest.

»Jetzt schon«, erwiderte Ken ungerührt.

»Marty DiGennaro und eine Fernsehshow?« wollte nun auch Robbie wissen.

Ken nickte.

»Woher weißt du das?« fragte Lila.

»Ihr seid offenbar nicht auf dem laufenden. Das *Variety* brachte letzten Monat ein Interview mit ihm, in dem er das Fernsehen als ein völlig neues Medium beschreibt. Seine Vision läuft darauf hinaus, daß das Fernsehen seit der Revolutionierung durch das Kabel aufregender geworden ist als der Film und mehr kreative Möglichkeiten bietet.«

»Warum sollte ein Top-Filmproduzent beim Fernsehen mitmischen wollen?« fragte Lila.

»Frag mich was Leichteres. Aber er ist auf dem besten Weg dazu. Das ist Fakt. Er steht in Verhandlung mit einem Sender. Und Marty DiGennaro hat ein Gespür für den Puls der Zeit.«

»Mein Gott, mit dem würde ich gern arbeiten«, seufzte Lila.

»Hat er schon eine Show? Drehbücher, Schauspieler?« fragte Robbie.

»Muß er wohl haben. Sie stellen schon die Technikercrew zusammen. Er hat mich angesprochen.«

»Marty DiGennaro hat dich gefragt?«

»Nicht persönlich. Sein Assistent.«

»Donnerwetter!« Robbie pfiff leise. Er sah Lila an. Ein vielsagender Blick, der ausdrücken solle: Hab ich's dir nicht gesagt? Dann legte er sich auf das Sofa und zog den breitrandigen Hut über seine Augen. »Ich habe nichts weiter zu sagen. Offenbar hat der fette Gestrige ohne Beziehungen doch noch nicht völlig den Überblick verloren.« Er rührte sich nicht, bis ihm Lila leid tat. »Vielleicht können wir dich noch einschleusen. Durch Paul Grasso oder Dino oder einen seiner anderen italienischen Landsleute.«

Lila sagte zunächst nichts. »Was ich dafür geben würde, mal mit dem zu arbeiten«, wiederholte sie schließlich ehrfürchtig.

»Worum geht's in der Show denn?« fragte Robbie.

»Alles streng geheim. Man munkelt von drei Mädchen, die per Anhalter durch die Staaten trampen.«

Unwillkürlich dachte Lila an Skinny und Candy.

Paul Grasso überflog die rosafarbenen Notizzettel auf seinem Schreibtisch. Demnach hatten vorwiegend Gläubiger angerufen. Wie üblich. Nur eine Nachricht fiel aus dem Rahmen. Sie stammte von Robbie Lymon. Paul fragte sich, was die alte, schwule Königin wohl von ihm wollte. Ohne Zweifel einen Gefallen.

Eine übergewichtige Frau in offenen, hochhackigen Sandalen stand im Türrahmen zu Grassos Besprechungszimmer. Sie wirkte nervös. »Sie ist auf der Toilette«, erklärte sie Paul, und der nickte gelangweilt. Ihm fiel der perlmuttfarbene Lack auf dem großen Zeh der Frau auf. Der Lack verdeckte nur unvollkommen den gelben, verhornten Nagel und den deutlich sichtbaren schwarzen Rand unter dem Nagel. Paul schauderte. Was für eine Sau! Doch er hatte das Mädchen gesehen, und sie war wirklich ein Schätzchen. Vielleicht die Lösung seiner Probleme. Er sah seinen Kunden A. Joel Grossman an.

»Die wird Ihnen gefallen. Sie hat etwas Besonderes.« Paul sprach nicht aus, daß sich das auf einen perfekten Hintern und den flachsten Bauch von Los Angeles bezog, starke Titten, ein passables Gesicht. Für die Verhältnisse in L.A. sicher nur Durchschnitt. Doch bei einer Jeanswerbung ohne Nahaufnahme kam es nur auf den Po an. Dafür taugte die. Leider war das kleine Luder erst fünfzehn. Vielleicht sogar jünger. Die Mutter besaß angeblich die Geburtsurkunde. Doch Paul kannte diese Leier schon. Das stimmte nie. War sie noch minderjährig, bekam er alle nur erdenklichen Schwierigkeiten mit dem Jugendamt. Nun, für diese Werbung lohnte das Risiko womöglich. Alles war ihm lieber, als noch länger diesen A. Joel Grossman zu ertragen. Zudem würde der Auftrag sein Konto auffüllen, das so eine Geldspritze dringend brauchte.

Das Mädchen kam herein. Es ließ den Kopf hängen. Eine lausige Haltung. Doch Paul fiel wieder der tadellose Hintern auf, die langen Beine, die hübschen Titten. Wespentaille. Er betete, daß sie wenigstens vierzehn war. Sein Kunde schwieg.

»Kann ich sie mal im rechten Profil haben?« Das Mädchen drehte sich. Ihr Haar, mittelbraun, verdeckte das Gesicht.

»Adrienne, schau mal hierher!« Das Mädchen gehorchte wortlos.

»Mrs. Godowski, ich muß Adrienne bitten, ihr T-Shirt und die Hosen auszuziehen«, teilte Paul Grasso der Mutter mit.

»Sie wird alles tun, was sie von ihr wollen, Mr. Grasso«, sagte die Frau glatt. »Du hast gehört, was der Mann gesagt hat, Adrienne.«

Reizend, diese Mrs. Godowski, und so mütterlich, dachte Paul spöttisch, während Adrienne sich auszog. Sie trug einen roten Spitzen-BH, der ihre Brüste wie Grapefruits auf einem Teller präsentierte. Grasso sah zu seinem Kunden. Soweit schien alles in Ordnung zu sein.

Die weißen, enganliegenden Jeans fielen. Adrienne hatte Mühe, sich herauszuwinden und machte es ohne Grazie. Doch der Reißverschluß verfing sich in ihrem Slip, der mit der Hose zu Boden glitt. Das schien Adrienne nicht zu stören. Sie hatte wunderbare Haut. Keine Falte verdarb die Perfektion ihrer Kehrseite, ihre Hüften oder ihres Bauchs. So konnte man Jeans an den Mann bringen.

Das Mädchen sah die beiden Männer stumpf an. Paul Grasso wandte sich erwartungsvoll an seinen Kunden.

»Zu alt«, erklärte der.

4.

Sharleen balancierte die Teller von der Armbeuge bis zur Handfläche und hielt in der anderen Hand die Kaffeekanne. Sie bediente die drei Polizisten mit klopfendem Herzen.

»Also Jungs«, tat sie betont forsch, »Schweinefleisch mit Kartoffelpüree für dich, Chili und Zwiebeln hier und gebratenes Hähnchen für den gutaussehenden in der Ecke.« Sie stellte die Gerichte vor die Gäste, wich aber allen Blicken aus. Die Männer stellten schweigend die Teller um, ohne Sharleen darauf hinzuweisen, daß sie sich geirrt hatte. Und Sharleen hoffte, daß Jake ihren Irrtum nicht registrierte. Norden, Süden, Osten, Westen. Mit der Orientierung hatte es bei ihr noch nie geklappt.

»Tut mir leid«, murmelte sie. Polizisten jagten ihr noch immer einen Schrecken ein.

Besonders der junge Polizist, der gutaussehende in der Ecke, starrte sie an. Sie senkte den Kopf.

»Hab ich dich nicht schon mal irgendwo gesehen?« fragte er. Sharleen füllte weiter die Kaffeetassen. Sie meinte keß: »Bestimmt. Jedesmal, wenn du hier bist.«

»Ich meine vorher. Nicht hier.«

Sharleen wurde blaß. Sie versuchte, den Mann abzulenken. »Nein, Süßer, glaub ich nicht. An dich hätte ich mich erinnert.«

Der andere Mann am Tisch pfiff und lachte. Sharleen wollte gehen, doch sie wurde am Handgelenk zurückgehalten. »Und doch hab ich dich gesehen. Jede Polizeidienststelle im Land sucht nach dir.«

Sharleen wurde es eiskalt. »Nach mir?« wiederholte sie schwach. »Da müssen Sie sich irren.«

»Bestimmt nicht, Schatz. Ich hab dein Bild vor Augen. Die ganze Zeit. Auch die Kollegen von Bakersfield. Alle suchen nach dir.« Die beiden anderen lachten.

»Er ist verliebt«, meinte der Dicke gemütlich. »Kannst du das nicht sehen?«

Sharleen atmete tief durch. »Also wenn das so ist, dann bist du nicht allein. Ich liebe nämlich meinen Mann.« Damit kehrte sie in die Küche zurück.

Sie lehnte sich erschöpft an die fettige Wand der heißen Küche. Reiß dich zusammen, befahl sie sich. Vergiß Lamson. Das ist lang her und weit weg.

Sie machte sich wieder an die Arbeit, strich das feuchte Haar aus dem Nacken und begriff nicht, daß durch diese Bewegung ihre Bluse über der Brust gespannt wurde. Als sie die Arme wieder senkte, bemerkte sie einen anderen Mann am Ende des Tresens. Er starrte sie an. Lieber Gott, nicht noch einen, dachte sie. Warum ziehe ich bloß immer das Pech an? Sie seufzte, nahm die Speisekarte und ging zu ihm.

Er beobachtete sie genau. Doch er unterschied sich von den üblichen Gästen. Er war mindestens fünfzig, machte nichts her. Er hatte kleine Augen hinter dicken Brillengläsern, wirkte aber nicht so verbraucht wie die meisten Männer seines Alters. Sein schütteres Haar hatte er glatt zurückgekämmt. Er war tief sonnengebräunt. Das weiße, zerdrückte Leinenjakkett hing lose über einem grauen seidenen T-Shirt. Kein Geschäftsmann, kein Handelsvertreter. Sharleen wußte nicht, welchen Beruf der Mann haben mochte. Doch er paßte nicht zu den Lastwagenfahrern.

»Möchten Sie die Speisekarte?«

»Nein, danke. Rührei, keinen Toast, keine Kartoffeln, einige Scheiben Tomate, schwarzen Kaffee.«

»Okay.« Sie wollte die Bestellung durchsagen, doch sie hatte das meiste schon vergessen. Als wandte sie sich noch einmal an den Mann. »Wie wollten Sie die Eier?« Hinter ihr stöhnte Jake hörbar. Lieber Gott, mach mich in deiner unermeßlichen Güte zu einer besseren Kellnerin, betete sie schweigend.

Als Sharleen dann dem Mann sein Essen brachte, fand sie sogar Zeit, die Zuckerspender wieder aufzufüllen. Es wurde leerer, die meisten Gäste waren schon gegangen. Der Mann aß schnell und verlangte noch einen Kaffee. Sharleen bemerkte, daß er ihr Namensschild las.

»Sharleen ist ein hübscher Name. Sind Sie Schauspielerin, Sharleen?« fragte er.

Sie lachte. »Ich doch nicht! Nur Kellnerin.« Sie stellte die Kaffeekanne auf den Tresen. »Ich hab mal beim Rodeo gearbeitet. Das ist so was wie Show-Business, nicht?«

Der Mann lachte, aber nicht überheblich. »Ja, darauf läuft es wohl hinaus. Doch ich wollte wissen, ob Sie schon mal auf einer Bühne gestanden haben.«

Sie lachte wieder. »Nein.«

»Haben Sie nie Werbung gemacht oder einen Film?«

»Ich glaube, Sie träumen.«

»Ist Ihr Bild nie in einer Illustrierten erschienen?«

»Einmal hat mich jemand beim Rodeo fotografiert. Aber der hat mir nie einen Abzug geschickt. Nein, so was hab ich nie gemacht.«

»Möchten Sie es mal versuchen, Sharleen?«

Sharleen dachte nach. Sie wollte vermeiden, daß Jake wieder auf ihr herumhackte, weil sie zuviel mit den Gästen redete und zu wenig auf ihre Arbeit achtete. Doch dieser Mann interessierte sie. Er war so anders, sprach auch anders. Besser. Wie jemand mit Geld. Doch sie warnte sich. Sie mußte vorsichtig sein.

»Was führt Sie denn nach Bakersfield?« fragte sie ihn. »Suchen Sie Schauspielerinnen?«

»Das hatte ich eigentlich vor. Doch mein Wagen hat eine Panne. Ich warte darauf, daß mich jemand abschleppt.« Sharleen sah erst jetzt das weiße Mercedes Cabrio. Dean würde zehn Dollar dafür geben, es nur berühren zu dürfen. »Ich bin Milton Glick und suche Schauspielerinnen für eine Fernsehserie. Ich könnte mir denken, daß Sie für eine Rolle in Frage kämen. Sind Sie interessiert?« Er wartete, gab ihr Zeit, sich mit der Neuigkeit vertraut zu machen.

Der hält mich wohl für dümmer als Dean, dachte sie und wartete darauf, daß er ihr Reichtümer in Aussicht stellte. »Wieviel bringt mir das denn?« fragte sie.

Milton kippelte auf dem Stuhl. Ihm begann die Sache Spaß zu machen. »Viel. Mehr, als Sie sich je hätten träumen lassen.«

Sharleen kam einen Schritt näher. »Was muß ich tun, damit ich den Job bekomme?« fragte sie und verschränkte die Arme vor der Brust.

»Nichts.« Er stand auf und bezahlte seine Rechnung. »Sie brauchen nur nächste Woche in das Besetzungsbüro zu kommen und einige Leute kennenzulernen, die ich interviewen werde. Ich garantiere Ihnen nichts. Doch es ist möglich, daß Sie bei einer Fernsehshow mitmachen können.«

Glick gab Sharleen seine Karte. »Das ist kein Trick, Sharleen. Und Sie gehen auch keine Verpflichtungen ein.«

Sie nahm die Karte. »Okay, Mr. Glick. Wenn ich mich entschließe, eine Schauspielerin im Fernsehen zu werden, rufe ich Sie an.« Sie verließ den Gast, weil sie Jakes Vorwürfen zuvorkommen wollte.

»Überlegen Sie es sich, Sharleen«, rief Glick ihr nach. »Jedenfalls, wenn Sie sehr, sehr reich werden wollen.«

5.

Jahne verließ das Star Drop Inn. Nicht um zu Pete zu ziehen. Sie hatte eine Wohnung gefunden, die sie sich mit zwei anderen Mädchen teilen konnte.

Wieviel hatte sich für sie geändert! Sonnenschein begrüßte sie am Morgen. Sie hatte ein neues Gesicht, einen neuen Körper, einen neuen Namen. Jeden Morgen erwachte sie gutgelaunt, sprang aus dem Bett, zog sich mit Sorgfalt und Genuß an. Die Jeans glitten mühelos über ihre schlanken Schenkel. T-Shirts ließen ihre hübsche Brust zur Geltung kommen. Ein Blick in den Spiegel war wie eine Droge. Doch noch mehr genoß sie die Blicke, die sie auf sich zog.

Sie gewöhnte sich Bewegungen an, eine Körpersprache, wie sie sie früher bei hübschen Frauen verachtet hatte, warf den Kopf zurück, streckte sich. Da es so gut ankam, konnte sie dieser Versuchung einfach nicht widerstehen. Es genügte schon, die schönen Lippen mit der Zunge zu befeuchten.

Auch Frauen beobachteten sie, zwar nicht so direkt, doch aufmerksam. Sie gehörte einfach dazu. Früher hatte man sie abgeschrieben, weil sie ja keine Konkurrenz darstellte. Nun beneidete man sie ihres Aussehens wegen.

Dank der Vermittlung von Petes Schwester konnte Jahne tatsächlich im Melrose Playhouse spielen. Das hatte den zusätzlichen Vorteil, daß dieses Theater bekannt genug war, um auch Agenten und Produzenten anzulocken.

Jahne bekam die Hauptrolle in einer Neuinszenierung von Ibsens »Nora«. Vom Grundthema her hatte dieses Stück ja auch in moderner Zeit nichts an Aktualität verloren.

Zwar verdiente sie mit dieser Rolle nur 175 Dollar pro Woche, soviel, wie das Arbeitslosengeld in New York betragen hatte. Doch für Jahne zählte nur, daß hier die Leute im Publikum saßen, auf die es ankam.

Jahne trug ein formloses weißes Baumwollnachthemd und darüber einen billigen weißen Frotteebademantel, der ihr auch als Badetuch diente. Noch immer konnte sie sich nicht an die Narben gewöhnen. Sie würde sie nie jemanden sehen lassen, sah sie aber auch selbst nur höchst selten an. Sie verwendete nach wie vor Vitamin E. Obwohl alles gut verheilte, juckten die Narben gelegentlich. Wenn sie mit Pete schlief, geschah das immer im Dunkeln. Was sie einmal machen sollte, wenn sie einen anderen Freund hatte, wußte sie noch nicht.

Hector, der künstlerische Direktor des Theaters, war schwul, was Jahne als Segen empfand. Er hielt viel von ihr, nicht nur von ihrem Aussehen. Sie hatte die Rolle schon nach dem ersten Vorsprechen bekommen. Hector war gewiß kein Genie auf seinem Gebiet. Doch das ließ sich nicht ändern. Nur vermißte Jahne gerade bei den unzureichenden Regieanweisungen den begnadeten Sam.

Eigentlich vermißte Jahne Sam auch sonst ständig. Sie

konnte die Erinnerungen an ihn einfach nicht abschütteln. Oft fragte sie sich, ob Sam sie verlassen hätte, würde sie ausgesehen haben wie jetzt. Genügte Schönheit als Mittel gegen seine Treulosigkeit? Konnte sie ihn jetzt an sich fesseln? Würde er sie überhaupt wiedererkennen?

Ein letzter Blick in den Spiegel. Jahne war zum Ausgehen bereit. Sie war klug genug, um zu wissen, daß sie keine Ahnung hatte, welche Kleidung für sie am vorteilhaftesten war. Darum bevorzugte sie Sportliches. Ihre Garderobe bestand aus drei Paar eng geschnittenen Levis, einigen weißen Blusen, zwei Rollkragenpullovern und einem roten Cashmerepulli. Dazu trug sie Stiefel aus braunem, weichem Leder mit hohen Absätzen. Die Stiefel verliehen ihrem Gang etwas Aufreizendes. Make-up verwendete sie kaum, nur das unbedingt Notwendige.

Erst nachts, wenn sie mit Pete geschlafen hatte und ruhig in seinem Armen lag, begann sie sich zu entspannen. Pete verstand nichts von den Feinheiten des Sex. Er stieß in sie hinein, ohne Rücksicht auf ihre Gefühle oder Bedürfnisse. Doch er machte seine schnörkellose Liebe durch seine Begeisterung wett. Kurz nach dem ersten Orgasmus begann er erneut, und dann gab er ihr viel Zeit. Sie trieb ihn bis zur Erschöpfung und genoß seinen jungen Körper.

Tagsüber hatte sie für solche Dinge keine Zeit und keinen Sinn. Mitunter beobachtete sie die jungen Mädchen, die sich mit den falschen Typen trafen und sich falsche Ziele steckten. Jetzt wußte Jahne vieles besser. Sie war eben sechsunddreißig und durchschaute die Männer. Sie glich einem Wolf im Schafspelz.

6.

Sam sah sich auf seinem vollbepackten Schreibtisch um. Es war dunkel. In L.A. verwandelt sich die Dämmerung schnell in ein tintig-dunstiges Violett. Wahrscheinlich brannte in dem niedrigen Gebäude nur noch in Sams Büro Licht.

Es war ein schmuckloser Raum. Doch Seymore LeVine, einer von Aprils Handlangern, hatte ihm dieses Produktionsbüro, zusammen mit der Sekretärin Rita, für die Dauer der Filmproduktion zugewiesen. Früher nannte man das den Autorenflügel der International Studios. Damals beschäftigten sich Dutzende von Autoren damit, Drehbücher für drei Filme pro Woche zu schreiben. Wer mochte hier alles gesessen haben? Benchley? Agee? War Bill Faulkner auf einen Schluck Whiskey vorbeigekommen?

Sam schüttelte den Kopf. Er hatte Mühe, sich zu konzentrieren. Obwohl er seinen ersten Film noch nicht einmal bis zur Hälfte abgedreht hatte, machte er sich schon Gedanken, wie es hinterher weiterging. Was er schrieb, reichte April weiter, las es nicht einmal. Regisseure und Produzenten verschwanden meist spurlos aus dem Gebäude, nachdem sie ihre Tätigkeit beendet hatten. Man merkte nur an dem neuen Namensschild, daß ein Büro wieder den Besitzer gewechselt hatte.

Doch Sam wollte nicht weiterziehen. Vor zwei Jahren hatte er damit begonnen, *Jack and Jill* umzuschreiben und damit in Produktion zu gehen. In der Zeit war er mit der Stadt zusammengewachsen. Wohin sollte er auch gehen? Der Gedanke an das kalte, graue New York jagte ihm einen Schauer über den Rücken. Wie hatten sie sich aufgeplustert mit ihrer kleinen Theatertruppe, mit den kleinen Produktionen, die sie in noch kleineren Theatern aufführten! Würde er sich überhaupt jemals wieder in einem Leben mit so eng gesteckten Grenzen zurechtfinden?

Zwar hatte Sam Shields die Produktion von *Jack and Jill* voll im Griff, doch mitunter überfiel ihn eine mörderische Angst. Er konnte seine Termine nicht einhalten, hinkte fast eine Woche hinter der Zeit her, und April hatte ihm schon zweimal die Hölle heiß gemacht.

Ihr erster wütender Anruf hatte ihn schockiert. Immerhin waren sie einmal, wenn auch nur für kurze Zeit, zusammen ins Bett gegangen. Doch dann hatte er ein Verhältnis mit Crystal angefangen. Als April ihn nun so wütend anschrie, glaubte er zunächst, sie mache ihm eine Eifersuchtsszene.

»Was nimmst du dir eigentlich heraus?« schrie April bitterböse.

»Tut mir leid, ich wollte dir nicht wehtun, April. Das ist einfach so passiert«, versuchte er kleinlaut eine Entschuldigung.

»Wovon, verdammt noch mal, redest du da?«

Sam hielt es für unwahrscheinlich, daß sie nichts von seiner Affaire mit Crystal wußte. Jeder im Ensemble wußte davon, Crystals Mann ausgenommen. April hatte gute Informanten. Wenn sie wirklich nichts gewußt hatte, würde LeVine schnell dafür gesorgt haben, daß die Wissenslücke aufgefüllt wurde. Seymore LeVine, offiziell Co-Produzent, war nur ein Schnüffler. Sein Vater war der Boss von International und auch Aprils Boss. April mußte also alles wissen. Vielleicht wollte sie ein volles Geständnis. Manche Frauen bestanden auf so was.

»Crystal und ich… also irgendwie ist das…«

»Heiliger Strohsack! Das! Die schläft doch mit allen Regisseuren. Wen kümmert das schon? Aber warum hängst du schon zwei ganze Tage hinter dem Termin her? Ist dir überhaupt klar, was das kostet? Wir haben noch nicht einmal mit den Außenaufnahmen begonnen. Seymore hat ausgerechnet, daß wir mindestens eine Woche hinter der Zeit herhinken.«

Sam mußte erst umdenken. »Zieh es mir von meinem Gehalt ab.«

»Entzückend! Es kostet schon jetzt das Doppelte dessen, was du insgesamt zu erwarten hast. Ahnst du, was ein Tag an Studioaufnahmen kostet? Diese Saukerle von der Gewerkschaft machen Hackfleisch aus uns, wenn du nicht aufpaßt. Keine Überstunden, verstanden? Das ist ein Befehl. Wozu, verflucht noch mal, brauchst du überhaupt Zeit zum Proben? Wir sind nicht am Broadway.«

»Mike Nichols probt immer mit seinem Ensemble. Und als Schauspielerin braucht Crystal…«

»Du bist kein Mike Nichols, Sam, und Crystal ist keine Schauspielerin. Dreh endlich den Scheißfilm runter. Verstanden?«

Sie legte auf.

Seit dem Anruf lebte Sam in Angst, das Budget zu überziehen. Auch wenn er ein Mike Nichols gewesen wäre, konnte man Crystal Plenum mit Sicherheit keine Schauspielerin nennen. Sie war ein Star. Sam begriff erst jetzt den Unterschied. Sie hatte Sam auf Schritt und Tritt bekämpft, wenn er ihr den Sinn ihrer Rolle beizubringen versuchte. Sie wollte die Jill in voller Hollywoodmaskierung spielen: manikürte Fingernägel, hübsches Outfit. Sie hatte die Rolle ja unbedingt haben wollen, hatte sogar darum gekämpft. Doch sie wollte eine Crystal Plenum-Jill daraus machen, und das durfte Sam nicht zulassen.

Sam konnte sich keine Niederlage leisten. Der Gedanke daran, hier zu versagen, lähmte ihn vor Grauen. Nur im Bett wurde er mit Crystal richtig fertig. Da konnte er sie umschmeicheln und ihr versichern, wie toll sie herauskommen würde.

Schon am folgenden Morgen haderte sie mit ihrer Frisur. »Gott, ich sehe beschissen aus!« rief sie bei einem Blick in den Spiegel.

»Du siehst aus, wie Jill aussehen muß«, sagte Sam.

»Ich sehe alt aus.«

»Super. Du bist müde, du bist einsam, dein Leben taugt nichts. So siehst du aus.«

Er legte die Hände um ihr Gesicht und zwang sie, sich von dem Spiegel abzuwenden. »Du wirst sie alle mitreißen. Du wirst die Rolle deines Lebens spielen.«

Sie sah ihn mit einem unsicheren Kinderblick an. Sie, die immer auf ihr Aussehen baute und hatte bauen können, wußte nicht weiter, wenn das Äußere nicht mehr gefragt war.

Als Crystal sich die ersten Drehtage vorführen ließ, brach sie weinend zusammen. Sie weinte eine ganze Nacht und den nächsten Tag. Die Dreharbeiten mußten ausfallen.

Wieder beruhigte Sam sie. Und er beschloß, daß künftig niemand mehr die Aufnahmen des Tages zu sehen bekam, außer Seymor, ihm und dem Aufnahmeleiter. Sam hielt die Filmrollen unter Verschluß. Er achtete auf das Budget und hatte zweimal pro Nacht Sex mit Crystal. Das war anstrengend, aber machbar.

Denn trotz des Zeitdrucks und all der anderen Schwierigkeiten, fühlte er sich endlich im Mittelpunkt. Das, was er vollbrachte, würden einmal Millionen sehen, nicht nur einige hundert. Und alles wäre auf Celluloid gebannt, bis das Material zerfiel. Er schuf sich ein Stückchen Unsterblichkeit.

New York war sehr weit weggerückt. Er dachte nur ungern daran. Denn mit dem Leben von damals verband ihn nichts mehr. Er nannte ein Büro sein eigen, ein Büro in den International Studios. Er verfügte über eine Sekretärin und hatte ein Verhältnis mit dem großen Filmstar Crystal Plenum. Zwar störte es ihn sehr, daß sie verheiratet war. Doch Crystal versicherte ihm, daß ihre Ehe nur noch auf dem Papier existierte und diese Affäre keine Rolle spiele, genausowenig wie ihre vierjährige Tochter.

Bethanie war Sam natürlich rechtlich losgeworden. Ihr hatte er ja auch nichts versprochen. Immerhin war sie durch ihn nach L.A. gekommen, konnte sich eine Wohnung leisten und spielte kleine Rollen in Seifenopern. Sie hatte also nicht den geringsten Grund zu klagen.

Oft dachte Sam an Mary Jane. Scham und Schuldgefühle plagten ihn. Er hätte sie anrufen sollen. Doch er hielt sich an den Wahlspruch seines Vaters: Was vorbei ist, ist vorbei. Dennoch fehlte sie ihm. Er hätte sich gern mit ihr über die Oberflächlichkeit und die kleinlichen Eifersüchteleien in L.A. lustig gemacht. Keine andere Frau hatte es je fertiggebracht, in Sam so viel Selbstvertrauen zu wecken.

Andererseits war es richtig gewesen, sich nicht mit Mary Jane in Verbindung zu setzen. Sie wäre ihm bei Crystal nur im Weg gewesen, und er hätte auch keine Zeit für sie gehabt.

7.

Jahne hörte noch den Applaus. Acht Vorhänge hatte sie gehabt. Beverly, der Bühnenleiter, steckte ihr im Vorbeigehen eine Zeitung zu. »Kritik auf Seite sechsunddreißig. Lies sie, Jahne. Du kannst zufrieden sein.«

Jahne schloß die Tür ihrer Garderobe und lehnte sich an die Wand. Sie versuchte, zu Atem zu kommen. Zum fünfzehnten Mal stand sie nun als Nora in dem Drama von Ibsen auf der Bühne, und der Erfolg hatte sich ständig gesteigert. Jahne war außer sich vor Freude. So hatte sie sich das immer vorgestellt. Den Applaus, die Liebe und die Hochachtung des Publikums. Es störte sie nicht, daß es nur ein Theater in West-Hollywood war und hier niemand zwischen Ibsen und Ionesco zu unterscheiden wußte. Das änderte nichts an ihrem Triumph.

Sie zog sich aus und stand vor dem zimmerhohen Spiegel in ihrer Garderobe. Erst drehte sie sich nach der einen, dann nach der anderen Seite. Das Licht fiel auf einige Narben. Hastig vergewisserte sie sich, daß ihre Tür abgeschlossen war.

Der Bauchschnitt über dem Ansatz des Schamhaares verblaßte allmählich zu einer hellbraunen Bleistiftlinie. Anders die beiden Narben von der Mitte ihrer Brüste bis zum Brustkorb. Die waren noch immer rot. Sie cremte sie täglich mit Vitamin E ein. Die Schnitte um ihre Brustwarzen konnte man kaum erkennen. Doch wenn sie die Arme hob, sah man die Narben vom Ellenbogen bis zur Achselhöhle. Das gleiche galt für die Innenseiten ihrer Oberschenkel und ihren Po. Niemand außer Pete sah sie je nackt, und da bestand sie ja darauf, daß sie sich im Dunkeln liebten.

Dr. Moore hatte behauptet, daß sie gutes Gewebe habe, und das stimmte offenbar. Die Einschnitte waren schnell verheilt. Sehen würde man sie immer. Sie erinnerten Jahne an New York und das Gestern. Darum vermied sie es im allgemeinen, die Narben anzusehen.

Sie zog einen Baumwollkimono an und sank auf die altersschwache Couch. Dann las sie die Kritik, die ihr Beverly zugesteckt hatte. Der Artikel begann mit einer Würdigung von Melrose:

> *»Die Geschichte des Melrose Playhouse ist, wenn man so will, die Geschichte des Theaters an der Westküste. Auch wenn es nicht das Lunt-Fontanne oder der Winter Garden am Broadway ist, kann das Melrose viele Erfolge in Reihe verzeichnen. Jeden muß die Entdeckung neuer Talente, auf die*

es dieses Theater anlegt – und die ihm keineswegs in den Schoß fallen – mit Neid erfüllen. Wieder einmal setzt das Melrose Playhouse neue Maßstäbe, nicht nur in seiner mutigen Modernisierung der Nora, sondern auch in der Wahl seiner Hauptdarstellerin. Jahne Moore als Nora ist eine meisterhafte Schauspielerin und bildschön. Sie spielt eine Ehefrau in Hollywood, eine Gefangene ihres Lebens in Beverly Hills, die sich aus ihrem goldenen Käfig hinaussehnt. Diese Nora versteht es, Mitgefühl zu erregen und die Tragik spürbar zu machen, trotz ihrer Schönheit und obwohl sie ein Leben führt, das im Grunde beneidenswert ist. Moore wird mit diesen Schwierigkeiten dank ihres großen Talents fertig. Während die Modernisierung des Stücks gewisse Schwächen zeigt, ist die schauspielerische Leistung von Jahne Moore bewundernswert.«

An sich glich der Artikel vielen ähnlichen, die Jahne seit der Premiere des Stückes gelesen hatte. Doch dieser Artikel stammte von Biltstein, dem bekannten Kritiker der *L.A. Times*. Damit wurden auch wichtige Leute aus Hollywood angezogen.

Es klopfte. Nur sehr sanft. Doch Jahne schrak zusammen. »Wer ist da?«

»Marty DiGennaro.«

Jahne öffnete lächelnd die Tür. Das Ensemble neckte sie oft und spielte ihr Streiche. Das war also wieder einer. Doch das Lächeln erstarb auf ihren Lippen. Vor ihr stand ein kleiner Mann. »Heilige Mutter Gottes! Mr. DiGennaro, ich dachte erst, es sei ein Witz.«

»Darf ich eintreten?« erkundigte er sich lächelnd. Er war ein typischer kleiner Italiener aus New York. Zielstrebig steuerte er einen Stuhl an und nahm unaufgefordert Platz. Jahne wußte nicht, was sie sagen sollte. Das Schweigen dehnte sich aus.

»Mr. DiGennaro, verzeihen Sie, ich bin total durcheinander. Darf ich Ihnen etwas zu trinken anbieten?«

»Nichts, Jahne, und nennen Sie mich bitte Marty. Ich mußte einfach mit Ihnen sprechen und Ihnen sagen, wie großartig Sie heute abend gespielt haben. An sich wollte ich nicht kommen. Das gebe ich zu. Freunde haben mir Wunderdinge über Sie erzählt. Doch sie sagen oft: du mußt dir das oder den ansehen, es ist toll. Meist bin ich enttäuscht.« Er hatte einen so intensiven Blick, daß Jahne sich davon irritiert fühlte. »Heute abend wurde ich nicht enttäuscht. Sie sind tatsächlich eine so große Begabung, wie man mir gesagt hat.« Er lachte. »Ausnahmsweise bin ich mal mit den Theaterkritikern einer Meinung. Es war mir eine Ehre, Zeuge Ihres Talents zu werden.«

Er erhob sich. Jahne fand ihre Stimme wieder. »Ich weiß gar nicht, was ich sagen soll, außer daß ich Ihnen natürlich danke. Sie werden wissen, wieviel mir ein Lob aus Ihrem Mund bedeutet.« Sie lachte und fragte gespielt ernst: »Sie sind doch Marty DiGennaro und nicht nur sein Doppelgänger?«

»Wer würde schon zugeben wollen, daß er wie ich aussieht?« Marty lachte, ging zur Tür und damit fast aus Jahnes Leben. An der Tür zögerte er, griff in seine Tasche und zog eine Visitenkarte heraus. »Rufen Sie mich morgen an. Mein Privatanschluß steht auf der Rückseite. Ich möchte gern mit Ihnen arbeiten.«

Nachdem er gegangen war, stand Jahne noch eine Weile fassungslos im Türrahmen. Dann rief sie ihre Kollegen: »Susan, Beverly, hört mal her!« Sie rannten zu ihr. »Marty DiGennaro möchte mit mir arbeiten!«

Die Abende nach der Vorstellung verbrachte Jahne gewöhnlich allein. Nur ein- oder zweimal die Woche ging sie zu Pete. Die Verabredungen liefen nach einem festen Rhythmus ab. Pete machte eine Kleinigkeit zum Essen, sie tranken ein Bier, sahen sich die Spätnachrichten an und schliefen miteinander. Jahne mochte Petes kräftigen Körper, sein hübsches Gesicht, seine Begeisterungsfähigkeit und sein sanftes Wesen.

Am Abend, nachdem DiGennaro zu ihr in die Garderobe gekommen war, bestand Jahne darauf, Pete zum Essen einzuladen und zu feiern.

Sie gingen in ein einfaches italienisches Restaurant. Jahne bestellte eine Flasche Chianti.

»Was ist denn das?« fragte Pete neugierig.

»Italienischer Wein«, antwortete Jahne und hätte fast geseufzt. Doch insgeheim entschuldigte sie Petes Unwissenheit sofort. Er war eben jung und Kalifornier. »Glaubst du, DiGennaro hat das ernst gemeint?« fragte sie ihn, weil sie plötzlich unsicher wurde.

»Bestimmt.«

»Warum bist du so sicher?«

»Weil du hübsch und schlau bist«, antwortete er einfach.

Das überzeugte sie nicht. Im Gegenteil. Ihre Stimmung schlug um. Außerdem störte es sie, daß er den Wein nicht trank. »Schmeckt er dir nicht?« fragte sie.

»Nicht sehr«, gab er zu.

»Dann bestell dir doch ein Bier, mein Gott!« Unwillkürlich fragte sie sich, wie lang ihre Beziehung noch halten mochte.

Plötzlich sagte er: »Meine Schwester hat das ganz richtig vorhergesehen. Du wirst großen Erfolg haben, und dann läßt du mich fallen.«

Sein Vorwurf traf sie. Denn sie hatte ja gerade das gleiche in Erwägung gezogen. Dabei gehörte sie zu den treuen Menschen, eher zu denen, die man sitzenläßt, nicht andersherum. Plötzlich füllten sich ihre Augen mit Tränen. Pete war gut zu ihr gewesen, doch indem er von seiner Angst sprach, sie zu verlieren, gestand er ihr indirekt, wie tief seine Gefühle gingen. Das hatte er sich bisher nicht anmerken lassen.

»Vielleicht brauchen sie einen Kameramann«, meinte sie. »Wenn ich einen Vertrag bekomme, kann ich mit Marty darüber sprechen.«

»Du bekommst deinen Vertrag«, sagte Pete ahnungsvoll und lächelte traurig.

8.

Paul Grasso saß an seinem Schreibtisch. Sein Terminkalender wies keine Eintragungen auf. Grasso bemühte sich, Ordnung auf seinem Schreibtisch zu schaffen. Doch er war schlecht drauf. Seit Monaten gab es bei ihm nichts Neues, genauer, seit fast einem Jahr nicht mehr. Er hatte nun dreißig Jahre Geschäftserfahrung. Doch was zählten die schon? Man wurde immer nur nach seinem letzten Erfolg beurteilt. Und der lag weit zurück.

Früher, als er noch mit Milton Glick zusammen war, konnte ihnen niemand das Wasser reichen. Sie machten die besten Rollenbesetzungen weit und breit. Fürs Fernsehen, für Filme, für alles, was verlangt wurde. Keine lausigen Werbespots. Damals konnte er jede Nacht mit einer anderen Puppe ins Bett gehen. Sein Büro befand sich in einer guten Gegend. Er wohnte in einer Suite im *Sands*.

Besonders weh tat es, daß Glick, Pauls Ex-Partner, mit seinem neuen Partner Weinstein nach wie vor Erfolge verzeichnete. Sie galten als erste Adresse, wenn ein neuer Film zu besetzen war.

Mit Paul Grasso ging es dagegen bergab. Er mußte jeden Dollar zweimal umdrehen. Klar, er kam über die Runden, aber die großen Fische schwammen an ihm vorbei.

Seine Sekretärin meldete ihm über die Sprechanlage, daß Lila Kyle eingetroffen war. »Sie soll warten.« Wieder so ein hirnloses Töchterchen von einem Ex-Star, das eine Rolle haben will, dachte Paul angewidert. Doch er konnte Robbie Lymon keinen Gefallen abschlagen. Theresa und er hatten noch immer einen Namen.

Außerdem interessierte es Paul, was aus dem Kind der schönen Theresa O'Donnell und von Kerry Kyle – der als besser aussehend galt als Tyrone Power – geworden war.

Er ließ Lila hereinkommen. Seine Sekretärin hatte strikte Anweisung, Paul nach fünfzehn Minuten anzurufen. Die Viertelstunde mußte reichen. Er konnte ihr ohnehin keine Rolle anbieten.

Lila kam herein. Paul brauchte einen Moment, um sich zu fassen. Was für eine Schönheit! Tadelloser Busen, ellenlange Beine, wallendes rotes Haar bis zu ihrem schön gerundeten Po. An ihr war nichts Lässiges, wie es die Kids heutzutage bevorzugten. Dieses Mädchen stellte etwas dar. Eine Persönlichkeit.

»Lila! Ich dachte immer, Sie nennen sich Lila O'Donnell, bis Robbie meine Sekretärin kürzlich aufklärte. Ich bin sprachlos. Wie alt sind Sie? Einundzwanzig, zweiundzwanzig? Mein Gott, sind Sie schön!«

»Danke, Paul. Sie haben sich nicht sehr verändert. Wie ich sehe, rauchen Sie noch immer Ihre ekligen Zigarren. Sie sind ein bißchen breiter um die Hüften geworden, aber noch immer ein gutaussehender Mann.«

Lila setzte sich und schlug die schönen Beine übereinander.

Blablabla. Damit kommst du bei mir auch nicht weiter. »Ich habe immer geahnt, daß Sie einmal schöner würden als Ihre Mutter und Ihr Vater. Nennen Sie mich Onkel Paul. Sie waren ein süßes Kind...«

»Ich bin nicht hier, um in Erinnerungen zu schwelgen, Paul. Dazu eignen wir uns beide nicht. Also komme ich direkt zur Sache. Ich möchte Ihnen ein Geschäft vorschlagen, von dem wir beide profitieren.«

Er setzte sich zurück, nahm seine erkaltete Zigarre aus dem Aschenbecher und steckte sie wieder in Brand. Das verschaffte ihm Zeit zum Überlegen. Denn die Unterhaltung lief nicht so ab, wie er das erwartet hatte: Bel-Air-Sprößling auf der Suche nach einem Job. »Schön, was können Sie mir anbieten?«

»Als erstes müssen Sie mich mit Marty DiGennaro zusammenbringen.«

Paul lächelte breit und faltete die Hände über seinem Bauch. Also doch das übliche Blablabla. War sie in den verknallt? Wollte sie nur, daß er sie zum Star machte, oder beides? »Und inwiefern soll ich davon profitieren?«

»Marty DiGennaro wird eine TV-Serie drehen und sucht nach einem neuen Talent. Jungfräuliches, unverbrauchtes Talent.«

Paul lachte laut. »Scheiße. Entschuldigen Sie die derbe Bemerkung. Aber da haben Sie die Namen verwechselt. Marty DiGennaro macht nie etwas fürs Fernsehen.« Er spuckte das Wort Fernsehen aus, als sei es etwas Unanständiges. Offenbar war das Mädchen hübsch, aber strohdumm.

Als könnte sie seine Gedanken lesen, wurde ihre Miene hart. »Ich habe nicht drei Wochen auf einen Termin bei Ihnen gewartet, damit Sie wie mit einem Dummerchen mit mir umspringen, Paul Grasso. Wenn Sie mir zuhören, könnten Sie sogar etwas lernen. Klar, Onkel Paul? Marty DiGennaro macht eine TV-Serie. Er hat das Drehbuch, die Vorlage, den Sender, alles. Außer den Hauptpersonen. Ich habe den Vertrag gesehen. Glauben Sie mir nicht?«

»Nein.« In einer Stadt wie L.A. konnte man eine so große Sensation nicht geheimhalten. Lila errötete vor Ärger und nahm aus ihrer weißen Ledertasche einen Packen Papier. Den reichte sie ihm über den Schreibtisch.

Es war ein Vertrag. Paul begriff, daß er dabei war, sein Gesicht zu verlieren. Doch sie hatte ihn festgenagelt. Herrgott, jahrelang hatte er mit Marty einmal monatlich Karten gespielt. Wie kam diese Schnepfe an den dreimal verfluchten Vertrag, von dem er nichts wußte?

»Wenn Marty beim Fernsehen einsteigen wollte, wäre er zu mir gekommen, Lila. Er läßt doch niemand anderen seine Rolle besetzen. Und ich weiß alles, was er macht. Er und ich, wir sind schon jahrelang befreundet.«

»Kann sein, Paul. Aber Marty DiGennaro sieht eben nicht zurück, sondern nach vorn. Er braucht drei Hauptdarstellerinnen. Neue Gesichter alle drei.« Sie wies auf die schwarzweiß Porträtaufnahmen an den Wänden, Stars, die Grasso vermittelt hatte. Keines dieser Fotos war weniger als drei Jahre alt. »Warum sollte Marty noch zu Ihnen kommen? Was haben Sie ihm denn Heißes anzubieten?«

Pauls Sprechanlage summte. Er riß den Hörer an sich. »Jetzt will ich nicht gestört werden«, bellte er. Er war kurz davor, durchzudrehen. Entweder wußte dieses Flittchen, wovon sie sprach, oder sie war verrückt und hielt ihn zum Narren. Doch verrückt wirkte sie nicht.

»Also, wenn das stimmt, und wenn ich Sie mit Marty bekanntmache, er etwas von Ihnen hält und Sie eine Rolle bekommen, was springt für mich dabei heraus?«

»Ihr alter Kumpel Milton Glick hat die Exklusivrechte für die Besetzung der Serie. Ortis hat ihm die zugeschustert. Jedenfalls heißt es, daß Weinberg und Glick zu der Besprechung mit Sy Ortis mit leeren Händen kamen. Ortis ist ausgerastet. Er beförderte alle Bilder, Videos und Lebensläufe in den Papierkorb. Ziemlich vergiftete Atmosphäre.« Lila lachte und schlug die Beine übereinander. Paul begann Lila in einem neuen Licht zu sehen. Sie war ein härterer Brocken als Mary Astor.

Doch da fuhr sie schon fort. »Die beiden stehen also jetzt knietief in der Scheiße. Und wenn sie nicht mit den verlangten Mädchen aufwarten können, dürfen sie sich ihren Exklusivvertrag einrahmen. Aber das müßten Sie eigentlich alles wissen, Paul, finden Sie nicht? Da Sie doch so eng mit Marty DiGennaro befreundet sind.« Lila wartete.

Grasso dachte schnell nach. Wenn sie es auf die Spitze treiben wollte, konnte auch er andere Seiten aufziehen. »Wie soll ich Sie denn zu ihm bringen? Ich meine, jeder versucht zu Marty zu kommen oder zu denen, die was zu vergeben haben. Außerdem, auch wenn ich es mache... Sie sind zwar ein hübsches Kätzchen, Lila, aber Marty bekommt Frauen wie Sie vom Auto aus zugeworfen. Was zeichnet Sie denn aus?«

»Ich habe jedes Wort gelesen, das über Marty DiGennaro geschrieben wurde. Marty, der geniale Filmemacher. Er ist mit den alten Filmen und den alten Stars großgeworden. Sie kennen sicher seine persönliche Sammlung. Wahrscheinlich die umfassendste und beste auf der Welt. Und welcher Film ist sein Lieblingsfilm? Was glauben Sie denn, Paul?«

Der zuckte die Achseln. Er hielt das für unwichtig.

»Klingelt bei Ihnen ein Glöckchen, wenn Sie *Birth of a Star* hören?« Sie hatte recht. Darüber hatte Mary oft gesprochen. Er hatte Theresas ersten großen Erfolg sehr bewundert und den Film unzählige Male gesehen. Marty hielt Theresa O'Donnell für eine der letzten natürlichen Schönheiten mit Talent in Hollywood. Blablabla. Paul hörte nie auf solche Lobhudeleien. Doch Lila hatte recht.

Sie stand auf und beugte sich über Pauls Schreibtisch. »Ich brauche Marty nur eine Stunde lang beim Abendessen gegenüber zu sitzen. Arrangieren Sie das, Paul! Oder bringen Sie so was nicht mehr zustande?«

Paul spürte in sich die längst vergessen geglaubte Erregung. Hier fiel ihm etwas in den Schoß, das er nicht auslassen durfte. »Wenn ich Sie ihm vorstelle, was passiert dann?«

Lila antwortete betont geduldig. »Den Rest dürfen Sie getrost mir überlassen. Ich bin schon ein großes Mädchen. Glauben Sie mir, falls wir das durchziehen, wird Ihnen Marty sehr dankbar dafür sein. Sie brächten nämlich etwas zuwege, was Milton nicht geschafft hat. Die Show erfordert eine Menge Schauspieler. Eine wöchentlich gesendete Serie. Eine ganze Stunde lang. Denken Sie darüber nach.« Paul tat das. Er leckte sich die Lippen. »Also rufen Sie Marty an, und laden Sie ihn zum Essen ein, mit mir als Ihrer Begleitung. Nur noch eins: Sagen Sie ihm nicht, wer meine Eltern sind. Kein Wort. Das ist eine Bedingung.«

»Sind Sie verrückt? Das ist doch gerade Ihr Plus.«

»Hören Sie mir gut zu! Sie werden meinen Namen nicht erwähnen. Ich bin einfach eine Frau, mit der Sie sich verabredet haben. Sagen Sie ihm, daß ich nichts mehr verabscheue, als über meinen Beruf zu sprechen und daß Sie nur mit mir schlafen wollen. Ich bin eine von den üblichen Beverly-Hills-Gören, die die Filmindustrie hassen. Kein Ehrgeiz, kein Talent, keine Illusionen. Verstanden?«

»Warum denn nur?«

»Weil Marty mich entdecken muß. Glaubt er nämlich, Sie wollten mich an ihn vermitteln oder daß ich scharf auf die Rolle bin, sieht er mich vielleicht gar nicht an. Ich bin in Ihrer Begleitung, weil Sie mir an die Wäsche wollen. Alles klar?«

»Sicher.«

Sie ging zur Tür, drehte sich noch einmal zu Paul um, der noch immer wie versteinert an seinem Schreibtisch saß und meinte: »Niemand hängt sich heutzutage noch Porträtaufnahmen von Stars an die Wand. Das ist auch unvorteilhaft. Man kann sich nämlich ausrechnen, wie lang Sie aus dem Geschäft sind. Schmeißen Sie die raus. Sie stehen vor einem Neuanfang, Paul.«

Paul wartete nur, bis sie die Tür hinter sich geschlossen hatte. Dann tippte er die Nummer von Marty DiGennaro ein. Er kannte sie auswendig.

9.

Sharleen lag auf der unangenehm klumpigen Matratze und lauschte auf Deans Atem neben ihr. Was sie sonst beruhigte, ging ihr jetzt auf die Nerven. Das Licht wollte sie nicht anknipsen. Das hatte sie am vergangenen Morgen gemacht und zusehen müssen, wie die Kackerlacken in ihre Verstecke huschten. Am liebsten wäre sie ganz weit davongelaufen. Doch wohin?

Auf Zehenspitzen ging sie ins Badezimmer und setzte sich auf den Deckel des Toilettensitzes. Modriger Geruch stieg ihr in die Nase. Sie griff nach einer Zigarette aus der Pakkung auf der Waschbeckenablage und nahm einen tiefen Zug. Jake hatte sie vor die Tür gesetzt, zweifellos auf Betreiben seiner Frau Thelma hin. Sharleen hatte nur einen Monat gearbeitet, und in der kurzen Zeit wird man keine gute Kellnerin.

Thelma war eifersüchtig auf Sharleen gewesen. Dabei hätte Sharleen ihr sagen können, daß Jake sie anwiderte und sie ihm gewiß keine schönen Augen machte.

Vor dem Job bei Jake waren Sharleen und Dean mit dem Rodeo unterwegs gewesen. Dean konnte ja unvergleichlich gut mit Tieren umgehen. Genausogut wie mit Motoren. Doch wenn sich die Burschen bei so einer Show an Sharleen heranmachten, was sie immer versuchten, ging Dean mit den Fäusten auf sie los. Schließlich mußten sie das Rodeo aufgeben. Sie arbeiteten für Burger Kings in verschiedenen Städten. Einmal mußten sie sogar im Auto übernachten. Ihr Geld reichte nicht einmal für ein schlechtes Motel. Sie waren müde, hungrig und schmutzig gewesen. Damals erschien Sharleen der Job bei Jake wie ein Geschenk des Himmels. Ein kurzlebiges Geschenk, wie sich herausstellte.

Dean verdiente als Tankwart zwei Dollar fünfundachtzig die Stunde. Lieber Gott, hilf uns weiter, betete Sharleen und blies den Zigarettenrauch zur Decke.

Es gehört sich nicht, mit dem Herrgott zu sprechen und gleichzeitig zu rauchen, erinnerte Sharleen sich und drückte die Zigarette sorgfältig aus, bevor sie sie in den offenen Wasserspeicher der Toilette warf. Dann kniete sie sich auf den schmutzigen Linoleumboden und senkte den Kopf zum Gebet.

Lieber Gott, ich weiß, daß wir gesündigt haben und daß du uns darum in die Wüste geschickt hast, begann sie. Aber bitte, lieber Gott, ich bin doch so müde. Ich hab den Schmutz satt, das Davonlaufen, die alten Kleider. Ich möchte nicht mehr Angst haben, möchte nicht mehr in schmierigen Motels übernachten und mich mit zerfetzten Handtüchern abtrocknen oder fetttriefende Mahlzeiten essen müssen.

Tränen hingen an ihren langen Wimpern, füllten die schönen azurblauen Augen, rollten über ihre hübschen Wangen, an der entzückenden Nase entlang und landeten auf ihrer vollen Oberlippe. Wie ein Kind leckte sie sie ab und fuhr dann fort zu beten.

Bitte, lieber Gott, zeig mir einen Weg.

Plötzlich dachte sie darüber nach, was Milton Glick letzte Woche zu ihr gesagt hatte: Sie könne fürs Fernsehen arbeiten und damit viel Geld verdienen. Sie glaubte nicht daran. Trotzdem stand sie auf, holte aus dem Schlafzimmer ihre Tasche und schlich damit wieder ins Badezimmer. Sie las die Visitenkarte genau:

Milton Glick
Weinberg and Glick Casting
25550 La Cienega Boulevard
Hollywood, California

Gottes Wege sind unerforschlich, dachte Sharleen. Er hat mir einen Rat gegeben.

Die Fahrt von Bakersfield nach L.A. verlief für Sharleen alles andere als angenehm. Die Klimaanlage des Datsun funktionierte nicht richtig. Sie hatten sich schon zweimal verfahren. Als Sharleen Mr. Glick anrief, hatte dieser ihr zwar den Weg erklärt, doch sie hatte vieles davon vergessen, und Kartenlesen lag ihr ohnehin nicht. Zudem war Los Angeles sehr viel größer als Bakersfield. Sie verfuhren sich noch einmal. Als sie schließlich La Cienega Boulevard erreichten, atmete Sharleen auf. Sie hatte sich so hübsch gemacht wie nur möglich. Sie trug einen schicken Rock zu einer neuen blauen Bluse mit weißem Spitzenkragen und silbernem Glitzerschmuck an den Manschetten. Ihre weißen Pumps hatte sie dick mit weißer Schuhcreme eingerieben. So sah man die abgenutzten Stellen nicht.

Als Sharleen ausstieg, wäre sie jedoch fast in Tränen ausgebrochen. Ihr billiger Rock war total zerknittert, und die Knitter ließen sich auch nicht glätten. Die Bluse war verschwitzt. Dunkle Flecken am Rücken und unter den Armen verdarben den vorher so adretten Anblick. Ihr Gesicht glänzte vor Schweiß, das Haar hing feucht herunter.

»Dean, du wartest hier, okay?«

»Klar, Sharleen. Meinst du, du kriegst bald einen neuen Job?«

Sharleen wußte nicht, auf was sie sich einließ. Wenn der Mann nun gelogen hatte und sie vergewaltigen wollte? Gehörte er etwa zur Mafia oder noch etwas Schlimmeren? »Hoffentlich, Darling.«

Sharleen ging zu dem gewaltigen Bürogebäude. Es wirkte neu. Glänzender Marmorfußboden und glitzernde Metallbeschläge wohin man blickte. Die Kühle im Innern ließ Sharleen frösteln. Ihr Nervosität wuchs ins Unermeßliche. Was sollten sie und Dean nur machen, wenn sie auch hier keinen Job bekam? Sie umklammerte ihre Lackledertasche. Sharleen und Dean besaßen gerade noch sechsundsiebzig Dollar. Zögernd drücke sie auf den Fahrstuhlknopf. Sie ließ sich ins zwölfte Stockwerk bringen und betete: Herr, hilf mir, eine ehrliche Arbeit zu finden.

»Muß ich erst Yiddisch mit dir reden, bevor du endlich vernünftige Arbeit ablieferst?« wollte Sy Ortis von Milton Glick wissen.

»Sy, ich weiß, daß dir das Mädchen gefallen wird.«

»Das möchte ich dir raten. Es muß nämlich auch Marty gefallen. Sonst hast du Pech und bist aus dem Geschäft.« Sy war wütend über Bethanie Lake, ein Nichts von der Ostküste, das

Marty in Erwägung zog. Bethanie war schon verschiedentlich herumgereicht worden. Doch da er mit ihr keinen Vertrag hatte, würde sie ihm keinen müden Dollar einbringen.

Mitunter verliert man vor Verzweiflung seine Objektivität. Auch wenn Sharleen Smith nicht das hübscheste Mädchen auf Gottes Erdboden gewesen wäre, hätten diese beiden Männer sie wahrscheinlich in ihrer Endzeitstimmung dafür gehalten. Doch als sie jetzt in das Besprechungszimmer kam, hatte sie noch nie reizender ausgesehen. Die billigen Kleider, das unordentliche Haar, ihr erhitztes Gesicht gaben ihr etwas unwiderstehlich Jugendliches und Sinnliches.

»Mr. Glick?« fragte sie. »Erinnern Sie sich an mich? Ich bin die Sharleen von Bakersfield.«

Sy Ortis stand auf und ging zu ihr. Sharleen wurde nicht aufgefordert, sich zu setzen. Sy ging um das Mädchen herum. Dann sah er Milton an.

»Fast weißblond. Keine dunklen Haarwurzeln. Das wird Monica Flanders gefallen. Eine Möglichkeit ist das immerhin«, sagte er zu Milton. »Ist das Ihr echtes Haar, Sharleen aus Bakersfield?«

»Ja, sicher.« Doch in ihrer Nervosität wurde aus dem Ja ein Jeah. Ihr breiter Südstaatenakzent machte sich bemerkbar.

»Gib ihr was zum Vorlesen«, befahl Ortis. Milton jubilierte innerlich. Er gab dem Mädchen eine blaue Kladde und zeigte ihr die Textstelle.

Milton las eine Zeile, dann stolperte Sharleen durch die nächste. Dann wieder Milton.

Sy hörte kaum zu. Er wußte, daß es Marty hauptsächlich auf den Gesamteindruck ankam. Und an dem gab es nichts auszusetzen. Benutzte dieses junge Ding überhaupt Make-up? Aber das schadete jetzt auch nichts. Man könnte es ihr ja beibringen. Außerdem sah sie so aus, als würde sie sich noch den Po mit Lippenstift bemalen, sofern man das von ihr verlangte. Sy sah sich schon den Vertrag mit Flanders aufsetzen. Wahrscheinlich würde Sharleen schon für weniger als hunderttausend Dollar unterzeichnen. Dann konnte er einen gleichhohen Betrag für seine Entdeckung einstreichen.

Sy war viel zu gerissen, als daß er sich seine Genugtuung

hätte anmerken lassen. Er ging zum Telefon und tippte einige Ziffern ein. Nach einer Weile wurde der Hörer am anderen Ende der Leitung abgehoben.

»Marty?«

»Was ist, Sy?«

»Marty, möchten Sie Clover kennenlernen?«

»Sicher.«

Sy machte Sharleen ein Zeichen. »Sagen Sie Hallo zu Mr. DiGennaro«, befahl er ihr.

»Hallo, Mr. DiGennaro.«

Marty schnaubte. »Wo haben Sie die denn aufgegabelt?« fragte er höhnisch.

»Sie hörten gerade die Stimme der schönsten Jungfrau, die Sie je kennengelernt haben.« Plötzlich fiel ihm etwas ein. Worauf ließ er sich da überhaupt ein? War sie ein Galgenvogel? Lauerte irgendwo im Hintergrund ein geldgieriger Vater oder eine ebensolche Mutter? Heilige Madonna! Er wandte sich an Sharleen: »Wie alt sind Sie?«

»Neunzehn.«

Marty lachte am Telefon. »Sie wollen mich auf den Arm nehmen.«

»Kommen Sie zu mir, und sehen Sie sich das Mädchen selbst an.«

»Sy, ich werde Sie höchstpersönlich umbringen, wenn ich mich um diese Zeit für nichts und wieder nichts über die Autobahn quäle.«

»Es ist nicht für nichts«, versprach Sy.

•

Eine Stunde lang probten sie mit Sharleen. Die machte sich Sorgen um Dean, wollte die Männer aber nicht bitten, sie für einige Minuten zu entschuldigen, damit sie ihrem Freund Bescheid sagen konnte. Die Männer fragten sie nach ihrer Anschrift. Sie wollten wissen, wie lang sie schon in Bakersfield wohnte, von wo sie kam, wer ihr Agent und ob sie verheiratet war. Und das waren nur einige der Fragen. Sharleen dachte an Lamson und log. Sie sprach über Arkansas und Oklahoma. Eine geschlagene Stunde stand sie in ihren schäbigen weißen Pumps herum. Ihre Füße schmerzten.

»Darf ich mich mal 'ne Minute setzen?«

»Ja, natürlich.«

Verblüfft begriff Sy Ortis, daß das Mädchen bis jetzt nicht gewagt hatte, so eine Bitte auszusprechen. »Milton, sie könnte nicht besser sein.«

Als der dritte Mann das Besprechungszimmer betrat, fehlte Sharleen die Kraft zu fragen, ob sie den Job bekommen würde, mit welchem Lohn sie rechnen durfte und ob es ein Job für eine Woche, zwei oder noch länger war. Sie las, was man von ihr verlangte und versuchte, sich von Mr. DiGennaro nicht durcheinanderbringen zu lassen, der um sie herumstrich, manchmal sehr nahe, manchmal etwas weiter entfernt. Manchmal machte er seine Beobachtungen von der Hocke aus, einmal stieg er sogar auf einen Stuhl und blickte auf sie herunter.

»Das glaub ich einfach nicht. Sie hat keinen schlechten Winkel. Wißt ihr, wie leicht man von ihr Aufnahmen schießen kann?«

Sharleen hörte nur das Wort »schießen«, und wich zurück. Vielleicht waren das doch alles Ganoven. DiGennaro, das klang wie der Name von einem Mafiaboß. Sie nahm all ihren Mut zusammen und stellte ihre Frage: »Bekomme ich den Job oder nicht?«

»Doch, das denke ich schon«, erwiderte Mr. DiGennaro sanft.

10.

Inzwischen werden Sie Neil Morelli vergessen haben. Warum auch nicht? Genauso erging es ja auch einigen Millionen Menschen, die ihn einmal kurz in seinem bisher einzigen Satirespot gesehen hatten.

Ich, Laura Richie, habe Neil vor seinem Auftritt in der Show interviewt. Er segelte auf einer rosaroten Erfolgswolke und benahm sich so aufgeblasen wie die meisten Schauspieler, die ich kennenge-

lernt habe. Er redete abfällig über Kollegen, fuhr ein teures Auto, hatte ein Verhältnis mit seiner Partnerin auf der Bühne, einer blonden Sexbombe, die jede Zeile ihres Textes mühsam eingetrichtert bekam.

An der Show ließ sich nichts aussetzen. Das Konzept war witzig, und brachte Lacher. Es ging um einen verrückten Astrologen, der das Vertrauen des Präsidenten der Vereinigten Staaten gewonnen hat und prompt auf den neu geschaffenen Kabinettsposten eines »Ministers für Astrologie« gehievt wird. Die Show wäre ein absoluter Renner gewesen, hätten es die Autoren verstanden, die Pointen richtig zu setzen. Das schafften sie nicht. Neil wußte, daß er es besser gemacht hätte. Tatsächlich hatte er seine Texte geschrieben und Verbesserungen vorgeschlagen. Doch die las niemand. Und niemand hörte ihm zu. Die Textschreiber stammten aus Ortis' Gruppe. Durchweg Versager. Doch Ortis war auch Neils Agent.

Neil war über den Kopf des Direktors direkt zum Produzenten gegangen und hatte ihm einige seiner Textänderungen gezeigt. Das war sicher wenig diplomatisch gewesen. Neil hatte einfach versucht, sein Leichtgewicht in die Waagschale zu werfen. Doch der Produzent hatte getobt.

»Raus aus meinem Büro!« hatte er geschrien und ihm die Seiten an den Kopf geworfen. »Ich treffe hier die Entscheidungen, nicht Sie. Von Ihrer Sorte gibt es hunderte. Ich brauche Sie nicht. Wenn Sie nicht tun, was ich verlange, brauchen Sie sich hier nicht mehr sehen zu lassen.

Das hatte Neil zu Tode geängstigt. Er hatte doch der Star dieser kleinen Show sein sollen! Warum wurde er nicht als Star behandelt? Er war davon ausgegangen, daß er endlich Erfolg haben würde, endlich Achtung erwarten durfte, vielleicht sogar Einfluß. Nun zitterte er vor der Zukunft.

Doch der Text war miserabel, der Präsident ein lausiger Schauspieler, die First Lady eine dumme Kuh, die ständig patzte. Sie verdarb auch Neil die Rolle. Wenn sie mit dieser Rolle auf die Nase fiel, würde sie einfach mit einem anderen Mann schlafen und ihre nächste Rolle bekommen. Mit Neil stand das anders. Wohin sollte er gehen, wenn er hier einen Reinfall erlebte?

Neil wußte, daß es hier um Sein oder Nichtsein ging. Vielleicht hätte er wirklich Sy Ortis' Sekretärin nicht anbrüllen sollen. Viel-

leicht hätte er nicht mit dem unbedeutenden Agenten in Sys Büro sprechen sollen. Alles Fehler.

Ich habe darüber schon in meiner Kolumne geschrieben. Doch an sich ist das alles keine große Sache. Jährlich werden weit über vierhundert Pilotsendungen gemacht. Nur zwei Dutzend gehen in Serie. Und von diesen halten sich auch nur ein oder zwei länger als ein Jahr. Neil durfte also nur von einer statistischen Wahrscheinlichkeit ausgehen.

Veränderungen sind Scheiße. Zugegeben, nicht alle. Man gewöhnt sich mühelos an ein Haus an der Küste, an einen BMW, an eine Haushälterin, die sich um Wäsche und Mahlzeiten kümmert. Damit wird man auch nach einem entbehrungsreichen Leben spielend fertig. Neil Morelli stellte das vor keinerlei Probleme. Er nahm die Vorteile hin, als sei er mit ihnen geboren worden.

Anders verhält sich das mit Veränderungen, die Neil in den vergangenen Monaten hatte bewältigen müssen. Seine Show war abgesetzt worden. Er mußte sich wieder an eine kleine Wohnung in Encino gewöhnen, an schmutzige Wäsche, um die er sich selbst zu kümmern hatte, und an einen Aushilfsjob.

Eine Scheißsklavenarbeit für idiotische Chefs – und das Ganze für ein Trinkgeld! Neil Morelli kam nach seinem kurzen Entertainment in einem Lokal müde und deprimiert in seine Wohnung. Daß seine Show abgesetzt wurde, hatte ihn noch nicht einmal sonderlich überrascht. Er hatte ja von Anfang an gesagt, daß die Texte schlecht waren, die Texter viertklassig.

Doch sein Wissen um das Versagen hatte ihn nicht auf die verheerenden Folgen vorbereitet. In den ersten Wochen danach verbrachte Neil die meiste Zeit am Telefon und sprach mit jedem, der ihm in Ortis' Büro zuhören wollte. Schließlich erhielt er die unvermeidliche Antwort: »Rufen Sie uns bitte nicht mehr an. Sie erhalten von uns Bescheid.« Der große Sy Ortis sprach überhaupt nicht mit ihm. Kein einziges Mal.

Wie stets, versuchte Neil auch jetzt, über sich selbst zu lachen und auf die Weise damit fertigzuwerden. Doch diesmal half es nicht. Es gab keine Mary Jane mehr, die mit ihm lachen konnte. Neil wurde zunehmend isoliert und träge. Er wußte, daß er sich aufraffen mußte. Sein Geld ging zur Neige. Er hatte keine Pläne, sein Agent hatte ihn fallengelassen. Nach New York wollte er nicht mit eingeklemmten Schwanz zurück. Darum machte er das einzige, von dem er etwas verstand. Er arbeitete an Texten für neue Auftritte. Schrieb und verbesserte. Doch es ist nicht leicht, witzig zu sein, wenn man sich wie Dreck aus der Gosse fühlt.

Von einem Tag zum anderen vollzog sich der Wechsel von Malibu nach Encino, von einem geleasten BMW zu einem gebrauchten Honda, von einer Titelrolle in einer TV-Serie zu der Lohnarbeit eines Kellners in einem Clublokal. Er warf sich auf seine Schlafcouch, die er auch tagsüber nicht zusammenklappte. Es gab niemanden, der ihm zur Seite stand, dagegen genügend, die hämisch über ihn grinsten. Sogar seine Schwester Brenda würde ihm nur kurzfristig mit Geld aushelfen können und ihm raten, zurückzukommen. Er schämte sich entsetzlich. In der nächtlichen Stille dachte er, wie so oft, an Mary Jane. Sie würde ihn verstehen, ihn trösten. Sonst verstand ihn niemand, allerdings fand er auch keinen Zugang zu den Menschen.

Als er wenige Monate nach seiner Ankunft in L.A. versucht hatte, Mary Jane telefonisch zu erreichen, mußte er feststellen, daß ihr Telefon abgemeldet worden war. Die Karten, die er schrieb, kamen zurück. Sie war ausgezogen und hatte keine Nachsendeadresse hinterlassen. Neil vermißte sie. Jetzt in der Stunde seines Elends noch mehr als damals bei seinem Erfolg.

Er zog die Hose aus und ging in das, was sein Hauswirt als Küche bezeichnete, diesen Namen aber nicht verdiente. Er nahm ein Bier aus dem Kühlschrank und stellte den Warmwasserhahn in der Dusche an. Darauf wenigstens konnte man sich verlassen. Nach genau zehn Minuten lief das Wasser endlich warm. Neil begrüßte die Nacht. Er hoffte, schlafen zu können, bevor das Tageslicht ins Zimmer fiel und die ganze schäbige Umgebung, die das Dunkel jetzt gnädig verbarg, deutlich machte.

Er kannte die ausgetretene Stelle in dem Acrylteppich, obwohl er es für unmöglich gehalten hatte, daß man einen Acrylteppich abnützen könnte. Über dem Ausguß in der Küche war die Mauer aufgerissen. Der Schaden stammte von einem undichten Wasserrohr in der Wohnung über Neil. Der Herd war von eingebranntem Fett verkrustet. Über allem hing der Geruch nach Verfall. Neil sog tief das Bieraroma ein. Das wenigstens roch gut.

Später lag er wieder auf dem Bett. Er wurde schläfrig, glaubte schon, einschlafen zu können. Doch da hörte er sie wieder. Die Worte schienen über sein linkes Ohr einzudringen, seine Gehirnzellen zu durchbohren und sein Rückgrat zu erschüttern. Er hörte seine eigenen Worte, die er am Abend als seine Entertainment-Einlage gebracht hatte. Er mußte sie noch einmal hören, obwohl er das nicht wollte.

So ging das schon seit Monaten. Jeden Abend ging er zur Arbeit, bediente als Kellner, wartete auf seinen Auftritt, die letzte von drei Nummern an jedem Abend. Dann kam er zurück zu seiner Wohnung, duschte, ging zu Bett, und bevor er einschlafen konnte, wiederholte er den ganzen Text. Die Worte kreisten in seinem Kopf. Pausenlos. Manchmal konnte Neil verhältnismäßig ungestört einschlafen. Doch meist schrie er im Halbschlaf. Dann stand er auf, schrieb seinen Text um, bis er glaubte, eine bessere Formulierung gefunden zu haben, fügte etwas hinzu, strich etwas anderes aus. Einige Stunden schlief er, bis es wieder Zeit zum Kellner wurde.

An diesem Abend hatte er eine gute Kritik bekommen. Er hatte etwas über Hollywood-Agenten eingefügt und hörte noch jetzt, wie die Gäste schallend lachten. Nach einer monatelangen Durststrecke hatte er einen guten Aufhänger gefunden. Daran konnte er feilen. Er glaubte an eine zweite Chance, glaubte, bald dieses gräßliche Encino verlassen zu können.

11.

Auf der Fahrt zu dem Fernsehstudio zwang Jahne sich zu eiserner Ruhe. Ihr Toyota wurde mißtrauisch vom Pförtner kontrolliert, bis er ihren Namen auf der Besucherliste fand und ausstrich.

Wie bereitet man sich auf die Chance seines Lebens vor? Jahne hatte den besten Friseur in L.A. aufgesucht. Viendra war ein Mann in einem enganliegenden roten Kleid und Riemchensandaletten. Er betrachtete Jahnes schweres Haar. »Was haben wir denn hier?« zierte er sich. »Was halten Sie von einem, Kurzhaarschnitt? Das Gesicht dafür haben Sie.«

»Gar keinen Haarschnitt. Können Sie nur die grauen Haare nachfärben?«

»Hmm.« Er dachte nach, tänzelte um sie herum und schüttelte den Kopf. »Nein. Damit sähe das andere stumpf aus. Es gibt nichts Schlimmeres als gefärbtes schwarzes Haar. Da weiß ich etwas Besseres. Wir setzen die Glanzlichter mit Blau.«

»Blau?« fragte sie unsicher. Doch sie sah ein, daß die blaue Farbe das Schwarz noch dunkler erscheinen lassen und zum Glänzen bringen würde. Sie stimmte also zu.

Jahne fuhr zum Gebäude Nummer 3. Als sie an Tara, dem Haus aus Selznicks *Vom Winde verweht* vorbeikam, riß sie bewundernd die Augen auf – wie jeder Tourist. In dem Gebäude hatte Selznick gewirkt. Jahne betrat es jetzt, wie vor ihr Ingrid Bergman, Olivia de Havilland und Vivien Leigh. Sie holte tief Luft. Ihre Hände zitterten. Ganz so schwer hatte sie sich das nicht vorgestellt. Im Taschenspiegel überprüfte sie ihr Gesicht. Sie sah ein wenig blaß aus, aber gut. Ihr Haar glänzte wie das Gefieder eines Raben.

Eine hübsche junge Frau kam Jahne entgegen. »Marty erwartet Sie schon.«

Wortlos folgte sie der Frau einen Gang entlang, den hunderte, sogar tausende Schauspieler schon vor ihr entlanggegangen waren. Du bist Jahne Moore, begabt, schön, sagte sie sich immer wieder.

Marty DiGennaro saß zusammengesunken auf einem Ledersofa, umgeben von einem wahren Kabelsalat, Kameras und Jupiterlampen. Er sprang sofort auf, als sie hereinkam. Jahne wurde bei seinem Anblick an einen Whippet erinnert, einen dieser drahtigen kleinen Rennhunde, auf die gewettet wurde.

»Nehmen Sie Platz, Jahne.«

Sie setzte sich ihm gegenüber. Er wies auf die Leute, die mit der Ausrüstung beschäftigt waren. »Das sind Bill, Steve und Dino. Ich schlage vor, wir unterhalten uns ganz ungezwungen, und die Jungs nehmen uns dabei auf.«

Jahne fragte sich, wie DiGennaro reagiert hätte, wäre sie auf diesen Vorschlag nicht eingegangen. Doch natürlich kam das nicht in Frage. Ihre Hände wurden feucht. Sie fühlte auch den Schweiß unter ihren Armen. Sie wußte natürlich, daß sie DiGennaro bei einem Vorsprechen hätte beeindrukken können. Schon beim Ablesen eines Textes. Jahne Moore zu spielen, fiel ihr schon schwerer. Sie warf den Kopf zurück und lächelte. »Sie sind der Boß.«

Er lachte. Es klang hoch, wie ein Kichern. Seit er zwei Filme gedreht hatte, die beide je zehn Millionen brutto pro Tag einspielten, wurde er von ganz Hollywood nur »Boß« genannt.

»Was wissen Sie über die 60er Jahre, Jahne?« fragte Marty.

»Sie meinen Hippies und so?«

»Genau«, stimmte er so begeistert zu, daß sie sofort das Gekünstelte heraushörte.

Sie fuhr fort: »Es war die Zeit der Beatles.« Sie überlegte schnell, wieviel eine Vierundzwanzigjährige über diese Zeit wissen konnte und wie man Marty ein bißchen austricksen konnte. »War Paul McCartney nicht ein Beatle, bevor er zur Bühne ging?« fragte sie unschuldig.

»Au!« schrie Marty, und ein Kamermann stöhnte. »Wenn man so was hört, fühlt man sich uralt, was, Dino? An was erinnern Sie sich noch, Jahne?«

Sie hatte noch etwas auf Lager. »Bobby Kennedy war Präsident, bevor er erschossen wurde.« Sie lächelte in die Kamera und leckte über ihre Lippen. »War da nicht irgendwo Krieg?«

Sie brauchten einige Minuten, bevor sie merkten, daß Jahne mit ihnen spielte. Dann erntete sie schallendes Gelächter von den Technikern und ein Kichern von Marty. »Schon gut.« Marty stand auf und ging zu einem Fenster. Sie sah ihm nach. Die Kamera blieb auf sie gerichtet. Wenn das ihr Test war, würde sie einfach die Kamera als Publikum benutzen, nahm sie sich vor.

»Jahne, ich bin ein Kind der 60er Jahre und bin von der Zeit fasziniert. Das sind auch andere. Die, die damals gelebt haben und die jüngere Generation, die sich wünscht, sie hätte das damals mitmachen können. Wissen Sie, was ein PIQ ist?«

»Nein«, gab Jahne zu.

»Programm-Ideen-Quotient. Jedes Jahr bewertet ein Institut auf Grund einer Umfrage in Haushalten die beliebtesten Sendungen. Die Sender verwerten die Ergebnisse solcher Umfragen bei der Auswahl ihrer Sendungen. So wurde auch meine Idee für eine Show aus den 60er Jahren getestet. Sie kam auf die höchstmögliche Punktzahl, und das bei der Gruppe der Sechzehn- bis Fünfundzwanzigjährigen und der von fünfunddreißig bis fünfzig Jahren. So was gab's noch nie. Ich möchte also die Serie in diese Zeit setzen. Da kann ich mir die Musik und den Stil jener Jahre zunutze machen und die politischen Umwälzungen streifen. Wir leben in der Clinton-Zeit. Es gibt nicht nur viele Möglichkeiten für nostalgische Momente, sondern auch viele Parallelen zwischen damals und heute. Die werde ich herausstellen.« Jahne nickte, warf den Kopf zurück und sah in die Kamera.

»Haben Sie *Easy Rider* mal gesehen?« fragte Marty.

»Aber ja. Das war der erste Film, den Jack Nicholson gedreht hat, nicht wahr?«

»Ja. Mein Projekt soll eine solche Reise auf andere Weise nachvollziehen. Eine Suche nach dem eigenen Ich, eine Suche nach dem wahren Amerika. Ich brauche dafür drei Mädchen auf Motorrädern.«

»Klingt interessant«, sagte sie. Doch insgeheim schauderte sie. Bisher hatte sie nur einmal auf Neils Moped gesessen.

Marty fuhr fort: »Die Serie soll anders sein als alles, was bisher gemacht wurde. Wir werden nur mit einer Kamera filmen. Kein Video. Viele Außenaufnahmen. Die Mädchen reisen ja quer durch Amerika. Ich werde neue Effekte einsetzen. Die Serie darf mit keiner vergleichbar sein. Dazu stehen mir schon jetzt die besten Techniker zur Verfügung.«

Jahne nickte wieder.

»Was benutzen Sie für ein Make-up?«

Jahne erschrak. Hatte er mit seinem geübten Blick eine

Narbe entdeckt? »Nichts Besonderes. Eine Grundierung, Lancôme glaube ich. Und Rouge…«

»Hätten Sie etwas dagegen, einen Exklusivvertrag mit einer Kosmetikfirma abzuschließen, in dem Sie sich verpflichten, nur deren Produkte zu benutzen?«

»Nein.« Sie versuchte, ihre Erleichterung zu verbergen.

»Na, Dino, wie kommen wir raus?« fragte Marty.

»Sieht gut aus, Boß«», erwiderte Dino.

»Und was nun?« fragte Jahne lächelnd.

Marty gab ihr ein Dutzend loser Seiten. »Würden Sie die lesen? Es ist die Rolle der Cara.«

Sie nahm den Text. Ein junges Mädchen sprach mit einem anderen Mädchen über ihren Ex-Freund, über ihre Eltern, über Feten und über das Leben. Ein bißchen blauäugig, aber nett. Der Jargon hart und scheinbar abgebrüht, wie Kids eben sprechen, wenn sie vermeiden wollen, für ein Kind gehalten zu werden.

Jahne hatte den Text kurz überflogen. »Gut. Wer liest mit mir?«

»Ich werde Ihnen die Stichworte geben, aber nicht im Bild sein«, bestimmte Marty.

Jahne begann. Eine Tonlage höher als gewöhnlich, damit sie die jugendliche Stimme traf. Doch das machte ihren Halbstarkenjargon nur noch glaubwürdiger. Den Monolog über ihren Vater brachte sie sehr schnell, plapperte ihn fast, als müßte sie etwas sagen, was eigentlich niemanden etwas anging. Die Szene endete mit einer Frage. »Verstehst du, was ich meine?« Das flüsterte sie nur und sah dabei direkt in die Kamera. Sie wußte, daß sie gut gewesen war. Sogar sehr gut.

Gut genug?

Lieber Dr. Moore,
Sie haben als Arzt großartig an meinem Körper gearbeitet, aber sind Sie ebensogut als Psychiater? Ich habe so viele Neuigkeiten zu berichten, daß ich nicht weiß, wo ich anfangen soll. Ich freue mich, daß Sie die Theaterkritiken, die ich Ihnen schickte, erhalten haben. Sie trugen mir den Besuch von Marty DiGennaro ein. Das ist kein Witz. Er kam nach der Vorstellung in meine Garderobe und be-

glückwünschte mich! Aber das war nur der Anfang. Er hat mich zu Probeaufnahmen bestellt. Gestern fanden die statt. Er möchte mich für eine Hauptrolle in einer neuen Fernsehserie haben!
Ich weiß schon, was Sie sagen werden: Haben Sie die vielen Schmerzen auf sich genommen, nur um eine Serienrolle zu spielen? Aber, Dr. Moore, ich meine Brewster, hier führt Marty DiGennaro Regie, und die Serie ist echt innovativ. Sie läuft unter dem Arbeitstitel Three for the Road. Ich habe die ersten Drehbücher gelesen. Sie sind gut. Drei Mädchen (Sie haben recht gelesen, ich gelte hier als Mädchen!) fahren mit dem Motorrad durch Amerika. Der Gag sind die sagenhaften Dialoge und die guten Einstellungen, Einblendungen, Überschneidungen und Schnitte. So wird manches nur angedeutet, ohne daß es ausgesprochen werden muß. O Gott, ich habe mir das gerade durchgelesen. Jetzt klinge ich schon wie jemand vom Fach. Doch ich bin tatsächlich richtig aufgeregt. Dabei ist der Vertrag noch nicht endgültig unter Dach und Fach. Marty braucht für die Serie drei Hauptdarstellerinnen, und die müssen zusammenpassen. Immerhin hat er mir nahegelegt, daß mein Agent schon einmal den Vertrag ausarbeiten sollte. Als ich ihm sagte, daß ich gar keinen Agenten habe, ist er beinahe in Ohnmacht gefallen. Jedenfalls hat er mich an Sy Ortis vermittelt, der der mächtigste Agent in der Branche ist.
Abgesehen davon soll Ortis auch eine miese Ratte sein und jeden fallenlassen, der nicht permanent erfolgreich ist.
Ich habe mich nach einer Wohnung umgesehen, die ich mieten kann und wurde an Roxanne Greely weitergereicht, eine Maklerin, die sich ausschließlich um die Stars kümmert. Sie hat mir einen reizenden Bungalow gezeigt. Blick aufs Meer. Ich werde Ihnen den Mietpreis nicht nennen, weil Sie mich dann umbringen würden. Aber ich unterschreibe den Mietvertrag ohnehin erst, wenn mein Vertrag unterzeichnet ist.
Damit bin ich beim Geld. Noch kann ich es kaum fassen. Man spricht von 33000 Dollar pro Folge und der Vertrag läuft über achtzehn. Doch der erste Scheck, den ich ausstelle, geht an Sie zur Begleichung Ihres Honorars. Ich danke Ihnen noch einmal, daß Sie so lange Geduld mit mir hatten und an mich geglaubt haben.
Einen Haken hat die Sache allerdings. Ich muß einen Vertrag mit Flanders Cosmetics als deren Repräsentantin unterschreiben. Mir

widerstrebt die Vorstellung, für irgend etwas zu werben. Doch das muß ich, wenn ich die Rolle haben möchte. Außerdem soll ich dafür eine Viertelmillion Dollar erhalten! Brewster, Sie wissen ja, daß ich all das nur Ihnen verdanke. Nur Sie wissen, wer ich wirklich bin: eine dicke, unansehnliche alte Mary Jane Moran. Darum stehe ich tief in Ihrer Schuld und werde es immer bleiben.
Erstaunlich, was man mit Schönheit erreicht! Als hätte man übernatürliche Kräfte. Mein Aussehen läßt Schranken verschwinden, es zieht Menschen an. Mir ist, als könne ich fliegen. Es ist einfach wahnsinnig. Wie geht es Raoul? Ist die Rekonstruktion seiner Nase gelungen? Er hat so viele innere Gaben! Grüßen Sie ihn von mir, und richten Sie auch den anderen Kindern Grüße aus.
Ich fühle mich selbst wie ein Kind, ein sehr glückliches Kind in einem Süßwarenladen. Schreiben Sie mir!
Ganz liebe Grüße von Ihrer Jahne

12.

Es gibt einige wenige Restaurants im Studio-Viertel von L.A., die man von einer Theaterbühne kaum unterscheiden kann. Eines davon ist das Morton. Dort dinieren die, die die Stars machen. Es heißt, daß das Restaurant für Peter Morton ein Zuschußbetrieb ist. Doch er will es nicht aufgeben, weil er zur Szene gehören will. Dann gibt es noch Le Dôme, das im Jargon auch Le Dump, die Bruchbude, genannt wird und als Zentrum der Schwulenmafia bezeichnet werden kann. Die Jungstars essen im The Ivy, und zwar sonntags. Zum Brunch gibt es vorwiegend Salate und kleine vegetarische Crêpes zu fünfzig Dollar das Stück. Und natürlich das Spago.

Die Touristen sind davon stets enttäuscht. Es sieht ja auch aus wie ein Teppichladen vor den Toren der Stadt. Doch innen leuchten die Augen der Stars. Hier traf Marty sich mit Paul Grasso zum Abendessen.

Marty setzte sich. Der Oberkellner hatte ihn zum besten Tisch geführt. Auf dem Weg dorthin hatte Marty kurz Stars und ihre Agenten begrüßt. Marty wartete, bis der Ober Martys Begleiterin Bethanie den Stuhl zurechtgerückt hatte. Erst danach wandte er sich ihr zu. »Tut mir leid, daß es später geworden ist, aber du weißt ja, wie das hier so geht.« Er musterte ihr hübsches Gesicht, die schönen Schultern, den tiefen Einschnitt zwischen ihren Brüsten, ihre babyfrische, sonnengebräunte Haut.

»Du siehst reizend aus heute abend, Bethanie«, sagte er galant und dachte, daß sie im Grunde alle gleich aussahen. Kalifornische Möchtegernstars. Er hatte Bethanie für *Three for the Road* in Erwägung gezogen. Doch allmählich beschlichen ihn Zweifel. Denn ihr fehlte das gewisse Etwas, trotz aller Schönheit. Er hatte gerade die Blondine gefunden, genauer Sy und Milton hatten sie gefunden, ein unverbrauchtes, junges Mädchen. Sharleen Irgendwas. Von ihr erwartete er sich eine tolle Wirkung. Mit Jahne Moore, die praktisch schon unterzeichnet hatte, verfügte er bereits über eine Dunkelhaarige. Sie spielte hervorragend. Ein guter Kontrast zu Sharleen. Würde Bethanie sein Dreigestirn komplett machen? Er brauchte eine Rothaarige, und Bethanie war blond. Doch Bethanie würde ihr Haar bereitwillig färben, wenn das erforderlich sein sollte. Sie würde sich sogar kahlscheren lassen, falls er das wünschte. Doch sie war alles andere als eine Unschuld und hatte schon in verschiedenen billigen Shows mitgewirkt. Also kein neues Gesicht. Und die Entscheidung mußte bald fallen.

Marty hatte sich nur mit Pauls Vorschlag eines gemeinsamen Essens einverstanden erklärt, weil sie als Nachbarskinder aufgewachsen waren. Sozusagen um der alten Freundschaft willen. An sich wollte Marty mit Paul nichts mehr zu tun haben. Der glitt immer mehr ab. Seine Spielleidenschaft drückte sich in seinem Gesicht aus. Andererseits verstand es Paul noch immer, Marty zum Lachen zu bringen. Um einen Gefallen würde Paul ihn nicht bitten. Denn Paul war stolz.

Außerdem hatte Paul Marty versichert, daß er nicht in Begleitung eines Möchtegernsternchens erscheinen würde. Paul schwärmte von ihrer Schönheit, betonte jedoch, daß sie reich sei. Obwohl sie aus Filmkreisen stammte, haßte sie alles, was damit zusammenhing. Paul wollte nur mit ihr schlafen. Auch das war typisch für Paul Grasso. Wenn sie wirklich so schön war, wie Paul behauptete, wäre es geschickter gewesen, er hätte sie einem Produzenten angedient und damit Geld verdient, statt daß er seine ganze Energie darauf verschwendete, mit ihr ins Bett zu gehen.

Marty wurde auf eine Frau in der Nähe des Eingangs aufmerksam. Mit beiden Händen umfaßte sie eine kleine seidene Abendtasche. Sie trug ein schwarzes Chiffonkleid und schien nur aus schönen Beinen zu bestehen. Diesen Eindruck erzeugten der kurze Rock, die passende schwarze Strumpfhose und schwarze Pumps. Sie war ungewöhnlich groß: Marty spürte seine Erregung. Das Oberteil ihres Kleides war tief ausgeschnitten und maßgeschneidert. Lächerlich dünne Spaghettiträger hielten den Stoff an den Stellen an denen er sich über die vollen Brüste spannte.

Marty fragte sich, wie er ihre Haarfarbe beschreiben sollte. Nicht einfach rot, eine wärmere, tiefere Farbe, noch aufregender als kastanienbraun. Sie trug als einzigen Schmuck einen Brillanten um den Hals und glitzernde Brillantohrringe. In einer Stadt, wo an jeder Straßenecke weibliche Schönheiten stehen, hatte diese Frau etwas Atemberaubendes. Außerdem kam sie ihm irgendwie bekannt vor. An sich vergaß Marty nie ein Gesicht.

Sie war sich der Aufmerksamkeit, die sie erregte, durchaus bewußt. Doch die prallte an ihr ab. Die Ruhe und Distanziertheit, die von ihr ausgingen, schufen einen Abstand zwischen ihr und ihrer Umgebung. Ein Mann gesellte sich an ihre Seite. Marty begriff, daß diese Frau Paul Grassos Freundin sein mußte.

Unfaßlich! Marty hätte fast laut gelacht. Die Frau war entschieden eine Nummer zu groß für Paul, der sich normalerweise mit Mädchen begnügte, die er in Las Vegas oder an Bushaltestellen auflas.

Bethanie hatte, wie viele andere in dem Lokal, den dramatischen Auftritt verfolgt. Sie wandte sich an Marty. »Wer sind denn die beiden da?« Bethanie bekam es mit der Angst. Nachdem sie vor kurzem von diesem Lumpen Sam Shields fallen gelassen worden war, hatte sie nicht vor, diese Behandlung auch von Marty hinzunehmen. Sie kannte inzwischen die Überlebensregel von Hollywood: »Schlaf dich nach oben.« Nur Marty besaß bereits soviel Einfluß und Macht, daß er es sich leisten konnte, mit jemandem zu schlafen, der unter ihm rangierte.

»Ich werde dich gleich vorstellen.« Marty stand auf und reichte Paul die Hand. Doch er sah die junge Frau an, die ihn an jemanden erinnerte. »Schön, dich zu sehen, Paul. Das ist Bethanie Lake, Paul Grasso. Wir sind alte Freunde.«

Gutgelaunt schüttelte Paul Martys Hand. Er stellte seine Begleiterin vor.

Bethanie ließ sich ihr Mißvergnügen anmerken. Scheiße, dachte sie. Muß diese Hure auch noch den ganzen Abend Marty gegenübersitzen? Immer hab ich Pech!

Lila betrachtete Bethanie nachdenklich. »Bethanie Lake. Haben Sie nicht die Leora in *Houston* gespielt?« Bethanie nickte. »Sie haben die Show gerade rechtzeitig verlassen«, fand Lila. »Danach rutschte sie ab.«

Bethanie begann sich zu entspannen. Doch Marty konnte den Blick nicht von Lila abwenden. Sie bewegte sich graziös. Was sie eben gesagt hatte, war obendrein ausgesprochen liebenswürdig gewesen. Jeder wußte, daß Bethanie damit einen Riesenbock geschossen hatte. Sie hatte eine erfolgreiche Serie zu einem Zeitpunkt verlassen, wo sie dauerhaften Ruhm einzubringen versprach, nur weil sie auf eine mittelmäßige Filmrolle scharf war. Der Film wurde prompt zum Flop. Ihr Agent hatte versucht, sie von diesem unsinnigen Schritt abzubringen, doch sie glaubte, es besser zu wissen. Damit hatte sie ihre Karriere geschmissen, falls Marty ihr nicht eine zweite Chance gab.

»Ich habe einen kalifornischen Weißwein bestellt, wenn es euch recht ist«, sagte Marty, als der Ober mit der Flasche erschien.

Lila legte die Hand über ihr Glas. »Ich hätte lieber einen Manhattan.« Marty nickte dem Kellner zu.

Wieder rätselte Marty an der Frage herum, woher er diese Frau kannte. »Sind wir uns schon einmal begegnet?« fragte er schließlich, obwohl das eine schrecklich abgedroschene Frage war und er sich deswegen schämte.

Lila lächelte und hob die schöngeschwungenen Brauen etwas höher. »Sie werden ja kaum die Westlake Mädchenschule kennen.« Sie wandte sich ab, als öde sie das alles an. »Nein, wir sind uns nie begegnet.« Doch dann, als besinne sie sich ihrer guten Manieren, fügte sie hinzu: »Es ist nett, daß Sie fragen.«

»Kann es sein, daß ich Sie schon einmal auf der Bühne gesehen habe?« Die Neugier ließ Marty keine Ruhe.

»Was ich bestimmt nicht mache, ist schauspielern. Meine Mutter hat versucht, mich in diese Laufbahn zu pushen. Doch da habe ich nicht mitgemacht.«

»Mann, ich dachte, heute abend würde nicht gefachsimpelt,«, beschwerte Paul sich bei Marty.

»Was hat Ihre Mutter gemacht, Lila?« ließ Marty nicht locker.

»Viel«, schnurrte sie.

Er lachte. Die Frau gefiel ihm. Auch Paul wurde in ihrer Gegenwart wieder der alte. Nur Bethanie fühlte sich an diesem Abend keineswegs wohl. Das konnte ihr niemand übelnehmen. Sie verlor soeben die Chance ihres Lebens.

Marty lächelte Lila an. »Ich meine, was hat sie im Leben gemacht? War oder ist sie glücklich? Hat sie viel verdient, oder war sie von Geburt an reich?«

»Sie ist arm zur Welt gekommen und aus eigener Kraft reich geworden. Ich wurde reich geboren und gedenke das auch zu bleiben. Auf welche Weise, kann ich noch nicht sagen. Meine Mutter war begabt. Ich sehe ihr nur ähnlich.« Mit einem leichten Senken des Kopfes deutete sie dem Kellner an, daß sie noch einen Manhattan wünschte. Marty bestaunte die Geste, die ihm vertraut war. Lila sah ihn an. »Sie wurden arm geboren und sind nun reich, Paul kam arm zur Welt, wurde reich und dann wieder arm und wieder reich.« Sie lachte ein gutturales Lachen.

»Du könntest auch Erfolge einheimsen. Deine Mutter hatte nicht in allem Unrecht. Du gleichst ihr sehr. Das weißt du auch«, warf Paul ein. Sie hatten beschlossen, sich zu duzen, weil alles andere unglaubhaft gewesen wäre, obwohl Lila keine Vertraulichkeit mit Paul Grasso wünschte.

Plötzlich dämmerte es Marty. Natürlich! Die Ähnlichkeit mit ihrer Mutter und ihrem berühmten Vater, der fast zu schön für einen Mann war. Marty lächelte. »Theresa O'Donnells Tochter!«

Lila hätte es ihm sicher etwas leichter machen können. Doch sie gehörte offenbar nicht zu der Sorte, die mit dem Starruhm ihrer Eltern prahlte.

Sie sprachen über die alten Filme, über die Marty und Lila bestens Bescheid wußten. Lila erzählte von ihrer Jugend und von ihrem Vater, den sie nur aus seinen Filmen kannte, weil er starb, als sie noch klein war. Marty lauschte andächtig.

Bethanie fühlte sich abserviert. Sie schaltete sich darum mit einer Frage ein.

»Wie ist es denn, als Tochter einer Theresa O'Donnell und eines Kerry Kyle aufzuwachsen? Da gibt es doch bestimmt jede Menge Vorteile.«

»Wenn ich ehrlich sein soll, habe ich mich nie anders gefühlt als die anderen. Ich war viel allein. In die Schule ging ich mit Kindern aus meinem Kreisen. Wir saßen alle im gleichen Boot.«

Bethanie schwieg eingeschüchtert.

»Auf der High School wurde es nicht anders. Wahrscheinlich bin ich zu behütet aufgewachsen. Ich habe vieles einfach vorausgesetzt. An verschiedene aufregende Ereignisse erinnere ich mich aber noch heute.« Sie sah sich um, erwartete die ungeteilte Aufmerksamkeit. »Einmal hat Onkel Cary bei uns zu Haus den Weihnachtsmann gespielt. Er nahm mich auf den Schoß. Ich merkte sofort, daß es Cary Grant war. Meine Mutter hat ja alle seine Filme, und ich kannte sein Bild und die Geschichten über ihn aus den Illustrierten. Er hatte silberfarbenes Haar, war nicht mehr jung, sah aber noch blendend aus. Doch ich war so enttäuscht, weil ich mir einen echten Weihnachtsmann gewünscht hatte, keinen alten Schauspieler. Also rutschte ich heulend von seinem Schoß und ließ mich nicht überreden, wieder zu Onkel Cary zurückzugehen. Ich wußte damals nicht, warum alle lachten.«

Bethanie sprach aus, was alle dachten. »Cary Grant ist zu Ihnen ins Haus gekommen, um den Weihnachtsmann für Sie zu spielen?« Sie lachte geziert. »Also, ich bitte Sie, Lila!« Sie machte deutlich, daß das Thema damit für sie erledigt war.

Lila wirkte fast verlegen. Martys geschultem Auge entging nicht, wie sie noch schöner wurde als die weiße Haut sich mit einer leichten Röte überzog. Sie ist attraktiver als ihre Mutter und hat die Augen ihres Vaters, die Haut von Merle Oberon, die Stimme von Laureen Bacall, den Körper von Ann-Margret, nur größer, zog Marty Bilanz.

Lila machte eine geringschätzige Bewegung mit der Schulter. »So ist es immer, wenn ich aus meiner Kindheit erzähle. Die Leute werden eifersüchtig.«

Bethanie lachte nicht mehr. »Eifersüchtig bin ich nicht. Ich glaube Ihnen nur nicht. Ich kann mir Cary Grant nicht als Weihnachtsmann mit Bart vorstellen, der sich eine kleine Rotznase auf den Schoß setzt. Warum sollte er auch?«

»Weil er meine Mutter bumsen wollte. Darum. Aber was spielt das schon für eine Rolle?«

Marty gab Bethanie in diesem Augenblick den Laufpaß. Er starrte nur noch Lila an. Er sah nicht nur ihr Äußeres. Ihre Haltung imponierte ihm, auch ihre Intelligenz und er vermutete, daß sie Talent hatte. Er wußte, daß sie fotogen war und in jedem Wohnzimmer Amerikas willkommen sein würde. Sogar in jedem Schlafzimmer. Hatten Lila und Paul das alles inszeniert? Doch an sich kümmerte das Marty wenig. Selznick hatte sich auch nicht beschwert, als sein Bruder am Abend vor den Aufnahmen zu *Vom Winde verweht* plötzlich Vivien Leigh anbrachte. Marty erkannte seine Chancen, wenn sie in Reichweite kamen.

»Lila, ich glaube Paul hat recht. Sie sollten ernsthaft über die Rolle im Fernsehen nachdenken«, drängte Marty.

»Fernsehen ist Schwachsinn.«

»Nicht, wenn ich Regie führe.«

»Aber Sie machen doch nichts fürs Fernsehen.«

»Jetzt wohl, und das wird bahnbrechend für die Zukunft sein.«

»Soll das ein Witz sein?«

»Keineswegs. Rufen Sie mich morgen an. Vielleicht kann ich Ihnen einen Vorschlag machen.«

Lila legte den Kopf zurück, so daß ihr langes rotes Haar über die Rücklehne ihres Stuhls fiel.

Paul Grasso hatte schon zu lang geschwiegen. »Herrgott, Lila, sag einfach ›danke, Mr. DiGennaro‹ und dann gib mir einen Kuß, weil ich dich zum Abendessen mitgenommen habe.«»

Lila lächelte. »Danke, Marty. Ich werde Ihnen meine Nummer geben.« Dann wandte sie sich an Paul Grasso. »Für die Küsserei ist es noch etwas zu früh, Paul. Ich hab noch nicht mal mein Dessert bestellt.«

13.

Nach der Party, die zur Feier der letzten Dreharbeiten von *Jack and Jill* gegeben worden war, fuhr Sam Shields allein nach Hause. Er schwebte auf Wolken. Der Film versprach ein Erfolg zu werden, sogar ein großer Erfolg. Er hatte das beglückende Gefühl des Schöpfers, der auf sein vollendetes Werk blickt und keinen Makel entdeckt.

Ganz ohne Schmerzen und Mühsal war es natürlich nicht abgegangen. Auch Kompromisse waren unvermeidlich gewesen, was ja zu dem Titel *Jack and Jill and Compromise* gut paßte. Das ganze Leben bestand schließlich aus Kompromissen.

Einen flüchtigen Moment lang dachte er an Mary Jane Morans Darstellung der Jill. Schon während der Dreharbeiten hatte er sich vor Augen geführt, wie sie der Rolle Konturen gegeben hatte. Damals in New York hatte er mitunter gemeint, ihr unauffälliges, alles andere als hübsches Gesicht würde die ganze Bühne mit Licht erfüllen. Immerhin hatte er am Ende auch Crystal Plenum zu einer guten darstellerischen Leistung gezwungen. Nicht so intensiv und beseelt wie Mary Jane die Rolle gespielt hätte. Dennoch gut. Crystal hatte nie zuvor als Bühnenschauspielerin gearbeitet. Jetzt, Mitte Dreißig und nach einer Reihe von Filmen, in denen sie die Jugendlich-Naive gespielt hatte, war es auch Crystals

Wunsch gewesen, sich als Charakterdarstellerin zu beweisen.

Sam fand Crystals bezauberndes Gesicht erregend. Er hatte es in Sexszenen mit Mel Gibson, Warren Beatty, Kevin Costner und anderen Stars gesehen. Doch das zählte nicht. Sam erlebte den echten Sex mit ihr. Ihre weiche Haut, die schönen Brüste, ihre wohlgeformten Beine gehörten ihm. Seine Lust steigerte sich bei dem Gedanken daran, daß sie wahrscheinlich die begehrenswerteste Darstellerin des Landes, vielleicht sogar der Welt war – und sie lag in seinen Armen.

Sie gehörte ihm nicht nur. Er hatte auch ihr Bild für immer auf den Filmrollen festgehalten. Ein Stück Unsterblichkeit. Sam hatte noch einiges zu tun. Der Film mußte geschnitten und redigiert werden. Die Tonspur mußte überarbeitet werden. Der Vorspann fehlte, die Auflistung von Schauspielern und Technikern. Doch all das erst einmal zu lernen, würde leichter sein, wenn man sich nicht von Schauspielern und Technikern umgeben wußte. Von nun an würden er und eine kleine Gruppe von Fachleuten ohne Zeugen arbeiten. So konnte Sam seine Unkenntnis und seine Fehler besser vertuschen.

Er lächelte triumphierend vor sich hin. Warum auch nicht? Er hatte seine Sache gut gemacht und konnte davon ausgehen, daß man ihm Anschlußaufträge übergab. Einen kurzen Augenblick fröstelte er, und das trübte seine Stimmung. Denn zur Zeit hatte er kein Skript und keine Idee, womit er seine Forderung nach weiteren Aufträgen hätte vorantreiben können.

An sich brauchte es ihn nicht zu beunruhigen, daß er seit seiner Ankunft in L.A. keine vernünftige Zeile mehr geschrieben hatte. Dazu hatte ihm der Film keine Zeit gelassen. Doch ihn reizte auch die Vorstellung nicht, sich ein Jahr lang von allem zurückzuziehen, sich nur dem Schreiben zu widmen. Nun, so weit war er noch nicht. Noch lag der Erfolg vor ihm.

Besonders freute sich Sam darauf, seinen Eltern den fertigen Film zu zeigen. Sie hatten sich nie sonderlich für seine

Bühnenkarriere interessiert. Für sie handelte es sich um einen Bühnenerfolg nur dann, wenn das Stück am Broadway gezeigt wurde. Inzwischen hatte er sie jedoch schon von Florida für eine Woche nach L.A. kommen lassen. Von seinem Haus im Laurel Canyon mit Pool und einem Besuch bei den Dreharbeiten waren sie beeindruckt gewesen. Seine Mutter sah noch immer tadellos aus. Trotz ihres Alters und des Tributes, den ihr das Trinken abverlangte. Sie hatte ihrem Sohn kühl zugesehen. Sam sehnte sich nach Wärme, nach einem äußeren Zeichen der Anerkennung. Vielleicht eine Umarmung, ein Kuß, ein zärtlicher Blick. Erst bei der Verabschiedung am Flughafen hatte seine Mutter ihn mit Tränen in den Augen angesehen und mit zitternder Stimme gesagt: »Du bist nicht wie dein Vater.« Das lief kaum auf eine Umarmung hinaus, doch Sam nahm es auf wie eine Segnung.

Sein Vater hatte seine Hand ergriffen, kaum daß sie außerhalb der Hörweite seiner Frau waren und hatte auf den schicken Leinenanzug seines Sohnes gedeutet, auf die Sonne über L.A., die Palmen und die Limousine, mit der Sam sie zum Flughafen gebracht hatte. »Mach keinen Scheiß, und erhalt dir das.« Daraus sprach nicht unbedingt Vertrauen in Sams Fähigkeiten, doch in gewisser Hinsicht ließ es sich schon als Anerkennung auslegen.

Was Sam unbedingt vermeiden wollte, war »Scheiß zu machen.« Je weiter er sich aus dem Sumpf der Anonymität herausarbeitete und in die Sonne des Erfolges eintauchte, um so entschlossener war er, nicht einmal einen halben Schritt rückwärts zu gehen. Er wollte nicht nur den Erfolg, sondern auch alles, was dazugehörte: den richtigen Tisch in der Polo Lounge, ein standesgemäßes Haus, Personal das seine Anrufe entgegennahm. Das Geld spielte für ihn eher eine Nebenrolle. Mehr lag ihm an der Macht und dem, was mit ihr zusammenhing.

Sam fuhr die kurvenreiche Strecke nach Laurel Canyon hoch. Die Zufahrt wurde von Sträuchern und hohen Pinien verborgen, die eine natürliche Flora vortäuschen sollten, doch tatsächlich von der Kunst des Gartenarchitekten zeugten. Sams Haus war nicht groß, doch originell mit hellem

Lehm verputzt und mexikanisch eingerichtet. Viel indianisches Kunsthandwerk, bunte Decken und Läufer, große, unglasierte Töpferwaren. Um den gekachelten Innenhof und den Swimmingpool ragten riesige Kakteen in den Himmel. Sam betrat sein Haus vom saphirblau gefliesten Platz um den Pool aus und warf sein Jackett auf das Sofa. Wie immer führte ihn sein erster Gang zur Bar. Auf dem Weg dahin drückte er eine Taste seines Anrufbeantworters. Er warf einige Eiswürfel in seinen Drink und schickte sich an, die zwei besonderen Freuden seines Tages zu genießen: den Drink und seine Anrufe.

Nachdem das Band zurückgelaufen war, stellte er es auf Vorlauf. »Hallo, Sam, hier spricht Bethanie. Ich habe eine tolle Aussicht auf eine Rolle in Marty DiGennaros Projekt, aber es gibt da einen kleinen Haken, und ich weiß nicht, ob ich deinen Namen benutzen darf. Würdest du mich bitte zurückrufen unter...«

Sam schaltete auf schnellen Vorlauf und kam zur nächsten Nachricht. Sam hatte aus Bethanies Nachricht sofort den falschen Unterton herausgehört. Ein leiser Zweifel blieb trotzdem. Denn Sam bewunderte Marty DiGennaro mehr als jeden anderen amerikanischen Produzenten. Das wußte Bethanie natürlich und machte es sich zunutze.

»April Irons' Büro hier. Bitte rufen Sie sie heute abend unter folgender Nummer an.«

Sam notierte sich die Nummer. Er hatte sich vorgenommen, den Abend mit Crystal zu verbringen, um das Ende der Dreharbeiten mit ihr zu feiern. Doch er konnte April auf dem Weg zu Crystal von seinem Autotelefon aus anrufen.

»Sam, hier spricht Molly. Wir haben lang nichts voneinander gehört. Geht's dir gut? Hast du von Mary Jane gehört?«

Sam seufzte und stellte den Apparat wieder auf den Schnellgang. Molly sollte sich zum Teufel scheren. Molly und Chuck und die anderen von früher erzeugten bei Sam nur Schuldkomplexe. Zudem ödeten sie ihn an. Er wußte ja, daß er sie im Stich gelassen hatte. Doch gleichzeitig erinnerte Molly ihn daran, wie eingeengt sein Leben einmal verlaufen war.

Wieder ein Anruf. »Sam, ich bin's Crystal. Heute abend klappt es leider nicht. Ein anderes Mal.«

Das enttäuschte ihn. Doch es war nicht nur die Enttäuschung, sondern noch etwas. Angst? Crystal führte ein kompliziertes Leben. Sie hatte ein Kind und einen Mann. Sie hatte schon mehr als einmal kurzfristig Verabredungen abgesagt. Doch nun ließ er das Band zurücklaufen und hörte sich wieder an, was sie gesagt hatte. Und da beschlich ihn ein ungutes Gefühl. Mit Dialogen kannte er sich aus. Er verfaßte sie ja oft genug. Und diese Nachricht hörte sich ein bißchen zu unpersönlich an. »Ein anderes Mal«. Das klang irgendwie endgültig...

Noch einmal ließ er das Band laufen. Nein, verdammt noch mal, er bildete sich nichts ein. Er spürte es, daß da etwas nicht stimmte. Sam war ein sehr sensibler Mann. Das machte ihn auch zu einem guten Regisseur. Er wählte Crystals Nummer. Ein Mädchen antwortete und versuchte ihn abzuwimmeln, doch er bestand darauf, durchgestellt zu werden.

»Crystal, es geht um heute abend«, sagte er schnell. »April möchte mich sprechen. Können wir unsere Verabredung ausfallen lassen, oder kommst du später bei mir vorbei?«

»Hast du denn meine Nachricht nicht bekommen?«

»Ich bin erst seit zwei Minuten im Haus.«

»Ich habe auf dein Band gesprochen. Mir paßt es heute nicht.«

»Um so besser. Dann rufe ich dich morgen an.«

Es entstand eine kleine Pause. »Das finde ich nicht so gut, Sam.«

Seine Handflächen wurden feucht. Einen verrückten Augenblick sah er seine Mutter vor sich, wie sie sich von ihm am Flughafen verabschiedete. Er schüttelte den Kopf, um sich von dem Bild zu befreien. Dann hörte er Crystals Stimme wieder. »Weißt du, Sam, es war toll, aber nun hat sich die Sache totgelaufen, findest du nicht? Es bringt nichts, um den Brei herumzureden.«

Sams Mund wurde trocken. Doch er antwortete ruhig, geradezu kalt. »Einfach so, Crystal?«

»Nun ja«, sie wurde ungeduldig. »Die Dreharbeiten sind doch vorbei, der Film ist im Kasten, Sam.«

14.

Am Morgen, nachdem sie den Vertrag für die Rolle der Crimson und den Vertrag mit Flanders Cosmetics unterzeichnet hatte, wachte Lila zeitig auf. Ihr Bild und das der beiden anderen Frauen prangte auf der dritten Seite des *Daily Variety*. Lila goß sich ein Glas Orangensaft ein und nahm das schnurlose Telefon mit hinaus auf die Veranda.

Das Honorar der Kosmetikfirma konnte sie gut gebrauchen, obwohl sie nicht vorhatte, diese billigen Produkte zu verwenden. Doch wen kümmerte das schon? Jede vernünftige Frau nahm MAC, auch wenn das mehr kostete. So gedachte Lila das auch künftig zu halten. Doch das Geld fand sie nicht schlecht. Sie beschloß, sich davon ein ordentliches Auto zu kaufen, neue Garderobe und ein eigenes Haus. Außerdem hatte sie vor, nun ihren Rachefeldzug zu starten. Sie wußte genau, bei wem sie den Anfang machen würde, griff nach dem Telefonhörer und wählte die Nummer. »Ara Sagarian bitte. Hier spricht Lila Kyle.«

Nach einer Pause antwortete Lila: »Ich weiß, was Ara gesagt hat, Miss Bradley. Aber vielleicht teilen Sie ihm mit, daß ich ihn nur sprechen will, weil ich eine Entscheidung über meine künftige Vertretung fällen muß. Ich glaube schon, daß er mit mir darüber sprechen will. Nein, ich warte.«

Sie mußte nicht lang warten. »Guten Morgen, Lila. Ich wundere mich eigentlich über Ihren Anruf.«

»Mr. Sagarian, ich habe mich sehr schlecht Ihnen gegenüber verhalten und bitte um Verzeihung. Es liegt mir viel daran, den Schaden wiedergutzumachen. Ich bitte Sie um keinen Gefallen, höchstens um einen Rat. Wie Sie wissen, habe ich eine Rolle in Marty DiGennaros neuer TV-Serie bekommen. An sich habe ich praktisch den Vertrag mit Sy Ortis als meinem Agenten unterzeichnet. Doch ich möchte gern Ihr Okay dazu haben, bevor ich diesen Schritt tue. Es handelt sich um einen Drei-Millionen-Dollar-Vertrag.«

Lila hörte Ara am anderen Ende der Leitung atmen. Es dauerte lang. Würde er nach dem Köder schnappen? »Sie schulden mir nichts, Lila. Das gehört alles zum Showgeschäft. Ich freue mich für Sie, daß Sie die Rolle bekommen haben und einen so kundigen Agenten wie Mr. Ortis.«

»Sie sind ein wahrer Gentleman, Ara.« Lila wählte wieder den Vornamen, nachdem sie den formellen Teil für abgeschlossen hielt.

Und Ara biß tatsächlich an. Er ließ sich bestätigen, daß sie noch nicht unterschrieben hatte. »Lila, so etwas will natürlich gründlich überlegt sein. Was halten Sie davon, wenn wir heute mittag zusammen essen? Dann kann ich auch gleich wiedergutmachen, wie ich Sie behandelt habe. Würde Ihnen die Polo Lounge um ein Uhr passen?«

»Sehr gut. Bis dann.« Sie lächelte zufrieden vor sich hin.

Jahrelang hatte die Polo Lounge im Beverly Hills als der Treffpunkt für hochkarätige Besprechungen zur Lunchzeit gegolten. Doch eines Tages schloß das Beverly Hills Hotel wegen Renovierung seine Pforten. Man traf sich künftig in anderen Hotels. Viele Gäste kehrten auch nach der Wiedereröffnung des renommierten Hauses nicht zurück. Ara Sagarian gehörte nicht zu diesen Gästen. Ara bildete sich etwas auf seine Treue ein. Und das Beverly Hills hatte ihn nie enttäuscht.

Er saß an dem Ecktisch, der als der begehrteste in dem Restaurant galt. Lila traf zehn Minuten nach eins ein. Mühsam erhob Ara sich, um Lila zu begrüßen, und Lila küßte liebenswürdig seine eingefallene Wange.

»Vielen Dank für die Einladung, Ara. Ich hatte schon befürchtet, ich hätte es mir endgültig mit Ihnen verdorben. Das wäre mir schrecklich gewesen. Ich halte ungeheuer viel von Ihnen.«

Ara lächelte verbindlich. Doch für Smalltalk war er zu ungeduldig. In seiner unbezähmbaren Neugier kam er gleich zur Sache. »Lila, wie haben Sie denn Marty DiGennaro dazu bekommen, Ihnen die Rolle in seiner neuen Serie zu geben?«

Sie warf den Kopf zurück und lachte. »Blutsbande, Ara«, witzelte sie.

Nach einem kleinen Zögern stimmte Ara in ihr Lachen ein. »Offensichtlich haben Sie es ja ganz allein geschafft. So, wie ich das sehe, brauchen Sie keinen Agenten.«

»Sie wissen ja am besten, daß noch sehr viel zu tun bleibt. Ich bin davon überzeugt, daß Martys Serie zu einem großen Renner wird. Das zieht manches nach sich. Filmangebote, Lizenzen, Millionen eben. Es geht ja nicht nur um eine neue Serie, Ara. Das kann sich zu einer ganzen Industrie auswachsen. Les Merchant vom Sender steht offenbar voll hinter dem Projekt. Darum brauche ich jemanden, auf den ich mich absolut verlassen kann und der nur meine Interessen vertritt, so, wie Sie das für meine Mutter gemacht haben.« Lila schlug die Augen nieder. »Ist Sy Ortis der richtige Mann für mich, Ara?«

Er griff mit seiner krallenartigen, verrunzelten Hand nach Lilas. »Ich fürchte, ich kann das nicht bejahen, meine Liebe«, sagte er.

Lilas Lider flatterten. »Das habe ich fast vermutet. Wissen Sie, es hat mir natürlich kein bißchen gefallen, was Sie mir damals angetan haben. Doch nachdem mein Ego einmal wiederhergestellt war, empfand ich Hochachtung für die Treue, die Sie meiner Mutter erweisen. Obwohl sie Ihnen nicht mehr viel Geld einbringt, standen Sie für sie gerade, weil sie Ihre Kundin ist.« Lila sah Ara gerade in die Augen. »Das gefällt mir.«

Ara nahm ein blütenweißes Taschentuch heraus und tupfte an seinem Mundwinkel. Er mußte den nächsten Zug machen. Das wußte er.

»Sie können nicht den gleichen Einsatz von Sy Ortis erwarten«, meinte er sanft. »Aber Sie haben bei ihm ja auch noch nicht unterschrieben, wie Sie sagten.«

»Nein.«

»Nun, unter den Umständen…« Ara brach ab. Lila schwieg. Sie hatte nicht vor, ihm auf halbem Weg entgegenzukommen.

»Nun ja«, begann Ara wieder. Er fuhr sich mit der Zunge über die Lippen. Lila triumphierte. Sie sah, daß der alte Mann fest an der Angel hing. Er war noch nicht zu alt oder krank, als daß er sich die Chance, mitmischen zu können, entgehen lassen wollte. Und wann hatte er schon in letzter Zeit ein neues Talent unter Vertrag genommen?

»Da Sie noch nicht bei Ortis unterschrieben haben, sollten wir vielleicht über unsere eventuelle Zusammenarbeit sprechen.« Er nahm einen Löffel Gazpacho und brachte ihn zittrig zum Mund. »Wie Sie sagen, geht es um Zusatzklauseln und künftige Filmprojekte. Die Show wirbelt schon jetzt eine Menge Staub auf. Darum sollten wir die Fühler nach etwas ausstrecken, was Sie machen können, sobald die Saison gelaufen ist. Natürlich müssen Verträge abgeschlossen werden. Unzählige. Hat eigentlich jemand Ihren Vertrag mit Mary schon einmal begutachtet? Es sollten nämlich eine ganze Menge Optionen hineingeschrieben werden. Es gibt ja jede Menge von ›was – wenn‹-Situationen, die schwer vorherzusagen sind, es sei denn, man kennt sich gründlich in dieser Branche aus.«

»Wie Sie?« Lila wollte nun den Sack zumachen.

»Nicht wie ich, sondern ich«, sagte Ara und tupfte wieder an seinem Mundwinkel.

»Aber Mutter läßt Sie doch nicht für mich arbeiten. Sie wäre wütend«, wandte Lila fromm ein.

»Mit Theresa werde ich schon fertig. Sie ist ja nicht mehr so aktiv wie früher. Also gäbe es keinen Interessenkonflikt.«

»Ich fürchte, es würde auf ein ›sie oder ich‹ hinauslaufen, Ara.« Lila schauderte wohlig. Es war fast ein wenig zu einfach. »Theresa wäre nie so töricht, mich unter Druck zu setzen.«

»Ich spreche nicht von Theresa, Ara. Ich spreche von mir. Als mein Agent müßten Sie vorher Theresa O'Donnell fallen lassen.«

Ara legte den Löffel aus der Hand und nahm die Serviette an den Mund. Er starrte Lila an. Einen kurzen, schrecklichen Moment lang spürte Lila, wie die Angelleine schlaff wurde. Doch der Köder war zu fett, der Haken saß zu tief. Ara, der sterbende alte Hai hatte schon das frische Blut gerochen. Lila hätte am liebsten laut gelacht. Es war zu lustig, ihn kämpfen und verlieren zu sehen. »Verstehe, Lila. Ich werde das so behutsam wie möglich erledigen.«

Lila schenkte Ara ihr bezauberndstes Lächeln. Sie wandte sich an den Ober, der in der Nähe auf die Wünsche seiner Gäste lauerte. »Bringen Sie Mr. Sagarian ein Telefon.«

Lila sah zu, wie das Telefon eingestöpselt wurde. »Mir geht es nicht so sehr um das behutsame Vorgehen, sondern vielmehr darum, daß Sie mir Ihre Treue beweisen. Darum rufen Sie sie bitte jetzt an. Sie kennen ja ihre Nummer.«

Ara starrte Lila wie hypnotisiert an. Doch er nahm den Hörer und wählte die Nummer. Endlich gelang es ihm, sich von Lilas Gesicht loszureißen. Lila glaubte sogar, so etwas wie Scham in seinem Blick entdeckt zu haben. Lila lehnte sich zurück und hörte zu. Sie lächelte noch immer.

»Theresa bitte«, flüsterte Ara fast, und Lila sah im Geiste, wie Estrella der Puppenmutter das Telefon brachte. »Theresa, hier spricht Ara. Ich fürchte, ich habe keine sehr gute Nachricht für Sie.« Lila hörte sich Aras Teil der Unterhaltung an. Sie genoß sie wie eine köstliche Praline, wohlschmeckender als die berühmte weiße Schokolademousse, Spezialität der Polo Lounge.

Nachdem Ara den Anruf beendet hatte, beugte Lila sich über den Tisch und tätschelte seine gesunde Wange. »Nachdem das erledigt ist, sollten wir uns ein Dessert bestellen.«

15.

Das Leben ist eine einzige Hetzjagd, dachte Sy Ortis in seinem Bentley Turbo R auf der Fahrt aus dem Canyon. Sy Ortis' Lebensphilosophie zufolge ließen die Menschen sich in folgende Kategorien einteilen: Rechtschaffene, Arschlöcher und Talente.

Die Rechtschaffenen bildeten die Mehrzahl. Sie rekrutierten sich aus den normalen Angestellten: Verkäufer, Versicherungsvertreter, IBM-Vertreter, Bedienungspersonal. Sie stellten das Heer der Konsumenten dar, die Ortis halfen, seinen Traum zu verwirklichen. Rechtschaffene verfolgten die Träume und Alpträume anderer auf der Filmleinwand oder dem Bildschirm und lebten dabei ihr kleines, langweiliges Leben, weil sie zu phantasielos waren, um vernünftige eigene Träume zu produzieren. In Hollywood sprach man auch von »Flyovers« und meinte damit die Menschenmassen zwischen Ost- und Westküste, über die die Maschine New York – L.A. hinwegflog.

Die Talente, das waren Ortis' Kunden. Menschen der Sonderklasse, die die Träume verkörperten, von denen die Rechtschaffenen in den Bann gezogen wurden. Leider gab es zu viele Rechtschaffene und zu wenig Talente. Nur die Talente mit ihren Verrücktheiten, ihren Visionen, ihren leicht exzentrischen Eigenheiten entlockten Ortis' Interesse. Er arbeitete mit den interessantesten Menschen der Welt zusammen. Autoren, die ihre großen Träume zu Papier brachten, bildschönen Schauspielerinnen, Produzenten und Regisseuren, die Autoren und Akteure zusammenführten und die Träume verwirklichten.

Zweifellos war der Umgang mit Talenten schwierig. Manchmal bauten sie Scheiße, weil sie auf Kokain abfuhren, manchmal gerieten sie in Schwierigkeiten mit der Steuer oder ihren Ehen. Doch sie waren schöpferisch tätig. Sy kannte sich damit aus, wie man Talente behandeln mußte. Mit den Rechtschaffenen hatte er praktisch überhaupt nichts zu tun.

Die Arschlöcher in der Mitte verursachten ihm die größten Schwierigkeiten. Das waren die, die sich für Talente hielten und sich an einem festklammerten, bis man sie zertreten und den Schuh wie von Hundescheiße gereinigt hatte. Sys größtes Problem bestand darin, die Arschlöcher loszuwerden, die er fälschlicherweise für Talente gehalten hatte. Noch heftiger litt er unter der Rachsucht jener Talente, die er nicht erkannt und darum wie Arschlöcher behandelt hatte.

Zur Zeit machte ihm dieser Morelli die Hölle heiß. Er gehörte definitiv zu den Arschlöchern. Er hatte eine Pilotsendung bekommen und geschmissen und wollte nun nicht lockerlassen. Warum kroch er nicht einfach wieder in das Loch zurück, aus dem er hervorgekrochen war? Mußte er Sy mit seinen Anrufen und seinen idiotischen Briefen zum Wahnsinn treiben? Mußte er ihm vor seinem Büro auflauern? Doch das war typisch für die Arschlöcher.

Natürlich stellte Morelli kein echtes Problem dar. Solange

der Scheißer nicht mit einer Pistole auftauchte, konnte es Sy total egal sein, was er sagte oder dachte.

April Irons gehörte dagegen zu den ganz großen Talenten. Sie herrschte praktisch allein über die International Studios, eines der letzten großen Filmstudios. Sy mußte zu seiner Schande und seinem Kummer gestehen, daß er sie für ein Arschloch gehalten hatte. Er hatte April früher einmal, als man mit ihr noch problemlos ins Bett gehen konnte, bei einem Projekt von Marty DiGennaro übel mitgespielt. Das verzieh ihm die Hure nie. Doch wie hätte er damals auch vorhersehen können, daß sich eine Frau an die Spitze eines Filmstudios setzt?

Zwar würde Sy bei der Premiere von Crystal Plenums jüngstem Film erscheinen, den April produziert hatte. Doch er wußte sehr genau, daß er dabei in den hinteren Reihen unter dem Fußvolk sitzen würde. Dabei war er Crystals Agent, der mächtigste Mann hinter den Kulissen von ganz Hollywood. Leider besaß April nicht nur hinter, sondern auch vor den Kulissen Macht.

Sy war der Gnade seiner Talente ausgeliefert. Das gehörte nun einmal zum Los eines Agenten. Es ging Sy unheimlich auf den Geist, daß Marty, Sys Vertragspartner und genialer Regisseur, sich auf so eine alberne Fernsehserie einließ und obendrein von sich aus eines dieser Flittchen engagierte, ohne Sy auch nur zu Rate zu ziehen. Martys jüngste Entdekkung wurde bereits von diesem sterbenden alten Löwen Ara Sagarian vertreten, wie Sy erfahren hatte. Ara hatte deren Mutter unter Vertrag gehabt. Sy konnte dagegen nicht das geringste ausrichten. Er konnte sich nur unheimlich darüber ärgern.

Er griff nach dem Asthmaspray. Milton hatte ihm wenigstens die Blondine gebracht. Die hatten sie ja auch gut an die Leine genommen. Doch Marty hatte auch die andere Schauspielerin gefunden, die vom Melrose Theater. Die wollte Sy unbedingt unter Vertrag nehmen. Denn zwei von drei gab ihm die Mehrheit bei allen Diskussionen, sofern keine Einigkeit erzielt wurde, was er entschieden vorzog.

Mit Glicks Hinterwäldlerin war man bald handelseinig geworden. Von ihr erwartete Sy auch in Zukunft keine Schwierigkeiten. Unterzeichnen Sie hier, machen Sie das, gehen Sie dort rüber, lächeln bitte! Warum lief nicht alles so glatt?

Sys Autotelefon klingelte. Er zuckte zusammen, griff nach dem Hörer. Herrgott, nichts haßte er mehr als beim Autofahren zu telefonieren. Das machte ihn nervös und sein Asthma schlimmer.

Er meldete sich.

»Mr. Ortis, ich habe Michael McLain am Apparat«, sagte Sys Sekretärin. »Darf ich ihn durchstellen?«

»Ja.« Es klickte und quiekte in der Leitung. Fast hätte Sy seine Abfahrt verpaßt.

»Mr. Ortis? Hier spricht Michael McLain.«

»Was gibt's, alter Hurensohn?«

»Ich wollte mich nach Addison und dem Drehbuch erkundigen, das mir gut gefallen hat.«

Sy seufzte. Denn Rex Addison dachte gar nicht daran. Michael die Hauptrolle in seinem neuen Film zu geben. Rex war erst achtundzwanzig. Der hatte schon als Kind Filme mit Michael McLain gesehen. Für Rex war Michael ein alter Furz. Und dieser Quatsch, daß Michael darauf bestand, alle gefährlichen Szenen persönlich zu drehen und auf einen Stuntman zu verzichten, verfing bei manchen, nicht aber bei Rex. Der war zu ausgeschlafen für solche Mätzchen. Dem imponierte das nicht.

»Da kann ich Ihnen sicher was Besseres anbieten«, meinte Sy. »Das Drehbuch hat keinen Stil.«

»Den bekommt es durch mich.«

Nie im Leben, dachte Sy gehässig. »Hören Sie, Mike, ich habe da einen guten Krimi für Sie. Der ist schon eher was für Sie.«

»Und wer ist mein Partner?« fragte Michael mißtrauisch.

»Ricky Dunn.«

Natürlich wußte Michael, wer Ricky Dunn war. Er hatte zwei sehr erfolgreiche Filme gedreht. Im *People* war er zu dem Mann mit dem meisten Sex-Appeal gewählt worden. Sy bremste gerade noch rechtzeitig, um einem alten Mann auszuweichen.

»Na und?«

»Michael, jeder Mensch erreicht eines Tages den Punkt in seiner Karriere, wo er sich auch anderen Dingen öffnen muß...«

»Dann muß wenigstens mein Name über dem Titel stehen.«

Sy wußte, daß sich das nicht durchsetzen ließ. Vielleicht wußte das sogar Michael. Obwohl man das bei diesen Burschen nie vorhersagen konnte. Deren Egos waren so aufgebläht, daß sie sich meist meilenweit von der Realität entfernten. Sy griff nach seinem Spray. »Nun hören Sie mir mal zu, Verehrtester. Warum wollen Sie unbedingt vor die Wand laufen?« Michael hatte in den vergangenen drei Jahren keinen einzigen Kassenschlager mehr gehabt. Er hätte froh und dankbar dafür sein sollen, eine solche Chance geboten zu bekommen. Sy mußte ihn einfach davon überzeugen. Gelang ihm das, fiel für ihn ein kleines Vermögen ab, denn er konnte quasi das ganze Paket verkaufen. Er vertrat nämlich auch Benson und das lausige Drehbuch.

»Michael«, versuchte Sy es noch einmal geduldig. »Das ist wirklich eine gute Sache. Robert Redford hat das Drehbuch auch sehen wollen.«

»Sie können mir doch nicht weismachen, daß es den Horizont erweitert, die zweite Geige neben einem Newcomer zu spielen«, schrie Michael.

»Denken Sie an Paul Newman.«

»Paul Newman ist fast siebzig beschissene Jahre alt. Ich bin sechsundvierzig.«

»Sie sind dreiundfünfzig, und das wissen alle außer Ihnen.«

»Jedenfalls spiele ich noch immer so gut wie in all den vergangenen Jahren. Im Bett bin ich auch noch so gut, eher besser.«

»Darüber fehlen mir, Gott sei Dank, die Kenntnisse.« Sy trat hart auf die Bremsen, knallte fast mit dem Kopf gegen die Windschutzscheibe und hätte um ein Haar dem Scheißkerl in seinem Benz hinten draufgesessen. *Heilige Muttergottes*, die Straßen wurden nur noch von Rindviechern bevölkert. Und er, Sy, fuhr einen Wagen, der mehr gekostet hatte, als die meisten Häuser dieser Gegend. Er seufzte tief. »Tun Sie mir einen Gefallen: Denken Sie über den Film mit Ricky Dunn nach. Einen Film wie den können Sie jetzt gebrauchen.«

»Leck mich!« schrie Michael aufgebracht und hing auf. Herrgott noch mal, warum mußten die alle solche Zicken machen? Michael hatte in letzter Zeit nichts mehr gebracht. Er wurde alt, war aber immer noch wichtig, und Sy wollte ihn wenigstens noch ein oder zwei Jahre unter Vertrag behalten. Sy rang nach Luft und griff wieder nach seinem Spray. Okay, er war aufgeregt. Normalerweise störten ihn solche kleinen Probleme nicht. Immerhin stand er auf dem Gipfel seiner Laufbahn. Er war der geschickteste Verhandlungspartner Hollywoods. April Irons mochte mächtig sein und mischte überall mit, aber darin reichte sie an Sy nicht heran.

In den 20er Jahren beherrschten Männer wie Lasky und Mayer das Geschäft. Die großen Studiobosse waren wie Sultane, die über Leben oder Tod ihrer verträglich gebundenen Schauspieler verfügten. Das änderte sich ab den späten 40er Jahren. Die Stars wurden unabhängiger. Das System der Studios brach zusammen. Doch kein Star, auch nicht der berühmteste, besaß die totale Macht. Nur indem man Dutzende von ihnen fest an der Leine hatte, war es Warner und Mayer gelungen, die Szene zu kontrollieren. Heutzutage aber konnte es sich niemand mehr leisten, Dutzende von großen Stars zu bezahlen.

Agenten brauchten die Stars nicht zu bezahlen. Die Stars bezahlten ihre Agenten. Das war eine hervorragende Regelung. Je mehr Talente man vertrat, um so mehr Macht besaß man, und um so mehr Geld wurde damit verdient. So gab es allmählich einige Super-Agenten. In den 40er Jahren waren es Lew Wassermann und Leland Hayward, in den 50er Jahren – und auch noch zehn Jahre danach – waren es immer noch Lew Wassermann und Ara Sagarian, in den Siebzigern Lew Wassermann und Sue Mengers, und in den 80er Jahren Mike Ovitz. Jetzt heißt der große Mann Sy Ortis, wie Sy sich zufrieden sagte.

Er hatte allen Grund glücklich zu sein. Überglücklich. Er war reich. Denn Sy Ortis hatte ein Geheimnis. An sich hütete er eine ganze Menge Geheimnisse, doch nur ein sehr großes. Das lautete: Er hatte sein Bodega behalten, wie ihm das seine Großmutter geraten hatte.

Als er noch klein war, hatte seine Großmutter ihn und seine fünf Schwestern großgezogen. Tia Maria, wie jeder sie nannte, besaß die Weinkeller in ihrem Heimatort und der Umgebung. Seine Großmutter hatte einen besseren Geschäftssinn gehabt als alle, die Sy je kennengelernt hatte, und sie hatte ihr Wissen an Sy weitergegeben.

»Pepito, wäre ich Rockefeller«, sagte sie einmal und sah Sy fest an, »wäre ich reicher als Rockefeller. Weißt du auch warum?«

Sy hatte den Kopf geschüttelt.

»Weil ich meine Bodega immer behalten habe.«

Sy war auf dem besten Wege, so reich wie Rockefeller zu werden, und er hatte sich seine eigene Bodega geschaffen. Es reichte nicht, nur das Produkt Mensch an einen Produzenten zu verhökern und sich mit dem Prozentsatz zu begnügen, während die anderen reich wurden. Klar, wenn man einen großen Fisch an der Angel hatte, rollte das Geld auch in Massen herein. Aber Sy hatte von Anfang an gewußt, daß er auch in der Filmindustrie seine Bodega behalten mußte.

Er hatte Scheinfirmen gegründet. Genau genommen zwei. Die eine verkaufte Drehbücher – alle billig eingekauft und meist wertlos – an die vielen Förderungsgesellschaften für Stars und an Studios. Die andere Gesellschaft kaufte von Sys Klienten Vermarktungsrechte, manchmal für kaum mehr als einen Dollar und verkaufte sie für ein Vielfaches. Man hätte das einen Interessenskonflikt nennen können. Fest stand, daß er damit sehr gute Gewinne einfuhr. Seinen größten Fisch stellte bisher der Deal mit Flanders Cosmetics dar. Die Mädchen, die ihre Verträge für *Three for the Road* unterzeichnet hatten, wurden wie eine Ware an Amerika verkauft. Und sie würden, wenn Sy nicht plötzlich verrückt geworden war, schneller gekauft werden als Kondome in einem Puff.

Sy befand sich nur noch wenige Straßenzüge von seinem

Büro entfernt. Er fuhr über eine rote Ampel und bog in eine breite Straße ein. Erleichterung machte sich breit. Manchmal ging alles glatt. Zumindest die Blondine hatte sich problemlos einfangen lassen, und die konnte einmal echt Geld bringen. Sharleen Smith. Ein ungewöhnlich hübsches Mädchen. Glick hatte die plötzlich aus dem Hut gezaubert…

Doch man mußte ständig kämpfen, um ganz oben auf dem glitschigen Haufen zu bleiben, von dem man so leicht abrutschte. Sy bedauerte noch jetzt, daß ihm die Rothaarige durch die Lappen gegangen war. Er holte tief Luft. Eins nach dem anderen. Heute brauchte er nur noch die New Yorker Schauspielerin, die Marty gefunden hatte, unter Vertrag zu nehmen und Michael McLain davon zu überzeugen, daß er neben Ricky Dunn spielen sollte. Anschließend mußte er wohl oder übel kleine Brötchen bei April Irons' Premiere backen.

Jahne saß Sy Ortis an dessen Schreibtisch gegenüber. Er telefonierte. Sie haßte die schmierigen Burschen, die sich Agenten nannten. Jahne bezeichnete sie insgeheim als Fleischhändler. Wie ein Geschwür in der Filmindustrie, doch leider ein notwendiges, das war ihr klar. Sie war nicht gern in dieses Büro gekommen. Doch Marty hatte ihr Sy Ortis vorgeschlagen, und was er vorschlug, erhob Jahne zum Gesetz. Auf der Bühne, hinter der Bühne. Immer.

»Das war Michael McLain«, sagte Ortis. Er entschuldigte sich nicht, weil er sie hatte warten lassen, scheinbar hielt er den Namen für Erklärung genug. »Wo waren wir stehengeblieben?«

»Sie sagten mir, was Sie für mich tun könnten, wenn Sie mein Agent wären. Wie lange arbeiten Sie schon für Michael McLain?«

»Zehn oder zwölf Jahre. Warum?«

»Er kam also zu Ihnen, als er schon ein großer Star war. Sie haben ihn nicht entdeckt. Er stand bereits oben.« Sie sah zu, wie Sy die Ärmel seines Armani-Jacketts zurechtzupfte. Zwar brüstete Sys Firma sich damit, Künstler zu entdecken. Doch das entsprach nicht der Wahrheit. Er beutete die Stars nach allen Regeln der Kunst aus, und zwar, nachdem sie Stars geworden waren.

»Er hatte Filme gedreht. Das stimmt. Aber er war nicht reich. Zu Reichtum habe ich ihm verholfen. Er hätte natürlich auch bequem ohne mich leben können. Verstehen Sie mich nicht falsch. Aber reich...« Er kicherte. »Nein, das wäre er nicht geworden. Sie könnte ich auch reich machen. Reich und berühmt, Jahne. Ich darf Sie doch so nennen?«

Jahne wußte, daß Sy recht hatte. Tatsächlich hatte er Michael und viele andere reich und berühmt gemacht. Und das strebte sie ja im Grunde an. Mit Geld und Ruhm erhielt man gute Rollen. So einfach geht das. »Das Geld ist natürlich wichtig, damit ich unabhängig werde. Doch Ruhm? Ich hätte gern einen guten Ruf als Schauspielerin, damit ich mir meine Rollen aussuchen und die ablehnen kann, die mir nicht zusagen. Das würde mich glücklich machen.«

»Sie meinen wie Meryl Streep?« Sys Stimme troff vor Hohn.

»Genau wie Meryl Streep«, bestätigte Jahne gelassen.

Sy stand auf und lehnte sich direkt vor Jahne an den Schreibtisch. »Leider erreicht niemand diesen Punkt, Jahne. Nicht einmal Meryl Streep. Sie kann unter verschiedenen Rollen wählen. Dennoch nahm sie die Rolle in *She-Devil* und *Death Becomes Her* an. Beides schlechte Filme. Warum nimmt eine begabte Schauspielerin, die längst anerkannt ist, Rollen wie diese an und riskiert, Zuschauer zu verlieren?« Sy beugte sich noch näher. »Das werde ich Ihnen erklären. Ein Agent ist mehr als nur einer, der Verträge aushandelt. Er sollte auch die Karriere fördern. Jemand hat Meryl einen schlechten Rat gegeben. Trotz ihrer Begabung besaß sie nicht genügend Objektivität, um einen Hit zu erkennen. Jemand wie Meryl kann solche Flops wegstecken. Doch womöglich erreicht sie den früheren Gipfel nicht mehr.«

Jahne hatte sich ganz der Schauspielkunst verschrieben. Doch sie war nicht dumm. Was Sy sagte, machte Sinn. Sie setzte sich also über ihre Vorurteile hinweg und unterschrieb.

»Michael McLain für Sie, Mr. Ortis«, wurde ihm von seiner Sekretärin gemeldet.

Sy zögerte, bevor er den Hörer abhob. Innerlich verwünschte er den Anruf. Was mochte der schon wieder von ihm wollen? Obwohl die Besprechung mit Jahne Moore am Ende für ihn positiv ausgegangen war und er sie nun unter Vertrag hatte, ärgerte er sich. Er ärgerte sich immer, wenn er einen neuen Kunden nur mit Mühe einfangen konnte. Eine hochgestochene Pute, die erstmal von ihrem Podest geholt werden mußte, fand Sy. Bis sie unterschrieb, hatte sie die finanziellen Daumenschrauben bis zur Schmerzgrenze angezogen. Das schmälerte Sys Triumph. Und jetzt auch noch Michael!

»Michael, rufen Sie mich an, weil Sie sich zu dem Ricky-Dunn-Film entschlossen haben?«

»Vielleicht. Mir ist noch etwas eingefallen, was wir nicht besprochen haben.«

Sy stützte den Kopf in die Hand. Er fühlte sich grenzenlos müde. »Soll ich raten, oder sagen Sie es mir?«

»Ich bekomme das Mädchen. Nicht Dunn. Ich. Und mein Name steht über dem Titel. Okay?«

Sys Kopf fiel auf den Schreibtisch. Dieser Kerl würde ihm noch den letzten Nerv rauben. »Das muß ich erst mit seinen Leuten absprechen.«

»Sie haben doch seine Leute. Also, ich will an oberster Stelle stehen und das Mädchen am Ende bekommen. Nur dann ziehe ich den Film in Erwägung.«

»Michael, das ist ein wirklich besonderer Film. Die Liebe steht nicht im Vordergrund, verstehen Sie? Und wir können nicht jemanden wie Sie zum Liebhaber einer Neunzehnjährigen machen. Das wirkt doch nur komisch. Ihre Fans möchten Sie mit einer reiferen Frau zusammensehen.« Sy fühlte, daß ihm gleich die Luft knapp werden würde. »Sie wissen ja auch, daß der Name über dem Filmtitel im allgemeinen dem Schauspieler vorbehalten bleibt, der das Mädchen bekommt. Doch Ihr Name wird wesentlich größer sein als seiner.«

»Was, zum Donnerwetter, meinen Sie mit komisch? Ich schlafe ständig mit Neunzehnjährigen. Das sollten Sie wissen, Sy. Die kriechen bei mir unter den Dielen vor. Reihenweise.«

Sy fühlte sich in die Ecke gedrängt. Normalerweise konnte er jeden Druck mit einem um so härteren Gegendruck beantworten. Nicht so heute. Vielleicht, weil dieses Luder, diese Jahne Moore, ihn gerade genervt hatte. Sie hatte ihm das Honorar diktiert, statt andersherum. Herrgott, er war nun seit zwanzig Jahren in der Branche, und da kam so eine Rotznase daher und zwang ihn, ihr Rede und Antwort zu stehen. Doch für Michael mußte er Geduld aufbringen.

»Es wirkt schon komisch, wenn es um einen Altersunterschied von vierunddreißig Jahren geht. Es wäre ja fast, als würde man Sean Connery zusehen, wie er mit Drew Barrymore schläft, Michael.«

»Die hatte ich auch im Bett.«

Jesus steh mir bei, dachte Sy. »Wirklich? Erstaunlich, Michael. Sie können offenbar mit jeder schlafen.«

Michael lachte.

»Was halten Sie von einer echten Herausforderung, Michael? Ich wette, daß Sie nicht alle drei Stars aus DiGennaros neuer Show ins Bett bekommen. Sie sind alle Kids. Neunzehn, zwanzig Jahre. Ich wette, das schaffen Sie nicht.«

»Und wenn doch? Was bekomme ich dafür?«

»Ich garantiere Ihnen Ihren Namen über dem Filmtitel.«

»Und wenn nicht?«

Zum erstenmal lachte Sy. »Dann werden Sie diesen Film ohne Erstnennung drehen und die beiden nächsten auch.«

Michael zögerte.

»Na, was ist, Michael? Das stellt Sie doch nicht etwa vor Probleme? Ich bitte Sie! Michael McLain wird doch seine Potenz nicht anzweifeln.«

»Also gut. Abgemacht, Sie Miststück. Alle drei.«

»Sehr gut. Aber ich verlange Beweise, Michael. Nicht nur Jägerlatein. Beweise.« Sy hing auf. Wenn Michael McLain diese Jahne Moore zu einem weiteren Stein in seiner Krone machte, würde es sie zumindest von ihrem hohen Roß herunterbringen. Wenn nicht, mußte Michael Sys Filme so akzeptieren, wie Sy sie ihm diktierte.

Sy fühlte sich schon entschieden besser.

16.

Wie in Dantes Hölle gibt es auch in Hollywood viele Stufen. Sie gehen selten oder nie ineinander über, höchstens bei der Arbeit. Ich, Laura Richie, bin auf Bühnen gewesen, bei Fernsehaufnahmen, Filmaufnahmen, Außenaufnahmen. Sie dürfen mir glauben, daß das etwas ist, was sich nie verändert.

Der technische Stab, die Tontechniker, die Kameramannschaft, die Designer der Beleuchtungseffekte, die Vorarbeiter und Handlanger gehören auf eine Stufe. Die Herren im grauen Tuch, die für Produktion, Budget, Öffentlichkeitsarbeit und Vertrieb zuständig sind, auf eine andere.

Dazu kommen noch diejenigen, die um die Talente herum sind, ohne richtig dazuzugehören. Sie spielen kleine Rollen, treten in Massenszenen oder im Hintergrund auf und sorgen für gewisse farbige Akzente.

Selbstverständlich gibt es die Stars. Bei einer erfolgreichen Fernsehshow wird die Handlung um sie aufgebaut, der Zeitplan richtet sich nach ihnen, genau wie der Service. Eigentlich leistet jeder den Stars einen Service.

Doch auch bei einer Show, in der der Star das Sagen hat, steht der Direktor oder Regisseur auf der obersten Stufe. Nur darf man nicht vergessen, daß es die oberste Stufe zur Hölle ist.

Die Hölle versucht, dreihundert Leute in der richtigen Kleidung, bei passendem Wetter, optimalen Lichtverhältnissen, mit dem richtigen Text an den richtigen Ort zu befördern und sicherzustellen, daß das, was aufgenommen oder gefilmt oder live aufgeführt (was Gott verhüten möge!) werden soll, den Vorstellungen des Regisseurs entspricht. So läuft das zumindest theoretisch ab.

Marty DiGennaro gedachte die Theorie in die Praxis umzusetzen. Er wollte eine Show aufnehmen, wie es sie noch nie gegeben hatte. Dafür mußte er sich total auf seine Arbeit konzentrieren. Er besaß die richtigen Voraussetzungen für einen Hit. Die ersten drei Drehbücher lagen ihm vor, die Besetzung stimmte, die Mannschaft war komplett. Nur eines ließ ein wenig zu wünschen übrig: die Konzentration.

Denn seit er Lila Kyle kennengelernt hatte, ging sie ihm nicht mehr aus dem Kopf.

Marty DiGennaro sah sich in seiner Traumfabrik um. Auch jetzt noch, viele Jahre nach dem ersten Erfolg, konnte er es kaum glauben, daß all diese Spielsachen zu seiner ausschließlichen Verfügung standen. Ihm, dem komischen, kleinen italienischen Kind, das in Queens aufgewachsen war! Marty war zu schwächlich gewesen, um mit den Jungs aus der Nachbarschaft mitzuhalten. Er war ein mieser Schüler, ein Versager bei den Mädchen, unsportlich, ungeschickt. Sooft es ging, flüchtete er in die dunklen Vorführräume der Kinos. Dort fand er Zuflucht. Es wurde sein Zuhause. Nun hatte die Filmindustrie ihm ein praktisch perfektes Leben beschert.

Sein Privatleben ließ jedoch zu wünschen übrig. Er fand es schwer, fast unmöglich, echte Freunde zu finden. Denn alle versuchten, ihn auszunützen. Auch Joanie, seine künftige Ex-Frau, hatte von ihm profitiert und ihre Karriere mit Hilfe seiner Beziehungen aufgebaut. Das störte ihn nicht. Doch als er sein Kind haben wollte und darauf bestand, daß sie mit Sasha zu Hause blieb, hatte sie ihn verlassen.

Inzwischen konnte er praktisch alle Frauen haben. Sie kamen nur zu gern zu ihm. Ihm gefiel das nicht sonderlich. Denn trotz seiner Erfolge, seiner Macht, seines gewaltigen Reichtums und seiner Beziehungen fühlte er sich noch immer als magerer, häßlicher kleiner Italiener mit ungeschickten Händen. Er vermutete, daß die vielen Frauen, die zu ihm kamen, wenig von seinen Liebeskünsten hielten und ihre Lust nur vortäuschten. Auch er fand sie eher lästig und forderte die Damen selten auf, ihn ein zweites Mal zu besuchen. Für ihn zählte nur die Arbeit. Sonst nichts.

Hollywood staunte über die Erfolgsserie, auf die Marty zurückblicken konnte. Sie fragten sich, mit welchen Tricks oder Zauberformeln er das schaffte. Doch es gab weder das eine noch das andere.

Eigentlich befand er sich immer auf der Suche nach neuen Nervenkitzeln. Allmählich verlor alles an Reiz: Die Oscar-Nominierungen, ja, die Verleihung eines Oscars, auch das Glückspiel in Las Vegas.

Darum war ihm die Idee mit dem Fernsehen gekommen. Das letzte große Gebiet, das er noch nicht erforscht hatte, weil er das, was in diesem Medium gezeigt wurde, für unterdurchschnittlich hielt, alles schon zigmal gesehen. Immerhin stimmte die Zuschauerquote. Wenn er, Marty DiGennaro, nun ganz allein dafür sorgte, daß einer der notleidenden Sender, die ums reine Überleben kämpften, weil ihnen Kabelfernsehen und Videokassetten den Rang abliefen, wieder gute Einschaltquoten verzeichnen konnte? Er würde von Les Merchant als Held verehrt werden. Doch darüber hinaus würde er unbegrenzten Freiraum erhalten. Er konnte sich Stunden Zeit lassen, um seine Darsteller zu formen und zur Entfaltung zu bringen und mußte sich nicht auf die lausigen 120 Minuten beschränken. Konnte man etwas noch nie Dagewesenes schaffen? Konnte Mary das schaffen?

Der Gedanke fesselte ihn. Zufällig fiel ihm ein Remittendenexemplar von *Three for the Road* in die Hände, geschrieben von einer unbekannt gebliebenen Autorin namens Grace Weber aus Jersey. Nachdem er den Stoff gelesen hatte, wußte er, daß er damit seine Story hatte. Er kaufte die Rechte für einen lächerlichen Betrag. Zum erstenmal spürte er wieder Erregung bei einem Projekt.

Das Drehbuch, die Besetzung, die Crew standen Marty zur Verfügung. Doch er fürchtete sich. Denn wenn er einen Flop landete, würden die neidischen Hunde der Stadt – und es gab hier gar keine anderen – fröhlich auf seinem Grab tanzen. Doch die Furcht, die er empfand, ließ ihn auch spüren, daß er lebte. Er spielte wieder mit.

Jahne und Pete trafen nie zusammen im Studio ein. Pete war dankbar für den Job, den sie ihm vermittelt hatte und respektierte ihre Erklärung, daß es geschickter war, ihre Beziehung geheim zu halten, weil Marty sonst Einspruch einlegen würde.

Entsprach das der Wahrheit? Aufgeregt und nervös wie sie sich fühlte, empfand sie Pete als zusätzliches Problem, auf das sie lieber verzichtet hätte. Ihr Verhältnis mit Pete war besser als nichts. Doch mehr auch nicht. Ein warmer Körper an ihrer Seite, ein guter Sexpartner, ein lieber Kerl, doch keiner, der sie je verstehen würde.

In gewisser Weise machte diese Beziehung Jahne einsamer, als wäre sie ganz allein gewesen. Sie konnte ihm ja nichts von ihren Gefühlen erzählen. Wie sollte ein junger Mann wie Pete, ehrlich, anständig und unkompliziert, das nachempfinden, was sie durchmachte?

Jahne hatte sich noch nie in ihrem Leben so gefürchtet wie jetzt.

Sharleen verließ ihren Wohnwagen, der ihr als Garderobe diente. In der Hand hielt sie die Bibel ihrer Mutter. Bis zu diesem Zeitpunkt kam ihr das alles noch unwirklich vor. Der Vertrag, die Fototermine, die Begegnung mit vielen wichtigen Leuten.

»Miss Smith«, sprach sie ein Mann mit Kopfhörern an. »Mr. DiGennaro bittet Sie, zu der Besetzungsbesprechung zu kommen.«

»Habe ich mich etwa verspätet?« fragte sie erschrocken.

»Nein, Miss Smith. Miss Kyle ist auch noch nicht da.«

Sharleen stelzte vorsichtig über die Stromkabel für Beleuchtung und alle möglichen Apparate. Sie fürchtete nicht nur, darüber zu stolpern. Mehr Sorgen machte ihr, daß sie etwas beschädigen könnte. Überall Menschen! Manche mit Notizbüchern, viele mit Kopfhörern.

»Sharleen!« Mr. DiGennaro kam ihr entgegen. »Ich möchte Sie gleich vorstellen.«

»Das alles kommt mir wie ein Zirkus vor, den wir früher mal in unserer Stadt hatten. Alles passiert gleichzeitig. Nur beim Zirkus gab es einen Dompteur, der das im Griff hatte. Wissen die alle, was sie tun müssen?« fragte Sharleen.

Marty lachte. »Ja, dafür sorge ich. Ich bin der Direktor und in der Hinsicht so ähnlich wie ein Dompteur. Wenn ich den Überblick verliere, ist der Teufel los. Das ist Ted Singleton, der für die Spezialeffekte zuständig ist. Das ist Dino, meine rechte Hand. Bob Burton ist zuständig für die Garderobe. Jim Sperlman, Beleuchtungsspezialist. Der mit den Pausbakken ist mein neuer Zweiter Direktor, Barry Tilden, und dort drüben das ist Charley Bradford, Berater von Harley Davidson...«

»Mr. DiGennaro, bitte nicht soviel auf einmal. Ich weiß ohnehin nicht, was diese Jobs alle bedeuten. Wenn es Ihnen nichts ausmacht, möchte ich mir für den Moment lieber nur die Namen merken.« Sie lachte. »Ich weiß ja momentan noch nicht mal, was mein Job ist. Aber ich werde es schon noch begreifen.« Sie wandte sich an sie alle, bevor sie sich an den Konferenztisch setzte: »Ich bin die Sharleen. Hallo allerseits.« Sie wunderte sich, warum sie Lila und Jahne nicht sah. Sie hatte beide natürlich schon kennengelernt, fürchtete sich aber trotzdem vor dem Zusammentreffen mit ihnen. Die beiden waren wirklich schön. Lieber Gott, wie hast du es nur fertiggebracht, daß ich neben denen spielen darf? dachte sie. Sie lächelte alle strahlend an, und ihr Lächeln wurde erwidert. Alle sind so nett hier in Hollywood, fand Sharleen. Viel netter als in Bakersfield.

Jahne Moore mußte nicht aufgefordert werden zu erscheinen. Sie wußte, daß der erste Eindruck wichtig sein würde, weil sich am ersten Tag bereits entschied, wie sie mit Marty und den Kolleginnen zurechtkam. Sharleen hatte ihr beim ersten Kennenlernen gut gefallen. Was Lila anlangte, hatte Jahne Zweifel.

Marty DiGennaro kam auch Jahne entgegen und führte sie an den Tisch. »Sharleen, Sie kennen Jahne Moore ja schon.« Er stellte die übrige Mannschaft vor. Jahne schüttelte jedem einzelnen die Hand. Eine Produktion verlangt stets Teamarbeit. Davon hängt manchmal alles ab. Auch als Star war man darauf angewiesen, daß die Crew mitzog.

Jahne setzte sich neben Sharleen. »Wie geht's?«

Sharleen flüsterte: »Das spielt keine Rolle. Sie sollten lieber fragen, was ich hier mache. Ich glaub, ich träume.«

Jahne lachte. Sie einigten sich darauf, sich von nun an zu duzen. Jahne mochte Sharleen um ihrer frischen Ehrlichkeit willen. Sie sollte Clover, die Texanerin spielen, Jahne die Cara, ein Mädchen aus New York. Im stillen hoffte Jahne, daß Sharleen sich ihre unschuldige Gradlinigkeit bewahrte. Eine allerdings abwegige Hoffnung. Denn in Hollywood würde Sharleen mehr als ihre Bibel brauchen, die sie ständig krampfhaft festhielt. Besonders bei diesem Körper.

Lila Kyle fehlte. Sie hatte ihren Garderobewagen noch nicht verlassen. An diesem Tag ging es weder um Kleidung noch Make-up, nur um eine Vorbesprechung, damit man sich allgemein bekannt machte. Spielte Lila bereits jetzt den großen Star?

Das Gemurmel ringsum erstarb. Lila Kyle kam gemächlich näher. Jede ihrer Bewegungen wirkte einstudiert. Lila trug enganliegende schwarze Lederhosen, schwarze hochhackige Stiefel und eine schwarze Lederjacke mit Reißverschlüssen und breiten gepolsterten Schultern. Schulterpolster und Stiefel wirkten bei Lilas Größe von fast einsachtzig nicht aufdringlich. Vielmehr schienen sie zu ihr zu gehören. Außerdem paßte das alles auch zu Lilas Rolle: Crimson, das reiche Mädchen aus San Francisco, das durchgebrannt war.

Lila blieb neben Marty stehen, der sich erhoben hatte. Doch bevor er jemanden vorstellen konnte, küßte sie ihn auf die Wange und wandte sich an die anderen. »Hallo. Ich bin Lila Kyle«, sagte sie mit volltönender Stimme. Sie legte eine kurze Pause ein. Jahne sah verblüfft, daß alle Männer sich von ihren Plätzen erhoben hatten. Lila setzte sich. Sie dachte an einen berühmten Ausspruch ihrer Mutter: Immer Distanz wahren. Das hatten wohl auch alle verstanden, sonst wären sie nicht aufgestanden. Auch das hatte Lila von Theresa gelernt: Der Auftritt mußte stimmen. Man mußte als letzte kommen und allen klarmachen, daß man eine Dame war. So streckten sie beizeiten die Waffen.

Marty stellte wieder alle namentlich vor. Doch Lila sah die einzelnen nicht an, sondern lächelte nur vor sich hin. Lila beobachtete Jahne verstohlen, die Marty zuhörte, als sei er der Herrgott persönlich. Lila wußte, daß Jahne in New York auf der Bühne gestanden hatte. Doch mehr wußte sie nicht von ihr. Eine kleine Person im Vergleich zu Lila. Höchstens einsfünfundsechzig. Die Blondine besaß keine schauspielerische Erfahrung. Sie hatte gekellnert, wie Lila sich verächtlich in Erinnerung rief. Doch zweifellos war sie bildhübsch.

Lila machte sich keine Gedanken. Obwohl sie an sich

gleichberechtigte Kolleginnen waren, was Marty betont hatte, nahm Lila sich vor, die anderen auszuschalten. Hier gab es nur einen Star. Und der hieß Lila.

Lila fühlte Sharleens Hand auf ihrem Arm und sah das junge Mädchen abweisend an. »Die Hosen sind einfach klasse. Wo haben Sie die her?« fragte Sharleen.

»Die habe ich anfertigen lassen. Sie sind von Florenz«, sagte Lila, weil sie versuchen wollte, freundlich zu erscheinen.

»Können Sie mir die Telefonnummer von Florenz geben? Solche würde ich mir auch gern machen lassen«, bat Sharleen.

Lila blinzelte ungläubig. Dann zwang sie sich zu lächeln. Die kann ja nicht wahr sein, dachte Lila. Sie sah die Bibel auf dem Tisch vor Sharleen und stöhnte innerlich.

»Florenz in Italien«, sagte sie, und Sharleen wurde puterrot.

Jahne Moore hatte Mitleid mit Sharleen. »Florenz ist eine Stadt, die für ihre Lederwaren berühmt ist«, klärte sie Sharleen auf. »Doch die meisten Amerikaner sprechen die Stadt so aus wie die Italiener: Firenze.«

Doofe Kuh, dachte Lila gereizt.

17.

Nach der Arbeit kam Jahne erschöpft nach Haus. Fast allabendlich rief Pete an und bat vorbeikommen zu dürfen. Er war lieb und hilfsbereit, schlief mit ihr, hielt sie in seinen Armen. All das brauchte sie. Doch mehr Gemeinsamkeiten gab es nicht. Pete konnte nur über Fernsehnsendungen reden, die er gerade gesehen hatte. Er stellte den Apparat auch stets an, sobald er eintraf. Pete war wohltuend wie ein warmes Bad und ebenso anregend. Kein Vergleich mit Sam.

Tatsächlich hatte sie sich mit Pete aus völlig falschen Gründen eingelassen: aus Langeweile und Einsamkeit. Sie hatte sich benommen, wie es sonst Männer tun. Irgendwie mußte sie das in Ordnung bringen. Sonst zahlte der arme Pete eines Tages einen bitteren Preis dafür.

Als das Telefon klingelte, seufzte Jahne. Wie gefürchtet, rief Pete an.

»Jahne?«

»Ja.« Sie unterdrückte den Seufzer.

»Darf ich mal rüberkommen?«

»Ich bin wahnsinnig müde, Pete.«

»Genau wie ich. Diese Außenaufnahmen setzen einem ganz schön zu. Ich wollte auch nur kurz bleiben. Doch ich glaube, wir müssen uns unterhalten.«

Pete wollte sich unterhalten? Das verblüffte Jahne. Sie stimmte also zu. Zehn Minuten später stand er vor ihrer Tür. Diesmal setzte Pete sich nicht neben sie auf das Sofa, sondern blieb stehen. »Jahne, ich bin kein Einstein, aber ich glaube, ich habe begriffen. Du willst bei den Aufnahmen nicht mit mir sprechen. Das kann ich verstehen. Außerdem bin ich dir für den Job dankbar. Doch mein Dad hat mir das so erklärt: Du wirst mit *Three for the Road* einen irren Erfolg haben und brauchst keinen Techniker, der dir nachläuft. Da kannst du bessere als mich haben.«

Jahne schwieg. Pete war ein lieber Kerl, sexy und freundlich. Wie sollte sie ihm klarmachen, daß nicht seine Stellung den Ausschlag gab, sondern sein Alter? Wie durfte sie ihn mit reinem Gewissen bitten, bei ihr zu bleiben, wenn es nur ihrer eigenen Bequemlichkeit diente?

Leider liebte Pete sie auf seine tolpatschige Art. Es lag schon eine halbe Ewigkeit zurück, daß Jahne geliebt worden war, darum neigte sie dazu, das zu vergessen. Doch wen liebte er? Einen neukonstruierten Körper, ein bildschönes, künstliches Gesicht. Und näher kannte er sie ja nicht.

»Vielleicht hast du recht«, antwortete sie und ließ ihn gehen.

Jahne hatte nie viel über Geld nachgedacht. Sie hatte ja auch nie so viel besessen, daß das Nachdenken darüber gelohnt hätte – bis nach dem Tod ihrer Großmutter.

In New York hatte sie sich immer eingeschränkt. Mit Wohnung, Kleidung und mit dem Essen. Denn etwas anderes kannte sie ja von klein auf nicht.

Nun aber begann das Geld zu Jahne zu rollen. Der erste Scheck war der von Flanders Cosmetics. Jahne mochte diesen Werbeauftrag nicht. Doch sie hatte den Vertrag unterzeichnen müssen, um die Rolle zu bekommen. Zudem hatte sie sich nur auf ein Jahr verpflichtet, nicht auf drei, wie man eigentlich gewünscht hatte. Nach Erhalt des Geldes überwies Jahne als erstes das, was sie Dr. Moore noch schuldete. Trotz Steuern, Sys Agentenhonorar und Notarkosten blieben ihr noch neunzigtausend Dollar übrig.

Als Jahne ihren ersten Gehaltsscheck in Händen hielt, fast fünfzigtausend Dollar, erschlug sie die Summe fast. Bei der Vertragsunterzeichnung in Sys Büro hatte sie erfahren, daß sie dreiunddreißigtausend Dollar pro Folge erhalten würde.

Nun hielt sie den Bankauszug mit dem Kontostand des letzten Monats in Händen und konnte es gar nicht fassen, daß sie zweihundertsiebzehntausendsechshundert Dollar auf der Bank hatte. Das aber war nur der Anfang, wie sie wußte. Obwohl die Serie noch nicht ausgestrahlt worden war, hatte Sy Ortis ihr schon verschiedene neue Drehbücher zur Beurteilung geschickt. Es handelte sich um schlechte Kurzsendungen, doch keine davon brachte weniger als zweihundertfünfzigtausend Dollar ein. Eine Viertelmillion Dollar für fünf Wochen Arbeit. Trotz aller Anstrengungen hatte Jahne es in New York nie über fünfunddreißigtausend im Jahr gebracht.

Ortis wollte auch mit ihr über einen Werbevertrag für Lederkleidung, Jeans und – verrückt aber wahr – Tapeten sprechen, ganz zu schweigen von *Three for the Road*-Puppen, so eine Art Barbie auf dem Motorrad. Obwohl Jane nicht die Absicht hatte, sich auf solchen Blödsinn einzulassen, lief es doch darauf hinaus, daß sie auf eine Geldader gestoßen war, die noch eine ganze Weile ergiebig sein konnte. Es ließ sich kaum verkraften. Alles nur wegen ihres Aussehens? Jahnes Verschönerung hatte nur fünfzehn Prozent ihres bisherigen Einkommens gekostet. Gab es eine bessere Rendite auf eine Geldanlage?

Nach den vielen mageren Jahren kamen ihr einige fette Jahre durchaus gelegen. Doch wie kamen die Schauspieler zurecht, die niemals so hatten kämpfen müssen wie Jahne?

Wenn sie schon früh entdeckt wurden und Erfolg gehabt hatten, schätzten sie häufig nicht, was ihnen da in den Schoß fiel, griffen zu Drogen, lebten im Luxus und steuerten nicht selten in den Bankrott.

Jahne beschloß, einen Scheck an den Pastor der Kirche zu schicken, in der sie jahrelang ihren Theater-Workshop unterhalten hatten. Zehntausend Dollar bedeuteten ihm viel und Jahne praktisch nichts.

Sie erinnerte sich auch an ihre jugendlichen Qualen in Scuderstown, wenn sie sich im Spiegel betrachtete und immer aufs neue erkennen mußte, wie häßlich sie aussah. Nun war sie schön. Welch schrecklichen Schaden mußte die Seele nehmen, wenn man mit Mißbildungen zur Welt kam!

Die Last des Geldes wurde für Jahne leichter, als sie einen Scheck über einhunderttausend Dollar ausschrieb und eine kurze Notiz an Dr. Moor hinzufügte:

Lieber Brewster,
Sie haben mir gegenüber einmal erwähnt, daß eine mobile Interplast-Einheit in einem Monat 20000 Dollar kosten würde. Ich lege einen Scheck für fünf solcher Einheiten ein, in der Hoffnung, damit einigen Ihrer Kinder helfen zu können.
Ihre dankbare Freundin Jahne Moore.

18.

Sharleen starrte wie gebannt auf den Scheck in ihren Händen. Sie hatte Mühe, die vielen Ziffern zu zählen und noch mehr Mühe, sich damit vertraut zu machen, daß das alles ihr gehören sollte. Sie sah Mr. Ortis an. »Nur dafür, daß ich einen bestimmten Lippenstift benutze? Was soll ich damit machen?« fragte sie.

»Ihn zur Bank bringen und einlösen.«

»Zu welcher Bank?«

»Ihrer Bank«, antwortete Sy Ortis.

Sharleen lachte. »Mr. Ortis, ich hab kein Bankkonto.«

Sie und Dean waren soviel herumgezogen, und sie besaßen ja auch nie viel Geld. Sie pflegte ihr Geld in Mommas Bibel zu legen.

Mr. Ortis lehnte sich in seinem Drehsessel zurück. Dann griff er nach dem Telefonhörer.

»Lenny soll zu mir kommen.« Er hing ein. »Meine Liebe, wir regeln das für Sie. Ich kenne jemanden, der alles für Sie machen wird. Rechnungen, Geldanlagen, Steuern. Einfach alles.«

Lenny, ein großer schlanker Mann, begrüßte Sharleen ernst und ohne eine Miene zu verziehen. Sy Ortis erklärte Lenny, was von ihm erwartet wurde: »Richten Sie ein Girokonto für Miss Smith ein und bereiten Sie die Papiere für ihre Unterzeichnung vor. Lassen Sie sich eine Vollmacht geben. Anita soll Miss Smith einen Barvorschuß geben.« Sy erklärte Sharleen auch den Grund dafür: »Damit Sie heute ein bißchen einkaufen gehen können. Jetzt, wo das Geld hereinkommt, werden wir Ihnen ein Haus beschaffen, einen Wagen leasen, Kreditkonten in den besseren Geschäften einrichten und Ihre Kreditkarten beantragen. Wenn Sie sonst noch Wünsche haben, richten Sie die an Lenny. Von jetzt an können Sie das Geld vergessen. Sie brauchen es nur noch auszugeben.«

Damit fiel Sharleen ein Stein von der Seele. Einen kurzen Augenblick lang fragte Sharleen sich, ob man Lenny das viele Geld anvertrauen durfte. Doch schließlich erwarteten sie ja bald wieder Honorarschecks. Mehr als sie und Dean ausgeben konnten.

Sharleen ging sofort nach ihrem Besuch bei Mr. Ortis zu Dean, der geduldig in seinem Datsun wartete. In ihren Händen hielt sie den braunen Umschlag mit dem Bargeld.

Sharleen hatte Dean erklärt, daß sie jetzt eine Fernsehshow machen würde. Doch sie wußte nie so recht, wieviel Dean von dem verstand, was sie ihm erzählte. Im übrigen mußte sie zugeben, daß sie selbst es auch noch nicht richtig begriff.

Sharleen legte die Hand auf Deans Schulter. »Ich habe mein erstes Geld bekommen. Also gehen wir jetzt einkaufen. Es ist viel Geld, Dean. Also überleg mal, was du dir am meisten auf der Welt wünscht.«

Dean suchte nach einer Antwort. »Eigentlich nichts. Ich hab dich, ich hab ein Auto, und wir haben jetzt auch eine nette Wohnung. Und ich hab keinen Hunger mehr. Wirklich, Sharleen, ich wünsch' mir nichts.«

»Klar wünschst du dir was. Ich weiß auch, was. Denk mal nach, Dean.«

Dean schwieg. »Na ja, ich wollte eigentlich immer einen Hund haben. Einen jungen. Weißt du, einen Labrador. Vielleicht so einen wie den von Dobe.«

Sie besaßen schon eine Katze, dick und fett. Dean hatte sie eines Tages fast verhungert aufgelesen und Oprah genannt. »Also, worauf warten wir noch? Fahren wir los.«

Dean riß die Augen auf. »Echt? Haben wir soviel Geld?«

»Seit ich die Rolle der Cover spiele, haben wir mehr Geld als der reichste Mann von Lamson.«

Dean trat aufs Gaspedal. Mit quietschenden Reifen verließ er den Parkplatz und schrie: »Jippie!«

Der Tierladen war für Hollywood nicht ungewöhnlich. In L.A. ist eben alles vom Feinsten. Der Verkäufer trug über einem grauen Anzug mit Krawatte einen weißen Arztkittel. »Womit kann ich Ihnen dienen?«

»Wir suchen einen Welpen«, kam Dean zur Sache. »Wenn es geht, einen schwarzen Labrador.« Im Laden hingen nur Bilder von Hunden, die alle glänzend herausgeputzt in die Kamera blickten und die so vermutete Sharleen, sogar edel dufteten.

»Sie haben Glück. Wir zeigen unsere Kollektion im allgemeinen nur nach vorheriger Anmeldung. Doch wir haben gerade eine kurzfristige Absage erhalten und können Ihnen darum einiges vorführen.« Er drückte auf einen Knopf seines Tischtelefons. »Bringen Sie den schwarzen Lab, den wir vorhin zeigen wollten.« Und so leise, daß es seine Kundschaft nicht verstand, fügte er hinzu: »Auch den Setter und den Golden Retriever.«

Nur wenige Minuten später schob eine junge Frau, auch sie im weißen Kittel, einen Wagen mit einem Korb herein, in dem drei Welpen hockten. Gütiger Himmel, dachte Sharleen beim Anblick der riesigen blauen Seidenschleifen um den Hals jedes Hundes.

Dean hockte sich neben den Korb. Er blies leicht in das Gesicht der Hunde und schloß die Augen, als sie ihm über Mund und Wange leckten. »Bitte nehmen Sie ihnen die Schleifen ab, Mister. Das ist so unnatürlich. Darf ich sie anfassen?«

»Selbstverständlich.«

Dean langte in den Korb. »He, Sharleen, sieh dir die Kerlchen an. Bildschön.« Er warf ihr einen flehenden Blick zu. »Ich kann nicht einen auswählen und die anderen hierlassen.«

Sharleen seufzte. »Warum mußten Sie alle drei herbringen?« fragte sie den Verkäufer. Sie tastete nach dem braunen Umschlag, den sie in Mommas Bibel gesteckt hatte. Mr. Ortis hatte ihr ja noch so einen Vorschuß für die nächste Woche angekündigt. Dean hielt den Setter auf dem Schoß und umarmte den Labrador, während der Retriever an seinem Ärmel zerrte.

»Wir nehmen sie alle drei«, erklärte Sharleen und holte das Geld aus dem Umschlag.

»Alle drei, Sharleen? Wirklich? Können wir uns das leisten?«

»Können wir. Wie sollen sie heißen?«

»Den blonden, den Retriever, könnten wir Clover nennen.«

»Du hast recht, Dean.« Sharleen lachte. »Clover. Der schwarze ist Clara, der rote Setter Crimson. Genau wie in der Show.«

19.

Hollywood wurde schon immer durch Public Relation, die Pflege der öffentlichen Meinung, beherrscht. Es wird in der Branche unheimlich getrickst. Ich, Laura Richie, kenne mich darin aus und profitiere täglich davon. Einladungen zu Partys, Pressetermine, Geschenke, sogar die stets verlockenden »Berateraufträge«, die eine rechtlich zulässige Bestechung darstellen, wenn man einen schlechten Film oder eine neue Fernsehshow ins bestmögliche Licht rücken will. Publicity ist käuflich.

Die Gerüchteküche über die neue Serie von DiGennaro kochte über. Es gab ja auch Sensationelles zu vermelden: drei neue Schauspielerinnen, eine Rückblende in die 60er Jahre und als wichtigstes von allem DiGennaros erster Ausflug ins Fernsehgeschäft. Meine zwanzig Jahre in Hollywood hatten mir ein Gespür dafür gegeben, was Sache ist. Und ich wußte, daß es hier nicht um gekaufte Publicity ging, sondern um echte Aufregung wegen etwas, das unter Umständen zum größten Hit des Jahres oder dem größten Hit überhaupt werden konnte. Ich ahnte auch, daß Lila Kyle, Sharleen Smith und Jahne Moore die kommenden Spitzenstars sein würden.

Eine Fernsehshow zu machen, heißt hart arbeiten. Jahne hatte gemeint, sie wisse, was harte Arbeit ist. Sie besaß schließlich genug Erfahrung mit Proben und vielem anderen, was hier wegfiel: Garderobe, Beleuchtung, sogar Kulissenschieben. Doch diese wöchentlich ausgestrahlte Serie lief in einem so atemberaubenden Tempo ab, daß sich das New Yorker Workshop-Theater dagegen wie ein Strandspaziergang ausnahm. Jahne erhielt ihren Text am Abend vor der Aufnahme, las und lernte ihn. Am nächsten Tag war sie um sechs Uhr früh am Drehort, fertig geschminkt. Marty legte auf eine Vorbesprechung Wert. Die Szenen wurden aufgeteilt. Zeit für echte Proben gab es praktisch nicht. Am Abend des ersten Tages hatten sie einige Szenen im Kasten. Jahne achtete darauf, daß sie völlig mit dem Text vertraut war, damit sie die Höhepunkte richtig setzen konnte. Nur so konnte sie ihre schauspielerische Begabung voll entfalten. Um sieben an jedem Abend war sie total erschöpft und dankbar, daß eine Limousine mit Fahrer sie gegen acht Uhr zu Haus ablieferte. Sie aß etwas, sehr wenig, machte ihre Gymnastik und fiel ins Bett. Am Morgen setzte sich das gleiche fort. Sechs Tage die Woche. Am Sonntag ruhte Jahne sich aus, mußte aber am Sonntagabend schon wieder ihren Text für den nächsten Tag lernen. Sie empfand auf einmal Hochachtung für die Fernsehdarsteller, über die sie und Molly und die New Yorker Kollegen gelästert hatten.

Pete arbeitete noch immer bei der technischen Truppe. Er unterschied sich nicht mehr von den anderen Technikern, benahm sich hilfreich, angenehm, blieb aber auf Distanz. Jahne begrüßte es im Nachhinein, daß sie sich getrennt hatten. Am Ende eines Drehtages fehlte ihr einfach jegliche Energie. Abends lebte sie wie eine Nonne. Tagsüber langweilte sie sich oft, wenn es galt, auf den nächsten Einsatz zu warten. Und die Einsamkeit setzte ihr zu. Doch Pete hätte ihr da auch keine Hilfe sein können.

Eines Abends schaltete sie die Sendung *Entertainment Tonight* ein, weil ein Vorausblick auf die Show angekündigt worden war. Doch vorher bekam Jahne noch das Ende eines Interviews mit. Crystal Plenum und Sam Shields wurden zu *Jack and Jill* befragt. Jahne saß wie gelähmt vor dem Bildschirm.

Über sich glaubte sie ein Vakuum zu spüren, das sie hochsaugte. Zurück blieben von ihr nur Eifersucht und innere Leere.

Träume und Erinnerungen an Sam wurden wach: Er hat dich fallengelassen. Er hat dich angelogen. Er hat seine Versprechen gebrochen.

Doch obwohl all das zutraf, war er auch leidenschaftlich, faszinierend und sensibel gewesen.

In gewisser Weise kann man einen Dreh mit dem Dienst bei der Armee vergleichen. »Hophop und warten«. Es zerrte an den Nerven, ständig auf Abruf zu stehen, endlos zu warten und dann schlagartig einsatzbereit zu sein, um in letzter Sekunde zu erfahren, daß eine Lampe noch anders eingestellt werden mußte, die Spannung nicht mehr stimmte, eine Requisite vergessen worden war oder ein Schatten sich verändert hatte. Eine Minute auf dem Bildschirm konnte einer Stunde Aufnahme entsprechen, mitunter sogar mehr. Schwere Knochenarbeit.

Fröhlich blieb nur Sharleen.

Jahne und Sharleen saßen, bereit zur Aufnahme, auf ihren Motorrädern. Wie gewöhnlich ergab sich ein Beleuchtungsproblem. Nachdem das in Ordnung war, ließ Lila sie warten. Was häufig vorkam. Jahne merkte, daß ihr Make-up sich auflöste, ihre Stirn zu glänzen begann. Endlich schlenderte Lila aus ihrer Garderobe. Sie hielt es nicht für nötig, sich zu entschuldigen.

»Licht an!« brüllte Dino.

»Hallo, ihr«, rief Lila den Technikern zu. »Wissen Sie, wie eine Blondine nach dem Sex das Licht anmacht?« gespanntes Schweigen bei der Crew. »Sie öffnet die Autotür«, setzte Lila ihre Pointe und lächelte, als ihr schallendes Gelächter entgegenschlug.

Sharleen errötete bis unter den Haaransatz. Sie tat Jahne leid. »Bist du endlich so weit?« fauchte Jahne Lila an. »Oder müssen wir uns noch mehr von diesem Schwachsinn anhören?«

»Ich schmeiße meinen Text jedenfalls nicht achtmal hintereinander«, konnte Lila sich einen weiteren Seitenhieb in Richtung Sharleen nicht verkneifen. Tatsächlich stimmte das. Sharleen geriet schnell in Panik und verpatzte ihren Text immer wieder. Jahne ahnte, daß die Aufgabe die Fähigkeiten des Mädchens entschieden überforderte. Lilas Feindseligkeit half indessen kein bißchen weiter.

»Schluß jetzt. Wir fangen an«, verlangte Marty und übernahm Dinos Posten. Lila warf Marty einen langen Blick zu. Dann schwang sie das unglaublich lange Bein über ihre Triumph. Als Lila nämlich erfuhr, daß ihre beiden Co-Stars Harleys fuhren, hatte sie darauf bestanden, eine andere Maschine zu bekommen.

Marty DiGennaro war schlau. Obwohl er nicht viele schauspielerische Fähigkeiten verlangte, bezog er seine Effekte aus dem Nebeneinander der drei Mädchen, alle schön, doch sehr unterschiedlich. Die Verbindung von Motorrädern und Frauen, von Stahl und Chrom gegenüber den weichen Frauenkörpern wirkte unleugbar sexy und aufregend. Nachdem Jahne zwei Monate mit Marty gearbeitet hatte, stellte sie fest, daß sie ihn weder mochte, noch ihm traute. Doch sie empfand Hochachtung vor seinem Können und seiner Gewitztheit.

Was Gewitzheit anlangte, konnte sich die auch Lila Kyle zugute halten. Jahne kannte Leute ihrer Sorte von New York. Ehrgeizlinge, die um jeden Preis einem anderen die Show zu stehlen versuchten. Nur mußte man das in Kalifornien mit dem Faktor zehn multiplizieren. Ohne Zweifel gehörte Lila zu den schönsten, in sich selbst verliebtesten Frauen. Bei den Aufnahmen existierte für Lila nur der, ob Mann oder Frau, der etwas für sie tat. Doch jeder verehrte sie. Bei Marty hatte Lila sogar mehr als nur einen Stein im Brett. Seine Blicke folgten ihr, wohin sie ging.

Anders Sharleen. Wenn Lila sich aufführte, als seien alle nur zu ihrer persönlichen Bedienung da, machte Sharleen einfach alles, was man von ihr verlangte. Sogar die Hilfsarbeiter kommandierten sie herum. Sie sprach alle mit »Mister« an und bedankte sich für die geringfügigsten Gefälligkeiten. Jahne wußte noch immer nicht, ob das tatsächlich Sharleens Wesen entsprach oder ein sagenhaft dick aufgetragener Schwindel war. Was es mit der Bibel auf sich hatte, blieb Jahne auch verborgen. Zwischen den Aufnahmen hielt Sharleen sie immer im Schoß.

Jahne fügte sich gut ein. Die Rolle der Cara verlangte eine smarte Frau, von dem Trio die intelligenteste. Crew und Akteure akzeptierten Jahne. Mit Marty verkehrte sie freundschaftlich, oft humorvoll. Sie bemerkte jedoch, daß er reizbar wurde, wenn sie zu viele Fragen über die Hintergründe stellte. Diskussionen über Motivation oder auch nur die Zielsetzung des Drehbuchs mochte er nicht. Marty schwebten bestimmte Bilder vor, die er umsetzen wollte. Man mußte genau das tun, was er verlangte. So unterschied sich diese Tätigkeit von der mit Sam bei *Jack and Jill* wie Tag und Nacht. Wenn Marty sagte: »Springt!« fragten sie nur: »Wohin?« und sprangen. Ausgenommen höchstens Lila, die es mitunter für erforderlich hielt, eine Szene zu machen. Jahne fand das alles recht mühsam. Immerhin war sie nicht vierundzwanzig, wie das ihr faltenloses Gesicht glauben machte.

Im Grunde beschlich sie zunehmend Enttäuschung. Sie hatte so sehr gehofft, daß sie unter Marty zu einem großartigen Ensemble zusammenwachsen würden.

In den wenigen Folgen, die bis jetzt abgeschlossen worden waren, wurde Jahnes schauspielerisches Talent kaum gefordert. Das kam Lila Kyle und Sharleen Smith entgegen, denn beide konnten nicht spielen, wenn sie auch beide über eine gewisse Ausstrahlung verfügten. Die Kamera brachte sie phantastisch zur Geltung. Jahne hegte sogar den Verdacht, daß ihre fachlichen Qualitäten sie gegenüber den anderen eher benachteiligten.

Mit dem, was das Drehbuch, die Kamera und Marty von ihr verlangten, wurde Jahne fertig. Angst beschlich sie vor der Maske und der Garderobe. Bei der ersten Anprobe kämpfte sie mit Panik, bevor sie den Raum betrat. Wie weit mußte sie sich ausziehen? Wieviele Narben ihres Körpers mußte sie entblößen? Sie trug wie immer enganliegende Jeans, ein weißes Hemd, Cowboystiefel und unter der Kleidung einen dünnen Lycrabody. Wer genauer hinsah, entdeckte die Narben natürlich, doch nur der.

Bob Burton, der Leiter der Kostümabteilung, machte Jahne mit einer älteren Frau bekannt. »Ich habe das Zeug rausgelegt. Ich schlage vor, Sie und Mai fangen gleich damit an«, sagte Bob.

Mai, die Garderobiere, verließ den vollgepackten Tisch, der ihr als Schreibtisch diente.

»Einige Zahlen für den Designer«, sagte sie mit hartem Akzent und hielt das Zentimetermaß hoch.

»Erst hier.« Mai rollte das »r« und nahm bei Jahne unter den Armen und um den Körper Maß. Sie trug alle Werte auf einer Liste ein. Plötzlich unterbrach sie ihre Tätigkeit.

»Sie schwitzen«, erklärte sie unumwunden.

Jahnes Nervosität stieg. Sie trug ja nur den Body und die Strumpfhose.

»Schlecht für die Kostüme«, erklärte Mai und fuhr in ihrer Tätigkeit fort. »Was ist besser? Ein Handtuch oder die Klimaanlage?«

»Die Klimaanlage, bitte.« Jahne wußte, daß es nicht der warme Raum war, der ihr den Schweiß aus den Poren trieb. Doch zunächst hatte die Frau Jahne noch nicht aufgefordert, sich noch weiter auszuziehen. »Um welche Kleidung geht es denn? Haben Sie schon Entwürfe gesehen?« fragte sie Mai.

Mai schnaubte verächtlich. »Kleidung? Kostüme? Jeans und T-Shirts. Das ist die Garderobe. Dafür braucht man keinen Designer.«

Jahne lachte. »Bestimmt Superjeans. Marty DiGennaro will ja alles perfekt haben.«

»Ja, sie sind sehr gut. Und die Hemden reine Seide. Sie werden ein blaues Hemd haben. Das ist die beste Farbe vor einer Fernsehkamera. Weiß nicht gut. Saugt Farbe aus dem Gesicht«, wußte Mai und fügte die Frage hinzu: »Ist gut, nicht wahr? Sie sind Typ für blau.«

Mary Jane hatte nie etwas Blaues getragen. Es hatte ihr nicht gestanden. Doch nun, nachdem ihr Haar mit den blauen Strähnen effektvoller gemacht worden war und sie gefärbte Kontaktlinsen trug, stand Jahne Moore tatsächlich die blaue Farbe am besten. Sie lächelte Mai an. »Ja, blau ist meine Farbe.«

Mai erwiderte das Lächeln. »Sie haben Idealgewicht. Nicht fett. Vor der Kamera erscheint man dicker als man ist. Aber Sie dürfen nicht zu dünn werden. Nicht wie die Rothaarige. Das ist unnatürlich. Die Blonde wird bald dick sein. Aber Sie achten genau auf ihr Gewicht. Das sehe ich.«

Mai konnte nicht ahnen, wie sehr Jahne auf ihr Gewicht achtete und welche Entbehrungen sie auf sich genommen hatte, um so zu werden, wie sie jetzt aussah. Auch hier im sonnigen Kalifornien, wo jedermann dünn und sonnengebräunt und glücklich zu sein schien, fiel es ihr schwer, sich in das Leben, das sie abgestreift hatte, zurückzuversetzen. Und sie fürchtete sich noch immer davor, zuviel zu essen. Kaffee und Obst zum Frühstück, Quark und Salat zum Mittagessen, ein kleines Stück Geflügel und gekochtes Gemüse zum Abendessen. Wenn sie ein Bier trank, fiel das Abendessen ganz aus.

Jahne dachte nicht gern an die Tage in New York zurück. Doch irgend etwas an Mai drängte ihr die Erinnerung immer wieder auf. Diese Frau mußte einmal sehr schön gewesen sein. Trotz der Falten, trotz der eingesunkenen Wangen ließen sich die edlen Gesichtszüge nicht leugnen.

Plötzlich traf es Jahne wie ein Blitz. Sie erinnerte sich an die junge Schauspielerin, deren Talent und Schönheit sie auf der Leinwand bewundert hatte: in einem deutschen Film, einer Produktion von Sternberg.

»Mein Gott! Sie sind Mai von Trilling!« rief Jahne.

Die Frau schüttelte lächelnd den Kopf. »Nein, ich war Mai von Trilling.«

20.

April Irons wartete auf den Reporter der *L.A. Times*, der über sie schreiben wollte. An sich hatte sie für solche Interviews weder Zeit noch Lust, aber immer ließen sie sich nicht vermeiden.

April hatte es aus eigener Kraft geschafft. Ohne fremde Hilfe. Mit ihren vierundvierzig Jahren stand sie ganz oben. Sie herrschte allein über eines der größten Filmstudios: International Studios. Nur wenn sie grünes Licht gab, konnten die Produzenten ihre Projekte in Aprils Studios realisieren. Mitunter produzierte sie selbst. Sie hatte alle und alles im Griff.

Als der Reporter ihr schließlich an dem Couchtisch gegenübersaß, versuchte sie ihn einzuschätzen. Es gab für sie drei Kategorien: Die überehrgeizigen Speichellecker, die auf eine gute Story aus waren; die normalen Speichellecker, die schon froh waren, vorgelassen zu werden, und die verbitterten Speichellecker, die es darauf anlegten, ihren Interviewpartner in Mißkredit zu bringen, ihn falsch zu zitieren, um wenigstens für ein paar Zeilen Honorar bei ihren Redaktionen herauszuschinden.

In Hollywood nannte man April die Eiserne Jungfrau. Komischerweise hielten sie die einen für eine Nymphomanin, die anderen für frigide. Das vermehrte Aprils Chancen, einen Bettpartner zu bekommen. Diesbezüglich hatte sie allerdings nie Probleme gehabt, erst recht nicht mehr jetzt, wo sie so viel Macht besaß.

Der Reporter war ein zerknitterter Junge Mitte Zwanzig, der nervös herumrutschte. April bemühte sich, freundlich zu sein. Sie ließ von der Sekretärin Kaffee servieren. Er begann mit den üblichen Fragen, und April gab die üblichen Antworten. Indessen schweifte sie mit den Gedanken ab. Sie wollte sich noch frischmachen vor dem Essen mit Sam Shields. Alles deutete darauf hin, daß *Jack and Jill* ein Erfolg wurde, und April erwog, Sam einen neuen Filmauftrag zu geben.

Außerdem zog sie ihn für einen persönlicheren Auftrag in Erwägung: als ihren Begleiter. Sie hatte diese mitleiderregenden Männer satt, mit denen sie sich bisher gezeigt hatte. Wer nicht mit der Filmindustrie verbunden war, langweilte sie, die anderen nützten sie aus. Doch Sam Shields verstand es, April zu unterhalten. Seine Reserviertheit zog sie an. Er besaß einen gewissen Ostküsten-Snobismus, den sie altmodisch-naiv und reizvoll fand. Außerdem schätzte er Frauen wirklich, und es gab in Aprils Kreisen nur wenig heterosexuelle Männer, die es verstanden Frauen zu lieben und zu verwöhnen.

Womöglich war es eine Fehleinschätzung, daß Sam die Frauen liebte. Welcher Mann meinte es denn schon ernst? Immerhin mochte er das an Frauen, was auch die Frauen mochten. Ein weiches, sanftes Wesen, warme Farben, Fraulichkeit, Weiblichkeit. April hatte Spaß an ihrer kurzen Liebesbeziehung gehabt. Natürlich wechselte Sam dann zu Crystal Plenum, wie jeder Mann, der mit Crystal zu tun hatte. April hatte das erwartet. Crystal schlief stets mit dem Regisseur, mit dem sie arbeitete. Das scherte April einen Dreck, sofern das Filmprojekt davon profitierte.

Doch nun war der Film abgedreht, und die Liebesbeziehung war zu Ende. Das wußte April. Crystal würde sich mit ihrem Mann und Manager wieder aussöhnen und sich auf die nächste Affäre vorbereiten. Sam aber wurde für eine neue Beziehung verfügbar: mit April. Sam sah gut aus, man konnte ihn als erfolgreich bezeichnen und alles deutete darauf hin, daß sie gut zusammenpaßten. Nicht einmal eine Ehe mit ihm schloß April aus. Mit vierundvierzig wurde es auch Zeit dafür.

Nachdem sie den jungen Reporter abgefertigt hatte, machte April sich auf den Weg zu Sam. Er saß an der Bar. Seine Haltung drückte Unlust aus. Er glich einem schmollenden Fragezeichen. Sam gehörte zu den undurchschaubaren, düsteren Menschen. Darum mochte April ihn auch. Sie hatte genug von kalifornischer Sonne und den sonnigen Geschäftsleuten hier.

»Abschiedsdepressionen?« fragte sie Sam, als sie neben ihm stand.

»Wäre das so ungewöhnlich?«

»Wenn ich mir selbst einen Drink bestellen muß, möchte ich wissen, warum ich mich hier mit dir treffe«, konterte sie ärgerlich.

Sam bemühte sich, seine Weltuntergangsstimmung abzuschütteln. »Tut mir leid, April. Was hättest du gern?«

»Du meinst zu trinken?«

»Ja, oder an was hattest du gedacht?«

»Bestell mir einen Wodka auf Eis. Nimm dir auch einen richtigen Drink, statt dieses faden Biers. Und dann setzen wir uns an meinen Tisch.« April verließ die Bar, und Sam folgte ihr mit den Drinks. Auch er hatte sich für den Wodka entschlossen.

»Du begleitest mich also zu der Premiere?« fragte sie scheinbar gleichgültig.

»Wenn ich schon hingehen muß, dann mit niemandem lieber als mit dir.«

»Natürlich mußt du hingehen. Schließlich dient es einem guten Zweck.«

»Wohltätigkeit?«

Sie lachte. »Nein. Ich dachte an die Aktien von International Studios.«

»Denkst du eigentlich immer nur ans Geschäft?«

»Du solltest zweierlei wissen. Alle Regisseure sind deprimiert, nachdem der Film abgeschlossen ist. Das ist ganz natürlich. Darum veranstalten wir Abschlußpartys. Die sollen über den Tiefpunkt hinweghelfen.« April nippte an ihrem Drink. »Das andere, was du wissen mußt, Mr. Broadway, ist, daß jeder Regisseur mit seiner Hauptdarstellerin schläft und jede Hauptdarstellerin mit ihrem Regisseur. Es hat nie etwas mit Liebe zu tun, selten mit Achtung. Das ergibt sich eben so, weil dann Regisseur und Schauspielerin besser harmonieren. Manchmal drückt sich das auch auf der Leinwand aus. Für den Film ist es stets ein Gewinn.«

Sam schüttelte schmunzelnd den Kopf. »Du bist schon eine Klasse für sich, April. Natürlich weiß ich deine liebende Fürsorge zu schätzen, aber wieso wird sie mir zuteil? Ich bin ein großer Junge und komme ganz gut allein zurecht. Wenn ich eine Depri habe, ist die auch bald wieder überwunden. Eine Schauspielerin ist noch nicht gleichbedeutend mit einer Liebesaffäre. Mach dir da keine Illusionen, April. Guter Sex ist guter Sex. Wenn es vorbei ist, ist es auch vergessen.«

April merkte überrascht, wie sehr sie diesen Mann mochte. Die Unterhaltung begann ihr Spaß zu machen. »Warum dann diese trübe Miene?«

Sam zögerte mit der Antwort. Dann blickte er sie direkt an. »Ich muß einige Entscheidungen fällen. Zum Beispiel, was ich als nächstes mache, ob ich hierbleiben oder zurück nach New York gehen soll. Auch andere Fragen gehen mir im Kopf rum.«

»Dann halse ich dir gleich noch einige Probleme auf. Hättest du Lust, noch einen Film für mich zu machen?«

»Du hast doch meine Stücke verrissen.«

»Ich habe nicht von deinen Stücken gesprochen. Ich habe gefragt, ob du einen Film für mich machen willst.»

»Was für einen?«

»Vergessen wir das mal, und beantworte schlicht meine Frage. Willst du noch einmal für mich arbeiten?«

Sam grinste breit. »Was verschafft mir denn diese Ehre? Im Ernst, April: Ich kenne niemanden, der stets so die Übersicht behält wie du. Dir eine Entscheidung abzuluchsen, ist das reinste Vergnügen, genauso vergnüglich wie zuzusehen, wie du dich zu einer Entscheidung durchringst.«

»Dann lege ich das mal als ein Ja aus. Ich habe soeben eine meiner berühmten Entscheidungen gefällt. Ich möchte eine Neuverfilmung von *Birth of a Star* herausbringen. Dafür habe ich mir die Rechte besorgt. Du sollst den Film machen.«

Sam lächelte nicht mehr. Er schüttelte den Kopf. »Ich mache keine Neuverfilmung.«

»Kennst du die Originalfassung?«

»Nein«, gab er zu.

»Dann ist es für dich keine Neuverfilmung, sondern etwas Neues. Wirst du es machen?«

»Hast du das Drehbuch?«

»Willst du es umschreiben?«

»Ich habe mir geschworen, niemals die Geschichte eines anderen zu überarbeiten.«

»Dann hast du es dir gerade anders überlegt. Das ist ein Klassiker. Ein Mann beim Abstieg verliebt sich in ein Mädchen, das gerade nach oben kommt. Liebesromanze. Katastrophe. Doch das soll alles ganz modern sein. Die Frau emanzipiert. 90er Jahre.«

»Wer spielt die männliche Hauptrolle?«

»Michael McLain.«

»Jesus Christus, April, der Kerl ist doch passé.«

»Genau. Das entspricht der Rolle und ist einer meiner genialen Einfälle, wenn ich das so sagen darf. Außerdem ist er jetzt billiger als früher und zuverlässig. Wie ich hörte, gibt es Schwierigkeiten mit seinem jüngsten Angebot, einem Ricky-Dunn-Film. Der kommt womöglich nie zustande. Er muß schon alles geben, was er hat, sonst ist er weg vom Fenster.«

Sam dachte wieder nach. »Wer spielt die weibliche Hauptrolle?«

»Schlag jemanden vor.«

»Keine Ahnung. Aber wenn du McLain nimmst, der nun wirklich auf dem absteigenden Ast ist, dann such dir doch eine Frau aus, die jetzt hochkommt.«

»Etwa Phoebe Van Gelder. Oder das Mädchen, das in dem letzten Redford-Film spielte.«

»Wäre eine Möglichkeit.«

»Oder eines der Mädchen, die Marty DiGennaro unter Vertrag hat. Die bekommen ja jetzt enorm viel Publicity und sind richtige Schlager.«

April nickte. Eine von denen war, soviel April sich erinnerte, Theresa O'Donnells Tochter. Theresa hatte damals die

Hauptrolle in *Birth of a Star* gespielt. Damit hätte man schon einen guten Aufhänger für die Presse, der sich endlos ausschlachten ließe. »Ich weiß nicht. Fernsehen ist kein Film.«

»Aber die Besetzung wäre perfekt. Die Mädchen sind neu, jede von ihnen könne neben diesem Hurenbock McLain gut aussehen.«

»Außerdem schadet es nichts, wenn sie phantastisch aussehen und gut im Bett sind. Stimmt's? Können sie aber auch spielen? Mir wäre ein Filmneuling lieber als ein Fernsehstar.«

»Eine von ihnen schaffte den Übergang vielleicht.«

»Man sollte es in Erwägung ziehen. Sprechen darfst du nicht darüber. Wenn du Interesse hast, besorge ich dir einen Vorabzug, den wir abfilmen könnten.«

»Ich bitte dich, April, du weißt doch genau, daß da niemand in die Nähe kommen darf. DiGennaro ist ganz besessen von Geheimhaltung.«

»Ich komme an die Kopie.«

Tatsächlich fand April Gefallen an dem Gedanken. Und wenn sie Marty damit verärgerte, lohnte es doppelt.

»Kennst du eigentlich alle und jeden?« fragte Sam fassungslos.

»Alle und jeden, die es zu kennen lohnt«, schränkte sie ein.

21.

Nach einem langen Tag, den sie mit der Suche nach einem geeigneten Haus verbracht hatte, kehrte Lila mit schrecklichen Kopfschmerzen zu Robbies Haus zurück. Sie legte sich sofort ins Bett und betete, Robbie möge sie in Ruhe lassen. Die Sonne hatte Lilas Schmerzen noch gesteigert. Tröstlich an diesem anstrengenden Vormittag war nur die Aussicht, bald ihren Aufenthalt in Robbies Haus abbrechen zu können. Endlich mußte sie ihn mit seinem ständigen Herumschnüffeln und seinen Belästigungen nicht länger ertragen.

Sie brauchte unbedingt ein eigenes Zuhause. Marty Di-

Gennaro und die Fernsehshow waren nur kleine Meilensteine auf einer Karriereleiter, die ihr vorschwebte. Es nervte sie ungeheuer, daß sie nicht wußte, ob die Show etwas taugte oder nicht. Wenn sie gesendet wurde und durchfiel, würde die Puppenmutter jubeln. Ara würde sie fallenlassen. Sogar Robbie wäre enttäuscht.

Das alles konnte sie allein leichter verkraften. Vielleicht, aber auch wirklich nur vielleicht, würde sie es über sich bringen, Marty DiGennaro an sich heranzulassen. Erst mußte sie allerdings ganz sicher sein, daß er total verrückt nach ihr war. Sie wußte sehr genau, wie sie das erreichen konnte.

Es klopfte leise, so, wie Robbie nur anklopfte, wenn Lila ungestört sein wolle.

»Was ist denn?« fragte Lila.

Robbie kam hereingerollt, das schnurlose Telefon in der Hand. »Dein Regisseur«, flüsterte er aufgeregt.

Gereizt nahm sie den Hörer. Wollte Marty sie zu einer Privatvorführung der aufgenommenen Serie einladen? Seit dem Beginn der Dreharbeiten bedrängte er sie immer heftiger. Doch sie wollte ihn zappeln lassen, bis sie wußte, daß er nicht nur eine von den drei Schönheiten wollte, sondern ausschließlich Lila.

Sie meldete sich mit leidender Stimme.

»Was ist denn, Lila? Sind Sie krank?«

»Ich habe Kopfschmerzen.«

»Das tut mir leid. Ich hätte nicht stören sollen.«

»Worum geht es denn?« Sie fühlte sich schon etwas besser.

»Eigentlich wollte ich Sie nur fragen, ob Sie mit mir zu Abend essen wollen. Aber das fällt natürlich aus, wenn Sie sich nicht wohl fühlen.«

»Fragen Sie Jahne oder dieses Dummerchen.«

»Ich bitte Sie, Lila! Sind Sie wirklich krank? Soll ich Ihnen etwas bringen?«

»Nein, danke, Marty. Das wird schon wieder. Bis morgen.«

»Hoffentlich geht es Ihnen dann besser.«

Nach dem Gespräch waren Lilas Kopfschmerzen verschwunden.

22.

Wer Michael McLain nicht leiden konnte, nannte ihn einen Zuhälter, allerdings nur hinter vorgehaltener Hand. Er war zu einflußreich, als daß man es gewagt hätte, dem alternden Sunnyboy etwas Beleidigendes ins Gesicht zu sagen. Wenn Sie nach Laura Richies Meinung fragen, würde ich zustimmen, würde das aber insofern erweitern, als er ein Zuhälter mit Rückzugsmöglichkeit ist. Wie Sy Ortis hielt Michael McLain nämlich an seiner ureigensten Bodega fest. Als junger Schauspieler hatte er schon erkannt, daß er nicht immer auf dem Strom des Ruhms würde dahintreiben können. Und er beschloß, etwas auszubauen, was ihm auch dann, wenn er nicht mehr wegen eines guten Films zum Gesprächsstoff wurde, die Aufmerksamkeit der Massen bescherte.

Was wäre dazu besser geeignet als eine liegende Position? Michael lebte nach der Devise, daß es nützlich war, stets die heißeste Hollywoodnummer in sein Bett zu bekommen. An erster Stelle rangierte seine Karriere als Filmstar, an zweiter sein Ehrgeiz, die schönsten, begehrtesten Frauen der Welt zu beschlafen und damit Schlagzeilen zu machen. Gute Arbeit, wenn es funktionierte. Arbeit war es allemal. Michael hatte nicht nur seine sexuellen Praktiken verfeinert, sondern auch die zahllosen kleinen Gesten des Liebeswerbens und des zärtlichen Liebesgeflüsters, die ihn unwiderstehlich machten für die Mädchen Hollywoods.

Sobald er an einer das Interesse verlor, zog er weiter. Wer hätte ihm das verübeln wollen? Schließlich handelte jeder so. Darum ging es ja bei dem Mädchen des Monats. Wer mag sich schon ewig von den gleichen Süßigkeiten ernähren? Sicher nicht Amerikaner. Die schätzen Abwechslung. Mal französische Pralinen, mal Zukkerwatte, mal Schokoriegel oder Nußschokolade. McLain war sehr vorsichtig. Er versprach den Damen nie etwas.

Michael lag auf dem faltbaren Massagetisch, den seine Therapeutin für die wöchentliche Sitzung mitgebracht hatte. Saubere Plastikschläuche lagen auf einem Tisch daneben. »Drehen Sie sich um«, verlangte Marcia.

Jede Woche verabreichte sie ihm, wie zwei Dutzend anderen Stars, einen hohen Einlauf. Michael bestand auf durchsichtigen Schläuchen, damit er sich davon vergewissern konnte, daß Marcia auch genügend herausspülte.

»Ein sauberer Darm ist ein gesunder Darm«, pflegte er zu sagen. Während er auf dem Tisch lag, kamen ihm die besten Einfälle. Trotz des unangenehmen Gefühls, wenn Marcia den Schlauch in seinen After schob, befriedigte es ihn ungemein, mitanzusehen, wie die Giftstoffe neben ihm herausliefen.

Zur Zeit beschäftigte ihn die Frage, wie er weiter vorgehen sollte. Er zweifelte keine Sekunde daran, daß er seine Wette mit Sy gewinnen und alle drei Mädchen der neuen Show haben konnte. Einfach würde es nicht sein. Michael sah sich jedoch als kampferprobten Recken und fand sich eigentlich nie mit einem Nein ab. Zudem lockte der schöne Preis. Nicht die Frauen. Schon seit langem empfand er sie eher als beschwerlich denn vergnüglich. Doch der Preis, den er begehrte, war sein Name vor dem von Ricky Dunn. Ricky war ein heißer Tip, so heiß, wie Michael vor zwanzig Jahren gewesen war. Was Ricky anfaßte, wurde an den Kinokassen zu Gold. Wenn Michael vor Ricky rangierte und sich vor diesem Haufen von Sechzehn- bis Einundzwanzigjährigen in Szene setzen konnte, brauchte er in nächster Zeit nichts zu befürchten.

Wie konnte er bei den drei neuen Fernsehhübschen landen? Sein Darm verkrampfte sich plötzlich, als Marcia das Wasser aufdrehte. »He, pass' gefälligst auf!« rief er böse.

»Tut mir leid, Michael.«

Er veränderte seine Position auf den Knien etwas, den Po noch immer hoch in die Luft gereckt. Nun fühlte er den Wasserdruck in seinen Eingeweiden. »Aua!« schrie er und sah sich nach dem Plastikschlauch um, damit er kontrollieren konnte, ob diesmal mehr Fäkalien als gewöhnlich herausgeschwemmt wurden.

»Verzeihung, Michael. Haben Sie rohes Fleisch gegessen?«

»Nein, verdammt noch mal.« Er haßte es, für ihre Ungeschicklichkeit leiden zu müssen. Seit 1981 hatte er kein rohes Fleisch mehr gegessen. Es gab genügend Therapeuten, die sich darum reißen würden, seinen Darm zu spülen. Er zog die Knie noch enger an die Brust.

Wieder dachte er über die Mädchen nach. Er hatte Sharleen, die Blondine, gesehen. Die stellte ihn vor keinerlei Probleme. Er wußte bereits, daß sie mit einem Jungen zusammenlebte. Das störte ihn nicht. Er strebte ja kein Verhältnis mit ihr an. Wenn er alles gut vorbereitete, genügten wahrscheinlich schon zwei Verabredungen, um mit ihr zusammen fotografiert zu werden. Solche Leichtgewichte machten es auch im Auto. Damit ergab sich gleich ein Zeuge für Sy Ortis.

Jahne Moore, die Dunkelhaarige, erschien ihm da problematischer. Man munkelte, daß sie und Lila Kyle nicht gut miteinander auskamen. Jahne Moore stammte aus New York und bildete sich viel auf ihre Schauspielerei ein. Vielleicht schaffte er es über diese Schiene.

Von den dreien machte ihm Lila Kyle das meiste Kopfzerbrechen. So leicht ließ die sich nicht beeindrucken. Zwar konnte sie sich nur mit einer Fernsehshow brüsten, die noch nicht einmal gesendet worden war. Doch sie kannte sich in dem Milieu aus. Ihr ganzes Leben hatte sie darin verbracht. Er hatte bereits viel über ihr zickiges Benehmen gehört und daß Marty DiGennaro hinter ihr her war. Michael mußte sich also etwas einfallen lassen, um für sie attraktiv zu werden. Vielleicht konnte er Lila für die Rolle mit Ricky Dunn interessieren. Von den drei Frauen hielt Michael Lila für die einzige, mit der sogar ein Verhältnis ganz nett wäre. Wenn Ricky das Mädchen in einem Film bekam, er, Michael sie aber in natura, konnte er sich damit gut anfreunden. Auch wenn die Fernsehshow den Bach hinunterging, gehörte Lila zur neuen Generation der gekrönten Hollywoodhäupter. Eine Aufnahme mit Lila bedeutete, daß er noch lange den jungen Liebhaber mimen konnte. Vor zwanzig Jahren hatte er mal einen heftigen Flirt mit Theresa O'Donnell gehabt. Damals stand er gerade auf ältere Frauen. Sie war wie eine Furie im Bett über ihn hergefallen. Von der Tochter erwartete Michael etwas ähnliches.

Das Geräusch des Gerätes für seine Darmspülung erstarb. »Fertig?« fragte er.

»Sauber wie eine Flöte«, meldete Marcia.

Sharleen hörte den Baseballschläger auf den Kopf ihres Vaters fallen. Einmal, zweimal. Sie schloß die Augen, hörte eine Sirene. Nein, das Telefon. Sie träumte. Doch das Geräusch blieb. Schlaftrunken erkannte sie, daß sie wach war, und das Telefon neben ihrem Bett klingelte. Sie sah auf die Nachttischuhr. Halb neun Uhr abends. Sie und Dean lagen meist schon um acht Uhr im Bett. Sharleen mußte ja schon um fünf aufstehen. Die drei jungen Hunde kuschelten sich tiefer in die Decke. Sie hatten es sich, wie üblich, am Fußende der Betten bequem gemacht.

Sharleen löste Deans Arm von ihrer Taille und griff nach dem Hörer. »Hallo?«

»Spreche ich mit Sharleen?«

»Ja.« Nur Sy Ortis, Mr. DiGennaro und Lenny, ihr Manager, kannten ihre Geheimnummer. Allerdings auch Dobe, falls er seine Post inzwischen abgeholt hatte. Doch die Stimme paßte zu keinem. Irgendwie klang sie aber doch nicht fremd.

»Hier spricht Michael McLain. Habe ich Sie zu einer schlechten Zeit erwischt?«

»Woher haben Sie meine Nummer?« Michael McLain, wenn er es wirklich sein sollte, besaß ihre Nummer nicht.

»Von Sy Ortis. Er ist auch mein Agent. Verzeihen Sie, daß ich mich Ihnen so aufdränge. Störe ich Sie sehr?«

»Sind Sie wirklich Michael McLain?« vergewisserte Sharleen sich. Er lachte. Und daran erkannte sie ihn. Sie setzte sich. »Sind Sie sicher, daß Sie mit der richtigen Person sprechen?«

»Wenn Sie Sharleen Smith, Star aus DiGennaros neuer Fernsehserie sind, ja.«

Dean wurde unruhig. Er war um acht Uhr abends total ausgepowert ins Bett gefallen, nachdem er ihr neues Haus gestrichen hatte. Er hatte nicht einmal essen wollen, abgesehen von dem Big Mac, den Sharleen ihm mitgebracht hatte. Deans Müdigkeit kam Sharleens Erschöpfung gleich. Nach sechs Tagen Dreharbeiten freute sie sich auf den kommenden freien Tag. »Mr. McLain, bitte warten Sie einen Moment.«

»Gern.«

Sharleen legte den Hörer beiseite und stand auf. Sie waren jetzt so reich, daß sie ein Telefon im Wohnzimmer, in der Küche und sogar im Badezimmer hatten. Sie zog die Decke über Dean und verließ auf Zehenspitzen das Schlafzimmer. Das Wohnzimmer war noch nicht eingerichtet. Sie machte Licht und zuckte zusammen, als die sechs nackten Birnen das Zimmer in kaltes Licht tauchten. Im Schneidersitz ließ sie sich auf dem Boden neben dem Telefon nieder.

»Danke, daß Sie gewartet haben, Mr. McLain.«

»Nennen Sie mich Michael. Sind Sie allein?«

Sharleen befand sich ja tatsächlich allein in dem leeren Zimmer. Dean schlief nebenan. Also bejahte sie die Frage. Offenbar ging es ja um Berufliches.

»Gut. Was halten Sie von einem Abendessen mit mir?«

»Ja, natürlich gern. Wann denn?«

»Wie wär's mit heute abend?«

»Ich hab schon gegessen.« Es war inzwischen neun Uhr. Normale Menschen aßen um fünf oder sechs Uhr. Sie wollte Mr. McLain keine Abfuhr erteilen. Doch konnte sie überhaupt ausgehen und Dean alleinlassen?

»Wie sieht es denn mit einem Drink aus?«

»Alkohol trinke ich nicht. Aber wenn es Ihnen recht ist, können wir ja einen Kaffee zusammen trinken.«

»Sehr gut. Ich hole Sie in zwanzig Minuten ab.«

»Sagen wir lieber eine halbe Stunde. Ich muß mich noch umziehen.«

Sharleen blieb nach dem Gespräch regungslos sitzen. Das kann doch nicht wahr sein, dachte sie. Michael McLain ruft doch keine fremden Mädchen aus dem Nichts heraus an und lädt sie ein. Andererseits gingen die Uhren in Hollywood anders, und sie war nun ein Star.

Endlich sprang sie auf und lief über den glatten Parkettboden ins Schlafzimmer. Jetzt achtete sie nicht darauf, ob sie Dean weckte. Sie mußte etwas Passendes anziehen. Aus einer der noch unausgepackten Umzugsschachteln zog sie eine rauchblaue Seidenbluse und weiße Jeans.

Im Badezimmer verwendete sie etwas flüssiges Make-up,

wie es ihr Marc von der Maske gezeigt hatte, stäubte ein wenig Rouge über die Wangenknochen, bürstete ihr Haar und band es in einem Pferdeschwanz mit einem blauen Seidentuch zusammen.

Als sie wieder ins Schlafzimmer zurückkehrte, wachte Dean auf. »Was ist denn, Sharleen?«

»Schlaf weiter, Liebes. Ich muß mal kurz weg. Geschäftlich.«

»Du arbeitest zuviel«, murmelte Dean und schlief schon wieder ein.

In der warmen Nacht überlief Sharleen ein wohliger Schauer. Sie stand auf ihrem eigenen Besitz. Sie hatten sich ein hübsches Haus mit Garten und Swimmingpool gekauft. Momma, dachte sie, ich habe jetzt sogar eine Verabredung mit deinem Lieblingsfilmstar.

Sharleen setzte sich auf einen Stuhl hinter dem schmiedeeisernen Gitter vor der Haustür. Von hier aus konnte sie die Auffahrt überblicken. Lenny hatte das Haus für sie ausgesucht. Es gefiel ihr und Dean sehr. Sie winkte Bert, dem Mann vom Sicherheitsdienst dieses Viertels zu. Ein Wagen näherte sich, ein prachtvolles Fahrzeug: schwarz und mit Chrombeschlägen, die wie echtes Silber gleißten.

Bert ging auf den Wagen zu, sprach mit dem Fahrer, tippte an die Mütze und winkte ihn weiter.

Michael McLain stieg vor dem Haus aus. Er ergriff Sharleens Hände. »Sie sind also Sharleen Smith.«

»Ja, und Sie Michael McLain.« Sie blickte in die berühmten blauen Augen des Filmidols.

Der Fahrer hielt Sharleen die Tür auf, und sie stieg ein.

»Wohin fahren wir denn?« fragte sie, obwohl es ihr gleichgültig war. Sie wäre McLain überall hin gefolgt.

»Sind Sie noch immer am Kaffee interessiert?«

»Ja. Kennen Sie da etwas?«

»Genau das richtige. In West Hollywood.«

»Dort war ich noch nie.«

»Die Geschäfte auf der Melrose Avenue sind völlig anders als die im übrigen L.A. Jetzt sind natürlich fast alle geschlossen. Aber wir können einen Schaufensterbummel machen.«

Sharleen konnte sich noch nicht recht vorstellen, daß Michael McLain sich in der Öffentlichkeit mit ihr zeigen wollte.

Er plauderte locker: »Sie werden in den Boutiquen das Schickste und Modernste finden. An sich brauchen Sie das alles gar nicht. Sie sind auch so schon hinreißend.«

Das Kompliment verwirrte sie. Sie lachte verlegen.

Er fragte nach der Show, ihren Kolleginnen und was sie gemacht hatte, bevor sie die Rolle bekam. Es wäre eine richtig nette Unterhaltung gewesen, hätte Sharleen nicht so nervös darauf geachtet, weder von Dean, noch ihrem Daddy oder Lamson zu sprechen.

Michael hatte nicht übertrieben, als er die Geschäfte lobte. Hier konnte man auch den ausgefallensten Geschmack befriedigen. Sharleen kam aus dem Staunen nicht heraus.

Sie gingen in ein Café, in dem »man« sich traf. Michael begrüßte die Besitzerin mit Namen. Sie wurden zu einem Ecktisch im rückwärtigen Teil des Cafés geleitet. Michael bestellte Cappuccino. Für Sharleen war das etwas Neues. »Alle starren Sie an«, stellte sie fest.

»Nein, Sharleen. Ich bin hier bekannt. Man starrt Sie an«, verbesserte Michael.

Nachdem der Cappuccino serviert worden war, entschuldigte Michael sich und verließ das Restaurant. Sharleen klopfte das Herz. Ließ er sie nun sitzen? Mußte sie ein Taxi rufen oder Dean bitten, sie abzuholen? Doch ihre Sorge erwies sich als grundlos. Michael kam zurück.

»Ich glaub es noch nicht, daß Sie mich angerufen haben. Hat Mr. Ortis Sie dazu aufgefordert? Er meint nämlich, ich ginge nicht oft genug aus. Aber das neue Haus, die Arbeit und Lernerei für die Rolle…«

Michael nahm lächelnd eine kleine Schachtel aus seiner Jackentasche und reichte sie ihr.

»Was ist das?« fragte sie, ohne nach dem Geschenk zu greifen.

»Ein Geschenk für Sie. Sozusagen ein Begrüßungsgeschenk von L.A. Machen Sie es ruhig auf.«

Sharleen löste die Schleife und wickelte die Schachtel aus. »Oh Michael!« Sie starrte auf eine zarte Goldkette mit einem

Anhänger: Drei Sterne waren um einen Brillanten in der Mitte angeordnet. »Wunderschön«, sagte sie leise. »Aber ich kann das nicht annehmen.« Doch sie wünschte es sich sehr.

»Sie verletzen mich, wenn Sie es nicht behalten. Und ich kann es auch nicht zurückbringen.«

»Danke.« Sharleens Augen wurden feucht. »So was hab' ich noch nie gesehen.«

Michael lächelte stolz. »Kein Wunder. Das habe ich ja für Sie anfertigen lassen.«

»Wirklich? Warum nur?«

»Weil Sie ein Star sind, einer von dreien. Doch nach allem, was ich gehört habe, sind Sie der Brillant.«

»Nein, nein!« Sie errötete vor Freude. Bisher hatte sie eigentlich geglaubt, sie sei die unbedeutendste von ihrem Trio. Doch Michael McLain hatte sie angerufen.

»Tragen Sie es als Glücksbringer.« Er legte die Kette um ihren Hals. »Was halten Sie davon, wenn Sie Ihren Kaffee austrinken? Ich möchte Ihnen noch etwas zeigen.«

»Ich bin schon fertig.« Sharleen sprang auf. Sie fand diesen Abend traumhaft.

Auf dem Weg zum Ausgang folgten ihnen viele Blicke. Doch Sharleen wußte noch immer nicht genau, ob sie ihr oder ihrem Begleiter galten.

Dann standen sie im Dunkeln. Doch es blitzte dreimal kurz hintereinander auf. Sie erschrak. »Das sind nur Reporter. Sie werden morgen Ihr Bild in allen Zeitungen sehen«, prophezeite Michael.

Im Auto wollte Sharleen wissen: »Warum sind Sie nur so nett zu mir?«

Er lächelte. »Weil Sie neu in der Stadt sind und jemanden brauchen, einen Freund, der Sie hier ein bißchen einführt. Außerdem ist es sehr leicht, Sie gern zu haben.« Er legte ihr die Hand für einen kurzen Augenblick auf das Knie.

Eigentlich fand Michael es zu einfach. Fast langweilig. Eine wie Sharleen konnte sich in dieser Stadt nicht halten. Immerhin gab es nun schon Bilder von ihnen beiden, auf denen man die Kette um Sharleens Hals sah. Das würde Sy schon genügen. Doch Michael sagte sich, daß er schließlich seine Aufgabe bis zum Ende erfüllen konnte. Immerhin war die Kleine hübsch.

Er vergewisserte sich, daß der Champagner in der Konsole des Rolls eisgekühlt war. Jim bewährte sich. Er fuhr Michael nun seit sechs Jahren in diesem Rolls Royce herum, hielt das Fahrzeug in einem Topzustand und half seinem Chef diskret bei dessen Liebesabenteuern. Ohne daß er dazu eine Anweisung erhalten hätte, fuhr er die Berge hinter Hollywood hinauf zu einer Stelle, die Michael schon oft zum gleichen Zweck benutzt hatte.

»Ist das schön bei Mondschein! Hier oben war ich noch nie«, bekannte Sharleen. »Können wir nicht irgendwo anhalten? Ich möchte auf die Stadt hinuntersehen.«

»Ein guter Gedanke. Jim wird zu einem kleinen Parkplatz oben auf dem Berg fahren. Von da aus hat man eine sagenhafte Aussicht.«

Die Aussicht lohnte tatsächlich. Obwohl Michael nun schon jahrelang eine Frau nach der anderen hier heraufbrachte, überwältigte ihn der Blick auf »seine« Stadt noch immer. Sie lag ihnen mit ihren glitzernden, blinkenden Lichtern zu Füßen, und Sharleen seufzte hingerissen. Jim hielt an.

»Ich schlage vor, wir gehen dort zu dem Felsvorsprung«, schlug Michael vor. Er nahm die Flasche Moët und zwei Champagnerflöten, die griffbereit in der Halterung hingen und ging Sharleen voraus.

Ausnahmsweise gab es keinen Smog. Klare Luft, erfüllt von starkem Eukalyptusgeruch. Sharleen ging bis zum Ende des Plateaus. »Nein, so was!« staunte sie.

Hinter ihr öffnete Michael die Flasche mit einem gekonnten Plop und reichte Sharleen ein gefülltes Glas. »Das ist Champagner. Sie sagten, daß Sie nicht trinken. Doch das ist kein Alkohol. Es ist, als tränke man den Mondschein, und man muß immer einen besonderen Anlaß haben, um ihn zu trinken. Wie unsere Freundschaft. Versuchen Sie mal!« Er setzte sein gewinnendstes Lächeln auf.

Sharleen nippte an dem kalten Getränk und verzog die Nase. »So schmeckt also Champagner. Ich weiß gar nicht, warum darum so viel Aufwand gemacht wird. Er schmeckt wie richtig saurer Ginger Ale.«

Michael lachte. »Mit der Zeit schmeckt er immer besser. Setzen Sie sich doch! Von hier aus sehen Sie auch alles.«

Wortlos hatte Jim eine Decke und Kissen aus dem Rolls gebracht, alles an der richtigen Stelle ausgebreitet und sich dann in den Wagen zurückgezogen. Sharleen setzte sich auf das weiche Kissen und trank noch einmal. Versonnen meinte sie: »So was sieht man im Film, glaubt aber nicht, daß es das wirklich gibt oder man es selbst mal erlebt. Aber ich darf es erleben.«

Sie ist wirklich süß, dachte er und fand seine Aufgabe nicht mehr so mühsam. »Ich trinke auf dich, Sharleen! Jetzt gehörst du zu Hollywood.« Die Gläser klirrten.

Sharleen trank wieder. »Ich fühle mich richtig glücklich.«

»Darum mögen alle Champagner. Er hilft ihnen, sich glücklich zu fühlen.« Er goß ihr noch einmal nach. »Trink noch etwas. Ich fülle dir nur das Glas auf.«

Sharleen nahm gleich zwei Schlucke und hustete. Michael klopfte ihr sanft auf den Rücken. »Ich hab nur zu schnell getrunken«, entschuldigte sie sich.

»Trink lieber einen Schluck nach. Dann hört der Husten auf.«

»Macht mich das nicht betrunken?« murmelte sie.

»Nur wenn du viel davon trinkst. Und wir teilen uns ja die Flasche.« Sharleen hatte nicht gemerkt, daß er sie duzte, doch das spielte auch keine Rolle mehr. Michael bediente Sharleen erneut, hielt sich aber selbst zurück, weil er um seine Kondition nachher fürchtete. So wie früher konnte er nicht mehr Alkohol mit Sex vereinen.

»Ach, geht es mir gut! Mir ist, als könnte ich jetzt eine dieser Sterne direkt vom Himmel holen.« Ihre Stimme klang etwas verschwommen. Michael wußte, daß es für ihn Zeit wurde zu handeln.

Er legte den Arm um sie. »Ich habe noch nie ein Mädchen wie dich kennengelernt, Sharleen.« Er küßte sie sanft auf die Lippen, merkte, daß sie zurückwich und hielt ihren Kopf von hinten fest. Langsam, Michael, befahl er sich.

»Du bist so schön! Viel schöner als die anderen Mädchen. Und so süß!« Er trank sein Glas aus, und Sharleen folgte seinem Beispiel. Dann füllte er noch einmal nach. »Stoßen wir auf deinen Erfolg an! Ich weiß, daß du ein sehr großer Stern am Himmel sein wirst.«

»Danke.« Er bemerkte Sharleens glasigen Blick, den üblicherweise Champagner, Geschenke und Michael McLains Charme zu erzeugen pflegten. Sie sah wie ein verschrecktes Kaninchen aus, das in die Scheinwerfer eines Autos sieht. Ein sehr niedliches Kaninchen. »Ich werde dir in jeder Weise helfen, Sharleen. Ich kann dir viele Geheimnisse beibringen.« Er umarmte sie, und diesmal wich sie nicht zurück. Langsam, sehr langsam, legte er sich mit ihr auf die Decke zurück. »Laß mich dich richtig liebhaben, Sharleen.« Er rollte sich auf sie.

Sharleen sah zu Michael hoch, sah aber nur den Sternenhimmel. Sie würde ein großer Stern am Himmel werden, hatte Michael gesagt. Vielleicht brauchte sie in Zukunft keine Angst mehr zu haben. Keine Angst, ihre Stellung zu verlieren, keine Angst vor Lila, die so gemein sein konnte, keine Angst vor Jahne, die ihr geistig so überlegen war und keine Angst vor der Polizei oder davor, daß man hinter Deans und ihr Geheimnis kommen könnte. Michaels warme Hand strich über ihre Bluse. Es fühlte sich anders an als bei Dean. So machten das offenbar Filmstars, überlegte sie. Doch sehr klar konnte sie nicht mehr denken. Michaels Lippen schmeckten nach Champagner. Er fuhr mit der Hand unter ihre Bluse und strich über ihre Haut. Dann legte er sein Gesicht auf ihren nackten Bauch, küßte ihren Nabel und die Stelle darunter, kurz darauf wieder ihren Nabel. Sie hätte fast gelacht. Sharleen hörte, wie ein Reißverschluß aufgezogen wurde und merkte, daß es ihrer war.

»Nein!« wehrte sie sich. Ihr Ausruf hatte sie selbst aus einem Traum geweckt. Das wollte sie nicht. So weit durfte es nicht gehen. Jetzt war es kein Traum mehr.

»Doch«, flüsterte er. Mit der einen Hand hielt er ihren Kopf zurück, mit der anderen drückte er ihre Schulter auf das Kissen.

»Hast du mich nicht lieb, Baby?« schmeichelte er.

»Ja, doch, aber...« Er verschloß ihren Mund mit seinen Lippen.

»Mehr als ja brauchst du nicht zu sagen«, flüsterte er.

Lieber Gott, sie wollte ihn doch nicht verletzen. Hatte sie ihm einen falschen Eindruck vermittelt? Das hatte sie nicht beabsichtigt. Sie kannte ihn doch kaum. Er suchte mit den Lippen ihre Brustwarzen. Dann küßte er wieder ihren Bauch. Sie versuchte ihn zurückzudrängen. Doch da überfiel sie wieder der Traum. Die Sterne begannen sich zu drehen. Ihr war, als glitte sie auf einer Wolke über die Stadt.

Michael schlüpfte gekonnt aus seiner Hose. Seine Lippen glitten tiefer und tiefer. Sharleen fühlte, wie sich die Spitzen ihrer Brust verhärteten, weil nun die kühle Nachtluft ihre Haut erreichte. Michael zwickte leicht die Warzen zusammen. Lustvoll, wenn auch unbewußt, bewegte sie ihre Hüften.

Sharleen schloß kurz die Augen. Tränen brannten hinter ihren Lidern und rannen über ihre Wangen. Was machte sie da? Was machte Michael mit ihr? Alles drehte sich nun schneller.

»Der Fahrer Jim, Michael! Der kann uns doch sehen. Hör bitte auf!« flehte sie.

»Niemand kann uns sehen.« Er drückte ihre Beine auseinander, bewegte sich nun rhythmisch. »Nein«, protestierte sie. »Bitte nicht.« Doch es war schon zu spät.

»Niemand kann uns sehen«, versicherte ihr Michael, gerade als Jim lautlos die Infrarotkamera aus dem Handschuhfach des Rolls nahm.

23.

Anderswo mögen Partys sich gleichen. In Hollywood, genauer Holmby Hills, ist eine Party nicht einfach eine Party. Es ist ein Ort, zu dem man geht, um zu sehen und gesehen zu werden, ein Ort, um Kontakte zu knüpfen, Deals einzufädeln oder etwas zu erreichen. Die exquisiteste, aufwendigste und ausgefallenste Party war Ara Sagarians Emmy-Party. Ursprünglich ließen sich die ausgewählten Filmschauspieler und -schauspielerinnen verächtlich aus über die Kollegen, die sich im Fernsehen produzierten. Doch schon seit Jahren hatte sich der kleine Bildschirm einen Platz erobert. Inzwischen waren die Spötter verstummt. Dennoch blieb diese Party etwas Besonderes. Niemals wurden Journalisten zugelassen. Niemand, der auf sich hielt, hätte je zugegeben, zu dieser Party keine Einladung erhalten zu haben. Es war die einzige Party, zu der ich, Laura Richie, nie eingeladen wurde.

Trotz seiner höflichen Manieren strich Ara die Gästeliste alljährlich gnadenlos zusammen. Joan Collins wurde schon lang, bevor Denver Clan abgesetzt wurde, nicht mehr eingeladen. Burt Reynolds erging es kurz danach ebenso. Nur die absolute Crême-de-la-Crême erhielt eine Einladung.

Doch wie bei allen Regeln wurde auch hier eine Ausnahme gemacht. Ara machte sie für Theresa O'Donnell. Zweiundzwanzig Jahre hindurch! Solange Ara die Emmy-Partys ausrichtete. Am Vorabend der tatsächlichen Verleihung erhielt Theresa eine Einladung. Obwohl ihr Stern zu verblassen begann, hatte er sich von Mal zu Mal wieder erholt. Zudem war Theresa Aras erster wirklich großer Star gewesen. Trotz des Alkohols, der Pillen und des geistigen Verfalls verkörperte sie noch immer eine Legende. Sie war Aras Talisman, und sie zeigte der Welt und damit Aras einflußreichen Kunden, wieviel Ara Sagarian die Treue bedeutete. Doch nun war Theresa nicht mehr seine Kundin. Und Ara quälte ein tiefes Schuldgefühl.

Denn Ara war Theresa eben nun nicht mehr treu geblieben. Es ließ sich nur damit entschuldigen, daß er trotz seines Alters, seines Schlaganfalls, seiner Behinderungen noch immer mitspielen, noch immer an der Spitze bleiben wollte. Er wollte noch immer die exklusivsten Partys geben und noch immer die berühmtesten Leute vertreten. Er wußte sehr wohl, daß er nachgelassen hatte. Seine Kunden wurden alt. Er glaubte, er müsse auf Lila Kyle setzen.

Neil Morelli hob die letzten Platten mit Canapês aus dem Wagen des Party-Service und brachte sie in die Küche. Der dicke Kerl, der hier die Aufsicht führte, hakte von einer Liste ab, was geliefert wurde und bellte seine Befehle hinaus. Kellner und Hilfspersonal befolgten sie sofort. Dieser Mistkerl braucht nur noch eine verdammte Trillerpfeife, dachte Neil. Er hatte den Job nur ungern übernommen, obwohl er ihn brauchte. Seit seine Show gestrichen worden war, hatte er von der Hand in den Mund gelebt und seine Wunden geleckt. Er mußte nehmen, was sich ihm bot. Von Sy Ortis bekam er nichts mehr. Der beantwortete nicht einmal mehr Neils Anrufe. Also hatte Neil auf die üblichen Jobs zurückgreifen müssen, die für alle aus der Showbranche zum letzten Rettungsanker wurden: Taxifahren und Kellnern.

Jobs als Kellner bei den Reichen mochte er immer noch lieber, als in miesen Restaurants Hamburger auf die Teller zu knallen und die auch noch einem Gossenpublikum zu servieren.

Erst nach einer Weile begriff er, daß das Ara Sagarians Emmy-Party war. Er wäre fast in Tränen ausgebrochen. Er hatte die Berichte über diese Partys immer in den Klatschspalten verfolgt, hatte sich sehnsüchtig gewünscht, einmal dazuzugehören. Er, Neil Morelli, hätte auf der anderen Seite des Tisches stehen müssen. Dafür war er in diese Stadt gekommen, nicht um den Gästen das Essen vorzusetzen.

Als Sy Ortis Jahne zu Ara Sagarians Emmy-Party einlud, kam das für Jahne überraschend. Darum erklärte Sy: »Sie müssen sich häufiger sehen lassen.« Es stimmte, daß Jahne zwar zum Gesprächsthema wurde, doch noch immer in den einschlägigen Kreisen weitgehend unbekannt war. Also sagte sie zu, obwohl sie Sy Ortis nicht ausstehen konnte. Zwar verstand er es, Jahne bekannt zu machen. Doch zwischen ihm und Ara schienen keine freundschaftlichen Gefühle zu bestehen, was Jahne an sich verstand. Wer mochte schon Sy Ortis?

Vorher hatte Sy Jahne versprechen müssen, daß sie erst spät hingehen und zeitig die Party verlassen würden.

Sy erkundigte sich freundlich, wen sie kennenlernen wollte. »Cher? Keanu Reeves, Michael Keaton, oder was halten Sie von Crystal Plenum?«

»Nein danke«, lehnte sie ab.

»Nun, hier ist jemand, den Sie einfach kennenlernen müssen, Jahne«, fand Sy und nahm ihren Arm. »Michael, darf ich dich vorstellen?«

Der Mann drehte sich um. Jahne sah in die unglaublich blauen Augen von Michael McLain. Er lächelte so unwiderstehlich, daß sie sein Lächeln erwiderte. »Hallo, ich bin Michael McLain«, stellte er sich vor.

»Und das ist Jahne Moore. Sie macht die Marty DiGennaro-Serie.«

»Marty macht jetzt Fernsehen? Worum geht es denn?« wandte Michael sich an Jahne.

Sie fand es überraschend leicht, sich mit Michael zu unterhalten. Doch seine geringe Größe überraschte sie noch mehr. Michael McLain reichte ihr nur bis zum Ohr. Allerdings trug sie hochhackige Pumps, und sie kannte ihn nur vom Film. Großaufnahmen vermitteln oft ein völlig falsches Bild. Doch Michael McLain sah noch immer gut aus, auch wenn sein Hals etwas ledern wurde und sich Fältchen um seine Augen eingegraben hatten.

Sy ließ sie allein.

Crystal Plenum zupfte ihren weißen Nerz zurecht und schritt vor ihrem Mann in den großen Saal. So hatte sie es mit ihrem Mann und Manager ausgemacht. Es entsprach ihrem Stil. Auftritte machte sie stets allein, Abgänge nur in Begleitung. Ebenfalls abgesprochen war, daß ihr Mann ihr die Namen der Gäste soufflierte, mit denen sie ins Gespräch kamen oder die sie begrüßten. Ihr Namensgedächtnis ließ sehr zu wünschen übrig. Doch bei solchen Anlässen gehörte die Namensnennung zum Anstand.

Letztes Jahr hatte Ara Crystal keine Einladung geschickt. Sie hatte überall herumerzählt, daß sie in New York sein werde, hatte sich in Wahrheit jedoch im Hotel Bel-Air eingeigelt. Nach den guten Kritiken, die *Jack and Jill* eingefahren hatte, klingelten die Kinokassen, und Crystal wurde im Zusammenhang mit den Filmpreisen New York Film Critics und Golden Globe genannt. Sogar ein Oscar kam ins Gespräch. Crystal hatte noch gepokert. Sie hatte eine Frau ihres

Alters gespielt, ausgesehen wie Dreck und versucht, eine schauspielerische Leistung zu erbringen. Das hatte sich ausgezahlt. Sie stand wieder oben.

»Crystal!« Ara hinkte ihr entgegen. »Wie nett von Ihnen, daß Sie gekommen sind.«

»Ich danke Ihnen für die Einladung. Es ist mir eine Ehre, bei Ihnen sein zu dürfen, Ara.«

April Irons reichte Sam Shields wortlos ihr leeres Glas und sah sich in dem riesigen Saal um, in dem Ara seine Party gab, während Sam ihr einen neuen Drink besorgte. Sie hatten sich ausgiebig über den Film unterhalten, den April produzieren wollte.: Eine Neuverfilmung von *Birth of a Star*. Wenn das Marty DiGennaro erfuhr! April wußte, daß er den Film liebte. Sie überlegte sich schon, Sam Shields als ihren Regisseur für die Neuverfilmung mit Marty bekannt zu machen. Marty würde sich in den Hintern beißen. Doch April fürchtete, Sam würde vor Ehrfurcht gegenüber Marty in die Knie sinken. Daran lag ihr nichts.

Mit den Blicken winkte sie Michael McLain heran und begann sich mit ihm zu unterhalten. Sie hatte ihm das Drehbuch geschickt, doch er hatte sie bisher nicht angerufen. Sie mahnte seine Entscheidung an.

Sam Shields drehte nervös das Wodkaglas zwischen den Fingern. Er hatte keine eigene Einladung erhalten, sondern war nur als Aprils Begleiter hier. Ob sie ihn aus geschäftlichen Gründen oder zu ihrem Vergnügen eingeladen hatte, wußte er nicht. Er wollte zwar gern wieder für April arbeiten. Doch eigentlich hatte er keine Lust mehr, wieder mit ihr zu schlafen. Sie war eine sehr anspruchsvolle Geliebte und schüchterte ihn ein. Genauer: Sie benutzte die Männer, wie die meisten Männer die Frauen benutzen. Das machte ihn nervös.

Auch Partys dieser Art machten Sam nervös und unsicher. Niemand suchte seine Bekanntschaft, und er verstand es nicht, »die Runde zu machen«. Er wäre lieber zu Haus geblieben. Gelangweilt betrachtete er die berühmten Gäste.

Plötzlich sah er die rothaarige Schönheit neben DiGennaro, der sie mit den Blicken förmlich verschlang. Sam hätte diese Frau gern für *Birth of a Star* gehabt. Sie sah jung aus und sexy.

Jahne stand neben dem Pool. Die Lichter blinkten durch die Palmen. Stars und Berühmtheiten flanierten um den Pool. Niemand erkannte Jahne. Sie hielt sich im Schatten der Bäume und genoß es, für sich bleiben zu dürfen.

Auf einer solchen Party genügt es nicht, nur gut auszusehen. Man muß schön, erfolgreich und berühmt sein. Jahne empfand das alles als unwirklich. Ihr ganzes Leben entzog sich mitunter ihrer Vorstellungskraft. Sie atmete tief den Duft des blühenden Jasmins ein, der sich mit dem leichten Chlorgeruch des Pools mischte – eine Duftnote à la Hollywood.

Plötzlich sah sie Neil, gekleidet wie alle Männer. Schwarzer Anzug, weißes Hemd. Jahne glaubte ihren Augen nicht trauen zu können. Es war so lang her, seit sie ihn in New York zuletzt gesehen hatte.

Wieder faßte Jahne sich nur mit Mühe. Sie kniff die Augen zu. Doch als sie sie öffnete und über den Pool mit seinen kleinen schwimmenden Lichtern auf der Wasserfläche blickte, erkannte sie, daß sie sich nicht getäuscht hatte.

Es war Neil. Er servierte den Partygästen Canapés. Er arbeitete hier als Kellner!

Paul Grasso stand mit einem Drink in der Hand endlich inmitten der Gäste. Er hatte sich durch einen Trick Einlaß verschafft. Eingeladen hatte ihn Ara nicht. Blablabla. Wie er diese Partys haßte! Doch nur hier hatte er eine Möglichkeit, an Marty heranzukommen. Er hatte seine Beute auch bald entdeckt. Da Marty mit Lila Kyle zusammen war, hätte man annehmen können, daß Paul Grasso schließlich wieder in Ehren aufgenommen sei. Er sehnte sich danach, wieder zu dem Kreis derer zu gehören, um den sich alles drehte. Doch so schön Lila Lyle aussah, so undankbar war sie auch. Dankbarkeit gehörte in dieser Stadt ohnehin zu den Fremdwörtern. Tatsächlich haßte ihn Lila. Sie hatte die Rolle bekommen, Paul aber nie zu dem Job als Castingmanager verholfen, den sie ihm versprochen hatte. Dabei brauchte er ihn dringend. Sie beantwortete nicht einmal seine Anrufe. Sichtlich gelangweilt stand sie nun neben Marty.

»Hallo, Marty. Was machst du denn so in letzter Zeit?« fragte Paul. »Warst du wieder in Las Vegas?«

»Nein. Keine Zeit.«

»Wie läuft die Show? Ich habe noch nichts darüber gehört.« Auf Pauls Oberlippe bildeten sich Schweißtröpfchen. Der wußte, daß es schlechter Stil war, auf einer solchen Party anzuschaffen, doch eigentlich schuldete man ihm etwas.

»Sehr gut.«

Nun blieb Paul gar nichts anderes mehr übrig, als doch einen Vorstoß zu wagen: »Hast du Castingprobleme? Vielleicht könnte ich dir helfen?«

»Du willst sagen, vielleicht könnte ich dir helfen. Du brauchst Arbeit, Paul. Stimmt's?«

»Ich sage nicht nein, wenn man mir die Besetzung für ein neues Projekt überträgt«, gab er zu. Marty schwieg. Eine solche Pause ist nicht gerade ermutigend. Mit dieser Pause endete eine Freundschaft. Übrig blieben nur geschäftliche Beziehungen.

»Ruf mich morgen in meinem Büro an.« Da wußte Paul, daß er seinen letzten Jeton gesetzt hatte. Doch er war wieder im Spiel.

Lila räusperte sich und trat von einem Bein auf das andere. Sie demonstrierte ihre Langeweile sehr deutlich. Ara hatte sie eingeladen, da sie seine Klientin war. Doch die Party ödete sie entsetzlich an. Sie schlenderte von der Terrasse zurück ins Haus. In der Mitte des riesigen Raums stand ein riesiger Sessel, um den sich schnatternde Idioten scharten. Lila tat unbeteiligt, ging aber dennoch näher. Sie befand sich in der Nähe eines ganzen Machtzentrums. Soviel spürte sie sofort. Nicht einer der hochkarätigen Schauspieler drehte sich zu Lila um.

Eine dunkelhaarige große Frau in der Mitte der Gruppe unterhielt sich mit einem ebenfalls großen dunkelhaarigen

Mann. Er lächelte ihr zu. Sie lächelte zurück. Aus dem Augenwinkel bemerkte Lila, daß Marty sich ihr näherte.

»Miss Kyle?« fragte der große Mann. Sie nickte. »Ich bin Sam Shields. Darf ich Ihnen April Irons vorstellen«

Lila lächelte April strahlend an. Denn Aprils Irons' Name stand für Produktionen. Große Produktionen.

Marty hatte die Gruppe erreicht.

»Hallo, April«, sagte er und nahm Lilas Arm. Lila reagierte gereizt. Schließlich hatte er keinen Besitzanspruch auf sie. Sie befreie sich.

»Was hast du denn für Pläne, April?« erkundigte Marty sich.

»Ein kleines neues Projekt. Sam wird es für mich machen. Wir haben gerade darüber diskutiert.«

»Ach wirklich?« Marty lächelte steif. »Hast du schon einen Arbeitstitel?« fragte er.

»*Birth of a Star*«, erwiderte April zuckersüß.

Neil stand auf der rückwärtigen Veranda und sog an einer Zigarette. Seine Hände zitterten. Sam Shields! Dieser verfluchte Sam Shields. Neil hatte eine Platte mit Kaviar herumgereicht und sich damit auch einer kleinen Gruppe von Gästen genähert. Er erkannte Michael Douglas, Kevin Costner, Richard Gere, Marty DiGennaro und Crystal Plenum. Er bediente Michelle Pfeiffer, Phoebe Van Gelder und dieses Miststück von einer Produzentin, April Irons. Dann hatte sich irgendeiner über eine Schale Beluga gebeugt und kräftig zugelangt. Neil hätte fast die Platte fallengelassen, als er den Mann erkannte. Sam Shields! In einem ersten Impuls hätte Neil fast die Schale mit den Fischeiern genommen und Sam Shields ins Gesicht gedrückt. Rechtzeitig besann er sich.

Die Demütigung schmerzte. Neil bemerkte erleichtert und gleichzeitig gekränkt, daß Sam ihn nicht einmal erkannt hatte. Wer ihn bediente, war dem Hund egal. Hauptsache, er konnte sich an kostenlosem Kaviar schadlos halten.

»Ich hab dir gesagt, Nase, daß es keine Pausen gibt.« Den Spitznamen »Nase« war Neil inzwischen gewöhnt. Diesmal benutzte ihn der fette Oberaufseher des Partyservice.

»Sie sagen es!« Neil schnickte seine Zigarette in den Belugakaviar und ging gelassen die Treppe hinunter. Im Gehen löste er seine schwarze Fliege.

»Wohin gehst du, Nase? Du hast hier zu tun.«

»Wie recht du hast. Ich habe zu tun, aber nicht hier.«

Neil stand am Ende der Auffahrt. Was, zum Teufel, soll ich jetzt tun? fragte er sich. Per Anhalter hab' ich keine Chance. Nicht in Holmby Hills. Geld für ein Taxi hab' ich auch nicht. Busse fahren in diesen elitären Höhen nicht.

Neil drehte sich um, als es hinter ihm hupte. Aras Auffahrt gegenüber parkte ein Wagen. Eine Frau lehnte sich aus dem Fenster und winkte ihn heran. Neil hatte sich noch nie von Fremden mitnehmen lassen. Doch man konnte ja immer einen Anfang machen.

Die Frau stieg aus. Keine Schönheit, wie er auf den ersten Blick sah. Eher häßlich. Und alt. Doch das scherte Neil kaum. Auch er hatte noch keinen Schönheitswettbewerb gewonnen und fühlte sich auf dem trockenen ohne Transportgelegenheit.

»Waren Sie auf der Party?« fragte die Frau und nickte in Richtung auf Aras Haus.

»Ja. Bin gerade gegangen. Genauer, ich hab gekündigt.«

»Ich gebe Ihnen hundert Dollar für Ihre Kellnerkleidung«, bot sie an.

Neil antwortete zunächst nicht. Hätte er sich denken müssen, daß das nur jemand war, der sich Einlaß verschaffen wollte. »Es gibt wohl nichts, was man nicht tut, um zu Aras Party zu kommen. Hundert, sagen Sie? Ich kenne jemanden, der mir tausend gäbe.«

Ich zuckte die Achseln. Ja, ich war die Frau. Laura Richie. Laura Richie hatte schon tiefer gebuckelt, um eine heiße Story zu bekommen. Nur für Sie, geneigter Leser.

»Dann sollten Sie vielleicht besser mit diesem ›Jemand‹ reden.«

»Was soll ich denn auf der Heimfahrt tragen? Ihr Kleid etwa?«

Ich öffnete die rückwärtige Tür und holte ein paar schwarze Hosen heraus. »Die Hose habe ich. Ich brauche nur Ihr Hemd, das Jackett und die Fliege. Dafür können sie meine lederne Bomber-

jacke haben und die hundert Dollar. Damit müßten Sie eigentlich bis nach Haus kommen.«

»Legen Sie noch zwanzig Dollar für das Taxi drauf, dann können Sie das Zeug haben.« Er knöpfte sein Hemd auf und zerrte es aus der Hose.

24.

»Hast du das Band von *Three for the Road*?« fragte Sam Shields. Sie saßen auf dem Bett. Aras Party hatte ihn ermüdet. Jetzt stand ihm athletischer Sex mit April bevor, und der rangierte momentan nicht oben auf seiner Hitliste. Er knöpfte sein Hemd auf. April hatte ihre Bluse schon über den Stuhl gehängt.

»Natürlich. Warum?«

»Weil ich es mir ansehen will.« Sam griff nach der Fernbedienung und schaltete den Fernseher ein.

Sam hatte zugestimmt, ein neues Drehbuch für *Birth of a Star* zu schreiben und die Regie des Films zu übernehmen. Dafür sollte er eine halbe Million Dollar bekommen. Das doppelte von dem, was er für *Jack and Jill* erhalten hatte. Das allerdings nur, wenn der Film tatsächlich in die Produktion ging. Sam konnte das alles noch kaum fassen.

»Sam, was machst du da?« erkundigte April sich gereizt. »Stell den beschissenen Fernseher ab. Doch jetzt nicht!«

Sam versuchte April zu beschwichtigen. »Nachdem ich Lila Kyle gesehen habe, möchte ich nur eine Minute in die Show hineinschauen. Alle sprechen darüber. Wo hast du das Band?«

»In meiner Tasche dort drüben.«

Sie sah Sam zu, wie er den Raum durchquerte. Nackt, bis auf die süßen blauen Boxer-Shorts, die seine reizvollen Nüßchen verbargen. Er nahm das Band und schob es in den Videorecorder. »Ich will nur sehen, was Marty DiGennaro zuwege bringt.«

Nach den ersten Kritiken von *Jack and Jill* hatte April beschlossen, noch einen Film mit Sam zu drehen. Sam war ihr dafür dankbar. Denn er hatte in den letzten zwei Jahren nichts Vernünftiges mehr geschrieben. Vielleicht war der Film genau das, was er noch brauchte.

Jedenfalls brauchte er auch April. Sie besaß viel Einfluß. Kein einziges Mal hatte sie ein Wort über Crystal verloren. Sie schien ihm nicht übelzunehmen, daß er ein Verhältnis mit der Schauspielerin gehabt hatte. Dazu mochte beigetragen haben, daß er es tatsächlich geschafft hatte, Crystal zu großer Form zu bringen. Jetzt stand eine neue Produktion an. Sie diskutieren über Kosten, Besetzung und alles anderen, was dazugehört. Die Produktion würde größer sein als Sams erste. April vertraute ihm.

Er blickte hoch. April hatte das Zimmer verlassen.

»Warte. Wohin willst du denn?« rief Sam ihr nach. »Komm her! Sieh dir ein Genie bei der Arbeit an.«

»Das wäre mal eine nette Abwechslung«, schimpfte sie von der Tür, doch ihre Neugierde war erwacht. Ihr Vater hatte ihr eingeprägt: Lerne deine Feinde besser kennen als deine Freunde. April haßte Marty DiGennaro. Sie hoffte, daß seine Show ein Reinfall wurde. Es hatte schon viele Gerüchte gegeben. Man sprach von neuen Techniken, Streiterein, gewaltigen Kosten. Vielleicht würde die Serie dafür sorgen, daß dieser kleine Wichtigtuer zurechtgestutzt wurde. Es konnte nicht schaden, sich einmal anzusehen, was an dem ganzen Geschwätz dran war, dachte April. Sie setzte sich wieder auf das Bett, weit von Sam entfernt.

Er klopfte jedoch auf den Platz neben sich. »Komm schon. Es ist doch geschäftlich«, schmeichelte er.

April gehorchte. Sie lehnte den Kopf an Sams Brust und holte tief Luft. Sie hatte ihre Kontaktlinsen schon herausgenommen, weil sie erwartete, direkt mit Sam zu schlafen. Nun sah sie den Bildschirm nur verschwommen. Doch was schadet das? fragte sie sich. Es ist ja nur Fernsehen. Sie sahen schweigend einige Minuten zu. Dann richtete April sich auf. Das war nicht das übliche Sonntagabend-Fernsehprogramm. Wie auch? Es stammte ja von Marty DiGennaro. Er war ein

Mistkerl, doch ein begabter. Diese Serie war gut. Fast wie ein Film, und doch weder Film noch Fernsehen.

»Sam, gib mir mal meine Brille. Sie ist in der Schublade vom Nachttisch.«

Nun wendete April den Blick nicht mehr von dem Bildschirm ab. Marty arbeitete mit allen nur denkbaren Tricks, doch er setzte sie anders ein als gewohnt und mit größerer Wirkung. Es fehlte nicht an Erotik. Doch die Frauen waren hart, emanzipiert, fast wie Zwitter. Er brachte Nostalgie. Seine Filmschnitte, die Übergänge, Überschneidungen überraschten. Besser, heißer, moderner als alles, was bisher dagewesen war.

»Was hältst du von der Rothaarigen?« fragte Sam. »Wir haben sie auf der Party kennengelernt.«

April beobachtete das Mädchen. Es gab natürlich die Verbindung mit der Mutter Theresa O'Donnell, die die letzte Verfilmung gespielt hatte. Das brachte kostenlose Publicity. Lila sah umwerfend aus. Trotzdem. April wollte keinen Film machen, der nur der Abklatsch eines anderen war.

»Nein. Und die Blonde kommt auch nicht in Frage.«

»Und was hältst du von der Dunklen?«

April beobachtete das Mädchen genau. Zweifellos schön. Nicht nur das. Das Mädchen konnte spielen.

»Nicht schlecht«, gab sie zu.

»Wir brauchen ein neues Gesicht für die Rolle.«

»Eine Möglichkeit wäre es.«

Sie ließen das Band schneller durchlaufen. Am Ende kam die Besetzungsliste. April fiel Sams deutliche Erregung auf. »Ist das wegen ihr oder wegen mir?« fragte sie mit Blick auf seine Shorts.

»Wegen dir.« Er nahm ihre linke Brust in die Hand. »Aber ich schlage vor, daß wir sie mal vorsprechen lassen.«

»Sam, ich halte es für unwahrscheinlich, daß wir es uns leisten können, einen Fernsehstar zu nehmen, auch wenn wir sie mit Michael McLain koppeln. Wir brauchen eine vom Film.«

»Dann besorg mir Kikki Mansard. Die ist gut. Oder Julia Roberts.«

»Ich bitte dich! Die Einsiedlerin von Hollywood? Unerreichbar. Und ihre Leute fordern zuviel. Ich gebe nicht sechs Prozent vom Gesamtbudget für einen einzelnen aus. Aber lassen wir das jetzt und kommen endlich im Bett zur Sache.« Sie griff nach seiner Männlichkeit und schaltete mit der anderen Hand den Fernseher aus.

25.

Seit Jahne Neil auf Aras Party gesehen hatte, suchte sie ihn. Natürlich unauffällig. Sie versuchte es mit der Fernsprechauskunft. Doch seine Nummer war nicht eingetragen. Sie sah in den Gelben Seiten nach. Fehlanzeige. Sie ging zur Zentralbibliothek der Stadt und blätterte das letztjährige Telefonbuch auf der Suche nach einem Morelli durch. Ebenso verfuhr sie mit den Telefonbüchern von Orange County und den umliegenden Bezirken. Sie ging zwei Jahre zurück. Nichts. Hatte er eine Geheimnummer? Schlimmer noch, hatte er überhaupt keinen Telefonanschluß? Ein arbeitsloser Schauspieler ohne Telefon konnte keine Arbeit bekommen. Hätte Neil also schon aufgegeben?

Jahnes Hoffnung, Neil je zu finden, schwanden. Sie vermißte Neil, machte sich aber noch mehr Sorgen um ihn. Was sie jedoch tun sollte, wenn sie ihn fand, wußte sie auch nicht. Sich zu erkennen geben? Nein. Dazu war es zu früh. Vielleicht konnte sie ihm indirekt helfen, ihm Geld schicken oder Marty bitten, ihm eine kleine Rolle in der Serie zu geben.

Sie wünschte sich einen Freund wie Neil. Pete war nett gewesen. Doch eigentlich hatte sie ja nichts verbunden. Er begegnete ihr noch immer freundlich, aber nicht mehr als Freund. Sharleen war nett, aber beschränkt. Jahne fühlte sich einsam. Ihr fehlten Neils scharfzüngige Bemerkungen, die Gespräche von Frau zu Frau, die sie mit Molly gehabt hatte, die tiefschürfenden Unterhaltungen mit Sam.

Natürlich machte es Spaß, die Serie zu sehen und mitzuerleben, wie sie sich entwickelte. Doch abgesehen von ihrer

Arbeit besaß Jahne kein Privatleben. Die Arbeit bereitete ihr keine Probleme. Dazu besaß sie zuviel Routine. Sie kam auf dem Bildschirm gut heraus, sogar bei Nahaufnahmen. Sie hatte ihr Gesicht beim Fotografen in New York getestet. Doch Fotos und ein Film ließen sich nicht vergleichen. Das eine war ein kaltes Medium, das andere ein heißes. Anfangs hatte sie sich am meisten vor den starken Lampen gefürchtet. Fernsehlampen sind greller als Bühnenlampen. Das Licht drang ihr in jede Pore ein, ließ sie wie Krater in der Haut erscheinen, wenn die Maske nicht korrekt aufgetragen war. Auf der Bühne brachte die Beleuchtung bestimmte Effekte hervor. Da gab es keine Nahaufnahmen, kein gebündeltes Licht. Bei der Fernsehaufnahme ging es darum, die Sonne mitunter direkt auf die Schauspieler zu konzentrieren. Durch Lichteffekte. Manchmal, wenn sich Jahne in dem scharfen Licht bewegte, wußte sie genau, daß die winzigen Narben, die sie in ihrem Schlafzimmer nur als haarfeine Linien sehen konnte, wie tiefe rote Schnittwunden erscheinen mußten. Hesters scharlachroter Buchstabe. Jedesmal hielt Jahne die Luft an, wenn der Kameramann die Aufnahme durchlaufen ließ. Sie wartete darauf, daß jemand die unausweichliche Entdeckung machte und entsetzt aufschrie. Dieser Aufschrei erfolgte zwar nie, doch Jahnes Wachsamkeit ließ auch nie nach. An sich konnte sie nichts gegen die Beleuchtung ausrichten. Sie mußte sich ihr aussetzen.

Nur bei der Maske konnte sie mitbestimmen. Ihre Sorgfalt beim Make-up ging weit über die übliche Sorgfalt eines Profis hinaus. Jahne verlangte die absolute Perfektion. Ganz bewußt hatte sie sich mit dem Mann, der für ihr Make-up zuständig war, angefreundet. Sie stimmten darin überein, daß die Flandersprodukte nicht genug aushielten. Er schmuggelte also MAC herein und etwas aus seinem eigenen Vorrat. Trotz des Vertrages, den Jahne unterzeichnet hatte.

Alles in allem fand Jahne die Arbeit vor der Kamera längst nicht so aufregend, wie sie das anfangs geglaubt hatte. Marty DiGennaro führte Regie. Darum war sie davon ausgegangen, daß die Serie in jeder Hinsicht überdurchschnittlich sein würde. Leider mußte sie feststellen, wie empfindlich eingeengt ein Regisseur arbeiten mußte. Das Drehbuch fand Jahne zum Beispiel fürchterlich. Ein ganzes Team schrieb die Dialoge auf niedrigem Niveau. Was herauskam, wirkte aufgesetzt, unausgegoren. Jahne hatte Mühe, den richtigen Einsatz zu finden. Sie begann einen Satz, Sharleen unterbrach, Lila beendete ihn. Das nennt man Kunst, dachte Jahne, nachdem sie das erstemal das Drehbuch gelesen hatte. Sie hoffte nur, daß es auf dem Bildschirm besser wirkte.

Inzwischen hatten sich die Charaktere der drei Hauptdarstellerinnen beim gesamten Team eingeprägt. So galt Jahne als intelligent, Lila als die mit dem meisten Sex-Appeal, Sharleen als Dummerchen. Weil Jahne über zehn Jahre jünger eingeschätzt wurde, wirkte sie übertrieben gescheit. Lila war sicher sexy, wenn auch nicht sinnlich. Die arme Sharleen konnte man nicht eigentlich dumm nennen. Sie hatte nur nicht viel kennengelernt in ihrem Leben. Die breite Masse bezeichnet fast immer die, die nicht weit herumgekommen sind als dumm.

Von den drei Frauen hatte es nur Lila geschafft, sich bei Marty einzuschmeicheln. Nachdem sie die ersten sechs Folgen gesehen hatte, wurde Jahne klar, daß Lila mit den meisten Nahaufnahmen und den besseren Texten bedient wurde. Die »kluge Jahne« blickte immer seltener in die Kamera und bekam immer weniger Text. Da man die meisten Dialoge ohnehin vergessen konnte, fiel Jahne der Witz von den beiden alten Frauen ein, die sich in der Lobby eines Hotels nach dem Abendessen unterhalten. Die eine Frau sagt: »Das Essen ist fürchterlich.« Die andere erwidert: »Ja, und dazu diese kleinen Portionen!« Jahnes Portion schlechte Texte nahm also ab. Sie gab zu, daß ihr das nicht recht war.

Nichts entsprach dem, was sie sich vorgestellt hatte. Nur bei ihren Gesprächen mit Mai von Trilling fühlte sie sich wirklich mit dem Showgeschäft verbunden. Inzwischen kannte Jahne Mais ganze Lebensgeschichte, wußte über ihre Liebschaften und ihre Leiden Bescheid. Jahne wurde nie müde, Mai zuzuhören, und Mai schien Gefallen daran zu finden, sich jemandem mitzuteilen.

Auch jetzt stand Jahne in der Kostümabteilung und besprach mit Mai die Kostüme für die nächste Woche. Mai hockte auf dem Boden und steckte einen Saum ab. Die Ersatznadeln klebten in ihrem Mundwinkel. »Darum hab ich ihn verlassen, meine Liebe. Was hätte ich sonst tun sollen? Er wäre doch nur auf meinen Erfolg eifersüchtig gewesen. Das hätte ihn vergiftet. Nach einer Weile hätte er ohnehin aufgehört, mich zu lieben.«

»Aber Sie haben ihn geliebt«, vergewisserte Jahne sich.

»Sicher. Er war die große Liebe meines Lebens. Und er liebte mich auch. Tat nicht nur so. Er liebte mich nicht nur auf der Leinwand, wie all die anderen danach. Schlimmer noch fand ich, daß manche mich mit dem Bild verglichen, das ihnen ein Film von mir vermittelte. Sie werden das auch noch erleben. ›Ach, sie ist nicht so groß, wie ich dachte, ihre Zähne sind schlechter, sie ist dünner. Eigentlich hatte ich mir mehr von ihr versprochen.‹« Mai lachte freudlos.

Es störte Jahne, die verrunzelte alte Mai auf dem Boden knien zu sehen, während sie von ihren ruhmreichen Jahren erzählte. Nun war Mai ein Nichts. Wie wurde sie mit ihrem Leben fertig? Doch diese Frage konnte Jahne natürlich nicht stellen.

Mai blickte auf. »Sie sind komisch. Ihre Augen sind zu alt für Ihr Gesicht.« Sie nahm die letzte Nadel aus dem Mund und steckte sie durch den harten Jeansstoff. Jahne spürte, wie es ihr kalt den Rücken hinunterlief. Hatte Mai sie durchschaut? »Sie denken ständig über etwas nach. Als fürchteten Sie sich. Aber über was denkt ein hübsches Mädchen nach? Ich habe erst nachgedacht, als ich vierzig war.«

»Das ist eben so eine Angewohnheit.« Jahne verließ den kleinen Podest vor dem Spiegel.

»Nein. Sie sind anders.«

»Inwiefern?« fragte Jahne beiläufig. Doch sie hatte Angst.

»Schon weil Sie mir erlauben, so etwas zu sagen. Das ist ungewöhnlich. Und Sie kommen zu mir, statt daß ich zu Ihnen kommen muß.«

»Sie erweisen mir doch einen Gefallen, nicht umgekehrt. Da ist es nur recht und billig, daß ich zu Ihnen komme.«

»Törichtes Mädchen! Ein Gefallen, den man einem Star erweist, ist ein Vergnügen. Anders ausgedrückt – Geld auf der Bank. Eine bezahlte Versicherungsprämie, meine Liebe.«

»Was denn für eine Versicherung?« fragte Jahne verständnislos.

»Arbeitslosenversicherung.« Mai stand mühsam auf, lachte aber. »Wenn ich Glück habe, schmeißen Sie mich nicht raus.«

»Das würde sich niemand einfallen lassen. Sie sind doch sagenhaft gut.«

»Heute sagenhaft gut, morgen arbeitslos.« Mai zuckte die Schultern. »Gefällt's Ihnen?« fragte sie mit einem Blick in den Spiegel.

Tatsächlich vollbrachte Mai wahre Wunder. Sie hatte die ganzen Jeans auseinandergetrennt und sie völlig neu zusammengenäht. Trotz Diät und Operationen war Jahne nicht so schlank wie die beiden anderen Mädchen. Einmal war sie kleiner und dann eben auch älter. Jetzt wirkte ihr Bauch so flach wie ein Eierkuchen. »Ich möchte bloß wissen, wie Sie das geschafft haben, Mai.«

»Ein paar Tricks. Eine Lycraeinlage vorn, hinten mehr Spiel. Und die Seitennähte verstärkt, damit sie nicht knittern oder sich auswölben. Nur nicht darin sitzen! Hierin dürfen Sie nur Szenen im Stehen drehen lassen. Wenn sie sich ausruhen wollen, legen Sie sich auf ein schräges Brett. Ich habe jetzt die Jeans für das Motorrad in der Arbeit. Die sind nur fürs Sitzen. Die haben mehr Spiel im Gesäß, lassen Ihre Beine aber länger und dünner wirken.«

»Eine Jeans zum Sitzen, eine zum Stehen. Das ist doch unfair!« Jahne lachte. »Unfair gegenüber all den Frauen, die nicht auf Ihre Hilfe zurückgreifen können.«

»Die werden nie verstehen, warum ihre Jeans nicht so sitzen wie Ihre.« Mai lächelte. »Hollywoodzauber.« Sie sammelte Scheren, Stoffreste und Stecknadeln vom Boden auf.

»Ich helfe Ihnen«, sagte Jahne und hockte schon auf dem Boden.

»Sehen Sie? Das ist eben komisch. Daß Sie das tun. Manche sind nur anfangs höflich. Aber für eine Schönheit wie Sie ist es sehr ungewöhnlich. Außerdem haben Sie es als Kompliment aufgefaßt, als ich sagte, Sie seien sehr hübsch. Schöne Mädchen hören das nicht gern. Genau wie es hübsche Mädchen nicht mögen, attraktiv genannt zu werden. Das genügt ihnen nicht.« Sie musterte Jahne. »Vielleicht waren Sie als Kind blind. Aber wenn ich noch einmal so was sage, werde ich wirklich vor die Tür gesetzt.«

Als Jahne am Abend nach Hause kam, müde nach zehn Stunden Außenaufnahmen in dem staubigen San Clemente, konnte sie vor Erschöpfung kaum noch ihre Post aus dem Kasten nehmen. Sehr viel Post erwartete sie ohnehin nicht. Wer sollte ihr schon schreiben? Sie besaß keine Verwandten. Niemand schickte ihr Postkarten. Nur hin und wieder traf ein Brief von Dr. Moore ein oder eine Zeichnung von Raoul. Sie hoffte, daß der Junge Spaß hatte an den Rollschuhen und den Farben, die sie ihm geschickt hatte. Nur weil sie an solche Post dachte, machte sie sich die Mühe, in dem Briefkasten nachzusehen.

Manchmal gab ihr das neue Gesicht, der neue Körper, das neue Leben das Gefühl, unbesiegbar zu sein. Sie hatte hoch gepokert und gewonnen. Ein anderes Mal, wie zum Beispiel jetzt, erschien ihr alles nur wie ein trügerisches Versprechen. Wie *Jack and Jill* und Sam. Ihr Magen krampfte sich vor Angst zusammen. Sie war zu alt und zu müde, um noch einen Neuanfang in Erwägung zu ziehen.

Jahne schalt sich selbst wegen ihrer morbiden Gedanken. Eine Folge von zuviel Alleinsein und Müdigkeit. Es hatte keinen Sinn, sich vor etwas zu fürchten, das sie gar nicht kannte. Sie war zu erschöpft, um momentan Freundschaften zu suchen. Die Arbeit strengte sie an. Und ständig Jahne Moore spielen zu müssen, forderte auch seinen Tribut.

Die Post brachte nichts Neues. Keinen Brief von Dr. Moore. Zwei Rechnungen, zwei Werbesendungen, Modekataloge. Doch dann sah sie einen großen cremefarbenen Umschlag. Handschriftlich adressiert. Aus L.A.

Sie warf die Post auf ihren Couchtisch und öffnete den großen Umschlag zuerst.

April Irons
bittet Sie herzlich, zu ihrer Einladung am
Dienstag nach Sonnenuntergang zu kommen.
Drinks und Abendessen.

Über die Anschrift war handschriftlich hinzugefügt worden: »Ich würde mich freuen, Sie bei mir begrüßen zu können. Bringen Sie einen Freund mit. April.«

Die mächtigste Frau von Hollywood schickt mir, Jahne Moore, eine Einladung und unterzeichnet sie selbst. Sie freut sich, mich zu sehen?

Jahne schüttelte den Kopf. Wie alles in Hollywood hörte sich auch das wie ein Märchen an. Hatte sie sich nicht gerade erst gewünscht, sie wäre nicht so allein? Ihr Wunsch war in Erfüllung gegangen. Sie hatte eine Abendeinladung erhalten. Nun brauchte das Aschenputtel nur noch die Stiefmutter des Märchens aufzutreiben, die sie mit einem Festkleid und Glaspantöffelchen und einer Kutsche versorgte. Am dringendsten aber mit einem Prinzen.

Die Party bei Ara Sagarian hatte sie schrecklich gefunden. Doch sie sah ein, daß sie mehr unter Leute kommen mußte. Am besten fragte sie Mai, was sie anziehen sollte. Vielleicht konnte sie sich etwas aus dem Fundus leihen. Aber mit wem sollte sie hingehen.

Pete kam nicht in Frage. Er hätte sich überhaupt nicht mit ihr unterhalten können. Also mußte Jahne Sy Ortis fragen und um Rat bitten.

Jahne ließ sich ein Bad einlaufen und goß sich ein Glas Beaujolais ein. Sie dimmte das Licht. Das Wasser fühlte sich wundervoll weich an. Jahne lehnte die Einladung an die Kacheln. Fing es jetzt richtig für sie an?

Das Kleid bereitete keine Schwierigkeiten. Mai brachte ihr drei Kleider zur Auswahl. Sie entschied sich für ein langes, schwarzblaues Taftkleid, das die Schultern freiließ und ihren Körper umschmeichelte.

»Es geht also los für Sie«, stellte Ma befriedigt fest.

»Ich sterbe vor Angst«, gestand ihr Jahne. »Wenn nun niemand mit mir spricht oder ich etwas Dummes sage!«

Mai schnalzte mit der Zunge. »Männer werden immer mit Ihnen sprechen.« Ihr harter deutscher Akzent machte sich stärker als sonst bemerkbar. »Jedenfalls noch in den nächsten zehn Jahren. Eher langweilen Sie sich, bevor Sie bei anderen Langeweile erzeugen.«

Sy dachte nach. Jahne Moore und April Irons, beide bereiteten ihm Probleme. Sy haßte Frauen wie Jahne. Noch mehr haßte er April. Wen sollte er Jahne als Begleiter zu einer Abendeinladung vorschlagen? Sollte er sie selbst begleiten? Nein, kein guter Gedanke.

Er dachte an Michael McLain, den er groß herausbringen mußte, falls er seine Wette gewann. Die Wette hatte Sy gewurmt, kaum daß er sie vorgeschlagen hatte. Inzwischen hatte Michael ihm mitgeteilt, daß er schon mit Sharleen geschlafen hatte. Klienten machten nur Mühe. Er würde Michael vorschlagen, Jahne zu begleiten. Die war nicht so leicht herumzukriegen wie Sharleen. Sy griff zum Telefon.

Diesen Moment werde ich nie vergessen, dachte Jahne und nahm mit wachen Sinnen auf, was sich ihren Blicken bot. Michael McLain stand neben ihr. Er hielt ihren Arm in dem seinen. April Irons' Haus beeindruckte durch erlesene Eleganz und Schlichtheit. Das breite Doppelportal führte zu einer Empfangsgalerie, die Jahne groß genug für eine Sportveranstaltung fand. Im Wohnraum, zwei Stufen tiefer, herrschte die Farbe Elfenbein vor dunkeln, antiken Möbeln vor. Elfenbeinfarben die Polsterbezüge, die Kerzen – von denen es Hunderte gab – die Tischdekoration, die überreichlich vorhandenen Orchideen. Einige Pflanzen erreichten fast zwei Meter Höhe. Obwohl hier Hunderte von Leuten Platz gefunden hätten, waren sie nur zu zwölft.

Zwei Kellner balancierten Silbertabletts. Die edlen Kristallgläser funkelten im Kerzenlicht. Zu pikanten Appetitanregern wurden Drinks serviert. Eine dunkelhaarige, überschlanke Dame in einem cremefarbenen Seidenkleid begrüßte Jahne liebenswürdig. »Jahne, ich freue mich sehr, daß Sie kommen konnten.« Jahne bedanke sich bei April Irons für die Einladung und stellte Michael McLain vor.

»Nett, dich zu sehen, Mike. Du hast ja nicht lang gebraucht, bis du das neue Talent entdeckt hast.« Michael lächelte nur.

»Wenn es Ihnen nichts ausmacht, Jahne, möchte ich gleich zum Abendessen bitten. Anschließend zeige ich Ihnen einen Film, der Ihnen glaube ich, gefallen wird. Ist Ihnen das recht?« fragte April.

»Natürlich«, stimmte Jahne zu.

Im Eßzimmer stellte sie alle vor, obwohl sich das erübrigte, denn alle Anwesenden hatten einen Berühmtheitsgrad erreicht, der eine Vorstellung überflüssig machte. Jahne glaubte zu träumen.

Dann sah sie ihn.

Er kam zu spät, nahm die zwei Stufen ins Wohnzimmer mit einem Satz, bewegte sich geschmeidig wie immer und ging gleich auf seinen Stuhl zu.

Jahne ließ ihr Glas nicht fallen. Doch sie war wie versteinert. Dort saß Sam, ihr Sam. Sie konnte sich nicht an ihm sattsehen. Ihr war, als sei seitdem keine Zeit vergangen, als habe es keine Schmerzen, keine Operationen gegeben, als trage sie keinen neuen Namen, sei nie erfolgreich geworden, habe keine Triumphe im Melrose gefeiert und spiele keine Hauptrolle in einer Marty-DiGennaro-Show. Für Jahne stand die Zeit still.

Sie begehrte ihn so sehr wie immer.

Berühmt

»Erinnern Sie sich daran, wie Pinocchio zu Stromboli geht und Stromboli ihn überredet, Schauspieler zu werden? Und wie Pinocchio daraufhin ein paarmal auftritt und Stromboli ihn dann in einen Käfig steckt? Nun, das ist gar nicht so unrealistisch. Du hast dir diesen Beruf in den Kopf gesetzt, bist von diesem Traum total fasziniert. Und du schaffst es sogar. Und plötzlich findest du dich in einem Käfig wieder.«

Bette Midler

»Manche Fotografen sitzen den ganzen Tag lang vor meinem Haus in ihren Autos. Sie machen mir angst.«

Julia Roberts

1.

Haben wir uns nicht alle schon einmal Gedanken gemacht, wie es sein mag, selbst ein Star zu sein? Nicht nur Zuschauer wie ich, Laura Richie, sondern ein Star, gleichberechtigt neben anderen Stars. Nicht als Reporter geduldet oder herablassend als Fan betrachtet zu werden, sondern als Kollege willkommen zu sein.

Was empfindet man, wenn man sich mit einem Dutzend der berühmtesten, bestaussehenden und begabtesten Menschen der Welt zum Abendessen zusammenfindet? Wie ist es, wenn man von Elizabeth Taylor mit Vornamen angeredet wird oder wenn Cher einen bittet, ihr die Butter zu reichen, wenn Warren Beatty einem zulächelt und sich nach der Arbeit erkundigt, als interessiere ihn das wirklich? Früher stand Jahne noch am Rand, an diesem Abend im Zentrum.

Für Jahne waren das alles neue Erfahrungen, die sie kaum einzuordnen verstand. Ihr kam es jetzt darauf an, sich wegen Sam Shields nicht zu blamieren. Sie hielt die Augen abgewendet und blickte meist in eine andere Richtung. Vorwiegend unterhielt sie sich mit Michael McLain, Elizabeth und April Irons.

Wenn Sam sie nun wiedererkannte? Zwar hatte sie sich total verändert, nicht nur was ihr Aussehen anlangte, sondern auch in ihrem Benehmen, ihren Bewegungen, ihrer Sprechweise. Sie spielte die Rolle der Jahne Moore gut. Doch niemand kannte sie so gut wie Sam. Mußte er nicht in der Lage sein, sie zu durchschauen? Und wenn das geschah, würde er sie bloßstellen, gar verachten?

Ihr Herz klopfte so heftig und schnell, daß sie meinte, Michael neben ihr müsse es hören.

Sie wollte einen Schluck Wasser trinken, doch ihre Hand zitterte zu sehr. Da zog sie sie zurück. Glücklicherweise bemerkte es niemand.

Die Unterhaltung drehte sich um die Sicherheit in den verschiedenen Wohngegenden von L.A. Jahne hörte aufmerksam zu, als man die hohen Kosten für die Bewachung diskutierte. »Ich habe mich im Beverly Wilshire Hotel immer wohl gefühlt«, meinte Michael. »Da überlasse ich die Sicherheit der Hoteldirektion. Bequemer geht es nicht.«

»Das klappt nur, wenn man keine Kinder hat«, meinte einer der Gäste trocken. »Eine Hotelsuite ist kein Zuhause.«

»Ich mache das seit zehn Jahren.«

»Sie brauchten auch die Drehtür«, witzelte einer. Alle lachten. Jahne wußte nicht, ob sie sich auch über sie lustig machten. Denn sie mußte ja annehmen, daß sie Michaels jüngste Eroberung war.

»Verglichen mit New York ist das hier doch ein Klacks. Ich wohne im Canyon und fühle mich pudelwohl«, warf Sam in die Debatte.

Jahne fand seine Stimme noch angenehmer als sie sie in Erinnerung gehabt hatte. Volltönend, tief und mit der charakteristischen New Yorker Schärfe.

Jahne hielt sich zurück. Sie hatte Mühe, einen Bissen ihrer Vorspeise, einer Shrimp-Mousse, zu essen und mußte sich dann ebenso zu dem Heilbutt danach zwingen. Die Platten waren kunstvoll dekoriert. Silber- und Kristallpokale funkelten um die Wette mit dem goldplattierten antiken Kandelaber.

Das Gespräch schweifte von den Sicherheitsmaßnahmen ab zum Immobilienmarkt und landete dann wieder bei Alarmanlagen und Bewachung.

»Ist Ihr Haus gesichert?« erkundigte Michael sich bei Jahne.

»Das kann ich noch nicht beurteilen. Bisher hat mich niemand belästigt.«

»Möge das so bleiben. Doch verlassen würde ich mich nicht darauf. Wann hat Ihre Serie denn Premiere?«

»Nächsten Sonntag.«

»Wie aufregend für Sie!« fand Elizabeth freundlich.

»Sind Sie zufrieden?« fragte April.

»Mir fehlen Vergleichsmöglichkeiten«, gab Jahne zu. »Aber ich glaube schon, daß sie ganz gut wird.« Sie hätte gern spritziger und charmanter geantwortet. Doch sie galt ja als vierundzwanzigjährige Naive und dazu paßte die Antwort ganz gut.

Zum Nachtisch wurde ein Zitronen- und Pfefferminzsorbet serviert. Anschließend tranken die Gäste ihren Kaffee im Wohnzimmer. Jahne mußte unbedingt einen Augenblick allein sein. Sie ging hinaus auf die Terrasse. Ihre Beine zitterten. Das schwarz und dunkelblau gemusterte Taftkleid raschelte bei ihren Bewegungen leise.

»Meisterhaft.« Jahne hörte Sams Stimme dicht neben ihrer Schulter. Sie wurde blaß. Sprach er über ihre Verwandlung? Hatte er sie durchschaut?

»Das Kleid paßt phantastisch zu Ihrem Haar. Beides so einfach und doch von erlesener Schönheit.«

Sie roch sein Aftershave und seinen warmen, süßen Atem, so typisch für ihn, nachdem er Wein getrunken hatte. Sie konnte kaum glauben, daß sie in einer lauen Nacht neben dem Mann stand, den sie vor drei Jahren zum letztenmal an einem grauen Wintertag in New York gesehen hatte. Sam – der Mann, um den ständig ihre Gedanken kreisten, von dem sie träumte, nach dem sie sich sehnte und den sie zu vergessen versuchte. Jetzt war er ihr gefolgt. Nicht umgekehrt. Sie zitterte. Sie wußte nicht, ob vor Wut, vor Sehnsucht oder Angst.

Es war dunkel auf der Veranda und Sam so nahe! Wieviel konnte er sehen?

Jahne hörte Gelächter im Wohnzimmer.

»Haben Sie je daran gedacht, eine Filmrolle zu übernehmen?« fragte Sam.

Jahne hatte hineingehen wollen. Nun zögerte sie. Sie konnte ihm kaum sagen, daß sie daran so lang gedacht hatte, bis in ihrem Kopf nur noch Platz dafür gewesen war. Plötzlich wandte sie sich ab, blickte in den gepflegten Garten und zu den gepflegten Spalierobstbäumen. Das Balkongitter verschwand unter den Efeuranken.

»Vielleicht später einmal«, antwortete sie. Ein leichter Wind raschelte in den Bäumen. Ihr Körper überzog sich mit einer Gänsehaut.

»Ich muß eine Rolle in einem Film besetzen, für die Sie geeignet sein könnten.«

Jahne lachte. Sie konnte einfach nicht anders. Hatte er mit solchen Sprüchen auch bei Bethanie und all den anderen Erfolg gehabt?

Er stimmte in ihr Lachen ein. »Ich weiß, es klingt wie ein uralter Trick. Doch in diesem Fall stimmt es.«

»Momentan bin ich völlig mit Marty DiGennaro beschäftigt«, sagte sie.

»Und mit Michael McLain?«

Flirtete er etwa? Jahne wußte nicht, wie sie sich verhalten sollte. Doch das alles führte zu nichts. Im Wohnzimmer hörte sie die angeregte Unterhaltung. Sie sah, wie sich das Licht des Kronleuchters in den Gläsern brach. Sams Gesicht lag im Dunkeln.

Geh jetzt augenblicklich, befahl Jahne sich streng. Geh, und halt dich von ihm fern. Lass' dich nicht wieder von ihm einfangen. Du mußt den Schaden abwenden, bevor er entsteht.

»Das geht Sie nun wirklich nichts an«, sagte sie kühl und ließ ihn auf der Veranda stehen.

Michael McLain half ihr in den Wagen und legte behutsam die Falten des weiten Rockes auf ihre Beine, bevor er die Tür zuschlug. Ein Mann, der sich auskennt, dachte sie.

Nachdem die gefürchtete Party hinter ihr lag, erwachte Jahne wie aus einem Traum, wenn auch dem besten ihres Lebens. Das Erwachen brachte keine Veränderung. Jahne behielt ihre Schönheit, behielt ihre Erfolge, behielt die Aussicht auf eine glanzvolle Zukunft. Sie wurde umschwärmt und hatte Erfolg, und sie hielt die Zügel fest in der Hand. Was wünschst du dir noch? Fragte sie sich. Du hast den Mann, der dir wehgetan hat, abblitzen lassen. Du sitzt neben einem Filmstar der ersten Garnitur, der dich mit seinem Rolls durch Hollywood fährt. Jahne atmete tief durch. Sie hatte es nicht nur überstanden. Mehr noch. Sie hatte triumphiert. Sie fühlte sich berauscht, wie von Wein oder Marihuana.

»Vielen Dank für Ihre Begleitung, Michael. Das war sehr freundlich.«

Er lachte. »Das Vergnügen ist meinerseits. Sie können noch nicht lang in der Stadt sein, sonst wären Sie nicht so höflich.«

»Nun, ich weiß, daß Sy Sie gebeten hat, mir diesen Gefallen zu tun.«

»Er hat mir einen Gefallen erwiesen. Und er schätzt es, wenn man in seiner Schuld steht.«

Sie lächelte.

»Strengt die Arbeit Sie sehr an?«

»Ja.«

»Das ist typisch für Marty. Der fordert allen das Letzte ab. Ein Perfektionist. Und wenn Sie sich nicht beizeiten wehren, wird Sy Sie zu jeder Neueröffnung eines Supermarktes schicken.«

Jahne lachte. »Momentan kann ich nicht gut etwas absagen. Vor einem Jahr hat mich noch niemand gekannt.«

»Ja, die guten alten Tage.« Er lächelte, und Jahne fand sein Lächeln äußerst gewinnend.

»Was mir besonders zusetzt, ist dieser Flanders Cosmetics Kram«, gestand sie. »Ich bin Schauspielerin, kein Model und keine Verkäuferin. Doch die Rolle bekam ich nur in Verbindung mit dem Flandersvertrag.« Sie seufzte. »Diese Fototermine dauern oft stundenlang. Danach tut mir alles weh.«

»Das Geld tut nicht weh«, tröstete Michael sie. »Wir mußten alle mal scharf ran, damit wir nach oben kamen. Auch Elizabeth verkauft Parfum.«

Er hielt vor ihrem Haus. Jahne lud ihn ein, mit ihr hineinzukommen.

Er nickte nur und führte sie zur Tür. Seine warme Hand auf ihrem nackten Arm ließ sie erschauern. Sie öffnete die Haustür und machte Licht.

»Machen Sie es sich bequem. Ich hole eine Flasche Wein«, versprach sie.

»Bleiben Sie nicht zu lang fort. Ich sehe Sie gern an«, meinte er.

Jahne vermochte sich seiner Ausstrahlung nicht zu entziehen. Beim Lächeln zeigten sich kleine Fältchen um seine Augen und tiefere um seinen sinnlichen Mund. Michael war ein Mann, kein Junge wie Pete.

Außerdem konnte er es durchaus mit Sam aufnehmen. Altersmäßig paßte er entschieden besser zu Jahne als Pete. Trotz ihres Aussehens ging sie immerhin hart auf die Vierzig zu. Sie schätzte Michael auf über fünfzig. Michael gehörte zu den Filmstars, die sie immer gern gesehen hatte, ja, sie hatte ihn zuweilen angeschwärmt. Nun saß er neben ihr. Sie spürte, daß er sie begehrte. Er gehörte zu den gekrönten Häuptern von Hollywood, und alle Türen standen ihm offen.

Als errate er ihre Gedanken, sagte Michael unumwunden: »Ich mag dich.«

Michael McLain hatte in den letzten zwanzig Jahren die schönsten Frauen Hollywoods gehabt. Darüber war ja auch beim Abendessen gewitzelt worden. Nun begehrte er sie, Jahne. In gewisser Weise kam das einer Aufnahme in eine exklusive Bruderschaft gleich.

Sie nahm die Flasche gekühlten Weißwein, die sie für Gäste bereithielt und zwei Gläser. Damit kehrte sie zu Michael zurück. Ihr Selbstbewußtsein stieg. Dazu gesellte sich Erregung und Neugier. Jahne versuchte sich Sex mit Michael McLain vorzustellen. Würde er sich sehr von dem mit Sam unterscheiden? Sie nahm sich fest vor, Sam nicht wieder zu verfallen. Noch einmal wollte sie nicht schwach werden.

Vernunft, moralische Skrupel und Furcht setzten Jahne zu. Sie kannte Michael kaum.

Was war mit AIDS? Heutzutage gab es keine flüchtigen Liebesbeziehungen mehr. Sie lebten schließlich in den 90er Jahren. Und Michael hatte sich in der Vergangenheit gewiß nicht zurückgehalten. Kann ich es mir leisten, meinen guten Ruf zu gefährden? Schlimmste Angst: die Narben. Mit Pete hatte sie in völliger Dunkelheit schlafen können. Doch darauf ließ Michael sich bestimmt nicht ein.

»Woran denkst du?« fragte er, und sie errötete.

»Du bist ein sehr unkomplizierter Mensch. Man fühlt sich wohl in deiner Nähe«, log sie, denn entspannt fühlte sie sich nun wirklich nicht.

»Weil du mich von der Leinwand her kennst. Wenn deine Show einmal ausgestrahlt wird, werden die Menschen glauben, sie würden dich persönlich kennen. Man wird dich auf der Straße ansprechen und dich mit Namen anreden. Man wird deine geheime Telefonnummer herausbekommen, und sie werden dir schreiben und von dir träumen.«

»Ein unheimlicher Gedanke.« Die Härchen auf ihren Unterarmen stellten sich auf. »Doch ich habe immer gefunden, daß Ruhm ein Schatz ist, den man als Einsatz verwenden kann. Trotz der Nachteile. Man kann ihn einsetzen, um Macht auszuüben oder sein Leben zu kontrollieren. Wenn ich einmal die Anonymität abgestreift habe, hoffe ich auf anspruchsvollere Arbeit.«

Sie stand auf und ging zum Fenster.

»Ist die Aussicht nicht hinreißend?« fragte sie, angesichts der unzähligen Lichtpünktchen, die von der Stadt herauf funkelten und sich zu einem Glühwürmchenteppich vereinigten.

Michael stand hinter ihr, berührte sie aber nicht. »Es gefällt dir, und es gehört dir«, scherzte er.

»Es gehört niemandem. Die Stadt ist wie Wasser. Man kann es kurz festhalten, dann rinnt es durch die Finger.«

Michael drehte sie sanft zu sich um. »Bist du eine Zynikerin, Jahne? Oder bist du sehr klug?«

Jahne dachte darüber nach. Die Atmosphäre zwischen ihnen war elektrisch geladen. Doch sie unterhielten sich wie ein Liebespaar in einem Kitschfilm. »Etwas von beidem. Und du?«

Er legte den Arm um sie. Das genoß sie sehr und erschauerte. »Das, was mit dem Berühmtsein einhergeht, läßt mich kalt. Nur echte Begabung versetzt mich in Erregung. Eine Begabung, die zum Durchbruch drängt. Wie bei dir.«

»Das klingt gut. Aber ich bin schließlich nicht das erste Mädchen in L.A., das nach einer Chance fiebert, oder dem du das sagst. Außerdem hast du mich nie bei der Arbeit gesehen. Woher willst du also etwas über mich wissen?«

»Ich sage nie die Unwahrheit, wenn es um Talent geht. Warum auch? Damit ich eine Frau überrede, mit mir zu schlafen? Das habe ich nicht nötig.«

Jahne dachte an Sam und daß er ihr eine Rolle in seinem Film angeboten hatte. Sie fröstelte.

»Du bist eine von drei wirklich begabten Frauen, die ich in den letzten zwölf Jahren kennengelernt habe. Die Namen der anderen werde ich nicht sagen. Das verbietet mir der Anstand. Aber du kannst mir vertrauen, Jahne. Du hast Talent. Ich habe dich im Melrose Playhouse gesehen.«

Zwischen ihnen entstand ein Schweigen. Dann beugte Michael sich zu ihr und küßte sie. Jahne erwiderte den Kuß nicht. Doch sie fuhr sich mit der Zunge über die Lippen. Der Kuß war gefährlich gewesen, aber gut. Und es war lang her, seit sie eine vernünftige Unterhaltung mit einem Mann hatte führen können.

In dem Moment entschloß Jahne sich, mit Michael zu schlafen. Er wirkte rücksichtsvoll und war interessant. Außerdem verstand er es zu küssen. Es fragte sich nur, ob ihn die Narben abstießen. Sie wußte nicht, wie welterfahren er wirklich war, und wie weit er über den Dingen zu stehen vermochte.

Jahne legte die Hand um Michaels Nacken und zog ihn näher. Dieses Mal küßte sie ihn. Erst behutsam, dann nachdrücklich. Er erwiderte den Kuß und preßte sie fest an sich. Langsam fuhr er mit der Hand unter ihr Kleid.

Sie schob ihn ein wenig von sich. »Michael, warte. Ich habe einen Unfall gehabt. Davon sind Narben geblieben.«

Er lachte. »Wer hat in dieser Stadt keine Narben?« fragte er und zog sie aufs Sofa. »Du bist schön. Keine Narbe kann diese Schönheit beeinträchtigen.«

Mais Kleid fiel zu Boden. Das Licht im Wohnzimmer war nicht kalkig, eher warm. Dennoch entsetzte es Jahne, daß sie sich nun ganz ausziehen mußte. Sie machte es nicht sonderlich geschickt. Doch Michael hatte mit seiner eigenen Kleidung zu tun. Als er sich ihr zuwandte, drückte ihr die Angst die Kehle zu.

Er sagte nichts. Mit dem Finger fuhr er leicht über die Narbe an ihren Leisten, dann über die unter ihren Brüsten. Seine Berührung war hauchzart. Jahne wußte nicht, ob er die Narben unter ihren Armen entdeckte oder die an ihrem Gesäß und der Innenseite ihrer Schenkel. Denn niemand konnte die für Unfallnarben halten. Dazu verliefen sie zu gerade.

Er nahm sie bei der Hand und zog sie aufs Sofa, stülpte ein Kondom über und bedeckte ihren Körper mit seinem.

Als sie nackt unter ihm lag, überlief sie ein Frösteln. »Das ist das erstemal, daß mich jemand gesehen hat, seit…« flüsterte sie und brach ab. Denn wie sollte sie das erklären?

Michael stützte sich auf einen Ellenbogen. Er sah auf ihre Brüste und in ihr Gesicht. Wieder verfolgte er die dünne Narbe von der Brustwarze nach unten. »Du bist schön.«

2.

Eine Fernsehpremiere läßt sich nicht mit einer Filmpremiere vergleichen. Jahne schlüpfte in ihren alten Bademantel. Barfuß ging sie zum Fernseher. Um die erste Folge der Serie zu sehen, brauchte sie sich nicht herauszuputzen. Kein Theater sandte Laserstrahlen in den Himmel. Kein Star fuhr in extravaganter Robe vor. Es fehlten Regisseure, Produzenten und Agenten, Journalisten und Kameraleute. An diesem Abend fiel die Entscheidung über Jahnes Zukunft. Ein zweites Mal, nachdem Dr. Moores Skalpell die erste Wende gebracht hatte.

Applaus oder Ablehnung durch die Öffentlichkeit würden an diesem Abend über etwas entscheiden, das viel Zeit und Geld verschlungen hatte. Und nicht nur das. Anstrengung, Schweiß, Ideen, technische Tricks, stundenlanges Warten, Make-up und Beleuchtung, musikalische Untermalung, Kostüme und Stunts waren nötig gewesen. Das alles stand nun auf dem Prüfstand.

Ein Großteil der Crew hatte vor, sich die Show gemeinsam im Fernsehen zu betrachten. Jahne war dazu nicht aufgefordert worden. Womöglich hatte Pete dafür gesorgt, daß sie ausgeschlossen wurde. Die Leute mochten es ihr übelnehmen, daß sie einem aus ihren Reihen den Laufpaß gegeben hatte. Es konnte ebenso sein, daß sich hier das Hollywood-Kastensystem zeigte.

Jahne wußte nicht einmal, ob die Crew sie mochte. Ihr war

nur aufgefallen, daß man immer mehr auf Distanz ging, je näher der Erstsendetermin rückte.

Einzige Ausnahme bildete Mai von Trilling. Mai war für Jahne wie ein Gottesgeschenk und ihre einzige Freundin. Mai hatte vorgeschlagen, sich die Show mit Jahne anzusehen. Und Jahne hatte gern zugestimmt.

Es klopfte. Jahne sprang auf. Mai stand vor der Tür, eine braune Papiertüte im Arm. Sie betrachtete Jahne in ihrem alten Bademantel und ihrem vom Duschen nassen Haar. »Heute abend in großer Gala, wie?« meinte sie trocken. Mai trug wie stets ein weißes Sweatshirt und eine schwarze Hose zu weißen Joggingschuhen.

Sie stellte ihre Tüte auf dem Couchtisch ab und zog eine Flasche Veuve Cliquot heraus. »Napoleon und Josephine mochten diesen Champagner. Das weiß ich nur vom Hörensagen. Klar. Nicht einmal ich bin so alt, um es aus erster Hand zu wissen. Ich gehe einmal davon aus, daß Sie keine Sektgläser haben. Darum habe ich meine mitgebracht.« Mai lächelte und stellte zwei hauchzarte, geschliffene Champagnerflöten neben die Flasche. »Einen Eiskühler haben sicher sogar Sie?«

Jahne nickte lachend. Sie füllte einen Eisbehälter mit Eiswürfeln aus dem Kühlschrank. »Bin ich eine solche Banausin?«

»Das ist jeder unter Vierzig. Ich war es auch.« Mai zog eine zweite Flasche heraus. »Glauben Sie nicht, ich wäre mit französischem Champagner großgeworden. Ich war nur die Tochter eines Schneiders. Meine Schönheit hat mir Zutritt zum Club verschafft. Danach habe ich zehn oder zwanzig Jahre gebraucht, bis ich mich richtig auskannte.«

»Zwei Flaschen, Mai?« kicherte Jahne. »Sehr extravagant.«

»Ist doch Ihr erstes großes Debut, oder nicht? Nächstes Mal können wir uns dann zurückhalten.«

Es blieben ihnen noch sechs Minuten, bis der Film begann. Mai entkorkte die Flasche. Sie prosteten sich zu.

»Es ist traurig, wenn Frauen ihren Champagner selbst entkorken müssen. Finden Sie nicht auch?« meinte Mai.

Jahne nickte. Sie dachte an Michael. Seit Mittwoch hatte er

nicht angerufen. Erregt und beschämt dachte sie an den Abend mit ihm. War sie für ihn nur eine weitere in der Reihe seiner Eroberungen? Würde er wieder anrufen? Er hatte so warmherzig und ehrlich gewirkt...

»Es fängt an!« rief Mai.

Die Musik setzte ein. Martha und die Vandellas mit ihrem Song »Dancing in the Street«. Ein roter Faden schlängelte sich über den Bildschirm zum Rhythmus der Musik.

Dem Faden gesellten sich ein Dutzend weiterer, nein hundert weiterer Fäden hinzu. Dann ein weißer. Auch er bewegte sich mit der Musik, auch zu ihm gesellten sich hundert weiße Fäden. Das Bild einer Frau auf einem Motorrad wurde darüber projiziert, eine zweite Frau, eine dritte. Hinter ihnen formten die Fäden nun deutlich erkennbar die Streifen der Nationalflagge mit einem blauen Flecken in der linken oberen Ecke. Eine andere Kameraeinstellung blendete Lila, Jahne und am Ende Sharleen in Großaufnahme ein: Crimson, Cara und Clover. Die Namen standen unter den Gesichtern. Nun blieb nur noch die Fahne als Hintergrund. Plötzlich wurden die Fäden zu dem Haar der Mädchen: rot, blauschwarz und weißblond. Auch das Haar bewegte sich zur Musik. Der Titel erschien, zusammengesetzt aus winzigen weißen Sternchen.

Das Programm begann mit Lärm, schnellen, chaotischen Kameraschnitten. Das war die Demonstration der Kriegsgegner, die in Bakersfield aufgenommen worden war. Marty hatte nicht geruht, bis alles perfekt war. Tatsächlich wirkte es jetzt wie ein Ausschnitt aus einem Dokumentarfilm. Marty benutzte Ein- und Überblendungen. Es waren die 60er Jahre mit einem 90er Schnitt. Jahne verfolgte ihre erste Begegnung als Cara mit Crimson auf den Stufen des Gerichtsgebäudes. Sie wurden von Polizisten umzingelt und ins Gefängnis gebracht. Der Dialog lief gut. Danach folgte eine Schwarzweiß-Montage. Fingerabdrücke wurden den Mädchen abgenommen, Erkennungsfotos angefertigt.

»Der Film ist gut«, fand Mai bei der ersten Unterbrechung durch Werbespots.

»Finde ich auch.« Doch Jahne wußte nicht, ob er gut genug

war und zum Erfolg reichte. War er vielleicht gar zu gut? Überforderte er die Masse der Zuschauer? Marty hielt mit seinem Film ein Plädoyer für eine bessere, hoffnungsvollere Zukunft. Er nutzte dabei als Argument das gute Aussehen, die Jugend und den Sex-Appeal seiner Hauptdarstellerinnen.

Alles fügte sich harmonisch zusammen. Daß nur eine einzige Kamera eingesetzt wurde, Film- nicht Fernsehaufnahmen gedreht wurden, daß Marty vorwiegend vor Ort, selten im Studio filmte, wie er die Stunts und die pfiffigen Sondereffekte zur Geltung brachte. Jahne wußte, daß jede Folge über eine Million Dollar gekostet hatte. Elf hatten sie schon fertiggestellt.

Nein, dieser Produktion brauchte sich niemand zu schämen. Sie besaß Qualität. Traurig machte Jahne sich bewußt, daß nur Mai und sie allein vor dem Bildschirm saßen, und sie fragte sich, ob wohl jemand aus ihrem früheren Bekanntenkreis die Serie sah – etwa die Kollegen aus New York oder die Klassenkameraden von Scuderstown.

Das Telefon klingelte. Jahne sah Mai an. Außer Sy Ortis, Marty und Michael McLain besaß niemand ihre Telefonnummer. Zögernd hob Jahne ab.

»Sie waren großartig. Der ganze Film ist großartig. Aber Sie sind das beste davon.« Es war Sam. Jahnes Hand zitterte.

»Danke«, brachte sie mühsam hervor.

»Hier spricht Sam Shields. Ich bin hoffentlich der erste, der Ihnen gratuliert und auch der erste, der Ihnen eine neue Rolle anbietet. Es geht um eine Neuverfilmung von *Birth of a Star*. Sie wären perfekt für die Hauptrolle. Überlegen Sie es sich.«

»Rufen Sie am besten meinen Agenten an. Sy Ortis«, antwortete Jahne noch immer benommen. »Natürlich möchte ich erst einen Blick auf das Drehbuch werfen. Dann gebe ich Ihnen Bescheid.«

»So spricht ein echter Star.« Sam lachte. »Ich bringe Ortis morgen früh einen Rohentwurf. Mehr ist es noch nicht. Er muß überarbeitet werden. Beim zweiten Mal bin ich immer besser.«

»Ich werd's mir überlegen«, sagte sie und legte auf.

Lila saß im Dunkeln in ihrem Haus an der Küste. Das Zimmer im ersten Stock war leer, seine Fenster gingen zum Pazifik hinaus. Hierher zog sie sich zur Meditation zurück. Seit Lila auf Aras Party von der Neuverfilmung von *Birth of a Star* gehört hatte, gab es für sie nur noch ein Ziel: Diese Rolle mußte sie spielen. Die Puppenmutter sollte *Three for the Road* sehen. Sie sollte neidisch werden, wünschte Lila sich. Die Premiere der TV-Serie mußte hohe Einschaltquoten bekommen und April Irons mußte sie sehen. Doch vor allem mußte Sam Shields irgendwie davon überzeugt werden, daß sie die Rolle bekam. Keine andere.

Wie ein Gebet sprach sie vor sich hin: »Was es auch kosten mag, ich will diese Rolle. Der Preis spielt keine Rolle.«

Sharleen schaltete den Fernseher aus. Dean saß auf dem Sofa neben ihr und fischte gerade das letzte Popcorn aus der Tüte. »Wie hat es dir gefallen, Dean?«

»Du bist echt gut, Sharleen. Wirklich.«

»Echt?«

»Bestimmt.« Doch es überzeugte Sharleen nicht.

»Aber?« drängte sie.

»Nun ja...«

»Spuck's schon aus!«

»Die Andy-Griffith-Show finde ich besser.«

Das Grundstück der Flanders war das größte in ganz Bel Air. Monica Flanders saß neben ihrem Pekinesen auf einem mit Seidenbrokat bezogenen Himmelbett. Es war nicht etwa irgendein Himmelbett, sondern das der legendären Josephine Bonaparte. Es hatte ihr damals gehört, als sie noch ein einfaches Mädchen von den Westindischen Inseln gewesen war. Natürlich hatte Monica das Bett völlig überarbeiten lassen. Ihr war nur die Herkunft wichtig. Es war das Bett einer Frau, die nicht einmal besonders hübsch gewesen war, deren Charme und Geist sie jedoch zur Kaiserin gemacht hatte. Eine Frau, die in mancher Hinsicht Monica Flanders glich.

»Brauchen Sie noch etwas, Madam?« fragte das Mädchen, eine Irin, keine Schwarze. Monica Flanders schüttelte den

Kopf. Sie galt als Königin der Kosmetikindustrie und lebte auch wie eine Königin. Die anderen Großen der Branche hatten sich zurückgezogen oder waren gestorben. Helena Rubinstein, Elizabeth Arden, Coco Chanel. Die Geschäfte wurden von Firmenkonsortien weitergeführt, herzlosen, hirnlosen Körperschaften, die an Hand von Statistiken, Studien, Marktanteilen und Zielgruppen ihre Gewinne einfuhren. Zu dieser Gruppe gehörte auch Monicas Sohn Hyram. Ein guter Junge, wie man so sagt. Bestimmt war er seinen Kindern ein guter Vater. Doch ihm fehlte, wie Monica fand, die Seele.

Was verstanden die Männer, die jetzt den Markt beherrschten, schon von den Bedürfnissen einer Frau? Ein halbes Jahrhundert lang hatte Monica den Frauen einen Traum verkauft. Den Traum von Schönheit und Vollkommenheit. Eine neue Gesichtscreme, ein anderer Lidschatten brachten die Veränderung, machten sie begehrenswert und dadurch glücklich. Daß diese Versprechungen sich nicht bewahrheiteten, schien keine Rolle zu spielen. Monica verkaufte die Hoffnung, und die Frauen suchten weiter rastlos nach dem richtigen Mittel, dem, das den Durchbruch brachte.

Seit Monica in einem kleinen Schönheitssalon in Lower Manhattan angefangen hatte, seit einer aufgelösten Verlobung, einer inhaltlosen Ehe, die ihr Unsicherheit, Traurigkeit und Unzufriedenheit gebracht hatte, hatte sich nur der Umfang ihres Umsatzes verändert. An diesem Abend fühlte Monica, daß sie den großen Coup gelandet hatte. Millionen Frauen würden diese Serie sehen. Jede, ob alt oder jung, ob hübsch oder häßlich, würde voller Neid diese Frauen auf dem Bildschirm sehen. Es lief im Grunde auf eine einstündige Werbung hinaus. Vielleicht auf mehr. Und sie, Monica Flanders, war gerüstet. Sie konnte diesen hungrigen neidischen Frauen die neuen Produkte jederzeit verkaufen, die dazu dienen sollten, den Schönen auf dem Bildschirm zu gleichen. Monica hatte Millionen in diese Show investiert. Sie würde, wie stets, einen satten Profit machen.

Sonntagabends blieb das Lokal »Jake's Diner« in Bakersfield geschlossen. Jake freute sich auf den Abend ohne Thelma. Er freute sich auf seinen sonntäglichen Fernsehabend. Genießerisch legte er die Füße auf den Hocker, drückte den Sessel in eine halbliegende Position und bereitete sich auf ein paar gemütliche Stunden vor.

Aus heiterem Himmel stand plötzlich Thelma vor ihm, die er längst bei ihren Freundinnen gewähnt hatte. Sie trug die üblichen ausgetretenen Gummilatschen und ließ ihren aufgedunsenen Körper auf das Sofa sinken. Mit Entsetzen bemerkte Jake, daß sie eine Schale Popcorn mitgebracht hatte und zwei Dosen Bier, und daß sie nun auch noch nach der Fernbedienung griff!

»Moment mal!« protestierte er. »Jetzt kommt mein Programm.«

Thelma putzte sich erst einmal die Nase. Dann erklärte sie ruhig: »Heute abend siehst du etwas anderes.« Sie drückte auf einen Knopf. Der Bildschirm wurde hell.

»Wieso denn, Thelma? Du siehst doch nie um diese Zeit fern. Am Sonntagabend hast du doch Bingo.« Seine Enttäuschung war offenkundig.

»Wir treffen uns nicht mehr am Sonntagabend für Bingo. Das wurde auf Montag verlegt. Wegen der neuen Serie.«

Er wußte nicht, wovon sie sprach. Oder ging es um die Sendung, die Thelma ihm schon letzte Woche hatte aufdrängen wollen? Natürlich! Auch damals hatte sie sich hierher gesetzt. Er hatte ins Lokal gehen müssen, um sein Programm auf dem kleinen Schwarzweiß-Fernseher in der Küche zu sehen. »Soll das jetzt etwa jeden Sonntag so sein?«

»Wo warst du eigentlich in letzter Zeit? Die Serie hat die höchsten Einschaltquoten in Amerika. Was ist mit deinem Patriotismus? Jedenfalls muß ich dir was zeigen. Eine Überraschung.«

Jake kreuzte die Arme vor der Brust. Er war wütend. Wieder so ein Weibertrick! Es war doch alles schwachsinnig, was sich Frauen ansehen – Schauspielerinnen in verspielten oder sündhaft teuren Fummels, verrückt frisiert.

Auf dem Bildschirm erschien eine Wüstenlandschaft.

Utah, vermutete Jake. Als die Kamera näher heranging, sah er drei Motorräder, auf jedem eine Frau in Lederkleidung, die Jacken so weit offen, daß man die vollen Brüste unter den strammen T-Shirts sah. Hübsche Titten. Na und?

»Ich geh rüber ins Lokal.«

»Nein, du bleibst hier. Sieh genau hin. Sieh dir die Mädchen an.«

Na so was! Thelma erlaubte ihm, Titten anzusehen! Etwas ganz Neues. Die Mädchen fuhren im Bogen dicht auf die Kamera zu. Steine spritzten unter den Reifen der Maschinen hoch. »Erinnerst du dich, daß ich dir letzte Woche sagte, ich hätte die Blondine schon mal gesehen?« fragte Thelma. »Hab ich auch. Du übrigens auch. Sieh sie dir genau an.«

Jake kniff die Augen zusammen. Thelma hatte recht. Die Blondine kam ihm bekannt vor.

»Ich glaube, wir werden regen Zulauf haben.« Thelma hielt ein Pappschild hoch, auf das sie in großen Buchstaben geschrieben hatte: »Jake's Place. Hier wohnte Clover aus *Three for the Road*.« Die Kamera holte das Mädchen noch näher heran. Jake strahlte. Das war sie wirklich. Lebensgroß. Sharleen, die blonde Kellnerin, die für ihn gearbeitet hatte. »Verdammt, Thelma, du hast recht. Scheiße. Wir hatten einen echten Star bei uns, und du hast sie gefeuert.«

»Was ein Segen war. Sonst hättest du dich ihretwegen noch zum Narren gemacht, und sie wäre jetzt nicht im Fernsehen.«

In Manhattans East Village versammelten sich die Workshopmitglieder in Mollys Wohnzimmer. Bei ihren wöchentlichen Treffs hatten die Schauspieler früher an Behelfstischen gesessen. Das hatte sich seit *Three for the Road* geändert. Denn nun stand die Sendung im Mittelpunkt der gemeinsamen Mahlzeit. Jetzt wurde eine Art Büfett auf einem Brett aufgebaut, das über die Badewanne gelegt wurde.

»Braucht ihr noch was?« rief Molly aus der Küche. »Wenn es mal angefangen hat, stehe ich nicht mehr auf.«

Chuck hatte inzwischen Sam als Leiter der Truppe abgelöst. Er stellte den Ton lauter. »Es kommt!« rief er. Molly wischte sich die Hände ab. »Clover! Wow, Mann, das ist psychedelisch!« Dann eine andere Stimme: »Groovy, das bring ich nicht.«

Molly hielt die Luft an. Die Stimme klang doch genau wie die ihrer alten Freundin Mary Jane! Hatte Mary Jane etwa eine kleine Rolle an der Westküste ergattert? Molly rannte ins Wohnzimmer. Doch da klärte sich der Irrtum auf. Die Stimme gehörte nicht Mary Jane sondern Jahne Moore. Molly seufzte.

Seit Mary Jane spurlos verschwunden war, meinte Molly sie ständig irgendwo zu entdecken – in Untergrundbahnhöfen, Bussen, Museen oder auf einer Rolltreppe im Kaufhaus. Natürlich täuschte sie sich jedesmal. Mary Jane blieb verschwunden.

Die drei Schauspielerinnen kamen in Großaufnahme. »Sie sind wirklich bildschön«, seufzte Molly. »Und jung, fügte sie insgeheim hinzu. Sehr, sehr jung.«

»Ja, was anderes braucht es dort auch nicht«, sagte Sharon Malone. »Darum halte ich mich lieber an die Bühne. Da kommst du wenigstens mit Begabung weiter.« Es klang gehässig.

Chuck wandte ein: »Das stimmt im Prinzip. Aber manche sind auch schauspielerisch begabt. Nimm doch diese Jahne Moore. Sie wurde im Melrose Playhouse in L.A. entdeckt. Dort spielte sie die Nora von Ibsen. Und dafür muß sie schon etwas können.«

»Über Lila Kyle, die große Rothaarige habe ich in einer Fernsehzeitschrift gelesen, daß sie Mühe hatte, als Schauspielerin Anerkennung zu finden, weil ihre Eltern beide berühmte Schauspieler waren«, wußte Sharon.

»Moment mal, erinnert ihr euch an das, was Neil Morelli immer gesagt hat? Der hat doch seine Witze über das ›arme kleine reiche Mädchen‹ gerissen. Lila Kyle wurde jedenfalls nicht beim Tingeln in einem Bumslokal entdeckt, sondern von Marty DiGennaro bei einem Abendessen. Genau das ist die Vetternwirtschaft, über die Neil sich immer so aufgeregt hat. Hat etwa einer von euch kürzlich mit Marty zu Abend diniert?« spottete Harvey Jewett.

Chuck lachte. »Sei nicht so bitter, Harvey.«

»Darüber könnte ich noch endlos herziehen. Aber Neil Morelli kann das besser«, meinte Harvey. »Wo ist der übrigens?«

Niemand hatte von ihm gehört. Allerdings wußte auch niemand etwas von Sam Shields.

Die Werbung war zu Ende. Alle schwiegen wieder und starrten gebannt auf den Bildschirm. Die Folge war viel zu schnell zu Ende. Seufzend wurden sie sich darüber klar, daß sie morgen früh wieder ihren Aushilfsjobs nachgehen mußten.

George Getz machte es sich in seinem Sessel bequem und schaltete den Fernseher ein, den er sich kürzlich gekauft hatte. George, ein Kind der 60er Jahre, haßte Fernsehen. Er zog Filme vor. Doch dann hörte er von seinen Schülern von der neuen Serie, augenblicklich der Renner der Saison, wenn nicht des Jahres. Doch erst als er die Namen der Schauspielerinnen erfuhr, handelte er. Denn Lila war seine Schülerin gewesen.

Das hatte seiner Schauspielschule mächtig Auftrieb gegeben. Seine Klassen waren nun doppelt so groß. Er führte Wartelisten für die Anmeldung. Und Getz jubilierte. Erstens, weil das Geld reichlicher floß, zweitens wegen der Anerkennung, die er erfuhr und auf die er so lang vergeblich hatte warten müssen.

An diesem Abend sah er sich die Sendung sehr genau an. Sie war, wie das Schlagwort der 60er Jahre hieß, psychedelisch. Stilvoll bis zum letzten, doch ohne Gehalt, wie George Getz urteilte. Normalerweise traf man beim Fernsehen weder das eine noch das andere an. So mußte das schon als substantieller Fortschritt gewertet werden. In dieser Show hatte Lila mehr Nahaufnahmen, mehr Text als in den vergangenen Wochen. Das fiel Getz auf. Aber Lila hatte es ja von jeher verstanden, die Aufmerksamkeit auf sich zu lenken. Befriedigt drehte George sich einen Joint. »Was sie kann, habe ich ihr beigebracht«, sagte er laut in ein menschenleeres Zimmer und sog den Rauch tief in die Lungen.

Theresa O'Donnell blickte vom Schlafzimmer aus auf den Bildschirm im Wohnzimmer. Sie hatte Mühe, die Doppelbilder vor ihren Augen zu vereinigen. Sie tastete nach dem Glas lauwarmem Wodka, das griffbereit neben ihr stand. Kevin kam herein. Er wollte etwas sagen, weil er sie wieder bei ihrer Lieblingsbeschäftigung, dem Trinken, sah. Doch Theresa kam ihm zuvor. »Setz dich, und halt den Mund.«

Seit Kevin von Lila den Laufpaß bekommen hatte, war er Theresa zugefallen. Sie hatte ihn geerbt. Er lebte in ihrem Haus, sorgte dafür, daß ihr Glas voll blieb und leistete ihr Gesellschaft, zum Leidwesen von Robbie und Estrella. Theresa hatte allerdings gar keine Wahl. Sie mußte Kevin behalten. Er wußte zuviel. Und was Estrella anging, so kümmerte es Theresa einen Dreck, ob sie sich ärgerte oder nicht. Es hätte ihr auch nichts ausgemacht, wenn sie gegangen wäre. Sie hatte ja noch ihre beiden Mädchen.

Sie wandte sich an die Holzpuppen, die neben ihr saßen. »Müssen wir uns das ansehen?« fragte Candy.

»Es ist stinklangweilig«, stimmte Skinny zu.

»Keine Eifersucht, Kinder. Sie ist immerhin eure Schwester«, ermahnte Theresa.

»Sie ist ein eiskaltes Biest«, murmelte Skinny.

Doch da begann die Show. Von Theresas Gesicht wich das Lächeln. Sie starrte Lila auf dem Bildschirm an. Zum drittenmal in Folge. Lila war ein Star. Das ließ sich nicht leugnen, und das war schlecht, sehr schlecht sogar. Denn so sah Theresa alt aus. Wer sollte sie noch engagieren, wenn allgemein bekannt wurde, daß sie eine Tochter in Lilas Alter hatte?

Und das im Fernsehen! Fernsehen war doch out. Das wußten alle. Nur Marty DiGennaro offenbar nicht – und Lila. Nun würde nichts mehr so sein wie früher. Jetzt begann endgültig der Abstieg.

Ohne Zweifel war Lila nun berühmt. Doch mit dem Berühmtsein wird auch das Privatleben offengelegt. Es gibt keine Geheimnisse mehr. Und wo blieb Lila dann?

»Ich habe ihr gesagt, sie soll sich aus der Sache heraushalten. Aber sie hört ja nicht auf mich.« Sie sah Kevin an. Doch der zuckte nur mit den Schultern. Theresa trank ihr Glas aus und hielt es ihm wortlos zum Nachfüllen hin. Kevin tat ihr den Gefallen.

»Sie nennen sie eine der drei schönsten Frauen der Welt«, wußte Kevin.

Theresa lachte bitter über den Scherz, den nur sie verstand. Sie verschluckte sich dabei fast an ihrem Drink. Gibt es denn keine Möglichkeit, diese Entwicklungen zu meinem Vorteil auszunutzen? Fragte sie sich.

Vielleicht war das durch eine Mutter-Tochter-Show möglich. Diese Serie würde kaum von Dauer sein. Eine Show ohne Songs, ohne Tanzeinlagen! Wenn Lila damit auf die Nase fiel, konnte sie, Theresa, ihr wieder auf die Beine helfen.

»Macht euch keine Sorgen, Kinder«, sagte sie zu Candy und Skinny. »Das dauert nicht lang. Ich habe schon einen Plan.«

Sie konnten schon morgen mit den Proben anfangen, alte Nummern aufpolieren, vielleicht neue erfinden. Robbie konnte ein oder zwei Tanzeinlagen mit ihnen einstudieren.

»Vergiß deine Pläne«, riet Kevin bitter. »Sie braucht dich nicht mehr.«

»Halt deine Scheißklappe!« keifte Theresa ordinär. »Sie wird zu mir zurückgekrochen kommen, sobald sie merkt, daß sie es nicht ohne mich schafft.«

Kevin stand auf. Kopfschüttelnd verließ er das Zimmer.

Dobe saß in dem Fernsehzimmer des Wayfarer Hotel in Edmund, Minnesota. Schweigend sah er auf den Bildschirm. Neben ihm saß ein Handelsvertreter aus St. Paul. Der junge Mann vom Empfang lehnte am Türrahmen, so daß er das Telefon hören konnte, ohne auf die Sendung verzichten zu müssen.

Dobe legte die Hand über den Mund, damit niemand sein Lächeln oder seine Freude bemerkte und Fragen stellte. Ein Gauner fährt immer besser, wenn er sich unauffällig verhält. Dabei hätte Dobe der hübschen Blondine auf dem Bildschirm gern offen zugelächelt. Sharleen strahlte. Sie machte das ganze Zimmer hell und ihn, Dobe, wieder zum jungen Mann. Er war so glücklich, wie ein Vater nur für seine Tochter glücklich sein kann. Das hast du gut gemacht, mein Mädchen, sagte er in schweigendem Zwiegespräch. Ich bin stolz auf dich, Kleine.

Brewster Moore saß vor seinem Fernseher. Die drei Frauen sahen hinreißend aus. Offenbar waren sie wegen ihres Äußeren ausgesucht worden, nicht wegen ihres Talents. Dr. Moore wußte allerdings, daß Mary Jane zusätzlich eine gute Schauspielerin war. Und dank seiner nun auch eine Schönheit.

Er beobachtete sie auf dem Bildschirm sehr genau. Er hätte selbst nicht sagen können, ob sein Interesse rein beruflich oder nicht doch privater Natur war. Ihre Briefe lasen sich aufregend. Doch zwischen den Zeilen hörte er die Traurigkeit heraus. Der Erfolg hatte sie nicht aus ihrer Einsamkeit befreit. Brewster Moore, schon seit fünf Jahren geschieden, wußte, was Einsamkeit bedeutete. Wie sie hatte er seine Arbeit. Anders als sie, wußte er, daß seine Arbeit nie ganz genügte.

Er mußte sich zwingen, Mary Jane nicht zu oft zu schreiben. Das versagte er sich. Er hatte ihr ein neues Aussehen verschafft, jetzt mußte sie sich daraus ein neues Leben zimmern. Und er konnte nicht in beiden eine Rolle spielen. Die Menschen neigten dazu, das zu vergessen, was er an ihnen vollbracht hatte. Mary Jane schuldete ihm ja auch nichts, und sie wollte sicher nicht an das, was hinter ihr lag, erinnert werden. Die wenigsten Patienten wollten das. Immerhin besaß er ihre Briefe.

Er konnte den Blick einfach nicht von Mary Jane Moran abwenden, nein, Jahne Moore, verbesserte er sich. Mein Werk, dachte er. Meine Galatea. Ich habe sie gemacht, nicht Gott. Das durfte er natürlich niemals laut sagen. Sein Triumph mußte eine heimliche Freude bleiben. Dennoch empfand er ihn als köstliche Freude.

Nach all den Transplantationen, die er an Opfern von Brandkatastrophen vorgenommen hatte, an Kindern mit angeborenen Mißbildungen, wußte er sehr wohl, daß er niemals die Norm erreichte. Neben all den Damen, aus den reichen Vierteln, die viel zu früh darauf bestanden, ihr Gesicht geliftet zu bekommen, nach den Models, die Nasenkorrekturen verlangten, um noch ein bißchen perfekter auszusehen, blieb Jahne Moore ein Ausnahmefall. Ein vollendetes Kunstwerk und eine tapfere Patientin.

Eine Frau, die er lieben könnte.

Nur die Kleider im Schrank und der kleine Farbfernseher, den er einem Kumpel im Club für fünfzig Dollar abgekauft hatte, gehörten Neil Morelli. Und von den fünfzig schuldete Neil dem Kumpel noch zwanzig Dollar. Doch der würde nicht drängen, denn es handelte sich um heiße Ware.

Neil besaß kein Geld, kein Auto, keine Freunde und keine Wohnung. Er hatte einen miesen Job als Taxifahrer. Doch er besaß einen Fernseher, und während der lief, fühlte Neil sich mit der Außenwelt verbunden. Es war Sonntagabend. Doch es hätte auch ein anderer Wochentag sein können. Der Kalender spielte in Neils Leben keine besondere Rolle mehr. Er interessierte sich vorwiegend für Sendungen der Kleinkunstdarsteller, die improvisierten wie er, und die er haßte und beneidete, weil sie auftreten durften. Doch an diesem Abend bemühte er sich, eine Show zu sehen, über die jeder Idiot im Club in Ekstase geriet. Zum erstenmal sah er sich *Three for the Road* an.

Neil merkte bald, daß diese Sendung keine Zumutung war. Die drei bildhübschen Mädchen, die tollen Brüste und Beine allein lohnten sich schon. Dazu kam die Rückversetzung in die 60er Jahre. Neil lag auf einer ausgeklappten Schlafcouch. Der Fernseher stand auf einem Stuhl neben ihm. Er hatte sich den Apparat ganz nah herangeholt, damit ihm ja keine Kleinigkeit entging. So wurde es für ihn zu einem Sexersatz. Er spürte seine wachsende Erregung und versuchte zu entscheiden, mit welcher er es treiben sollte.

Die Frage vermochte er bis zum Ende der Folge nicht zu beantworten, obwohl er nun selbst nachhalf, um sich Erleichterung zu verschaffen. Dann wurden die Namen der Darsteller eingeblendet. Neil suchte ja immer nach Anfängern. Die drei Mädchen hatten es allen Widrigkeiten zum

Trotz geschafft und waren ganz groß in das Geschäft eingestiegen. Gut hatten sie es gemacht. Sharleen Smith, Jahne Moore, Lila Kyle.

Moment mal! Lila Kyle? Neil wußte genau, wer sie war. Er hatte ihretwegen recherchiert, weil er um sie eine neue Nummer aufbauen wollte. Sie war dieses Kind mit den berühmten Eltern. Er hörte auf zu reiben, denn es hatte keinen Sinn mehr. Seine Erregung war verpufft. Der Frust fachte seinen Zorn an. Ein weiteres Beispiel für Vetternwirtschaft. Ohne Zweifel hatte Lila Kyle ihre Rolle durch Beziehungen bekommen. Ihre Mutter hatte ihr die verschafft. Sie hatte sich also nicht anstrengen müssen. Aber er, Neil Morelli, stand mit leeren Händen da.

Dich Hure würde ich am liebsten umbringen, dachte er.

3.

Hollywood bringt die verrücktesten Paarungen zustande. Doris Day und Rock Hudson, Madonna und Michael Jackson. Michael Jackson und Brooke Shields. Madonna und Warren Beatty. Michael Jackson und Diana Ross. Madonna und alle anderen.

Oberflächlich betrachtet, mußten Marty DiGennaro und Lila Kyle wie eine ebenso unwahrscheinliche wie lächerliche Paarung wirken. Doch wenn man ihren Lebenslauf genauer betrachtete, entdeckte man gewisse Parallelen. Beide waren Einzelgänger. Beide hatten ihre Kindheit in abgedunkelten Räumen verbracht und sich Filme angesehen. Übrigens vorwiegend die gleichen Filme. Lila und Marty liebten Birth of a Star. Auch wenn Lila eine Mutter hatte, die die Hauptrolle in diesem Film gespielt hatte, so vermehrte das für Marty nur den Reiz.

Trotz Martys häßlichem Gesicht und seinem kleinen Wuchs, trotz Lilas schillernder Schönheit und ihrer großen Statur verband die beiden also mehr als die meisten sonderbaren Paare in L.A.

Und seit wann erregte eine schöne Frau am Arm eines häßlichen, kleineren, älteren, aber mächtigen Mannes in Hollywood Aufsehen?

Marty DiGennaro lehnte sich in seiner Luxuslimousine zurück und legte die Füße auf den zusammengeklappten Notsitz vor ihm. Er genoß diesen Moment. Alles lief besser als bloß gut. Seine Fernsehserie war mit großem Beifall aufgenommen worden. Er hatte soeben erfahren, daß der Sender den Vertrag um dreizehn weitere Folgen verlängern wollte. Monica Flanders jubilierte. Die neue Kosmetikserie erwies sich vom ersten Tag an als Renner. Und als Krönung hatte Lila Kyle Martys Einladung zum Abendessen angenommen. Tatsächlich sagte sie so unerwartet zu, daß er nicht genügend Zeit für die Planung behielt. Und das kam bei einem Perfektionisten wie Marty wirklich sehr selten vor. Unzählige Male hatte er Lila eingeladen. In letzter Zeit fast täglich. Jedesmal hatte er sich ein kühles »nein, danke«, abgeholt. Nun sagte sie zu.

War ihr erst jetzt bewußt geworden, daß er Wort gehalten hatte? Er hatte ihr versprochen, sie zum Star zu machen. Innerhalb eines Monats hatte die Serie eine nie dagewesene Einschaltquote erreicht. Man konnte an keinem Zeitschriftenhändler vorbeigehen, ohne nicht die Bilder der Mädchen auf den Titelseiten zu sehen. Also hatte Marty auch keinen Anlaß, sein Glück zu hinterfragen. Er war aufgeregt und freute sich wie ein Kind.

Von dem Augenblick an, als er Lila zum erstenmal sah, wußte er, daß sie etwas Besonderes war. Sie vereinigte in sich die Größe der alten Stars mit etwas Neuem, Zeitgenössischem. Abends, nach Abschluß der Dreharbeiten glaubte er sie immer weiter vor sich zu sehen. Er dachte an ihr flammend rotes Haar, ihre schlanke Taille, die unglaublich langen Beine. Er ertappe sich dabei, daß er sie anstarrte, obwohl er eine Szene mit Jahne oder Sharleen drehte und seine ganze Aufmerksamkeit auf etwas anderes hätte richten müssen. Das alles schien Lila nicht zu bemerken. Wenn man einem jungen Mädchen die Chance ihres Lebens verschafft, erwartet man im allgemeinen eine Reaktion. Nicht unbedingt, daß sie mit einem schläft. Daran lag Marty gar nicht so viel. Doch zumindest Dankbarkeit, Achtung, Freundschaft, Wärme. All das enthielt Lila ihm vor.

Er ahnte, daß das kein Trick war. Sie spielte nicht die Unnahbare. Lila war so cool.

Und heute hatte sie eingewilligt, mit ihm zu Abend zu essen. Nur sie beide. Sie hatte darum gebeten, daß sie nicht ausgingen. Jede andere, die er zum Essen einlud, bestand auf einem renommierten Restaurant, einem prominenten Tisch, einem Publikum, das zu den oberen Zehntausend gehört. Nein, aus Lila wurde Marty nicht schlau. Und das löste bei ihm eine heftige sexuelle Erregung aus.

Er plante den Abend minutiös, sprach mit seiner Sekretärin und seinem Floristen. Bei dem bestellte er blutrote Gladiolen, Lilas Lieblingsblumen. Vier Dutzend für Schlafzimmer, Eßzimmer und Wohnzimmer, drei Dutzend in Körben um den Swimmingpool verteilt. Zu liefern vor halb acht Uhr.

Aperitif und Hors d'oeuvre um acht, Abendessen um neun. Um zehn Uhr ins Bett? Marty wagte die Frage nicht zu beantworten. Doch warum sonst hätte sie darauf bestehen sollen, zu ihm nach Hause eingeladen zu werden? Marty dachte an ihre glatte Haut, das glänzende rote Haar. Er stellte sich vor, wie es sein würde, dieses Haar auf seiner Brust und seinem Bauch zu fühlen.

Er drückte auf die Sprechtaste, um sich mit seinem Fahrer zu unterhalten.

»Ja, Mr. D.?«

»Hol Miss Kyle um sieben Uhr fünfundvierzig ab. Pünktlich!«

»Alles klar, Mr. D. Sieben Uhr fünfundvierzig auf den Gongschlag.«

»Zieh dein weißes Jackett an, Sally, und serviere uns die Drinks. Du kannst dich zurückziehen, nachdem das Essen serviert ist. Aber bleib heute abend im Haus. Ich brauche dich vielleicht später. Kein Alkohol, klar? Du bist im Dienst, bis ich es dir sage.«

»Verlassen Sie sich auf mich, Boß. Ich stehe so lange Sie es wollen zu Ihrer Verfügung.«

Marty konnte sich tatsächlich auf Sally verlassen. Er war mehr oder weniger ein Erbstück von einem italienischen

Freund in New York, der ihn an Marty weitergegeben hatte, weil er Sally gut versorgt wissen wollte. Und Sally hatte sich seit Jahren bewährt. Er schien kein eigenes Leben zu führen, sondern nahm gern am Rande an dem Leben teil, das Marty führte. Allerdings gehörte Marty zu denen, die ein Herz für ihre Angestellten haben. Er achtete darauf, daß es Sally nicht an einer netten Freundin fehlte, besorgte ihm ein bißchen Koks vom Feinsten und hatte ihm eine komfortable Wohnung über dem Badehaus eingerichtet. So hatte Sally allen Grund zur Dankbarkeit.

Lila wußte, wie man auch aus Nachteilen Vorteile für sich ableiten kann. Nicht umsonst war sie Theresa O'Donnells Tochter. Als dieser Gruftie, Michael McLain, anrief und Lila zum Abendessen einlud, lehnte sie ab. Nicht etwa, weil er ein Playboy war, der seinen Zenit überschritten hatte, auch nicht, weil sie fürchtete, den Abend nicht zu überstehen, ohne ihr Höschen fallen lassen zu müssen. Sie wußte, daß sie da nicht in Gefahr geriet. Sie wollte einfach keine Verabredung. Mit niemandem. Ganz bestimmt nicht mit einem Mann, der einmal mit ihrer Mutter geschlafen hatte. Theresa hatte stets mit den Männern geprahlt, die sie als Liebhaber in ihr Bett holte, und Michael McLain galt lange Zeit als ihr Favorit. Damals war er natürlich sehr viel jünger, und Theresa war einige Jahre älter als er. Schon das fand Lila widerlich. Michael gehörte zu den Typen, die älteren Frauen nachliefen, solange sie jung waren und sehr jungen Frauen, wenn sie alt wurden. Nein, dieser Michael kotzte sie an.

Sie vergaß dabei nicht, daß er wichtig war. Noch immer kannte er alle, auf die es ankam. Mit ihm anlegen durfte sie sich nicht. »Tut mir leid, ich muß da etwas mit meinem Regisseur erledigen«, behauptete sie. »Vielleicht ein anderes Mal.« Hinter Marty konnte Lila sich leicht verstecken. Tatsächlich war wohl die Zeit gekommen, wo sie sich ihm gegenüber ein bißchen aufgeschlossener zeigen mußte, wenn er sie in *Birth of a Star* unterbringen sollte.

Nach einem langen Drehtag mit Außenaufnahmen machte Lila sich nun für den Abend zurecht. So wie sie alles perfekt erledigte, achtete sie auch darauf, daß ihr Make-up nichts zu wünschen übrig ließ. Schon von ihrem neunten Lebensjahr an war sie von Theresa in die Kunst des Schminkens eingewiesen worden.

Während sie damit beschäftigt war, ihre Schönheit zu perfektionieren, dachte sie an April Irons und ob sie ihr wohl die Hauptrolle in *Birth of a Star* geben würde. Marty mußte ihr dabei helfen. Lila wußte, daß Theresa vor Wut platzen würde, wenn sie davon erfuhr. In Vorfreude auf diesen Augenblick lachte Lila. Marty war bereits so verrückt nach ihr, daß er sich beide Beine für sie ausreißen würde. Da war das Beschaffen einer Rolle ja wohl eine Kleinigkeit.

Lange genug hatte sie Marty auf Distanz gehalten. Nun ging das nicht länger. Zwar fürchtete sie sich seit dem Erlebnis mit Kevin vor einer solchen Verabredung. Doch inzwischen hatte sie viel dazugelernt. Und mit Marty wurde sie fertig.

Es klingelte. Lila zuckte zusammen. Wer, zum Teufel, kam bis an ihr Haus und klingelte? Sie lebte in der Malibu Colony und zahlte viel Geld, damit so etwas nicht passierte. Wie war der Typ an den Sicherheitsbeamten vorbeigekommen? Sie schritt die geschwungene Treppe hinunter und sah durch den Spion an der Tür. Martys Fahrer Sally! Er hielt seine Kappe in der Hand. Lila riß die Tür auf. »Was machst du denn hier, Sally? Hast du dich verfahren?«

»Nein, Miss Kyle. Mr. D. hat mir aufgetragen, Sie um sieben Uhr fünfundvierzig abzuholen. Das ist es jetzt.«

»Ich fahre selbst, Sally. Nimm dir den Abend frei.« Sie schlug die Tür zu und ging wieder nach oben. Was sollte das? Lila gedachte nicht, ohne eigene Transportmöglichkeit bei Marty festzusitzen. Sie fuhr sich noch einmal durchs Haar, richtete die Strumpfnähte – sie vermutete, daß Marty auf Strumpfnähte stand – und legte ein schwarzes Spitzentuch über das Haar. Dann lief sie mit den Wagenschlüsseln hinunter. Sie öffnete die Tür. Sally stand noch immer da. »Was machst du denn noch hier?« fuhr sie ihn an und ging zu ihrem schwarzen Land Rover.

»Miss Kyle, ich habe Mr. D. versprochen, Sie zu seinem

Haus zu bringen. Wollen Sie nicht mit mir fahren? Ich bringe Sie nach Hause, wann Sie wollen. Bitte, Miss Kyle. Ich habe es Mr. D. doch versprochen.«

»Deine Versprechen gehen mich nichts an. Ich möchte selbst fahren, und das werde ich auch.« Sie hob ihren blauen Wildlederrock hoch und setzte sich auf den Platz hinter dem Steuer. Das Tuch schlang sie fester um den Kopf. Sie legte den Rückwärtsgang ein und fuhr rasant los. Sie beobachtete Sally im Rückspiegel. Er hastete zum Wagen und folgte ihr. Lila mußte am Ende der Ausfahrt warten, bis sie sich zwischen zwei Wagen in den Verkehr quetschen konnte. Sally hätte ihr da nicht folgen können. Doch als sie wieder in den Rückspiegel sah, fuhr er nur eine Wagenlänge hinter ihr. Sie beschleunigte, wechselte von einer Fahrbahn zur anderen und traf bei Marty atemlos, aber zufrieden ein. Marty öffnete selbst die Tür.

»Wo ist denn Sally? Wo ist mein Wagen? Wessen Jeep ist das überhaupt?« schoß er eine Frage nach der anderen ab.

»Wie reizend, Sie zu sehen, Mr. DiGennaro. Vielen Dank für die charmanten Komplimente.« Lilas Stimme troff vor Hohn. »Darf ich hineinkommen, oder galt die Einladung nur bis zur Haustür?« In diesem Augenblick preschte Martys Wagen die Einfahrt hoch. Sally sprang heraus, kaum daß der Motor abgestellt war. »Tut mir leid, Mr. D. Sie wollte nicht mit mir fahren. Sie bestand darauf, ihren Wagen zu nehmen.«

»Schon gut, Sally. Kommen Sie herein, Lila.«

Doch Sally gab noch nicht auf. »Ich habe versucht, ihr unmittelbar zu folgen, Mr. D. Doch sie fährt wie ein Mann. Ich meine, keine Frau fährt so gut. Echt, es tut mir leid, Mr. D.«

Marty sah Lila an, die unschuldig lächelte. »Ich hätte es wissen müssen, Sally. Aber vielen Dank, daß du es versucht hast. Mach uns jetzt ein paar Drinks. Dann kannst du den Abend frei nehmen.«

»Was möchten Sie trinken?« fragte Sally den Gast.

»Chardonnay«, antwortete Lila zuckersüß. Sie stand noch immer vor der Haustür.

Marty riß sich zusammen. »Tut mir leid, Lila. Wo bleiben

meine Manieren, werden Sie sich fragen. Bitte treten Sie ein. Ich dachte mir, wir gehen mit den Drinks nach draußen. Ist Ihnen das recht?«

Sie überquerte die große, marmorgefflieste Diele mit der breiten Treppe in den ersten Stock und kamen auf einen gleichfalls gefliesten Hof. Sally stellte den Weinkühler neben Marty und schenkte zwei Gläser Weißwein ein. Dann ging er ins Innere des Hauses.

»Auf was stoßen wir an, Lila? Das ist ein so wichtiger Moment, daß wir ihn mit einem entsprechenden Toast beginnen sollten. Trinken wir auf den Erfolg der Serie? Oder ist das für Sie schon Schnee von gestern?«

»Trinken wir auf das, was wir uns wünschen.« Sie stieß mit ihm an und nahm einen tiefen Schluck.

»Ich habe alles, was ich mir wünsche. Eine Fernsehsendung, die voll eingeschlagen ist, ein schönes Haus, die bezaubernndste Frau Amerikas mir gegenüber. Was gäbe es Besseres?«

»Für mich den Ruhm.«

»Den haben Sie doch schon. Sie werden auf jeder Illustrierten im Land als Titelbild gebracht, und ihr Bild erscheint sogar schon in Europa und Südafrika.«

»Das meine ich nicht. Ich bin bekannt geworden. Das ist richtig, Marty. Doch das ist kein richtiger Ruhm. Berühmt wird man nur durch etwas Dauerhaftes, wie Ihren ersten Film, der für Sie den Durchbruch brachte. *Back Streets* haben Sie berühmt gemacht. *Three for the Road* macht mich bekannt.«

»Auch Sie werden noch berühmt werden. Warten Sie ab. Sie sind zu ungeduldig und dabei noch sehr jung. Freuen Sie sich erst einmal an dem, was Sie haben, und dann können Sie weitermachen. Sie werden eine Rolle finden, die Ihnen auf den Leib geschnitten ist und die nur Sie spielen können.«

Lila beugte sich nach vorn. Sie stützte die Ellbogen auf die Knie. »So etwas gibt es schon. Ich möchte Ihre Meinung darüber hören und hätte gern Ihre Hilfe, damit ich diese Rolle bekomme.«

Martys Neugierde erwachte. »Welche?«

»*Birth of a Star*, antwortete Lila.

Es gab keinen Film, den Marty mehr mochte als *Birth of a Star*. Vor Jahren hatte er versucht, eine Option für eine Neuverfilmung zu erhalten. Es verbitterte ihn, daß ihm die Verfilmung ein anderer weggeschnappt hatte. Nicht irgendwer, sondern diese alte Hexe. Die würde daraus einen Flop machen, wie das Beispiel ihrer anderer Neuverfilmungen bewies. Er fragte sich, wie April an die Rechte zu der Verfilmung gekommen war.

Doch hier durfte er das Gesicht gegenüber Lila nicht verlieren. *Birth of a Star*? Wahnsinn. Die Neuverfilmung eines Films, der in der Originalfassung schon nicht viel hergab! Das einzige, was den Film auszeichnete, war Theresa O'Donnell in der Hauptrolle. Und damals stand sie auf einer Sprosse der Karriereleiter, wo alles, was sie machte, beklatscht wurde.

»Das eben möchte ich auch bei der Neuverfilmung erreichen«, erklärte Lila mühsam beherrscht.

»Neuverfilmungen sind kalter Kaffee, Lila. Ich weiß es, Sie wissen es, und das Publikum weiß es auch. Die sind schlimmer als Fortsetzungsfilme. Nur April Irons hat das nicht erkannt. *Birth of a Star* wird ein Schuß, der nach hinten losgeht. Das können Sie mir glauben. Soviel ich gehört habe, ist das Drehbuch nur mittelmäßig, und der Stoff selbst ist überholt. Wenn Sie so versessen auf einen Film sind, lassen Sie mich dabei Regie führen.«

»Das wäre mir nur recht. Aber erst will ich die Neuverfilmung machen.«

Marty stand auf und schritt die Veranda ab. Damit hatte er am allerwenigsten gerechnet. Freute sie sich überhaupt nicht über die gelungene Serie? Keine Spur von Dankbarkeit. Nichts. »Lila, bitte hören Sie mir zu. Sie sind momentan der gefragteste Star in den Staaten. Bei Ihrem ersten Film können Sie den Preis diktieren und sich ein Drehbuch nach Belieben aussuchen. Mit dem, was Sie da planen, spülen Sie Ihre Chancen in den Gully.«

»Sie werden mir also nicht helfen?« Zum erstenmal schwang Angst in ihrer Stimme mit.

»Ihnen helfen? Ich werde sogar alles tun, um Ihnen das auszureden und Sie davor zu bewahren. Es wäre ein Verbrechen, das, wofür Sie so hart gearbeitet haben, wegzuwerfen. Ich habe mir das Recht vorbehalten, die Filmrollen zu genehmigen, die Sie während der Dreharbeiten für *Three for the Road* angeboten bekommen. Das ist vertraglich festgelegt. Ich werde Ihnen zu dieser Rolle die Genehmigung nicht geben.« Er trank sein Glas aus und schenkte sich nach.

Lila stand auf, nahm das Spitzentuch von ihren Schultern und legte es über ihren Kopf. »Sie können mich nicht aufhalten. Das kann niemand, Marty. Ich will diese Rolle, und ich werde sie bekommen.« Damit verließ sie Marty. Sie benutzte den Gartenweg zu ihrem Jeep.

Lila wunderte sich nicht sonderlich über Michael McLains erneuten Anruf. Wieder einmal rollte Robbie im Tanzschritt mit dem Telefon und der Nachricht in ihr Zimmer.

»Michael McLain!« wisperte er. »So ein süßer Typ.«

»Und sooo alt!« Lila nahm den Zettel, auf dem Robbie die Telefonnummer notiert hatte.

»Aus Sy Ortis' Büro weiß ich, daß Michael vielleicht mit Ricky Dunn in einem Film zusammenspielt.«

Lila horchte auf. Denn Ricky war eine heiße Nummer. »Nun ja, vielleicht rufe ich ihn zurück.«

»Nur vielleicht?«

Wie sie das haßte! Ständig hing Robbie ihr an den Fersen. Wenn sie nach Hause kam, bestand er darauf, daß sie ihm haarklein alles über die Dreharbeiten des Tages erzählte. Jeden Klatsch. Er brauchte die Geschichten, weil er damit seine Freunde unterhielt.

»Ich sagte vielleicht.«

»Ruf ihn lieber jetzt an. Dann kann ich auf der anderen Leitung mithören.«

»Nein.« Lila seufzte tief. Sie fühlte sich erdrückt. Nun lebte sie in einem eigenen Haus und hatte auf Ruhe und ein Privatleben gehofft. Doch Robbie wich ihr nicht von der Seite.

»Du würdest ihn nicht so schnell abblitzen lassen, wenn du wüßtest, was ich weiß.«

»Und das wäre?« giftete sie. Denn Robbie tat immer, als hätte er die tollen Insiderkenntnisse. Doch Lila wußte inzwischen, daß er nur ein kleines Licht war und seine Informationen von schwulen Kellnern und lesbischen Sekretärinnen bekam, die am Rande des Filmbetriebes mitnahmen, was sie ergattern konnten.

»Nun ja, scheinbar bist du an der Besetzung für *Birth of a Star* ja nicht interessiert.« Robbie glitt auf seinen Rollschuhen zur Tür.

»Wovon sprichst du eigentlich?«

»Wie ich hörte, wünscht April Irons sich Michael McLain für *Birth of a Star*.«

»Verschwinde! Der ist doch uralt.«

»Dafür eben nicht zu alt. Auch nicht zu alt, um mit Ricky Dunn zu spielen«, höhnte Robbie. »Aber du wirst dieses Glück ja nicht haben.«

Lila versuchte, sich nichts anmerken zu lassen. Robbie sollte nicht die Befriedigung haben zu sehen, daß sie vor Neugier schier platzte.

Am nächsten Tag rief sie von ihrem Wohnwagen beim Drehen die Nummer an, die Robbie ihr gegeben hatte. Offenbar handelte es sich um den Privatanschluß von McLain, denn er war gleich selbst am Apparat. Seine Stimme klang heiser. Ob das noch eine Folge des Schlafs war oder ob es sexy klingen sollte, wußte Lila nicht. Doch es tat ja nicht weh, nett zu sein, und auch wenn das der Fall gewesen wäre, hätte sie die Schmerzen um der Hauptrolle in *Birth of a Star* willen, gern in Kauf genommen.

»Hier spricht Lila Kyle. Ich glaube, Sie haben mich angerufen.«

»Ich konnte einfach nicht anders.«

O Gott, dieses Gesülze, dachte sie angewidert und bemerkte: »Ich kenne Sie ja gar nicht.«

»Würden Sie mich nicht gern kennenlernen?« erkundigte er sich anzüglich. »Wie ich hörte, haben Sie mit Ihrem Regisseur Schluß gemacht.«

Gerüchte verbreiten sich in dieser Stadt mit Lichtgeschwindigkeit. Lila überlegte, wie sie herausfinden konnte, wieweit sie Robbies Kenntnissen trauen konnte. Die direkte Frage verbot sich von selbst. Also blieb nur die andere Möglichkeit. Sie mußte sich auf eine Verabredung mit Michael einlassen.

»Ja gern«, stimmte sie zu.

4.

Angesichts des gnadenlosen Terminplans, der ihr durch die Fernsehserie aufgezwungen wurde, der Werbearbeit für Flanders Cosmetics, der eisern durchgehaltenen Fitneßübungen und ihren gelegentlich streng geheimgehaltenen Verabredungen mit Michael McLain blieb Jahne keine Zeit, sich mit Sam Shields zu beschäftigen. Das änderte sich jedoch nach Sams Anruf. Sie dachte nun wieder ständig an ihn.

Sy Ortis' Anruf kam für Jahne nicht überraschend. »April Irons hat bei uns angerufen. Man will Sie für eine Neuverfilmung engagieren. Vorher will man allerdings einige Probeaufnahmen mit Ihnen machen.«

Jahnes Herz begann schneller zu schlagen. »Warum nicht?«

»Meiner Ansicht nach ist das unter Ihrer Würde. Probeaufnahmen! Als ob Sie nicht die heißeste Nummer der Stadt wären.« Sy schnaubte. »Jedenfalls muß man sich vor April Irons hüten. Ein richtiger Hai. Angeblich nehmen sie diesen Shields zum Regisseur. Das ist der Mann, der Crystal in ihrem letzten Film so verheerend aussehen ließ, daß sie seither keinen vernünftigen Auftrag mehr bekommen hat.«

»Dafür erhielt sie gute Kritiken«, stellte Jahne richtig. »Außerdem kann es nicht schaden, wenn ich mal hingehe. Ich brauche noch Erfahrung.«

»Ich habe entschieden bessere Angebote. Es heißt auch, daß die mit dem Drehbuch nicht weiterkommen. Es gibt erst einen vorläufigen Entwurf.«

»Wie gesagt, schaden kann es nicht«, meinte sie abschließend. Jahne konnte immer noch ablehnen, und das würde dann ein endgültiger Triumph für sie sein, nachdem Sam sie so gnadenlos fallengelassen hatte. Das Schönste daran war, daß er nie wissen würde, wer ihm den Korb gegeben hatte.

Doch die Wahrheit lag woanders. Jahne konnte einfach der Versuchung nicht widerstehen, Sam zumindest noch einmal wiederzusehen.

Wer in Hollywood einen Namen hatte, aß bei »Chasen« zu Mittag. In dieses Restaurant lud April Irons Jahne ein. Der Oberkellner begrüßte Jahne mit Namen, obwohl sie noch nie hiergewesen war, und führte sie zu Aprils Tisch in der Mitte des Lokals. Jahne zwang sich, erst April Irons anzusehen, danach Sam. Sie fragte sich, ob die beiden ein Verhältnis hatten.

Nach dem ersten Austausch von Höflichkeiten kam April zur Sache. »Ich weiß, wie sehr Ihre Zeit mit der Serie und den anderen Verpflichtungen in Anspruch genommen ist. Doch Sie verkraften das anscheinend erstaunlich gut.«

»Nicht immer«, gestand Jahne.

April beherrschte von nun an die Unterhaltung. Sie kam sofort auf *Birth of a Star* zu sprechen und Theresas Rolle in dem Film. Jahne erkundigte sich, warum es noch kein Drehbuch gab.

»Sam, sag Jahne – ich darf Sie doch so nennen? – wie du dir den Film vorstellst.« April saß aufrecht. Mit ihren Blicken erteilte April Sam das Wort.

»Haben Sie diesen Film schon einmal gesehen, Jahne?« fragte Sam.

»Ja. Ich mag den Film.« Sie hatte sich erst in der letzten Woche eine Videoaufnahme besorgt und sie mehrmals angesehen. Ein altmodischer und melodramatischer Streifen. »Ich bezweifle nur, daß ich das richtige Alter für die Rolle der Theresa O'Donnell habe. Sie war damals fünf- oder sechsunddreißig.« Jahne spürte, wie eine Narbe an ihrem Oberschenkel zu jucken begann. Wie eine Raupe, die am Bein hochkriecht. Sie verschränkte die Beine unter dem Tisch. »Wie alt soll Ihrer Meinung nach die Hauptdarstellerin sein?«

»So alt wie Sie, Jahne. Theresa war eigentlich damals zu alt für die Rolle der Jugendlich-Naiven. Doch sie war ein Kassenschlager. Das brachte ihr die Rolle ein.«

Sie diskutierten darüber, wie sich die Story modernisieren ließe. Jahne stocherte in ihrem Salat herum.

Doch in der Hauptsache beobachtete sie Sam. Nur mit halbem Ohr verfolgte sie die Diskussion. Jahne fühlte sich wie ein Voyeur, der von außen in das Wohnzimmer eines Menschen späht und ihm beim Essen und seinem Privatleben zusieht. Sam war noch nie attraktiver gewesen. Kalifornien bekam ihm gut. Er trug eine schwarze Leinenhose. Jahne wagte einen Blick seine langen Beine entlang bis zu den Schuhen. Die braungebrannten schmalen Füße steckten ohne Socken in teuren Mokassins. Das weiße Hemd machte seine Zähne und das Weiße in seinen Augen noch auffallender. Sam in Weiß. Ein Novum. Etwas anderes, das Jahne auffiel, war sein Haar. Er trug es noch immer glatt zurückgekämmt und im Nacken zusammengebunden. Doch es war nicht mehr dunkel, sondern graumeliert. Auch das stand ihm gut.

Jahne hatte Sam immer für einen innerlich total gefestigten Mann gehalten, einen, der vor niemandem kuschte. Doch er stand offensichtlich unter Aprils Einfluß und ihrem Kommando. Sam war ein Mann der großen Gesten gewesen. Jetzt tupfte er mit der Serviette geziert die Mundwinkel ab.

Überraschend fand Jahne auch Sams Verlegenheit und Unsicherheit. Er schien ihm viel daran zu liegen, einen guten Eindruck zu erwecken. Bei Jahne Moore oder April Irons?

Als der Kaffee serviert wurde, fragte Sam: »Also Jahne, kommen Sie zu einem Vorsprechen? Darf ich hoffen, daß wir zusammenarbeiten werden?«

Jahne lächelte erst April, dann Sam an. Es war alles sehr schnell gegangen. Jahne hatte ihre wichtigste Rolle glänzend gespielt. Die Rolle der Jahne Moore. »Ich halte das für möglich. Es gibt für alles ein erstes Mal.«

April zog einen kleinen Handspiegel aus der Tasche und erneuerte ihr Lippenrot. Jahnes rechte Hand kribbelte. Sam hatte sie berührt. Nur unbeabsichtigt und leicht. Doch das weckte Erinnerungen in ihr. Denn Sam war immer behutsam vorgegangen. Erst spielerisch, abwartend, wie ihre Reaktion ausfallen würde. So vermied er es, abgewiesen zu werden und erreichte meist, was er wollte.

Wieder berührte er Jahnes Hand. Es fühlte sich so gut an wie früher, eher besser. Denn das alles lag so lang zurück, und Jahne hatte Sam so sehr vermißt! Sie wußte ja, was er mit seiner Hand auszulösen vermochte.

Die Härchen auf ihrem Arm standen senkrecht. Sie warnte sich selbst. Das ging entschieden zu weit. Hatte sie nicht feste Entschlüsse gefaßt? Sie hatte sich schon mit Michael eingelassen. Wurde sie allmählich zur Hure? War sie bisher nur aus Mangel an Gelegenheiten treu gewesen? Ein abstoßender Gedanke. Würde Sam es nicht sofort merken, wer sie war, wenn sie mit ihm schlief? Oder merkte er es auch dann nicht? Plötzlich wußte sie, daß es gar keinen anderen Ausweg gab. Sie mußte mit Sam schlafen.

5.

Sharleen hielt den Telefonhörer fest an ihr Ohr gepreßt. Sie bemühte sich, mit Sy Ortis nicht die Geduld zu verlieren. Immerhin half er ihr an allen Ecken und Enden, brachte ihr Verhaltensregeln bei und half ihr, so manche Klippe zu umschiffen. Doch was er jetzt verlangte, ging ihr gegen den Strich.

»Stars gehen nicht auf Partys von Bühnenarbeitern und Technikern. Das gehört sich nicht«, wiederholte Sy gerade.

»Warum denn nicht? Ich bin immer hingegangen und hab mich toll amüsiert. Was hat sich denn geändert?«

»Alles. Zieren die Bilder dieser Leute etwa die Titelseiten? Machen die eine Million Dollar im Jahr? Sharleen, Sie müssen unter Leute. Das ist richtig. Aber unter Leute Ihrer Klasse. Unter Stars. Hat sich Michael McLain eigentlich jemals mit Ihnen in Verbindung gesetzt? Er hat sich von mir Ihre Nummer geben lassen.«

Sharleen errötete. Sie war froh, daß sie Ortis jetzt nicht gegenübersaß, denn sie erinnerte sich nur ungern an den Abend mit Michael McLain. Das alles verwirrte und beschämte sie noch immer. Erst war es riesig aufregend gewesen, mit einem Filmstar auszugehen. McLains Freundlichkeit, sein Geschenk, sein Optimismus in Bezug auf ihre Karriere, all das hatte Sharleen genossen. Doch dann kam der Champagner, der Schwips – und das andere.

Sie wunderte sich nicht, daß sie nichts mehr von ihm gehört hatte. Nicht mal angerufen hatte er. Doch so wie Sharleen sich benommen hatte, mußte ein Mann ja jeden Respekt verlieren. Sie fühlte sich beschmutzt und dachte möglichst nicht daran. »Er hat einmal angerufen, aber dann nicht mehr«, antwortete sie auf Sys Frage. Sie trug noch immer die Kette, die ihr Michael geschenkt hatte. »Bloß weil ich ein Star bin, hat sich nun alles geändert?« vergewisserte sie sich.

»Genau. Meine Liebe, Sie sind einfach zu groß, um sich auf einer Party von Stuntmen sehen zu lassen. Außerdem gibt es auf solchen öffentlichen Partys keine Sicherheitskontrollen. Wenn es bekannt wird, daß Sie sich dort sehen lassen, bricht das Chaos aus. Niemand kann Sie dann beschützen. Mit Ihrem Besuch machen Sie den Leuten nur Schwierigkeiten. Es sind ja alles nette Leute, und die mögen Sie auch, aber es ist notwendig, daß Sie sich von Ihnen zurückziehen.«

Sharleen sah die Argumente ein. Doch sie war unglücklich. Ihr Leben bestand nur aus Arbeit und Unterricht: Gesangs- und Tanzunterricht. Sie war sterbensmüde und sehnte sich nach ein bißchen Ablenkung. Dazu kam, daß Sy Ortis ihr ständig zusetzte, sie solle eine Plattenaufnahme machen. Dabei kam sie sich total albern vor. Sie wußte, daß sie nicht singen konnte. Doch Ortis versprach sich davon gute Einnahmen, und so ließ Sharleen sich schließlich von ihm dazu überreden.

Außer gegen Müdigkeit kämpfte Sharleen gegen ihre Einsamkeit. Sie wußte, daß sie eigentlich keinen Anlaß hatte, traurig zu sein. Sie hatte Dean, ein neues Haus und jedes Zimmer so eingerichtet, wie sie es sich erhofft hatten. Die Auswahl der Möbel, das Studieren der Kataloge hatten eine Zeitlang viel Spaß gemacht. Doch nun stand alles da, wo es hingehörte. Die Abende wurden lang, wenn man nicht ausgehen oder jemanden besuchen konnte.

Dean empfand das nicht so sehr. Tagsüber konnte er gehen, wohin er wollte, ohne von einer Menschenmenge überfallen zu werden. Niemand erkannte ihn in einem Supermarkt. Er konnte seine Pizza essen, wo es ihm Spaß machte. Natürlich brachte er dann eine Pizza für sie zum Abendessen mit. Doch das war nicht das gleiche.

Früher einmal konnte Sharleen sich kaum ein Telefongespräch von einer öffentlichen Telefonzelle leisten. Jetzt hatte sie Telefonapparate in jedem Zimmer ihres Hauses und durfte die Gespräche nicht entgegennehmen, konnte nicht einmal jemanden anrufen, denn wen kannte sie schon?

»Werde ich je wieder in einem Supermarkt einkaufen können?« fragte sie Sy Ortis kleinlaut.

Er lachte. »Hoffentlich nicht, meine Liebe.«

Sie hatten wirklich ein schönes Haus, ein großes Grundstück. Ortis hatte einen Wachdienst angestellt. Die Leute beobachteten das Haus rund um die Uhr. Doch auch sie konnten es nicht lassen, Sharleen mit Blicken zu verfolgen, sie anzuglotzen, wenn sie sich sonnte oder in den Pool sprang. Das nervte Sharleen.

Wie gern wäre sie einmal die Straße entlanggeschlendert, hätte sich in den Geschäften umgesehen, mal ein neues Kleid oder einen Pullover ausprobiert und anschließend bei McDonald's einen Hamburger gegessen. Danach hatte sie sich schon in Texas gesehnt. Jetzt wäre das Geld dazu da. Doch der Hamburger blieb für sie unerreichbar.

Natürlich konnte sie sich auch in einem renommierten Restaurant einen Hamburger bestellen. Aber schmeckte ein Hamburger noch, wenn man vorher einen Tisch bestellen mußte und von einer kleinen Heerschar beflissener Kellner verwöhnt wurde? Dean trug nicht gern Krawatten. Er fühlte sich auch in solchen Restaurants nicht wohl und mochte es noch weniger, von allen mit Stielaugen betrachtet zu werden.

Dean brachte oft Videos mit nach Hause, solche, die er mochte. »Der Terminator« und so etwas. Viele Leihvideos sah er sich wieder und immer wieder an. Doch Sharleen fand keine Freude daran. Sie hatte ihren inneren Drive verloren. Es reizte sie wenig, sich von einem Fahrer durch die Einkaufsviertel kutschieren zu lassen. Es nervte sie, die obszönen oder schwülstigen Anrufe zu hören. Es trieb sie zur Verzweiflung, nicht mehr sie selbst sein zu dürfen.

Herrgott im Himmel, betete sie. Verzeih, daß ich dich um soviel gebeten habe. Es war zuviel. Wahrscheinlich habe ich nicht damit gerechnet, daß du mir all das auch geben würdest.

6.

Der Verkehr auf der Schnellstraße stockte. Jahne sah keinen Grund für einen Stau. Keine kaputten Autos, keinen Abschleppwagen. Jahne hatte einen Termin bei Sy Ortis und wollte nicht zu spät kommen.

Plötzlich begriff sie den Grund für den Stau. Eine riesige Plakatwand, mindestens zwanzig Meter hoch, zeigte die drei Frauen der TV-Show. Sie standen nebeneinander, Ellenbogen an Ellenbogen. Das Haar flatterte hinter ihnen. Sie stemmten die Arme in die Hüften, spreizten die Beine. Eine trotzige Haltung. Unter den schwarzen Lederjacken trugen sie T-Shirts, so tief ausgeschnitten, daß die Brüste nur gerade eben bedeckt wurden. Darunter nur: »Sonntagabend«.

Jahne fuhr auf den Seitenstreifen und hielt auf dem ausgedörrten braunen Gras. Sie stieg aus und starrte auf die Riesengestalten und die monumentale Anzeigenwand. Das bin ich, dachte sie. Jahne Moore.

Sie hätte es gern laut zu jemandem gesagt. Doch sie war ja allein. Alle Gesichter in der dahinschleichenden Autoschlange waren auf die drei schönen Frauen gerichtet. Unglaublich!

Ja, Jahne hatte es geschafft. Was auch vorher gewesen war und was auch noch auf sie zukommen mochte, das hatte sie zumindest erreicht. Einmal pro Woche sahen ihr fünfzig Millionen Menschen zu.

Ihr eiserner Wille, die Schmerzen, ihr Einsatz und ihr Mut hatten sie so weit gebracht. Im Gegensatz zu den anderen beiden Mädchen hatte sie nicht auf natürliche Schönheit oder auf Familienbande zurückgreifen können, um ihr Ziel zu erreichen. Und auch wenn es hier nicht um Shakespeare ging, sondern nur um eine Fernsehshow, hatte sie sich doch aus dem grauen Sumpf, in dem sie gesteckt hatte, befreien können.

»Miss?« Jahne zuckte zusammen. Hinter ihr stand neben seinem Motorrad ein Beamter von der Autobahnpolizei. »Haben Sie Schwierigkeiten?«

Jahne schüttelte den Kopf. Sie lachte. Doch sie merkte, daß das auf den Mann verrückt wirken mußte. »Nein, ich sehe mir nur das Bild an.«

»Lady, alle sehen auf das verdammte Bild. Steigen Sie lieber ein und fahren Sie weiter. Es ist zu gefährlich hier.« Plötzlich musterte er sie genauer. »Moment mal, sind Sie nicht die Schlaue von den drei Mädchen?«

Jahne nickte. »Stimmt genau.«

Harold, der Bote, klopfte an Lilas Garderobenwagen. Er trat erst ein, als sie es erlaubte. Lila hatte nämlich verboten, daß jemand in ihrer Abwesenheit ihre Garderobe betrat. Sie schloß die Tür stets hinter sich ab. »Miss Kyle, wohin soll ich Ihre Post bringen?« fragte er. Er hatte es eilig, wieder zu verschwinden. Jeder auf dem Studiogelände wußte, wie ausfallend Lila Kyle sein konnte, auch wenn sie nicht gereizt wurde oder sonst ein Anlaß für Reizbarkeit bestand. Im Postzimmer hatten sie Streichhölzchen gezogen, wer zu Lila gehen mußte. Harold hatte das kurze gezogen. Lila sah sich gar nicht nach ihm um. »Wo soll wohl meine Scheißpost hin? Auf den Schreibtisch natürlich.«

»Aber Miss Kyle…«

Lila drehte sich wütend zu ihm um. »Mach nicht eine Staatsaktion daraus! Leg die verdammte Post auf den Scheißschreibtisch und verschwinde.«

Sie sah wieder in den Spiegel. Resigniert ging Harold nach draußen. Er hob einen großen Postsack von dem Wagen und kam wieder herein. »Und nimm die Post aus dem verdammten Sack«, fauchte Lila. Harold hob das Ende des Sackes an und ließ den Inhalt auf den Schreibtisch fallen. Dann holte er zwei weitere Säcke und entleerte sie ebenfalls. Wenn die Kuh es so wollte, sollte sie es so haben.

Leise schloß er die Tür hinter sich und schob den nun wieder leeren Postkarren zurück zum Postraum, als Lila hinter ihm herschrie. »Du Arschloch, komm sofort zurück. Ich wußte ja nicht, daß es so viel ist. Ich kann mich in meiner Garderobe nicht mal mehr umdrehen. Komm sofort zurück, und sammle die Post wieder in die Säcke ein. Jedes Stück. Verstanden?«

Harold machte sich seufzend auf den Rückweg. Das Luder sah ihm zu, während er die Post in den Säcken verstaute.

»Wieviele Säcke waren das?« fragte sie.

»Sieben, Miss Kyle. Es sind noch vier im Postzimmer. Die habe ich nicht auf meinen Karren bekommen.«

Lila runzelte die Stirn. »Wieviele haben die Smith und die Moore bekommen?«

Fernsehprogramm...
Sonntag
20.00 Berühmter Star sucht Doppelgänger
Heute abend Ivana Trump.
21.00 Three for the Road: Cara trifft in San Francisco
einen Tim-Leary-Fan und verliebt sich in ihn.
Crimson, Cara und Clover versuchen LSD.

Fernsehprogramm...
Sonntag
20.00 Berühmter Star sucht Doppelgänger.
Heute abend Larry Fortensky.
21.00 Three for the Road. Crimson, Clover und Cara
fahren zu einem Konzert nach Woodstock N.Y.
Bob Dylan und Neil Young als Gäste.

Fernsehprogramm...
Sonntag

20.00 Berühmter Star sucht Doppelgänger.
Heute abend Milli Vanilli.
21.00 Three for the Road: Clover trifft die Merry Pranksters. Clover, Cara und Crimson machen eine Studienrundfahrt durch San Francisco. Michelle Pfeiffer und Marlon Brando als Gäste.

Fernsehprogramm…
Sonntag
20.00 Berühmter Star sucht Doppelgänger.
Heute abend Shirley MacLaine.
21.00 Three for the Road: Cara hilft einem ehemaligen Freund, sich um den Wehrdienst zu drücken. Crimson und Clover inszenieren eine Straßenumleitung, so daß er nach Kanada entkommen kann. Ricky Dunn als Gast.

Aus dem *Journal Advertising Age*:
Flanders Cosmetics übertreffen alle Erwartungen. Mit ihrem womöglich erfolgreichsten Werbefeldzug der Branche, der Fernsehshow *Three for the Road,* hat Flanders Cosmetics eine neue Produktserie finanziert. Die Verbindung von Produkt- und Fernsehserie ist eine meisterhafte Marktstrategie und verdankt ihren Erfolg nicht zuletzt harter Arbeit. »Ich habe meine Vision verwirklicht«, sagt Monica Flanders.

Jahne hatte einen freien Tag. Sie hätte nie geglaubt, daß Erfolg mit soviel Anstrengung verbunden sein könnte. Sy Ortis hatte sie wissen lassen, daß die Filmangebote reihenweise auf seinen Tisch flatterten. Sy drängte sie auch, sich öfter in Talkshows zu stellen. Eine dieser Talkshows, vor der sie sich zunächst sehr gefürchtet hatte, weil sie sich nicht für schlagfertig genug hielt, war für sie zu einem persönlichen Erfolg geworden. Sy Ortis wollte diesen Erfolg ausbauen.

Jahne starrte auf den Stapel Drehbuchentwürfe, auf die Texte, die sie für die Fernsehserie der nächsten Woche lernen mußte, auf Aktennotizen, Bilder, die sie mit ihrem Autogramm versehen mußte und seufzte. Nein, das alles sollte warten. Einen Tag wollte sie sich absolute Ruhe gönnen. Sie hatte sich ein Buch von Anne Tyler gekauft und wollte es sich damit am Pool bequem machen. Doch zunächst blätterte sie die neue *Vogue* durch. Als erstes fiel ihr das Faltblatt mit einer Aufnahme der drei Mädchen aus *Three for the Road* auf. Eine hervorragende Aufnahme. Sie sahen alle hinreißend aus. Nur sie drei wußten, wieviele Stunden sie unter den heißen Jupiterlampen hatten ausharren müssen, bis diese Perfektion erzielt wurde; wieviel Dutzend Spezialisten sich bemüht hatten, die Illusion von Perfektion zu erzielen.

Dr. Moore hatte Jahne vor der Sonne gewarnt. Das beherzigte sie immer. »Sonne schadet jeder Haut. Für Sie wäre die Sonne tödlich«, hatte er in seinem letzten Brief noch einmal gewarnt. »Ich habe nur so gute Resultate bei Ihnen erzielen können, weil Sie sich nie der Sonne ausgesetzt hatten. Darum behielt Ihre Haut trotz des Alters ihre Spannkraft.«

Jahne hatte ihm geantwortet, daß sich seine Ermahnungen anhörten, als sei sie ein Vampir, der bei Tageslicht tot umfallen, und daß sie nicht aus Klugheit bisher die Sonne gemieden hatte, sondern aus Geldmangel. Jetzt besaß sie ihren eigenen Swimmingpool. Sie rieb sich mit Sonnencreme Faktor 15 ein und ließ sie gut einziehen. Das Haar bedeckte sie mit einem turbanartig geschlungenen Tuch aus weißer, feinster ägyptischer Baumwolle, weicher als Seide. Der Hausbursche hatte ihr eine Kanne Eistee zurechtgemacht. Zum erstenmal wollte Jahne einen ganzen Vormittag in aller Ruhe verbringen, sich an der Sonne und dem Pool und dem Blick freuen. Später wollte sie wieder am Heimtrainer arbeiten und um zwei erwartete sie die Masseuse, die Mai ihr für den Rücken und die Beine empfohlen hatte. Jahne streckte sich genießerisch auf der Liege aus.

Plötzlich hörte sie das Geräusch eines hart eingelegten Ganges. Ein schweres Fahrzeug quälte sich den Berg hinauf. Dann schallte die Stimme aus einem Lautsprecher. Gingen die Politiker jetzt auch in dieser Gegend auf Stimmenfang? Im Näherkommen verstand sie die Worte: »... ist das Haus von Jahne Moore, ihnen allen besser unter dem Namen Cara in *Three for the Road* bekannt. Die Schauspielerin wohnt hier allein in einem Dreizimmer-Bungalow mit Swimmingpool und Badehaus. Sie könnte in dieser Minute sogar zu Hause sein.«

Jahne sprang auf. Ihr Herz klopfte. Sie konnte den oberen Teil der getönten Busscheiben sehen. Sie sah durch ein Astloch des Zauns. »Besuchen Sie die Stars« stand an dem grell lackierten Bus. »Rundfahrt zu den Hollywood-Anwesen Ihrer beliebten Stars aus Fernsehen und Film« war in kleineren Lettern darunter geschrieben.

Jahne wußte nicht, ob sie lachen oder weinen sollte. So schnell sie konnte, ging sie ins Haus. Das Buch ließ sie liegen. Den Tee rührte sie nicht mehr an.

»Nur T-Shirts, Phil. Die Poster und das übrige sind an einen anderen vergeben.« Sy sah den Mann an, der drei Wochen auf diesen Termin hatte warten müssen.

»Sy, ich bitte Sie, das ist doch nur die Spitze des Scheißeisbergs… Verzeihen Sie, Miss Smith. Hören Sie, geben Sie mir die T-Shirts und die Poster, und wir beschränken uns auf einen Profit von fünf Prozent pro Stück. Was sagen Sie dazu?« bettelte er. Doch sein Blick huschte zu Sharleen.

Sy schüttelte den Kopf. »Wie ich sagte, sind die Poster schon vergeben, Phil. Ich wäre auch die T-Shirts schon losgeworden. Doch ich wollte Ihnen auch ein Stück von dem Kuchen gönnen. Ich vergesse meine alten Kumpels nicht. Aber werden Sie jetzt nicht habgierig. T-Shirts. Mehr nicht. Und das bei einem Nettoprofit von fünf Prozent für Sie.« Sy wartete auf Phils Reaktion. Der nickte schließlich. Sy unterzeichnete einige Papiere und reichte sie dann Sharleen zur Unterschrift.

Nachdem Phil gegangen war, wagte Sharleen zu protestieren. »Nur fünf Prozent! Wie soll der arme Mann denn daran verdienen?«

Sy schmunzelte. »Bei fünf Prozent, meine Liebe, verdient er so viel, daß er sich zur Ruhe setzen kann. Haben Sie eine Vorstellung davon, wieviele T-Shirts wir verkaufen werden? Über fünf Millionen im ersten Monat! Fünf Millionen T-Shirts. Phil wird im ersten Monat schon einen sechsstelligen Betrag verdienen.«

Sharleen hatte Mühe, das zu verstehen. »Und wir verdienen auch an jedem T-Shirt?«

Sy nickte. Er sah, daß Sharleen überfordert war und lachte. Diese Hinterwäldlerin war wirklich ein Schatz. Eine nette Abwechslung, einmal ein hübsches Mädchen kennenzulernen, die nicht anstelle eines Herzens einen Computer in der Brust hatte.

»Richtig, meine Liebe. Und da kommen noch die Einnahmen aus den Postern hinzu, dem Briefpapier, der Kleidermarke, den Kulis, Lederjacken, Umhängetaschen, Sporttaschen und so weiter. Wie ich sagte: Wir sprechen von Millionen.«

»Millionen nur dafür, daß mein Bild auf dem Zug ist? Sind Sie sicher, daß Sie da keinem Irrtum aufsitzen, Mr. Ortis?«

»Sharleen, in solchen Dingen unterläuft mir kein Fehler. Wenn ich Millionen sage, meine ich das auch so.«

Aktennotiz
An: Ara Sagarian
Von: Lila Kyle
Betr.: siehe Anlage

Ara, was zum Donnerwetter wird hier eigentlich gespielt? Ich habe den beiliegenden Fanbrief bekommen. Wie Sie wissen, gibt es für die Fans T-Shirts von Sharleen Smith und Jahne Moore. Zweifellos ein Gag, den sich Sy Ortis ausgedacht hat. Hatten Sie nicht gesagt, daß Sie alles mit dem Sender ausgehandelt hätten? Leben die Leute von der Werbung eigentlich auf unserem Planeten oder auf dem Mond? Ich möchte nicht selbst deswegen zu Selma Gold gehen müssen. Bringen Sie die Leute also auf Vordermann, Ara. Ich reiße mir jeden Tag den Arsch auf und muß dann feststellen, daß die Werbung andere bevorzugt bedient. Ich will, daß dieses junge Ding, das mir geschrieben hat, zwei Dutzend Shirts bekommt, vier Dutzend unterschriebene Fotografien, Farbaufnahmen, groß, Hochglanz, alle unterschiedlich. Außerdem Anstecknadeln, Sticker – kurz, die ganze Palette. Gold soll das Mädchen auf die Prioritätenliste setzen. Sie ist für mich so wichtig wie diese Scheißer vom *Time*-Magazin.

Muß ich an alles denken? Sehen Sie zu, Ara, daß Sie wieder nach vorn kommen. Sy Ortis hat Sie nämlich überholt. Er bescheißt uns. Sie und mich. Hat er eigentlich einen heißen Draht zu Gold? Setzen Sie sich mit mir in Verbindung. L.K.

Aktennotiz
An: Sharleen Smith und Jahne Moore
Von: Sy Ortis
Betr.: Beiliegender Artikel aus *Sports Illustrated*

Haben Sie den gelesen?

Erhielt Anruf von Bill Gottlieb von *Sports Illustrated.* Haben Sie Lust, deren jährliche Badekollektion zu präsentieren? Habe mit Marty darüber gesprochen. Er ist dafür.

Lassen Sie uns das besprechen. S.O.

LILA KYLE
SIE SIND NICHTS ALS DAS PRODUKT VON HOLLYWOODS VETTERNWIRTSCHAFT. ICH WÜRDE SIE NICHT MAL MIT DEM SCHWANZ EINES ANDEREN FICKEN.
JUGHEAD
Präsident der Nationalen Liga gegen Vetternwirtschaft

Marty DiGennaros Sekretärin Staci verdrehte die Augen zur Decke. »Das hält man im Kopf nicht mehr aus. Wenn dieses Theater nicht aufhört, kündige ich.«

Marty sah von seinem chaotischen Schreibtisch hoch. »Was ist denn? Setzen Sie sich doch. Ich hole Ihnen einen Kaffee. Erzählen Sie!«

»Was los ist? Die machen mich verrückt. Jeder Idiot in Hollywood, nein, in Kalifornien oder vielleicht im ganzen Land will mit Ihnen sprechen. Dazu greifen sie zu jedem Trick. Die Mädchen werden langsam wahnsinnig. Heute morgen hatten wir drei Anrufe von Ihren ›Brüdern‹, einen von Ihrem ›Arzt‹ wegen der Laborergebnisse, einen hysterischen Anruf von ›Joanie‹ wegen Ihres Sohnes…«

»Ist etwas mit Sacha?«

»Ja, er hat einen Verrückten zum Vater. Es waren weder Bruder noch Arzt noch Joanie. Idioten. Geschenke bekommen Sie natürlich auch. Was halten Sie von einer brillantbesetzten goldenen Rolex, graviert: ›Meinem Freund Marty von seinem Freund Larry‹?«

»Wer ist denn Larry?«

»Auch so ein Idiot. Angeblich in Bumsbüttel Produzent. Will mit Ihnen über ein Filmgeschäft verhandeln. Er braucht zwei der drei Mädchen, schreibt aber, und ich zitiere: ›Es ist mir gleichgültig, welche zwei. Wenn es Ihnen lieber ist, können wir die lesbischen Nacktszenen streichen.‹ Er fügt ein Skript bei, das direkt aus der Hölle kommen muß.«

Marty lachte. »Aber, aber, Staci! Das ist doch nicht der erste große Erfolg, den Sie mit mir erlebt haben. Sie sind doch mit Schlimmerem fertiggeworden.«

»Stimmt, aber nicht über so lange Zeit. Das geht doch Woche um Woche um Woche so. Ein Film kommt heraus, wird ein Erfolg, wir reagieren entsprechend. Dann ist es vorbei. Aber das ist gnadenlos, Marty. Habe ich jemals über meine Arbeit geklagt? Jetzt bin ich fertig. Ich weiß einfach nicht, wie ich das noch länger verkraften soll.« Stacis dunklen Ringe unter den Augen waren ein sichtbarer Beweis dafür, daß sie nicht übertrieb.

»Besorgen Sie sich eine Sekretärin.«

»Ich bin eine Sekretärin.«

»Das waren Sie. Nun sind Sie meine Assistentin. Mit einer Gehaltsaufbesserung. Stellen Sie eine Sekretärin für sich ein. Sofort. Arbeiten Sie sie eine Woche ein. Dann nehmen Sie sich eine Woche frei und wohnen im Hotel del Mar in San Diego. Auf meine Kosten.« Marty lächelte über Stacis verblüfftes Gesicht. »Anschließend kommen Sie ausgeruht wieder zu mir zurück.«

»Marty, das ist sehr großzügig. Vielen Dank. Ich bin bestimmt nicht hier reingeplatzt, um Sie zu erpressen. Doch das mußte ich mir einfach von der Seele reden. Vielen Dank, Marty.« Sie beugte sich über den Schreibtisch und küßte ihn auf die Stirn. »Und Sie? Sie bräuchten auch eine Pause, müßten auch einmal weg von dem allen.«

»Weg? Ich habe mein Leben lang darauf gehofft, bis hierher zu kommen. Nun gedenke ich auszuharren, so lange es irgend geht.«

Die Aufkleber auf den leeren Schachteln lauteten: Abartige, Bettler, Negative, echte Fans. Lila erklärte ihrer Sekretärin, wie sie ihre Post täglich sortiert haben wollte. Zur Hilfe der Sekretärin hatte sie noch eine Schreibkraft eingestellt. Von Ihrer Mutter wußte Lila, daß die Fan-Post einen wichtigen Anzeiger des eigenen Marktwertes darstellt. »Der krankhafte Mist muß jeden Tag zum Chef der Studio-Sicherheit gebracht werden. Führen Sie Listen über Namen, Adressen, Telefonnummern, falls es welche gibt. Meist schreiben solche Leute ja anonym. Heften Sie den Umschlag an die Briefe, für den Fall, daß man bei einem Drohbrief Nachforschungen anstellen muß.« Die Sekretärin, eine Schwarze, nickte. Sie kannte sich mit so etwas längst aus.

»Bettler erhalten mein Bild und den üblichen anteilnehmenden Brief mit einer Liste der Wohltätigkeitsorganisationen, an die die Leute sich wenden können. Ich bin keine solche Organisation.« Lila schraubte den Lippenstift auf und fuhr sich damit über die Lippen. Der Sekretärin fiel auf, daß Lila MAC benutzte, nicht Flanders.

Lila fuhr fort. »Zeigen Sie mir nie die negativen Kritiken, heben Sie sie aber auf, falls ich sie mir eines Tages doch ansehen will. Das Positive, das, was von den echten Fans kommt, möchte ich sehen. Jeden Brief. Ist das klar?«

Die Sekretärin nickte und dachte: Offenbar hat dieses kranke Miststück kein vernünftiges Privatleben, wenn sie sich mit solchem Kram beschäftigt.

7.

Jahne staunte noch immer darüber, daß sie sich in L.A. so wohlfühlte. Als sie noch an der Ostküste war, hatten Sam und ihre New Yorker Freunde immer abwertend, verächtlich, ja, bitter über die Stadt gesprochen. Doch sie gefiel Jahne. Das Leben hier wurde unkomplizierter angegangen.

Jahne fühlte sich wohl in dem Haus, das sie in den Hollywood Hills gemietet hatte. Der Blick gefiel ihr, der Pool, auch, daß es verhältnismäßig klein war. Als sie es mietete, hatte sie gleichzeitig einen Hausburschen übernehmen müssen, der jedoch nur halbtags arbeitete. Was Jahne besonders freute, waren die Orangenbäume im Garten, an denen reife Früchte hingen.

Anfangs hatte es natürlich einer gewissen Gewöhnung bedurft. Es war ein Unterschied, ob man in einer dunklen Wohnung im vierten Stock in New York wohnte oder ein ganzes Haus für sich allein hatte. Viel Zeit blieb ihr in ihren neuen vier Wänden allerdings nicht. Dafür sorgten die Arbeit, die geschäftlichen Verabredungen, Friseurbesuche, Kosmetik, Maniküre, Kostümanproben und die Flanders Cosmetics Fototermine. Dennoch fühlte sie sich einsam, wenn sie einmal zuhause war. Jahne hatte sich also einen sehr hübschen schwarzen Perserkater angeschafft. Unsinnigerweise nannte sie ihn Snowball, in Erinnerung an die Katze, die sie in Scuderstown gehabt hatte, und weil sie ihn nicht Midnight nennen wollte, wie ihre weiße Katze in New York.

Midnight. Jahne hoffte, daß ihre Freunde in New York und ihre Katze sich wohlfühlten. Was würden sie sagen, könnten sie sie jetzt sehen? Ein Fernsehstar mit einem schönen Haus, Geld auf der Bank, einem Verhältnis mit Michael McLain.

Es wunderte sie noch jetzt, daß eine solche Berühmtheit wie er sich für sie interessierte. Er hatte kein Aufhebens von ihren Narben gemacht, sich angehört, was sie für Probleme hatte, ihr Ratschläge gegeben und sogar mit ihr geprobt. Zwar gerieten seine Liebesspiele mitunter zu reiner Routine. Doch das nahm sie, verglichen mit den anderen Vorzügen, hin.

Auch wenn Jahne das gewollt hätte, wäre es nur peinlich gewesen, hätte sie Molly oder Chuck oder einen anderen ihrer Freunde angerufen und gesagt: »Hallo! Tut mir leid, daß ich plötzlich so abgetaucht bin, aber jetzt bin ich berühmt, schön, reich, habe meine eigene Show. Und wie geht es Euch?«

Nein, das ging nicht. Und Jahne durfte nicht klagen. Man konnte wohl einwenden, daß sie ein oberflächliches Leben führte. Doch das ließ sich nicht ändern. Ihr blieben immerhin Dr. Moores wöchentliche Briefe. Moore führte jetzt mit einer mobilen Einheit plastische Operationen in Honduras durch. Es war eine Ironie des Schicksals, daß Jahnes bester Freund, der einzige Mensch, der sie kannte, in einer anderen Welt lebte. Immerhin nahm er sich die Zeit, ihr mitunter lange Briefe zu schreiben.

Die Gedanken an die Vergangenheit und an Sam blieben trotzdem ständig wach.

Jahne wußte, daß sie dem nur abhelfen konnte, indem sie neue Freundschaften schloß. Das war schwer. Sie hoffte, sich näher an Sharleen anschließen zu können. Außerdem festigte sich die Freundschaft mit Mai. Alles andere mußte wohl die Zeit bringen.

Seit sie Sam gesehen und gesprochen hatte, waren Veränderungen eingetreten. Die Einsamkeit, die sie erst mit Pete und jetzt mit Michael hatte besiegen wollen, wurde intensiver. Das Rumoren in ihrer Brust ließ sich tagsüber bei Arbeit und Hektik ertragen. Doch abends bedrängten sie die Gedanken an Sam mit Macht und sie begann, in allen Bemerkungen, die er in letzter Zeit gemacht hatte, eine tiefere Bedeutung hineinzudichten.

Er hatte sie gesehen, ohne sie zu erkennen. In gewisser Weise hatte sie damit ihr Meisterstück in Bezug auf ihre Verwandlung vollbracht. Sie war eine geniale Schauspielerin, auch wenn das niemandem so sehr bewußt war wie ihr selbst. Jetzt sollte sie ihn vergessen. Sie konnte es nicht, weil sie noch an die kurze Berührung ihrer Hände dachte, an den Geruch seines Aftershave, seinen warmen Atem.

»Wenn ich so weitermache, treibe ich mich selbst in den Wahnsinn«, sagte sie halblaut und versuchte, seinen bewundernden Blick zu vergessen. Seither hatte Jahne das Kleid, das Sam sichtlich begeistert hatte, zweimal angezogen und sich durch die Szene von damals vergegenwärtigt. Sam hatte mir ihr geflirtet und sie umworben. Konnte sie wieder mit ihm arbeiten? Wie sollte sie sich verhalten, wenn er sie wieder wegen des Films ansprach oder anrief? Welche Antwort sollte sie ihm geben, wenn er sie zum Abendessen einlud?

Soll ich versuchen, ihn in mich verliebt zu machen und ihm dann einen Korb geben? Das wäre die Krönung der Rache. Doch für Jahne taugte das nicht. Sie probte zwar die Rolle der femme fatale, der Schönen, die keine Gnade kennt, doch eine überzeugende Rächerin konnte sie wohl nie sein. Ihr lag die Rolle des Opfers eher. Sam hätte es verdient, von ihr zurückgestoßen zu werden. Doch wie sollte sie das ohne innere Beteiligung bewerkstelligen? Zudem litt sie schon jetzt unter Schuldgefühlen Michael gegenüber. Sie dachte an Sam, obwohl sie kurz vor ihrer Verabredung mit Michael stand. Er war gut zu ihr, doch sie benutzte ihn nur.

Dies war ein denkbar unglücklicher Zeitpunkt für solche Überlegungen, denn Jahne erwartete Laura Richie zu einem Interview. Kein Interview für den banalen *TV-Guide*, sondern für eine Titelgeschichte in dem angesehenen Leute-Magazin *Vanity Fair*. Es war nicht das erste Interview, daß Jahne geben mußte, doch dieses machte sie nervös.

Laura Richie war bekannt dafür, daß sie nach Schmutz grub und den dann breittrat. Die Interviews, die Jahne im Fernsehen verfolgt hatte, liefen darauf hinaus, daß Laura nach den verletzlichen Stellen ihres Interview-Partners suchte und – so hieß es zumindest – verärgert war, wenn der Partner am Ende nicht in Tränen ausbrach. Jahne mußte sich also sehr vorsehen. Es galt, interessant zu bleiben, ohne zu riskieren, daß etwas von der wahren Geschichte durchsikkerte.

Jahne wußte ungefähr, wieviel und was sie sagen sollte. Als Laura Richie vorfuhr und Jahne die Tür öffnete, begrüßte sie Laura darum gelassen: »Guten Tag, ich bin Jahne Moore.«

Dies war meine erste Begegnung mit Jahne Moore. Ich stand vor der Tür des kleinen Bungalows und fragte mich, wann Jahne in die bessere Wohngegend Laurel Canyon umziehen würde. Sie öffnete mir selbst die Tür – in weißen Hosen und einem dunkelblauen Sei-

denshirt. Sie bat mich herein und forderte mich auf, an ihrer Frühstücksbar Platz zu nehmen. Inzwischen stellte sie die Kanne mit Kaffee und eine Platte mit kleinen Sandwiches auf ein Tablett. Ich vermutete, daß die am Morgen von einem Partyservice gebracht worden wären, genau wie die Petit fours. Klar, würde ich nun gern einflechten, daß ich irgendwie ahnte, auf der Schwelle zum Knüller des Jahrzehnts im Showbusiness zu stehen. Doch das entspräche nicht der Wahrheit. Für mich war es nur ein Routinebesuch, der mich, wie ich hoffte, nicht zuviel Zeit kosten würde. Denn wie interessant kann schon ein vierundzwanzigjähriger Fernsehstar sein?

»Sie kochen also selbst«, meinte ich, während Jahne sich routiniert in der Küche zu schaffen machte. Wenn sie wegen der Sandwiches log, wußte ich gleich, woran ich mit ihr war.

Jahne zögerte. Sie fragte sich wohl, ob das ein Witz sein sollte. Jedenfalls lachte sie dann. »Nein, ich wärme höchstens mal etwas auf. Früher habe ich viel gekocht. Aber bei meinem jetzigen Pensum kann ich das nicht mehr.«

Damit hatte sie den ersten Test bestanden. »Ein schönes Häuschen, Miss Moore«, bemerkte ich. Ich achte immer auf etwas Distanz am Anfang. Manche bestehen ja darauf. Dann warte ich ab, ob sie es dabei belassen oder nicht. In Hollywood steht man nicht auf Förmlichkeiten. Doch es zahlt sich auch nicht aus, allzu kumpelhaft vorzugehen.

»Bitte nennen Sie mich Jahne, wenn ich Sie Laura nennen darf.« Damit hatte Jahne bei mir den zweiten Test bestanden. Sie schien nett zu sein. »Das Häuschen gefällt mir auch«, erzählte sie. »Genau die richtige Größe für mich. Praktisch und bequem.« Jahne nahm das Tablett und ging ins Wohnzimmer. »Ist es Ihnen recht, wenn wir drin bleiben, Laura? Ich habe mich noch immer nicht an die grelle Sonne gewöhnt.« Darin schien sie jedenfalls nicht zu übertreiben. Ihre Haut war blaß.

Die Inneneinrichtung gefiel mir gut. Ohrensessel mit geblümtem Stoff bezogen, ein paar nette Gegenstände, die einen persönlichen Touch gaben. Jahne hatte die weißen Stores zugezogen, um das Licht noch mehr zu dämpfen. Oder hatte sie das nur getan, damit ich sie nicht zu genau sehen konnte? Damals fiel mir das jedenfalls nicht auf.

Ich setzte mich auf das Sofa und sah mich um. »Sie haben in so kurzer Zeit viel erreicht. Ich gehe mal davon aus, daß Sie das selbst eingerichtet haben.«

»Nein, ich habe es möbliert gemietet. Natürlich habe ich einiges von meinen eigenen Sachen mitgebracht und das eine oder andere hier gekauft. Doch alles in allem fühle ich mich hier richtig heimisch.«

»Sie Glückliche! Wenn ich in einem Geschäft etwas Hübsches sehe, kaufe ich es spontan. Zu Hause frage ich mich zwei Tage später, welcher Geschmacksverirrung ich aufgesessen bin.«

Jahne lächelte. Das Lächeln gefiel mir. Sie wirkte nicht wie jemand, der dem anderen das Fell über die Ohren zieht. Sie machte mir auch ein Kompliment über mein Kostüm und daß das doch meinen guten Geschmack beweise. Sie gestand mir, daß sie Einkaufen verabscheue und ihre Garderobe nie allein aussuchen würde.

Auf das Kompliment ging ich nicht ein. Einmal, weil ich nicht hier war, um über mich zu reden, zweitens, weil das Kostüm schließlich gut aussehen durfte, nachdem es zweitausendsechshundert Dollar gekostet hatte. »Lassen Sie uns gleich mit dem Interview beginnen«, bat ich. »Daran sind unsere Leser nämlich interessiert: Wie Sie Ihre Garderobe aussuchen, wie Sie Ihr Haus einrichten. Haben Sie schon einmal ein Interview gegeben?« Ich nahm einen kleinen Kassettenrecorder aus meiner Handtasche und stellte ihn aufnahmebereit zwischen uns.

»Ich betrachte das Interview mit Ihnen als mein erstes richtiges Interview. Sie müssen Ihr Handwerk gut verstehen, sonst wären Sie nicht die erste, die uns alle drei zu einem Interview überreden konnte.«

»Das, meine Liebe, beruht auf reiner Zähigkeit. Man muß sozusagen den Finger auf der Türklingel lassen. Wie ein Vertreter für Staubsauger. Irgendwann wird es jedem mal zu bunt. Er öffnet die Tür, um einen fortzuschicken.« Ich setze meine Kaffeetasse ab. »Ich wüßte gern ein bißchen über Ihr bisheriges Leben. Wie haben Sie es bis hierher geschafft?« Manchmal genügt diese dreiste Frage, um die Leute stundenlang ins Reden zu bringen. Alle Schauspieler sind extrovertiert.

Nicht Jahne. »Die Frage habe ich mir schon selbst gestellt. Anfangs schob ich es auf meine schauspielerischen Fähigkeiten. Die setzen sich eigentlich immer durch, wie Sahne im Kaffee nach oben steigt. Dann dachte ich, mein Aussehen habe mir geholfen, zumindest mitgeholfen. Noch etwas später glaubte ich, daß einfach meine Zeit gekommen sei. Inzwischen bin ich zu der Überzeugung gekommen, daß wohl alles zusammen dazu beigetragen hat.«

»Sie sehen das sehr illusionslos, Jahne. Aber sicherlich hat sich die Zeit, die Sie als Schauspielerin gearbeitet haben, ausgezahlt. Sie wurden im Melrose Playhouse entdeckt, soviel ich weiß. Wie haben Sie die Rolle denn bekommen?«

Jahne lachte. Dann begann sie zu sprechen. Die übliche Story von dem Mädchen, das nach L.A. kommt, Arbeit sucht und Glück hat.

Ich bohrte etwas weiter nach ihrer Vergangenheit. Seither habe ich mir das Band Dutzende Male angehört. Doch ich fand einfach keinen Hinweis auf die kleinste Unwahrheit oder darauf, daß sie mir etwas vormachte. Höchstens hätte mir eine winzig kleine Pause auffallen müssen, als ich sie fragte, ob sie schon immer so hübsch gewesen sei. Bei der Antwort klang ihre Stimme etwas gepreßt. »Wie meinen Sie das?« Damals achtete ich nicht darauf.

»Waren Sie früher ein häßliches Entlein oder von klein auf hübsch?« Fast jede Schönheit, die ich bisher interviewt habe, sagt, daß sie ein häßliches Entlein gewesen ist, als ob sie sich alle ihres Aussehens schämten. Viele behaupten auch, sie seien im Grunde gar nicht wirklich so hübsch wie behauptet werde.

Jahne lachte, vielleicht herzhafter als das die Frage rechtfertigte. »Ich habe, glaube ich, schon immer ganz nett ausgesehen.«

»Gab es irgendwelche besonderen Männerbekanntschaften in Ihrem Leben?« Diese Frage schoß ich sozusagen aus dem Hinterhalt ab. Zwar ist das eine übliche Frage. Doch auf den Überraschungseffekt kommt es an. Manchmal erreiche ich dadurch eine ehrliche Antwort. Ich hatte Gerüchte über sie und einen gewissen sehr viel

älteren Casanova unserer Stadt gehört. Außerdem hatte ich sie auf Aras Party im Gespräch mit Michael gesehen. Doch sie blieb ganz cool. »Momentan nicht, wohl aber früher und hoffentlich bald wieder. Momentan bin ich voll mit der Arbeit und meinem Schlafbedürfnis ausgelastet. Ich liebe meinen Beruf.«

Kurz bevor ich ging, meinte ich: »Sie sind überraschend reif für eine so junge Frau. Ich wünschte, ich wäre in Ihrem Alter auch so geistreich gewesen. Viel Glück, Jahne!« Ich küßte sie leicht auf die Wange und stieg in mein Auto.

Ein hübsches Mädchen hatte das Glückslos gezogen. Unter dem Strich war es ein langweiliges, aber durchaus erfreuliches Interview gewesen. Keine Sensationen.

Nun werden Sie mich fragen: Wo blieb da Laura Richies Spürnase?

Nach dem Interview brauchte Jahne etwas Zeit, um ihre Aufregung abzuschütteln. Die Augen der Frau waren wie kleine schwarze Murmeln herumgerollt. Außerdem hatte sie die unerwartete Frage, ob sie schon immer hübsch war, aus dem Gleis geworfen. Jahne schwankte zwischen Lachen und Weinen.

Sie badete und machte sich für ihre erste öffentliche Verabredung in Hollywood zurecht. Dazu hatte sie sich eher aus einem Schuldgefühl heraus bereiterklärt. Anfangs hatte Michael ja zugestimmt, ihr Verhältnis geheimzuhalten. Doch wozu eigentlich? Wenn Michael sie zu Publicityzwecken benutzte, profitierte Jahne von ihm in gleicher Weise. Zudem nutzte sie Michael ohnehin aus, indem er ihr als Schutz vor Sam und ihren Gefühlen diente.

Im Lauf des Tages hatte es geklingelt und Jahne hatte einen gewaltigen Blumenstrauß in Empfang genommen. Sie bedachte den jungen Burschen mit einem Zwanzigdollar-Trinkgeld. Das war etwas, was Sy ihr beigebracht hatte. Als Star mußte man großzügige Trinkgelder verteilen. Sie setzte die drei Dutzend blaßrosa Rosen in eine große Vase. Auf der beigefügten Karte stand: »Deine Schönheit läßt weiße Rosen erröten. Michael.« Kitschig und albern. Doch die Rosen sahen bezaubernd aus, und es war eine nette Geste.

Für dieses Ereignis trug Jahne ein einfaches Kleid in A-Linie, das ihr Mai geschneidert hatte. Das Unterkleid bestand aus schwarzem Seidenjersey. Darüber fiel blauer Organza. Wieder hatte Mai ein Meisterwerk an Einfachheit gezaubert. Als Jahne sich betrachtete, wurde sie ganz weich in den Knien. Sie konnte ihr Glück kaum fassen, fühlte sich wie eine Heldin aus einem Kitschroman. Es gab nur einen, dem sie ihre Gefühle mitteilen konnte: Dr. Moore. Sie beschloß, ihm am nächsten Morgen zu schreiben.

Michael holte sie nicht mit dem Fahrer ab. Er fuhr seinen luxuriösen Rolls, dessen Innenausstattung einem Juwelenetui glich, selbst. Zu ihrer Freude führte er sie nicht in eines der üblichen Restaurants. Er hatte ein elegantes Thai-Lokal gewählt. Die Rattaneinrichtung paßte zu den unzähligen purpurroten Orchideen und den Dekorationen in der gleichen Farbe.

Michael erzählte: »Alle Thairestaurants sind in diesem Rot gehalten. Ich hätte dich aber nicht hierher gebracht, wenn dein Kleid nicht zu dem Rot gepaßt hätte.«

Jahne lächelte. »Vielen Dank für die Blumen, Michael. Damit hast du mir eine große Freude gemacht.«

»Gern geschehen. Ich bin froh, daß Sy uns zusammengebracht hat. Solche erfreulichen Vorschläge sind bei ihm rar. Sy ist nicht sonderlich beliebt und liegt mit vielen im Clinch.«

»Mit wem denn zum Beispiel?«

»Zum Beispiel mit April Irons. Sie kann ihn nicht leiden.«

»Ich auch nicht.«

Michael lachte. »Eins zu null für dich.«

Das Essen schmeckte ausgezeichnet. Michael kehrte den perfekten Gentleman heraus. Kurz nachdem sie saßen, entspannte Jahne sich. Es war das erstemal seit Monaten, daß sie etwas ganz Normales tat und zum Essen ausging. Sie begann über ihre Arbeit zu sprechen, wie fast immer, wenn sie mit Michael zusammen war. Tatsächlich schien er sich auch mehr für ihre Tätigkeit und ihre Karriere zu interessieren als für ihren Körper.

»Was hast du denn vor, wenn die Saison endet?« erkundigte er sich.

»Ich dachte an eine Filmrolle.«

»Sehr gut. Kommt das denn zeitlich hin?«

Sie nickte. »Leider bin ich noch immer an diese Flanders Cosmetics gebunden. Das ist mir so zuwider! Ich wollte nie Model werden.«

»Aber sie bringen dich gut heraus. Ich habe dein Bild in *Vogue* und *Harper's* gesehen. Klasse Aufnahmen.«

»Das sind doch nur Anzeigen. Erniedrigend. Findest du nicht auch?«

»Für eine Künstlerin wie dich, ja.«

Jahne freute sich, daß er sie ernst nahm. Sie hätte stundenlang mit Michael hier sitzen und plaudern können. Doch sie konnte beim besten Willen nicht mehr essen. Michael bezahlte die Rechnung bar und gab ein riesiges Trinkgeld. Das beeindruckte Jahne. Denn viele bekannte Schauspieler stellen sich auf den Standpunkt, daß ihre Gegenwart Reklameeffekt genug für das Restaurant ist und hinterlassen höchstens noch ein Bild mit Autogramm. Jahne fühlte sich so wohl, daß sie es bedauert hätte, wäre der Abend schon zu Ende gewesen. Doch Michael hatte ohnehin noch Pläne. Er schlug vor, in einen Nachtclub zu gehen. »Das ist eigentlich ein mieser Schuppen«, erklärte er. »Doch in letzter Zeit ist er stark gefragt, wegen seiner späten Show. Darüber wird garantiert in den Klatschspalten geschrieben. Wir treffen da bestimmt Bekannte.«

Vor dem Lokal drängte sich eine Menschenmenge, die Einlaß begehrte. Doch hier, wie vor dem Thairestaurant, wurden Michael und Jahne von den Paparazzi bemerkt und fotografiert, und der Türsteher winkte sie hinein. Einige Frauen riefen Michaels Namen. Doch auch Jahne konnte sich vor Aufmerksamkeit kaum retten. Der Club war größer, als Jahne ihn sich vorgestellt hatte, und jeder Tisch schien besetzt zu sein. Im Handumdrehen brachte der Ober einen winzigen Tisch mit zwei Stühlen vorn an die Bühne.

»Kevin Lear ist da«, hatte Michael schon festgestellt. Er winkte dem Schauspieler zu. »Er ist in Gesellschaft seiner neuesten Flamme, Phoebe Van Gelder.«

»Und Crystal Plenum sitzt dort drüben.« Jahne nickte in die Richtung.

»Soll ich dich vorstellen?«

Jahne lehnte ab. Sie ließ sich nicht anmerken, wie sehr der Anblick dieser Frau sie aufwühlte. Sie tröstete sich damit, daß sie jetzt auf eine eigene Karriere stolz sein konnte und keinen Grund mehr hatte, sie zu beneiden.

»Der Club ist nicht besonders gut, was die Komik-Einlagen betrifft«, wußte Michael. »Aber seit kurzem arbeitet hier ein Neuer. Die kommen alle aus dem Nichts und haben keine Erfahrung. Jeder fängt mal hier an. Später wandern sie zu besseren Clubs ab. Denn hier müssen sie sich verpflichten, vor und nach ihrem Auftritt als Kellner zu arbeiten. Dafür haben sie das Recht, zwei- oder dreimal pro Abend ans Mikrophon zu dürfen. Ich komme hier jeden Monat einige Male her. Meist taugen die Darbietungen nichts. Ich habe schon erlebt, daß die Leute ausgebuht wurden, bevor sie ihre Nummer zu Ende gebracht hatten. Aber hin und wieder tritt ein echtes Talent auf. Jetzt haben sie hier einen verrückten Typ. Der hat einen ätzenden Humor. Gemein aber komisch.«

Jahne kannte das alles von New York und Neil. Sie lächelte. Nach zwei fürchterlichen, absolut nicht komischen Vorträgen sah Jahne auf die Uhr. Es wurde spät. Die Unterhaltung mit Michael hatte ihr Spaß gemacht. Doch das hier fand sie unerträglich. Die Gäste schienen sich eher am Mißerfolg des unglücklichen Entertainers zu ergötzen als an der Unterhaltung. Offenbar lief hier der Unterhaltungseffekt auch nur darauf hinaus.

Wieder einmal merkte Michael sofort, was in Jahne vorging. »Warten wir noch einen ab. Dann können wir gehen. Der eine ist es nämlich, von dem alle reden und weshalb ich dich überhaupt hierher geschleppt habe.«

Ein Kellner machte die Ansage für den nächsten Künstler. Wahrscheinlich nannte er auch den Namen. Doch erst als Jahne den Mann auf die Bühne springen sah, traf es sie wie ein Keulenschlag.

Neil Morelli! Jahne starrte ihn fassungslos an. Doch da begann er schon mit seinem Programm. Innerlich stöhnte Jahne. Neil trat in einem miesen, von einer Lebensmittelfirma gesponsorten Club in L.A. auf. Und er arbeitete als Kellner.

Den ganzen Abend bediente er Gäste, bis er als letzter auf die Bühne durfte. Trotz ihres Entsetzens ließ Jahne sich nichts von dem Vortrag entgehen.

Neil sprach eher noch schneller als damals in New York. »Wieder einige Berühmtheiten hier heute abend.« Neil schirmte die Augen gegen das Licht mit der Hand ab und blickte in den dunklen Raum. »Kevin Lear, meine Damen und Herren. Ich hatte das Vergnügen, ihn heute abend bedienen zu dürfen. Vielen Dank für den Dollar, Kevin. Würde meine Mutter hier in L.A. wohnen, könnte ich sie damit jetzt sogar anrufen.«

Er erntete Gelächter. Doch Jahne wurde es eiskalt. Neil sah sich weiter um. Dann erstarrte er plötzlich, als sei er mächtig überrascht. »Du meine Güte, da ist ja Michael McLain, und obendrein in Begleitung eines aufsteigenden Stars. Wer hätte das gedacht? Neben ihm sitzt eines der drei Mädchen aus *Three for the Road*, Jahne Moore.«

Jahne war weder darauf vorbereitet, Neil hier zu sehen, noch darauf, daß er sie als Jahne Moore bezeichnen würde. Erst als Michael sie am Ärmel zupfte, stand sie auf, verbeugte sich kurz und setzte sich sofort wieder. Ihre Beine zitterten. »Jeder kennt ja Michaels Neigung im Sattel zu sitzen. Ich meine natürlich den Motorradsattel.« Gekicher im Publikum. Jahne wäre am liebsten im Boden versunken. War es so weit mit Neil gekommen, daß er solche blöden, schmutzigen Späße machen mußte? Das lag doch weit unter seinem Niveau!

»Hab ich jemanden ausgelassen?« Neil machte eine Pause. »Sind heute abend Fondas hier? Nein? Oder Coppolas? Die sind schließlich überall. Seid ihr da alle sicher? Seht euch um, Leute. Wir müssen da schwer aufpassen, denn ich muß euch etwas Wichtiges sagen. Das geht aber nur, wenn ich weiß, daß diese Leute nicht hier sind.« Er flüsterte ins Mikro. Seine Stimme klang verschwörerisch.

»Keine Carradines, Bridgeses, Aranzes? Ist auch Tori Spelling nicht unter uns?« Als niemand antwortete, hob Neil seine Stimme wieder etwas. Doch er sprach noch immer wie jemand, der seine Zuhörer in ein Geheimnis einweiht. »Achtet bitte auf die Tür und sagt mir gleich, wenn einer dieser Typen hereinkommt.« Er blickte sich um. Sah Jahne. Neil wirkte noch magerer, fast ausgemergelt. In seinen Augen irrlichterte es wie bei einem Geisteskranken.

»Miss Moore, verzeihen Sie die Frage: Welchen Beruf hatte Ihr Vater?«

»Mein Vater hat für die Regierung gearbeitet.«

»Ein Diplomat also.«

»Nein. Er diente in der Armee«, log sie.

Neil lachte. »Ich wollte da nur ganz sicher sein. Demnach unterscheiden Sie sich von Ihrer Kollegin Lila Kyle. Deren Mutter ist Theresa O'Donnell, und ihr Vater war Kerry Kyle. Sagen Sie mir noch etwas, Miss Moore, falls Sie das wissen: Wie hart mußte Lila Kyle arbeiten, um die Rolle zu bekommen? So hart wie Sie? Können Sie sich vorstellen, daß die Tatsache, daß Ihr Vater in der Armee gedient hat und Lilas Vater ein angehimmeltes Idol war, die Produzenten Ihrer Show für sie eingenommen hat? Nein, nein, Sie brauchen nicht zu antworten. Ich möchte Sie nicht in Verlegenheit bringen.«

Neil wandte sich der anderen Seite des Raumes zu. »Rein zufällig ist Lila Kyle mit Tori Spelling in die Westlake School gegangen. Eine Schule mit nur hundert Schülern. Nun wollen wir das mal untersuchen.« Neil tat so, als müsse er nachrechnen. »In meiner High School, Evander Childs in der Bronx, hatten wir vierhundert Schulabgänger pro Jahr, und nicht einer, nicht ein einziger hat es zu einer ordentlichen Fernsehsendung gebracht. Ist das zu glauben? Alles nur Versager, denkt ihr, ja? Aber Westlake bringt gleich zwei hervor. Die müssen echt einen anspruchsvollen Lehrplan haben. Meint ihr nicht auch? Außerdem schadet es natürlich nicht, wenn die Mamis und Papis der Mädchen in der Branche sind.« Neil schüttelte den Kopf. Er erntete den einen oder anderen Lacher. »Seht ihr, meine Lieben, es wird täglich klarer, daß man es in dem Geschäft nur zu etwas bringt, wenn man zum Showbusiness gehört. Es ist wie eine Dynastie.« Er sah wild, böse, bitter und sehr intensiv aus. Das war der alte Vortrag, den Jahne aus New York noch kannte. Doch er hatte ihn erweitert und teilte niederträchtigere Schläge aus.

Jahne sah Neil wie gebannt an.

»Ich spreche nicht von den Geschwistern wie Penn und Garry Marshall oder Randy und Dennis Quaid.« Neil wurde lauter. Er schrie die Worte fast. »Wenn die Kids sich untereinander helfen, ist das ganz okay. Ich helfe ja auch meiner Schwester Brenda. Aber ich habe was dagegen, daß diese Scheiß Tori Spelling rein zufällig die Hauptrolle in dieser Serie bekommt, einer Serie, die ebenfalls rein zufällig von ihrem Vater produziert wird. Und von was handelt sie, meine Lieben? Von einer reichen Beverly-Hills-Göre in der High School. Na, erfordert das nicht echte Schauspielkunst?« Die Zuhörer lachten. »Eine Naturbegabung, wie? Sie wird die nächste Sigourney Weaver sein. Ach, das wußtet ihr nicht?« Neil tat überrascht. »Ihr wußtet nicht, daß Sigourneys Vater ganz oben im Sender sitzt? Wie, zum Teufel, dachtet ihr denn, daß sie ihren Job bekommen hat? Die Sigourneys sind die, die ich die Heimlichen nenne. Deren Familienbeziehungen sind nämlich nicht so allgemein bekannt wie die von den Sheens und den Fondas. Wie ich hörte, ist Seymore LeVine, Bob LeVines Sohn, der, wie ihr wißt, der Boß von International Studios ist, gerade zum Associate Producer aufgestiegen...«

Der Rest von Neils Vortrag lief mehr oder weniger auf das hinaus, was Jahne aus New York kannte, wenn man davon absah, daß es jetzt alles verzweifelter und härter klang. Ach Neil, dachte sie, was ist aus dir geworden? Du bist schon immer hart bis an die Grenze gegangen. Aber nun hast du sie überschritten.

»Blut ist dicker als Begabung«, sagte Neil gerade. »Das hat mal jemand gesagt. Aber was soll's? Diese Bastarde stehlen mir ja auch die Rollen.« Neil kam zum Ende. »Wißt ihr, wer die einzigen Leute dieser Stadt sind, die den Weg nach oben aus eigener Kraft geschafft haben? Autodiebe und Huren.«

Endlich war es vorbei. Doch bevor er die Bühne verließ, rief Neil wie üblich dazu auf, seiner Anti-Vetternwirtschaftsliga beizutreten, die es sich zum Ziel gesetzt hatte, die Toris und Lilas aus dem Geschäft zu katapultieren. In Jahne stieg Übelkeit hoch. »Können wir gehen, Michael?« fragte sie leise.

Im Auto fühlte sie sich noch schlechter, fast schwindlig. Neil hatte einen bösartigen, ja, wahnsinnigen Eindruck gemacht. Wie ein geprügelter Hund, der nun gefährlich wird.

»Das hat dir offenbar nicht gefallen«, meinte Michael. »Es tut mir leid. Aber damit wird sich der Eindruck verdrängen lassen.«

Er fuhr an den Straßenrand und griff in das Handschuhfach. Dem entnahm er ein eingewickeltes Geschenketui. »Für dich«, sagte er nur.

Jahne brauchte einen Augenblick, bevor sie sich fassen konnte. Sie öffnete die schwarze Schachtel. In der Samtpolsterung lag eine Kette mit drei goldenen Sternen als Anhänger und einem Brillanten in der Mitte.

»Wie entzückend! Aber das kann ich nicht annehmen, Michael.«

»Du hast es gerade angenommen.« Er nahm die Kette aus ihrer Hand und legte sie um ihren Hals.

Jahne war gerührt. Gerade jetzt, wo sie so deprimiert war, schenkte Michael ihr etwas so Großzügiges! Nie zuvor hatte sie von einem Mann ein so teures Geschenk erhalten. Überhaupt hatte sie noch nie einen Brillanten besessen, obwohl sie sich nun jeden Schmuck leisten konnte. Tränen füllten ihre Augen und schwemmten den Kummer fort, der ihr noch vor Minuten die Kehle zugeschnürt hatte.

»Der Stern spricht für sich selbst, Jahne. Du bist auf dem richtigen Weg und wirst einmal ganz groß sein. Und wenn du auf der obersten Sprosse der Leiter stehst, denk an mich und diesen Abend, und berühre den Stern an deinem Hals.«

Dankbarkeit und Freude überwältigten sie. Sie gingen in sein Haus. Er ließ ihr ein Bad einlaufen und badete sie wie ein Kind. Er schien zu wissen, wie sehr sie diese Wärme jetzt brauchte, mit der er sie umgab. In ein großes Badetuch gehüllt, trug er sie in sein Schlafzimmer, als sei sie die sprichwörtliche Feder auf seinen Armen.

Den Sex empfand Jahne wie eine Erlösung. Sie dachte

nicht nach, sondern erwiderte seine Zärtlichkeiten. Er küßte sie und rieb ihren Rücken, bis ihr Verlangen übermächtig wurde. Dann hielt er sie über sich, scheinbar mühelos. Nekkend ließ er sie auf sich herunter und küßte ihr Gesicht, hob sie dann aber wieder in die Höhe. Endlich senkte er sie auf sich, stieß sie hinunter, hob und senkte sie wieder und wieder. Spielerisch leicht.

Michael erreichte, daß Jahne sich beschwingt und sehr weiblich fühlte. Er folgte ihren Bewegungen kraftvoll und geschickt. »Danke«, flüsterte sie. Und noch einmal: »Danke.« Die Kette schwang um ihren Hals. Sie stöhnte vor Lust. Sie brauchte nicht lang, bis sie ihren Höhepunkt erreichte.

Nachher lag sie neben ihm und staunte über seine Stärke. »Wie schaffst du das nur?«

»Täglich einige Liegestütze. Doch die lohnen sich«, meinte er schmunzelnd.

Das Blut rauschte noch immer in ihren Ohren. Das war auch gut so, denn so hörte sie nicht das leise Surren der versteckten Videokamera.

8.

Während Neil Morelli sich nach seinem Vortrag wieder zu fassen versuchte und Jahne in Michaels Umarmung lag, wanderte Sam Shields ruhelos in seinem Büro auf und ab. Um ihn herum lagen dutzendweise zerknüllte Blätter. Er kam mit dem verdammten Manuskript einfach nicht voran. Ob es daran lag, daß es ein altmodisches, hoffnungslos melodramatisches Sujet war oder was sonst der Grund sein mochte – er fand nicht den richtigen Aufhänger für die Neufassung. Während Hollywood ihn verführt hatte, lebte in dem alten Sam immer noch genügend Ehrgeiz und Idealismus, der ihn zwang, nur etwas zu schreiben, das inhaltlich stimmig war, die Charaktere glaubhaft agierten und der Handlungsablauf in einem nachvollziehbaren Höhepunkt gipfelte.

Sam konnte es sich nicht leisten zu versagen. Jetzt fehlte ihm der Bonus des Anfängers. Er mußte seinem Namen als erfolgreicher Regisseur von *Jack and Jill* gerecht werden. Doch statt daß ihm sein Erfolg Vertrauen einflößte, empfand er das Risiko nur noch krasser.

Nie zuvor hatte er die vielen Gefahren gesehen, die ihm auf dem Weg zum Erfolg drohten. Wenn April sein Drehbuch nicht akzeptierte, war er erledigt. Wenn Bob LeVine kein grünes Licht für die Produktion gab, war er erledigt. Wenn die Produktion lief und er nicht im Zeitplan blieb oder die Kosten überzog oder April seine täglichen Vorabstreifen nicht gefielen, war er erledigt. Wenn das Drehbuch endlich zu seiner Zufriedenheit ausfiel und der Film abgedreht wurde, Sam innerhalb der Kostenmarge blieb und das Premierenpublikum den Film ablehnte, war er erledigt. Es gab ungeheuer viele Möglichkeiten zu versagen und so wenig Hoffnung auf einen Erfolg!

Er dachte an den Rat des Vaters: »Mach keinen Scheiß.« Nun, er versuchte dem Rat zu folgen. Doch seine Eltern hatten ihn nicht gerade mit einem Polster an Selbstbewußtsein ausgestattet. Das mußten sie bei ihren zahlreichen Besuchen in den Schnapsläden vergessen haben.

Sam trat gereizt nach dem zerknüllten Papier auf dem Boden. Er wußte, daß er das alles aufsammeln mußte, denn eine der wichtigsten Regeln hier hieß: Strahle stets Optimismus aus. In Hollywood durfte man nicht eingestehen, daß man hungrig, wütend, einsam oder müde war. Erst recht durfte man keine Angst zeigen. Wenn er sich abends mit April traf, spielte er ihr bis zur Erschöpfung den leidenschaftlichen Liebhaber vor und versicherte ihr, wie gut alles voranschritt. Er hätte es begrüßt, offen mit ihr zu sprechen. Er brauchte jemanden, dem er seine Nöte und Befürchtungen anvertrauen konnte. Nur dann kam er weiter. Doch April ließ sich nicht mit Mary Jane Moran vergleichen.

Seufzend dachte er an die Tage, als Mary Jane ihm zugehört hatte. Sie wußte genau, wann sie mit Vorschlägen eingreifen und wann sie ihn einfach nur reden lassen mußte.

Was Sam fehlte, war eine entspannende geschlechtliche

Beziehung, bei der er nicht ständig in vorderster Front kämpfte. Er dachte an das Mittagessen mit Jahne Moore. Mit der hätte er es gern mal versucht. Sie beeindruckte Sam. Seit damals dachte er oft an sie. Sie zog ihn an wie ein Magnet die Eisenspäne. Sie war jung und frisch und fieberte nach dem Erfolg. Dieses Fieber braucht ein Schauspieler, wenn er gut sein will, und das törnte Sam an. Er mußte April einfach unter Druck setzen, damit sie das Mädchen zum Vorsprechen brachte.

Allmählich dämmerte es ihm, daß die ganze Sache ein sehr heißes Eisen war. Er mußte einen alten, hochgelobten Filmklassiker modernisieren und aktualisieren, ohne die alten Zuschauer vor den Kopf zu stoßen, gleichzeitig aber die jüngere Generation anlocken.

Er warf sich auf das alte Sofa. Der Grundgedanke des Drehbuchs hatte ja noch Gültigkeit. Ein erfolgreicher Mann muß erfahren, daß seine Freundin auf dem Weg zum Erfolg an ihm vorbeizieht. Rivalität, Eifersucht und Liebe spielten eine Rolle. Doch wie konnte man dieses Thema dramatisieren?

Sam sprang auf. In der nächsten Woche stand eine Besprechung an, und das, was er bisher geschrieben hatte, konnte er nicht vorlegen. Er seufzte abgrundtief und setzte sich hinter den Schreibtisch. »Mach keinen Scheiß!«

9.

Die Zeit lief ihnen bei den Außenaufnahmen davon. Bei allen fiel das Stimmungsbarometer. Seltsamerweise hatte der spontane Erfolg der Serie nicht für Entspannung oder Zufriedenheit gesorgt. Das Gegenteil war der Fall. Alle wirkten verkrampft. Ich hörte ständig von neuen Unruhen und Problemen. Meine Nachrichten erhielt ich von der Crew. An diesem Tag war ich bei den Außenaufnahmen anwesend, damit ich für meinen Artikel im Vanity Fair ein bißchen Atmosphäre mitbekam. Momentan versuchten sie eine komplizierte Szene mit einer Spezialkamera in den Kasten zu bekommen. Der arme Kameramann mußte das achtzig Pfund schwere Gerät schultern und rückwärts vor den drei Hauptdarstellerinnen aus die Stufen eines Gebäudes hinuntergehen. Die drei Mädchen mußten so gehen, daß es fast einer Choreographie glich.

Inzwischen wurde die Szene zum sechsten Mal wiederholt. Lila schmiß sie jedesmal. Doch zuletzt patzte Sharleen bei ihrem Text. Das Schlimme daran war, daß sich die Lichtverhältnisse von Minute zu Minute verschlechterten. Alle wollten nach Hause. Doch Marty bestand auf seiner Szene, und die mußte stimmen.

»Also noch einmal von oben«, sagte Marty mit einem gequälten Lächeln. Der Kameramann stieg die Treppe wieder hinauf. Klaglos. Doch warum hätte er auch klagen sollen? Er wurde pro Stunde bezahlt. Da profitierte er nur von der Verzögerung. Marty hatte indessen schon fünfunddreißigtausend Dollar investiert. Er wollte die Gesichter, das Haar, die Brüste in einer schwingenden Bewegung die Treppe hinuntergleiten sehen. Hinter ihnen das Convention Center. Das Weiche vor dem Hintergrund des Harten. Auf dem Bildschirm waren das später zwei Minuten, vielleicht auch nur neunzig Sekunden. Und dafür fünfunddreißigtausend Dollar.

Bevor sie wiederholten, mußte Marty mit Lila klarkommen. Müde stieg er die Stufen zu ihr hoch. Bei den Aufnahmen duzen sich alle. »Ich habe dich schon im Mittelpunkt. Du gehst vor den beiden anderen. Aber allein nützt du mir nichts. Du bist der Mittelpunkt des Keils, aber du mußt dich von den anderen einrahmen lassen. Bitte, Lila.«

Sie warf das Haar zurück. Seit dem geplatzten Abendessen behandelte sie ihn betont kühl. »Ich kann nichts dafür, wenn sie nicht mit mir Schritt halten wollen.«

Er seufzte. Manchmal war sie eine schreckliche Nervensäge. Doch hier, vor den Stufen und bei dem abendlichen Licht, das man die magische Stunde nannte, war sie atemberaubend schön.

Er sah zu Jahne und Sharleen, die nachgepudert wurden. »Seid ihr so weit?« Sharleen nickte. Doch er sah, wie nervös sie war.

»Du siehst toll aus, Sharleen. Jetzt gehst du einfach die Stufen hinunter, und wenn du unten ankommst, drehst du dich zu mir um und sprichst deinen Text, okay?«

Sharleen nickte schweigend.

Lila bedachte ihren Regisseur mit einem bösen Blick. Warum bemutterte er diese Sharleen? Marty gehörte ihr, Lila. Hin und wieder passierte es, daß Marty den Überblick verlor und Jahne oder Sharleen zu lange aufnahm oder sich ihnen zu sehr widmete. Seit dem Abendessen wußte Lila, daß sie Marty fester an die Kandare nehmen mußte. Ob mit Versprechungen oder Drohungen blieb sich gleich. Marty brachte entschieden zuviel Geduld mit Sharleen auf, die oft bei ihren Texten patzte. Marty mußte begreifen, daß Lila nicht mit sich spaßen ließ. Vielleicht konnte sie ihn damit locken, daß sie ihn für seine Ergebenheit belohnen würde.

»Wie oft muß diese Dorfmieze denn noch ihren Text schmeißen, bevor wir nach Hause gehen können?« fragte Lila so, daß es jeder hören konnte. »Ich bin verabredet.« Marty sollte ruhig wissen, daß es noch andere Männer außer ihm gab.

»Haltet euch jetzt alle an die Anweisungen, okay?« bat Marty geduldig, ohne Lila für ihre Unverschämtheit zu ermahnen.

Endlich machten sie Schluß. Lila schlenderte zu ihrem Garderobenwagen. Sharleen hatte sich, wie vorherzusehen war, wieder versprochen. Die Beleuchtung reichte nicht mehr. Sie mußten abbrechen. Lila lächelte. Sie freute sich keineswegs auf ihre Verabredung. Doch die mußte sein. Marty würde erfahren, mit wem sie sich traf. Nur so konnte sie ihn packen.

Auch wenn Lila nicht gern darüber nachdachte, mußte sie sich eingestehen, daß die meisten Männer, mit denen sie großgeworden war, homosexuell veranlagt waren. Ihr Vater war ein Homosexueller oder Bisexueller oder Omnisexueller gewesen, falls es so etwas gab. Seine Devise schien zu sein, daß er mit allem schlafen konnte, was sich bewegte.

Allerdings hatte Lila kaum Zeit mit ihrem Vater verbracht. Er und die Puppenmutter hatten sich kurz nach Lilas Geburt scheiden lassen. Später war er hin und wieder in Erscheinung getreten, doch die Puppenmutter hatte selbstverständlich das Sorgerecht zugesprochen bekommen, und so lernten sich Vater und Tochter nie richtig kennen – homo oder nicht.

Um so besser kannte Lila Robbie und die anderen schwulen Männer, die sich um die Puppenmutter scharten, nicht zuletzt der ekelhafte, verlogene Kevin. Er scharwenzelte noch immer um Lilas Mutter herum, wie sie von Robbie wußte.

Einen dieser Schwulen hatte Lila geerbt. Robbie. Er hatte seine Anhänglichkeit von Theresa auf Lila übertragen. Denn bei Lila war Action. Er gierte nach den Nachrichten über die Berühmten, weil er selbst total ausgebrannt war und zu nichts mehr taugte. Wäre Lila nicht so fest davon überzeugt gewesen, daß Robbie sofort wieder zu Theresa laufen würde, wenn Lila ihn vor die Tür setzte, hätte sie das schon vor Monaten getan. Doch diese Genugtuung gönnte sie ihrer Mutter nicht.

Jedenfalls hatte Lila von klein auf nur solche Männer gekannt. Sie nannte sie Onkel, mit der einzigen Ausnahme von Robbie, der darauf Wert legte, mit Tante angesprochen zu werden. Darum war es auch nicht verwunderlich, daß Lila sich bei solchen Männern am wohlsten fühlte.

Dabei hatte sie nicht viel übrig für die andersartigen Gefühle dieser Männer. Schwule dachten und sprachen leider immer nur vom Sex. Das ging Lila unheimlich auf den Geist. Über Sex dachte sie ohnehin nicht gern nach, und Gespräche darüber vermied sie erst recht. Sie fand das alles eher ein wenig abstoßend und mit Sicherheit albern. Wenn man sich vorstellte, daß der eine eine Fleischröhre seines Körpers in einen Fleischkanal des anderen steckte! Lila schauderte. Zwar wollte sie unbedingt als sexy gelten. Doch selber Sex haben wollte sie unter keinen Umständen. Und bei den Schwulen schien es so, als sei Sex das Wichtigste im Leben.

Lila hatte darauf gebaut, daß das alles anders aussehen würde, wenn sie einmal erwachsen war und allein wohnte. Doch nun arbeitete sie beim Fernsehen, war umgeben von heterosexuellen Männer und mußte feststellen, daß sie eigentlich kaum anders reagierten als die Schwulen. Sie benahmen sich zwar anders. Doch alle dachten nur ans Bumsen. Es hatte sich insofern geändert, als Lila jetzt das Opfer der männlichen Begierde war.

Das sah sie an den Blicken. Lila unterschied zwei Sorten von heterosexuellen Männern. Zu der einen Sorte gehörten Marty und Michael McLain, die Frauen liebten, mit ihnen zusammensein wollten und die alles an Frauen zur Kenntnis nahmen – wie sie sich kleideten, wie sie rochen, wie sie sich bewegten, was sie dachten. Diese Sorte hätte geradesogut auch homosexuell sein können, was Lila anlangte. Sie verursachten ihr Übelkeit. Es gab aber noch die andere Sorte, Männer wie Sy Ortis und dieser Fettwanst Paul Grasso, die von Titten und Schwänzen und Kitzlern sprachen, denen es aber im Grunde nur darauf ankam, Geschäfte zu machen und die sich am wohlsten unter ihresgleichen fühlten. Wenn man es genau nahm, waren das auch Homos.

Das alles verursachte Lila Migräne. Sie verdrängte solche Gedanken meist schnell. An sich brauchte sie ja nur eine Grundtatsache festzuhalten. Männer waren generell nutzlos, und sie haßte sie. Sie haßte die Schwulen und die anderen, sie haßte ihre Gespräche und haßte die Art wie sie gingen. Sie haßte ihre Behaarung und daß sie sich aufführten, als gehöre ihnen die ganze verdammte Welt. Sie haßte es auch, daß sie sie in den Schatten stellten, auch wenn sie hinter ihr her waren und ihr das Gefühl gaben, als zähle sie nicht. Trauen konnte sie keinem. Sie fürchtete sie eher. Sogar Robbie und Marty haßte sie. Marty ganz besonders.

Allerdings haßte Lila die Frauen noch mehr als die Männer. Ihre Mutter natürlich am meisten. Darüber brauchte man keine Worte zu verlieren. Doch bei den Aufnahmen hatte Lilas Haß sich in die Breite entwickelt. Die Arbeit mit Jahne und Sharleen hatte Lila tägliche Übungsstunden in Frauenhaß beschert. Bis zum Beginn der Aufnahmen für die Fernsehserie fehlte Lila ein echter Zugang zu Frauen. Theresa war nicht gerade eine mütterliche Frau, und sie hatte auch keine Freundinnen. Sie war auch keine Frau mit Männerbekanntschaften, denn die Schwulen zählten ja nicht.

Darum war Lilas Entwicklung praktisch vorprogrammiert. Abartig. Einzelgängerin. Sie duldete keine Konkurrentinnen. Es hatte ja auch nur Candy und Skinny gegeben, die Lila bis zum heutigen Tag haßte. Estrella war die einzige wirkliche Frau in Lilas näherer Umgebung gewesen. Doch da Estrella Mexikanerin und zudem eine Angestellte war, zählte sie nicht.

Bei den Aufnahmen kam Lila in direkten Kontakt zu zwei Frauen ihres Alters, beide schön, beide viel zu nah für Lilas Geschmack. Sie war nicht an den Geruch von Frauen gewöhnt, nicht daran, täglich mit deren Schönheit konfrontiert zu werden. Das machte sie nervös. Und wütend. Denn Jahne und Sharleen mochten zwar keine echte Konkurrenz für Lila sein, doch sie existierten. Andere nahmen von ihnen Kenntnis, besprachen etwas mit ihnen, machten ihnen den Hof. Marty hielt sich da zurück. Momentan war er ohnehin für Lila der einzige, der zählte.

Der Regisseur Marty war also die Schlüsselfigur. Die anderen konnte Lila nicht beherrschen. Doch sie konnte beeinflussen, auf wen die Kameralinse gerichtet wurde – und zwar, indem sie ihren Einfluß auf Marty geltend machte.

Was Marty in Lilas Bann zwang, war ihre Unerreichbarkeit. Sie lockte, versprach, ließ sich aber nicht einfangen. Nur Lila besaß den Schlüssel zu dem Geheimnis. Man mußte die Männer quälen, wußte Lila. Das mochten sie.

Lila hatte nicht die Absicht, irgend etwas von sich selbst zu geben, es sei denn vor der Kamera. Doch Marty wollte seine Hoffnung behalten. Auch die Lektion hatte sie von ihrer Mutter gelernt. In der Hinsicht fühlte Lila sich den anderen eindeutig überlegen. Darum konnte nur Lila am Ende die wirklich Erfolgreiche sein.

10.

»Glaubst du denn, ich wüßte nicht, wie alle mich auslachen? Weil ich mich nicht so fein ausdrücke und nichts von Mode und Eleganz verstehe, bin ich doof.« Sharleens Augen standen voll Tränen. »Ich weiß es doch. Aber ich setze mich darüber hinweg. Das hat mir meine Mutter geraten, wenn die Mädchen in der Schule über mich gelästert haben.«

Jahne nickte und reichte Sharleen ein neues Papiertaschentuch. Aus Mitleid war sie Sharleen in den Wohnwagen gefolgt, nachdem der Kameramann für den Abend sein schweres Gerät verpackt hatte. Zum ersten Mal waren die beiden jungen Frauen eine längere Zeit allein.

»Du hättest es vielleicht leichter, wenn wir den Text zusammen durcharbeiten würden.«

»Du meinst üben? Nur wir beide?«

Jahne lächelte. »Nicht üben, Sharleen: proben. Unter Schauspielern spricht man von proben.«

»Und das würdest du mit mir machen? Nein. Das kostet dich zuviel Zeit.«

»Ich mache es gern, Sharleen. Es wird mir auch helfen«, log Jahne. »Wer macht sich denn sonst noch über dich lustig?«

»Nun ja, allen voran natürlich Lila. Du weißt ja wie. Sie bringt mich immer total aus dem Konzept. Vielleicht ist sie selbst bloß nervös. Aber mich treibt es auf die Palme. Ich bemühe mich wirklich. Jeden Abend lese ich meinen Text. Nicht nur einmal. Oft. Ich spreche ihn auch laut vor mich hin. Dean hilft mir dabei. Er ist nicht sehr schlau. Das weiß ich. Aber ich bin ja auch nicht viel gescheiter als er. Jeder ist genervt, wenn eine Szene immer wieder gedreht werden muß. Ich gerate so schnell durcheinander und bin so wahnsinnig müde. Manchmal glaube ich, das Leben besteht für mich nur noch aus Unterricht und Arbeit ohne Schlaf. Da hilft es nicht, wenn Lila auch noch auf mir rumhackt.«

Jahne nickte grimmig. »Sie kann uns beide nicht leiden. Versuch, es dir nicht unter die Haut gehen zu lassen. Wer lacht denn sonst noch über dich?«

»Mr. Tilden, der zweite Regisseur. Er hat mich neulich ›Elly May Clampett‹ genannt. Da haben sie alle gelacht.«

»Versteh ich nicht.«

»Von den *Beverly Hilbillies*, der Show. Du weißt schon.«

Barry Tilden war ein verbitterter, komischer, älterer

Schwuler. Er hätte Sharleen nicht vor der ganzen Mannschaft blamieren dürfen. Damit stempelte er sie zum Sündenbock.

»Ich weiß ja, daß mich alle für doof halten. Aber ich bin weder taub noch stumm noch blind«, schluchzte Sharleen.

»Nein, das bist du nicht.« Jahne gab ihr ein frisches Kleenex. »Du bist auch kein Kind mehr. Du hast Macht. Wenn Barry Tilden dich beleidigt, kannst du ihn rauswerfen lassen.«

Sharleen hob den Kopf. Das lange silberblonde Haar umrahmte ihr verweintes Gesicht. Trotz der geröteten Augen und der Tränen war sie hinreißend schön. Jahne hatte noch nie eine Frau gesehen, die durch Weinen schöner wurde. »Das würde ich nie tun«, entsetzte Sharleen sich. »Er ist doch Lohnempfänger. Vielleicht muß er noch mehrere Kinder ernähren.«

»Es geht nicht darum, daß du es tust, sondern tun könntest, wenn du wolltest. Du bist für die Serie unersetzlich. Die Jobs der ganzen Truppe, einschließlich den Technikern, stehen und fallen mit uns dreien. Darum hat niemand das Recht, sich über dich zu amüsieren. Du kannst sie schon arbeitslos machen, indem du Marty oder Sy sagst, daß du sie nicht mehr sehen willst.«

»Bist du schon mal rausgeschmissen worden?« fragte Sharleen düster.

Jahne log und schüttelte den Kopf.

»Aber ich. Und es ist ein beschissenes Gefühl, wenn man Miete zahlen muß und kein Geld für Lebensmittel hat.«

Jahne lächelte Sharleen an. »Du bist wirklich nett. Wie gesagt, ich will nicht, daß du Barry vor die Tür setzen läßt. Laß ihn nur merken, daß du das könntest.«

Sharleen dachte darüber nach. »Wie denn?«

»Sieh ihn mit einem Blick an, der sagt: ›Reden Sie nie wieder so mit mir‹. Er ist ein Mistkerl, aber nicht dumm. Er hört schlagartig damit auf. Garantiert.«

»Vielleicht bei dir und Lila, aber nicht bei mir.«

Jahne konnte Sharleens Naivität nicht fassen. Sie fragte weich: »Weißt du nicht, daß du die größte Sensation seit der

Stummfilmzeit bist? Du bist eine ganz heiße Nummer. In dieser Minute lassen sich zahllose Mädchen das Haar wie du schneiden, versuchen, eine Jacke wie deine zu kaufen. Frauen nennen ihre Babys Sharleen. Ist dir das nicht klar?«

»Das glaub ich nicht.«

»Es stimmt aber.« Jahne holte tief Luft. »Liest du denn keine Zeitschriften? ›Sharleens drei Schönheitsratschläge für junge Mädchen‹; ›Sharleen führt die neue Mode vor‹; ›Wie finden Sie Sharleen Smith?‹. Das sind nur einige Artikel über dich. Du bist als Star so begehrt wie du nur sein kannst.«

»Weißt du, Dean und ich gehen nicht viel aus, und wir sind beide keine Leseratten.«

»Trotzdem mußt du wissen, was um dich herum passiert. Die Leute wollen alles über dich wissen. Auch diese Laura Richie, die diese Kolumnen schreibt. Die können gar nicht genug über dich herausbekommen. Was du zum Frühstück ißt, wieviel du wiegst, wo du einkaufst, was deine Lieblingsfarbe ist.«

»Warum nur?«

»Das kann ich dir nicht beantworten. Vielleicht weil die Menschen sich einsam oder gelangweilt fühlen und wir ihnen etwas zum Nachdenken geben. Vielleicht betrachten sie uns auch wie ihre Nachbarn. Viele brauchen jemanden, zu dem sie aufsehen oder für den sie sich begeistern können.«

»Ich will aber nicht, daß sie alle herumschnüffeln!« rief Sharleen.

»Das ist der Preis. Du hast viel Geld und bist berühmt. Ein Privatleben hast du nicht mehr.« Sharleen wurde blaß. Sie erschrak bis ins Mark. Da wiegelte Jahne ab. »So schlimm ist das nicht, Sharleen. Du mußt nur bei Interviews aufpassen und in jedem Fall auf Diskretion in deinem Privatleben achten.«

»Was meinst du damit?« Sharleen sah aus, wie jemand, der sich gegen einen Schlag wehrt. Ihre Hand zitterte.

»Vertrau nicht jedem. Paß bei Journalisten auf. Vertraue dich niemandem von der Truppe an. Paß auf, mit wem du schläfst, damit du nicht auf einen reinfällst, der die Geschichte für tausend Dollar an die Presse verkauft. Führ kein Tagebuch, mißtraue Kellnern und Friseuren oder Putzfrauen. Das meine ich. Sie könnten verkappte Reporter sein.«

»Und wenn ich schon mal nicht aufgepaßt habe?« fragte Sharleen kleinlaut.

An diesem Abend konnte Jahne lange nicht einschlafen. Doch sie war froh, zumindest allein zu sein. Der Sex mit Michael war im Endeffekt so unbefriedigend wie der mit Pete gewesen. Trotz Michaels Freundlichkeit, seines Geschenks und seiner netten Gesellschaft brachte sie keine tieferen Gefühle für ihn auf. Außerdem blieb im Grunde neben ihrer Karriere gar keine Zeit für ein Liebesleben. Ironie des Schicksals: Jetzt, wo sie begehrenswert war, konnte sie keinen Nutzen daraus ziehen.

Jahne schlief seit dem Abend schlecht, an dem sie Neil Morelli im Nachtclub erlebt hatte. Damals wäre sie am liebsten zu ihrem Freund gelaufen, hätte die Arme um ihn geschlungen und ihn getröstet. Sie hatte natürlich gelesen, daß er nach seiner Show keine zweite mehr im Fernsehen bekommen hatte. Doch daß er so tief gesunken war!

Neil kam mit Schicksalsschlägen dieser Art nicht zurecht. Dabei hatte er in seinem Leben schon genügend einstecken müssen. An dem Abend in dem Club hatte Jahne eingesehen, daß Neil nicht mehr zurück nach New York konnte. Er gehörte zu den Menschen, die die Brücken hinter sich abbrechen. Jahne neigte eher zum Beschwichtigen. Allerdings hatte sie nun auch die Brücken hinter sich zerstört.

Eine Lösung fiel Jahne in den frühen Morgenstunden ein. Sie rief Ortis an.

»Hallo!« begrüßte Sy sie gutgelaunt. »Sind Sie bereit für Ihren Filmtest für *Birth of a Star*? Meiner Ansicht nach vergeuden Sie damit nur Ihre Zeit. Ich habe momentan mindestens drei bessere Drehbücher.«

»Sy, im Augenblick rufe ich an, weil ich Sie um einen Gefallen bitten möchte.«

»Wird gemacht«, willigte Sy Ortis ein, bevor er Näheres erfuhr. Damit hatte Jahne auch gerechnet. Sie brauchte im

Grunde gar nicht mehr um einen Gefallen zu bitten. Sie konnte fordern.

»In der Stadt arbeitet ein Stegreifkomiker. Ich habe ihn gesehen und finde ihn talentiert. Ich möchte, daß Sie ihn als Gast in *Three for the Road* bringen.«

»Ich werde mein bestes tun, Jahne. Wie heißt er?«

»Neil Morelli.« Am anderen Ende der Leitung herrschte lange Zeit Schweigen. »Sy, was ist denn? Haben Sie schon von ihm gehört?«

Endlich fand Sy seine Stimme wieder. »Ja, hab ich. Genauer, wir vertreten ihn. Wir haben ihn zumindest vertreten. Und wenn ich ehrlich sein soll, Jahne, glaube ich nicht, daß es etwas taugt, ihm momentan einen Job zu verschaffen. Der macht mehr Schwierigkeiten als er wert ist. Er ist aufbrausend oder einfach emotional instabil. Ein richtiges Arschloch. Er macht sich nur Feinde.«

Das wunderte Jahne nicht. »Tun Sie mir diesen Gefallen, ja?«

»Ich weiß nicht, Jahne. Schließlich bin ich nicht mehr für die Besetzung zuständig. Das macht Grasso. Vielleicht wollen sie ihn nicht.«

So ein Blödsinn, dachte Jahne. Als könnte Sy so etwas nicht erreichen. Sie vermied es möglichst, jemanden unter Druck zu setzen. Doch hier ließ es sich offenbar nicht vermeiden. »Sy, hören Sie mir mal zu. Ich habe gestern sehr schlecht geschlafen und muß für meinen Filmtest in Topform sein. Sie vertreten zwei der drei Stars in *Three for the Road*. Das dürfte Ihnen genügend Einfluß bei Grasso verschaffen. Ich möchte nur, daß Neil Morelli irgendwie in die Show eingebaut wird, vielleicht in einer fortlaufenden Folge. Nichts Großes, aber so bald wie möglich. Machen Sie mich glücklich, Sy.«

»Darf ich fragen, was Ihnen dieser Morelli bedeutet?«

Jahne war auf diese Frage vorbereitet. »Er ist der Freund von jemandem, den ich gekannt habe. Ich schulde ihr einen Gefallen.«

»Wie gesagt, ich werde sehen, was sich machen läßt.«

Jahne verlor die Geduld. »Dies ist das erste Mal, daß ich

Sie um einen Gefallen bitte, seit Sie mich unter Vertrag genommen haben. Erinnern Sie sich noch, daß Sie sagten, unser Vertrag lege beiden Seiten Verpflichtungen auf? Nun, momentan müssen Sie eine Verpflichtung erfüllen.«

11.

Hitchcock hat das einmal treffend gesagt: Alle Schauspieler sind Rindviecher. Dieses Wissen hatte auch Ara Sagarian in seiner einundfünfzigjährigen Berufslaufbahn im Umgang mit dieser Spezies geholfen: einer hysterischen Claudette Colbert, einer tobenden Joan Crawford, auch bei Sean Penn mit seinen Wutanfällen. Sys Schauspielkunden war eines gemeinsam. Sie wollten alle das haben, was sie nicht bekommen konnten.

Ein glänzendes Beispiel dafür war Lila Kyle. In jedem Laden des Landes hingen Poster von ihr, von den Titelseiten der Illustrierten ganz zu schweigen. Es gab Warenladungen von Buchmaterial über sie. Eine ganze Abteilung von Aras Agentur beschäftigte sich ausschließlich mit Lilas Autogrammwünschen. Sie wurde national und international um Interviews gebeten und hatte sogar eine Einladung ins Weiße Haus erhalten. Aber sie wollte die Hauptrolle in April Irons Neuverfilmung *Birth of a Star*. Und die konnte sie nicht haben. Sie alle bekamen eben nie genug. Ara war der ewigen Forderungen überdrüssig.

Er setzte sich auf sein weichgepolstertes Sofa im Büro und drückte die Tasten der Sprechanlage auf dem Couchtisch. »Stellen Sie sie durch, Miss Bradley«, bat er und lehnte sich seufzend zurück. »Lila, meine Liebe, wie geht es Ihnen?«

»Haben Sie sie gesprochen?« keifte Lila. Sie verzichtete seit geraumer Zeit bei ihren Telefongesprächen auf Höflichkeit. In der vergangenen Woche hatte Lila mehrmals täglich bei Ara angerufen, stets nur von dem einen Thema beherrscht: die Neuverfilmung.

»Sie ist in New York, Lila. Das habe ich Ihnen gesagt.

Wenn sie zurückkommt, wird sie mich anrufen. Sie können sich beruhigen, mein Kind.«

»Ich bin nicht Ihr Kind«, fauchte Lila. »Rufen Sie sie in New York an. Ich verstehe nicht, warum sie Sie nicht zurückgerufen hat. Schließlich gibt es dort auch Telefone. Weiß sie nicht, wer Sie sind, Ara? Vielleicht hat sie gar nicht...«

Will Lila mir jetzt das Telefonspiel beibringen? Das habe ich perfekt im Griff, dachte Ara gereizt. Er konnte und wollte nichts mehr von dieser Tirade hören. »Lila, Schatz, April wird heute nachmittag im Büro erwartet. Wenn sie mich nicht bis drei Uhr angerufen hat, werde ich sie zurückrufen. Seien Sie so lieb und beschäftigen Sie sich bis dahin. Ich rufe Sie an. Denken Sie statt dessen über den Ricky-Dunn-Film nach. Das wäre entschieden besser.«

»Bremsen Sie mich da absichtlich aus, Ara? Es ist mir scheißegal, welchen Film Sie für mich richtig finden und welchen nicht. Ich möchte mit April Irons sprechen, und ich möchte die Rolle.«

Ara sah es förmlich vor sich, wie Lila die Worte durch zusammengebissene Zähne sagte. Erstaunlich fand er, daß bei ihr der Zahnschmelz nicht schon abbröckelte. Er schüttelte den Kopf.

Natürlich wußte Ara, worauf es Lila abgesehen hatte. Sie gedachte all das zu bekommen, was ihre Mutter gehabt hatte. Ihn, Ara, eingeschlossen. »Wir unterhalten uns nach drei«, sagte er so behutsam wie möglich, entschieden sanfter als ihm zumute war, und beendete das Gespräch.

Trotz Lilas Verzweiflung oder vielleicht gerade deswegen mußte Ara lächeln. Das erinnerte ihn alles an den ältesten Witz in Hollywood: Das Starlet bettelt und winselt erfolglos um eine Rolle. Am Ende verspricht sie dem herzlosen Agenten, wenn er ihr nur einen Vorsprechtermin vermitteln würde, würde sie seinen Schwanz in den Mund nehmen und so lange daran lutschen wie sie könnte. »Und was habe ich davon?« fragte der Agent. Ara mußte lachen.

Doch an sich war die Sache mit Lila absolut kein Witz. Lila besaß keine Spur von schauspielerischer Begabung. Das mußte sie wissen. Das war nicht schlimm, nicht einmal nötig. Lila war schön, das stand außer Zweifel. Außerdem verstand sie es, Aufmerksamkeit zu erregen. Sie besaß dieses unbeschreibliche Etwas, das die Menschen bewog, sich ihr zuzuwenden und sie zu beachten. Wie Elizabeth Taylor.

Leider kannten sie alle ihre Grenzen nicht.

Kurz darauf meldete Miss Bradley den Anruf von Miss Irons. Ara lag noch immer auf dem Sofa. Er kam nach der Begrüßung gleich zur Sache. »April, ich würde mich heute gern mit Ihnen unterhalten. Sie wissen, warum ich Sie angerufen habe. Das steht in meinem Fax. Es geht um *Birth of a Star* und Lila Kyle.« Ara machte eine Pause und tupfte seine Mundwinkel mit dem Taschentuch ab. Er mußte das in letzter Zeit sehr viel seltener tun.

»Tut mir leid, Ara. Das sage ich nur ungern. Aber die Rolle ist praktisch besetzt. Wir machen jetzt Probeaufnahmen mit dem Mädchen. Was ich bisher davon gesehen habe, überzeugt mich. Sam Shields will sie jedenfalls unter allen Umständen haben.« Ara hörte das Bedauern in Aprils Stimme. Warum auch nicht? Er hatte ihr auf dem Weg nach oben immer wieder unauffällig geholfen. Es gab keinen Grund, April zu mißtrauen.

Nun, es bestand noch Hoffnung. Praktisch besetzt. Das klang noch nicht endgültig. »Das bringt mich in große Verlegenheit, April. Offenbar ist Miss Kyle davon überzeugt, daß sie sich nur mit Ihnen treffen muß. Dann würden Sie ihr die Rolle sofort anbieten. Sie hält sich für die Idealbesetzung. Das mag sogar sein, da ihre Mutter ja den Originalfilm gedreht hat.« Er wischte wieder an seinem Mund herum. Doch eher aus Gewohnheit denn aus Notwendigkeit. »Wen habt ihr denn ausgesucht?«

»Ihre Kollegin, Ara. Jahne Moore. Die andere aus *Three for the Road*.«

Ara stöhnte lautlos. »Und wen habt ihr für die Rolle von James Mason?«

»Wahrscheinlich wird Michael McLain unterzeichnen.«

»Verstehe. Ihr nehmt einen Star auf dem Abstieg und einen auf dem Weg nach oben. Nicht schlecht. Nach außen sieht das so aus, als hättet ihr zwei Stars. Stimmt's, April? Doch bezahlen braucht ihr nur die Hälfte für beide.«

»Hoffentlich«, gab sie amüsiert zu.

»Warum nehmen Sie dann nicht Lila, wenn Sie schon auf eine Unbekannte setzen? Was spielt es für eine Rolle, wie die Unbekannte heißt? Schon allein der Publicitygag, daß Lila, die Tochter des letzten Stars in diesem Film die Hauptrolle spielt, müßte doch die Kassen klingeln lassen.«

»Hören Sie zu, Ara, mein Lieber. Ich möchte einen guten Film machen, keinen Kitsch. Angeblich, so heißt es jedenfalls, kann Jahne Moore wirklich gut spielen. Wir brauchen keine Persönlichkeit, wir brauchen eine Schauspielerin.«

Ara seufzte. »Sie haben völlig recht. Aber könnten Sie mir wenigstens einen Gefallen tun und mit Lila sprechen, als ob sie für die Rolle in Betracht käme? Sie hat sich so in den Gedanken verrannt, daß ich ihr nicht klarmachen kann, wie wenig sie für die Rolle geeignet ist. Ich muß sie umpolen. Aber auf mich hört sie nicht.« Ara haßte es, so zu argumentieren. Doch er war schlicht erschöpft. Wenn er Lila mit dem Produzenten zusammenbrachte und der sie ablehnte, war der Produzent der Sündenbock. Ara bemühte sich im allgemeinen, die Schauspieler, die er unter Vertrag hatte, vor einer Ablehnung, die immer eine Enttäuschung bedeutete, zu bewahren. Doch Lila ließ sich nicht bremsen. Vielleicht brauchte sie einen Dämpfer.

April war nicht dumm. Sie kannte sich in dem Spiel aus. »Bringen Sie mich bitte nicht in diese Lage, Ara. Es macht mir nichts aus, die Böse zu spielen. Aber ich stecke momentan bis zur Halskrause in der Scheiße.«

»Um alter Zeiten willen, April! Erinnern Sie sich noch, wie ich Sie damals aus der Stallone-Sache herausgeboxt habe?«

»Ich geb's auf, Sie alter Halunke.« April lachte. »Geben Sie mir schon die verdammte Telefonnummer.«

Ara Sagarian war nicht der einzige Agent in Hollywood, der eine schlechte Woche erlebte. Auch Sy Ortis ging es nicht gut. Michael McLain war ein Stachel in Sys Fleisch. Momentan saß Sy Michael in einem Restaurant gegenüber. Das Essen schmeckte köstlich.

Michael ließ sich dennoch nicht von seinem Thema abbringen. »Erzählen Sie mir nichts von Ricky Dunn. Herrgott, Sy, auf wessen Seite stehen Sie eigentlich? Sie arbeiten doch für mich, oder? Also vergessen Sie Ricky Dunn und seinen Dreck. Verstanden? Sie können ihn jedenfalls solange vergessen, wie ich nicht vor ihm rangiere. Comprende amigo?«

Sy wußte nicht weiter. Denn sie redeten nicht zum erstenmal über Michaels Forderungen. Es wurde schon zu einem Ritual. Sooft Sy ihm ein neues Drehbuch gab, ihn bat es durchzulesen und darüber zu schlafen, sooft lehnte Michael ab. Er überhörte Sys Überredungskünste geflissentlich. Danach folgte die übliche Streiterei.

Normalerweise prallte das an Sy ab. Doch nicht mehr. Er schwamm auf einer Erfolgwelle. Seine Gesellschaften fuhren Supergewinne ein, mehr, als er als Agent der Stars verdienen konnte. Dazu kamen noch die zahllosen »Bargeschenke«, die an der Steuer vorbeigingen. Sy erhielt sie von Firmen für Werbespots, die vor den Film eingeblendet wurden oder für die Erlaubnis, bestimmte Waren mit dem Namen der Stars zu koppeln und damit anzupreisen. Sy war gut gefahren, indem er seine Bodega behielt. Den Pfennig mußte er nicht mehr umdrehen. Ebensowenig war er auf Michael angewiesen. Sy hatte einen ganzen Stall voller Goldesel. Aus den beiden Mädchen, die er für *Three for the Road* unter Vertrag hatte, würde er sich einen zweiten zulegen können. Nebenher bescherte ihm das alles viel Unabhängigkeit.

»Nachdem das erledigt ist, laß uns die guten Nachrichten besprechen. Ich erwäge ernsthaft, die Rolle in *Birth of a Star* anzunehmen. Das könnte eine neue Antriebsfeder für mich werden. Die Irons finanziert das. Sie hat da einen jungen Regisseur an der Hand. Das wird also gut werden.«

Was war eigentlich mit diesem Film los? Erst Jahne Moore, dann Michael. Wollte April ihm, Sy, mit dieser Aktion eins auswischen? Wußte Michael eigentlich, daß Jahne daran Interesse gezeigt hatte? »Ist das Ihr endgültiger Entschluß?« fragte Sy. »Egal, was ich davon halte, wollen Sie das machen? Das überrascht mich.«

»Was überrascht Sie?«

»Daß Sie ein Drückeberger sind.«

»Wieso denn das? Wovon sprechen Sie überhaupt?«
»Über unsere kleine Wette. Daß Sie mit allen drei Mädchen von *Three for the Road* schlafen würden.«
»Na und?« Michael legte eine Pause ein. Er wußte, daß er nicht geradeheraus lügen durfte. Das wäre zu gefährlich gewesen. Die Wahrheit wollte er auch nicht zugeben, denn es war ihm ja bisher nicht gelungen, Lila festzunageln. Noch nicht. Als er versuchte, sie zu küssen, hatte sie nur gelacht. Er erinnerte sich nur ungern daran, wie ihr schönes Gesicht sich erst ungläubig, dann angeekelt von ihm abgewandt hatte. Nein, darüber gedachte er nicht mit Sy Ortis zu sprechen.
»Wie weit sind Sie denn mit ihnen gekommen?« bohrte Sy.
»Wollen Sie Bilder sehen?«
Sy nickte. Michael zog ein Polaroidfoto aus der Tasche. Sy griff sofort danach.
»Mein Gott!« Er hatte einen Schnappschuß von Sharleen in der Hand. Michael legte nun weitere Fotos auf den Tisch. Sy wühlte aufgeregt darin herum. Irgendwie fand Michael Sys Neugier abstoßend. Vielleicht kam Sy in dieser Hinsicht zu kurz. Michael wußte, daß er irgendwo eine Mexikanerin hatte, mit der er sich aber nie in der Öffentlichkeit zeigte. Jetzt lächelte Sy. »Und was ist mit Jahne Moore?«
»Sie verschaffen mir die Erstnennung, okay?«
»Okay.« Sy atmete schneller. Der Gedanke, daß die hochnäsige Jahne endlich von ihrem Podest gestoßen wurde, gefiel ihm ungemein.
»Bei der habe ich keine Fotos, aber ein Videoband.«
»Ein Video?« Sy lachte laut. »Das muß ich sehen.«
»Ich habe nachgedacht, Sy. An sich fühle ich mich, als hätte ich einem Kind seinen Lutscher gestohlen. Irgendwie ist es unfein, zu flirten und dann darüber zu sprechen.«
»Quatsch. Haben Sie Lila Kyle auch rumgekriegt?«
Michael beschloß, Sy durch einen Witz abzulenken. Doch der schmutzige, der ihm einfiel, eignete sich nicht.
Sy wiederholte seine Frage.
»Vergessen Sie es, Sy.«
»Also haben Sie nicht mit ihr geschlafen. Glauben Sie, Marty hatte Erfolg?«

»Ich sagte nicht, ob ich mit ihr geschlafen habe oder nicht. Ich sagte nur, daß ich darüber nicht sprechen will. Ich finde, wir sollten die Wette fallenlassen.«

Sy musterte ihn kühl. Michael versuchte den Moralischen herauszukehren. Er hatte schon einmal eine solche Rolle in einem Film gespielt. Plötzlich lachte Sy. Es klang wie das Bellen einer Hyäne.

»Nicht schlecht Mike. Einen Augenblick lang dachte ich, Sie hätten sich vielleicht in sie verknallt. Wie Marty. Doch das haben Sie nicht. Und gefickt haben Sie sie auch nicht. Also verschonen Sie mich mit Ihren frommen Sprüchen. Ich frage mich nur, was mit dieser Hexe los ist«, murmelte er wie im Selbstgespräch. »Ist sie von Beruf Jungfrau oder was? Ist sie etwa so schlau, daß sie glaubt, die Unnahbare spielen zu müssen? Ich würde es noch verstehen, daß sie Ihnen oder Marty einen Korb gibt, wenn sie auf Brad Dillon oder Ricky Dunn abführe oder sonst einen jungen Kerl. Aber das haben wir überprüft. Da ist nichts. Marty ist völlig verschossen in sie. Der dreht ihretwegen demnächst noch durch.« Sy seufzte wieder. »Was Ricky Dunn anlangt, glaube ich, daß Sie es mir schulden, sich mit ihm zumindest zu treffen, Michael.«

»Sy, ich sagte, daß ich mich von der Wette zurückziehen will.«

»Das geht nicht, weil Sie die Wette schon verloren haben. Sie haben behauptet, Sie könnten es mit allen dreien von der Serie machen, andernfalls würden Sie von Ihrer Forderung zurücktreten. Sie können nicht mit mir Schlitten fahren, Michael. Dafür bin ich zu ausgeschlafen. Allmählich scheinen Sie nachzulassen. Es wird Zeit für Sie, seßhaft zu werden.«

Das wurde Michael zuviel. »Ich habe sie alle drei gehabt«, zischte er. »Ich schicke Ihnen das Video und die anderen Aufnahmen. Jetzt schulden Sie mir etwas. Das wissen Sie, Sy. Mein Name über dem Titel.«

Sy kehrte aufgebracht und total genervt in sein Büro zurück. Wenn es stimmte, was Michael sagte, mußte er Ricky Dunn herumkriegen. Und er glaubte nicht, daß er das schaffen konnte. Sy griff nach seinem Spray. Wenn er das jetzt nicht ins reine brachte, verlor er sein Gesicht. Er war Dunns Agent, doch Dunn war nicht dumm. Warum sollte er darauf verzichten, an erster und einziger Stelle genannt zu werden? Welche Argumente hatte Sy, um ihn zu überzeugen?

Wie stets, wenn Sy genervt war, überlegte er sich, wie er seine Einnahmen hochschrauben konnte. Immerhin bedeutete Geld auch Macht. Er mußte noch einen Weg finden, um aus diesen Kunden mehr Geld zu quetschen. Zwei der begehrtesten Stars auf dem Markt zappelten an seiner Angel. Doch wenn man von den zusätzlichen Honoraren absah, die er Flanders Cosmetics abgetrotzt hatte, war das eigentlich alles gewesen. Er konnte nicht damit rechnen, Jahne Moore für weitere Werbeaufträge zu gewinnen. Zwar hatte sie sich entschlossen, einen Filmtest für *Birth of a Star* zu machen. Doch das brachte Sy keine großen Einnahmen. April drückte die Honorare, und auch wenn sie etwas höher ging als sonst, brachten Neuverfilmungen nie einen Profit.

Blieb nur Sharleen Smith. Zumindest war sie pflegeleicht. Er mußte ihr unbedingt einen Plattenvertrag aufzwingen. Hal King drängte ohnehin schon. Ihr Gesicht auf dem Cover würde allein für den Verkauf einer halben Million Platten gut sein. Sie konnte zwar nicht singen, aber was schadete das? Hal King hatte Sy siebzigtausend Dollar bar auf die Hand versprochen, wenn Sy das Mädchen im Studio ablieferte. Sy griff nach dem Telefonhörer.

Sy hatte schon zwanzigmal mit Sharleen darüber gesprochen. Diesmal wollte er sich nicht abwimmeln lassen. Er wartete ungeduldig, bis das Telefon abgenommen wurde. »Hallo, Dean. Ich möchte mit Sharleen sprechen.« Der Typ war noch langsamer als Sharleen. Sy wußte nicht, ob er ihr Freund oder ihr Mann war. Glücklicherweise hielt sie ihn von den Studios fern. Wahrscheinlich paßten die beiden hervorragend zusammen.

»Hallo Sharleen! Ortis hier. Tut mir leid, daß ich Sie stören muß, aber ich möchte gern Ihr Okay zu der Plattenaufnahme haben.«

»Nun ja, ich...«

»Was halten Sie davon, wenn ich im Studio anrufe und einen Termin für übermorgen ausmache?«

»Schon in zwei Tagen? Ich weiß nicht, ob ich das schaffe, Mr. Ortis. Ich habe doch noch gar nicht genug Unterricht gehabt und so.«

»Ich weiß, daß Sie Ihre Sache gutmachen werden. Sie sind ja auch beim Fernsehen große Klasse. Das schaffen Sie auch bei den Plattenaufnahmen.«

»Ich glaube nicht…«

Sy suchte auf seinem Schreibtisch verzweifelt nach seinem Spray. Er würgte einmal. Dann hatte er es gefunden.

»Fehlt Ihnen etwas, Mr. Ortis? Bitte, ich möchte Sie nicht aufregen. Ehrlich nicht. Wenn Sie echt glauben, daß es was taugt, kann ich es vielleicht machen. Ich bin nur ewig so müde…«

Sy atmete tief das Spray ein. Dann spürte er die Erleichterung. Zu der hatte auch Sharleens Antwort beigetragen. »Gut, Sharleen. Sie werden es mir eines Tages danken.«

Nach dem Gespräch legte er zufrieden die Füße auf den Schreibtisch. Damit hatte er die siebzig Riesen eingesackt. Er lächelte. Madre de Dios, wenn ich immer nur einen Asthmaanfall bekommen muß, um einen Kunden zum Nachgeben zu bewegen, sollte ich das auch mal bei Michael McLain versuchen.

12.

Jahne hatte ihr Versprechen gehalten. Nachdem sie nun eine Stunde lang mit Sharleen geprobt hatte, wurde Sharleen besser und zuversichtlicher. »Das hilft mir wirklich. Vielen Dank, Jahne!«

Sharleen war zu Jahne gekommen. Jahne hatte bemerkt, daß sie zweierlei gemeinsam hatten. Wie Jahne lud Sharleen niemanden zu sich nach Hause ein, und sie sprach auch nicht über ihr Privatleben. Doch nun, nach der Probe, wollte Sharleen reden. Sie streckte sich und schüttelte das bezaubernde Haar.

»Erinnerst du dich, was du damals über Diskretion gesagt hast?« fragte Sharleen.

»Ja.«

»Ich war, glaube ich, nicht diskret.«

Jahne lächelte. »Wenn du nicht gerade einen Ladendiebstahl begangen oder mit einem verheirateten Mann geschlafen hast, wird das bestimmt keine Schlagzeilen machen.«

Sharleen stand auf und ging ruhelos herum. »Ist Michael McLain verheiratet?«

Michaels Namen in Zusammenhang mit dem Thema traf Jahne härter als ein Schlag ins Gesicht. Wußte Sharleen etwas über ihr Verhältnis mit Michael? Waren die Bilder von dem Abendessen schon in der Presse erschienen? Ihr Magen zog sich zusammen. Jahne fragte sich, ob Michael bereits über sie tratschte oder, was gravierender gewesen wäre, von ihren Narben erzählte.

Plötzlich stellte Sharleen die direkte Frage: »Er hat dich also auch gefickt? Entschuldige. Ich verwende sonst nicht solche ordinären Worte. Ich war nur so verblüfft. Darum.«

Jahne konnte das alles noch nicht fassen. »Hast du mit Michael McLain geschlafen?«

Sharleen nickte. Jahne vergaß nun jede Höflichkeit. »Wann?«

»Vor kurzem. Er rief an und lud mich ein. Zum Abendessen. Aber es war schon neun Uhr abends. Wir haben nicht gegessen, sondern nur einen Kaffee getrunken. Er war echt nett. Wirklich. Klar, hätte ich es nicht machen sollen, aber er war so lieb und so... Nun, er schien echt an mir interessiert zu sein, hörte mir zu, gab mich auch Ratschläge.«

Das war der Michael, den auch Jahne kannte. »Ihr trefft euch also?«

»Nein. Das war nur das eine Mal. Und dann...« Sharleen holte mühsam Luft. »Er fuhr mit mir in seiner Limousine den Canyon rauf. Dort bot er mir Champagner an. Na ja, er hat mich nie wieder angerufen.«

Jahne fühlte sich sterbenselend. Demnach hatte Michael Sharleen ungefähr zur gleichen Zeit getroffen, als er mit ihr, Jahne, zu Aprils Party ging. Treue hatte er Jahne nie geschworen. Überhaupt hatte er keine Versprechungen gemacht. Also war er mit Sharleen nur einmal ausgewesen. Na und?

»Er hat mir das geschenkt«, erzählte Sharleen schüchtern, und Jahne sah die gleiche Kette, die sie unter ihrem Rollkragenpullover trug. Plötzlich brach Sharleen in Tränen aus. »Es war widerlich, was wir machten. Und es war unrecht.« Sharleen sprudelte nun alles heraus, was an dem Abend vorgefallen war.

Jahne traute ihren Ohren kaum. War das der Mann, der sich so großzügig gegenüber ihren Schwächen verhalten hatte? Dieser Mann hatte Sharleen betrunken gemacht und gegen ihren Willen mit ihr geschlafen? Jahne drehte sich der Magen um. »Das ist Vergewaltigung, Sharleen. Er hat dich zu etwas gezwungen, was du nicht wolltest.« Jahne fröstelte. Sie faßte es nicht, daß der sanfte Liebhaber Michael zu so etwas fähig war. Doch eines stand für Jahne jedenfalls fest: Sharleen konnte überhaupt nicht lügen.

Sharleen zuckte betrübt die Achseln. »Ich hab doch bekommen, was ich verdient hatte, indem ich Dean betrog. Ich hab mich so schäbig gefühlt. Ich hätt' es wissen müssen, daß ich einem wie ihm nicht gewachsen bin. Dafür bin ich nicht clever genug.« Sie wischte sich über die tränennassen Augen. »Er mag dich, nicht wahr? Und du hast ihn auch gern.«

»Ich hatte ihn gern.« Jahne seufzte. »Sharleen, er hat mich auch nicht gern. Aber er hat mich nicht vergewaltigt. Und es ist bestimmt nicht dein Fehler, daß er dir das angetan hat.«

Jahne haderte mit sich, weil sie sich so töricht benommen hatte. Sie war Michael auf den Leim gegangen. Wahrscheinlich lief das bei ihm alles routinemäßig ab. Die Ratschläge, die Kette. Jahne hatte geglaubt, sie bedeute ihm etwas, sei etwas Besonderes. Arme Sharleen. So ein ehrliches Mädchen, und er hatte sie reingelegt. Jahne beschloß, Sharleen die Wahrheit zu sagen. »Ja, ich habe mit ihm geschlafen.«

»Hat es dir gefallen?«

Jahne wunderte die direkte Frage. Sie dachte darüber nach. »Nun ja, mir gefiel die Vorstellung, daß sich der berühmte Michael McLain für mich interessierte und so. Aber viel Spaß hatte ich nicht dabei, weil ich das Gefühl nicht loswurde, das sei alles choreographiert.«

»Was heißt das: ›korofiert‹?«

»Daß er das alles schon hundertmal vorher gemacht hat und daß es einstudiert war.«

»Ich weiß, was du meinst. Wie das Freudenfeuer zu Weihnachten, das sie im Fernsehen abbrennen. Es sieht wie Feuer aus, aber man spürt die Wärme nicht.«

Jahne lachte. »Genau.«

»Ich wollte eigentlich nicht, und viel weiß ich ja auch nicht mehr davon. Aber eigentlich mochte ich ihn. Er hat nur nie wieder angerufen.« Und nach einer Weile: »Aber dich muß er gern gehabt haben.«

Wieder lachte Jahne. »Das glaube ich nicht.« Jesus Christus, siebenunddreißig Jahre bin ich nun alt und falle auf so einen Trick rein. Wann werde ich denn klüger? Wann wird mich Michael fallen lassen? Nun, da komme ich ihm jedenfalls zuvor. Der ist für mich erledigt. »Ich wußte nur nicht, daß du ihn gern hattest. Hätte ich das gewußt, hätte ich mich nie mit ihm verabredet. So was tue ich keiner Freundin an. Mir ist das auch einmal passiert. Ich weiß, wie das schmerzt.«

»Aber Jahne! Welche Frau könnte dir einen Mann wegnehmen? Du siehst so toll aus, bist begabt und klug...«

»Ich hatte auch meine Häßliche-Entchen-Zeit.«

Sharleen nickte ernst. »Das glaube ich dir. Sonst hättest du nicht so ein gutes Herz den häßlichen Mädchen gegenüber. Hattest du auch eine dumme Phase?«

»Nein, die habe ich wahrscheinlich jetzt«, gestand Jahne.

»Weißt du, es geht mich nichts an, aber du solltest trotzdem wissen, daß ich gestern zufällig gehört habe, wie Michael McLain Lila angerufen hat.«

»Lila?«

»Erinnerst du dich, daß Lila Marty gesagt hat, sie sei verabredet? Ich glaube mit Michael.«

Jahne wußte nicht, was sie davon halten sollte, auch nicht, worauf es Michael abgesehen hatte. Sie ärgerte sich nur über ihre Blauäugigkeit.

»Glaubst du, du hast es dir deswegen mit Dean verdorben?«

Sharleen schüttelte den Kopf. »Der weiß nichts davon. Aber ich habe ein schlechtes Gewissen. Vielleicht sollte ich es ihm sagen. Dean ist nicht klug. Er ist sogar noch massenhaft dümmer als ich. Aber er hat ein Herz aus Gold. Er würde nie etwas Gemeines oder Böses tun. Wie ein treuer Hund, wenn du verstehst, was ich meine.«

Jahne nickte.

»Ich habe Angst davor, es ihm zu sagen, aber ich möchte ihn auch nicht anlügen.«

»Soll ich dir einen Rat geben?«

»Auf jeden Fall.«

»Sag es ihm nicht, und denk nicht mehr daran, Sharleen. Es war nicht deine Schuld. Wir sind wie die Aschenputtel berühmt geworden. Am einen Tag haben wir noch den Boden gewischt, am nächsten waren wir Prinzessinnen. So was braucht Gewöhnung. Darüber haben wir wohl beide ein bißchen den Kopf verloren. Darum schlage ich vor, daß wir uns selbst verzeihen und uns versprechen, so was nie wieder zuzulassen.« Sie hielt Sharleen die Hand hin.

»Meinst du das wirklich?« fragte Sharleen und schüttelte Jahnes Hand enthusiastisch. »Darauf gehe ich ein.« Sie schwiegen beide eine Weile. »Weißt du, daß Sy Ortis mich zu einem Plattenalbum überreden will?«

»Ich wußte gar nicht, daß du singen kannst.«

»Kann ich auch nicht. Aber er behauptet, das würde viel Geld bringen. Und er ist ganz wild dahinter her. Meinst du, ich sollte das machen?«

»Das weiß ich wirklich nicht. Vielleicht, wenn du Lust dazu hast. Sy Ortis will jedenfalls nicht, daß ich mich für einen Film testen lasse, aber ich gehe morgen trotzdem hin.«

»Find' ich gut. Bist du nervös?«

»Ziemlich.«

»Darf ich dich etwas fragen?«

»Sicher.«

»Hast du es ehrlich gemeint, als du sagtest, du würdest einer Freundin nie etwas Böses antun? Bin ich deine Freundin?«

»Allerdings.«
Sharleen strahlte.

Bevor sie sich trennten, zögerten sie und umarmten sich dann. Kurz bevor Sharleen ihre Wagentür zuschlug, fiel Jahne noch etwas ein. »Woher hatte Michael denn deine Telefonnummer?«

»Von Mr. Ortis.«

Jahne stand ganz still. Denn Sy hatte auch die erste Verabredung zwischen ihr und Michael organisiert.

Diesmal hatte Sharleen Dean ins Plattenstudio mitgenommen. Sie wollte ihn nicht immer allein lassen. Zudem hatte sie sich von der ersten Minuten an unwohl gefühlt. Sie wußte, daß sie nicht singen konnte und glaubte kein Wort von dem, was ihr versichert wurde. Es störte sie, daß sie in dem Studio umworben wurde wie eine Diva, besonders da sie den ganzen Aufwand nicht verdiente.

Als sie abends mit Dean nach Hause kam, war sie total erschöpft. Den ganzen Tag hatte sie singen müssen. Noch jetzt litt sie unter Verlegenheit und Beschämung über ihre Vorstellung und schwor sich, so etwas nie zu wiederholen.

Gerade als sie auf das Sofa fiel, klingelte das Telefon. Sie stöhnte. Jetzt wollte sie mit niemandem mehr sprechen. Nicht mal mit Jahne. Ihr fehlte einfach die Kraft dazu.

»Sharleen, bitte geh ran. Ich muß mit den Hunden raus«, rief Dean.

Sharleen meldete sich nur mit »hallo«.

»Hallo, junge Dame! Wie geht es meinem Mädchen?«

»Dobe?«

»Eben der, junge Dame. Dobe Samuels in Hochform. Wie geht es dir und Dean?« fragte er fröhlich.

»Dobe, ach Dobe, ich kann es noch gar nicht glauben. Wo bist du? Wie hast du mich denn gefunden? Seit ich dir meine letzte Anschrift gegeben habe, sind wir doch umgezogen, und die Telefonnummer ist nicht eingetragen.«

»Du weißt doch, daß ich so meine eigenen Tricks habe.«

»Kannst du vorbeikommen?«

Er lachte warm und herzlich. »Momentan nicht. Ich bin in Oregon.«

»Was machst du denn da?« Sie hätte ihn gern gebeten, nach L.A. zu kommen. Es tat so gut, seine Stimme zu hören.

»Ich bin da hinter einem Geschäft her, mein Schatz, und kann noch nicht fort. Aber, Sharleen, ich möchte dich um einen Gefallen bitten.«

So schnell wie die Freude bei Sharleen gekommen war, so schnell verflog sie wieder. Das hätte ich eigentlich wissen müssen, dachte sie. So lief das doch, seit sie für die Serie engagiert worden war. Jeder wollte etwas von ihr. Niemand fragte sie, was sie vielleicht haben wollte. Sie schüttelte jedoch ihre Enttäuschung ab. Denn sie und Dean schuldeten Dobe eine Menge. Bevor sie zustimmen konnte, fuhr Dobe fort. »Wenn du zuviel zu tun hast, Schatz, hat dein alter Dobe dafür Verständnis. Ich möchte nicht, daß du dich kaputtmachst.«

»Nein, Dobe. Du kannst mir glauben, daß ich dir gern einen Gefallen tun werde.«

»Danke. Hör mir also gut zu. In drei Wochen ist eine Zollversteigerung der Vereinigten Staaten im Federal Building im Zentrum von L.A. Du sollst für mich zu der Auktion gehen und etwas für mich ersteigern. Schreib dir das bitte auf. Gib ein Angebot auf die Nummer 604 ab. Würdest du das für mich tun, Sharleen? Es beginnt morgens um neun Uhr und wird eine Weile dauern, bis die Nummer 604 aufgerufen wird. Aber das ist wichtig für mich. Natürlich bezahle ich dir, was du ausgibst. Geh nicht höher als fünfzig Dollar. Keinesfalls darfst du mehr als fünfundsiebzig ausgeben.«

Sharleen schrieb eifrig mit. »Moment mal, Dobe. Was ersteigere ich denn da? Diese roten Pillen? Es sind doch nicht Drogen oder so etwas?«

»Sharleen, das ist eine hundertprozentig saubere Sache. Es geht hier um Zollwaren der Regierung, und ich würde mich nie mit der Regierung anlegen. Das kannst du mir glauben.«

»Gut. In drei Wochen gehe ich also zu der Auktion und biete auf diese Nummer. Und dann?«

Dobe erklärte ihr, wie das registriert und bezahlt wurde.

Außerdem diktierte er ihr eine Nummer, die sie nach der Auktion anrufen sollte, damit er für den Abtransport Sorge tragen konnte. »Hast du das alles notiert, Kleine?«

»Sicher, Dobe. Du kannst dich auf mich verlassen. Wann sehen wir dich denn wieder?«

»Ich bin nächsten Monat in der Stadt, Sharleen. Dann setzen wir uns gemütlich zusammen. Nur du und Dean und ich, und ihr erzählt mir, wie es ist, reich und ein Hollywoodstar zu sein.«

»Dobe«, flüsterte sie. »Ich bin gar nicht sehr glücklich. Echt, ich fühle mich so einsam.« Sie brach in Tränen aus.

»Aber, aber, armes kleines Mädchen. Wie ich dir vorhergesagt habe, ist es nicht leicht, schön zu sein. Und es ist noch schwerer, schön und reich zu sein. Aber, mein Kleines, nun wisch dir die Tränen ab. Dobe kommt nächsten Monat zu euch und sorgt für euch.«

»Dobe, du fehlst mir so sehr!« Doch sie wußte nicht, ob er das noch gehört hatte. Denn die Verbindung brach ab.

13.

Bedauern Sie mich mal, mich, Laura Richie! Leider wird man stets am Erfolg des letzten Skandalbuchs gemessen. Und so viele Skandale gibt es gar nicht mehr. Nun, das ist wohl nicht ganz richtig. Es gibt jede Menge mittelmäßiger, banaler Skandale, doch die reichen nicht für einen Bestseller. Zuletzt habe ich über Christina Onassis und über Cher geschrieben. Doch seither ist diese Wiese abgegrast. Ich suche also nach einem neuen Thema.

Gerade beim Klatsch sind die Leute anspruchsvoll. Mit Unzucht und Unterschlagung lockt man niemanden mehr hinter dem Ofen hervor. Zudem gerät so ein Skandal schnell in Vergessenheit, es sei denn, ein Prominenter ist in den Skandal verwikkelt. Über einen heimlichen Transvestiten zu schreiben, ist nur schmutzig und pathetisch. So, wie die Dinge liegen, gibt es kaum noch Schockierendes. Nehmen Sie doch die arme Madonna. Sie sah sich sogar gezwungen, sich selbst beim Geschlechtsverkehr mit ihrem Hund zu fotografieren, damit sie wieder in die Schlagzeilen kam.

Mein Verleger setzt mich unter Druck. Ich habe zwischen einer umfassenden Woody-Allen-und-Mia-Farrow-Story geschwankt und einer unbestätigten über Michael McLain. Doch ich fürchte, daß Woody zu sehr New Yorker Jude ist, als daß er genügend Leser anzieht. Und Michael ist schließlich schon seit Urzeiten da und im Grunde kalter Kaffee. Außerdem kaufen vorwiegend Frauen die Klatschromane, und die lesen lieber Klatsch über ihre Geschlechtsgenossinnen. Meine Sekretärin hat gemeint, ich solle eine Dreierbiografie über die Stars von Three of the Road schreiben. Aber trotz der gigantischen Publicity, die sie erhalten, fand ich das Thema zu unergiebig für ein gebundenes Buch, und etwas anderes kommt für mich nicht in Frage.

Hätte ich damals nur gewußt…

Nachdem Jahne Sharleens Geschichte mit Michael McLain erfahren hatte, suchte Jahne Formulierungen, mit denen sie ihm ihre Verachtung beweisen konnte. In Gedanken nannte sie ihn Sexaholic und Lügner. Auch andere Anschuldigungen und Bezeichnungen fielen ihr ein. Doch gleichzeitig erinnerte sie sich daran, wie großzügig er ihre Narben übersehen hatte und daß er zuviel wußte. Es fragte sich, ob sie es sich leisten konnte, ihn sich zum Feind zumachen.

Doch sie brauchte die Frage nicht zu klären. Michael McLain rief sie nie wieder an.

Erst nach einer Woche begriff Jahne, daß Michael McLain sie fallengelassen hatte. Eines Nachmittags kam sie über den Wilshire Boulevard. Neben den Film- und Fernsehstudios, neben den Geschäftshochhäusern und dem Los Angeles County Museum of Art befand sich die La Brea Tar Pits, eine Grube mit prähistorischem Schlamm. Jahne leuchtete die Symbolkraft der Grube sofort ein. Sie stieg aus ihrem Wagen und ging zu dem Zaun, der die Grube sicherte. Sie war der geeignete Ruheplatz für Michaels Geschenk, den ersten Schmuck, den Jahne je von einem Mann erhalten hatte – vermutlich allerdings ein Geschenk, auf das Michael Mengenrabatt bekam.

Jahne war verletzt, obwohl sie darüber zu witzeln versuchte. Zwar hatte sie Michael nicht geliebt, und sie hatten sich auch nichts versprochen. Doch sie hatte ihn gemocht und geglaubt, das beruhe auf Gegenseitigkeit. Ein Irrtum. Mit viel Schwung warf Jahne die Kette so weit sie konnte. Die Sonne verfing sich sekundenlang in dem Brillanten, bevor er in der gräßlichen schwarzen Grube versank. Mochten Archäologen späterer Jahre sich über den Fund den Kopf zerbrechen. Jahne ging zu ihrem Wagen zurück und bereitete sich dann zu Hause auf ihre Probeaufnahmen für den Film vor.

Wenn Jahne geglaubt hatte, das Fernsehen habe sie auf Dreharbeiten beim Film vorbereitet und ein kleiner Bildschirm sei kaum anders als eine Leinwand, wurde sie bald eines besseren belehrt. Schon die Maske stellte andere Anforderungen. Es dauerte eine Stunde, bis die Beleuchtung eingerichtet war. Jahne fingerte nervös an den wenigen Drehbuchseiten herum, die man ihr gegeben hatte und die sie recht nichtssagend fand. Es ging um einen Streit zwischen ihr und dem männlichen Hauptdarsteller.

Auf der Probenbühne stand nur ein gemachtes Bett. Jahne war entsetzt. Sie suchte nach Sam und fand ihn schließlich hinter einer Kamera. Er trug die schwarze Kleidung, die sie an ihm kannte. Mit einer Kopfbewegung warf er den zusammengebundenen Haarschopf auf den Rücken.

»Jahne!« rief er erfreut.

»Was soll das?« Sie wies auf das Bett.

Er lächelte. »Jahne, erlauben Sie mir, daß ich Sie überrumple. Mir gefällt der Text nicht, den ich Ihnen zugeschickt habe. Noch nicht. Statt sie damit zu belasten, dachte ich mir, es wäre besser, wenn wir mit etwas arbeiten, was mich nicht ablenkt und mit dem ich mich auskenne.« Er reichte ihr ein Drehbuch.

Sie sah auf das Deckblatt. *Jack and Jill and Compromise.* Trotz der grellen Beleuchtung wurde es dunkel vor ihren Augen. »Darauf bin ich nicht vorbereitet«, sagte sie und wußte, daß es die Untertreibung des Jahres darstellte.

»Das weiß ich. Und an sich verlange ich auch zuviel. Aber ich bitte Sie um diesen Gefallen.«

Sie überlegte blitzschnell. Sie konnte ablehnen. Doch war das taktisch klug? Es konnte ihre Chancen zerstören. Wenn sie zustimmte, hatte sie natürlich leichtes Spiel, denn sie kannte den Text besser als irgend jemand sonst. Es fragte sich nur, ob Sam sie dabei wiedererkennen würde. Noch eine Frage: Brachte sie es überhaupt fertig, vor Sam ausgerechnet das zu spielen? Konnte sie sich in einer Filmrolle testen lassen, die sie an eine andere verloren hatte?

»Lassen Sie mir eine Minute Zeit«, bat sie.

»Gewiß.« Er führte sie zu einem Stuhl in einer Ecke der Bühne. »Lassen Sie sich viel Zeit. Ich habe den Monolog angekreuzt, um den ich Sie bitte.«

Sie wartete, bis er gegangen war. Der Text war ihr nur zu geläufig. Sie hatte auch geahnt, daß er die Zeilen »Ich wurde nie geliebt« und so weiter, aussuchen würde. Sie hatte den Monolog 426mal gesprochen, mittwochs und sonntags zweimal, sonst jeden Abend. Doch damals hatte sie noch geglaubt, sie werde geliebt, zumindest von Sam. Was sollte sie nun tun? Schweiß lief ihr am Nacken entlang. Die Narben an ihren Brüsten juckten, ihre Achselhöhlen wurden feucht. Wahrscheinlich würde die Maske erneuert werden müssen. Doch es blieb ihr keine Wahl.

Plötzlich hatte Jahne eine Eingebung. Sie durfte das nicht so sprechen, daß es anrührte, sondern ärgerlich. Nicht traurig und verletzt, weil man sie nie geliebt hatte, sondern wütend darüber. Ja, das war die Lösung. Die bessere sogar. Jahne ging das Ganze in Gedanken durch. Sie teilte Sam mit, daß sie bereit sei.

Jahne fuhr auf die Schnellstraße. Ich hab's geschafft, dachte sie. Ich habe meinen ersten Filmtest hinter mir und habe Sam imponiert.

Es hatte sich ausgezahlt, daß sie die Klage, nie geliebt worden zu sein, in eine wütende Feststellung umwandelte. Sie hatte sich in leidenschaftlichen Zorn über vergeudete Gefühle und eine unfaire Behandlung gesteigert. Als sie bei den letzten Worten schluchzte, waren es Tränen des Zorns gewesen.

Die Crew applaudierte. Das geschah selten. Und da Jahne Sam kannte, wußte sie auch, daß er nun definitiv an einer Zusammenarbeit mit ihr interessiert war.

Die Warterei auf den Rückruf vom Studio würde noch schwierig werden. Früher einmal hätte sie sich jetzt eine ordentliche Mahlzeit gegönnt, oder, noch frevelhafter, ein schönes Stück Torte und ihr Lieblingseis. Doch sie konnte sich kein Gramm Gewichtszunahme leisten.

Sie wählte einen anderen Ausweg. Sie fuhr in eine Tiefgarage unter einem Einkaufszentrum in der Stadtmitte. Mit dem Fahrstuhl gelangte sie in die erste Etage. Sie erregte Aufmerksamkeit. Die Leute flüsterten. Leider hatte sie ihre Sonnenbrille vergessen. Als sie die Auslagen in einem Geschäft betrachtete, rannte ein junges Mädchen mit ihrer Mutter auf sie zu. »Würden Sie mir ein Autogramm geben? Sie sind doch Jahne Moore.« Sie streckte Jahne ein zerkrumpeltes Papiertaschentuch und einen Kuli entgegen und Jahne unterschrieb schnell. Sie beschloß, sofort in das Geschäft zu gehen. Denn schon kam noch eine Frau auf sie zu. »Bitte mir auch, Miss Moore.« Jahne brauchte einen Moment, bis ihr klar wurde, daß sich ein Menschenknäuel gebildet hatte. Von überallher riefen sie »mir auch!« Einer schrie: »Jahne Moore!« ein anderer: »Cara!«

Die Menge schob, drängte. Plötzlich schrie jemand.

Jahne geriet in Panik. Über die Köpfe der Menge bemerkte Jahne einen großen dunkelgekleideten Sicherheitsbeamten. Er bahnte sich einen Weg durch die Menge. Jahne fühlte Ellenbogen, die sich in ihren Rücken bohrten. Sie bekam kaum noch Luft. Dann zog jemand an ihrem Haar. Wieder Schreie. »Hierher, Miss Moore«, verlangte der Wachmann, als er sie erreichte und gab ihr die Hand. Jahne ließ sich von dem Mann durch die Menge ziehen.

»Miss Moore, bitte, für meine Kleine!« rief eine Frau. Jahne griff hastig nach dem Stück Papier, das ihr entgegengehalten wurde und unterzeichnete es im Gehen. Sie reichte es wahllos in die Menge. Es gab noch mehr Geschrei und Streit. Zwei Frauen gerieten sich in die Haare. Jahne bangte um ihre Sicherheit.

Der Wachmann öffnete eine Tür und brüllte: »Keine Autogramme mehr!«

»Fühlst du dich zu fein für uns?« geiferte eine ältere Frau. »Verfluchtes Weib! Uns verdankst du doch alles.« Es gelang dem Wachmann, Jahne hinter die Tür zu ziehen, die er sofort verschloß. Von dort brachte er sie zum Hinterausgang des Geschäfts. Jahne war einer Ohnmacht nahe. Sie hörte, wie der Mann über Funk die Polizei herbeirief.

In einem kleinen Büro sank Jahne auf ein Sofa. »Trinken Sie«, sagte eine Frau und reichte ihr einen Becher Wasser.

Jahne gehorchte. Besser fühlte sie sich nicht danach. »Was ist denn passiert?« fragte sie benommen.

»Sie sind passiert.«

»Ich hatte ja keine Ahnung. So was habe ich noch nie erlebt.«

Zwei Polizisten kamen mit schnellen Schritten auf Jahne zu. »Folgen Sie uns, Miss Moore«, befahl der eine. »Wir nehmen den Lieferanteneingang und fahren Sie zu Ihrem Wagen. Dann folgen wir Ihnen bis zu Ihrem Haus.«

»Danke. Ich kann Ihnen gar nicht sagen, wie…«

»Sie brauchen uns nicht zu danken. Aber machen Sie so was nie wieder! Bringen Sie Ihre eigenen Sicherheitsleute mit wie alle anderen auch.«

Das Studio empfahl Jahne den Sicherheitsexperten Gerald La Brecque. Sie bestellte ihn zu sich ins Haus. Er erschien pünktlich. Ein gutaussehender Mann mit fast farblosen Augen, einem weichen, gepflegten Schnurrbart, der nicht zu dem durchtrainierten, muskulösen Körperbau passen wollte, und der ihr ohne Umschweife klarmachte, daß sie gefährlich lebte und ihr Haus nicht ausreichend gesichert war. Es lag an einer öffentlichen Straße. Man konnte in ihren Wohnraum sehen. Er fragte sie nach den Briefen, die sie erhielt, und sie gestand ihm, daß sie mitunter Angst verspürte, wenn sie die zahlreichen Briefe aus den Gefängnissen las, manche obszön, manche poetisch, Liebes- und Drohbriefe, Briefe von Verrückten und Perversen.

Auch die Gegend, in der sie wohnte, wurde von La Brecque bemängelt. Dabei fühlte sie sich hier gerade wohl.

»Was kann ich denn tun?« fragte sie kleinlaut.

»Sich anderswo ein Haus kaufen. Wir werden dafür sorgen, daß Ihre Steuerunterlagen versiegelt werden, damit sich niemand mehr Ihre Anschrift beschaffen kann. Wir werden jedes Haus, für das Sie sich entscheiden, erst auf seine Sicherungsmöglichkeit testen, bevor Sie den Kaufvertrag unterschreiben. Sie müssen jedenfalls hier raus.«

»Aber ich habe doch noch einen laufenden Mietvertrag!« protestierte sie.

»Miss Moore, ich möchte nicht melodramatisch sein. Doch hier geht es um Leben oder Tod. Kennen Sie Robert Brado?«

»Nein.«

»Er ist zu Rebecca Schaeffer gekommen. Sie spielte die Hauptrolle in einer Serie und wohnte in einem ähnlichen Haus wie diesem. Sie kannte Brado nicht, öffnete ihm die Tür, gab ihm ein Autogramm. Sie war nett zu ihm. Doch das genügte nicht. Er kam wieder und ermordete sie.«

Jahne fröstelte. »Ich werde Ihre Vorschläge befolgen.«

»Wir brauchen die Namen Ihrer Freunde, ehemaligen Liebhaber und Feinde. Sagen Sie uns, ob es berufliche Eifersüchteleien gibt. Das wird alles völlig vertraulich behandelt. Es gab und gibt keine undichte Stelle in unserer Organisation.«

Jahne erschrak, als er ihr die Kosten nannte. Fünfzigtausend Dollar. Damit hätte Jahne vielen Patienten von Dr. Moore helfen können.

»Sie müssen es einfach als Preis für Ihren Job ansehen«, meinte der Mann tröstend.

Das Telefon klingelte, als Jahne gerade einen Brief an Brewster Moore begann.

»Jahne, hier spricht April Irons. Habe ich einen schlechten Moment erwischt?«

»Nein, überhaupt nicht. Ich habe gerade meinen Ausblick genossen und darüber nachgedacht, wie schön es in Kalifornien ist. Wie geht es Ihnen, April?«

»Es könnte mir nicht besser gehen. Und wenn Sie hören,

was ich Ihnen zu sagen habe, fühlen Sie sich wie ich. Sam und ich sind von Ihnen begeistert. Wir haben uns den Test mehrmals angesehen. Wir finden Sie perfekt für die Rolle der Judy in *Birth of a Star*.«

Jahnes Herz klopfte wie wild. Ihre Vermutung hatte nicht getrogen. Sam hatte sich von ihr mitreißen lassen. »Das ist wirklich eine gute Nachricht, April. Danke!« Doch statt zu jubeln und sich zu freuen über den bestandenen Test, dachte Jahne über das »wir« nach. April hatte von Sam und sich gesprochen. Und warum hatte Sam sie nicht angerufen?

»Wir besprechen die Einzelheiten mit Ihrem Agenten. Doch das wollte ich Ihnen persönlich sagen. Sind Sie übrigens noch immer bei Sy Ortis?«

Noch immer? Die Frage überraschte Jahne. »Ja.«

April seufzte. »Gut. Wir werden mit ihm sprechen. Aber ich sehe keine Schwierigkeiten. Sie werden großartig sein.«

»Vielen Dank!« Jahne hatte es geschafft. Sie erhielt die Hauptrolle in einem Film. Vorausgesetzt, sie wollte das. Sy würde das nicht gefallen. Er hatte ihr den Gedanken an diesem Film ausreden wollen. Mehr als einmal. Doch hier ging es um Jahnes Karriere und ihre Entscheidung. Nicht die von Sy. »Schicken Sie den Vertrag bitte erst an mich, April. Ich möchte mir das überlegen und ihn dann selbst an Sy weitergeben.«

»Kein Problem. Und meinen Glückwunsch, Jahne.«

Jahne legte auf. Sie konnte es kaum glauben. Eine Hauptrolle in einem Film, bei dem Sam Regie führte! Sie tanzte durch das Zimmer. Wie gern hätte sie jetzt jemanden angerufen. Ihr fiel nur Mai ein. Wen hätte sie auch sonst anrufen sollen? Sie wollte Mai auch einen Job beim Film verschaffen und sich weiter von ihr die Kostüme machen lassen. Damit war ihnen beiden geholfen.

14.

Es schien Lila, als wollten sie alle etwas von ihr. Marty wollte ihre Dankbarkeit, Michael ihren Körper, Robbie ihren Ruhm und jedes Arschloch ihr Autogramm. An diesem Nachmittag wollte Lila nur allein sein. Doch auch das war ihr nicht vergönnt.

Tante Robbie hatte angerufen und gebeten, vorbeikommen zu dürfen. Daraus schloß Lila, daß es sich um keinen freundschaftlichen Besuch handelte. Irgendwas braute sich da zusammen.

Sie streckte sich auf der Liege am Pool aus. Unter ihr lag der Strand von Malibu. Der weiße Sand blendete in der Sonne, die Wogen des Pazifiks rollten pausenlos auf dem Strand aus. Die Verspannungen in Lila lösten sich. Da hörte sie schwere Schritte. Sie öffnete die Augen. Tante Robbies mächtiger Körper tauchte auf. »Wo hast du denn deine Rollschuhe?« fragte sie ihn, als er sich schwerfällig neben ihr auf einer Liebe niederließ.

»Dieser José hat die Räder festgeleimt. Sie drehen sich keinen Zentimeter mehr.«

Mit einem Handtuch tupfte Lila sich den Schweiß von der Stirn. »Wenn du etwas trinken willst, mußt du es dir selbst holen. Und bring mir eine Diätcola mit.«

»Wo ist denn Yolanda?«

»Du lebst hinterm Mond, Robbie. Yolanda ist schon vor drei oder vier Wochen rausgeflogen. Das letzte faule Schwein habe ich heute morgen an die Luft gesetzt. Carmen oder Carmela oder so.«

»Warum? Hat sie versucht, sich deine Krone aufzusetzen?« fragte Robbie anzüglich.

Die Frage war Lila zu spitz gewesen. Ihre Muskeln verkrampften sich wieder. Allmählich mußte Robbie wirklich gehen. Sie wartete, bis er mit den Getränken wiederkam. »Ich brauche mein Privatleben. Wenn ich ihnen sage, daß sie ein Zimmer nicht betreten sollen, sind sie kurz darauf drin. Überall schnüffeln sie herum. Also gut, Robbie, du hast was auf dem Herzen. Raus damit. Ich kann diese kleinen Seitenhiebe nicht leiden. Sie erinnern mich an jemanden.«

»Also gut.« Er nahm einen Schluck von seinem Wodka Collins, als müsse er seine Stimmbänder ölen. Lila wartete.

»Ich habe deine Mutter besucht.« Er wartete auf Lilas Reaktion.

»Ist sie noch nicht tot?« fragte Lila nur.

»Es geht ihr nicht gut, Lila. Sie zerfällt.«

»Das tut auch die Sowjetunion. Beides läßt mich kalt.«

Robbie stand auf und setzte sich auf das Fußende von Lilas Liege.

»Lila, ich brauche deine Hilfe, damit sie wieder auf die Beine kommt. Bitte, Lila. Immerhin hattest du einiges mit ihrem Zusammenbruch zu tun.« Er nahm noch einen Schluck und hielt das gekühlte Glas ein Stück von sich, als müßte er es untersuchen. »Außerdem bist du ihre Tochter.«

Lila handelte aus einem Reflex heraus. Mit beiden Füßen stieß sie Robbie in die Seite, so daß er von ihrer Liege plumpste. Sie interessierte sich nicht für das Entsetzen auf seinem Gesicht, sondern nur für ihren Zorn. »Du verdammter Lügner!« schrie sie. »Du bist doch nur eifersüchtig, weil sie mit Kevin mehr Zeit verbringt als mit dir. Und dann hast du auch noch die Stirn, mir Schuldgefühle einreden zu wollen? Lebt deine eigene Mutter nicht von der Wohlfahrt irgendwo in Minnesota? Du kennst nicht einmal ihre Adresse. Und du glaubst mir sagen zu müssen, wo meine Verantwortung liegt? Nun, ich bin nicht ihre Tochter. Begreif das endlich. Ich bin es nicht und war es nie.«

Robbie erhob sich mühsam, während Lila zum Haus ging. Er jammerte ihr nach. »Das schaffe ich doch allein nicht, Lila. Sie braucht Hilfe, und es gibt niemanden, der ihr helfen kann, außer dir und mir. Ken geht nicht in ihre Nähe und läßt sie auch nicht mehr in mein Haus. Du mußt...«

»Ich muß gar nichts, Robbie. Hast du mich verstanden? Scheiß drauf. Sie ist deine Freundin, nicht meine.« Lila stürmte ins Haus, dicht gefolgt von Robbie.

»Wenn du nichts unternimmst...«

»Was ist denn dann? Was, Robbie? Was kann Lila Kyle

wohl passieren, wenn sie sich nicht um Theresa O'Donnell kümmert?«

Robbie rief sich den schmerzenden Po. »Geh zu ihr, Lila. Nimm den Kontakt wieder zu ihr auf. Sie liebt dich auf ihre Weise. Und sie vermißt dich.«

Über Lila kam eine plötzliche Ruhe. Sie hatte geglaubt, Robbie habe für sie Verständnis. Doch das fehlte ihm. Er hatte sie nie verstanden, sondern immer auf Theresas Seite gestanden. Er war nett zu Lila, damit er mitbekam, was in der Szene lief und um das einzuleiten, was er heute versuchte: Lila wieder unter Theresas Knute zu bringen. »Sie liebt weder mich noch sonst jemanden. Sie will nur nicht mehr am Rand stehen. Sie will in Hollywood wieder etwas zu sagen haben. Sie vermißt ein Publikum, nicht ihre Tochter. Geh wieder zu ihr und sag ihr, daß sie krepieren soll. Und wo du einmal dabei bist, kannst du gleich mit ihr krepieren, du Verräter.«

Lila ging gelassen zu der Treppe, die hinauf in ihr Schlafzimmer führte. Sie drehte sich noch einmal um. »Und jetzt verlasse mein Haus, Robbie, und komm mir nie wieder in die Nähe. Du bist wie Gift für mich. Genau wie sie.«

15.

Es gibt nur eine Sache, die schlimmer ist als ein Fernsehflop wie der von Neil Morelli, und das ist ein Hit. Hollywood haßt Verlierer, aber es haßt und beneidet die Gewinner noch mehr.

Marty DiGennaro war auch vorher schon einer der Großen gewesen. Doch nun war er noch größer und mußte ständig bessere Sendungen produzieren, und zwar solche, die seinem Ruf gerecht wurden. Bisher hatte er alle zwei Jahre einen Film gemacht. Das Fernsehen zwang ihn, jede Woche eine Folge seiner Serie herauszubringen, also jede Woche eine Art Film.

Marty war daran gewöhnt, mit Problemen fertigzuwerden. Doch mit einem so schnell wachsenden massiven Interesse an einem Projekt, an dem er noch arbeitete, hatte er sich nie auseinandersetzen müssen. Normalerweise schalteten sich die Medien, die Publizisten, Kritiker und Geldgeber erst in die Arbeit ein, wenn sie vollendet war. Nun umschwärmten sie ihn dauernd.

Dieses gottverdammte Interesse, wie er es nannte, konnte er nicht aufhalten oder bremsen. Er hatte ein Drehbuch als Saisonausklang fertig. Doch er wußte schon jetzt, daß ihm das keine Luft verschaffen würde. Er mußte die neue Saison wieder groß eröffnen.

Er hatte gehofft, einen Hit zu landen. Der Wunsch war in Erfüllung gegangen. Er hatte bei den Drehbüchern freie Hand haben wollen. Auch das war ihm zugebilligt worden. Doch der Druck machte ihn fertig.

Am schlimmsten war die Sache mit Lila. Er, Marty DiGennaro, hatte ja einen Namen. Ihm waren einige Oscars verliehen worden. Nun brachte sein mit Risiken und Bedenken behafteter Einstieg in die Welt des Fernsehens nicht nur Achtungserfolge, sondern auch landesweite Anerkennung und unglaublich hohe Gewinne für den Sender. All das bewirkte absolut nichts bei Lila Kyle, der Frau, die er zu einem Star gemacht hatte. Er versorgte sie mit den besten Texten, gab ihr die wirksamsten Szenen. Seit dem mißglückten Treffen zum Abendessen fehlte jeder Kontakt.

Wenn Lila etwas bemängelte, gab Marty nach. Wenn sie um etwas bat, bekam sie es von ihm. Sie hätte Grund genug gehabt, ihm zu danken. Doch das tat sie nicht.

Es gab nicht einmal einen anderen Mann in ihrem Leben. Sally hatte das für Marty recherchiert. So wußte Marty, daß sie sich mit Michael McLain getroffen hatte. Doch die Verabredung endete früh. Seither nichts. Sally war ihr zwei Wochen lang überallhin gefolgt. Ergebnislos. Marty dachte daran, daß sie lesbisch sein könnte. Doch Freundinnen hatte sie ebensowenig.

Galt ihre ganze Aufmerksamkeit der Arbeit? Doch das schloß ein Sexleben nicht aus. Irgendwelche religiöse Bedenken wären bei Lila total ausgeschlossen gewesen. Hatte sie also nur Angst vor AIDS? So häßlich bin ich doch nicht, argumentierte Marty frustriert. Ich habe Geld, halte mich fit, bin feinfühlig, selbstlos im Bett, sogar großzügig.

Natürlich wußte Lila, daß Marty es in der Hand hatte, ihre Karriere so schnell zu zerstören, wie er sie aufgebaut hatte. Doch auch das schien Lila nicht zu stören. Sie hatte ihm sogar gesagt, sie sei hinter April Irons' Neuverfilmung her. Mehr noch: Sie hatte ihn gedrängt, ihr die Hauptrolle zuzuschustern. Keine Schauspielerin hatte ihn je so behandelt. Schauspielerinnen schliefen mit ihren Produzenten. Das war Gesetz in Hollywood. Es hatte keinen Sinn, nach dem Grund für diese Regel zu fragen. Man mußte sie sich nur zunutze machen.

Bei Lila ging das nicht. Aber das stachelte Martys Begierde nur noch mehr an.

16.

Der normale Fernsehzuschauer macht sich keine Vorstellung von dem ungeheuren Druck, unter dem wöchentlich gesendete Produktionen stehen. Stars und Personal verbringen weitaus mehr Zeit miteinander als mit ihren Familien. Wenn sie nicht gerade schlafen, sind sie fast ständig zusammen. So werden Ängste, Konkurrenzneid, Eifersucht, Unsicherheiten und Intrigen, kurz alles, was ein Mensch unter Druck hervorbringt, potenziert. Verglichen mit einer Produktion dieser Art wirkt der US-Senat richtig erwachsen.

Natürlich brechen Fehden aus. Man hört von dem schlechten Benehmen der Stars bei den Aufnahmen. Solche Geschichten gibt es haufenweise. Die Frauen benehmen sich wie Kinder, die Männer wie Babys. Ich habe die Erfahrung gemacht, daß die Streitereien unter Frauen bei den Medien auf mehr Interesse stoßen als die unter Männern.

Manchmal fällt es nicht schwer, die Wogen zu glätten. Man muß nur dem Star seinen Willen lassen. Gibt es nur einen echten Star, kann man leicht katzbuckeln und hat seine Ruhe. Bei Dallas hatte Larry Hagman das Sagen. Beim Denver Clan war Joan Collins die Primadonna. Aber bei Three for the Road waren alle drei Akteurinnen gleich wichtig, und jede war auf ihre Art schwierig.

Nie hat es böseres Blut gegeben, nie war die Rivalität größer, nie wurde mit härteren Bandagen gekämpft. Gegen Ende der Saison wurde die Atmosphäre verheerend. Just zu diesem Zeitpunkt stieß Neil Morelli zu dem Team.

Neil stieg aus dem Bus und lief die zwei Straßenlängen zu dem Studio. Mit dem Auto hätte er für die Fahrt zwanzig Minuten gebraucht. Mit dem Bus, der an jeder Ecke hielt, brauchte er eine Stunde. Das lag an den Alten. Neil fragte sich, woher diese vielen alten Frauen kommen mochten. Schickte die Regierung alle Frauen ab einem bestimmten Stichtag nach Kalifornien? Er wünschte sich ein Gesetz, das Passagiere ausschloß, die länger als fünf Minuten brauchten, um in einen Bus zu steigen.

»Neil Morelli«, nannte er seinen Namen bei dem Pförtner. Der sah auf sein Besucherbuch und dann auf den Mann vor ihm. »Mein Auto ist beschlagnahmt worden.« Er lächelte.

Auch der Wachmann lächelte. »Verstehe, Mr. Morelli. Sie werden erwartet. Set 5. Hinter dem Hauptgebäude links.« Er tippte sich an die Mütze. Neil imitierte das Starten eines Wagens, legte einen imaginären Gang ein – begleitet von den entsprechenden Geräuschen –, kurbelte an seinem Phantomsteuerrad und fuhr ab.

Das ist schon eher was nach meinem Geschmack, dachte er auf dem Weg zu dem Set. Hier gehöre ich hin. Neil war wie betäubt gewesen, als das Büro von Sy Ortis ihn anrief. Er hatte nicht mit Sy selbst gesprochen. Aber vielleicht war der Typ doch kein solcher Mistkerl, wie Neil das unterstellt hatte. Er nahm sich vor, Sy anzurufen und sich für sein Verhalten damals zu entschuldigen.

Neil ging in das Gebäude, das einem Hangar glich und sah sich um. Als er die Geschäftigkeit spürte, schoß ihm ein Adrenalinstoß durch die Adern. Er wurde ganz high. »Wo ist der Regieassistent von Unit Z?« fragte er einen Techniker, der eine Kabelrolle schleppte. Der Mann machte eine Kopfbewegung in die Richtung, hielt sich aber nicht auf.

Neil ging zu der Frau in Sweatshirt und Jeans, bewaffnet mit einem Notizbuch, die Anweisungen bellte. So, wie sie aussah, fand Neil, daß ihr nur noch eine Trillerpfeife an einer Kordel um den Hals fehlte. Das war also der Regieassistent.

Neil setzte sein freundlichstes Lächeln auf. »Hallo, ich bin Neil Morelli.«

»Ja.« Sie ging einfach davon, tief versunken in das, was sie auf ihren gelben Block schrieb.

»Ich trete in der Sendung hier auf. Es war da irgendein Durcheinander, weshalb ich meinen Text nicht bekam. Aber ich lerne schnell.«

Nun blieb sie stehen, sah auf ihre Liste, nickte und kreuzte etwas auf ihrem Block an. »Ich bin Ronnie Wagner. Nimm dir deinen Text von dem Tisch dort drüben. Und lies ihn durch. Wir machen die Aufnahme in einer Stunde.« Sie wollte gehen.

»Und was für eine Rolle habe ich?«

Sie wurde ungeduldig. »Weiß nicht. Ein Kellner oder so.«

»Nicht eine fortlaufende Rolle?« Die Angst in seiner Stimme wurde unüberhörbar.

»Du bist kaum mehr als ein Statist. Vier Zeilen oder weniger. Du wirst nur bei Bedarf eingesetzt. Verträge gibt es dafür nicht. Warum ist dir das nicht erklärt worden, als du den Job bekommen hast?«

Ihr Ton gefiel ihm nicht, noch weniger ihre herablassende Art. Zorn stieg in ihm hoch. »Moment mal, du. Ich bekomme meine Rollen auf Grund meiner Begabung, und mein Agent kümmert sich um die Einzelheiten. Mein Agent ist Sy Ortis. Nein, ich habe die Einzelheiten von ihm noch nicht bekommen. Wir treffen uns nach den Aufnahmen. Dabei werde ich deinen Namen erwähnen. Besten Dank!« Er stapfte davon.

Wütend riß er den Text an sich, der auf dem Tisch lag und suchte nach seiner Rolle. Du große Scheiße! »Erster Kellner« war gelb markiert. Das Luder hatte recht gehabt. Es waren noch nicht einmal vier Zeilen. Zumindest bedeutete das, daß der Agent daran nicht mitverdiente. Aber wenn Sy nicht daran verdiente, warum hatte er sich dann die Mühe gemacht? Was ging hier vor? Er las die Zeilen. Sie waren noch nicht mal komisch.

»Hallo, wie geht's?« fragte jemand hinter ihm. »Ich bin Todd Shanley, zweiter Kellner.« Er lächelte breit. »War mit Ronnie auf der Schule.«

Das war wieder Wasser auf Neils Mühlen. Offenbar mußte niemand in dieser verfluchten Stadt eine Bewerbung ausfüllen oder einen Test machen. Nicht mal Sekretärinnen. »Schön, wenn man Beziehungen hat«, sagte er nur. »Wem mußt du's denn besorgen, um fünf Zeilen zu bekommen?«

»Wem ich's besorgen muß?« Todd verstand ihn nicht.

Mit Neil ging das Temperament durch. »Ich ficke Ronnie Wagner drei- bis viermal die Woche. Schon seit zwei Jahren. Und wenn ich es wirklich gut mache, bekomme ich nächstes Mal sogar noch eine größere Rolle.« Damit ließ Neil den jungen Mann stehen, der ihm mit offenem Mund nachstarrte.

Er ging zu einem öffentlichen Fernsprecher und wählte die Nummer von Sy Ortis Büro. Er kannte die Stimme der Sekretärin. »Hallo Laura, ich würde gern mal mit dem Boß sprechen, um mich bei ihm für den Job zu bedanken.« Überraschend schnell wurde er durchgestellt. »Sy, vielen Dank für den Job, Mann. Das weiß ich echt zu schätzen. Ich war eine ziemliche Laus in Ihrem Pelz. Tut mir leid. Nun mußte ich Ihnen einfach sagen, daß ich Ihnen für diese Chance dankbar bin.« Neil machte eine Pause. »Besonders, wo Sie gar nichts daran verdienen, weil es eine Kurzrolle ist.«

Neil erwartete, daß Sy jetzt etwas sagte, doch der tat ihm den Gefallen nicht. »Das werde ich eines Tages wieder gutmachen. Warten sie nur ab. Ich werde aus diesem Kurzauftritt eine fortlaufende Rolle machen. Sagen Sie, muß ich mich bei noch jemandem bedanken? Wie haben Sie mich überhaupt aufgetrieben? Ich möchte nämlich nicht undankbar erscheinen.« Er zögerte wieder und hörte, wie Sy asthmatisch keuchte und sein Spray benutzte. Er murmelte etwas.

»Marty DiGennaro? Scheiße, wenn ich gewußt hätte, daß er im Club ist, hätte ich mich noch mehr angestrengt. Aber das freut mich, zu hören. Der Direktor hat also meinen Auftritt gut gefunden. Okay, aber warum hat er mir dann keinen komischen Text gegeben, einen, der Lacher bringt?« Doch sofort sagte Neil sich, daß er sich beherrschen mußte. Mit Unverschämtheit kam er nicht weiter.

Er versprach also, geduldig zu sein und bedankte sich erneut.

Ronnie trommelte alle zur Aufnahme zusammen. Sie sollte in einem Hippie-Lokal spielen. Neils Herz klopfte, als er die drei Stars der Show von ihren Garderobenwagen kommen sah. Er gehörte nun sicher nicht zu denen, die beim Anblick von Stars in Ekstase geraten. Doch die Frauen waren sehenswert. Neil hatte sich die Serie nur einmal angesehen, weil diese Lila Kyle mitspielte. Doch als er dann die Aufforderung erhielt, ins Studio zu kommen, lieh er sich alle Videos der Serie aus und sah auf einem geborgten Videorecorder vierundzwanzig Stunden lang *Three for the Road*. Man hätte meinen sollen, das habe ihn abgestumpft. Doch Lila war noch schöner als auf dem Bildschirm, und die anderen standen ihr kaum nach.

Marty DiGennaro erschien. Sofort begann die Arbeit. Allmählich machte es Neil Spaß. Er riß sogar einen kleinen Witz. Alles ging auch gut, bis Lila Neil plötzlich entdeckte. »Moment mal«, unterbrach sie die Probe. »Kenne ich dich nicht?«

»Ich hab bestimmt nie das Vergnügen gehabt, Miss Kyle. Ich bin Neil Morelli«, antwortete er lächelnd und streckte die Hand aus, ließ sie aber gleich wieder fallen, weil sie nicht genommen wurde. Sein Gesicht rötete sich. Alle starrten ihn an.

»Dachte ich mir's doch. Ich hab von dir gehört. Du bist der Typ, der über die Familien im Business herzieht. Wie nett, daß du nicht zu selbstgerecht bist, selbst vom Geschäft zu profitieren.«

Neil fiel auf, wie Sharleen Smith zusammenzuckte und sich abwandte. Jahne trat vor, hielt dann aber inne. »Ich arbeite, wo ich Arbeit finde, Miss Kyle.«

Sharleen kam auf ihn zu und stellte sich vor. »Freut mich, dich bei uns zu haben, Neil. Ich hab schon gehört, daß du eine komische Nummer drauf hast.« Jahne Moore stand direkt hinter Sharleen. Sie schlug ihm freundschaftlich auf die Schulter und nahm dann wieder ihren Platz ein.

Die Atmosphäre war geladen. Neil geriet in immer größere Hektik, je näher der Moment seines Auftritts kam. Beim erstenmal brach Lila in seinen Text ein und tat so, als habe Neil den Fehler gemacht. Bei der zweiten Aufnahme stieß sie ihn mit dem Ellenbogen und beschuldigte ihn, seinen Einsatz verpaßt zu haben. Neil hätte Lila am liebsten erwürgt. Er war so aufgeregt, daß er fürchtete, nun wirklich einen Fehler zu machen.

Sie versuchten eine dritte Aufnahme, dann eine vierte. Zu viele Versuche für einen so kurzen Text. Neil begann zu schwitzen. Das war sein Ende. Das wußte er. »Ich möchte dich sprechen, Marty«, verlangte Lila. Neil hörte, was sie sagte, und das hatte sie ja auch beabsichtigt. »Schmeiß den Kerl raus!« Doch diesmal schüttelte Marty den Kopf und ließ sie stehen. Jesus, was soll ich nur machen? dachte Neil verzweifelt. Er wußte, daß alle ihn ansahen, jede seiner Bewegungen beobachteten. Und in dieser Minute schwor er sich, daß er Lila Kyle eines Tages töten würde.

»Nicht genug damit, daß ich heute wegen *Birth of a Star* vorspreche, ich muß mich auch noch mit diesem Arschloch befassen. Marty, ich stehe vor einem Nervenzusammenbruch. Ich kann nicht arbeiten, wenn er neben mir ist. Der macht mir Streß.« Sie legte die Hand an die Stirn, als litte sie unter Kopfschmerzen.

»Gut. Dann wollen wir sehen, daß wir fertigwerden, damit du rechtzeitig zu deinem Termin kommst. Vergiß den Mann, Lila.«

»Das kann ich nicht, verdammt noch mal, Marty. Er ist ein Schwein, das mich runtermacht, mich mit Tori Spelling vergleicht. Der bringt doch jeden auf die Palme. Sieh dir mal Jahne an.«

Marty wandte sich Jahne zu. Sie wirkte verstört. »Du hast recht, Lila. Okay, jetzt machen wir diese Szene, dann helfe ich dir mit deinem Text für das Vorsprechen.«

»Schmeiß ihn erst raus!« verlangte sie so laut, daß es jeder hören konnte. Sie wollte ja, daß dieser miese Wurm es auch mitbekam, wem er den Rauswurf verdankte.

Marty schüttelte den Kopf. »Das kann ich nicht, Lila. Ich stehe da in einer Schuld. Für eine Serie muß ich ihn mindestens behalten.« Damit ließ er sie stehen.

Lila fühlte sich blamiert. Jeder hatte ja gehört, was sie verlangt hatte. Doch Marty hatte ihren Wunsch nicht erfüllt. Das war für ihn ungewöhnlich. Gerade jetzt durfte Lila das nicht dulden. Er wagte es, sich auf die Seite dieses Typen zu stellen! Dieses Frettchen. Jeder kannte doch seine Satire. Lila hatte gehört, wie die Techniker sich mitunter über manche von Neils Witzen amüsierten und sie weitererzählten. Sie verfluchte Neil, und sie verfluchte Marty.

Doch dann verdrängte sie das. Sie mußte sich an diesem Tag auf Wichtigeres konzentrieren. Die Rolle ihres Lebens. Mit den Neil Morellis dieser Welt konnte sie anschließend abrechnen. Nachdem sie die Rolle hatte. Denn nach diesem heutigen Tag würde ihr Ruhm heller strahlen als der ihrer Mutter. Wenn April Irons mich sieht, wird sie schon einsehen, daß ich die einzig richtige Besetzung bin. Marty sagt ja, daß ich gut sein würde. Doch das genügt mir nicht. Ich will ganz groß, ich will einmalig sein. Dann zertrete ich diese Kakerlaken hier.

17.

Michael McLain hatte die Fotos von Sharleen bereits Sy übergeben. Als nächstes schickte er Sy das Videoband von Jahne Moore und ihm. Doch Michael wußte, daß er entweder bald mit Lila schlafen oder eine Fotomontage herhalten mußte, damit er weder sein Gesicht noch seine Vorrangstellung vor Ricky Dunn verlor.

Immerhin waren die beiden anderen Beweise legitim. Also machte es nicht viel aus, wenn der dritte Beweis gefälscht war.

Dennoch hinterließ das ganze Unternehmen bei Michael

ein flaues Gefühl. Nicht daß er Gefühle für Lila oder Sharleen aufbringen würde. Doch Jahne hatte er gemocht. Sie war klug und besaß Humor. Er hatte indessen gemerkt, daß sie entweder nicht in ihn verliebt war oder ihr nicht allzuviel daran lag, ihm zu gefallen. Dazu kamen die Narben. Sie waren gespenstisch und gleichzeitig so geheimnisvoll, daß sie schon fast erotisierend wirkten. Michael glaubte keine Sekunde daran, daß sie die Folge eines Unfalls waren. Dafür verliefen sie zu gerade und befanden sich an den falschen Stellen. Offenbar hatte sie sich also plastischer Chirurgie unterzogen. Doch ein Mädchen dieses Alters ist eigentlich zu jung für solche Operationen.

Er krauste die Stirn – und glättete sie sofort wieder. Die Frage lohnte keine zusätzliche Kollagenbehandlung. Er konnte Jahne Moore natürlich fallenlassen. Kein Problem. Doch dann sollte er sich auf Lila konzentrieren. Zumindest muß er es Sy irgendwie beweisen, daß sie miteinander ausgingen.

Sie benahm sich komisch. Einerseits lag ihr mit Sicherheit nichts an ihm, andererseits bemühte sie sich, nett zu sein. Michael kannte das und vermutete, daß sie, wie die meisten Frauen dieser Art, seine Hilfe oder seinen Einfluß brauchte. Allerdings schien sie nicht bereit zu sein, für den Gefallen, den sie verlangte, auf die übliche Weise zu zahlen. Michael war versucht, sie mit zwei Ködern zu locken: Einer Rolle in *Birth of a Star* und dem Ricky-Dunn-Film. Sie schien an beidem interessiert zu sein.

Jahne saß in einem großen Sessel ihrer Suite in Regent Beverly Wilshire Hotel. Hier wohnte sie vorübergehend, bis ein neues Haus für sie gefunden und von La Brecque als sicher genug genehmigt worden war. Es war ein Luxusappartement. Das Telefon neben ihr war eines von sechs in den zwei riesigen Zimmern. Ein Apparat stand auf dem Schreibtisch, einer je auf den beiden Nachttischen und einer im Badezimmer, das so groß war wie Jahnes ganze Wohnung in New York.

Sy rief an und teilte ihr mit, daß die Nominierungen für

den »Fernseh-Oscar«, den Emmy Award, veröffentlich worden waren. Die Auszeichnung wurde von der Academy of Television Arts and Sciences verliehen. »Wie haben wir denn abgeschnitten?« fragte Jahne. Inzwischen hatte sie kaum noch Respekt vor den Auszeichnungen der Filmindustrie, für die die Schauspieler und die Crew von *Three for the Road* so hart gearbeitet hatten. Es war alles nicht das gewesen, was sie sich erhofft hatte.

»Haben sie das denn noch nicht gehört? Sie wurden nominiert.«

»Ich? Das kann doch nicht wahr sein!« Jahne dachte an ihre Tage mit *Jack and Jill* und die Obie-Auszeichnung, die sie für ihre schauspielerische Leistung erhalten hatte. Sie war von ihren Freunden damals gefeiert worden. Auch von Sam. Seinerzeit hatte sie noch an eine rosige Zukunft geglaubt.

»Und was ist mit der Serie und den anderen?« fragte sie.

»Vergessen Sie die Serie, Jahne. Vergessen Sie die anderen. Sie wurden für einen Emmy nominiert. Nach sechs Monaten beim Fernsehen. Ahnen Sie, was das für Ihre Karriere bedeutet? Vielleicht bekommen Sie die Auszeichnung. Wir werden von Angeboten nur so überschwemmt werden.« Jahne zuckte innerlich zurück. Sie hatte Sy von den Testaufnahmen für *Birth of a Star* erzählt. Auch von dem Rollenangebot. Sie hatte nicht gesagt, daß sie entschlossen war, die Rolle zu spielen. Denn dann hätte er nur versucht, ihr das auszureden.

»Ich bin für die Anerkennung dankbar, Sy. Wirklich. Aber man ist immer nur so gut, wie man in seiner letzten Rolle war. Sie kennen ja den Spruch.« Jahne lachte. »In ein oder zwei Jahren werde ich Sie vielleicht um eine Rolle anbetteln.«

Nun lachte Sy sogar. »Sie sind sehr zynisch für eine so junge Frau.«

»Weil ich die Perspektive nicht verlieren will.«

»Hoffentlich sieht das Sharleen auch so. Sie wurde nämlich auch nominiert.«

»Wir beide?«

»Ja, und Lila.«

Typisch! Als würden nicht schon genug Geschichten über

den Konkurrenzkampf untereinander kursieren. Hollywood! Nun mußte man damit rechnen, daß die Stimmung bei den Dreharbeiten noch gespannter wurde.

»Sagen Sie, Sy, haben Sie sich den Vertrag von *Birth of a Star* angesehen?«

»Ich habe drei bessere Angebote für Sie.«

»Vergessen Sie die, Sy. Haben Sie den Vertrag?«

»Ja.«

»Gut. Nur das interessiert mich, weil ich den Film nämlich machen möchte. Sagen Sie nichts mehr. Werden Sie jetzt Sharleen anrufen und ihr die gute Nachricht überbringen?«

»Ja.« Jahne merkte, daß Sy vor Frust kochte.

»Gut. Dann rufe ich sie später an und gratuliere ihr.«

Doch bevor sie den Vorsatz in die Tat umsetzen konnte, klingelte das Telefon erneut. Jahne ließ fast den Hörer fallen, als sie Sam Shields Stimme hörte.

»Herzlichen Glückwunsch.«

»Die Nachrichten verbreiten sich hier schnell«, meinte sie.

»Wie werden Sie feiern?«

»Das weiß ich noch nicht.«

»Möchten Sie nicht am Freitag mit Ihrem Regisseur zu Mittag essen?«

»Nein«, neckte sie ihn. »Ich esse nicht gern mit Marty.«

Er lachte. »Ich meinte Ihren Filmregisseur. Haben Sie den Vertrag unterschrieben?«

»Bis dahin sicher«, versprach sie.

»Großartig. Dann haben wir gleich zwei Anlässe zum Feiern. Freitag im Getty-Museum, okay? Paßt Ihnen ein Uhr?«

In New York hatte Sam sich auch mit Vorliebe in den Cafeterias der Museen verabredet. Das kostete nicht viel, und die Umgebung war meist geschmackvoll, obwohl das Essen zu wünschen übrig ließ. Jahne stimmte dem Termin zu.

Sharleen legte nach dem Telefongespräch mit Sy auf.

»Was hast du denn, Sharleen? Du siehst aus, als wäre was passiert«, sorgte Dean sich.

»Nichts passiert, Dean. An sich ist es sogar eine gute Nachricht. Ich wurde für den Emmy nominiert.«

»Ach.« Er wartete, daß sie weitersprach.

»Wenn das Momma wüßte. Sie würde sich richtig freuen, glaube ich.«

Dean nickte und pfiff seine Hunde herbei – Cara, Crimson und Clover. »Sharleen hat einen Preis gewonnen«, sagte er und klatschte. Die drei Hunde setzten sich auf die Hinterläufe und klopften mit den Pfoten aneinander, als spendeten sie Beifall. Das war ein neuer Trick, den Dean ihnen beigebracht hatte. Sharleen lächelte. Dean schaffte es immer, sie aufzuheitern.

»Ein Preis ist es noch nicht. Aber Sy meint, das würde mir helfen, danach einen Job zu bekommen.«

»Wieder einen? Du hast doch gesagt, wir hätten jetzt so viel Geld, daß du nie wieder arbeiten mußt.«

Sharleen dachte darüber nach. »So klingt das nicht, wenn es Mr. Ortis erklärt. Die Steuern und Honorare – all das geht ins Geld. Ich will ohnehin noch eine Rolle haben, und dabei, meint Sy, würde mir die Nominierung helfen.«

»Was ist eine Nominierung?«

Sharleen versuchte Dean zu erklären, was sie selbst nicht richtig verstand.

»Wer wurde außer mir nominiert?« fragte Lila sofort scharf, nachdem Ara sie informiert hatte.

»Lila, das ist doch nicht so wichtig. Immerhin wurden Sie nominiert«, wich Ara aus.

»Das ist nur eine Nominierung, Ara.« Wie hatte ihre Mutter gesagt? Eine Nominierung ist wie die letzten zehn Sekunden in einem Match, das unentschieden steht. Nur der letzte Treffer zählt.

Ara versuchte gar nicht, das Seufzen zu unterdrücken. »Sharleen Smith und Jahne Moore.«

»Das soll doch wohl ein Scheißwitz sein, Ara! Diese beiden Kretins? Diese Nobodys? Die spielen mir doch nur zu. Strohpuppen wie Candy und Skinny. Die sind meine Konkurrenz?« Lila schrie. Ihre Stimme überschlug sich.

»Nun spielen Sie nicht verrückt. Es gibt keine Konkurrenz, Lila«, besänftigte Ara sie. »Sie werden doch einsehen, daß die Akademie vor einer schweren Entscheidung steht, wenn sie eine von euch dreien aussuchen soll.«

»Ich sehe gar nichts ein, Ara. Ich habe mir den Arsch aufgerissen, um Schauspielerin zu werden. Das war nicht leicht als Tochter einer Berühmtheit auf diesem Gebiet. Ich mußte doppelt so hart arbeiten wie die anderen, um das zu erreichen. Diese beiden Huren kommen aus dem Nichts und schaffen das über Nacht. Das ist doch ungerecht, Ara. Und was ist mit *Birth of a Star*? Haben Sie noch nichts gehört?«

»Soweit ich gehört habe, sind die noch nicht sehr viel weitergekommen, Lila. Das Drehbuch macht Schwierigkeiten. Ihr Test ist aber gut gelaufen. Momentan können Sie nichts mehr tun wegen der Emmys oder wegen *Birth of a Star*.«

Lila knallte den Hörer auf die Gabel.

18.

Zu dem Treffen im Château mußte Michael McLain sich regelrecht zwingen. Es fand nur als Vorbesprechung zwischen Sy, Lila Kyle und Ricky Dunn statt. Keine weiteren Agenten, keine Anwälte. Sozusagen ein Familientreffen.

Er verspätete sich, was ihm allerdings egal war. Michael hatte sich entschlossen, den Film zu machen, doch natürlich nur, wenn er vor diesem jungen Stutzen rangierte. Daß er den Mentor spielte statt des Helden, ließ ihn zwar alt aussehen. Doch er gedachte dem abzuhelfen, indem er am Ende das Mädchen bekam. Lila war ja ganz verrückt nach der Rolle.

Sy hatte das Videoband über Michaels Sex mit Jahne gesehen und die getürkte Aufnahme mit Lila. Darum mußte er nun mit seinem Teil der Wette rüberkommen, und darum hatte er auch die drei Beteiligten zusammengebracht.

Michael ärgerte sich, weil die Besprechung im Hotel stattfand, nicht in Sys Büro oder der Produktionsgesellschaft. Er mochte das Martine nicht. Es verursachte ihm eine Gänsehaut. Für ihn war es das westliche Pendant zum New Yorker

Chelsea Hotel. Hier starben die Szenetypen an Überdosen. Es war exklusiv, doch Michael fühlte sich hier nicht wohl.

Vor dem Zimmer 711 holte er noch einmal tief Luft, zog den Rauch ein und klopfte.

Sy öffnete, was Michael verrückt fand, aber wenn er unbedingt das Dienstmädchen spielen wollte, war das seine Sache.

»Michael!« rief Sy hocherfreut.

Das Zimmer war so schäbig wie der Liftboy und der Flur. Schlaffe blaue Vorhänge endeten fast zwanzig Zentimeter über dem Boden. Der Teppichboden war blaumarmoriert, also pflegeleicht und schmutzunempfindlich. Trotzdem fielen Michael die kleinen Brandlöcher darin auf, verursacht von glühender Zigarettenasche.

»Wo ist denn dieser kleine Hurensohn, und wo ist Lila?«

»Michael, Ricky hat angerufen. Er wurde aufgehalten, wird aber jeden Moment hier sein.«

»Er verspätet sich bei einer Besprechung, deren Zeitpunkt er selbst festgelegt hat! Denkt er etwa, ich warte auf ihn mit dem Schwanz in der Hand und bete, daß er uns beehrt?«

In dem Moment verließ Lila Kyle das Badezimmer. So wurde auch sie Zeugin, wie sich Michael McLain blamierte. Scheiße! Ortis seufzte, Michael setzte ein Lächeln auf. »Michael, ich bitte dich. So kann man doch keine Zusammenarbeit beginnen. Er wird ja gleich hier sein.«

Lila lächelte Michael an. »Möchtest du nicht mit mir vorliebnehmen?« fragte sie freundlich.

»Bestimmt nicht, wenn du darauf bestehst, als Hauptdarstellerin an erster Stelle genannt zu werden«, konterte Michael.

»An erster Stelle? Ich bin schon glücklich, wenn ich in einem Film mit dir spielen darf.« Innerlich stöhnte Michael. Er wußte nicht, wann sie ihm mehr auf den Geist ging. Wenn sie den Quatsch mit ihrer gekünstelten Heldenverehrung abzog oder wenn sie ihre Raubfischqualitäten ausspielte. Jedenfalls war er nicht hier, um ihr eine Rolle zu verschaffen oder bei Sy Ortis Punkte zu sammeln.

»Michael, diese Besprechung ist sehr wichtig«, behauptete

Sy. »Lila möchte Ricky gern kennenlernen und er dich, und wir alle müssen das eine oder andere klarstellen. Wir müssen uns noch über die Rangfolge einigen...«

»Wahrscheinlich hätte ich mit Ara kommen sollen«, meinte Lila.

»Nein, nein. Er ist ein alter, kranker Mann. Warten wir, bis wir das unter uns geklärt haben.«

Michael schnaubte. Sy wollte doch nur selber Lila vertreten. Was mußte denn noch geklärt werden?

»Ich dachte, es wäre alles klar.«

»Teilweise schon. Aber es gibt einige Punkte, und diese Besprechung...«

»Schieben Sie sich die Besprechung in den Hintern!« rief Michael und ging zur Tür als diese geöffnet wurde. Ein großer, leichenblasser, fast zum Skelett abgemagerter Mann trat ein. Er war schwarz gekleidet. Ihm folgte der kleine Ricky Dunn, der, wie Michael sofort merkte, gar nicht so klein war. Der Junge war um fast fünf Zentimeter größer als Michael.

Ricky Dunn trug zerrissene, unansehnliche Jeans, ein T-Shirt von undefinierbarer Farbe und einen geölten Anorak, der aus dem Fundus stammen mußte und wahrscheinlich für irgendeinen australischen Film bei Outback-Szenen verwendet worden war. Außerdem hatte er eine von diesen verspiegelten Sonnenbrillen auf, hinter denen man die Augen nicht sieht. Er setzte die Brille auch im Zimmer nicht ab.

»Ich bin Shay Wright«, stellte sich das Skelett vor und streckte Sy die Hand entgegen, der ihn zwar offensichtlich kannte, die Hand aber dennoch ergriff. Michael rührte sich nicht. »Und das ist Ricky Dunn.«

Shay nickte Ortis und Lila zu. Ricky verzichtete auf beides. Die beiden Männer setzten sich so dicht nebeneinander auf die Couch, als wären sie an den Hüften zusammengewachsen. Sy schob einen Sessel für Michael näher, und der nahm widerstrebend darin Platz. Lila lächelte Ricky an. Sie leckte sich über die Lippen und warf den Kopf mit der prächtigen Mähne zurück, bevor sie die langen Beine aufreizend übereinanderschlug. Fehlt nur noch, daß sie die Beine breit macht, dachte Michael gehässig.

»Tut mir leid, daß wir uns verspätet haben«, begann Shay.

»Kein Problem«, säuselte Lila.

»Ich bin auch gerade erst gekommen«, behauptete Michael kühn. Arschlöcher.

»Sehr gut«, nahm Sy die Leitung der Unterhaltung auf. »Also Ricky? Ist mit dem Zoom alles klar?«

Ricky rückte noch näher an Shay und flüsterte ihm etwas ins Ohr. »Mr. Dunn sagt, daß er mit dem Rohschnitt sehr zufrieden ist.«

Michael traute seinen Augen und Ohren kaum. Bevor er etwas sagen konnte, fuhr Sy fort: »Hat Ihnen die Zusammenarbeit mit Carpenter gefallen? Wie ich hörte, ist er ein toller Regisseur.«

Wieder flüsterte Ricky etwas in Shays Ohr. Shay nickte. »Ohne jemanden verletzen zu wollen, sagt Mr. Dunn, daß Bill Carpenter ein Haufen Scheiße ist, der nicht mal mit einer Ampel in der Lage wäre, den Verkehr zu regeln.«

Die Antwort machte Sy sichtlich nervös. Doch er faßte sich schnell. »Ist schon ein Premierendatum festgesetzt?«

Diesmal antwortete Shay, ohne Vorsagen: »Am Weihnachtstag.«

Sy nickte. »Uns hat das Drehbuch von Scraper ausgezeichnet gefallen, nicht wahr, Michael?«

Nun beugte Michael sich zu Sy und flüsterte: »Was zum Donnerwetter soll das alles?« Lila lächelte noch immer. Doch sie verfolgte alles mit Augen, die so alt wirkten wie die der Sphinx.

Sy zuckte die Achseln. »Wir hatten ja noch einige Fragen wegen Buck, der Rolle, die Michael spielen wird.«

»Vielleicht spielt«, verbesserte Michael. Ihm hing dieser Auftritt zum Halse heraus. Warum kam man nicht endlich zur Sache? »Wichtiger ist die Frage der Erstnennung.«

»Das ist vielleicht noch etwas zu früh.« Sy räusperte sich. Michael sah Sy an. Was sollte das nun schon wieder heißen?

»Ich erwarte, zuerst genannt zu werden«, stellte Michael klar.

Rickys Gesicht blieb ausdruckslos. Auch das von Shay. Doch Ricky begann wieder mit seinem unhörbaren Gemurmel. Nachdem er damit fertig war, räusperte sich Shay. »Ohne Gefühle verletzen zu wollen, sagt Mr. Dunn, daß er lieber Michael Jackson ficken würde, als nach Mr. McLain genannt zu werden. Verstehen Sie bitte, daß ich nur für Mr. Dunn spreche, wenn ich das sage…«

Michael stand auf und stieß dabei den Couchtisch um. »Mehr brauchen Sie auch nicht zu sagen. Wenn Mr. Dunn etwa eine Bemerkung machen will, kann er seinen verdammten Mund selbst aufmachen. Wenn ich noch ein Wort von ihnen höre, Sie blutloser Leichnam, breche ich Ihnen alle Knochen im Leib.«

»Nun, nun, wir müssen ja nicht so ausfallend werden. Wir können uns über alles wie vernünftige Leute unterhalten«, versuchte Sy den Schaden zu begrenzen.

Wieder sprach Shay, ohne die Worte souffliert zu bekommen: »Mit Verlaub, Mr. Dunn sagt, daß Sie Ihre Erstnennung haben können, wenn Sie einen Busen haben und fliegen können.«

»Das reicht!« schrie Michael McLain. Er stieß den Tisch aus dem Weg und ging zur Tür.

»Fick dich doch selbst«, meinte Shay noch liebenswürdig.

Lila rannte hinter Michael her. »Das heißt wahrscheinlich, daß ich auch keine Rolle bekomme«, sagte sie, atemlos von dem Lauf. »Weißt du, Michael, ich hab schon immer gewußt, daß dieser Ricky Dunn nichts taugt. Aber du und ich in *Birth of a Star…*«

Michael gab seinen Parkschein dem Boy, bevor er sich Lila zuwandte. »Vergiß es.«

Sie schwieg einen Moment und warf ihr langes rotes Haar zurück. Als ob ihr das noch helfen könnte, dachte Michael angewidert.

»Hör mal, ich dachte, wir hätten das vereinbart, Michael. Wir haben es doch besprochen.«

Sein Testarossa wurde vorgefahren. Michael zerrte den Boy fast aus dem Wagen, so eilig hatte er es, von hier wegzukommen. Da Lila sich über den niedrigen Sportwagen beugte, sagte er nur: »Das, mein Schatz, war nur mündlich.

Immerhin ist es ja nicht so, als hätten wir miteinander geschlafen.« Er trat aufs Gaspedal und preschte davon.

Sy Ortis fragte halblaut: »Sind Sie verrückt, Jahne?«

Er hatte bereits alle halbwegs vernünftigen Argumente erschöpft, um ihr das auszureden, hatte ihr ein halbes Dutzend Faxe geschickt, sowohl ins Studio als auch in ihr Hotel. Am Telefon hatte er ihr eine Strafpredigt gehalten und sie in sein Büro bestellt. Doch sie wollte einfach nicht hören oder nachgeben. Erst hatte Michael die Besprechung mit Ricky platzen lassen, dann hatte er in seiner Verzweiflung die Neuverfilmung machen wollen, ausgerechnet einen Film dieser April Irons, und nun rauschte ihm auch noch diese Person herein und erklärte ihm eiskalt wie ein Daiquiri – erklärte ihm, fragte ihn nicht etwa! – daß sie in *Birth of a Star* mitspielen werde. Ohne ein Wort vorher zu ihm. Kein verdammtes Wort! Er hatte nur die Verträge von April bekommen, und das Ganze war beschlossene Sache. Allerdings eine, bei der er wie der dumme Junge aussah. Auch wenn er die Scheiße von Michael und Ricky schlucken mußte, gedachte er das nicht mit der von Jahne und April zu tun.

Sy griff nach seinem leeren Spray und spielte damit herum, als gebe sie ihm Zauberkraft, mit der sich Jahne Moore forthexen ließ. »Sind Sie verrückt, oder was?« Es gab nur eine Möglichkeit. Er mußte Jahne einschüchtern.

Sie blickte ihn überheblich an. Sie war wirklich eine hochnäsige Person. Von Anfang an. »Ich glaube nicht.«

Sy lachte. »Nein, wahrscheinlich glauben Sie das wirklich nicht. Sie halten sich für zu klug oder zu begabt oder irgendwas anderes Hochgestochenes. Die neue Sarah Bernhardt vielleicht.« Sy war so wütend, daß er nicht aufpaßte und sein Akzent sich bemerkbar machte. »Dann erkläre ich Ihnen mal was. Sie sind nicht hier, weil Sie eine gute Schauspielerin oder weil sie klug oder einsatzfreudig sind oder sonst so ein Mist. Darum geht es gar nicht. Sie haben einfach Glück gehabt. Wahrscheinlich sind sie im Moment sogar eine der drei verdammten Weiber, die auf dieser Erde am meisten Glück gehabt haben. Aber Sie sind verdammt noch mal zu blöd, um das zu begreifen.«

»Das soll wohl heißen, daß Sie *Birth of a Star* für keine gute Rolle halten.«

»Sehr gut. Sarkasmus kann nie schaden. Vielleicht sind Sie auch gar nicht so blöd.« Sy fühlte, wie sich seine Brust zusammenzog. Reiß dich zusammen, befahl er sich, sonst gibst du alles aus der Hand. Du mußt diese Leute einschüchtern, nicht verscheuchen. Trotzdem fand er das alles unerhört. Da wurde er, der Guru auf dem Gebiet von Vertragsverhandlungen, einfach übergangen. Er stand außen vor. Ausgetrickst, nicht von einem seiner Kunden, sondern von zwei. April lachte sich wahrscheinlich ins Fäustchen. Schon allein der Gedanke an die Rivalin schnürte ihm die Brust ein. Wann, zum Teufel, kam diese Sekretärin mit seinem Spray wieder? Gott, diese Weiber!

»Hören Sie auf mich. Dieser Film wird ewig und drei Tage in Vorbereitung bleiben. Es gibt noch nicht einmal ein Drehbuch. Und Sie haben nur zehn Wochen Aufnahmepause bei *Three for the Road*. Der Film braucht mindestens die doppelte Zeit, falls er je abgedreht wird. Außerdem ist er nichts für Sie.«

Da sie schwieg, versuchte er es noch einmal ruhiger, obwohl sein Atem rasselte. »Jahne, ich rede zu Ihnen wie zu meiner eigenen Tochter. Sie können den Kuchen nicht behalten und ihn gleichzeitig aufessen. Die Serie ist die größte Sensation, die uns bisher im Fernsehen widerfahren ist. Sie rettet sogar einen ganzen Sender. Sie stehen jetzt ganz oben. Optimal. Warum wollen Sie das alles wegen *Birth* aufs Spiel setzen? Wie können Sie sich auf etwas einlassen, das noch nicht einmal geschrieben ist? Es gibt kein fertiges Drehbuch. Sind denn alle total verrückt geworden? Warum wollen Sie eine Goldmine für ein Hirngespinst aufgeben?«

Das kleine Miststück lächelte. Gut. Er hatte sie also überzeugt. Heilige Muttergottes, die Frauen bringen mich noch um.

»So sehe ich das nicht.«

»Wie bitte?« Sys Stimme krächzte nur noch. Als Jahne ihn

angerufen und um eine Besprechung gebeten hatte, war er auf so etwas nicht gefaßt gewesen. Wie auch? Urplötzlich erklärte sie, in ihrer Drehpause von *Three for the Road* den Film mit April Irons drehen zu wollen, um dann hinzuzufügen, daß sie noch vier zusätzliche Wochen Fernsehpause benötige. Als ob die Serie warten könnte! Als ob Marty das hinnehmen würde. Als ob der Sender nicht toben würde. Als ob das alles ein Klacks wäre. Sie saß mitten im Goldregen und wollte nun hinter Sys Rücken filmen, noch dazu eine miese Neuverfilmung mit so einem Jungspund von Regisseur.

»Um es ganz klar auszudrücken, Sy: Entweder bekomme ich die vier Wochen frei, oder ich mache Schluß.«

»Wie bitte?« flüsterte er.

»So, wie ich das beurteile, wird es ohnehin von jetzt an bergab gehen. Die Serie lief, weil sie etwas ganz Neues war. Doch in der nächsten Saison ist sie eben nicht mehr neu. Man muß mit Überschneidungen und Wiederholungen rechnen. Wenn ich jetzt aufhöre, ist das aufsehenerregend. Ich höre auf dem Höhepunkt auf. Ganz abgesehen davon ist die Serie nicht das, was ich mir vorgestellt habe. Nur ein Sprungbrett. Diese Pipifax-Dialoge gehen mir auf die Nerven. Ich möchte seriöser arbeiten.«

»Seit wann ist *Birth of a Star* etwas Ernstzunehmendes? Verwechseln Sie es bloß nicht mit Hedda Gabler.«

»Jedenfalls ist es besser als der Mist, den ich jetzt mache. Außerdem ist es ein Film. Vom Fernsehen habe ich die Nase voll. Ich möchte aus dem Flanders-Cosmetics-Vertrag heraus und keine Serie mehr machen.«

Unglaublich! Im ganzen Land würden Frauen ihre linke Brust opfern, um auf diesen Anzeigen zu erscheinen. Und sie wollte die nicht mehr machen!

»Moment mal. Jetzt reden Sie also nicht mehr von einer Verlängerung ihrer Saisonpause, sondern Sie wollen aus der Serie raus.«

»Warum nicht?«

»Warum nicht, fragen Sie? Heiliger Strohsack. Weil man Sie so schnell ersetzen wird, daß in einem Jahr niemand mehr Ihren Namen kennt. Dann taucht er nur noch als Antwort in Trivial Pursuit auf.«

»Kann sein. Aber ich kann mit sehr viel weniger Ruhm leben. Und wenn Sie mir da nicht zustimmen, sollte ich vielleicht Ihre Agentur verlassen.«

Sy stand auf, ging zum Fenster und starrte auf die Autobahn, die in der brütenden Sonne lag. Heiliger Jesus. Nicht die Arschlöcher oder die Rechtschaffenen waren die Nägel zu seinem Sarg, sondern die Talente. Nun rang er wirklich nach Atem. Wie oft kamen diese Weiber ihm noch in die Quere? Crystal Plenum hatte auf diesem *Jack and Jill*-Mist bestanden, der ihre Karriere ruiniert hatte. Sie wurde allmählich zur Zsa Zsa ihres Jahrgangs. Michael machte sich und Sy vor Ricky und Lila Kyle zum Narren. Und nun noch das! Marty würde ihn umbringen, wenn er Jahne verlor. Jahne aber drohte, die Agentur zu verlassen, wenn sie den Film von April nicht drehen durfte.

Er war einer der mächtigsten Männer im Geschäft, und diese Hohlköpfe versuchten ihm weiszumachen, daß sie klüger waren. Sie waren nur so lange klüger, bis sie Schnee von gestern wurden.

Er unternahm einen neuen Anlauf. »Sie wollen also eine Heldin werden? Man hört nicht mitten in einer Gewinnsträhne auf. Die Stadt frißt hübsche Mädchen schneller auf als Reporter eine Gratismahlzeit. Jetzt sind Sie noch begehrt und können alles erreichen. Doch Sie können auch durch eine Jüngere oder einen anderen Typ ersetzt werden, und schon versinken Sie in der Vergangenheit. Dann bekommen Sie nicht mal mehr eine Gastrolle in einer drittklassigen Serie.«

»Sie übertreiben. Mein erster Film ist zwar wichtig, aber er entscheidet auch nicht über Erfolg und Mißerfolg meiner Karriere. Ich wüßte nicht, daß schon mal jemand durch einen einzigen Fehlgriff ruiniert worden wäre?«

»Die Liste ist lang. Suzanne Somers – Sexidol. Hat beim Fernsehen aufgehört. Bekam die nächsten Jahre nicht mal mehr eine Supermarkteröffnung. Shelley Long – stieg aus *Cheers* aus. Nennen Sie mir einen ihrer Filme. Oder Farrah

Fawcett – die heißeste Nummer ihrer Zeit. Plötzlich hört sie beim Fernsehen auf. Niemand zahlt mehr, um sie sich im Kino anzusehen. Filme bergen mehr Risiko. Da müssen die Leute Eintritt bezahlen. Das ist nicht wie beim Fernsehen, wo sie kostenlos einschalten können. In die Reihe gehören auch Michelle Pfeiffer, Melanie Griffith, Kathleen Turner und viele andere. Sie waren ein Jahr lang begehrt. Nicht länger. Nun sind sie in der Versenkung verschwunden.«

»Sie arbeiten alle, Sy. Jede von ihnen.«

Er sah sie angewidert an. »Sie verstehen das scheinbar nicht. Momentan will man Sie sehen. Alle wollen das. Sie können überall hingehen, können jeden kennenlernen, den Sie wollen. Das dauert nicht ewig. Jedenfalls nicht ohne gutes Management und eine Portion Glück. Und wenn es vorbei ist, ist es vorbei, Baby.«

»Ich bin nicht Ihr Baby«, widersprach Jahne kalt.

Sy schwieg. In diesem Augenblick des Schweigens erkannte Jahne, wie sehr er sie verabscheute, ja haßte. Sie fröstelte.

»Ich weiß, daß es Sie im Grunde wenig kümmert, Sy, aber momentan mache ich etwas, was ich gar nicht machen will. Die Serie ist Schrott. Sie hat Stil, ist manchmal komisch, aber sie ist Schrott. Ich möchte wertvolle Arbeit machen. Arbeit, vor der ich Achtung haben kann, und die auch von anderen geachtet wird.«

Sy seufzte, als habe er diesen kindischen Quatsch schon oft gehört. Wahrscheinlich stimmt das sogar, sagte Jahne sich. Sein Beruf erforderte es ja, daß er den Leute etwas aufschwatzte.

Sy sprach nun sehr langsam. »Hören Sie mir gut zu. Jetzt ist das alles anders. Die Sender sind verzweifelt. Fernsehen ist noch immer ein gutes Geschäft. Aber die Konkurrenz wird stärker. Sie müssen sich also um Hits bemühen, sonst passiert es ihnen wie den alten Filmproduktionsgesellschaften. Mit einer Serie, die ein Renner ist, auch wenn sie nur ein kleiner Renner ist, kann ein Sender viel für Sie tun. Vorher und nachher. Durch ihn kann man Sponsoren bekommen. Eine Serie wie Ihre ist ein Geschenk Gottes für Les Merchant. Man wird alles daransetzen, daß Sie den Emmy erhalten. Sie können von denen alles verlangen und werden Unterstützung bekommen. Auch Achtung.«

»Danke, Sy, aber das will ich nicht.«

»Wollen Sie mir sagen, was so ehrfurchteinflößend an einem alten, melodramatischen Film ist, bei dem ein Newcomer Regie führt und den ein Hai produziert? Warum wollen Sie sich das nur antun?«

Als Jahne Sys Zimmer betrat, hatte sie genau gewußt, was sie wollte. Nun wurde sie unsicher. Sie hatte sogar ein wenig Angst. Vielleicht hatte er ja recht? War es möglich, daß sie schon sehr bald wieder zur arbeitslosen Schauspielerin wurde? »Also gut, Sy. Ich mache den Film, aber ich werde die Serie noch nicht verlassen. Und ich schlage Ihnen folgendes vor: Sie sehen zu, daß ich genug Zeit für das Filmen habe. Das müssen Sie bei Marty durchsetzen. Wenn *Birth of a Star* ein Flop wird, bleibe ich. Wenn er zum Renner wird, höre ich bei der Serie auf.«

19.

Sharleen lag auf der Couch in ihrem Garderobenwagen. Sie ruhte sich vor ihrem nächsten Auftritt aus. Sy Ortis saß auf einem Stuhl neben ihr und reichte ihr das, was sie unterschreiben sollte.

Sharleen unterschrieb. Doch als er von einem Filmvertrag sprach, den er für sie ausgesucht hatte, protestierte sie.

»Noch ein Job? Mr. Ortis, ich bin müde. Ich will nicht mehr arbeiten.« Sie wußte nicht einmal, ob sie die zwei Serienfolgen, die noch anstanden, schaffen würde. »Sie haben mir doch damals gesagt, wenn ich diesen Job hier annähme, wäre ich so reich, daß ich nie mehr arbeiten müßte.«

Sy lachte. »Nun, es dauert vielleicht ein bißchen länger, wegen der Steuern und der Honorare für Agenten und Anwälte und so. Außerdem habe ich nicht erwartet, daß Sie so schnell berühmt würden, Sharleen. Man muß das Eisen schmieden, solange es heiß ist. Sie sind jetzt gefragt, und dieser Film wäre super für Ihre Karriere.«

»Aber ich will gar keine Karriere, Mr. Ortis. Außerdem glaube ich, daß Sie damals recht hatten. Mit den Einnahmen aus dieser Show brauche ich nie wieder zu arbeiten.«

»Nur, wenn Sie nicht wie eine Königin leben wollen«, billigte Sy ihr zu. »Dieser Film würde Ihnen das Leben einer Königin ermöglichen, wissen Sie. Er macht sie reicher, als Sie sich das in ihren kühnsten Träumen ausmalen können.«

»Ich bin auch jetzt schon reicher, als ich mir das je hätte träumen lassen.« Sie unterzeichnete das letzte Blatt und gab den Stapel an Sy zurück. »Heute nichts mehr, Mr. Ortis. Ich kann nicht mehr.«

Sy stand auf. »Also gut, Sharleen. Morgen schicke ich Ihnen den Anwalt mit dem Rest. Ruhen Sie sich jetzt aus, bis man Sie ruft.«

Sharleen schloß die Augen. »Danke, Mr. Ortis. Sie sind sehr gut zu mir gewesen.«

Es wurde still um Sharleen. Nur die Klimaanlage summte leise. Sie wollte nicht darüber nachdenken, daß sie Mr. Ortis enttäuscht hatte. Tatsächlich hatte Sharleen in den letzten Monaten sechs Tage die Woche zwölf Stunden täglich gearbeitet. Immer nervös, oft patzend. Es lief besser, seit Jahne ihr half. Anstrengend blieb es trotzdem.

Sie fühlte eine Hand auf ihrem Arm. Doch Sharleen glaubte noch zu träumen. Es gab so viele Hände, die an ihr zogen, hierhin und dorthin...

»Miss Smith, Ihr Auftritt ist in zwanzig Minuten.«

Sharleen öffnete die Augen und sah Ronnie Wagner neben sich. »Ich muß eingeschlafen sein.«

»Kann ich etwas für Sie tun? Vielleicht einen Cappuccino?« fragte Ronnie.

»Ja, das wäre prima.« Sharleen setzte sich und stöhnte leise.

»Fehlt Ihnen etwas, Miss Smith?«

»Nein, ich bin okay. Nur etwas müde.«

Ronnie wollte etwas sagen, doch dann zögerte sie.

Da drängte Sharleen. »Was ist denn los?«

»Die Präsidentin von einem Ihrer Fanclubs ist draußen und möchte mit Ihnen sprechen. Normalerweise würde ich empfehlen, daß Sie mit ihr sprechen. Aber da Sie so müde sind…«

Sharleen schüttelte den Kopf. Von Anfang an hatte sie sich klargemacht, daß das zu ihrem Job gehörte. Mitunter überwältigten sie die vielen Fanclubs jedoch. Meist kamen Teenager und junge Frauen, die Sharleen wie eine Göttin anhimmelten. Sharleen versuchte, zu allen lieb zu sein. »Schon gut, Ronnie. Ich spreche mit ihr auf dem Weg zum Set. Vielleicht darf sie bei der Aufnahme zusehen.«

»Selbstverständlich, Miss Smith.«

Ronnie ließ den Maskenbildner herein, bevor sie ging. Während er Sharleen zurechtmachte, dachte sie über diese Frau nach, mit der sie gleich sprechen mußte. Sie hoffte, daß sie jung war. Die alten machten ihr Angst. Sie wirkten so arm und ausgebrannt, erinnerten sie an Lamson. Sharleen konnte die Begeisterung von jungen Mädchen noch verstehen, die von der Glitzerwelt des Fernsehens fasziniert waren. Die Schwärmerei legte sich ja mit den Jahren. Aber die älteren, die mit den hochaufgetürmten Frisuren, über die die Crew Witze riß, vor denen schauderte es Sharleen. Das waren Frauen ohne Hoffnung.

Als sie den Wohnwagen verließ, machte Ronnie eine Kopfbewegung zu der wartenden Frau und warf den Blick bedeutungsvoll zum Himmel.

Sharleen dachte nur: O Gott! Die Frau war nicht nur älter als alle, die Sharleen bisher gesehen hatte. Sie stand auch auf den Zehen vor Aufregung. Eine völlig heruntergekommene Person. Sie war geschmacklos und billig gekleidet. Die fettigen, gefärbten Löckchen reichten bis zur Schulter. Sie trug eine rosafarbene ärmellose Bluse, die sie fest umspannte. Ein Knopf stand offen. Der viel zu enge gelbe Rock war in der Seitennaht aufgeplatzt. Ein dicker Bauch wölbte den Stoff nach vorn. Zwei tiefschwarze Linien ersetzten die Augenbrauen. Das Rouge auf den Wagen war verschmiert und die Lippen orangerot betont. Die Frau hielt einen ausgebeulten mexikanischen Strohbeutel mit beiden Händen vor dem Körper umklammert. Sharleen blinzelte. Dann erstarrte sie. Die Frau kam auf sie zu. »Hallo, Baby«, sagte sie.

Sharleen antwortete ein wenig später. »Hallo, Momma.«

Sharleen umfaßte die Bibel. Wer hätte vor zwei Jahren gedacht, daß sie im Fernsehen sein würde, sie und Dean ein herrliches Haus haben und sie ihre Momma wiederfinden würden? Gott sei Dank!

Sie hatte ihre Momma gebeten, mit ihr zu kommen. Doch Flora Lee hatte das abgelehnt. »So wie ich aussehe? Nein.« Also hatte Sharleen ihrer Mutter erlaubt, sich in dem Wohnwagen erst einmal frisch zu machen. Dann wollten sie zusammen essen gehen.

Sharleen brannte darauf, Dean die tolle Neuigkeit mitzuteilen. Doch so war es vielleicht besser. So hatte Sharleen die Möglichkeit, sich wieder mit Flora Lee bekannt zu machen, bevor sie ihr gestand, daß Dean... nun, daß er das war, was er Sharleen war. Sollte sie Flora Lee auch sagen, was damals in Lamson passiert war? Wenn es Momma nun für ihre Pflicht hielt, mit diesem Wissen zur Polizei zu gehen? Sharleen hatte mit niemandem darüber gesprochen und auch Dean eingeschärft, den Mund zu halten. Würde er das aber auch Momma gegenüber tun?

Sharleen seufzte. Die Freude versickerte. Und Momma brauchte entsetzlich lang. Sharleen sah wieder in die Bibel. Bestimmt würde Gott Dean verzeihen. Und Momma war auch gut und großzügig und verständnisvoll.

Als Momma mit unsicheren Schritten aus dem Wohnwagen kam, fuhren sie zum Sheraton. Das war ein großes Hotel, aber nicht zu elegant. Sharleen trug ein altes Kleid, das sie von Mai ausgeliehen hatte und einen großen Hut. Dazu eine Sonnenbrille. Das Haar steckte unter einem Tuch, von dem Hut verdeckt. So hoffte sie, nicht erkannt zu werden.

Momma wollte sich gleich in der Lobby in einen Sessel fallenlassen, doch das ließ Sharleen nicht zu. »Suchen wir uns eine ruhigere Ecke.«

»Was hältst du von der Bar?«

»Der Bar?« Sharleen war noch nie in einer Bar gewesen. Momma etwa?

»Dort ist es dunkel und ruhig«, wußte Flora Lee.

Also gingen sie dorthin. Sharleen drängte darauf, die Fragen beantwortet zu bekommen, die ihr auf der Seele brannten. »Wie ist es dir ergangen, nachdem du uns verlassen hast, Momma?«

»Ich bin bis El Paso gekommen. Dort wollte ich auch bleiben. Mich ein bißchen erholen, weißt du. Eine hübsche Stadt, dieses El Paso. Ich habe einen Job auf einem Truckerparkplatz bekommen. Auch einen Platz zum Schlafen, bis ich einen Fahrer kennengelernt habe. Ich hätte schlauer sein müssen. Aber nach deinem Daddy... Nun, der Mann sah ordentlich aus. Er hat mich in Salem, Oregon, sitzengelassen. Ohne einen Penny.« Flora Lee hatte die Nüsse aufgegessen und rief die Bedienung. »Könnten wir noch mehr Nüsse haben und was zu trinken?«

Mit einem gequälten Lächeln bemühte das Mädchen sich um Höflichkeit. »Was möchten Sie?«

»Ginger Ale«, antwortete Sharleen.

»Und mir ein Budweiser Bier bitte.« Flora wandte sich an Sharleen. »Diese Nüsse machen mächtig Durst.«

Sharleen lächelte ihre Mutter an. Doch es fiel ihr nicht ganz leicht. Trank Momma etwa? Das hatte sie früher nicht getan. Allerdings konnte man ihr ein Bier am Ende eines langen Tages wohl kaum verübeln. »Was hast du denn dann gemacht?« wollte Sharleen wissen.

»Ich habe lang gewartet, bis ich aus Oregon wieder zurück ging. Erst wollte ich mich zur Friseuse ausbilden lassen. Das hätte mir das Arbeitsamt auch bezahlt. Aber dann habe ich einen Typen kennengelernt, der für Chrysler arbeitete. Der reiste durch den ganzen Nordwesten und bildete Mechaniker aus. Der hat mich bis Sacramento mitgenommen. Dort haben wir zusammen gewohnt. War richtig prima. Eines Tages begriff ich, daß er eine Frau und vier Kinder in Washington hat.«

»Ach, Momma!« Die Kellnerin brachte die Getränke. Flora trank ihr Bier in drei Schlucken aus, während Sharleen nur an ihrem Glas nippte. Vor einigen Stunden war sie noch froh und dankbar gewesen. Doch Freude und Dankbarkeit zerplatzten wie die Bläschen in ihrem Glas.

Du darfst deine Mutter nicht verurteilen, ermahnte Sharleen sich. Du bist nicht einmal ihr Fleisch und Blut, und trotzdem hat sie dich großgezogen. Wie kannst du es überhaupt wagen, dich zur Richterin aufzuschwingen? Erinnere dich doch an das, was du mit Boyd gemacht hast und wohin das führte. Und Mr. McLain hat dich betrunken gemacht. Momma aber ist am Ende und allein, ohne ihre Kinder. Sie muß schrecklich einsam sein.

Flora Lee redete pausenlos weiter, über einen Mann nach dem anderen, eine Stadt nach der anderen. Sie winkte die Kellnerin wieder heran. »Willst du auch noch was, Sharleen?« Doch Sharleen schüttelte den Kopf. »Nun, ich möchte noch ein Bier, und ich nehme noch einen Kurzen dazu.« Die Kellnerin nickte, Sharleen wußte nicht, was ein Kurzer sein sollte. Das begriff sie erst, als die Kellnerin neben das Bier ein Glas Whisky stellte. Den trank Momma mit einem Schluck aus.

Wieder sagte Sharleen sich, daß man es Momma kaum verübeln konnte, wenn sie ihre Schwierigkeiten mit Whisky fortspülte.

Flora Lee erzählte weiter. Doch nach einem weiteren Bier und noch einem Whisky wurde die Geschichte immer verworrener.

»Hätte ich nur Geld für die Ausbildung gehabt, dann hätte ich mir ein Geschäft aufgebaut und sofort einen Riesenreibach gemacht. Darauf kannst du dich verlassen. Wo ist eigentlich die Kellnerin abgeblieben?«

20.

Wochenlang hatte Lila Ara mit ihren Telefonanrufen wegen *Birth of a Star* genervt. Endlich hatte er vorgeschlagen, sie solle ihn in seinem Büro besuchen. Da wußte sie, daß ihre Zeit gekommen war. Ihre Wünsche gingen in Erfüllung.

Lila zog sich für ihren Termin bei Ara sehr sorgfältig an. Sie trug eisblaue Strumpfhosen. Bis auf die war sie noch nackt, als sie vor dem Spiegel stand. Fast die Hälfte ihres langen Körpers waren Beine. Sie lächelte ihrem Spiegelbild zu. Dann löste sie das Handtuch, das sie um das nasse Haar geschlungen hatte. Es fiel in flammenden Wellen auf ihren Rücken und bildete einen starken Kontrast zu den blauen Strumpfhosen. Die weiße Haut betonte die winzigen erdbeerroten Brustwarzen. Lila betrachtete ihre Brüste kritisch. Sie waren tadellos geformt, doch nicht sehr groß. Momentan waren große Brüste in. Doch jetzt, wo sie berühmt war, wollte sie keine solchen Eingriffe mehr riskieren. Das wäre gefährlich gewesen. Man konnte eine Schönheitsoperation nicht geheimhalten.

Zu einem weißen Seidenshirt wählte sie einen weichen, hellgelben Minirock aus Leder. Unter den unzähligen Schuhen suchte sie ein eisblaues Paar aus Schlangenleder mit acht Zentimeter hohen Absätzen heraus. In den Schuhen konnte sie nicht gut laufen. Auch der Rock war alles andere als bequem. Doch sie hatte ja auch nicht vor, sich viel zu bewegen.

Im Badezimmer kämmte sie ihr noch immer feuchtes Haar. Niemals nasses Haar kämmen, hatte Theresa ihr eingeschärft, sonst bricht es. Behutsam zog Lila den Kamm durch das Haar und setzte sich dann unter die Infrarotlampe, um das Haar vollends trocknen zu lassen.

Als sie zu Ara kam, lächelte der breit. »Sie werden ein großer Star. Einen großen Namen haben Sie schon. Aber nun wird es noch mehr.«

»Entschuldigen Sie, aber das weiß ich alles, Ara. Ich hoffe, das war nicht die Neuigkeit, die Sie mir mitteilen wollten. Sie sagten etwas von einer guten Nachricht.«

»Lila, wo bleibt Ihr Sinn für die Werte? Sie kommen herein, setzen sich und stellen sofort Fragen über Fragen. Seien Sie mal ein bißchen verbindlich. Trinken Sie einen Kaffee mit mir oder ein Glas Wein, damit wir uns unterhalten können.«

»Ara, das ist Showbusiness. Was könnte wichtiger sein? Ihre Gesundheit etwa? Das Wetter? Also, haben Sie eine gute Nachricht für mich oder nicht?«

»Die habe ich. Ich habe für Sie die Hauptrolle in dem Film des Jahres.«

Sie wußte es. Dem Himmel sei Dank. Lila lächelte. »Das ist wirklich eine gute Nachricht. Es ist die Hauptrolle, ja, Ara?« Lila strahlte.

»Ja, die Hauptrolle. Und der Film wird ein Kassenschlager werden. *Princess of Thyme.* Die Thymianprinzessin.«

Lila saß kerzengerade. Nur der Raum schien sich um sie zu drehen. »Princess of Thyme? Ich dachte, wir sprächen von *Birth of a Star*?«

»Wie oft habe ich Ihnen in den letzten Monaten schon gesagt, Sie sollten diese Neuverfilmung vergessen? Die ist nichts für Sie. Es ist gut, daß Sie die Rolle nicht bekommen haben. Die *Princess of Thyme* wird Sie viel größer herausbringen.«

»Ich habe sie nicht bekommen?« wiederholte sie mit hohler Stimme.

»Nein, Lila«, sagte Ara sanft. »Aber ich verspreche Ihnen, daß dieser Film besser ist und wichtiger.«

»Wer hat die Rolle bekommen, Ara?« fragte Lila leise.

»Warum quälen Sie sich so, Lila? Sie sind nicht das Mädchen für diese Rolle. Glauben Sie mir.«

»Ara, ich war nie ein Mädchen. Nennen Sie mich also nie wieder so. Wer hat die Rolle bekommen?«

»Ich glaube, sie ging an Jahne Moore. Lassen Sie sie ihr. Sie sind für Größeres bestimmt.«

Jahne Moore! Lila konnte es kaum glauben. »Sie unbrauchbarer Bastard!« flüsterte Lila. Der Zorn würgte sie. »Robbie hatte recht. Sie taugen nichts mehr. Ich hätte bei Ortis unterschreiben sollen. Dann hätte ich jetzt die Rolle. Statt dessen hat sie diese unerträglich herablassende Kuh.«

»Sie haben die Titelrolle der *Princess of Thyme*, Lila! Der Film wird erfolgreicher als Star Wars. Und Lucas will Sie haben. Es ist schon alles geregelt.«

»Was? Reden Sie von Raumschiffen und solchem Quatsch? Sind Sie übergeschnappt? Ich wollte die Neuverfilmung von *Birth of a Star*. Diese Rolle wollte ich. Wie lang wissen Sie das eigentlich schon?« Am liebsten hätte sie dieses alte Gesicht zerkratzt, den Schnurrbart herausgerissen. Dieser Mann bemühte sich doch gar nicht um sie. Der und ihre Mutter!

»Wann hat Jahne die Rolle bekommen, Ara?« Sie wußte die Antwort schon, beobachtete aber nun gespannt, wie Aras Mundwinkel zuckten.

»So genau weiß ich das nicht«, murmelte er endlich.

»Ungefähr.«

»Lila, ich habe Ihnen den Termin zum Vorsprechen und zu einem Filmtest verschafft. Es hat nicht geklappt. Was spielt es schon für eine Rolle, wann die Entscheidung gefällt wurde? Entscheidungen werden gemacht und wieder verworfen. Ich hatte gehofft, man werde auf Sie fliegen und es sich anders überlegen.«

»Sie hatten Jahne schon ausgesucht, als ich vorsprach. Ich sehe Jahne täglich bei den Aufnahmen, und sie weiß Bescheid. Alle wissen es, außer mir. Das habt ihr nur eingefädelt, um mich zu blamieren. Sie wollten mich beruhigen wie ein kleines Kind. Theresa steckt dahinter, nicht wahr? Sie und Theresa haben das ausgekocht. Was glauben Sie eigentlich, wer ich bin? Eine Puppe?«

»Nein, Lila, bestimmt nicht.«

»Sie war eifersüchtig. Sie konnte nicht zulassen, daß ich eine Rolle bekam, die sie einmal gespielt hatte. Sie konnte es nicht ertragen, mich im Rampenlicht zu sehen. Darum hat sie die Candy gegeben. Candy, nicht mir.«

»Nicht Candy, Lila. Jahne Moore.«

Einen Moment lang schwieg Lila verwirrt. »Das habe ich doch gesagt. Jahne Moore.« Doch sie hatte das eben nicht gesagt. Sie hatte von Candy gesprochen. Allmählich verlor sie den Verstand, und das auch noch vor Ara Sagarian.

»Lila, ich sehe, wie sehr Sie das aufregt. Aber Sie müssen einsehen, daß das nicht die einzige Rolle für Sie sein konnte. Es war nicht einmal eine gute. Der Regisseur ist noch unerfahren, und ich glaube, die Sache ist für ihn eine Nummer zu groß. Neuverfilmungen sind immer riskant, erst recht Neuverfilmungen von Filmklassikern. Bette Davis und Miriam Hopkins sind damit hereingefallen. Und dann Robin Hood.

Sehen Sie sich doch an, was Costner passiert ist, als er versuchte, an Errol Flynns Stelle zu treten.«

»Klar. Er hat damit fünfzig Millionen Dollar verdient.« Sie begann zu zittern und konnte das Zittern nicht mehr beherrschen. Sie wußte, daß sie über Theresa triumphieren mußte, wollte sie von Robbie, Ara und all den anderen freikommen. Doch Ara und ihre Mutter hatten sich gegen sie verschworen. Davon war Lila überzeugt. Vielleicht hatte ihnen Robbie sogar geholfen. Sie waren schuld daran, daß Lila die Rolle nicht bekommen hatte.

»Was hat Ihnen meine Mutter über mich gesagt? Was haben Sie April über mich gesagt?«

»Nichts, Lila. Bitte, Sie müssen…«

»Was hat sie Ihnen gesagt?« Lilas Stimme überschlug sich.

»Lila, das hat nichts mit Theresa oder mir zu tun. Es war einzig und allein der Filmtest. Der hat ihnen überhaupt nicht gefallen.«

Lila flitzte um den Schreibtisch. Sie legte die Hände um Aras Kehle. Mit einem ihrer langen Beine fegte sie alle Papiere und Notizen von der glatten Platte. Ihre großen Hände preßten Aras lederartigen Schildkrötenhals zusammen. »Was hat sie über mich gesagt?« schrie sie. »Was?«

Ara brauchte den restlichen Vormittag zur Erholung. Nachdem seine Sekretärin und zwei Männer Lila von ihm fortgezerrt hatten und Lila von Sicherheitsbeamten vom Grundstück gebracht worden war, hatte Ara einige Tabletten genommen und sich gezwungen, stark gesüßten Tee zu trinken. Seine Kehle schmerzte. Er hatte darum gebeten, nicht mehr gestört zu werden. Er lag auf seiner Couch im Büro und litt unter den Nachwehen dieses Überfalls. War diese Frau wahnsinnig? Kräfte besaß sie wie ein Stier. Eine gefährliche Frau. Ara schüttelte den Kopf. *Ench bede nem?* fragte er sich. Was sollte er tun?

Ara war nicht mehr der Jüngste. Gerade jetzt fühlte er jedes seiner vierundachtzig Jahre. Vielleicht hatte sein Arzt recht, und es wurde für ihn Zeit, sich zurückzuziehen. Er hatte ein Haus in Palm Springs. Das lockte ihn. Denn er war zu alt und zu müde, um sich weiter mit all den Exzentrikern herumzuschlagen. Vielleicht blieben ihm ja noch zehn Jahre. Dann könnte er in der Sonne sitzen und es genießen, daß er den armenischen Holocaust und Hollywood überlebt hatte. Er könnte einige Runden Golf spielen und Wiedersehen mit Frank und Johnny und seinen anderen Freunden feiern.

Doch der Gedanke, das alles aufzugeben, verursachte ihm körperliche Übelkeit. Über fünfzig Jahre lang hatte er davon gelebt, Geschäfte zu machen. Er hatte den Niedergang der Studios überlebt. Stets war es ihm gelungen, seine Macht und seinen Einfluß zu mehren. In letzter Zeit hatte er einige Kunden an solche Haie wie Ortis verloren. Doch er war noch immer ein hochgeachteter Mann, noch immer ein Spieler und noch immer ein Mensch, der Abwechslung brauchte.

Lila Kyles Auftritt ging allerdings zu weit. Das Mädchen war geistesgestört. Schlimmer noch als die Crawford. Und für Lila hatte er Theresa, eine alte Kundin, aufgeben müssen! Dabei hatte er Lila von dem Moment der Vertragsunterzeichnung an nicht mehr kontrollieren können. Er hätte ihr nie diesen Termin für *Birth* verschaffen sollen. Nicht einmal besänftigen hätte er sie sollen. Wie bei vielen dieser Stars zählten für Lila nur ihr Ego und ihr Ehrgeiz.

Die Party war vorbei. In gewisser Hinsicht mußte Ara dem Mädchen wohl dafür danken, daß es ihm diese Erkenntnis erleichtert hatte. Er würde sich zurückziehen und das Leben genießen. Kein Bedauern. Nur Erleichterung.

Das Telefon klingelte. Er griff nach dem Hörer. Wen stellte seine Sekretärin denn jetzt durch?

»Ara, es tut mir leid, daß ich Sie stören muß, aber das scheint wichtig zu sein. Es geht um Michael McLain. Er ist hochgradig aufgeregt und behauptet, er müsse Sie so schnell wie möglich sehen. Er erwägt, den Agenten zu wechseln.«

Ara tupfte sich über die Mundwinkel. Michael war sein Star, sein Schützling gewesen, seine Erfolgsstory. Doch Michael hatte ihn vor neun Jahren auf der Höhe seines Ruhmes verlassen und war zu Sy Ortis gewechselt. In letzter Zeit hatte man Ara zugetragen, daß das Verhältnis zwischen den beiden gestört war. Kehrte der verlorene Sohn etwa zurück?

Konnte er Michael McLain unter Vertrag nehmen und ihn Sy Ortis wegnehmen? Das würde doch jedem beweisen, daß Ara Sagarian noch immer jemand war, der hoch zu pokern verstand. Ara seufzte. Du wärst besser in Palm Springs aufgehoben. Warum gibst du's nicht auf?

Ench bede nem?

Plötzlich lächelte er. »Sagen Sie ihm, er kann vorbeikommen. Es wäre mir eine Freude.«

21.

»Ich bin todmüde«, klagte Sharleen, als sie am Abend endlich gehen durften. »Kann ich trotzdem noch eine Minute mit dir sprechen?« Auch Jahne war müde bis auf die Knochen. Doch Sharleen tat ihr leid. Sie wirkte nicht nur erschöpft, sondern auch verstört.

»Gehen wir in meinem Wohnwagen.« Sie setzten sich in den engen Wohnbereich.

»Geht dir hier auch manches auf den Geist?« fragte Sharleen und machte eine alles umfassende Bewegung.

»Meinst du die Serie?«

»Die Serie, die vielen Menschen, die Fans, als Gefangene im eigenen Haus festzusitzen. Das alles.«

»Allerdings.«

»Das ist doch verrückt!« fuhr Sharleen fort. »Leute, die du gar nicht kennst, suchen deine Bekanntschaft. Verwandte, die du seit Jahren nicht gesehen hast, tauchen auf. Angebliche Freunde bitten dich um irgendeinen Gefallen. Außerdem bringt es mich auf die Palme, daß ich keine echten Freunde habe. Ich meine, ich habe ja dich und Mr. Ortis. Der ist wirklich nett zu mir. Aber die Crew benimmt sich so komisch. Als wäre ich plötzlich die Königin von England. Ich habe das mit Barry so gemacht, wie du mir geraten hast, und es hat geklappt. Er hat sich nie mehr über mich lustig gemacht. Wohl fühle ich mich nicht dabei. Diese Leute haben ihr Leben lang fürs Fernsehen gearbeitet. Wissen die denn nicht, daß das alles nur Schein ist, ohne was dahinter? Lieber Gott, wenn die es schon nicht wissen, muß ich ja fürchten, daß ich mich eines Tages selbst für eine Königin oder so was halte.«

»Vielleicht sollten wir beide einmal einkaufen gehen, Sharleen«, schlug Jahne vor, weil Sharleen so unglücklich wirkte. »Wir haben ja jetzt unsere Sicherheitsleute.«

»Gut. Sehr lustig wird es nicht sein, mit diesen Kerls im Nacken«, fand Sharleen. »Daß ich nun ein Star bin, hat mir nur Probleme eingebracht, keinen Spaß.« Sie dachte an Momma, die aus dem Nichts aufgetaucht war und daß das keineswegs erfreulich war. Doch darüber wollte sie mit Jahne lieber nicht sprechen.

Sie setzten sich in den rückwärtigen Teil des Restaurants. Jahne hätte gern einen Fenstertisch genommen, mit Blick auf Melrose. Aber nach dem intensiven Gespräch mit Gerald La Brecque wußte sie, daß sie sich damit nur Ärger einhandelte. Also deponierten Sharleen und sie ihre Einkäufe neben sich und setzten sich so, daß sie das Restaurant im Rücken hatten.

Jahne war müde, hungrig und durstig. Sie beschloß, trotz der Kalorien, ein Bier zu trinken. »Ich nehme ein Beck's«, bestellte sie bei dem Kellner. Er erkannte sie sofort, ließ sich das aber nur sekundenlang anmerken. Ein Kellner in L.A. mußte diskret sein.

»Ja, Madam«, sagte er. »Und Sie, Miss Smith?«

»Ich auch.« Sharleen glühte vor Aufregung über ihren Einkaufsbummel. »Ach, Jahne, ich glaub es gar nicht, daß es solche Sachen gibt. Wie hast du die Geschäfte nur gefunden? War dieses rosa Ensemble nicht süß? Und erst dieser Lederladen! Mir hat dieser knallrote Lederbikini mit den Fransen am besten gefallen. Du, kann ich dich mal was fragen?«

»Frag nur«, antwortete Jahne.

»Machst du dir Sorgen um dein Aussehen? Weißt du, Lila ist so wahnsinnig hübsch und so. Aber sie scheint ewig Angst um ihr Aussehen zu haben.«

Jahne hätte fast laut gelacht. »Klar mache ich mir Sorgen.«

»Du auch?«

»Moment mal, Sharleen. Machst du dir etwa welche? Du bist doch in jeder Hinsicht unübertrefflich. Deine Haut, dein Haar, deine Augen, alles. Sharleen, da wäre jede Sorge total überflüssig.«

Sharleen errötete. »Jedenfalls reiche ich an Lila nicht heran.«

Jahne war entsetzt. Sie drei, die reizendsten und begehrenswertesten Frauen des Landes, glaubten nicht an ihr gutes Aussehen. Sharleen war eine natürliche Schönheit. Dennoch fühlte sie sich unvollkommen. Die schönste von ihnen allen, Lila, war wohl auch die, die sich am unsichersten fühlte. Eine traurige Bilanz.

»Wie geht es mit deinen Plattenaufnahmen voran, Sharleen?«

»Alle behaupten, ich könne singen, was Quatsch ist. Aber was soll's? Zumindest ist das Album fast fertig. Dann kann ich mich eine Weile richtig ausruhen. Dean und ich besorgen uns einen Wohnwagen und fahren nach Yellowstone oder vielleicht nach Montana. Wir nehmen die Hunde mit und natürlich die Sicherheitsleute. Und du? Was machst du?«

»Wahrscheinlich einen Film.«

»Du willst in den Ferien arbeiten?« Sharleen faßte das nicht. »Mr. Ortis will mich auch zu einem Film überreden, aber das mache ich nicht mit. Bist du denn nicht müde?«

»Doch. Aber den Film will ich machen.«

»Mann, mit einem Film und einer Fernsehserie bist du dann wirklich ganz oben.«

Jahne lachte. »Berühmter als wir sind, können wir nicht werden. Wenn der Film gut läuft, komme ich wahrscheinlich gar nicht zu *Three for the Road* zurück.«

Sharleens Hochstimmung sank in sich zusammen. »Bitte nicht! Ach, Jahne, du darfst mich nicht mit Lila alleinlassen. Die macht mich doch fertig.«

»Ich bitte dich! Wir müssen alle abgebrühter werden. Sag ihr einfach, sie soll abzischen. Du bist eine erwachsene Frau, kein kleines Mädchen mehr. Also nimm deinen Mut zusammen und wehre dich. So, wie du angegriffen wirst.«

Nach dem Essen mit Sharleen entließ Jahne die Sicherheitsbeamten und fuhr zu Mais Wohnung, um mit Mai die Garderobe für den nächsten Tag zu besprechen. Bei Mai gab es keinen Pförtner. Jahne konnte unbelästigt in das zweistöckige Gebäude mit den dunkelgrünen Rolläden gehen und an Mais Tür klopfen.

Mai freute sich über Jahnes Besuch. »Geht's Ihnen gut? Sie sehen so aus.«

»Ja.« Das stimmte auch. Denn endlich winkte das Ende der Einsamkeit. Das Mittagessen mit Sharleen hatte ihr gefallen, nun machte ihr der Besuch bei Mai Freude. Außerdem stand der Lunch mit Sam bevor.

»Setzen Sie sich.« Mai wies auf einen Stuhl. Sie bewohnte drei große Zimmer, alle blitzsauber, alle vom Boden bis zur Decke weiß gestrichen. Die wenigen Polstermöbel waren mit weißem Leinen bezogen. Durch die Rolläden wurde der Sonnenschein gefiltert. Außer großen Farngewächsen in weißen Übertöpfen gab es keinen Zierat. Nichts hing an den Wänden, keine Andenken standen herum. Trotzdem wirkten die Räume warm.

»Sie wohnen sehr... originell, Mai. Das paßt zu Ihnen.«

Mai holte zwei Gläser aus dem Schrank. »Wenn man jung ist, ist man originell. Ist man alt, nennt man das überspannt. Aber mir gefällt es eben. An sich liebe ich Farben und Gemälde und Kunstgegenstände. Doch ich sehe sie mir lieber im Museum an. Das Leben ist leichter, wenn man wenig hat, um das man sich kümmern muß.« Sie goß Bier in ein Glas und wollte schon das zweite füllen, da hielt Jahne sie auf: »Nicht für mich. Ich muß ab- und nicht zunehmen.«

Mai brachte ihr eine Flasche Wasser. »Seit zwölf Jahren esse ich jeden Abend das gleiche. Ein kleines Steak und einen Salat ohne Salatsoße. Was habe ich alles verpaßt: Lohnt das denn den Ruhm?«

»Wenn das die einzige Begleiterscheinung des Ruhms wäre, sicher nicht.«

»Was wollen Sie denn noch? Sie sind berühmt, werden sehr reich sein und sind noch jung und gesund.«

»Ich wollte nie berühmt sein, und das Geld war mir auch

nicht so wichtig. Ich wollte und will noch immer filmen. Ich möchte etwas schaffen, auf das ich stolz sein kann.«

Mai gab zu bedenken: »Eine berühmte und schöne Frau bekommt eine Art Eigendynamik. Sie wird in ihren Handlungen eingeschränkt, sie kann nicht mehr beliebig Freundschaften schließen. Schon jetzt richten sich zuviele Blicke auf Sie. Fremde werden Sie lieben. Doch manchmal werden Ihnen Freunde fehlen. Und haben Sie sich schließlich daran gewöhnt, eine Göttin zu sein, droht immer der Absturz. Es gibt viele Beispiele für junge Sterne, die erst strahlend aufleuchten und dann verglühen. Wieviele Frauen sind über Jahre hinweg berühmt geblieben? Kaum fünf. So schwer ist es, berühmt zu bleiben. Nutzen Sie die Zeit also gut, Jahne. Es kann sein, daß sie nicht lang dauert.«

22.

Wie alles in Los Angeles war auch das Museum hier anders als sonstwo. Das Getty-Museum lag in der Mitte der Küstenstraße. Wollte man es besuchen, mußte man sich anmelden. Das hatte Jahne nicht gewußt. Fast hätte sie zurückfahren müssen. Denn die Anmeldung galt nicht etwa für das Betrachten der Kunstschätze, sondern für einen Parkplatz. Glücklicherweise erkannte der Parkwächter sie und wies sie auf einen der Sonderparkplätze, die man für Prominente bereithielt. Der verblüfften Jahne erklärte er, daß das Museum in einer exklusiven Wohngegend lag, und die Eigentümer der Villen diese Regelung durchgesetzt hatten, damit ihnen die Museumsbesucher nicht die Straßen zuparkten.

Eine schmale Treppe führte zu einem Garten, der in den Klippen angelegt war. In perfektem Hollywoodstil gab es eine nachgemachte pompeijanische Villa mit dorischen, ionischen und korinthischen Säulen. Auch das typisch für Hollywood: Warum nicht gleich alle drei Formen von Säulen verwenden? Auf originalgetreue Nachbildungen legte man keinen Wert. Blendend weiße Mauern, auch die mit Säulen verziert, säumten die Kolonnaden um den Garten, in dessen Mittelpunkt ein riesiger Schildkrötenteich lag. Jahne setzte die Sonnenbrille auf, weil das Licht zu stark reflektierte. Das Teehaus befand sich im westlichen Teil des Gartens. Doch bevor sie dorthin ging, machte sie sich noch einmal frisch.

Mai hatte ihr eine Jacke genäht, die sie wie ein Handschuh umschloß. Der Blusenausschnitt reichte so tief, daß man den Einschnitt des Busens sah. Jahne wußte, daß sie einen legeren Eindruck machen mußte. Lässig und doch topschick. Darum hatte sie sich auch für Jeans zu der Jacke entschlossen. Jahne zog noch einmal die Lippen nach. Sie hatte nur einen Hauch Lidschatten verwendet. Zusammen mit den farblich passenden Kontaktlinsen konnte sie zufrieden sein.

Sam erhob sich, als er sie näherkommen sah. Sie setzte sich Sam gegenüber, dankbar, daß der Tisch im Schatten lag.

»Eine tolle Umgebung«, fand sie.

»Verstehen Sie viel von Kunst?« fragte Sam.

»Nun ja, ich kann Jan van Huysum von Jan Vermeer unterscheiden«, meinte sie wegwerfend.

Sie bestellten Eistee und Salate. Sam gratulierte ihr noch einmal zu der Emmy-Nominierung. Sie unterhielten sich ungezwungen. Sam hatte sich kaum verändert. Er war höchstens schlanker geworden und trug sein Haar kürzer. Die Sonne hatte seine Haut gebräunt. Wie sehr ich diese schmale, sensible Hand liebe, dachte Jahne.

Er nahm ihre Hand. »Sie sind ja kalt!« rief er.

»Das sagen mir viele Männer. Aber ich dachte, bei dir, bei dir sei es anders.«

Er starrte sie an. Denn er erkannte das Zitat aus *Jack and Jill*. Jahne lachte, und Sam stimmte in ihr Lachen ein. Sie bewunderte seine kräftigen weißen Zähne, die sich vorteilhaft gegen die Sonnenbräune abhoben. Ihr fielen sogar die Sehnen an seinem Hals auf, die sich beim Lachen bewegten. Nichts entging ihr.

»Ihr Test hat mich begeistert«, sagte er. »Es war... so neu. Und nicht nur das. Intelligent und von Herzen kommend.« Sie errötete. »Ich habe mir den Streifen sicher hundertmal angesehen. Einfach unheimlich. Sie haben mich an jemanden erinnert. Aber ich war mir nicht sicher.«

Jahne beschloß, das Thema zu wechseln. »Ich freue mich auf die Rolle der Judy. Wie entwickelt sich denn die Arbeit an dem Drehbuch?«

Sam lächelte nicht mehr. »Es kommt allmählich voran. Es ist ein großartiges Thema. Liebt eine Frau einen Mann um seines Erfolges oder um seiner selbst willen? Und kann ein Mann sich selbst noch achten, wenn er versagt?«

»Komisch, daß Sie das sagen. Ich dachte, der Film handle von Neid. Judy liebt James, neidet ihm seinen Erfolg aber nicht. Als sie Erfolg hat, beneidet er sie so sehr, daß der Neid seine Liebe erstickt, falls er sie je geliebt hat.«

»Eine interessante Auffassung.« Er sah sie nachdenklich an. »Neigen Sie zu Neid?«

»Eigentlich nicht.« Die Frage überraschte sie, doch sie wußte, daß sie nicht gelogen hatte. »Das hängt wahrscheinlich damit zusammen, daß ich meine Erwartungen sehr niedrig ansetze.«

»Ich bin genau das Gegenteil davon. Wenn ich über den Triumph eines anderes Regisseurs lese, ist mein erster Gedanke: Warum hast du das nicht so gemacht? Warum bist du nicht an seiner Stelle?«

»Damit machen Sie sich das Leben schwer.« Jahne trank einen Schluck Tee. Die Unterhaltung verlief sehr viel besser als erwartet. Es gelang ihr, verführerisch und reserviert zugleich zu sein. Eine tödliche Mischung. Sie lächelte, als sie sich fragte, ob sie ihn ermuntern würde, falls er sich in sie verlieben würde.

»Sie sind bildschön«, sagte er. »Gerade dieses Lächeln kommt bei der Probeaufnahme so glänzend heraus.«

»Ich war nervös«, gestand sie ihm.

»Das hat man nicht gemerkt. April und ich waren fasziniert.«

Jahnes Lächeln erlosch. Da war es wieder. Bildete sie sich das nur ein oder bestand wirklich mehr als nur eine berufliche Beziehung zwischen April und Sam? Er sprach weiter, doch Jahne hörte kaum zu. Warum hat Sam mich eingeladen? Ist das eine Höflichkeitsgeste, ein Arbeitsessen oder mehr? fragte sie sich.

»Es heißt, das würde die *Pretty Woman* dieses Jahres.«

»Hoffentlich nicht. *Pretty Woman* ist ein Film über eine Prostituierte im Glück. Hoffentlich hat dieser neue Film mehr Substanz.«

Das brachte Sam in Verlegenheit. »Sie nehmen sich sehr ernst.«

»Wer soll denn neben mir spielen?« fragte sie.

»Wir dachten an Michael Douglas, aber er ist zu jung.«

»Dafür ein großartiger Schauspieler. Ich würde sehr gern mit ihm arbeiten.«

»Was halten Sie denn von Paul Newman? April findet, er ist zu alt, aber sie glaubt, ihn dafür interessieren zu können.«

»Das wäre traumhaft!«

»Können Sie sich eine überzeugende Liebesszene mit ihm vorstellen?«

Jahne lachte. »Testen Sie mich!«

»Nur zu gern.« Er lächelte. Jahnes Herz klopfte wie wild. »Ich sage Ihnen, wo ich Bedenken habe«, gestand er. »In meiner Vorstellung ist Judy keine schöne Frau. Und ich denke mir, daß Sie als häßliches Mädchen vielleicht nicht überzeugend genug sein können.«

Sie lachte. Einen beängstigenden Augenblick lang fürchtete sie, sie würde nicht wieder aufhören können zu lachen. »Ich werde es üben«, brachte sie schließlich hervor.

»Fein.« Er sah auf seine goldene Rolex. »Das war reizend, aber ich muß wieder an mein Drehbuch. Darf ich Sie zu Ihrem Wagen bringen?«

»Nein, ich möchte mich noch im Museum umsehen.«

Er küßte sie auf die Handfläche und ging davon.

Jahne blieb noch sitzen. Flirtete Sam nur routinemäßig? Sie wußte die Frage nicht zu beantworten.

Jahne dachte an die harten Jahre in New York, die vielen Operationen, das Fiasko mit Pete und an die peinliche Affäre mit Michael McLain. Nachdem sie die Rolle eigentlich nur übernommen hatte, um mit Sam arbeiten zu können, schienen Sam und April noch immer ein »Wir« zu sein.

Jedenfalls war Jahnes Leben nicht länger leer und grau, sondern bunt und üppig wie ein Gemälde. Doch wie einem Bild fehlte Jahnes Leben der Bezug zur Wirklichkeit.

23.

Sharleen litt unter ihrem anstrengenden Tagesablauf. Noch in der Dunkelheit mußte sie das warme Bett verlassen. Sie suchte ihre Kleider zusammen und zog sich im Badezimmer an. Dean schlief indessen weiter.

Sharleen fehlte der innere Friede. Auch wenn sie im Bett lag, fand sie oft keinen Schlaf. Sorgen wurden zu ihren ständigen Begleitern. Sie hatte noch immer Angst, träumte noch immer von Daddys Tod und daß die Polizei ihr und Dean auf die Spur kommen könnte. Sie sorgte sich darum, daß sie ihren Text vergaß oder sich auf andere Weise blamierte oder den Laufpaß bekam. Sie sorgte sich um die dämliche Platte. Doch am meisten Kopfzerbrechen bereitete ihr ihre Momma. Bisher hatte sie Dean noch kein Wort von ihr gesagt. Das Komische an der Sache war, daß sie immer gebetet hatte, ihre Stiefmutter wiedersehen zu dürfen, damit sie ihr Glück mit ihr teilen und auch einen Teil der Last auf sie abwälzen konnte, weil sie sich von ihrer Momma Schutz und Trost erhoffte.

Inzwischen achtete Sharleen genauer auf das, worum sie den lieben Gott bat, denn er erhörte ihre Gebete zu oft. Sharleen betrachtete sich im Spiegel. Sie sah verheerend aus. Die schlaflosen Nächte hatten Spuren in ihrem Gesicht hinterlassen. Sie hätte sich Jahne gern rückhaltlos anvertraut. Doch dazu schämte Sharleen sich zu sehr. Sie füllte das Waschbecken mit eiskaltem Wasser und tauchte ihr Gesicht hinein. Das brachte Farbe auf ihre Wangen, und die Schwellung unter den Augen ging zurück.

Das wiederholte sie, warf aber zusätzlich Eiswürfel in das Becken. Dabei dachte sie über Flora Lee nach. Warum hatte sie zur Flasche gegriffen? Denn sie war eindeutig alkoholabhängig. Damit kannte Sharleen sich aus. Ihr Daddy war das beste Beispiel gewesen. Momma war einfach fortgegangen, hatte die beiden Kinder dem Trunkenbold überlassen und nichts unternommen, um die Jugendlichen später zu sich zu holen und sich um sie zu kümmern. Sie hatte nur getrunken.

Das schmerzte, besonders auch wegen Dean. Denn Dean war Flora Lees Baby, und er war ein so lieber Kerl. Wie konnte man so einen Sohn im Stich lassen? Obwohl Dean nicht der Gescheiteste war, wußte Sharleen, daß auch Dean sich diese Frage stellen würde.

Sie hob ihr Gesicht aus dem eiskalten Wasser. Plötzlich fiel ihr ein, daß sie ja gar nicht drehten. Es war einer der wenigen Tage, an denen sie frei hatte. Allerdings mußte sie heute diesen Auftrag für Dobe erledigen. Seufzend begriff sie, daß sie sich das Eiswasser hätte sparen können.

Bei all ihren Sorgen hätte Sharleen den Termin bei der Zollauktion fast vergessen. Sharleen konnte von Glück sagen, daß der freie Tag mit dem Auktionstermin zusammenfiel. Sie hatte Dean eingeschärft, niemandem zu sagen, wo sie an diesem Morgen war.

Mit einer schwarzen Langhaarperücke, einem geblümten Kopftuch darüber, großer Sonnenbrille à la Jacky Onassis, einem zerknautschten Trenchcoat aus dem Fundus und Deans ausgebeulten Cordhosen würde sie nicht erkannt werden.

Sie ließ sich zum Federal Building fahren. Dort folgte sie den Hinweisschildern zu der Versteigerungshalle. Sie trug sich unter falschem Namen ein. Niemand nahm Notiz von ihr. Um sie herum herrschte lautes Stimmengewirr. Sie erhielt einen Zettel mit Anweisungen und eine Katalog über die Artikel, die zur Versteigerung gelangten. Sharleen blätterte in dem Katalog nach der Nummer 604. Sie hatte Angst. Denn sie hatte keine Ahnung, was sie ersteigern sollte. Tat sie etwas Illegales? Sharleen mochte Dobe sehr, doch sie wußte auch, daß er kein sonderlich honoriger Geschäftsmann war.

Sharleen schwitzte. Sie fürchtete sich davor, verhaftet zu werden. Nun trug sie nicht nur die Verantwortung für Dean, sondern auch für Momma, die sie vorerst mit Geld für eine

Wohnung und für die Ausbildung zur Friseuse versorgt hatte. Wenn man nun aber von Daddy erfuhr! Sharleen betete das Vaterunser und zur Sicherheit noch den Psalm 23. Seufzend blätterte sie in dem Katalog.

Sie hatte die Beschreibung des Artikels noch nicht gefunden, als der Auktionär die Nummer aufrief. Er eröffnete mit hundert Dollar. Sharleen erstarrte. Sie wußte nicht, was sie tun sollte. Also tat sie nichts. Dobe hatte ihr gesagt, sie dürfe höchstens fünfundsiebzig Dollar ausgeben.

Als keine Gebote gemacht wurden, ging der Auktionator auf fünfzig Dollar zurück. Also hatte Sharleen es richtig gemacht. Ihre Handflächen wurden feucht. Nun mußte sie die Hand heben. Doch ihr Herz klopfte zu schnell. Überall standen Sicherheitsbeamte. Endlich hob Sharleen die Hand.

Ihr Gebot wurde genommen. Der Auktionator sprach weiter. Sharleen beherrschte nur der Gedanke, daß sie Dobe versprochen hatte, für ihn dieses Geschäft zu tätigen. Wenn da Drogen drin sind, Dobe, schwor sie ihm im stillen, und ich ins Gefängnis muß, werde ich wahnsinnig wütend.

Schließlich bekam sie den Zuschlag für sechzig Dollar. Niemand achtete auf sie. Es wurde bereits die nächste Nummer aufgerufen. Sharleen ging nach vorn und bezahlte. Sie gab einer gelangweilt dreinsehenden Frau das Geld, erhielt ihre Empfangsbestätigung und Anweisungen, wie und wann die Sachen abgeholt werden mußte. Erst auf der Empfangsbescheinigung las sie, was sie ersteigert hatte. Es verschlug ihr den Atem. Denn wer kaufte 837 Paar Schuhe, und zwar ausschließlich linke?

24.

Neil steckte eine Münze in den Fahrkartenautomaten und ging in dem Bus nach hinten, als dieser sich schaukelnd in den Verkehr einfädelte. Er nahm den einzigen freien Sitz und war froh, daß er nicht stehen mußte.

Naserümpfend machte Neil sich klar, daß er vergessen

hatte, wie die Leute rochen, die Busse und U-Bahnen benutzten. Als er New York den Rücken kehrte, hatte er geglaubt, nie wieder mit öffentlichen Verkehrsmitteln fahren zu müssen.

Doch seither hatte dieses Luder von der Vetternwirtschaft dafür gesorgt, daß er die kleine Rolle verlor. Nun mußte er wieder Taxis fahren, statt sich als Fahrgast transportieren zu lassen.

Dabei mußte er noch dankbar sein, daß er kein Taxi fuhr, das Kunden aufsammelte, wenn sie mitgenommen werden wollten, sondern nur auf Bestellung. Doch meist hatte er nicht etwa feine Leute in seinem Taxi, mit denen man sich hätte unterhalten können, sondern Vietnamesen, die er nach ihren Reinigungsarbeiten in Büros nach Hause fuhr. Die Reinigungsfirmen zahlten die Taxigebühren. Manchmal mußte er auch einen abholen, der zu betrunken war, um noch selbst fahren zu können.

Sehr oft fuhr er in den Osten von Los Angeles. Dort zahlte es sich aus, die Augen offen zu halten. Jeden Augenblick konnte man von Verzweifelten wegen ein paar Dollar oder einer Packung Zigaretten überfallen werden. Er hatte von seinen Kumpels schon Horrorgeschichten gehört.

Neil nahm diese Geschichten sehr ernst. Er wußte, wie gefährlich die Stadt sein konnte. Er wußte, wie schnell man alles verlieren konnte. War er nicht selbst seiner Würde und seines Jobs beraubt worden? Neil kannte sich inzwischen ganz gut aus.

Was Neil nicht gewußt hatte, bevor es ihm seine Kumpels sagten, war, daß sie alle Waffen trugen. Manche hielten sie beim Fahren in der Hand. Neil scheute noch davor zurück. Doch er zog es in Erwägung.

Der Gedanke beruhigte irgendwie. Er beschloß Roger nachher darüber auszufragen. Falls Roger sich mit ihm in Verbindung setzte.

Die fünfzehn Kilometer bis zur Garage dauerten über eine Stunde. Neil hielt es für das langsamste Bussystem des Landes. Warum hätte man es allerdings auch verbessern sollen? Es wurde ja nur von den Illegalen und den Armen benutzt,

Leuten, die für einen Hungerlohn schafften, wenn sie das Glück hatten, überhaupt Arbeit zu finden. Neil war umgeben von fetten Weibern und Männern mit unsteten Blicken. Niemand war glücklich.

Neil fühlte mit ihnen. Doch er hatte selbst genug Sorgen. Er verließ den Bus an seiner Haltestelle und machte sich auf den Weg zu der Garage und seiner Zwölfstundenschicht. In den letzten drei Nächten hatte er nichts von Roger gehört. Davor in zwei Nächten hintereinander. Beide Male hatte Roger über das Funktelefon im Auto den Kontakt zu Neil aufgenommen.

An sich zweifelte Neil, daß Roger Mudd wußte, mit wem er sich unterhielt. Roger mochte gehört haben, daß Neil ihn respektierte, wie er seine Karriere aufgebaut hatte und so. Vielleicht hatte Roger darum Neil in seinem Taxi direkt angefunkt und ihm gesagt, er wisse eine Möglichkeit, wie Neil sich aus dem ganzen Schlamassel befreien konnte.

Das Taxi, das Neil an diesem Abend übernahm, roch unangenehm nach exotischer Kost. Nicht mexikanisch. Dieser Geruch kam eher aus einem Wüstenzelt. Ranziger Kohl über Kameldung gegart. Es fragte sich nur, wie die Araber in diesem Land an Kameldung kamen.

Neil kurbelte das Fenster hinunter, damit die Luft zirkulieren konnte. Doch aus Erfahrung wußte er, daß man diesen Gestank nicht loswurde. Der klebte an der Polsterung. Scheiß-Iraner! Sollten sie sich doch an ihren internationalen Terrorismus halten, dachte Neil. Davon verstehen sie mehr als von der Kocherei.

Sein Radio knackte. Neil hörte eine Stimme. Er drehte auf volle Lautstärke und meldete seine Position. Dann fuhr er zu Century City, wo er auf seinen nächsten Einsatz wartete. Er wartete und wartete, stellte den Motor ab, legte den Kopf zurück.

Irgendwann in der Nacht kam wieder eine Stimme über das Radio. Sie klang vertraut.

»Roger, ich höre dich, sprich weiter«, sagte Neil. Neil hörte zu, während Roger ihm die ganze Geschichte erzählte. Wie er wieder übergangen worden war, und das nur, weil ihm die richtigen Familienbeziehungen fehlten. Daß sein Ur-Urgroßvater der Arzt gewesen war, der John Wilkes Booth, den Mörder Abraham Lincolns, behandelt hatte, und der die gleichen Probleme hatte. Daß die Arschlöcher dieser Welt alle zu einem Privatclub gehörten, der ihnen Sonderrechte und Rabatte auf jeden Scheiß einräumte. Daß die Reichen und Promis irgendwann die Kleinen verschlucken würden, obwohl die sich nur dagegen wehrten, weiter herumgeschubst zu werden. Roger sprach auch über Lila Kyle und die beiden anderen hübschen Frauen, die über Neil gelacht hatten.

Neil hörte zu. Er hielt die Augen geschlossen. Dann erklärte Roger alles: Wenn man keinen Vater hat, dem der Sender gehört und sonstige Beziehungen, oder wenn man nicht extrem gut aussieht, wird man an die Wand gespielt. Doch Roger gedachte jetzt Neils Beziehung zu werden. Roger wollte alles in die Hand nehmen.

Erst als Roger ihm sagte, was zu machen sei, öffnete Neil wieder die Augen. Gerade, als er sich die Anweisung wiederholen lassen wollte, damit er nur ja keinen Fehler beging, brach die Verbindung ab. Neil drehte an seinem Gerät. Vergeblich. Frustriert fragte Neil sich, ob Roger das alles ernst gemeint haben konnte. Neil beschloß, seine Kumpels zu bitten, ihm das zu besorgen, was er für seinen Auftrag dringend brauchte.

Neil fühlte sich nun nicht mehr allein.

25.

Tante Robbies Anruf wunderte Lila nicht. Sie hatte nur nicht so bald damit gerechnet. »Häng nicht auf«, flehte er sofort. Doch das hatte Lila auch gar nicht vor. Sie war zu Tode gelangweilt und brauchte Ablenkung.

Genau wie Robbie danach gierte, an dem Glamour teilzuhaben, brauchte Lila Robbie oder irgendeinen anderen als Zuschauer oder Zeugen. Interviews, Fanpost, Angebote, Einladungen, Publicity verloren an Reiz, wenn man niemanden damit beeindrucken konnte. Darum hatte Lila nicht vor, das Gespräch mit Robbie abzukürzen. Doch leicht wollte sie es ihm auch nicht machen. Sie brauchte ihn nur, damit er ihrem neuen Superplan zustimmte.

»Ich dachte, Lila... Ich meine, wir sind schon seit vielen Jahren befreundet. Eigentlich seit du ein Baby warst. Es ist doch dumm, wenn wir uns streiten. Ich bin dir nicht böse.«

»Was soll das überhaupt? Was spielt es für eine Rolle, ob du mir böse bist oder nicht?«

»Nun ja, ich meine nach unserem Krach und so. Ich trage dir nichts nach.«

»Warum solltest du das auch?« staunte sie.

»Du hast mich immerhin rausgeworfen.«

»Das hast du dir selbst zuzuschreiben, Robbie.«

Darauf schwieg er eine Minute. »Zugegeben, ich hätte nicht von deiner Mutter anfangen sollen. Aber deine Reaktion war nun wirklich etwas übertrieben.«

»Warum rufst du mich überhaupt an? Um mir zu sagen, daß ich dir Unrecht getan habe? Das ist nicht gerade schlau, wie? Denn nicht ich war diejenige, die unrecht hatte.« Lila wollte Robbie unbedingt vor sich im Staub wissen. Allerdings mußte das bald sein. Lange hatte sie nicht Lust, Robbie zuzuhören. Wenn er nicht mehr zustande brachte, würde sie auflegen.

Robbie jedoch begriff, was von ihm erwartet wurde. »Tut mir leid, Lila.«

»Was tut dir leid, Robbie?« Sie fragte wie ihre Mutter, damals als Lila noch klein gewesen war, wenn sie etwas ausgefressen hatte. Dann mußte Lila sich immer bei den beiden Puppen entschuldigen. Theresa bestand darauf, das kleinste Vergehen breitzutreten.

»Lila, das ist nicht leicht...«

»Da kann ich dir nicht helfen.«

Sie wartete, bis Robbie tief Luft holte. Dann redete er sehr schnell. »Es tut mir leid, daß ich meine Grenzen überschritten habe, Lila. Ich hätte nicht versuchen sollen, dich zu manipulieren. Du hast schon recht. Theresa hat sich alles selbst zuzuschreiben. Das sehe ich jetzt ein. Verzeihst du deinem alten Tantilein?« fragte er in dieser Babysprache, was Lila auf den Tod nicht leiden konnte.

Doch sie imitierte Robbie höhnisch. »Aber das Tantilein war ein böses Tantilein. Es muß bestraft werden, findest du nicht auch, Robbie?«

»Tante Robbie muß bestraft werden, Lila. Was soll sie denn tun?«

Pause. Schließlich wurde Robbie nervös. Er begriff, daß das kein neckisches Geplänkel mehr war. »Was willst du also, Lila?«

»Candy.«

Robbie lachte erleichtert. »Ach, du meinst diese Süßigkeiten! Eine Schachtel Pralinen. Eine Fünfpfundschachtel. Dann können wir eine ganze Nacht lang zusammen Pralinen essen.«

»Nein, Robbie. Ich meine Candy und Skinny.« Lila machte wieder eine Kunstpause. »Eine Entführung. Du weißt, wo die beiden Puppen sind, Robbie. Das kannst also nur du machen.«

»Nein, Lila. Deine Mutter würde…«

»Die ist mir scheißegal.«

»Lila, ich bitte dich!«

»Es ist mir ernst, Robbie.«

»Warum nur, Lila?« Robbie war den Tränen nahe. »Wozu brauchst du die? Du weißt, was das bei…« Er bremste sich rechtzeitig, bevor er Theresas Namen aussprach. »Also gut, ich werde es machen.«

»Braves Tantilein«, lobte Lila.

»Jetzt mußt du mir aber einen Gefallen tun, Lila.«

Herrgott, begriff der denn gar nichts? »Nein, nein, nein! So läuft da nichts, Tante Robbie. Erst den Preis bezahlen. Dann kannst du mich um einen Gefallen bitten.« Sie legte auf.

Das ist eine gute Strafe, fand Lila. Die wird ihm deutlich zeigen, wo sein Platz ist. Außerdem bringt es ihn automatisch auf Theresas Liste unerwünschter Personen. So geht man mit Verrätern um!

Lila lächelte.

26.

Nach dem Fiasko mit Ricky Dunn beschloß Michael McLain zu handeln. Er unterschrieb also den Vertrag für *Birth of a Star*, den er von April Irons bekommen hatte. Anschließend schickte er den unterschriebenen Vertrag an Sy Ortis. Der würde natürlich wütend sein. Doch Michael wußte, daß er auch einen anderen Agenten nehmen konnte. April Irons kannte sich in ihrem Geschäft aus. Der alte Film war ein Klassiker gewesen. Sie zahlte ein gutes Honorar, und sie wollte Julia Roberts für die weibliche Hauptrolle engagieren. Michael handelte also entgegen Sys Warnungen, indem er unterschrieb, obwohl es noch kein fertiges Drehbuch gab.

Danach bekam er Gewissensbisse. Denn wenig später brachte ein Bote das Drehbuch. Er sah hinein und schleuderte es wütend in eine Zimmerecke. Er hatte schon Schund gelesen. Er hatte sich Schund angesehen. Aber er hatte noch nie Schund gespielt. Und das war totaler Schund. Michael sah voraus, daß ihn das weiter zurückwerfen würde als es Redford damals mit *Havana* passiert war. Plötzlich begriff er, daß er Sys Rat hätte folgen und diesen verdammten Film mit Ricky Dunn hätte drehen müssen. Er hätte den Wermutstropfen schlucken und Ricky den Vorrang lassen müssen. Das alles hatte er aus der Hand gegeben.

Mit Mühe riß er sich zusammen. Das Drehbuch war also Mist. Soviel stand fest. Es lohnte nicht, länger darüber nachzudenken. Wenn das das einzige war, was mit dem Film nicht stimmte, mußte er sich noch nicht aufregen. Drehbücher ließen sich ändern.

Eigentlich machte Michael sich die Konsequenzen seines Handelns erst klar, wenn es zu spät war. Erst wenn er in der Falle saß, sah er die Nachteile. In diesem Fall stimmte wenigstens das Honorar. Außerdem war es die erste Rolle nach eineinhalb Jahren. Nachdem er das Projekt mit Ricky Dunn ein für allemal verloren hatte, brauchte er unbedingt eine Filmrolle.

Dann ging es um den Regisseur. April hatte Sam Shields über den grünen Klee gelobt. Sam hatte jedoch auf Michael keinen nachhaltigen Eindruck gemacht. Für Michael war Sam Shields nur einer, der in New York nicht mal am Broadway gewesen war, und das zeichnete ihn kaum als Top-Mann aus. Irgendwie hatte es Sam geschafft, sich bei April einzuschmeicheln und mit ihr *Jack and Jill* gemacht. Die Kritiken waren gut gewesen. Er hatte auch Geld verdient. Man hörte seinen Namen oft in Hollywood. Doch was Michael anlangte, hatte der Typ sich nur ins richtige Bett gelegt. Damit wurde man noch kein Regisseur. *Jack and Jill* galt als kleiner Film. *Birth of a Star* war ein großer.

Ein mieses Drehbuch, ein mittelmäßiger Regisseur. Zumindest die Stars zählten zur ersten Sahne. Michael und Julia Roberts. Ihr Comeback und seins. Auch wenn diese Romanze, die sich zwischen Mai und September abspielte, sehr an *Pretty Woman* erinnerte, machte das nicht viel. *Pretty Woman* war immerhin beim Publikum glänzend angekommen. Julia Roberts oder Michael brauchten keinen Topregisseur. Julia brauchte sich nur vor der Kamera zu bewegen, schon verliebten sich alle in sie. Obendrein besaß sie schauspielerische Qualität und arbeitete effektiv. Obgleich Sam Shields also kein toller Regisseur sein mochte, glaubte Michael fest daran, daß er und Julia – nach einigen Änderungen im Drehbuch – dieses *Birth of a Star* ganz gut durchziehen konnten.

Michaels Stimmungsbarometer stieg etwas. Er holte das Drehbuch aus der Zimmerecke, blätterte es durch und schlug die Seite auf, die er angekreuzt hatte. Er griff nach dem Telefonhörer und rief April zu Hause an. Er kannte sich in diesem Spiel aus: Erst den Trainer anrufen und flotte Sprüche klopfen.

April hob ab, und Michael senkte die Stimme zur tiefstmöglichen Baritonlage. So begann er neckisch: »Sag mir etwas richtig Gemeines, damit mir das Blut stockt.«

»Du bist ein mieser Schauspieler, Michael. Ist das gemein genug?« Ohne auf eine Antwort zu warten, fuhr sie fort: »Also, um was geht es Michael?«

»Julia Roberts. Sie hat doch für *Birth of a Star* unterschrieben, nicht wahr?«

»Das habe ich nie gesagt, Michael, nur, daß sie im Gespräch war.«

»Moment mal! Die Dreharbeiten sollen in zwei Wochen anfangen und du hast sie noch nicht unter Vertrag?«

»Wir haben gefunden, daß du so eine starke Persönlichkeit bist, daß Julia zuviel des Guten wäre. Wir brauchten ein neues Gesicht, jemand, der für dich das perfekte Gegengewicht abgibt.«

Hatte er das nicht geahnt? Nach zwanzig Jahren in diesem Geschäft besaß Michael McLain einen eingebauten Scheiße-Anzeiger. Er stand jetzt knöcheltief in der Scheiße und sank noch tiefer. »So, und wer ist das?« fragte Michael.

»Das wird dir bestimmt gefallen, Michael. Es ist Jahne Moore.«

Michael schwieg lange. Das war einfach verdammt noch mal zuviel. Ihn mit dieser Fernsehhure zusammenzubringen! »Du irrst, April. Das gefällt mir ganz und gar nicht. Jahne Moore ist doch ein Niemand!« entsetzte er sich.

»Und ich dachte, du wärst begeistert. Sie ist der Renner des Monats, schön, verhältnismäßig unbekannt im Film, und ihr beiden habt...«

»Sie ist ein Leichtgewicht, April. Fernsehen. Alles wird an mir hängen. Ein neuer Regisseur...«

»Neu nun nicht, Michael. Er hat mir viel Geld mit *Jack and Jill* eingespielt.«

»Du hast gut verdient, weil du praktisch nichts investiert hast. Shields hat kein Geld eingespielt. Das waren die Buchhalter. Und jetzt gibst du ihm – wieviel? Ein Vierzigmillionen-Budget? Und ein dummes Lieschen vom Melrose Playhouse als meine Partnerin!«

Michael verlor die Beherrschung. Er schrie: »Jetzt verstehe ich. Ein Drama aus dem wirklichen Leben. Verblassender Filmstern, junge unbekannte Fernsehschöne. Perfekt für dich, April. Aber ich gedenke nicht die Last dieses verdammten Films allein zu tragen, April. Ich werde das verdammt noch mal nicht tun.«

»Das brauchst du auch nicht, Michael. Du brauchst nur jeden Tag zu erscheinen und den Regieanweisungen zu folgen. Die Verantwortung für den Film trage ich. Damit das ganz klar ist: Ich bin die Produzentin, du der Schauspieler. Und dein Vertrag ist wasserdicht. Es wurde keine Zustimmung zur Besetzung vereinbart. Also schlage ich vor, daß du pünktlich erscheinst. Anderenfalls bereite dich auf Verhandlungen mit unseren Anwälten vor. Okay?«

April unterbrach die Verbindung, bevor Michael noch etwas sagen konnte.

Sy Ortis und Michael McLain saßen am besten Tisch im »Via Veneto«. Michael hatte die Stimme erhoben. Er sprach entschieden zu laut für ein Lokal, in dem das große Geld, und zwar das ganz große Geld, verkehrte.

Seit zwanzig Minuten haderte Michael wegen seiner Rolle in der Neuverfilmung. April hatte ihn mit Julia Roberts geködert und ihm dann Jahne Moore aufgehalst. Michael beschwerte sich nun über das Drehbuch, über den Regisseur, der ihm zuwider war, und verlangte von Sy, ihn aus dem Vertrag herauszupauken.

Sy hörte nur zu. Er wußte seit über einem Monat, daß Jahne die Rolle bekommen hatte. Michael hatte einen Fehler begangen, indem er Sy von seinen Gesprächen mit April erzählte. Nun gönnte Sy ihm die Enttäuschung.

»Sie müssen mich da einfach rausholen. Diese Scheiße mache ich nicht. Ich denke nicht daran.«

Das war typisch für Michael. Er benahm sich wie ein Kind.

»Leider werden Sie das müssen. Da hängt viel Geld dran. Und wenn Sie einen Rückzieher machen, werden Sie zur Kasse gebeten.«

»Sagen Sie ihnen, daß ich krank bin.«

»Auch wenn sie das glauben würden, wäre es im Handumdrehen in der Branche bekannt. Erinnern Sie sich noch, was solche Gerüchte aus Burt Reynolds' Karriere gemacht haben? Sie bekämen auch bei einem nächsten Film Schwierigkeiten mit einer Versicherung. Wenn es überhaupt einen nächsten Film gäbe.«

»Was soll das nun schon wieder heißen?«

»Michael, Sie haben sich das selbst eingebrockt. Nun müssen Sie damit fertigwerden. Ich habe Sie vor dem Film gewarnt. Ich habe Sie gebeten, die Finger davon zu lassen. Genau wie ich Ihnen zugeredet habe, nicht auf einer Erstnennung bei Ricky Dunn zu bestehen.«

»Also gut, holen Sie mich aus der Scheiße raus, dann mache ich den Dunn-Film.«

»Dazu ist es zu spät. Eastwood hat schon unterschrieben.«

»Verdammt noch mal, Sy. Sie müssen eine Lösung finden. Es ist mir ernst.«

»Soll das eine Drohung sein, Michael? Wollen Sie mir drohen, meine Agentur zu verlassen?«

»Genau. Und wenn Ihnen das nicht paßt, Sy, wissen Sie ja, wo die Tür ist.«

Darauf hatte Sy nur gewartet. Michael beendete seine Tiraden stets so. Meist wechselte Sy einfach die Taktik und lenkte ihn ab. Diesmal handelte er anders.

Er legte die Gabel hin, schluckte den letzten Bissen seines Kalbsfrikassees hinunter, wischte sich den Mund ab und erklärte: »Es war mir ein Vergnügen, Michael. Tut mir leid, daß das zwischen uns nicht geklappt hat. Doch ich akzeptiere Ihre Entscheidung.« Er schob den Stuhl zurück und stand auf.

Michael riß die Augen auf. »Was... was... Wohin gehen Sie denn?«

»Zur Tür. Endlich weiß ich, wo die ist, nachdem Sie mich jahrelang darauf hingewiesen haben. Also, muchas gracias, daß Sie mich gefeuert haben, Michael. Das erspart mir, Ihnen kündigen zu müssen. Adios amigo!«

27.

Betrübt stellte Jahne fest, daß dem Drehbuch von *Birth of a Star*, das ihr durch Boten zugestellt wurde, keine persönliche Notiz von Sam beilag. Doch was hatte sie eigentlich erwartet? Einen Heiratsantrag?

Jahne war gereizt. Sie hatte den Tag mit endlosen Kosmetik- und Pflegeterminen vergeudet. Erst eine Gesichtsbehandlung, dann drei Stunden bei Antonio, der die grauen Strähnen durch schwarze und blaue ersetzte und einige andere Glanzlichter in ihr Haar mogelte. Das war jedesmal eine Tortur wegen der Narben, die unter ihrem Haar versteckt waren. Ihr Friseur hatte sie natürlich gesehen und ihr zugezwinkert. Sie hatte ihm hundert Dollar Trinkgeld gegeben und hoffte, er werde den Mund halten. Dieses Trinkgeld bekam er bei jeder Sitzung. Anschließend hatte Jahne zwei Stunden mit Arno, ihrem Trainer, gearbeitet, der sie für unzureichend trainiert hielt. Anschließend mußte sie sich für ein Interview mit Melinda Bargreen, einer Journalistin aus Seattle, fertigmachen und ein Haus besichtigen. Denn 480 Dollar pro Tag im Hotel waren ein allzu stolzer Preis für die Sicherheit.

Nach dem Interview verbrachte Jahne also drei anstrengende Stunden auf einer Tour mit Roxanne Greely, Immobilienmaklerin der Stars. Roxanne erklärte Jahne, daß man unter Umständen etwas für siebenhundertfünfzigtausend Dollar finden konnte, daß etwas Hübsches jedoch weit über zwei Millionen koste. Jahne gedachte bei so verrückten Preisen nicht mitzumachen.

Erst am Abend in ihrem Hotelzimmer fand Jahne wieder Ruhe. Sie genoß ein ausgiebiges Bad. Brewster Moore hatte sie zwar davor gewarnt, mehr als drei Minuten im Wasser zu bleiben, weil das die Hautschichten angriff. Doch darauf achtete Jahne an diesem Abend nicht. Sie schüttete sogar eine großzügig bemessene Portion Flanders-Badesalz ins Wasser – auch etwas, was Brewster nicht erlaubt hatte. In der Wanne schlug sie das Drehbuch von *Birth of a Star* auf und begann zu lesen.

Als sie bis Seite 37 gekommen war, klingelte neben ihr das Telefon.

»Was halten Sie davon?« fragte Sam ohne Einleitung.

Als wären sein Anruf und die Frage das Natürlichste der Welt, antwortete sie: »Ich bin erst auf Seite siebenunddreißig. Bisher gefällt es mir. Der Anfang ist brillant.«

»Wie ich. Was halten Sie von einem Drink?«

»Heute abend? Tut mir leid, ich bin total fertig. Und freue mich darauf, mit dem Drehbuch ins Bett zu kriechen.«

»Ich beneide das Drehbuch. Wie wäre es mit einem Abendessen morgen?«

Also hatte er beschlossen, sich weiter vorzutasten – vom Mittag- auf das Abendessen.

»Vor Donnerstag ist nichts drin. Auch dann bin ich erst ab neun Uhr frei.« Sie bedauerte diese Zusage sofort. Noch immer machte sie es ihm zu leicht. Sie hätte ihm eine Abfuhr erteilen sollen.

»Gut. Ich hole Sie im Hotel ab.« Jahne wußte nicht, warum sie sich darauf einließ. Wenn sie mit Sam arbeiten wollte, und das wollte sie ja, bedeutete das nicht automatisch Besuche in Kunstmuseen und Abendessen zu zweit.

Jahne las den zweiten Akt von *Birth of a Star*. Die Liebesszene. Der Atem stockte ihr, denn das Drehbuch verlangte, daß sie hüllenlos gespielt wurde! Jahne war entsetzt, als sie eine der Regieanweisungen las:

Nahaufnahme: Er umfaßt ihre Brust. Langsamer Schwenk. Seine Hand gleitet von ihrem Knöchel zum Knie, von da aus zu ihren Schenkel.

Wenn ich das gewußt hätte! Stöhnte sie lautlos. Der Schweiß brach ihr aus. Sie war zu aufgeregt, als daß sie noch die Qualität der Szene hätte beurteilen können. Sie wußte nur, daß sie das nicht spielen konnte. Nicht mit ihrem Körper, nicht mit den Narben.

Sam mußte das ändern. Anders ging es nicht. Darauf würde sie bestehen.

Selbstverständlich war Jahne nicht die erste Schauspielerin, die sich dagegen wehrte, nackt vor die Kamera zu treten. Keine Frau, von Exhibitionistinnen einmal abgesehen, machte das gern. Doch Jahnes Vertrag verlangte nichts Derartiges von ihr.

Den Rest des Manuskripts las sie wie unter Schock. Ihr Urteilsvermögen setzte aus. Sie bereitete sich auf eine heftige Auseinandersetzung am Donnerstagabend vor.

Das Restaurant, das Sam ausgesucht hatte, war die kalifornische Version einer Sushi-Bar. Kalkig weiße Wände, schwarze Tische und Stühle, eine lange schwarze Theke mit

Sushi-Köchen auf der einen Seite und den Menüs auf der anderen. Die meisten Gäste trugen dem Stil des Restaurants Rechnung und waren weiß oder schwarz gekleidet. Das Publikum war eine Mischung aus lässigen jungen Leuten und älteren, die zum Film zu gehören schienen und Armani-Anzüge bevorzugten. Das Lokal war voll, die Tische standen dicht, der Geräuschpegel war entsprechend.

Sam wurde mit Namen begrüßt. Als Jahne erkannt wurde, entstand ein kurzes Schweigen, wie sie es schon kannte. Sie fürchtete, sich nie an die Begleiterscheinungen ihres Ruhms gewöhnen zu können.

Sam bestellte Sake. Jahne probierte das Getränk, das in schwarzen Keramiktäßchen serviert wurde, mochte den Reiswein jedoch nicht.

Da Sam sie intensiv musterte, fragte sie direkt: »Stimmt etwas nicht?«

»Sie erinnern mich an jemanden.«

Die Selbstdisziplin half ihr. »Na so was!« Sie vertiefte sich scheinbar gelassen in ihre Speisekarte. Das Haar fiel ihr ins Gesicht.

»Nicht!« Er schob das Haar zurück. »Ich möchte Sie ansehen.« Jahne betrachtete ihn unter halb geschlossenen Lidern hervor. Er hat es gesehen, dachte sie. Endlich hat er mich erkannt. Was passiert nun?

»Jetzt weiß ich es!« rief er triumphierend. »Die junge Vivien Leigh!«

Jahne entspannte sich wie nach einer großen Kraftanstrengung. Doch sie fühlte sich schwach.

»Wie fanden Sie das Drehbuch? Übrigens, hätten Sie etwas dagegen, wenn wir uns duzten?« Sie schüttelte den Kopf. »Ich brenne darauf, dein Urteil zu hören.«

»Nun…« Sie mußte jetzt über die Nacktszenen sprechen.

»Es gefällt dir nicht? Du findest es schrecklich!«

»Nein, nein. Es gibt nur gewisse Einschränkungen.«

»Du mußt das verstehen. Es war nicht einfach, die Vorlage zu modernisieren. Im wesentlichen ist es ja die Geschichte eines sadistischen Mannes und einer masochistischen Frau. Ein altmodisches Melodram.«

»Altmodisch? Ich finde es ziemlich aktuell.«

»Du bist mein Tod. Erst Michael McLain, dann du.«

»Was ist mit Michael McLain?«

»Er beschwert sich auch. Er will kein degenerierter, abgewrackter Star sein. Ich weiß nur nicht, warum er dann die Rolle übernommen hat.«

»Michael?« wiederholte Jahne fassungslos.

»Ja, Michael McLain. Er spielt mit dir. Hat dir April das nicht gesagt?«

»Das letzte, was ich über meinen Partner hörte, war, daß du Paul Newman für die Rolle gewinnen wolltest.«

Sam sagte eindringlich: »April wollte Michael, ich wollte Newman. Da haben wir gehandelt. Ich bekam dich, sie McLain. Freut es dich nicht, mit Michael zu spielen? Er ist für die Rolle des James ideal geeignet. Und angeblich seid ihr beide einander doch schon nähergekommen. Ich dachte, du wärst außer dir vor Freude.«

Natürlich! Sam hatte Jahne mit Michael zusammen gesehen und nahm an, daß sie noch ein Verhältnis hatten. Darum verhielt Sam sich wohl auch so zurückhaltend. Denn auch das gehörte zu Sams Eigenarten: Er konkurrierte nicht gern mit einem anderen um eine Frau.

Doch Jahne fragte sich, wie sie mit Michael zusammenarbeiten sollte. Sie fragte sich auch, wie sie es ertragen konnte, Sam mit April Irons flirten zu sehen.

»Ich bin nur so überrascht. Das ist es«, entschuldigte sie sich lahm. »Ich freue mich wirklich, Sam, und bin geehrt.«

Es fiel ihm nicht auf, wie betroffen sie war. Doch sobald er sich in seine Aufgabe vergrub, hatte er für etwas anderes keine Augen mehr.

»Außerdem gibt es ein Problem. Ich kann diese Nacktszene nicht spielen«, stieß sie hervor.

Er lachte. »Na und? Eine Bagatelle.«

»Nicht für mich«, widersprach sie steif.

»Ich bitte dich! Wenn du dich nicht ausziehen willst, nehmen wir ein Double. Kein Problem. Die Nahaufnahmen kann ich hineinschneiden.«

»Warum sind die Szenen überhaupt nötig?«

»Weil es eine Liebesgeschichte ist.«

»Aber keine Sexgeschichte.«

»Das ist modern. Nimm *Basic Instincts*.«

»Warum wird Michael McLain nicht nackt gezeigt? Ist das nicht modern?«

»Du kennst die Antwort so gut wie ich. Männer mögen das nicht. Frauen stört es nicht. Männer sehen nicht gern andere nackte Männer.«

»Warum nicht?«

»Was weiß ich? Frag Neil Jordan. Wahrscheinlich wollen sie sich nicht mit anderen vergleichen müssen. Vielleicht fürchten sie sich vor ihren eigenen homosexuellen Gefühlen, oder der Anblick löst bei ihnen Schamgefühle aus.«

»Und wenn Frauen sich ihrer Nacktheit schämen, ohne daß es dazu die passenden männlichen Nackten gibt?«

»Ich habe diese Welt nicht geschaffen. So ist es eben. Eine nackte Frau ist schön, ein nackter Mann beleidigend.«

»Meiner Ansicht nach geht es tiefer. So kann man die Frauen beherrschen. Man kann ihnen zeigen, wie vollkommen sie eigentlich sein müßte. Man verwendet ihre Körper, um etwas zu verkaufen: eine Ware, einen Film oder einen Gedanken. Und man kann ihnen beibringen, sich selbst zu verkaufen, wie du es mit mir machen willst.«

Er faßte nach ihrer Hand. Doch sie zog sie zurück.

»Ich merke deutlich, daß du mich magst, Jahne. Du wehrst dich dagegen, doch das Gefühl ist da.«

»Natürlich mag ich dich. Du bist mein Regisseur.«

»Ich meine nicht auf beruflicher Basis. Ich meine, daß du mich selbst magst. Und du beeindruckst mich stark. Du bist eine Persönlichkeit und eine sehr ungewöhnliche Frau. Nicht nur schön, sondern voll präsent und intelligent. Das bekommen wir alles geregelt. Ich habe für deine Befürchtungen Verständnis. Doch ich wünsche mir sehr, daß du mich gern hast, mir vertraust.«

Sie sah in sein schmales sonnengebräuntes, gutgeschnittenes Gesicht. Er war noch immer der bestaussehende Mann, den sie kannte. Sein Intellekt und seine Dynamik wirkten auf sie so verführerisch wie früher. Sie errötete und senkte den Blick – zufällig traf er auf seinen Schoß. Hatte er da etwas in der Tasche, oder freute er sich so über ihre Gesellschaft? Sie wandte sich ab. Trotz des Lärms in dem Restaurant hörte sie Sams Atem und ihren eigenen. Sie wünschte sich, nur eine Stunde lang neben ihm zu liegen.

Wieder griff er nach ihrer Hand. Diesmal zog sie sie nicht fort. »Ich beschütze dich. Laß mich nur machen. Ich bin ein guter Regisseur, und ich liebe meine Schauspieler. Vertrau mir, Jahne.«

»Ich will es versuchen«, versprach sie.

28.

Sharleen ließ ihre Hausangestellte das Haus für den Besuch ihrer Momma besonders gründlich putzen. Alles blitzte. Nur die Schachteln standen noch herum, die Sharleen für Dobe ersteigert hatte. Noch immer rätselte sie, was er mit diesen linken Schuhen anfangen wollte. Ein Trick wie die Benzintabletten? Dobe, wehe, du benutzt mich für etwas Ungesetzliches! dachte sie.

Sharleen blätterte in einem Katalog. Dean spielte mit den Hunden. Nicht zum erstenmal blickte Sharleen auf die Uhr. Sie hatte den Wagen zu Momma geschickt. Um sieben wollte sie da sein. Nun war es fast acht. Das Essen war längst geliefert worden. Eine Stunde Verspätung! Sharleen machte sich Sorgen. Sie wollte nicht, daß das erste Wiedersehen zwischen Momma und Dean getrübt wurde.

Es war schon genügend schiefgegangen. Flora Lee hatte zwar das Geld genommen. Doch statt dafür eine bessere Wohnung zu beziehen, wie Sharleen gehofft hatte, wohnte Flora Lee noch immer im miesen Osten von Los Angeles. Zweimal hatten sie sich schon mit ihr verabredet. Beide Male war sie nicht erschienen. Am nächsten Tag hatte sie Sharleen unter Tränen angerufen und behauptet, sie schäme sich, ihrem Baby wieder unter die Augen zu treten.

»Glaubst du, Momma wird mich wiedererkennen?« fragte Dean.

Bevor Sharleen die Frage beantworten konnte, meldete der Sicherheitsmann an der Pforte, daß er Flora Lees Wagen die Zufahrt gestattet hatte. Sharleen atmete auf. Sie ging mit Dean zur Haustür. Mit Hilfe des Fahrers stieg Flora Lee aus. Es gelang ihr sogar, gerade zu stehen. Bei Sharleens Anblick quiekte Flora und lief mit ausgebreiteten Armen auf sie zu, als hätte sie Sharleen seit Lamson nicht mehr gesehen. Dann stolperte sie. Sharleen konnte gerade noch verhindern, daß sie stürzte. Flora Lee richtete sich auf, als sei nichts geschehen. Flora Lee hatte getrunken! Das erklärte auch die Verspätung.

»Wo ist denn mein kleiner Junge?« kreischte sie und ging mit unsicheren Schritten auf das Haus zu, an Dean vorbei. Er folgte ihr. »Hier bin ich, Momma.« Schwankend durchquerte sie das Wohnzimmer. Bei seinen Worten breitete sie erneut die Arme aus.

Doch Dean wich zurück. Er musterte seine Mutter von Kopf bis Fuß. Flora Lee hatte sich bemüht, dem besonderen Ereignis gerecht zu werden. Der Versuch war mißlungen. Sie wirkte lächerlich. Flora Lees Haar war diesmal zwar sauber, aber viel zu gelb gefärbt. Das grellgrüne Kleid hatte zu viele Rüschen. Sie trug zuviel Modeschmuck. Eine Wolke von billigem Parfum umgab sie. Die glänzenden, hochhackigen gelben Schuhe machten ihren Gang noch unnatürlicher.

Flora Lee umarmte Dean, bevor Sharleen ein Wort vorbringen konnte. »Mein kleiner Junge, mein Baby!« Flora Lee preßte ihr Gesicht an seinen Hals und weinte. »Du bist so groß geworden, daß ich dich nicht erkannt habe. Momma ist nun zu Hause, Baby. Momma ist zu Hause.«

Dean rührte sich nicht. Er hatte Momma zuletzt im Alter von sechs Jahren gesehen. Er suchte Sharleens Blick. Sekundenlang sahen sie sich an.

Sharleen führte Flora Lee zur Couch. »Bleib hier, während Dean und ich in der Küche alles fertigmachen. Wir sind gleich zurück, okay?«

»Findet ihr nicht, daß wir auf das Wiedersehen anstoßen sollten?« schlug Flora Lee vor.

»Gleich, Momma.« Sharleen führte Dean in die Küche.

»Das ist nicht Momma«, behauptete Dean, kaum daß die Küchentür hinter ihnen zugefallen war.

»Natürlich ist sie es.«

Dean schüttelte den Kopf. »Ich erinnere mich doch, wie Momma gerochen hat. Und die riecht nicht wie Momma.«

»Weil die Menschen sich verändern. Sie ist auch nicht mehr so jung wie damals. Erinnerst du dich noch an deinen ersten Schultag? Da hat Momma dich zur Schule gebracht.«

»Klar. Momma war hübsch und nicht fett. Und sie hatte braunes Haar, benutzte kein Make-up und roch auch nicht wie Daddy.«

»Kommt ihr, Kinder?« rief Flora Lee aus dem Wohnzimmer. »Wir wollten doch was trinken.«

»Dean, gib ihr eine Chance.«

Sie fanden Flora Lee, wo sie sie zurückgelassen hatten. Nun hielt sie die aufgeschlagene Bibel in der Hand. »Daß ihr die ganze Zeit die Bibel behalten habt!«

»Wir versuchen, uns danach zu richten, wie es uns Momma beigebracht hat.« Dean nahm ihr die Bibel ab, bevor Flora Lee von Sharleen ein Glas Wodka serviert bekam. »Nicht wahr, Sharleen?«

»Ja, Dean.«

Flora Lee hielt ihr Glas hoch. »Auf was trinken wir?«

Dean starrte Flora Lee an. Sie bemerkte seinen Blick und senkte zögernd das Glas. »Nun ja, vielleicht bin ich zu voreilig. Vielleicht freut ihr euch gar nicht, mich zu sehen.«

»Natürlich freuen wir uns.« Sharleen umarmte die Frau.

Dean stand noch immer da, die abgegriffene Bibel in der Hand. Er sagte kein Wort.

»Es wartet ein gutes Essen auf uns«, erzählte Sharleen. »Also fangen wir an.«

Sie aßen Hähnchen mit Gemüse und Kartoffeln. Flora Lee redete wie ein Wasserfall. Sie wollte auch alles über das Fernsehen wissen, wie Sharleen die Rolle bekommen hatte und wie sie mit ihren Kollegen auskam. Sie beglückwünschte Sharleen zu ihrem Kleid, dem guten Essen, dem Haus und Dean zu seinem Anzug und den wohlerzogenen Hunden.

Dann schob sie ihren Teller von sich und bat um noch einen winzigen Drink vor dem Rundgang durch das Haus, auf dem sie bestand.

Widerstrebend führte Sharleen sie vom Eßzimmer in die große Küche, ins Arbeitszimmer und dann nach oben in die drei leerstehenden Schlafzimmer und in das, das Sharleen und Dean bewohnten. Flora Lee blieb auf der Schwelle stehen. »Ihr schlaft beide hier?«

Errötend antwortete Sharleen: »Dean hat noch immer Angst vor der Dunkelheit.«

Flora Lee hob die Augenbrauen. »Haben wir das nicht alle? Jedenfalls hast du genügend Platz und sogar leerstehende Zimmer. Du solltest mal meine winzige Wohnung sehen.«

»Möchtest du bei uns wohnen, Momma?« bot Sharleen an. Dean erstarrte.

»Das ist echt ein nettes Angebot. Aber meine Gäste könnten euch stören.« Sie hatten wieder das Wohnzimmer erreicht. »Oder möchtest du das, Dean? Möchtest du deine Momma wieder bei dir haben?«

»Warum hast du uns verlassen, Momma?« fragte Dean, statt einer Antwort.

Flora Lees Gesicht verfiel. Sie lächelte nicht mehr. »Honey, das mußte ich doch. Wäre ich geblieben, hätte dein Daddy mich umgebracht. Ich mußte uns einen sicheren Ort suchen und eine Stellung und so. Dann wollte ich euch nachkommen lassen.«

»Und warum hast du uns nicht nachkommen lassen?« verlangte Dean zu wissen.

Es wurde ganz still. Auch Sharleen wartete auf Mommas Antwort, obwohl sie es nie über sich gebracht hätte, eine so direkte Frage zu stellen.

»Mein liebes Kind, damals hat mich das Leben hart in die Zange genommen. Ich behielt keine Stellung lang genug, um mir ein neues Zuhause zu suchen. Es gab so viele, die mir übel mitspielten. Und wenn ich schon mal Arbeit hatte, verdiente ich so wenig, daß es kaum für mich reichte, erst recht nicht für zwei Kinder. Außerdem war ja auch nur eins von den beiden mein eigenes Kind.« Flora Lee machte eine Pause. »Da ward ihr bei eurem Vater schon besser aufgehoben. Zumindest hattet ihr dort eine Bleibe.«

»Aber du hast gesagt, du würdest uns holen. Wir haben darauf gewartet«, beharrte Dean.

»Ich weiß, Baby.« Sie lächelte gekünstelt. »Jetzt ist eure Momma aber wieder da. Also trinken wir darauf, daß wir endlich wieder zusammen sind, wie ich es versprochen habe.«

Sharleen begann Flora Lee zu bedauern. »Bald wird Momma ja auch eine Stellung als Friseuse haben, wie sie das schon immer wollte, Dean. Sie läßt sich dazu jetzt ausbilden. Stimmt das nicht, Momma?«

»Nun ja… weißt du, Sharleen, ich glaube das war doch nicht das richtige für mich. Die fangen morgens schon um acht Uhr an. Ich bitte dich, wer kommt schon um diese Zeit zur Schönheitspflege? Die wurden richtig wütend, wenn ich später kam. Haben mich vor diesen kleinen Mädchen zusammengestaucht. In so einem Laden vergeude ich doch nicht meine Zeit!«

»Ach«, sagte Sharleen nur.

»Ich schlage vor, daß wir jetzt etwas trinken.« Flora Lee hob ihr Glas. »Auf ein fröhliches Wiedersehen.«

»Wir trinken nicht«, sagte Dean und verließ das Zimmer. Die Hunde folgten ihm.

Sharleen schickte Flora Lee wieder nach Hause. Erst zwei Tage später gelang es Sharleen, Dean über seinen Kummer hinwegzubringen. Dabei war es auch Sharleen nach Weinen zumute.

Zur Aufmunterung hatte sie ihm eine CD mit den Songs mitgebracht, die sie aufgenommen hatte. Zwar hielt Sharleen es nicht für ihre eigene Stimme. Doch Mr. Ortis und die anderen behaupteten standhaft, man könnte die Veränderung mit der modernen Elektronik erreichen. Das Ergebnis klang zweifellos gut.

Sie hatte die Platte aufgelegt und wartete nun auf Deans Urteil.

»Das ist richtig gut, Sharleen. Es gefällt mir.«

»Du hast ja gesagt, ich könnte singen, und du hast recht behalten«, meinte Sharleen.

»Klar kannst du singen. Aber wer singt denn auf der CD?«

»Das ist mein neues Album. Mr. Ortis hat es geschickt. Erinnerst du dich nicht, daß ich immer zu den Aufnahmen mußte?«

»Klar erinnere ich mich. Aber das bist nicht du, Sharleen. Es ist mir wurscht, was die sagen. Ich weiß, wie deine Stimme klingt. Und die klingt anders. Du kannst schon singen. Aber laß dir nicht einreden, daß das deine Stimme ist.«

Sharleen starrte Dean an. Allmählich verursachte ihr die Wahrheit ein Frösteln. »Warum bist du dir so sicher, Dean?«

»Warum, Sharleen? Weil du nie so hoch singen konntest. Darüber haben wir uns doch immer amüsiert. Du kamst einfach nicht hoch genug. Dieses Mädchen kann es. Ich finde es gut.«

29.

Sam Shields arbeitete fieberhaft an *Birth of a Star* sowohl am Drehbuch, als auch an den Vorbereitungen für die Produktion. Er schlief mit April, dachte aber immer häufiger an Jahne Moore. Zudem litt er unter ständiger Müdigkeit.

Hätte er sein Arbeitspensum reduzieren dürfen, hätte er am liebsten April gestrichen. Doch das konnte er nicht. Sie hatte ihm verziehen, daß er mit Crystal Plenum herumgespielt hatte. Gleichzeitig hatte sie keinen Zweifel daran gelassen, daß sie es Sam übelnehmen würde, sollte das noch einmal vorkommen. Und eine rachsüchtige April Irons konnte Sam sich nicht leisten.

Momentan suchte er nach einem Regieassistenten, einem Assistant Director. Sam hatte bei Jack and Jill einen gehabt, ihn aber praktisch nicht gebraucht. Doch *Jack and Jill* war ein unbedeutender Film gewesen.

Auf der Bühne brauchte man keine Regieassistenten, nur

beim Film. Er half Zeit und Geld sparen, indem er Außenaufnahmen machte, die ohne Schauspieler gedreht wurden, und der für Untermalungen oder schnelle Schritte beispielsweise auf Gebäude der Straßennamen – zur Orientierung des Zuschauers – zuständig war.

In diesem Fall ließ Sam sich dazu überreden, A. Joel Grossman als Regieassistent zu nehmen. Joel hatte gewisse künstlerische Ambitionen und taugte zumindest dazu, mit dem Notizbuch hinter Sam herzulaufen.

Ganz anders gestaltete sich die Auswahl des übrigen Ensembles. Die wenigsten Schauspieler brachten es fertig, den Text vernünftig zu lesen oder gar frei vorzutragen.

Sam verglich sie mit Jahne Moore, die ihn bei ihrem ersten Vorsprechen begeistert hatte. Seit acht Uhr früh saßen sie nun im Vorführraum und hakten einen schlechten Schauspieler nach dem anderen ab. Inzwischen war es vier Uhr nachmittags.

»Da waren meine Leute in New York besser. Jeder einzelne von ihnen. Die konnten wenigstens lesen. Hollywood!« Sam sparte sich den Rest. April mochte es nicht, wenn er Hollywood schlechtmachte. Verächtlich nannte sie ihn mitunter Mr. Off-Broadway.

Wieder schweiften seine Gedanken zu Jahne Moore ab. Er wußte, daß sie ihre Rolle bereits auswendig konnte. Dabei hatten die Proben noch nicht einmal begonnen. Sie war intelligent, verstand es, hart zu arbeiten und war eine gute Schauspielerin. Die Filmarbeiten mit ihr würden eine wahre Freude werden. Sam hatte Jahne wegen der Nacktszene beruhigt und mochte es, wie sie sich die Bälle gegenseitig zuspielten. Mal gab der eine, mal der andere. Jahne war Profi, doch gleichzeitig erfrischend humorvoll. Nicht so knallhart wie April. Eine dynamische Frau, die verwundbar geblieben war.

Anfangs beeindruckte Sam an Jahne nur ihr Aussehen. Später gesellten sich Bewunderung für ihr Talent, ihre Fähigkeit zum Mitdenken und ihre berufliche Einstellung hinzu.

April kritisierte häufig das Drehbuch. Auch jetzt wieder.

Meist hatte April mit ihrer Kritik recht. Das mußte sogar Sam zugeben. Er selbst fand nicht gut, was er bisher zustandegebracht hatte.

Sam kannte sich nur auf seinem Gebiet aus, April auch auf anderen, die zum Filmgeschäft gehörten, wie etwa der Finanzierung. Sie war klug und zäh wie ein Mann und besaß mehr Sex-Appeal als die meisten Frauen. Das gefiel Sam. April war eine Klasse für sich. Ein Rolls Royce unter den Frauen.

Doch sie vermittelte auch Sam oft Minderwertigkeitsgefühle. Die kannte er sonst bei seinen Beziehungen zu Frauen nicht. Sie dominierte ihn. Nicht in sexueller Hinsicht. Sie war zwar eine Wildkatze, doch da konnte er mithalten. Es ging auch nicht um das, was sie sagte oder tat. Er spürte nur, daß sie sich ihm nicht unterordnete, obwohl sie ihn mochte. Nach Sex mit anderen Frauen wußte Sam, daß er einen Eindruck hinterlassen hatte. Bei April merkte er, daß sie davon völlig unberührt blieb.

Dazu kam das Problem mit Michael McLain. Sam konnte den Mann, der von seinem Ruf als Casanova zehrte und nicht von seiner schauspielerischen Qualität, nicht leiden. Vielleicht hatte April insofern recht, als McLain sich bereits auf dem schlüpfrigen Weg nach unten befand und gerade darum die Rolle würde spielen können.

Leider hatte Michael McLain die Rolle zwar angenommen, wollte sie aber jetzt nicht spielen. Warum nicht? Die Rolle verlangte von ihm schließlich nur, er selbst zu sein. Doch er bestand auf »Verbesserungen«. Er wollte die Rolle als Aufsteiger mit Charme spielen. Ein Unding. Verzweiflung war gefragt. Er hatte tatsächlich vorgeschlagen, statt des Selbstmordes im Meer solle James Judy vor dem Ertrinken retten. Das stellte den Sinn des Films auf den Kopf.

Glücklicherweise unterstützte April Sam in diesem Punkt. Sie erklärte kategorisch: »James begeht Selbstmord. Etwas anderes kommt nicht in Frage.« Doch Sam schauderte, wenn er sich vorstellte, wie das ausgegangen wäre, hätte April in nicht unterstützt.

30.

Nachdem Lila mit Gewalt von Ara getrennt worden war, verbrachte sie drei Tage in ihrem Haus und leckte ihre Wunden.

Sie hatte die Rolle in *Birth of a Star* verloren. Daran ließ sich nichts mehr ändern. Nun mußte sie den Blick in die Zukunft richten, die größer und erfolgreicher ausfallen mußte als die von Jahne Moore. Dazu konnte sie dreierlei tun: Sie mußte Marty dazu bringen, einen Film mit ihr zu drehen; sie konnte dafür sorgen, daß sie, nicht Sharleen und bestimmt nicht Jahne, den Emmy bekam; und sie würde Sy Ortis zu ihrem Agenten machen.

Punkt eins nahm sie in Angriff, indem sie Marty anrief und sich mit ihm zum Abendessen verabredete. Wenn ihn ihre Einladung überraschte, ließ er sich das jedenfalls nicht anmerken. Dann rief sie das Büro von Sy Ortis an und ließ sich einen Termin geben. Zuletzt zog sie sich an und verließ das Haus.

Lila fuhr in ein Viertel von L.A., das sie normalerweise nicht betreten würde und das im allgemeinen von Leuten ihrer Kreise gemieden wurde, es sei denn, sie waren in ähnlicher Mission unterwegs wie Lila.

Lila vermutete, daß ihr dieser Schachzug die begehrte Auszeichnung sichern würde. Lila Kyle suchte einen Privatdetektiv auf.

Was sie von ihm erwartete, ließ sich so umreißen: Er sollte schmutzige Wäsche ausgraben. Der Mann mußte nicht nur das können, sondern er mußte auch geldgierig sein. Lila sah auf die Visitenkarte, die sie einmal vor langer Zeit von Tante Robbie bekommen hatte. »Minos Paige, Privatdetektiv. Diskrete Ermittlungen.« Minos Paige hatte auch schon hinter Politikern hergeschnüffelt und Erfolge verzeichnen können. Angeblich hatte er Mia von Woodys Affairen berichtet.

Seit bekannt geworden war, daß Lila die Rolle in *Birth of a Star* nicht bekommen hatte, entglitt ihr irgendwie die Kontrolle. In der Pause nach dem ersten Teil der Fernsehaufnahmen wurde es noch deutlicher. Die Publicity, die ihr die Sendung eingetragen hatte, fehlte nun. *TV-Views* hatte einen Artikel über Streitereien beim Set gebracht und Lila die Schuld dafür gegeben. Plötzlich hob man Jahne Moore wegen ihrer fachlichen Qualitäten hervor – das beanspruchte Lila für sich allein. Und Sharleen Smith wurde wegen des Plattenalbums und diesem albernen texanischen Theater, das sie da abzog, zum Liebling der Nation. Darum mußte Lila die Initiative ergreifen.

Als sie die Tür des Büros öffnete, stand sie nicht etwa in einem Vorraum, sondern in einem Zimmer im vierten Stock, das höchstens die Bezeichnung Kammer verdient hätte. Hinter einem großen Schreibtisch saß ein kleiner Mann in einem grauen Polyesteranzug. Sein Hemd hätte weißer sein können, die Krawatte verletzte Lilas Geschmackssinn. Das Jakkettfutter löste sich an verschiedenen Stellen und hing heraus. Der Hemdkragen war eine Nummer zu groß.

»Sind Sie Minos Paige?« fragte sie.

»Was will Lila Kyle von Minos Paige?« fragte der Mann, ohne sichtliche Regung.

»Das geht Sie nur etwas an, wenn Sie Minos Paige sind«, antwortete sie scharf und durchbohrte den blaßgesichtigen Mann mit ihren Blicken. Er nickte und wies auf einen Sessel in der Ecke des winzigen Raums.

»Was kann ich für Sie tun?« Er lehnte sich zurück. Sein Stuhl knackte.

»Ich bräuchte gewisse Informationen über zwei Personen. So was machen Sie doch.«

Er nickte kaum merklich. »Über wen?«

»Jahne Moore und Sharleen Smith.«

Minos reagierte nicht. Er kannte sich aus. Man durfte nicht reagieren, mochten die Antworten noch so verblüffend oder schockierend ausfallen. Er wußte wie Lila, daß die meisten Menschen mehr zu verbergen hatten, als sie zugeben wollten.

Lila griff in ihre Tasche und übergab Minos zwei in Blockschrift geschriebene Seiten. »Das sind Angaben über ihr jetziges Leben. Anschriften, wo sie essen, wo sie einkaufen, wann sie bei Aufnahmen sind. Außerdem habe ich das hinzugefügt, was ich gesprächsweise von ihnen selbst erfahren habe.«

Minos las schweigend.

»Mit diesen Angaben können Sie sicher schon mal anfangen.« Sie wies auf einen Punkt. »Zum Beispiel möchte ich wissen, was Jahne Moore gemacht hat, bevor sie im Melrose Playhouse spielte. Wie ist sie an die Rolle gekommen? Darüber weiß man praktisch nichts.«

Paige schwieg noch immer.

»Was Sharleen Smith anlangt, nehme ich an, daß sie aus Texas stammt. Ich weiß nichts über ihre Familie, weiß nicht, ob sie die Highschool besucht hat und so.«

Endlich bequemte sich Minos Paige zu einer Bemerkung. »Wozu brauchen Sie diese Information, Miss Kyle?«

Fast hätte Lila geantwortet, daß ihn das nichts anginge. Doch so konnte man niemanden motivieren, gute Arbeit zu leisten. »Ich möchte wissen, mit wem ich arbeite. Ich mag keine Geheimnisse und glaube, daß die beiden welche haben.«

»Und was ist Ihr Geheimnis?«

»Ich habe keine Geheimnisse, Mr. Paige. Darum geht es ja. Mein Leben ist wie ein aufgeschlagenes Buch. Ich bin das Kind von zwei berühmten Eltern. Darum fühle ich mich ja im Nachteil. Sie wissen alles über mich, aber ich praktisch nichts über sie. Das macht mich nervös.« Seine Lippen zuckten spöttisch. »Haben Sie an dem Auftrag Interesse?«

»Darf ich noch einmal zusammenfassen, was Sie von mir wollen. Ich soll alle schmutzigen Geheimnisse aus ihrem Leben ausgraben. Mit wem sie geschlafen haben, ob sie es für Geld gemacht haben. Pornofilme, Skandale. Legitim oder illegitim geboren, Geldschwierigkeiten, Gefängnisstrafen, sexueller Geschmack, uneheliche Kinder, Abtreibungen, Drogen, Ladendiebstahl, Verbrechen, sexuelle Abartigkeiten.«

Lila lächelte zum erstenmal. »Ich glaube, Sie haben es genau erfaßt, Mr. Paige. Was kostet das?«

»Grundgebühr sind zehntausend Dollar. Zunächst. Spesen gehen gegen Vorlage der Quittungen extra. Zweifellos erfordert das Reisen. Darüber halte ich Sie auf dem laufenden.«

»Sehr gut. Wann können Sie anfangen?«

Er räusperte sich. »Sobald der Scheck auf meinem Konto verbucht ist. Sie verstehen: Firmenpolitik.«

Lila holte ihr Scheckheft aus der Tasche und stellte den Scheck aus. »Übrigens wäre da noch eine Kleinigkeit. Kein echtes Problem, glaube ich.« Sie reichte Minos den Scheck. »Das müßte in der Summe enthalten sein, die ich Ihrer Forderung hinzugefügt habe.«

Lila holte aus ihrer Tasche einen Packen Briefe, die mit einem Gummiband zusammengehalten waren. »Diese Briefe habe ich in letzter Zeit erhalten. Verrückte Post bekomme ich natürlich oft. Aber das hier geht mir etwas zu weit. Sie stammen von dem Mitglied irgendeiner Liga oder so. Ein Typ namens Jughead hat sie unterzeichnet. Könnten Sie das für mich überprüfen?« Lila stand auf und gab Minos das Bündel.

Minos las einen der Briefe.

»LETZTE NACHRICHT DER ANTI-VETTERNWIRTSCHAFT-LIGA. TOD DER LILA KYLE. Ratet mal, welche Tochter eines berühmten Hollywoodstars die Rolle von *Three for the Road* bekommen hat? Lila Kyle natürlich! In ihrem Interview mit dem *People Magazin* behauptete sie, es sei schwerer für sie gewesen, Anerkennung zu finden, und sie habe härter dafür arbeiten müssen…«

Minos faltete den Zettel zusammen und meinte: »Davon müssen Sie viele bekommen. Haß, Mißgunst. Das gehört doch dazu.«

»Ja, es gibt viele. Alles Verrückte. Aber mir gefällt der Gedanke nicht, daß es eine Liga von Verrückten gibt. Und diese Dinger stecken bei mir im Hausbriefkasten. Sie kommen nicht mit der Post. Mit einzelnen Verrückten werde ich fertig. Damit weniger.«

Minos Paige nickte. »Machen Sie sich keine Gedanken. Ich kümmere mich darum. Wie gesagt, sobald der Scheck verbucht ist.«

Sy Ortis lachte entzückt. Geschafft! Er hätte am liebsten einen Freudentanz aufgeführt. Der größte Coup seiner Karriere. Lila Kyle kam zu ihm und verließ Ara Sagarian. Nun hielt er die drei Königinnen in der Hand. Ara mußte Blatt passen.

Sy beschlichen allerdings auch Bedenken. Seine Filmklientel würden es nicht sonderlich schätzen, daß er so viele Fernsehkunden vertrat. Und Lila war bestimmt nicht einfach. Ein echtes Miststück, doch gleichzeitig ein Rasseweib. Lilas Auftreten war angeboren, nicht gekünstelt wie bei den meisten Neulingen, mit denen es Sy zu tun bekam. Wenn er mit Crystal Plenum hatte fertig werden können und dieser Teufelshure Jahne Moore, würde er auch Lila in den Griff bekommen. Denn Lila hatte das gewisse Etwas, was den anderen Mädchen fehlte. Diesen geheimen Zauber, der nichts mit Aussehen oder Begabung zu tun hatte, wohl aber die Menschen zwang, sich ihr zuzuwenden.

Sy ging ans Fenster und lachte. Wenn das die anderen Agenten in der Stadt erfuhren!

31.

Die Dreharbeiten für *Birth of a Star* in Nordkalifornien sollten neun Wochen in Anspruch nehmen. Jahne flog in der Maschine der International Studios und wurde bei ihrer Ankunft auf dem Oakland Airport von einem Wagen erwartet, der sie ins Cupertino Hotel brachte, wo Schauspieler und Crew für die Dauer der Dreharbeiten wohnen sollten. Am nächsten Morgen brachte man sie zum ersten Drehort, wo sie ihre Garderobe bezog, von Mai schon erwartet.

Jahne staunte über ihren luxuriösen Wohnwagen, der sich nicht mit der rein zweckgebundenen Blechschachtel, die ihnen für *Three for the Road* zur Verfügung gestellt hatte, vergleichen ließ. April Irons ließ sich jedenfalls nicht lumpen. Der abgeschrägte, beleuchtete Spiegel über dem Make-up-Tisch aus Mahagoni, das gekachelte Bad, eine geschmackvolle Sitzecke mit indirekter Beleuchtung und ein Schlafraum mit Himmelbett standen Jahne zur Verfügung. Nicht, daß sie die Nächte in dem Bett hätte verbringen sollen. Das diente nur zur gelegentlichen Entspannung.

In der vergangenen Nacht hatte Jahne einen schrecklichen Alptraum gehabt, der sie noch jetzt verfolgte. Sie stand in einer Nacktszene auf der Bühne. Das Theater war bis auf den letzten Platz ausverkauft. Es war eine ernste Szene, eine bewegende. Plötzlich spürte Jahne, wie erst der eine Schenkel sich wölbte und dicker wurde, dann der andere. Im Publikum wurde gekichert. Dann wölbte sich ihr Bauch vor, eine Brust dehnte sich und hing ihr bis zur Taille. Das Publikum lachte. Jahne bedeckte das Gesicht mit den Händen und spürte unter den Fingern ihre alte Nase, das schwache, fliehende Kinn. Das Publikum tobte. In Schweiß gebadet wachte sie auf.

Auch jetzt bedeckte Schweiß Jahnes Oberlippe. »Wußten Sie immer, daß Sie schön sind, Mai?« fragte Jahne.

»Nie.«

»Nie?« staunte Jahne. »Mai, aber Sie waren die schönste Frau Ihrer Zeit. Und Sie haben sich nie für schön gehalten?«

»Jetzt weiß ich, daß ich schön war. Das sehe ich in den alten Filmen, den Stummfilmen jener Tage. Doch damals? Nein. Mein Mund kam mir zu groß vor, meine Augen zu rund. Ich verglich mich mit anderen Mädchen, später mit anderen Frauen. In Hollywood wurde das noch schlimmer. Ich fühlte mich immer unvollkommener. Fand mich zu schlecht für die Kamera und die Männer.«

Neben Mais Gesicht, das von Falten, Tränensäcken und Altersflecken gezeichnet war, sah Jahne jung und frisch aus. Doch wie lange noch? Und war Jahnes Gesicht schön genug für eine Filmleinwand? Keinesfalls strahlte sie so viel Liebreiz aus wie Mai damals. Jahne hatte geglaubt, nur sie konzentriere sich auf ihre Unzulänglichkeiten, weil ihr Gesicht eben unzulänglich gewesen war. Daß auch Mai unter diesen Selbstzweifeln gelitten hatte, erschütterte sie.

»Meine Liebe, haben Sie Angst vor den Kameras?« fragte Mai. »Sie werden wundervoll aussehen. Die Probeaufnahmen bringen Ihre Schokoladenseite heraus. Warten Sie nur ab. Alles wird gut werden.«

»Ich dachte, ich sähe von allen Seiten gut genug für die Kamera aus.«

Mai lachte. »Ich bitte Sie! Jean Arthur konnte nur von der linken Seite aufgenommen werden. Die Szenen wurden entsprechend gestellt. Ähnlich Claudette Colbert: Sehr französisch, sehr elegant, aber sie hat ein Gesicht wie... nun, wie ein Kürbis. Erst die besonderen Beleuchtungseffekte gaben ihr die richtigen Wangen. Auch Elizabeth Taylor hatte Probleme. Schatten auf der Oberlippe. Also was ist Ihr Problem, meine Liebe?« Mai lachte.

»Warum all diese Tricks, Mai?« fragte Jahne erregt, obwohl sie keine Antwort erwartete. »Warum muß es die Schokoladenseite sein, warum muß kaschiert werden und all das? Warum sind wir nicht gut genug wie wir sind?«

»Weil wir so nicht dem Traumbild der Männer entsprechen. Kennen sie die Geschichte von John Ruskin?« Jahne wußte, daß er ein englischer Kunstkritiker in der Zeit von Königin Victoria gewesen war.

»Er war nicht nur Londoner Kunstkritiker. Er war ein Journalist, der den Geschmack der Zeit bestimmte. Er sagte den Leuten, was ihnen zu gefallen hatte, was schön oder häßlich war. Ein sehr wichtiger Mann der Londoner Kunstszene. Er heiratete ein sehr schönes junges Mädchen. Er betete sie an – bis nach der Trauung. Als sie sich in der Hochzeitsnacht auszog, wurde ihm schlecht. Wissen Sie auch warum?«

Jahne schüttelte den Kopf.

»Er sah ihr Schamhaar. Das verursachte ihm Übelkeit. Er hatte unzählige Statuen von Frauengestalten gesehen. Doch sie waren immer ohne Behaarung dargestellt. Seine Frau ekelte ihn an.« Mai lachte. »So ist das mit uns Frauen. Gott hat uns da einen Streich gespielt. Wir sind fast vollkommen, doch nie vollkommen genug.«

»Was wurde aus Ruskins Frau?«

»Lange Zeit blieb sie Jungfrau. Doch eines Tages verließ sie ihren Mann und folgte einem Künstler. Einem echten Mann. Für ihn war sie vollkommen. Sie bekam ein Kind von ihm. Und die Moral von der Geschichte? Halten sie sich an die Künstler, nicht an die Kritiker!«

Mai half Jahne bei der Anprobe. Die hätte längst stattfinden müssen. Sie hinkten der Zeit hinterher.

Es wurde sieben Uhr, bevor sie ins Cupertino zurückkehrten. Jahne hatte allmählich grundsätzliche Zweifel. Angesichts der ständig revidierten Drehbücher, von denen ihr keins wirklich zusagte, fragte sie sich, ob sie nicht einen Riesenfehler beging.

Jahne glich der Motte, die ins Licht fliegt. Sie flatterte zu Sam – und würde wahrscheinlich verbrennen. Grenzenlose Traurigkeit und Einsamkeit überfielen Jahne.

Im Hotel schlug Jahne Mai vor, gemeinsam auf dem Zimmer zu essen. Mai stimmte gern zu. Jahne duschte, und das heiße Wasser schwemmte ihre Bitterkeit ein wenig fort.

Als sie das Badezimmer verließ, war das Abendessen schon serviert, ein Teewagen vor das Fenster geschoben. Sie setzten sich. Jahne löffelte ihre heiße Gemüsesuppe und knabberte dann an der gegrillten Hähnchenbrust.

»Mai, ich möchte Ihnen etwas sagen, aber ich finde, wir sollten uns vorher duzen.«

Mai setzte ihr Bierglas ab und nickte Jahne zu. Dann erzählte Jahne ihrer Freundin die ganze Geschichte.

Mai konnte gut zuhören. Sie ließ Jahne weinen und wartete schweigend, wenn Jahne nach Worten suchte oder ihr der Mut zum Weitersprechen fehlte. Schließlich schwieg Jahne. Sie saßen noch immer vor dem Fenster. Die Lichtreklame des Cupertino glitzerte unter ihnen. Mai stand auf und blickte in die Nacht hinaus.

»Was wir uns alles antun! Was uns alles angetan wird!«, flüsterte sie, weder schockiert, noch abgestoßen, nur liebevoll und mitfühlend. »Meine Liebe, es tut mir so leid!«

In dieser Nacht schlief Jahne besser als seit Wochen. Als sie aufwachte, hantierte Mai schon im Wohnzimmer der Suite.

»Meine Liebe, ich möchte auch gern mit dir sprechen«, sagte sie. »Ich habe die ganze Nacht über deine Geschichte nachgedacht, und ich fürchte, du bist in großer Gefahr.«

Jahne setzte sich verstört auf die Couch. »Was soll das heißen?«

»Wenn Gott dem Menschen große Schönheit verleiht, gibt er ihm auch Zeit zu begreifen, wie er mit ihr umzugehen hat. Heutzutage ist Schönheit gleichbedeutend mit Macht. Man kann sie als Waffe oder Werkzeug benutzen. Die meisten von uns haben glücklicherweise die notwendige Zeit. Sie können die Macht in Ruhe testen. Einige unglücklichen Frauen wurden mit großer Schönheit bedacht, ohne sich ihrer bewußt zu sein. Darum starben sie früh. Beispiele dafür sind Jean Harlow, Marilyn Monroe, Jean Seberg und viele andere.«

Mai machte eine Pause. »Ich weiß, wovon ich spreche. Denn ich war einmal schön. Aber du bist nun schön, ohne deine Macht je erfahren zu haben. Mir sind ja die überraschenden Fehler aufgefallen, die du begehst. Du vermeidest es, in Gegenwart von anderen in den Spiegel zu sehen. Du freust dich, wenn man dich als hübsch bezeichnet. Dabei ist das eine Beleidigung für eine schöne Frau. Doch du mußt deine Macht ausüben und dich dazu bekennen. Wenn du das nämlich nicht tust, richtet sich die Waffe gegen dich.«

»Ach Mai, du machst mir Angst. Was kann ich nur tun?«

»Das weiß ich nicht. Du mußt mit diesem Wunder ärztlicher Kunst fertigwerden. Doch ich werde dir helfen, soweit ich kann.«

»Danke.« Jahnes Augen standen voll Tränen.

32.

Marty beobachtete Lila beim Sprechen. Ihre Hände bewegten sich wie japanische Fächer, die wohlgeformten roten Fingernägel stachen in die Luft. Sie saßen nebeneinander auf der Couch in Martys Wohnzimmer. Lila hatte ihm gerade erzählt, daß sie die Rolle in dem Film *Princess of Thyme* abgelehnt hatte. Sie begann von Ara Sagarian zu erzählen und wie sehr er sie enttäuscht hatte. Marty bemerkte, daß Lilas

Augen vor Aufregung glühten, wie auch ihre Haut. Und das alles wegen einer Filmrolle! Wie leidenschaftlich mußte diese Frau im Bett sein!

Marty hatte Lila praktisch schon aufgegeben. Aus heiterem Himmel hatte sie ihn dann wieder angerufen. Diesmal gedachte Marty keine Panne zu riskieren. Er hatte Sally in die Stadt geschickt. Es gab keine Gladiolen und kein Essen vom Partyservice. Tatsächlich lief auch alles gut. Irgendwann mußte Martys Zeit kommen.

An diesem Abend begehrte er Lila mehr denn je. Er beschloß, es mit Ratschlägen und väterlicher Geduld zu versuchen.

»Ara ist einfach zu alt, Lila. Familientreue ist zwar gut und schön, aber du brauchst jemanden wie Sy Ortis, der dich managt.«

»Meinst du, Marty?« Marty überlief ein erregendes Schaudern. Er mochte es, wenn sie auf seine Meinung hörte.

»Wenn du willst, kann ich ihn anrufen und einen Termin für dich ausmachen.«

»Ein guter Gedanke.« Lila wußte nicht, ob Marty erfahren würde, daß sie Sy bereits eingeschaltet hatte.

Marty zerbrach sich den Kopf, was er sonst noch tun konnte, um ihre Freundschaft zu vertiefen. »Möchtest du wissen, wie ich mir die erste Folge der kommenden Saison vorgestellt habe?« fragte er und hielt ihr damit einen Köder hin.

Lila zog die Beine unter sich. »Aber ja. Was hast du dir denn überlegt?«

»Ich möchte eigentlich die erste Folge mit nur einem Mädchen beginnen. Die beiden anderen können per Rückblende erscheinen. Vielleicht beziehe ich mich auch gar nicht auf sie. Darüber bin ich mir noch nicht klar.«

»Das könnte interessant werden«, meinte sie vorsichtig. »Vielleicht funktioniert es auch. Das kommt darauf an.«

»Auf was?« lockte er sie weiter.

»Um ganz offen zu reden, Marty, würde meiner Ansicht nach der Erfolg oder Mißerfolg völlig von dem Mädchen abhängen, das in den Mittelpunkt gerückt wird. Sie müßte eine starke Persönlichkeit sein.«

»Ich habe mich praktisch entschlossen.«

»Ja?« Mehr sagte sie nicht.

»Du.«

Lila schrie auf und warf die Arme um seinen Nacken. Sie umarmte ihn. Zum erstenmal rührte ihn etwas, was sie tat. Marty zitterte. Er hoffte nur, daß Lila das nicht bemerkte. »Ich? Ach, Marty, das ist toll. Du bist ein Genie!« Sie lehnte sich wieder zurück. »Erzähl mir mehr. Worum geht es in der Folge? Wie baust du sie auf?«

»Es geht um den Grund, warum du dein Elternhaus verlassen hast und in die Welt hinausgezogen bist.«

»Super. Das gefällt mir.«

»Du verläßt ein behütetes Elternhaus, in dem Wohlstand geherrscht hat. Ein riesiges Haus, Autos, Dienerschaft, der Vater abwesend, die Mutter dominierend. Alles. Wir nehmen die Beatles für die Hintergrundmusik. ›She's leaving home after living alone for so many years‹. Es war für dich die Hölle, und nun hast du genug. Typisch für die 60er Jahre, aber auch in den 90ern noch aktuell.«

»Marty, das könnte nicht besser sein.«

»Du läßt also das alles hinter dir und befreist dich von deiner Mutter...«

Lila nickte, strahlend vor Freude.

Für Lila und Sharleen begann eine Atempause, nicht aber für Marty. Marty stand vor der Aufgabe, die Quoten und das Lob, das er eingeheimst hatte, zu übertrumpfen. Obendrein mußte er Jahne Moores Abwesenheit einplanen. Heute sollte die Produktionsbesprechung kurz und knapp werden.

»Macht einfach weiter wie bisher, Leute«, empfahl George Young, der Produzent, wie immer bei diesen Sitzungen. »Ich denke nicht daran, ein gutes Team auszuwechseln.« Das hätte er allerdings auch nicht gekonnt. Sys Vertrag ließ ihm da keinen Spielraum. Nur Marty hatte das Sagen.

Doch da meldete sich der Mann von der Werbung zu Wort. Er hatte schon mehr als einmal schwachsinnige Vorschläge gemacht. Marty seufzte. »Ich bekomme ständig Anrufe, weil Hinz und Kunz als Gast in die Serie möchten, Marty. Sogar Katharine Hepburn ist scharf drauf.«

Marty antwortete leise aber bestimmt. »Als Gast einmal, ja. Als Bestandteil des Ensembles, nein. Von Anfang an habe ich erklärt, nur mit Neulingen in der Show arbeiten zu wollen. Abgesehen von gelegentlichen Gästen haben wir uns daran gehalten, und es hat funktioniert. Für die Hepburn gibt es kein Motiv in der Show. Wir erwecken den Eindruck einer Dokumentarserie. Sie ist Schauspielerin und sonst nichts. Die Antwort ist nein.«

George schüttelte den Kopf. »Das mag stimmen, aber die Eröffnungsfolge sollte schon einschlagen, damit man gespannt ist auf die Fortsetzung. Wir dürfen nicht einmal einen Zehntelpunkt verlieren. Im Gegenteil. Das hat es zwar nie gegeben, doch bei dieser Serie halte ich es für möglich. Und ein Aufhänger, wie etwa ein Superstar, könnte genau das Richtige sein.«

Marty hatte es sich zur Gewohnheit gemacht, jeden Vorschlag erst zu überlegen, bevor er darüber entschied. Zumindest gab er sich den Anschein. Georges Assistentin, ein junges Mädchen, das sicherlich nicht wegen ihrer profunden Branchenkenntnisse angestellt worden war, vielmehr weil sie jung und hübsch war, fragte: »Wie wäre es denn mit Theresa O'Donnell statt der Hepburn? Sie ist doch beides: ein Superstar und Lilas echte Mutter. Dokumentarisch.«

Zunächst schwiegen alle. Dann lächelte Marty dem jungen Mädchen zu. Er würde viel darum geben, Theresa vor seine Kamera holen zu können. Die Assoziation war auch perfekt-echt, ohne aufdringlich zu sein. Marty versprach, sich den guten Vorschlag zu überlegen und beendete die Sitzung.

33.

Sharleen hatte die angegebene Nummer schon zwei Wochen lang angerufen, Dobe jedoch nie erreicht. Sie wollte ihre Versuche noch zwei Wochen fortsetzen und dann die Kartons anderswo lagern.

Diesmal wurde nach zweimaligem Klingeln abgehoben. Sharleen hörte Dobes fröhliche Stimme.

»Dobe Samuels, du wirst mir einiges erklären müssen. Ich versuche täglich, dich zu erreichen. Wo warst du nur? Und was willst du mit all diesen linken Schuhen?«

»Sharleen, mein Liebes! Du hast es also erledigt. Für wieviel?«

»Sechzig Dollar. Aber beantworte meine Fragen.«

»Tut mir leid, Sharleen, ich mußte die Stadt aus geschäftlichen Gründen verlassen. Ich hätte dich allerdings anrufen sollen. Da hast du recht.«

»Wozu brauchst du diese Latschen?« Sie versuchte streng zu klingen, konnte Dobe aber nicht böse sein. Dazu freute sie sich zu sehr, seine Stimme zu hören.

»Nicht Latschen, Kindchen. Die besten Aerobicschuhe, die man kaufen kann. Du mußt wissen, daß ich jetzt in Ex- und Import mache, Sharleen. Und ich brauchte diese ›Latschen‹, wie du sie nennst, für einen Kunden. Aber der Einfuhrzoll auf Paare ist so hoch, daß ich nie daran verdient hätte. Darum habe ich die Schuhe in zwei getrennten Lieferungen verschicken lassen. Eine Lieferung linker Schuhe nach Los Angeles, eine Lieferung rechter nach Portland.« Dobe kicherte vergnügt. »Als niemand kam, um die Schuhe abzuholen und den Zoll zu bezahlen, wußte ich, daß sie versteigert werden würden und niemand nur linke oder rechte Schuhe würde haben wollen. Also habe ich die ganze Sendung ohne Zollgebühren bekommen und einige tausend Dollar gespart. Ist das nicht toll?«

Dobe war wirklich glatter als ein Aal. »Dobe, war in den Absätzen der Schuhe irgendwas drin? Du weißt schon, wie Drogen oder so. Das muß ich wissen.«

»Aber Sharleen, ich habe dir schon einmal gesagt, daß ich dich nie in Gefahr bringen oder dir schaden würde. Du und Dean, ihr seid wie meine Familie. Du kannst mir völlig vertrauen.«

»Das ist gut. Ich habe nämlich vor kurzem gelesen, daß jemand in Miami verhaftet wurde, weil er in den Absätzen Drogen geschmuggelt hat. Da bekam ich Angst. Dobe, machst du noch immer diese Pillen?«

»Das sage ich dir alles heute abend.«

»Heute abend? Kommst du heute zu uns?« O Gott, Momma wollte ja auch kommen! Aber Dobe war natürlich willkommen. Vielleicht konnte er ihnen sogar wegen Momma einen Rat geben. »Wie lang kannst du denn bleiben? Du wirst doch eine Weile bleiben, ja, Dobe? Wir haben ein großes Haus. Warte nur, bis du es siehst. Ach, wenn das Dean erfährt!« Sie erklärte ihm, wie er sie erreichte und daß er sich beim Sicherheitsdienst ausweisen mußte.

Plötzlich sah die Welt für Sharleen anders aus. Sie lief zu Dean, den sie, wie üblich, im Garten fand.

Dean hatte den ursprünglich völlig verwilderten Garten in ein kleines Paradies verwandelt, das den ersten Preis in jedem Gartenbauwettbewerb verdient hätte. Dean liebte jede Pflanze. Es gab einen kleinen Bestand an Obstbäumen, dazu einen Gemüsegarten mit Kirschtomaten, drei Arten Salat, Lauch, Zwiebeln, Kohl, Brokkoli, grünen und gelben Bohnen, Möhren und Erbsen. An den Gemüseteil schloß sich ein Fischteich an. Dean fütterte die eingesetzten Karpfen von einer Holzbrücke aus, die er über den Teich gebaut hatte.

Am schönsten fand Sharleen die Blumen. Allein das Staudenbeet erstreckte sich über zehn Meter. Dean hatte all die altmodischen Blumen gepflanzt, die er besonders liebte: Pfingstrosen, Rittersporn, Fingerhut, Stockrosen und Ringelblumen.

Zusätzlich zu den ausdauernden Pflanzen hatte er um den Rasen einjährige gepflanzt, wie Stiefmütterchen, Zinnien und Kapuzinerkresse. Der Rosengarten erfüllte ihn mit besonderem Stolz.

Momentan spielte er mit den Hunden auf dem kurzgeschnittenen Rasen.

»Momma war gestern hier als du fort warst«, erzählte er Sharleen sofort bedrückt.

»Ach ja, das hätte ich dir sagen sollen. Sie wollte vorbeikommen, um sich einen Umschlag abzuholen, den ich für sie auf den Tisch gelegt habe. Sie war knapp bei Kasse.«

»Sie blieb nicht lang. Sie wollte nur den Umschlag holen. Allerdings hat sie eine Menge Fragen gestellt, wegen… nun, wie wir zusammen schlafen und so.« Dean brach ab. »Sharleen, das ist alles nicht so, wie ich es mir gedacht habe. Ich hatte gehofft, wir wären mit Momma wieder eine richtige Familie. Aber sie ist anders geworden. Sie ist alt und riecht ständig nach Whisky. Sie kommt mir gar nicht mehr wie unsere Momma vor.«

Sharleen mußte ihm insgeheim beipflichten. Es ließ sich kaum ein gutes Haar an Momma finden. Sie war Alkoholikerin und dachte nur an sich selbst. Die Ausbildung hatte sie längst an den Nagel gehängt. Offenbar hatte sie vor, sich von Sharleen und Dean durchfüttern zu lassen. Zudem traute Sharleen ihrer Momma nicht mehr. Man konnte nicht ausschließen, daß sie sich wegen Dean und Sharleen an die Presse wenden würde.

Um ihn aufzuheitern, sagte sie: »Rate mal, wer heute abend kommt, außer Momma meine ich. Es ist nicht einer, sondern zwei. Welche zwei möchtest du lieber als alle anderen auf der Welt sehen?«

Dean brauchte nicht zu überlegen: »Oprah und Dobe.«

»Richtig, mein Schatz. Sie besuchen uns heute abend.«

Da riß Dean Sharleen glücklich in seine Arme und jubelte. An diesem Abend saßen sie zu viert um den Tisch im Eßzimmer. Momma sah Dobe mit einem breiten Lächeln unverwandt an. Sharleen fragte sich, wieviel sie getrunken hatte. »Du bist ein toller Mann, Dobe Samuels. Ich wette, daß dir die Frauen nur so nachlaufen.« Flora Lee zwinkerte ihm vielsagend zu. Während des Essens hatte sie exaltiert über seine Späße gelacht und ihm wiederholt versichert, wie schlau er sei. Dean achtete glücklicherweise nicht darauf. Er hatte Oprahs Kopf auf seinem Schoß und fütterte den Hund mit Leckerbissen von seinem Teller.

»Also, ich muß mal für kleine Mädchen«, erklärte Flora Lee und verließ den Tisch. Der viele Alkohol machte ihren Gang unsicher.

Dean stand auf und legte die Kotelettknochen zusammen. Oprah und die drei jungen Hunde sprangen um ihn herum. »Wir gehen mal raus«, verkündete er.

»Ein reizender Bursche«, meinte Dobe. »Allem Anschein nach führt ihr hier ein feines Leben.«

»Der Eindruck täuscht.« Sharleen mußte es einfach mal jemandem erzählen. Sie wollte sich nicht beklagen. Doch nur Dobe würde verstehen, warum Sharleen nicht glücklich war.

Sharleen erzählte also, wie sie den Job als Schauspielerin im Fernsehen bekommen hatte und wie ihr Leben sich seither verändert hatte. Das Gute wußte er ja schon. Sie erzählte ihm nun von dem, was sie verloren hatte, indem sie soviel gewann. Denn Sharleen hatte nicht wissen können, daß Erfolg und Geld nur im Tauschhandel zu haben waren.

Sie hatte dabei ihre Freiheit eingebüßt. »Ich kann nicht mehr allein ausgehen, weder ins Kino, noch zu anderen Leuten. Ich kann in keinem Supermarkt einkaufen, obwohl ich es mir leisten könnte, den ganzen Laden zu kaufen. Für alles brauche ich Wagen und Leibwächter. Leibwächter, Dobe! Außerdem bin ich grenzenlos müde. Immer. Die Männer laufen mir schlimmer nach als vorher.«

»Was ist denn mit deiner Momma, Sharleen? Kannst du dich mit ihr unterhalten?«

Sharleen wischte die Tränen aus den Augen. »Sie ist plötzlich bei uns aufgetaucht. Natürlich wollten wir sie wiedersehen. Erst war ich richtig froh. Aber jetzt? Sie ist nie so lang nüchtern, daß man sich mit ihr unterhalten kann. Sie kommt nur, um Geld zu holen. Dann geht sie in die Bars und wirft damit um sich. Dean mag sie nicht. Das ist eine Sünde, Dobe, aber ich kann es ihm nicht übelnehmen. Denn Momma will gar nicht nett sein. Ständig will sie mehr. Außerdem hat sie nun angefangen, Fragen zu stellen. Neugierige Fragen. Darüber regt Dean sich auf. Er erinnert sich noch von früher an sie. Aber jetzt mag er sie nicht mehr. Ich wünschte, sie hätte uns nie gefunden.«

Dobe stand auf. Er zog Sharleen vom Stuhl hoch und drückte ihren Kopf an seine Schultern. So hielt er sie fest in seinen Armen. Sharleen weinte, wie sie seit ihrer Kindheit nicht mehr geweint hatte.

»Deine Momma hat jetzt ein bißchen viel getrunken. Was hältst du davon, wenn ich sie nach Hause bringe und zusehe, daß sie nicht in Schwierigkeiten gerät?«

Sharleen nickte. Ein wenig besser ging es ihr jetzt schon.

34.

Leider habe ich nie erfahren, wie es ist, schön zu sein. Das wird Sie nicht sonderlich wundern. Wer hat schon mal von einer schönen Schriftstellerin gehört? Die Schreiberei, wie ich sie betreibe, strengt an und macht einsam. Auf so was läßt sich niemand ein, der seinen Spaß haben könnte. Schöne Frauen haben ein besseres Leben. Sie leiden erst später. Wir Häßlichen müssen zunächst viel hinnehmen, doch wenn wir uns bemühen, wird unser Leben von Jahr zu Jahr besser. Nicht immer.

Hollywood hat die Situation der Frauen noch verschlimmert. Man schraubt Erwartungen immer höher. Gleichzeitig wird die »Lebenserwartung« einer Schauspielerin kürzer. Früher hielten sich die weiblichen Stars über Jahre. Ein Jahrzehnt galt eher als kurze Karriere. Heute trifft das auf eine einjährige Karriere zu. Die Männer wollen eben öfter was Neues. Und es gibt immer eine, die die Lücke füllt.

Die Tage der Crawford, Hayworths, Grables und Hepburns sind nicht nur vorbei, sie sind auch fast vergessen. Meist spielen die Frauen heutzutage Huren, Opfer, Schlampen oder tragische Nebenrollen. Entmenschlicht, auf den Körper reduziert, auf ein Stereotyp oder ein Klischee.

Am schlimmsten geht es den Körperdoubles. Mädchen, die nicht gut genug sind, um eine »richtige« Rolle zu spielen, die aber Brüste, Bäuche, Pos oder Beine haben, die man groß herausbringen kann. Indem man einige ihrer Körperteile glorifiziert, beleidigt man ihr Gesicht und ihr Talent. Darüber sollten Sie mal nachdenken. Möchten Sie etwa Julia Roberts' Bauch in Pretty Woman *spielen oder Jane Fondas Brüste in* Klute?

Die meisten Doubles verdienen wenig Geld und müssen sich vertraglich zur Geheimhaltung verpflichten. Schließlich will kein Star öffentlich zugeben, daß sein Bauch oder seine Brust nicht vorzeigbar ist. Das verdirbt die Illusion, für die Sie, lieber Leser, ja bezahlen.

Wie heißt es doch so schön in Hollywood? Der Regisseur schläft mit dem Star, der Regieassistent bekommt nur das Körperdouble. Da machte auch Birth of a Star *keine Ausnahme.*

A. Joel Grossman setzte alles daran, Sams Wünsche zu erfüllen. Doch das war nicht so einfach, wie er es sich vorgestellt hatte. Er konnte von Glück sagen, daß er Regieassistent für *Birth of a Star* geworden war, da dieser Job im allgemeinen den langjährigen Wasserträgern der Regisseure vorbehalten blieb. Ein Einzelgänger wie Sam hatte keine Wasserträger. Das bescherte Joel Grossman den Job. Doch Sam ließ Joel nur wenig allein machen, sprach kaum mit ihm, vertraute ihm nicht. Sam vertraute niemandem.

Dabei lief es keineswegs gut. Grossman hielt Michael McLain für einen abgehalfterten Schürzenjäger und einen Trottel. Es ging das Gerücht um, daß er es mit Jahne Moore getrieben hatte. Jetzt deutete alles darauf hin, daß Sam an ihr interessiert war. Allerdings hieß es auch, daß Sam etwas mit April Irons hatte. Vielleicht war das aber auch schon vorbei gewesen, bevor er Jahne Moore in sein Bett holte. Joel seufzte und schüttelte den Kopf. Er verstand die Männer nicht, die sich wegen einer Bagatelle wie Sex die Karriere verderben ließen. Wie dem auch sei, die Dreharbeiten schleppten sich mühsam voran. Es fehlte an Wärme oder Gefühl oder beidem.

Als Sam eines Tages Joel anrief und dringend ein Double verlangte, empfand Joel das wie ein Geschenk Gottes. Endlich erhielt er die Chance, etwas zu leisten, was ihn vielleicht für einen künftigen Auftrag bei Sam oder beim Studio empfehlen würde. »Das muß unter höchster Sicherheitsstufe laufen«, verlangte Sam. »Keine Mittelsmänner, kein Wort an die Öffentlichkeit. Schaffen Sie das?«

»Kleinigkeit«, versicherte Joel.

In dem Durcheinander von Visitenkarten und abgerissenen Notizzetteln auf seinem Schreibtisch suchte Joel den Namen des Mädchens, das ihm Paul Grasso vor einiger Zeit einmal hatte andrehen wollen. Ein Mädchen mit einem Dutzendgesicht, aber einem sagenhaften Körper. Er hatte sie damals nicht haben wollen. Doch in Hollywood konnte es sich niemand leisten, wegen einer einmaligen Absage zu schmollen.

Endlich fand Joel den Zettel. Adrienne Godowski. Was für ein Name! Er wählte die Nummer.

»Hallo?« sagte eine verschlafene Stimme.

»Hier spricht Joel Grossman. Ich hätte gern Adrienne Godowski gesprochen.«

»Wer spricht da?« Es war die Stimme einer Frau. Sie klang wie ein Reibeisen. War sie betrunken? Lag sie im Sterben?

»Joel Grossman. Ich habe Adrienne einmal über Paul Grasso interviewt. Spreche ich mit Mrs. Godowski?«

Eine Pause. Husten. »Ja, Mr. Grossman.« Die Frau schien nur mit Mühe sprechen zu können. »Was kann ich für Sie tun?«

»Ich hätte da eine Filmrolle, sehr klein, kein Text. Darüber wollte ich mit Adrienne sprechen. Kann sie gleich zu mir kommen?« Er nannte die Adresse.

»Ich setze sie in ein Taxi. Ich habe eine fürchterliche Grippe. Sonst würde ich selbst mitkommen.« Sie hustete wieder. »Sie ist in zwanzig Minuten bei Ihnen.«

Adrienne schaffte es in fünfzehn Minuten. »Meine Mutter hat gesagt, Sie würden das Taxi bezahlen. Sie hatte kein Kleingeld«, verkündete Adrienne. Joel entlohnte den Fahrer.

»Haben Sie Ihren Lebenslauf dabei?«

Adrienne fischte aus ihrer schäbigen Tasche ein Blatt mit Eselsohren und reichte es ihm. Zwar geben Schauspielerinnen in L.A. sogar eine Röntgenaufnahme als Filmerfahrung aus. Doch was auf dem Blatt stand, grenzte ans Lächerliche. Was sollte »Hauptrolle *Girls in White Satin*« bedeuten. Wenn es eine Hauptrolle gab, warum keinen Namen dafür? Er bemerkte orthographische Fehler.

»Sie brauchen einen Manager«, stellte er fest.

»Habe ich. Meine Mutter«, erwiderte sie tonlos.

»Ich meine einen Profi«, beharrte er, obwohl er wußte, daß es sinnlos war.

»Niemand könnte loyaler sein als die eigene Mutter«, erklärte Adrienne noch immer in diesem leblosen Tonfall, als wiederhole sie etwas, das sie schon zigmal gesagt hatte. Stimmte es bei ihr im Kopf nicht? Sie wirkte wie hypnotisiert oder zurückgeblieben. Und das löste bei Joel Grossman eine spürbare sexuelle Erregung aus.

Er beschloß, ihre Antwort und seine Erregung zu vergessen und nicht von seinem Ziel abzuweichen. »Wir brauchen ein Double für Jahne Moore. Da habe ich sofort an Sie gedacht.« Er spielte sich ein bißchen auf. »Es gab da noch eine andere, aber ich fand Sie ideal, und wahrscheinlich könnte ich das bei dem Regisseur auch für Sie durchsetzen. Allerdings brauche ich dafür einige Fotografien.«

»Die habe ich.« Sie reichte ihm einen schmuddeligen Pakken Fotos. Er blätterte ihn durch.

»Ich meine andere Aufnahmen. Aufnahmen, die Ihren Körper zeigen. Sie sollen die Liebesszenen doublen und noch einiges andere.« Er wartete auf ihre Reaktion. Die erfolgte nicht. »Wäre das okay?«

»Da muß ich meine Mutter fragen.« Sie ging zum Telefon. Ihre Bewegungen waren fließend wie die Wellen des Ozeans. Auch wenn man ihr Gesicht und ihre geistigen Fähigkeiten getrost vergessen durfte, ließen der sagenhafte Po, die schlanken Beine, die denen eines Fohlens glichen, und die zarten Fesseln keine Wünsche offen. Er befeuchtete nervös seine Lippen. Wenn du einen Steifen hast, setzt der Verstand aus, warnte er sich. Doch die Ermahnung half nichts.

Sie war nur kurz am Telefon. Dann meldete sie: »Meine Mutter sagt, daß es okay ist.« Damit begann sie ihre Bluse aufzuknöpfen.

»Moment mal. Wir brauchen mehr Licht. Machen wir es draußen.« Er holte seinen Fotoapparat.

Als er damit zurückkehrte, stand sie mitten im Wohnzimmer. Ihre Kleidungsstücke lagen auf einem Haufen neben ihr. Sie trug nur noch billige weiße Schuhe. Ihr Körper war makellos. Er schien in dem fast leeren Raum zu glühen. »Wo soll ich stehen?« fragte sie.

»Draußen«, antwortete er und wunderte sich kaum, daß seine Stimme heiser klang. Er folgte dem prachtvollen Po auf die Terrasse. Die Widersprüchlichkeiten ihres Körpers erregten ihn. Adrienne war schlank und doch kurvenreich.

Sie mußte sich auf eine Holzbank ohne Kissen legen. Ihr weißer Körper im Kontrast zu dem rohen Holz wirkte aufreizend. Er vermutete, daß Sam das ebenso sah. Er fotografierte sie mit den Armen über dem Kopf ausgestreckt. Dann mußte sie ihre Brüste umfassen. Anschließend sollte sie am Rand der Bank sitzen, beide Hände hinter sich aufgestützt. Aus all diesen Bildern hielt Joel nach Möglichkeit das Gesicht heraus.

Sie gehorchte widerspruchslos. Joel fragte sich schon, wie weit ihr Gehorsam gehen mochte. Ihre Miene drückte weder Mißbilligung noch Vergnügen aus. »Haken Sie Ihre Beine hinter die Beine der Bank«, bat er.

»So?« Sie spreizte die Knie.

»Ja.« Er ging in die Hocke und fotografierte von unten. Dabei wußte er selbst nicht, was über ihn gekommen war, denn solche Aufnahmen konnte er Sam kaum vorlegen.

Ihm war zumute, als werde er in ein Geheimnis eingeweiht. Indem er es der Sonne, seinen Augen und der Fotolinse aussetzte, entweihte er es, noch während er es verehrte.

»Ich möchte ein bißchen Wasser über Sie spritzen. Ist Ihnen das recht? Es gibt da eine Szene im Wasser.«

»Ja, aber es ist ein bißchen kühl. Ich möchte mich nicht erkälten wie meine Ma.«

»Keine Angst. Es dauert nicht lang.«

Er nahm den Gartenschlauch und stellte das Wasser an. Dann ließ er den kalten Strahl direkt auf ihren flachen Bauch platschen. Der zog sich zusammen. Das Wasser spritzte bis zu ihren steil aufgerichteten Brustwarzen. Sie stöhnte. Da drehte er das Wasser ab. Es lief über ihren Baum und verfing sich in dem braunen Schamhaar. Ihre Schenkel waren naß. Joels Glied drückte so fest gegen den Reißverschluß seiner Hose, daß ihm schwindelig wurde.

Er wußte, daß er einen Fehler beging, doch er verlangte, daß sie mit ihm ins Haus ging. »Ich möchte mit dir schlafen«, krächzte er. Sie folgte ihm ins Schlafzimmer. Doch während er nach einem Kondom suchte, ging sie ins Wohnzimmer zurück und telefonierte. Anschließend erklärte sie Joel: »Meine Mutter sagt, solange ich den Job bekomme, hat sie nichts dagegen.«

35.

Geschützt von einem weißen Sonnenschirm las Jahne in dem Drehbuch. Sie war hochgradig nervös. An diesem Tag sollte sie zum erstenmal mit Michael McLain drehen. Auch April Irons wurde erwartet. Tatsächlich taugte das Drehbuch, obwohl es nun schon fünfmal umgeschrieben worden war, noch immer nichts. In dieser Hinsicht hatte Sy Ortis recht behalten.

Inzwischen gab es drei Nacktszenen. Doch Jahne brauchte sich nicht auszuziehen. Das war in ihrem Vertrag festgeschrieben.

Die Tonbühne von San Francisco war weitläufig wie eine Flugzeughalle und ein totales Chaos. Stromkabel, Geräte, Apparate, wohin man sah. Es wurde gehämmert, geschrien, geschweißt.

Mai hatte Jahne darauf hingewiesen, daß Filmarbeit sich grundsätzlich von Fernsehaufnahmen unterschied. Doch Jahne hatte nicht mit einem solchen Aufwand gerechnet. Das fing schon mit ihrem Wohnwagen an und setzte sich dann über die riesige Tonbühne, über die zahllosen Techniker und Hilfskräfte fort. Eingeschüchtert dachte Jahne an die Handvoll Schauspieler, die sich unter der St.-Malachy-Kirche in New York eingefunden hatten. Sie fragte sich auch, wie Sam in dieser kurzen Zeit den Umgang mit einem so gewaltigen Apparat hatte lernen können.

Durch einen Knäuel von Arbeitern an Kisten und Lampen vorbei, kämpfte Jahne sich zum Assistenten durch. »Wer wird denn an der Vorbesprechung heute teilnehmen, Joel?«

»Sam, April, Michael, Bob und Samantha Reiger.«

»Ist April Irons immer bei solchen Besprechungen anwesend?«

»Nein, das ist ungewöhnlich. Aber das ist ein so großes Projekt, daß sie sich wahrscheinlich davon überzeugen will, daß es von Anfang an richtig läuft. Aber mit Ihnen in der Hauptrolle ist der Erfolg ja vorprogrammiert.«

Jahne hätte fast gelacht. Auch nach einem knappen Jahr konnte sie sich nicht daran gewöhnen, daß die Leute in L.A.

Schrott wie *Three for the Road* ernst nahmen. Manchmal wußte Jahne nicht, ob sie nur heuchelten, oder ob sie den Mist tatsächlich bewundernswert fanden, was kaum für ihre geistigen Fähigkeiten gesprochen hätte. Joel gehörte natürlich zu den Heuchlern. Das erleichterte Jahne. So brauchte sie ihn weder zu bedauern noch zu mögen.

Immer wieder vergegenwärtigte Jahne sich Sys Warnungen vor diesem Film. Sy rief sie fast jeden zweiten Tag an, um ihr einzuhämmern, wie wichtig ihr erster Film für sie war. »Wenn der Film ein Reinfall wird, bleiben Sie ans Fernsehen und die kitschig-romantischen Rollen gebunden.«

Nein, Jahne fühlte sich nicht wohl. Sie hatte zu lange gearbeitet und zuviel gelitten, war zu tapfer gewesen, als daß sie das alles riskieren wollte. In den Momenten totaler Ehrlichkeit wußte sie, daß ihre Entscheidung nicht richtig gewesen war. Sie handelte gegen den Rat ihres Fernsehregisseurs und gegen den ihres Agenten, nur, damit sie in Sams Nähe sein konnte, obwohl der sie schon einmal betrogen hatte!

In Jahnes Magen rumorte es. Warum fürchte ich mich so vor dem Wiedersehen mit Michael? fragte sie sich. Er war es doch, der sich wie ein Schwein benommen hat, nicht ich.

Jahne erreichte die Teilnehmer der Besprechung. April sah so kühl und elegant aus wie stets. Außer ihr saßen noch zwei Schauspieler da und Michael. Michael bemerkte Jahne und stand auf. »Jahne!« Bevor sie sich rühren oder reagieren konnte, hatte er die Arme um sie geschlungen und küßte sie intensiv. Es verschlug ihr die Sprache. Michael ließ einen Arm auf ihrer Schulter liegen und brachte sie an den Tisch. April lächelte zufrieden. Sam sah sie nur an. Sie errötete wie ein Schulmädchen.

»Setz dich gleich neben mich«, schmeichelte Michael. Nun lag sein Arm auf ihrer Stuhllehne.

Der peinliche Moment wurde abgekürzt, weil Joel eine Frage an Sam richtete. Diesen Augenblick benutzten Bob Grantly und Samantha Reiger, die beiden weiteren Schauspieler des Films, sich vorzustellen. Die Besprechung nahm ihren Lauf.

Jahne hatte Mühe, sich zu konzentrieren. Ging Michael etwa davon aus, daß sich zwischen ihnen nichts geändert hatte? Dachte er, sie freue sich, ihn wiederzusehen? Natürlich konnte er nicht ahnen, daß sie mit Sharleen gesprochen hatte und über die identischen Halsketten Bescheid wußte. Vielleicht hatte Lila inzwischen auch eine bekommen. An sich kümmerte es Jahne wenig, mit wem Michael schlief, solange er sie in Ruhe ließ und ihre Freundinnen nicht vergewaltigte. Am liebsten hätte Jahne ihre Lippen geschrubbt, um das Gefühl dieses Kusses zu tilgen.

Irgendwann fand auch diese Besprechung ein Ende. April wünschte allen Glück und verabschiedete sich. Sie flog nach L.A. zurück. Danach fragte Michael:

»Wie ist es dir ergangen?«

»Sehr gut. Und dir? Und Sharleen und Lila?« fragte sie eisig.

Immerhin traf ihn das. Dann seufzte er und schüttelte den Kopf. »Was soll das? In der Hölle gibt es keine Furie...« murmelte er mit einem anzüglichen Lächeln.

»Du hast recht, obwohl das Zitat aus William Congreves Drama sich auf eine verschmähte Frau bezieht, nicht auf eine vergewaltigte, Michael. Aber das wußtest du wohl nicht.«

Seine weltberühmten blauen Augen wurden kalt wie der nördliche Pazifik. »Wovon sprichst du eigentlich?«

»Von Sharleen Smith. Betrunken und keineswegs willig.«

Michael lachte laut. »Nun mach mal einen Punkt, Jahne! Ich habe mich einmal mit ihr verabredet. Die Kleine hat mich doch direkt darum angebettelt.«

Jahne wußte, daß Sharleen weder übertrieben noch gelogen hatte. »Du bist ein Schwein!« sagte sie.

»Und du eine Hure.« Damit wandte er sich ab.

Da überkam sie eine unbezähmbare Wut auf ihn und alle Männer, die mit Frauen anstellten, was ihnen gerade in den Sinn kam und sie dann im Stich ließen. Bevor er nur drei Schritte machen konnte, packte sie ihn an den Schultern. Überrascht drehte er sich um. Sie hob den Arm und schlug mit aller Kraft in die vielgelobte Schokoladenseite des Stars. Es klatschte laut, furchterregend laut. Alle hielten in ihrer

Tätigkeit inne. Es wurde mucksmäuschenstill. Michael hob beide Hände vor das Gesicht und stöhnte unterdrückt. Wortlos wandte Jahne sich ab.

Der Aufruhr legte sich allmählich. Sam hetzte zwischen einem tobenden Michael und einer eiskalten Jahne hin und her, bis er den einen mit einer Eiskompresse und einer Entschuldigung beruhigt hatte und die andere mit dem Versprechen, daß sie mit Michael künftig nur noch bei den Dreharbeiten zusammenkommen mußte. Außerdem lud Sam sie zum Abendessen ein.

Erst gegen Abend ebbte der Aufruhr im Team ab. Sam seufzte. Er klappte den Sonnenschutz gegen die tiefstehenden Strahlen im Wagen herunter.

»Konntest du mit der Ohrfeige nicht bis nach den Dreharbeiten warten, Jahne?« klagte er. Doch dann mußte er selbst lachen. »Ich behaupte nicht, daß er sie nicht verdient hat. Aber die Dreharbeiten werden sich nun schwierig gestalten.«

Das ließ Jahne kalt. Ausnahmsweise hatte sie sich schlecht benommen. Dieser Ausflug war ihre Belohnung dafür. Eigentlich hatte sie im vergangenen Jahr noch nichts von Kalifornien gesehen. Zwar hatte sie viele Drehorte besucht, in Louisiana und Idaho. Doch das schöne Kalifornien kannte sie nicht. Sam hatte darum versprochen, Jahne vor dem Abendessen noch etwas herumzufahren.

Nie zuvor hatte Jahne die Primadonna herausgekehrt, nie einen Skandal verursacht. Statt nun für das, was sie verbockt hatte, bestraft zu werden, wurde sie in Watte gepackt. Sicher nur, damit die Filmerei nicht litt. Doch was kümmerte sie das?

Sie genoß es schon, die gleiche Luft in dem Auto wie Sam zu atmen. Aus dem Radio erklang die »Kleine Nachtmusik«.

»Ich schlage vor, wir fahren nach Santa Cruz zum Abendessen«, sagte Sam. »Warst du schon einmal dort?«

»Nein. Ich kenne den ganzen nördlichen Teil nicht.«

»Dann muß ich dir noch viel zeigen.«

Will er etwa häufiger mit mir ausgehen? Nun, warum

nicht? Sam war bekannt dafür, daß er mit seinen Stars schlief. Außerdem war Jahne hübsch. Siebenundsechzigtausend Dollar hübsch. Jahne verbot sich, in Euphorie auszubrechen. Sie mußte mit Bewunderung rechnen. Das hatte ihr Mai immer wieder gesagt. Sie seufzte.

»Das klingt nicht gerade nach überschäumender Begeisterung«, fand Sam.

»Verzeihung. Ich freue mich wirklich darauf, mehr von der Gegend zu sehen.«

Er erzählte von Restaurants, die über einen hervorragenden Weinkeller verfügten und von anderen in romantischer Lage. Jahne vermutete, daß April Irons oder Crystal Plenum ihn dort eingeführt hatte.

»Weißt du, Jahne, dein Verhalten heute wird uns noch eine Menge Schwierigkeiten machen.«

»Er ist ein Mistkerl.«

»Es war nicht sehr profihaft.«

»Es war auch nicht eines Profis würdig, daß er nach mir grabschte und mich mit einem Zungenkuß beglückte. Wir haben uns vor Monaten getrennt. Und ich möchte nicht mehr über ihn sprechen.«

Der Wagen fuhr in eine Kurve. Sams Schulter berührte kurz Jahnes nackten Arm. Ein Schauer lief ihr über den Rücken.

Plötzlich hatte sich zwischen ihnen etwas geändert. Jahne spürte, daß er sich für sie interessierte, daß er sie begehrte. Auch eine Folge der Ohrfeige?

Jahne schwor sich, daß sie diesmal alles anders anpacken würde. Diesmal wollte sie diejenige sein, die geküßt wurde. Sam sollte sie mehr lieben, als sie ihn je geliebt hatte.

Sie verließen die Schnellstraße und nahmen die Küstenroute. Die braunen Berge wirkten abweisend, doch gerade darum auch wieder beeindruckend. Der Wind vom Pazifik spielte mit dem langen Gras, das sich in Wellen bewegte.

»Wohin fahren wir eigentlich?« fragte Jahne, obwohl es sie kaum interessierte. Sie genoß es vielmehr, neben Sam zu sitzen, Musik zu hören, die Landschaft zu betrachten, und wünschte sich höchstens, daß es immer so bleiben sollte. Alle ihre hochgespannten Erwartungen wurden Wirklichkeit. Ich will diesen Augenblick nie vergessen, versprach sie sich selbst. Zumindest einmal im Leben bin ich völlig glücklich.

»Zu einem Restaurant in Santa Cruz. Es galt früher als die Grenzstation für alle Wanderer und Pioniere, die gen Westen zogen. In Santa Cruz ging es nicht weiter. Nur noch ins Meer. Da hört die Straße auf. Wie in Key West. Warst du mal dort?«

Ja, Jahne war einmal mit Sam dort gewesen. Der einzige Urlaub, den sie je zusammen verbracht hatten. Die Erinnerungen an ihren Spaziergang über die Duval Street, das Bier, das sie bei Sloppy Joe's getrunken hatten, ihr Besuch in Hemingways Haus, all das überfiel Jahne mit Macht. Damals hatte sie noch an Sams Liebe geglaubt. Leider gelang es ihr doch nicht, die Dinge so leicht zu nehmen, wie sie sich das vor diesem Ausflug vorgenommen hatte. Sie sah aus dem Seitenfenster und blinzelte die Tränen fort.

»Ja, Route One endet dort«, brachte sie schließlich heraus.

»Nicht nur Route One, sondern auch die Träume vieler Menschen. In Santa Cruz ist es nicht viel anders. Darum wurde es auch zum Schauplatz vieler Filme.«

»Klingt gruselig.«

»Ist es aber nicht. Santa Cruz hat viel bodenständigen Charme. Wie ich.« Er lächelte.

Jahne spürte seine Wärme, kannte nur zu genau seine schweigende Bitte, ihm zu helfen, weil er in Schwierigkeiten steckte. Sein Profil hob sich scharf gegen die untergehende Sonne ab. Seine Haut glühte. Sie hätte gern die Hand ausgestreckt und ihn gestreichelt, hätte gern seine Wange unter ihrer Hand gespürt und die Konturen seines breiten Mundes mit dem Finger nachgezeichnet. Statt dessen wandte sie sich ab.

Schließlich parkte er vor dem Restaurant. Er sah Jahne lange an. So, wie er sie damals angesehen hatte, bevor er ihr die Rolle der Jill anbot. Nun mußte er sie erkennen!

»Du bist eine rätselhafte Frau, Jahne«, sagte er nur und half ihr beim Aussteigen.

Santa Cruz war vielseitig, eine Art überzüchtetes Spielzeugland mit einem atemberaubenden, gigantischen Weg am Meer entlang. Sam wählte irgendein italienisches Lokal aus. Dort teilten sie sich eine Flasche Wein und aßen Nudeln und berauschten sich am Blick auf die weißschäumenden Brecher, die an die Küste donnerten. Anschließend machten sie einen Spaziergang und versuchten ihr Glück bei den Spielbuden. Sam störte es nicht, daß er nicht einmal den kleinsten Preis gewinnen konnte: eine Schlange aus billigem Plüsch mit einer gräßlichen Schleife um den Hals.

»So was willst du sicher nicht haben? Das ist eine Geschmacksverirrung«, meinte er.

Jahne lachte. Doch sie hätte die Schlange gern gehabt, damit sie etwas besaß, das sie an diesen Abend erinnerte.

»Sport ist nicht meine Stärke.«

»Was ist es dann?« fragte sie und traute ihren eigenen Ohren nicht. Denn nachdem sie fest entschlossen war, nicht mit Sam zu schlafen, glich diese Frage einer direkten Aufforderung.

»Möchtest du das wirklich wissen?« fragte er. Er legte seine schmale, braungebrannte Hand unter ihr Kinn, bog ihren Kopf zurück und küßte sie. Seine Zunge drang in ihren Mund ein. Sein köstlicher Atem mischte sich mit ihrem. So war sie noch nie geküßt worden. Sam begehrte sie. Sie spürte das. Ihr Körper erwachte und vibrierte.

Er gab ihren Mund frei. »Willst du es wirklich wissen?« fragte er wieder.

»Wenn ich es wissen will, werde ich April fragen«, erwiderte sie. »Und jetzt möchte ich nach Hause.«

36.

Marty legte den Hörer auf. Er lächelte. Normalerweise war er zu souverän, als daß er einem anderen Übles gewünscht hätte. Doch nachdem April ihm schadenfroh gesteckt hatte, daß die Filmrechte für *Birth of a Star* ihr gehörten, angesichts der Schwierigkeiten, die ihm Jahne Moores Abwesenheit bereitete, indem er ihretwegen die Serie umschreiben mußte, und nach dem Theater mit Lila auf privater und beruflicher Ebene, konnte Marty einfach nicht anders: Ihn amüsierten die Probleme bei der Neuverfilmung. Jahne brauchte zwei weitere Wochen. Das störte ihn nicht sonderlich. Die beiden ersten zwei Folgen ohne Jahne hatte er schon fertig.

Ganz abgesehen davon, brachte er es auch nicht fertig, April Irons etwas Gutes zu wünschen. Denn es hatte zunächst Mühe bereitet, die Drehbücher umzuschreiben. In diesen Folgen trat in der Hauptrolle nur Lila mit ihrer Mutter auf. Paul Grasso hatte die Besetzung wieder übernommen. Die Folgen liefen als eine Art Rückblende und befaßten sich mit dem Grund für Lilas Flucht aus dem Elternhaus. Marty war sehr zufrieden.

Seit Theresa O'Donnell keine eigene Show mehr hatte, hatte sie sich über nichts mehr so aufgeregt wie über die Rolle in *Three for the Road*. Dabei kannte sie noch nicht einmal das Drehbuch. Das hätte sie am Morgen bekommen sollen. Doch nun war es Nachmittag.

Theresa seufzte und griff nach ihrem Drink, der auf einem Tisch neben ihrer Liege am Pool stand. Die Verzögerung traf sie an sich nicht sehr, weil sie keine Probleme mit Rollenstudien hatte. Sie lernte rasch.

Theresa lachte, als sie sich vorstellte, wie Lila reagieren würde, wenn man ihr sagte, sie werde mit ihrer Mutter spielen. Dieses Luder! Geschah ihr schon recht. Sollte das undankbare Biest nur sehen, wo es blieb. Denn Theresa baute auf ihre Stärke als Schauspielerin und die vielen Anhänger, die sie noch immer hinter sich wußte.

Vielleicht fürchtete das Lila auch. Vielleicht haßte sie ihre Mutter darum so sehr. Lila war jung und schön. Doch die Erfahrung ihrer Mutter besaß sie nicht.

Das schnurlose Telefon lag neben Theresa. Sie hatte den ganzen Vormittag damit verbracht, den richtigen Leuten mitzuteilen, daß sie wieder im Showgeschäft mitmischte. Dabei hatte sie ein bißchen übertrieben. An Stelle von direkten Lügen hatte sie sich auf Andeutungen beschränkt. Zum Beispiel, daß sie von nun an ständig in der Serie zu sehen sein würde, daß Lila der Zusammenarbeit mit ihrer Mutter erfreut entgegensah, daß ein Film mit Marty nicht unmöglich sei und ähnliches.

Plötzlich erschien Kevin. Unrasiert, betrunken, verwahrlost. »Noch immer kein Drehbuch?« erkundigte er sich hämisch.

»Ist schon unterwegs«, behauptete sie kühn, doch sie konnte die Angst in ihrer Stimme nicht ganz vertuschen. Theresa zahlte Kevin jetzt mehr als tausend Dollar die Woche. Doch er wurde immer schlimmer.

»Dann wirst du ja bald unser kleines Mädchen wieder in die Arme schließen können, vorausgesetzt, sie haben einen Rollstuhl, in dem sie dich zu den Dreharbeiten befördern können.«

»Ich werde das Drehbuch schon bekommen.«

»Klar, und ich werde heiraten.«

37.

Nichts läßt sich mit Filmaufnahmen vor Ort vergleichen. Da entsteht eine eigene kleine Welt, in der eine Gruppe hochspezialisierter, hochbezahlter und meist auch extrem am Sex interessierter Profis unter ungeheurer Spannung zusammentrifft und sich bemüht, etwas Besonderes zu erschaffen.

Meist weit entfernt von ihren Familien, schwanken sie zwischen Langeweile und Überarbeitung, sind von der Welt der Rechtschaffenen und Arschlöcher getrennt und fühlen sich als »Talente« vorwiegend müde, einsam und frustriert. So braucht es niemanden zu wundern, daß sich enge Freundschaften und intensive Liebesaffären ergeben. Beides erzeugt massenhaft Gerüchte.

Das Gerede verselbständigt sich. Und an diesem Punkt hake ich, Laura Richie, ein. So etwas suche ich, veröffentliche es, und das hat sowohl auf die Leute bei den Dreharbeiten, wie auch auf die Angehörigen zu Hause Auswirkungen. Es gehört zu Hollywoods wun-

dersamen Eigenarten, daß keine der Freundschaften und nur wenige Affären nach Abschluß der Dreharbeiten Bestand haben.

Natürlich ging Jahnes Ohrfeige um die Welt. Michaels geschwollenes Gesicht sah zwar am nächsten Tag wieder tadellos aus, doch sein Ego hatte stark gelitten. So einfach sich die Ohrfeige bewerkstelligen ließ, so kompliziert wurde nun die Zusammenarbeit mit McLain. Diese Erfahrung machte Jahne als erste. »Benimmt sich wie ein Kind!« kritisierte Mai geringschätzig und traf damit den Nagel auf den Kopf. Michael benahm sich so zerstörungssüchtig und böse, wie es nur Kinder können. Mußte er auf jemanden oder etwas warten, tobte er. Mußten die Szenen ein ums andere Mal wiederholt werden, maulte er, obwohl er derjenige war, der den Text schmiß.

Sie wechselten nur die unbedingt nötigen Worte miteinander. Jahne fürchtete inzwischen, daß Michael sie vor der Crew lächerlich machen könnte.

Denn er schämte sich nicht, die gemeinsten, niederträchtigsten Bemerkungen fallen zu lassen. Die meisten davon trafen leider zu oder gingen nur so knapp an der Wahrheit vorbei, daß sie zu Sorge Anlaß gaben. Wenn Jahne einmal einen Einsatz verpaßte oder sonst einen Fehler beging, verhöhnte er sie als »Film-Jungfrau«. Doch auch andere entgingen seinem gehässigen Spott nicht.

Offenbar war er Widerstand oder Ablehnung von Frauen nicht gewöhnt. Und die Zurückweisung durch Jahne konnte er einfach nicht verschmerzen. Wie ein Schwein, das auf die Trüffeljagd abgerichtet ist, spürte er jede sexuelle Spannung auf. Er beobachtete Jahne und Sam. Daß er, der umschwärmte Michael McLain diesmal nicht der Umworbene war, machte ihn furchtbar wütend.

Jahne litt unter ihrer Sehnsucht nach Sam. In ihrem Kopf schien nichts anderes mehr Platz zu finden. Die geringsten Kleinigkeiten über ihr ehemaliges Verhältnis mit Sam fielen ihr ein – und sie schämte sich. Jahne schämte sich ihrer dikken Oberschenkel, ihrer Hängebrüste und des dicken Bauchs, kurz ihrer körperlichen Unzulänglichkeiten von damals.

Nun hatte sie sich verändert und begriff, was in Hollywood nötig war, um die richtige Filmillusion zu produzieren. Sie kannte nur Liebesszenen zwischen schönen Menschen. Die häßlichen, dicken, zu kleinen wurden verspottet und ausgelacht. Für älterer Menschen mit Runzeln oder Falten, für Leute, die einfach nicht hübsch waren, gab es keinen Sex, und wenn, dann im Dunkeln oder ohne Kamera.

Nun trug auch Jahne zu diesem Täuschungsmanöver bei, das einer bestimmten Sorte Mensch das Lustgefühl absprach. Denn die Liebesszenen, die gedreht wurden, hatten nichts mit der Wirklichkeit gemein. Für die Nacktszenen ein Double, zur Verschönerung Make-up, Lichteffekte, Speziallinsen und was es sonst noch an Tricks gab, um ein Bild zu produzieren, das jeder Frau im Zuschauerraum Minderwertigkeitskomplexe vermittelte.

Jahne hatte noch nicht mit Sam geschlafen. Obwohl sie es sich wünschte. Sie zweifelte noch daran, ob es klug war, rätselte an seiner Reaktion auf die Narben. Sie wußte nicht, wie sie ihre Gefühle künftig beherrschen sollte, nachdem sie einmal seinem Verlangen nachgegeben hatte. Mai hatte ihr geraten: »Lieb' ihn nie mehr als er dich.« Den Rat wollte Jahne befolgen, doch es fiel ihr immer schwerer, sich Sam zu verweigern.

Er umwarb sie ständig. Jede seiner Bemerkungen, Späße, Anweisungen klang wie eine geheime Botschaft. Abends erschien er in ihrer Hotelsuite oder schickte ihr einen Wagen, der sie zu dem Haus brachte, das er für die Dauer der Dreharbeiten gemietet hatte. Sie unterhielten sich über die Aufnahmen, die Schwierigkeiten mit Michael, die Crew und das Drehbuch. Jeden Abend spielte sie mit dem Gedanken, ihm zu gestehen, wer sie war. Doch sie tat es dann doch nicht. Sie lachten viel, aßen und tranken zusammen, obwohl Jahne stets auf ihr Gewicht und ihre Haut achtete. Nie sprach sie über sich, versuchte aber, so verführerisch wie möglich zu sein. Tatsächlich trieb sie ihn fast zum Wahnsinn. Doch seit dem einen Kuß in Santa Cruz hatte sie ihm nicht mehr gestattet, ihr zu nahe zu kommen. Bis auf einmal. Das war tags zuvor gewesen. Da hatte er, kurz bevor sie ging, ihre Hand genommen und flach gegen seine harte Brust gedrückt.

»Spürst du mein Herz?« fragte er.

»Ja.«

»Das klopft nun schon seit Wochen deinetwegen. Und deins?« Er nahm ihre Hand, die noch auf seiner Brust lag und drückte sie an ihr Herz.

»Ist ganz ruhig«, log sie.

»Schwindlerin!« tadelte er sie lächelnd. »Du bist herzlos oder geschlechtslos. Entweder oder.«

»Das ist die übliche falsche Annahme der Männer: Wenn eine Frau nicht mit ihnen schläft, ist sie frigide. Ich bin also geschlechtslos, bloß weil ich nicht mit dir schlafe?«

»Nein«, antwortete er leise. »Weil du meine Liebe nicht erwiderst. Oder erwiderst du sie?«

Wortlos kehrte sie in ihr Hotel, in ein leeres Bett und eine unruhige Nacht zurück. Als sie morgens gegen zwei Uhr aufwachte, war sie so aufgewühlt, daß sie fast Mai angerufen hätte. Dabei brauchte Mai ihre Ruhe. Sie wirkte restlos erschöpft.

Erschöpft würde allerdings auch Jahne bald sein, wenn sie nicht zur Ruhe kam. In ihrem ganzen Leben hatte sie sich nicht geziert, wenn es um Männer ging. Doch sie wußte nicht einmal zu sagen, ob es ihr die Moral verbot, mit Sam zu schlafen oder ihn zu lieben, oder ob es nur die Angst war, von ihm wegen der Narben verachtet zu werden.

Es klopfte leise. Jahne rührte sich nicht. La Brecques Sicherheitsleute bewachten sie, wie auch die anderen Leute im Hotel. Wieder das Klopfen, diesmal begleitet von einem geflüsterten: »Jahne!«

Ihr Herz pochte. Sie stand auf, machte nur die kleine Nachttischlampe an und lief zum Spiegel. Erst dann fragte sie an der geschlossenen Tür.

»Ja, wer ist da?« Doch sie kannte die Antwort.

»Bitte!« sagte er, und sie öffnete. Sam machte keine Anstalten hereinzukommen. Er stand vor ihr, das Gesicht tränenüberströmt. »So ist mir noch nie zumute gewesen. Noch nie.«

Sie sah in sein schmales Gesicht, sah den dunklen Schatten des Bartwuchses, die tiefen Fältchen um seine nassen Augen. Sam vergoß Tränen um sie. War das nicht der Beweis, auf den sie gewartet hatte? Noch nie hatte ein Mann ihretwegen geweint.

»Was ist mit April?« fragte sie.

»Vergiß sie wie ich. Wahrscheinlich wird das meine Karriere zerstören, aber das kann ich auch nicht mehr ändern.«

Sie nahm seine Hand und zog ihn in ihr Bett.

38.

Sam lag neben Jahne, seinen rechten Arm auf ihrer Schulter. Jahne konnte kaum atmen, kaum schlucken. Ihre Hüfte drückte an seine, ihr linker Fuß berührte ihn. Es gab noch mehr Stellen, an denen sich ihre Körper berührten, und sie alle schienen zu brennen.

Endlich durfte sie ihn haben. Zu ihren Bedingungen. Sie hatte Sam Shields, den Mann, den sie liebte, nach dem sie so lange gehungert hatte. Er verlangte nach ihr, war ganz verrückt nach ihr und weinte ihretwegen.

Die Aufregung schmerzte. Sie hätte sich am liebsten alles vom Leib gerissen, ihm die blauen Boxershorts ausgezogen und ihn zu Tode geliebt. Sie wollte auf ihm liegen, ihn in sich fühlen und diese unerträgliche Spannung abbauen. Ich muß es ihm jetzt sagen, erinnerte sie sich selbst. Sonst ist es zu spät.

Sein Gesicht war dicht vor ihrem. Im Halbdunkel sah sie seine Augen glühen. Auch er atmete schneller vor Begierde. Warum erkannte er sie nicht? Er sah ihr doch so intensiv in die Augen!

Er bewegte sich ein wenig. Dabei berührten ihre Brustwarzen seine nackte Brust. Durch seine Shorts hindurch fühlte Jahne sein Glied an ihrem Schenkel. Die Shorts waren naß, so naß wie sie selbst. Sie nahm seine Hand von ihrem Rükken und strich damit leicht über ihre Seite, von der Schulter bis zum Knie und zurück. Sie bebte.

»Ist dir kalt?« neckte er sie, doch seine Stimme wirkte fremd und rauh. Sie brachte kein Wort heraus. Er nahm ihr Gesicht unter dem Kinn. Unwillkürlich dachte sie an Snowball und wie die Katze sich liebevoll an ihre Hand zu drücken pflegte. Jahne hätte sich jetzt auch gern wie eine Katze an Sam gerieben. Er küßte sie, und Jahne dachte an nichts anderes mehr. Schauer um Schauer rann ihr über den Rücken.

Sam zog sie fester an sich. Er saugte sich an ihrem Mund fest, als sei er eine Frucht, die er genoß. Seine Zunge bewegte sich langsam in ihrem Mund. Von einer Seite zu anderen. Sie fühlte seine Zungenspitze unter ihrer. Unsagbar zärtlich nahm er ihre volle Unterlippe zwischen die Zähne und biß sanft hinein.

Jahne stöhnte. Da ließ er sie los, bevor aus Lust Schmerz wurde.

»Ich möchte dich aufessen«, wisperte er. »Du bist köstlich. Ich möchte dich mit meinen Händen und meinem Mund und meinem Glied lieben.« Jahnes Brustwarzen kribbelten. Sie holte tief Luft. Dadurch näherten ihre Körper sich noch mehr.

Sam nahm Jahnes Hand und legte sie auf sein Glied unter den Shorts. Es verbrannte fast ihre Hand, war hart und drückte sich in ihre Handfläche. Und es war feucht. »Das ist für dich«, sagte er. »Alles für dich.«

Er drückte die Hand gegen ihren flachen Bauch. Mit den Fingerspitzen berührte er ihr Schamhaar. Sie stöhnte wieder. Langsam kreiste er mit der Hand auf ihrem Bauch. Lachend küßte er sie wieder. Diesmal nur die Lippen. Doch Jahne wollte seine Zunge fühlen und sein Glied. Sam wich zurück und küßte statt dessen ihre Wange, ihren Hals und ihre Brust. Seine linke Hand lag noch immer auf ihrem Leib.

Das Verlangen raubte ihr jeden klaren Gedanken. Doch er hielt sich zurück. Er war nicht wie Pete mit seinem schnörkellosen Sex. Und er ließ sich auch nicht mit Michael vergleichen, bei dem es nur Technik gab und keine Leidenschaft. Sam verstand es, sich zu beherrschen und seine Liebesspiele zu lenken, ohne auf Leidenschaft und Kraft zu verzichten.

Nie zuvor hatte Jahne sich so vital gefühlt. Die geringste Berührung, der kleinste Druck oder eine veränderte Position brachte ihr Inneres zum Brennen. Endlich legte er beide Hände um ihre Brüste. »Halt mich fester«, verlangte er, den Mund an ihrem Ohr. Er drückte ihre Brüste. »Halt mich so«, verlangte er. Sie fühlte sein Glied in ihrer Hand zucken. Da schloß sie die Finger darum und knetete wie er. Er seufzte tief. Das Bewußtsein ihrer Macht und ihre Lust elektrisierten Jahne. Sie hatte ihn zum Stöhnen gebracht! Wieder schloß sie die Hand fest um seine Männlichkeit, wieder stöhnte er.

Mit der anderen Hand zog sie seine Shorts hinunter. Sie rieb sein Glied an ihrem Bauch. »Ja, ja«, seufzte er. Sie fühlte die feuchte Spur auf ihrem Bauch. Da legte sie beide Hände darum und drückte fest.

Er fuhr mit der Zunge in ihr Ohr. Es fühlte sich so gut, so stürmisch an, daß sie ihn loslassen mußte. Zeit und Raum verloren an Bedeutung. Nur dieses Übermaß an Gefühlen beherrschte Jahne.

»Nicht loslassen«, flehte er. »Laß mich nie wieder los!« Er küßte sie innig, rollte sich auf sie. Beglückt fühlte sie sein Gewicht. Gesicht an Gesicht, Brust an Brust, Bauch an Bauch, Schenkel an Schenkel.

»Laß mich hinein«, flüsterte er. Da sie nickte, nahm er ein Kondom und stülpte es über. Das verschaffte ihr eine Atempause. Was tue ich da? fragte sie sich. So war das nicht geplant. Ich wollte nicht mit ihm schlafen. Vorher muß ich ihm doch sagen, wer ich bin! Jetzt muß ich es sagen. Das ist meine letzte Chance.

Doch er faßte zwischen ihre Schenkel. Jahne fühlte seinen Finger in sich, wölbte den Rücken und schob sich fest an Sam. »Ist das gut?« fragte er rauh. Er streichelte sie und die Verzückung raubte ihr fast die Besinnung. »Ist es so gut?«

»Ja, aber ich will mehr.«

»Ich möchte dich dort sehen! Laß mich das Licht anmachen.«

»Nein!« rief sie entsetzt. »Nicht jetzt.«

Er bestand nicht darauf. Er legte seine Hand wieder auf

sie, öffnete sie erst mit zwei Fingern, dann mit drei. Sie warf den Kopf von einer Seite zur anderen. »Gott!« stöhnte er. »Bist du schön. Ich weiß nicht, ob ich dich nur ansehen, oder ob ich mit dir schlafen soll.«

Er zog seine Hand zurück und rieb sein Glied an ihrer feuchten Scham.

»Jetzt?« flüsterte er. »Darf ich dich jetzt haben?«

»Ja!« Sie schrie es fast. Er senkte sich nur ein kleines Stück in sie und bewegte sich dann nicht. Doch sie drängte ihn, wollte mehr. »Langsam«, bat er. »Du machst mich wild. Es wird mir in einer Sekunde kommen, wenn du dich bewegst.«

Sie gehorchte. Langsam glitt er in sie, tiefer und immer tiefer. Endlos. »So wolltest du das?« fragte er, und Tränen schossen in ihre Augen.

»Ja, das wollte ich«, gestand sie.

»Ich auch, ich auch.«

Er bewegte sich in ihr. Langsam, weich. Immer wieder zog er sich zurück und senkte sich in sie. »Du bist so gut!« weinte sie.

»Das ist alles für dich, Baby. Für dich.« Während ihre Lust sich aufbaute, merkte sie, daß sie ihren Höhepunkt erreichte. »Laß es gehen, Baby, laß es gehen«, verlangte er, und auch diesmal tat sie, was er sagte.

Am nächsten Morgen saß Jahne lächelnd vor dem Toilettentisch und summte vor sich hin. »Hast du ihn nun lieber als er dich?« fragte Mai.

»Nein, bestimmt nicht.«

»Was du machst, ist sehr gefährlich«, warnte Mai. »Er ist Kritiker, nicht Künstler. Du schenkst dich ihm ganz. Aber was gibt er dir?«

»Seine Liebe«, erwiderte Jahne einfach.

»Woher weißt du das?«

Jahne wurde ernst. Denn es gab einen Beweis für ihre Behauptung. Sie erinnerte sich nicht nur an Sams Leidenschaft, sondern auch an seine Tränen. »Weil er meinetwegen geweint hat«, sagte sie Mai.

»Na und? Die Männer haben meinetwegen immer geheult. Sie heulen täglich wegen schöner Frauen. Was denn sonst noch?«

Darauf wußte Jahne keine Antwort.

39.

Allmählich freute Lila sich auf ihre Verabredungen mit Marty. Anfangs hatte sie es als Tribut an ihre Schönheit hingenommen, daß er sie umwarb. Sie hatte sich zudem wie ein wildes Tier gefühlt, das bisher im Käfig gehalten worden war und nun plötzlich in die freie Wildbahn gesetzt wird. Sie hatte sich gewehrt und Marty zurückgestoßen. Marty hatte nicht lockergelassen. Da begann sie, ihm zu vertrauen. Sie begriff, daß er sein Fach beherrschte und pfiffig war.

Bisher hatte Lila niemandem vertraut. Bestimmt nicht der Puppenmutter, nicht Kevin und nicht Robbie, obwohl sie nicht glaubte, daß Tante Robbie ihr wissentlich schaden würde.

So ergab es sich, daß Lila ihre ganze Freizeit mit Marty verbrachte. Sie brauchte keinen anderen. Anfangs fand sie es besonders reizvoll, sich mit Marty in der Öffentlichkeit sehen zu lassen. Dieser Mann stellte eine Persönlichkeit dar, die Männern wie Frauen imponierte. Das hatte nichts mit sexueller Ausstrahlung oder gar Macho-Allüren zu tun. Marty war einfach anders.

So nahm er nicht Lilas Arm, wenn sie ein Restaurant betraten oder eine der großen Partys besuchten. Das gefiel Lila, denn sie haßte es, berührt zu werden oder wie ein Hund an der Leine zu gehen.

Je weiter sich die Nachricht von der Freundschaft zwischen Marty und Lila verbreitete, um so mehr wurde sie bei den Kollegen und der Crew gefürchtet. Furcht ist jedoch die Grundlage zur Macht, wie Lila sehr wohl wußte.

Obwohl Marty ein Mensch war, der gänzlich in seiner Arbeit aufging, ja direkt von ihr besessen war, verstand er es auch, seine Freizeit zu nützen, obwohl die karg genug bemessen war. Er liebte die Oper und führte Lila nach San Francisco zu Opernaufführungen. Sie besuchten Konzerte, Ballettveranstaltungen und Kunstausstellungen. All das war Neuland für Lila.

Niemals versuchte er, sie zu berühren. Eines Abends saßen sie auf Lilas Terrasse, die über den Pazifik hinausragte. Marty hatte den ganzen Tag Produktionsbesprechungen gehabt und sprach nun über die Eröffnungsfolgen der neuen Saison, während Lila fasziniert den Sonnenuntergang über den Wellen beobachtete. Sie unterbrach Marty nicht, nickte nur gelegentlich.

Plötzlich bemerkte er beiläufig: »Wir werden Theresa deine Mutter spielen lassen.«

Sekundenlang glaubte sie, sich verhört zu haben. Dann wurde ihr Gesicht aschfahl. »Wie bitte?«

»Theresa ist bereit, die Rolle deiner Mutter zu spielen.«

»Nein, Marty, nicht meine Mutter!« ächzte Lila.

Viel wußte Marty nicht über Lilas Verhältnis zu Theresa, nur soviel, daß sie sich nicht sonderlich gut verstanden. Allerdings hatte er nicht angenommen, sie könnte ihre Mutter hassen. Das erkannte er jetzt – auch die Chance, die sich ihm dadurch bot.

»Warum nicht? Das liegt doch nahe. Denk mal nach, Lila.«

»Ich werde nicht mit meiner Mutter arbeiten.«

»Du solltest keine so vorschnellen Entscheidungen treffen. Bist du dir klar, was das für deine Karriere bedeuten könnte? Es gäbe dir einen unheimlichen Auftrieb. Die Zuschauerzahlen würden hinaufschnellen. Und das brauchst du für den Emmy und für deinen nächsten Vertrag.«

»Ich pfeif' auf diese Argumente. Ich habe nein gesagt.«

Martys italienische Herkunft machte sich jetzt bemerkbar. Er lächelte überlegen. »Dazu hast du nichts zu sagen, Lila. Ich erzähle dir das nur in aller Freundschaft als Regisseur. Ich bitte dich nicht um Erlaubnis.«

»Wer zum Teufel bist du? Gott persönlich? Du bist nur ein normaler Regisseur.«

»Und du nur eine Schauspielerin, Lila. Ich habe dich dazu

gemacht, wenn du dich daran erinnern willst.« Marty stand auf. Zum erstenmal seit sie sich kannten war Marty Herr der Lage. Er blieb indessen diplomatisch. »Eine endgültige Entscheidung ist noch nicht gefallen.«

»Über die Rolle meiner Mutter?« fragte sie hoffnungsvoll.

»Ihr gegenüber stehe ich im Wort. Doch wir könnten eine Änderung vornehmen.«

»Sie loswerden?«

»Nein. Wir könnten Theresa Sharleens Mutter spielen lassen.«

»Aber du sagtest, ich bekäme die Hauptrolle?« Es klang weinerlich.

Marty meinte gelassen. »So hatte ich es mir vorgestellt. Aber du scheinst damit ja nicht einverstanden zu sein. Unser Vertrag mit Theresa sieht vor, daß sie spielt oder wir zahlen müssen.«

Lila war den Tränen nahe.

Endlich hatte Marty sie soweit, daß sie selbst einmal Kompromisse machen mußte. Diesmal mußte sie verhandeln.

»Bitte Marty, laß uns darüber sprechen! Warum denn meine Mutter? Der Gedanke des reichen Mädchens, das sein Elternhaus verläßt, ist super. Die Rolle kann Sharleen nicht spielen. Aber warum willst du dir ein altes Weib wie Theresa holen? Es muß doch Millionen anderer geben, die die Chance mit Kußhand aufgreifen würden. Zum Beispiel Debbie Reynolds oder Dina Merrill.«

Ihre Verzweiflung hätte Marty rühren müssen. Das tat sie jedoch nicht. Lila hatte ihn auch vor nicht allzu langer Zeit an den Rand der Verzweiflung getrieben. Die Erinnerung daran schmerzte noch immer. Erst letzte Nacht hatte er von ihr geträumt, wie sie sich vor ihm auszog, neben ihm lag, die Beine gespreizt…

»Du bist eine sehr schöne Frau, Lila.«

Lila starrte ihn an. Dann senkte sie den Blick. »Ich weiß, daß du an mir interessiert bist, Marty, aber… Es geht… ich meine, es liegt nicht an dir. Ich mache mir nichts aus Sex, Marty, und ich habe noch nie mit einem Mann geschlafen. Ich bin noch Jungfrau.«

Die Jungfrauengeschichte kaufte Marty ihr nicht ab. Außerdem gehörte er nicht zu den Männern, denen Jungfräulichkeit so wichtig war. »Du schuldest mir nichts, Lila. Ich möchte nicht, daß du meinst, du müßtest etwas für mich tun. Meine Entscheidungen werden aus künstlerischen Erwägungen heraus gefällt.«

Lila nahm Martys Hand und zog ihn wieder neben sich auf die Hollywoodschaukel. »Kann ich denn nichts tun, Marty? Mit meiner Mutter kann ich nicht spielen. Du ahnst nicht, was sie mir angetan hat und wie das Verhältnis zwischen uns ist. Ich hasse sie, verachte sie. Bitte nimm sie nicht, Marty. Bitte, bitte!«

Er fühlte, wie sie den Reißverschluß seiner Hose öffnete. Sein Glied wurde hart. Er lächelte. »Nicht, Lila. Du bist Jungfrau, hast du das vergessen?«

Doch sie hörte nicht auf ihn. Der Reißverschluß war offen. Bevor er es sich versah, hatte sie seinen Penis zwischen den schönen Lippen. Auf der Veranda über dem Pazifik, bei einem prächtigen Sonnenuntergang! O Gott! dachte er, als er ihren warmen Mund spürte. Er sah auf ihr herrliches Haar. Seine Männlichkeit schwoll in ihrem Mund an. So hatte er sich das eigentlich nicht vorgestellt. Davon hatte er nicht geträumt. Doch für den Anfang war es nicht so übel.

Das Telefon neben Theresa klingelte. Sie wandte sich an Kevin. »Sei ein Schatz, und geh dran, ja? Ich bin heiser.«

Zögernd tat Kevin ihr den Gefallen. Doch er reichte ihr kurz darauf den Hörer weiter. »Paul Grasso.«

Theresa lächelte, als blicke sie in eine Kamera, nicht auf einen Telefonhörer. Doch ihr Lächeln verschwand schnell. Die Farbe wich aus ihrem Gesicht. Sie rang um Haltung. »Was soll das heißen, sie haben jemand anderen?« schrillte sie. »Sie sind für die Besetzungsliste verantwortlich. Ich verlange, den wahren Grund zu wissen. Ich will diese Rolle spielen. Es ist meine Rolle. Ich habe ein Recht darauf, den Grund zu erfahren.«

Paul Grasso antwortete etwas. Doch Theresa ließ ihn kaum aussprechen. »Das ist doch Lilas Werk. Sie ist eifersüchtig und will mich nicht in der Sendung haben. Sie fürchtet, ich könne sie ihr stehlen. Also bekommt sie ihren Willen, und ich einen Fußtritt.«

Kevin verzog das Gesicht höhnisch.

»Was soll ich mit dem Geld? Darum geht es nicht«, empörte sie sich. Doch gleichzeitig merkte sie, daß sie vor Paul Grasso und Kevin das Gesicht zu verlieren drohte. Sie zwang sich also zur Ruhe. »Wir brauchen nicht weiter zu diskutieren. Sie hören von meinem Anwalt.« Sie warf den Hörer in hohem Bogen von sich. Mit einem dumpfen Laut landete er an der Steinmauer.

Kevin ließ Theresa allein.

40.

Es hämmerte an ihre Tür. Davon wachte Flora Lee auf. In der Dunkelheit mußte sie sich erst orientieren. Sie setzte sich auf die Bettkante und merkte erst jetzt, daß sie das Bett mit jemandem teilte. Mit Dobe. Er schlief noch. Sie kniff die Augen zusammen, um die Zahlen auf dem Digitalwecker zu lesen. Halb fünf Uhr früh. Erst allmählich erinnerte sie sich, daß Dobe mit ihr beim Abendessen in Sharleens und Deans Haus geflirtet hatte. Dann hatte er ihr angeboten, sie nach Haus zu bringen. Sie wußte genau, daß er im Bett temperamentvoll sein würde. Doch sie hatten erst Station in einer Bar gemacht, dann in noch einer und möglicherweise einer weiteren.

Das Hämmern an der Tür wurde lauter. Flora Lee schlurfte zur Wohnungstür. »Wer ist da?« krächzte sie.

»Polizei.«

Jesus! Was wollten die? »Wie bitte? Polizei? Woher soll ich wissen, daß das stimmt?«

Sie blickte durch den Türspion. Vor den wurde die Polizeimarke gehalten. Erst jetzt merkte sie, daß sie nackt war und sagte: »Eine Minute, ich muß mir was anziehen.« Sie machte im Wohnzimmer Licht. Auf dem Tisch standen leere Gläser und Flaschen. Flora Lee schloß die Augen. Sie versuchte sich zu erinnern. Dann ging sie ins Schlafzimmer. Das Licht vom Wohnzimmer fiel auf das Bett.

Das was Flora Lee in dem Bett sah, war so fürchterlich, daß sie sich nicht rühren oder auch nur schreien konnte. Das Klopfen an der Tür wurde stärker. Flora Lee preßte die Hand vor den Mund. Was war nur passiert? Warum lag Dobe in ihrem Bett mit dem Küchenmesser in der Brust? Was hatte sie getan?

Sie schlüpfte in ihren Morgenrock und rannte zur Tür. Nun begrüßte sie die Polizei dankbar. Ihre Hand lag auf der Klinke. Da erst begriff sie, was der Polizist denken mußte. Doch sie mußte öffnen.

Der Polizist war allein. Er trug Zivilkleidung. Wieder öffnete er seine Brieftasche, zeigte ihr seine Dienstmarke und seinen Ausweis. Dann trat er ein und sah sich um. »Wir haben Klagen wegen eines Streits gehört. Hier in der Wohnung sei herumgeschrien worden. Ein Riesenkrach angeblich. Fehlt Ihnen etwas, Madam?«

Die Nachbarn hatten schon mehr als einmal ihretwegen die Polizei alarmiert. Doch Flora Lee erinnerte sich nicht, geschrien zu haben. Sie sank auf das Sofa. Der Polizist sah sie an, schob den Couchtisch zurecht und setzte sich neben Flora Lee auf das Sofa. »Was ist denn los, Miss?«

Schien ein netter Typ zu sein. Flora Lee mußte ihm trotzdem von dem Toten in ihrem Bett erzählen. »Ich hab getrunken. Danach weiß ich nichts mehr, bis Sie an die Tür geklopft haben.« Flora Lee brach in Tränen aus. Sie wünschte, sie wäre nüchtern genug, um ihre Gedanken zu ordnen.

»Und weiter?« drängte der Polizist.

Flora Lee versuchte sich zu fassen. Sie wies auf das Schlafzimmer. Da stand der Polizist auf und ging hinein. Er blieb sehr lang dort. Vielleicht ist er gar nicht tot, dachte Flora Lee hoffnungsvoll. Sie wollte schon nachsehen. Da erschien der Polizist und schloß die Tür hinter sich. »Lady, ich muß Ihnen Ihre Rechte vorlesen. Ich verhafte Sie wegen Mordes. Sie haben das Recht zu schweigen...«

»Warten Sie, warten Sie!« jammerte Flora Lee. »Ich hab

doch niemanden umgebracht! Wir haben zusammen getrunken. Und dann wache ich auf und sehe den Toten neben mir und höre Sie klopfen.«

»Ich möchte die Rechte zu Ende vorlesen.« Er blickte auf eine kleine Karte, die er aus seiner Tasche gezogen hatte.

Wieder unterbrach ihn Flora Lee. »Hören Sie mir doch zu! Das war ich nicht. Es muß ein Herzanfall gewesen sein oder ein Einbrecher. Nicht ich.«

»Warum nicht Sie?«

»Weil ich noch nie ein meinem Leben jemanden verletzt habe und er ein echt netter Typ war. Nett zu mir. Und er ist ein Freund von meinen Kindern. Ein Gentleman.« Sie schluchzte wieder. »Ich weiß nicht, wie das passieren konnte. Lieber Gott im Himmel, steh mir bei. Du weißt doch, daß ich ihm nichts getan habe.«

Der Polizist seufzte. Er sah sympathisch aus, etwa fünfundfünfzig. »Können Sie jemanden anrufen, der gleich zu Ihnen ins Gefängnis kommen kann? Ich darf das eigentlich gar nicht machen, an sich dürfen Sie erst vom Gefängnis aus anrufen. Aber nun ja, Sie sind offenbar ein gläubiger Mensch und...«

Ein Hoffnungsschimmer glitt über Flora Lees Gesicht. Wenn sie ihm nun erlaubte, mit ihr zu schlafen? Nein, eine Mordanklage war wohl doch zu ernst. »Sehen Sie, ich hab einen Sohn und eine Tochter. Vielleicht kennen Sie sie. Sharleen Smith. Ich könnte sie anrufen. Sie würde alles in Ordnung bringen. Sie hat Anwälte und Geld und...«

»Sharleen Smith? Die Schauspielerin? Sie sind Ihre Mutter?«

Flora Lee nickte aufgeregt. Offenbar gab es doch noch eine Möglichkeit, das alles irgendwie zu bereinigen. Wer würde auch glauben, daß die Mutter eines berühmten Stars jemanden tötet? »Ja.« Sie zeigte ihm ein gerahmtes Bild. »Das ist mein Baby.«

Der Polizist betrachtete das Bild kurz. Dann gab er es Flora Lee zurück. »Jeder kann ein Bild von einem Star haben. Ich habe ja auch ein Bild von Sharleen Smith zu Hause. Sie ist eine prima Frau.«

»Lesen Sie doch: Sie hat draufgeschrieben ›meiner Momma in Liebe von ihrer Tochter Sharleen‹. Das bin ich: Momma.«

Der Mann stand auf und ging hin und her. »Wenn Sie ihre Tochter ist, haben Sie sicher auch ihre Geheimnummer. Geben Sie mir die mal.«

Flora Lee beeilte sich, ihm die Karte zu geben, obwohl Sharleen ihr eingeschärft hatte, diese Nummer niemals aus der Hand zu geben.

Der Polizist nahm die Karte und setzte sich in den Sessel neben dem Telefon. »Also, Lady, ich gebe Ihnen jetzt eine Chance. In dieser Stadt ist das Fernsehen eine wichtige Sache, und ich möchte den Filmbossen nicht in die Quere kommen. Aber wenn Sie lügen und das nicht Sharleen Smith ist oder Miss Smith Sie nicht kennt, stecken Sie in mächtigen Schwierigkeiten. Auf vorsätzlichen Mord steht in unserer Stadt die Todesstrafe. Wie heißen Sie?«

»Flora Lee Smith.« Sie überlegte schnell, daß es jetzt nicht taugte zu lügen. »Flora Lee Deluce.« Sie erklärte das: »Wissen Sie, ich war nicht richtig mit Sharleens Daddy verheiratet. Ich war mal verheiratet, aber Deluce hat mich sitzen gelassen. Ich und Dean Smith Senior waren acht Jahre zusammen. Dean Smith war ihr Vater, mein Mann.« Flora Lee erzählte von der Zeit in Arkansas und ihrem Umzug nach Texas und der Verzweiflung wegen Dean Senior und Dean Junior und was dann passiert war. Doch der Polizist unterbrach den Redeschwall schließlich.

»Stimmt das auch alles? Haben Sie darüber Geburtsurkunden und so?«

»Nein, nicht mehr. Aber die sind im Krankenhaus.« Sie nannte den Namen. »Dort bekam ich nämlich noch ein Kind.«

Der Polizist ließ sich auch Flora Lees Geburtsnamen geben und machte sich eifrig Notizen, sehr zu ihrem Leidwesen. »Wenn Sie jetzt lügen, Mrs. Deluce, sind Sie dran.«

»Ich lüge nicht«, flüsterte sie.

»Also gut. Gehen sie jetzt ins Bad und baden Sie gründlich. Waschen Sie das Blut ab und spülen Sie die Wanne gründlich aus. Sehr gründlich. Kommen Sie erst, wenn ich Sie rufe. Verstanden?«

»Darf ich... ich meine, das war so ein Schock und so. Ich zittere richtig. Darf ich einen Drink haben, bevor ich ins Bad gehe? Nur wegen meiner Nerven.«

»Sie können die ganze Flasche mitnehmen. Aber waschen Sie sich gründlich, und versuchen Sie nicht zu fliehen. Ich habe mir das Fenster genau angesehen. Also keine Tricks!«

Flora Lee schloß die Badezimmertür hinter sich. Sie drehte die Hähne auf und sofort danach den Verschluß der Wodkaflasche. Sie nahm drei große Schlucke. Dann noch mal drei. Auf dem Badewannenrand wartete sie darauf, daß der Alkohol wirkte.

Wie bin ich nur da reingerasselt? dachte sie. Hat jemand Dobe umgebracht, als ich schlief? Hat er sich selbst getötet? Nein, das Messer steckte mitten in seiner Brust. Herrgott im Himmel. Kann ich das getan haben? Hatte ich einen Blackout? Flora Lee kannte sich mit Blackouts gut aus. Sie trank ja ständig und wachte oft in verwahrlosten Zimmern mit schmutzstarrenden Männern neben sich auf. Doch sie hatte bisher noch nie jemanden bei einem solchen Blackout umgebracht.

Flora Lee sank auf die Knie und betete: »Herr im Himmel, Lamm Gottes, hilf mir...«

Dann stand sie auf, wusch sich gründlich, verließ die Badewanne und setzte noch einmal die Flasche an die Lippen. Da rief der Polizist schon. Flora Lee kehrte im Bademantel ins Wohnzimmer zurück. Sie fühlte sich etwas besser und nahm auf der vordersten Kante der Couch Platz.

»Ich habe gerade mit ihrer Tochter gesprochen. Was Sie gesagt haben, stimmt so weit. Mir gefällt das alles genausowenig wie Ihnen, aber für Sharleen Smith würde ich alles tun. Das Polizeipräsidium und die Studios mögen solche Skandale noch weniger als ich. Das ist für alle schlecht. Der Mann war nur ein Herumtreiber. Den vermißt niemand. Und ich stehe zu kurz vor meiner Pensionierung, als daß ich mir jetzt noch Ärger einhandeln wollte.«

Flora Lee atmete auf. Hatte Gott ihr Gebet also doch erhört? »Was will Sharleen denn für mich tun?«

»Sie ziehen sich jetzt an, packen einen Koffer und fahren mit dem Taxi zum Flughafen. Dort nehmen Sie den ersten Flug nach New Orleans. In New Orleans rufen Sie diesen Mann an.« Er gab ihr einen Zettel mit Namen und Telefonnummer. »Der verschafft Ihnen eine Wohnung. Miss Smith war schockiert, aber sie ist ein guter Mensch und sagt, daß sie Ihnen monatlich durch diesen Mann einen Scheck zukommen lassen wird. Er sorgt dafür, daß Sie den jeden Monat bekommen.«

Flora Lee weinte. »Ich wußte es. Ich wußte, daß mein Baby mir helfen würde. Vielen Dank, Sir.« Ihr Körper wurde vom Weinen erschüttert.

»Moment noch, Lady. Das ist nicht alles. Wenn ich Sie jetzt gehen lasse, dürfen Sie sich nie wieder mit Sharleen oder Dean in Verbindung setzen, niemandem Ihre verwandtschaftliche Beziehung zu den beiden mitteilen und niemandem sagen, daß Sie die beiden kennen. Nichts. Sie werden Ihre Kinder also nie wiedersehen. Doch anders kann ich Sie nicht aus dem Gefängnis heraushalten. Lang würden Sie bei dem Urteil, das Sie zu erwarten haben, allerdings ohnehin nicht mehr leben.«

Flora Lee schauderte. Sie brauchte nicht lange nachzudenken. »Sharleen hat gesagt, daß sie mir Geld schickt?«

Der Polizist nickte. »Ja. Aber passen Sie auf, was Sie sagen. Wenn Sie mit jemandem sprechen und das FBI Wind davon bekommt, droht Ihnen der elektrische Stuhl. Davon dürfen Sie ausgehen.«

»Sharleen braucht sich keine Sorgen zu machen. Ich will ihnen ja nicht schaden. Sie können ihr sagen, daß ich von morgen an mit dem Trinken aufhöre. Das habe ich dem Herrgott in der Badewanne versprochen.« Sie tupfte ihre Augen mit dem Zipfel des Bademantels ab und stand auf.

»Ich muß packen. Mein Koffer ist… da drin.« Sie wies auf das Schlafzimmer, in dem der Ermordete noch lag.

»Beeilen sie sich. Ich hab noch mehr zu tun und möchte Sie hier raushaben, bevor ich abgelöst werde.«

Das brauchte man Flora Lee nicht zweimal zu sagen. Sie warf zwei Hosenanzüge und Unterwäsche in den Koffer, den sie von Sharleen bekommen hatte und soviel Make-up, wie sie hineinbekam. In weniger als fünf Minuten stand sie fertig angezogen im Wohnzimmer. Sie hatte kein einziges Mal zu Dobe in dem Bett gesehen.

Der Polizist hielt Geld in der Hand. Das übergab er ihr. »Damit haben Sie genug bis New Orleans. Dort rufen Sie die Nummer an, die ich Ihnen gegeben habe.« Flora Lee nahm das Geld gierig. »Und noch etwas, bevor Sie gehen. Sie müssen das hier abschreiben.« Er reichte ihr wieder einen Zettel

Flora Lee schrieb ab:

> Liebe Sharleen und lieber Dean, vielen Dank für alles. Ich falle euch nur zur Last und das will ich nicht. Darum komme ich nicht wieder. Erwartet mich nicht mehr.
> In Liebe, Momma

Vor dem Haus wurde gehupt. Flora Lee zuckte zusammen.

»Das ist Ihr Taxi. Das habe ich bestellt. Hier ist das Geld dafür«, sagte der Polizist.

Wieder griff Flora Lee schnell danach.

»Wie ich hörte, wollen Sie den Tod durch Erhängen wieder einführen. Ein schrecklicher Tod, Mrs. Deluce. Verstehen Sie, was ich damit sagen will?« Flora Lee nickte, riß den Koffer und die Flasche Wodka an sich und lief hinaus.

Der Polizist stand am Fenster und sah ihr nach. Plötzlich ging die Tür zum Schlafzimmer auf und Dobe kam herein. Das Messer steckte noch immer in seiner Brust. Der Polizist lächelte.

»Verdammt Barney, das hat lang gedauert. Seit einer Stunde platzt meine Blase bald.« Er verschwand im Badezimmer.

»Für einen Amateur hast du das toll hingekriegt«, lobte Barney ihn bei seiner Rückkehr ins Wohnzimmer.

Dobe warf sich in einen Sessel, während Barney ihm großzügig aus der Wodkaflasche eingoß, die er in der Küche gefunden hatte.

»So leicht hast du dir in deinen Schauspielerjahren sicher noch nie tausend Dollar verdient«, meint Dobe lächelnd. »Danke jedenfalls.«

»Gern geschehen. Fandest du es nicht gut, wie ich ihr noch den Tod durch Erhängen angedroht habe?«

»Ich weiß nicht. Das Improvisieren war nie deine Stärke, Barney. Aber nun gib mir das, was du wegen der Geburtsurkunden aufgeschrieben hast und dann laß uns hier verschwinden.«

41.

»Darling, das Essen war wundervoll, aber nun muß ich laufen.«

Crystal Plenum küßte Sy Ortis auf beide Wangen. »Die Pünktlichkeit ist mein Herkulesferse.«

»Achillesferse, Crystal.«

»Ist ja egal.«

Sy atmete auf, nachdem Crystal gegangen war. Es gab die »harten« und die »weichen« Essen. Sy fand die weichen schwieriger. Dies war so ein weiches Mittagessen gewesen. Ohne besonderen Anlass, nur zur Verbesserung der Beziehungen und um Crystal ein paar Komplimente zu machen. Viele Streicheleinheiten. In anderen Branchen würde man es Speichelleckerei nennen. Jedenfalls haßte er solche Notwendigkeiten seines Berufs mehr als alles andere. Er fühlte sich nachher eher als Marionette dann als Puppenspieler.

Crystal befand sich auf dem absteigenden Ast. Das wußte sie, das wußte Sy. Seit *Jack and Jill* hatte sie keine vernünftige Hauptrolle mehr angeboten bekommen. Diese Rollen wurden naturgemäß rar für Frauen, die auf die Fünfunddreißig zugingen. Doch vor *Jack and Jill* war sie noch gefragt gewesen. Der Film hatte die allgemeine Meinung über sie geändert. Sie konnte keine jungen Frauen mehr spielen.

Sy trank seinen Kaffee aus. Die Tasse wurde sofort unaufgefordert nachgefüllt. Sy Ortis war in der Polo Lounge bekannt.

Plötzlich stand ein kleiner, tadellos gekleideter Mann neben seinem Tisch. Sy brauchte eine Minute, bis er ihn erkannte. »Ara Sagarian«, sagte Sy endlich.

»Darf ich mich zu Ihnen setzen?« fragte Ara. Der Kellner hielt sich abwartend im Hintergrund und lauerte auf Sys Antwort.

»Eigentlich wollte ich gerade gehen. Ich hatte mit Crystal gegessen. Das ist mein letzter Kaffee.«

Ara setzte sich dennoch. Er ging auf die Abfuhr gar nicht ein, und der Kellner beeilte sich, ein Gedeck für ihn aufzulegen. Sy verzog genervt das Gesicht.

Er wußte, daß Ara etwas auf dem Herzen hatte, und zum Zuhören fehlte ihm heute die Geduld.

»Ich weiß nicht, ob Ihnen das zu Ohren gekommen ist. Doch ich wollte, daß Sie es von mir persönlich erfahren«, kam Ara sofort zum Kern seines Anliegens. »Ich habe Michael McLain unter Vertrag genommen. Ich habe ihn nicht geködert. Das möchte ich betonen.«

Darum ging es also. Der alte schwule Armenier wollte seinen Triumph auskosten. »Sie wissen, wen ich unter Vertrag genommen habe, Ara. Und so, wie ich das sehe, ist ein Michael McLain für eine Lila Kyle nicht gerade der Tausch des Jahrhunderts. An Ihrer Stelle würde ich mich also nicht brüsten.«

»Das liegt mir auch fern. Ich erweise Ihnen nur die Höflichkeit, es Ihnen selbst zu sagen.«

»Sie verwechseln mich wohl mit jemanden, der darauf Wert legt.« Sy hatte genug. Er stand auf und ließ den alten Mann allein am Tisch zurück.

Vielleicht war es gut, daß er so mit seinen Gedanken beschäftigt war. Darum sah er nämlich Neil Morelli nicht, der auf dem Parkplatz herumlungerte. Seine Hand steckte in der verräterisch ausgebeulten Jackentasche.

42.

Marty DiGennaro, der berühmte Regisseur, der die Filmwelt erobert und vier Oscars gewonnen hatte, der sich gegen Bob LeVine durchsetzen konnte und neuer Herrscher im TV-Geschäft war, kurz, der kreativste Mann Hollywoods, lag an die vier Pfosten seines Bettes gefesselt auf dem Rücken. Nackt. Er versuchte, die Seidenkordeln an Händen und Füßen abzustreifen. Doch sie waren nach Pfadfinderart meisterhaft geknüpft.

Beim ersten Mal hatte ihn das schockiert, obwohl ihm niemand Prüderie vorwerfen konnte. Einige Sex-Eskapaden hatte er sich auch mit seiner Ex-Frau geleistet, die es mochte, wenn er sie von Zeit zu Zeit schlug. Und natürlich hatten ihn seine vielfältigen Erfahrungen mit den Starlets einiges gelehrt, von denen manche auf die exzentrischsten Gedanken verfielen.

Doch selbst gefesselt zu sein, sich nicht bewegen zu können, das schätzte er nicht. Dennoch hatte er es Lila gestattet. Ohne zu lächeln, völlig konzentriert, hatte sie ihn gefesselt. Anschließend hatte sie das Licht gedämpft und ihn allein gelassen.

Seltsamerweise begann in diesem Moment bei Marty die Erektion. Machtlos und nackt im Dunkeln erregte ihn die Erwartung mehr, als er für möglich gehalten hätte.

Schließlich erschien Lila wieder, das flammende Haar offen. Sie trug eine Art Korsett, das die prachtvollen Brüste über das bronzefarbene enggeschnürte Kleidungsstück hob. In der gleichen Farbe trug sie einen Tanga mit einem hochangesetzten Dreieck vorn, hinten nur eine seidene Schnur, die zwischen ihren wohlgerundeten Pobacken zum unteren Rand des Korsetts führte. Marty holte mühsam Luft. Wenn man von einigen Wiederholungen seiner ersten sexuellen Erfahrung mit Lila absah, hatte er nicht mit ihr geschlafen. Nackt hatte er sie nie gesehen. Ihre unglaublich langen Beine, der Hintern, die Titten, jetzt angeschwollen und rund, erregten ihn tief. Sein Penis streckte sich ihr entgegen. Doch rühren konnte er sich nicht.

»Hübsch?« fragte sie.

»Sehr«, ächzte er.

»Willst du mich berühren?«

»Ja. Binde mich los.«

»O nein. Wo bliebe da das Vergnügen?« Sie beugte sich

über ihn, bis ihre Brust fast seine ausgestreckte linke Hand berührte. Er versuchte das weiche Fleisch anzufassen. Doch da zog sie schon zurück. »Erst mußt du sie küssen«, verlangte sie.

»Gern. Binde mich los. Bitte!«

»Nein.« Sie ging ans Fußende des Bettes. Mit einer fließenden Bewegung bestieg sie das Bett und setzte ihre Füße um seinen Körper. Marty fühlte ihre schlanken Fesseln an seinen Hüften, sah die Brüste über sich, Lilas kühles Gesicht, das Haar, das wie ein Vorhang über ihren Körper fiel. Sie hockte sich auf ihn, ohne sein geschwollenes Glied zu berühren.

Langsam beugte sie den Oberkörper tiefer, und er versuchte hungrig, mit den Lippen ihre Brust zu erreichen. Doch das ließen die Fesseln nicht zu. Lila hielt in der Bewegung kurz vor seinem Mund inne, wartete, bis er sie anbettelte, die Brust küssen zu dürfen. Er stöhnte.

Da ließ sie die Brust so tief zu ihm herab, daß sie gerade nur seine Lippen erreichte. Wieder stöhnte er: »Mehr!«

Lila glitt vom Bett. Sie zündete neben dem Bett eine Kerze an. In dem flackernden Kerzenschein erschien sie ihm schöner als alle Frauen, die Gott je erschaffen hatte. Ihre Zähne, ihre Augen, ihre Lippen und ihr Haar reflektierten das Licht. Tränen traten in seine Augen.

Plötzlich hob Lila ihre Brüste mit den Händen an. Sie hielt sie wie eine Opfergabe. Zwischen Daumen und Zeigefinger drückte sie die Brustwarzen. Erst die Linke, dann die rechte. Dabei schloß sie die Augen. »Ach, ist das gut. Möchtest du das mal machen?«

Marty fehlte die Kraft zu einer Regung.

Sie strich mit den Händen über ihre Taille, ihre Schenkel und den Bauch, während Marty zusehen mußte. Sie drehte ihm den Rücken zu, fuhr mit den Händen über ihren Rücken und tiefer.

»Soll ich dich berühren?« fragte sie.

»Ja, bitte.« Lächelnd strich sie leicht wie ein Schmetterlingsflügel über seine harte Brust. Sie kam bis in die Gegend seines Glieds, das nun feucht geworden war, brachte die Hände aber gleich wieder zu seinem Gesicht, seinen Augen, seinem Mund. Er küßte ihre Finger, bis Lila erst einen Finger in seinen Mund steckte, dann noch einen und noch einen. Gierig saugte er daran, dankbar, weil er sie mit den Lippen, der Zunge und den Zähnen fühlen durfte. Viel zu schnell ließ sie von dem Spiel ab, streichelte über seine Brust, zwickte die Warzen mit dem Fingernagel und gelangte bis hinunter zu seinen schmerzenden Weichteilen, seinen Schenkeln und seinen Füßen. Sanft nahm sie einen Fuß in die Hände und rieb ihre Brust daran.

Die Hitze durchschoß ihn wie ein Stromschlag. Ihm war, als gäbe es eine direkte Verbindung zwischen seinem Fuß und seiner Männlichkeit. Da begann er zu weinen.

Erst leise, dann lauter. Das Schluchzen schüttelte ihn. Er riß an seinen Fesseln. Er warf den Kopf von einer Seite zur anderen.

Plötzlich war Lila über ihm. Ihr Gesicht neben ihm, ihr Haar auf seinem Gesicht. »Nicht, Liebster, nicht Baby«, gurrte sie, wischte die Tränen mit ihrem seidigen Haar ab und wiederholte wie ein liebende Mutter: »Nicht, Baby.« Sie hielt ihm die Brust an die Lippen. »Hier!« Er saugte daran, zu erregt und außer sich, als daß er noch Scham empfunden hätte. Dann drehte sie ihm den Rücken zu, hockte auf seiner Brust und küßte sein Glied, spielte zärtlich mit seinen Hoden. Durch einen Tränenschleier hindurch sah er, wie sie das Dreieck ihres Slips zur Seite schob. Er fühlte sein Glied an ihr, in ihr. Endlich! Endlich! Er stellte sich selbst keine Fragen mehr, außerstande, einen klaren Gedanken zu fassen, außerstande auch zu sprechen. Lila beherrschte ihn ganz. Sie drückte ihren Körper auf ihn, bewegte sich auf und nieder und wimmerte leise.

Marty war es zumute, als gipfele sein Ich, ja, die Welt in seinen Eingeweiden. Dort herrschte ein Inferno. Die Schmerzen würgten ihn, und doch war es der beste Sex, den Marty je erlebt hatte. Er erreichte seinen Höhepunkt schluchzend.

Dieses Ritual wurde leicht abgewandelt. Doch es fand etwa einmal die Woche statt. Jedes Mal band Lila ihn mit den Seidenschnüren fest. Von Mal zu Mal steigerten sich Martys Hunger und seine Dankbarkeit.

Statt daß es ihn störte, erleichterte ihn dieser passive Sex. Sein Leben lang hatte er sich den fordernden, schwierigen Wünschen der Frauen anpassen müssen. Nun, mit siebenunddreißig, durfte er die Initiative der Frau überlassen. Er brauchte sich nicht um den Ablauf, die Zeit, die sexuellen Rituale zu kümmern. All das übernahm Lila – und er dankte es ihr.

43.

Jahne lag in Sams Armen. Er schlief. Sooft sie nun zusammenwaren, so sehr wuchs ihre Sehnsucht nach mehr. Auch an diesem Morgen bedauerte Jahne, schon bald mit den schwierigen Aufnahmen am Strand beginnen zu müssen.

Endlich hatte sie, was sie wollte: Sams Liebe. Daß er sie liebte, merkte sie an seinen Gesten, seinem Blick und wie er sie liebte. Seine Leidenschaft machte sie beide schwindelig.

Sam hatte ihr gestanden, wie wenig er von seiner Arbeit hielt. Da hatte sie ihn getröstet.

Jahne seufzte. Obwohl sie nie darüber gesprochen hatten, wußten sie beide, daß der Film nicht gut lief. Michael benahm sich unmöglich. Während der großen Szene des Zusammenbruchs hatte er seine Fliege nicht richtig gebunden – versehentlich, wie er behauptete. Die Szene mußte wiederholt werden. Auf den Tagesabzügen, die Jahne gesehen hatte, wirkte sie hölzern. Schön, aber hölzern. In ihr neues Gesicht konnte sie nicht soviel Ausdruck legen wie in ihr altes. Auf einer großen Leinwand wirkte es nahezu fade. Sie mußte also lernen, überzureagieren. Doch dafür war es zu diesem Zeitpunkt fast zu spät.

Nachdem sie zum erstenmal im Dunkeln in ihrer Hotelsuite miteinander geschlafen hatten, mußte Jahne ihm von den Narben erzählen. Sie hatte sich vor seinem Ekel oder seiner Kritik oder Verachtung gefürchtet. Doch er fragte nur: »Verstehst du denn nicht, daß mir egal ist, wie du aussiehst? Ich liebe dich. Nur dich.«

Jeden Abend sanken sie sich in die Arme. Sie küßte ihn am ganzen Körper, glücklich, ihn wiederzuhaben. Er liebkoste jeden Teil von ihr und liebte sie so intensiv, daß sie meinte, in Flammen zu stehen.

Inzwischen war es zu spät, Sam die ganze Wahrheit zu gestehen. Anfangs hatte sie das alles noch als Rachefeldzug geplant. Nun würde sie sich damit selbst strafen. Sie hatte alles, was sie von ihm jemals gewollt hatte. Dennoch beobachtete sie ihn scharf. Und sie konnte die Traurigkeit nie ganz abstreifen.

Michael McLain haßte Nordkalifornien. Er haßte Außenaufnahmen. Er haßte Sam und April, das Drehbuch, den Film, den er als Dreck bezeichnete. Mehr als alles andere haßte er Jahne Moore und – überraschenderweise – auch seinen Beruf als Schauspieler. Er fand die Tätigkeit dumm, kindisch, unmännlich. Außerdem langweilte sie ihn. Zwar wurde sie gut bezahlt. Doch das Argument verfing bei ihm nicht, weil er längst mehr Geld besaß, als er je verbrauchen konnte.

Leider wußte er nicht, was er sonst hätte tun können. Er genoß es berühmt zu sein und schlief gern mit schönen Frauen, wenn auch der Reiz von beidem zu verblassen begann.

Michael fehlte das Alter, um sich ganz aufs Altenteil zurückzuziehen. Das Geschäftsleben interessierte ihn nicht. Er hätte eine Fabrik für Spaghettisaucen oder eine Restaurantkette eröffnen können. Das lockte ihn nicht. Auf was er sich auch künftig einließ, es mußte im großem Stil erfolgen, und er mußte die Nummer eins sein.

Der nächstliegende Job wäre für ihn der des Regisseurs oder Produzenten gewesen. Doch Michael hatte es schon versucht und das reichte ihm. Der Leistungsdruck setzte ihm zu sehr zu.

Politik wäre eine Möglichkeit gewesen. Doch auf lokaler Ebene kam es für ihn nicht in Frage, und in der Landespolitik sah er keine Chancen. Ein Senator unter vielen? Nein!

Der Regieassistent rief ihn zur Aufnahme. Michael ballte die Faust. Manchmal war das Leben so gemein. Er sah besser aus als Ronald Reagan, war auch ein besserer Schauspieler als der. Warum hatte Ronnie die bessere Rolle bekommen?

Das Licht für die Strandaufnahmen wurde schlechter. Die Crew beeilte sich, die Szene in den Kasten zu bekommen, bevor die Wolken heraufzogen. Zwar konnte man solche Aufnahmen bis zu einem gewissen Grad künstlich mit Jupiterlampen drehen. Doch der Gesamteindruck litt darunter. Erst hatten sie Schwierigkeiten mit einem Kabel gehabt, dann mit einer Speziallinse. Es sollte eine längere Szene werden, die mit einer glühenden Umarmung und einem Kuß endete. Jahnes Nervosität steigerte sich von Minute zu Minute. Die Verzögerungen nervten sie zusätzlich. Endlich schien alles bereit zu sein.

Jahne wandte sich an Mai, damit sie ihr den Pullover abnahm und dafür die einfache weiße Bluse gab, die Jahne für die Szene tragen mußte. Die Bluse sah wie ein Männerhemd aus und sollte Michaels Hemd sein, das sie nach dem Sex mit ihm für den Strandspaziergang angezogen hatte. Doch tatsächlich war es aus feinstem Baumwollstoff gearbeitet, weicher und glatter als ein Herrenhemd. Damit man ihren Körper deutlicher sah, war es feucht. Dadurch wurde es durchsichtig. Es klebte an ihren Brüsten.

Jahne hatte darum gebeten, daß das Double die Szene spielte. Doch Sam hatte Jahne angefleht: »Das käme nicht überzeugend genug herüber. Und deine Brüste sind schön. Vertrau mir getrost. Die Narben sieht man nicht.«

Jahne wandte sich jetzt wieder zu Mai um. Sie brauchte die Unterstützung ihrer alten Freundin. Denn im Grunde vertraute sie nur Mai. Doch als sie Sie jetzt sah, erschrak sie zutiefst. Mai sah so entsetzlich alt aus! Ihr Gesicht war so weiß wie Papier. Litt Mai unter Schmerzen? »Fehlt dir etwas?« fragte sie Mai.

»Kopfschmerzen«, antwortete Mai nur matt. Zu mehr blieb keine Zeit. Jahne mußte zur Aufnahme. Ihre Maske wurde nicht einmal von Jerry begutachtet. Dann war alles bereit.

Jahne wartete und wartete. Der Schweiß rann ihr trotz der

kühlen Brise über den Rücken. Endlich tauchte Michael auf. Grußlos, ohne Jahne einen Blick zu gönnen.

»Action!« Michael nahm Jahne in die Arme. Die lange Szene begann. Die Kamera richtete sich auf Jahne. Michael küßte ihren Nacken. Er roch gut.

»Magst du das?« fragte er und hielt sie fester. Das stand nicht im Drehbuch. Für diese Szene gab es keinen Text. Darum gab es auch kein Mikro, das die Worte hätte auffangen können. »Magst du das?« wiederholte er seine Frage.

»Hmm.«

»Weiß ich doch, daß du das gern hast, du kleine Hure. Ist Sam besser oder ich?« Michael hielt sie noch immer fest umarmt. Die Kamera fuhr dicht heran und fing Jahnes Gesicht als Grimasse voller Abscheu ein.

»Schnitt!« schrie Sam. Er trat hinter der Kamera hervor. »Ich weiß, daß es viel verlangt ist, Jahne, aber versuch' wenigstens so zu spielen, als wäre dir die Umarmung dieses Mannes nicht zuwider.«

Jahne befreite sich von Michael. »Du hast die Szene geschmissen«, warf sie ihm vor.

»Wie bitte?« staunte Michael mit Unschuldsmiene.

»Herrgott, könnt ihr beide nicht mit der Streiterei aufhören?« fragte Sam. »Das Licht taugt bald nicht mehr. Jerry, kümmere dich noch einmal um ihr Gesicht. Laslo, geh zurück. Wir versuchen es noch einmal.« Hinter ihnen entstand Gemurmel. Das gehörte sich nicht, wenn der Regisseur Anordnungen gab. »Wäre es möglich, daß ihr mir zuhört?« rief Sam gereizt. Doch der Lärm wurde lauter.

»Holt einen Krankenwagen!« rief Joel. Jahne ging mit den anderen zu der Quelle des Aufruhrs. Die Menschen machten ihr Platz. Jahne bewegte sich wie in Trance. Denn in der Mitte der Gruppe saß Dorothy auf dem Boden und hielt Mais Kopf in ihrem Schoß. Aus Mais Mundwinkel rann Blut.

»O Gott!« Jahne kniete neben Mai. »Einen Arzt, schnell!« schrie sie.

»Es ist zu spät.«

44.

Sam betrat das dunkle Zimmer auf Zehenspitzen. Jahne schlief. Die Beruhigungsmittel hatten gewirkt. Sam und der Arzt hatten Jahne ins Bett gebracht und die Heizung hochgedreht, weil Jahne vor Kälte zitterte. Nun drehte Sam die Heizung wieder niedriger. Die Luft wurde stickig.

Das hatte ihm gerade noch gefehlt. Wieder eine Verzögerung. April saß ihm bereits im Nacken. Sam wußte nicht, wann Jahne wieder einsatzfähig sein würde. Er wußte ja nicht einmal, warum ihr der Tod der alten Frau so naheging.

Sam betrachtete sie. Sie war so schön! Ihr Gesicht wurde teilweise von dem dunklen Haar verdeckt. Die Narben waren bei der schlechten Beleuchtung nicht zu sehen. Jahne erregte ihn. Er wußte, daß er nie empfunden hatte, was er für sie empfand. Seine Erregung mischte sich mit Zärtlichkeit und heißem Verlangen.

Nun, nach Mais Tod, brauchte Jahne ihn.

Er zog seine Jeans aus und schlüpfte unter das Laken neben sie. Er legte sich so an sie, daß sie wie Löffel in einem Besteckfach ruhten. Ihre Beziehung war geprägt von Wärme und Aufrichtigkeit. Vielleicht liegt es daran, daß sie noch so jung und unerfahren ist, dachte er. Wie mochte sie sich unter dem Einfluß des Ruhms verändern? Noch wurde sie heiß umworben. Sie konnte Verträge nach ihren Wünschen abschließen, konnte die Männer haben, die sie sich aussuchte. Wird sie immer bei mir bleiben, oder bin ich für sie nur ein Abenteuer?

Er fuhr mit dem Finger über ihre Seite, zitternd vor Sehnsucht. Er vergrub seine Finger in ihrem Schamhaar, berührte ihre intimste Stelle. Das beruhigte und erregte ihn zugleich.

Sie wachte auf. »Ach, Sam!« Er drückte seine Lippen an ihren Hals.

»Mai ist tot, Sam. Nun bin ich wieder allein.«

»Du bist nicht allein. Ich bin bei dir und werde dich nie mehr verlassen. Nie!« versprach er ihr.

45.

»Ich verstehe das nicht. Wie konnte sie einfach fortgehen?« Sharleen sah Dobe an. Sie saßen im Garten des Hauses. Flora Lees Brief lag vor ihnen. Dobe machte sich gelegentlich an dem Grill zu schaffen.

»Es ist gut so, Sharleen. Wir haben uns lang unterhalten. Flora Lee schämte sich, weil sie so geworden ist und fühlte, daß sie euch belastet.«

»Wir werden sie vermissen, Dobe«, meinte Sharleen.

»Ich nicht«, widersprach Dean. »Sie war nicht mehr meine Momma. Sie roch anders. Wie Daddy. Früher roch sie immer nach sauberer Wäsche.«

Das stimmte. Sharleen konnte es nur bestätigen. Dean fuhr fort: »Ich bin froh, daß Flora Lee fort ist. Jetzt kann ich mich wieder an meine Momma von früher erinnern.« Er ging mit seinen Hunden in den hinteren Teil des Gartens.

Dobe redete Sharleen zu: »Deine Momma, die eigentlich gar nicht deine Momma ist, ist eine Hure und vielleicht sogar Schlimmeres. Entschuldige, daß ich das sage. Ich will dir damit nicht wehtun, Mädchen, sondern eine infizierte Wunde ausbrennen. Flora Lee wird nicht zurückkommen. Doch sie ist versorgt. Es kann durchaus sein, daß sie bei ihrem Lebenswandel vorzeitig stirbt. Doch daran kannst du nichts ändern. Gar nichts.«

»Ich weiß. Ich habe ja gesehen, wie mein Daddy jahrelang getrunken hat. Sie ist nicht anders. Ich wollte ihr eine gute Tochter sein.«

Dobe drehte die Koteletts um. »Hier, das möchte ich dir geben, Sharleen.«

»Was ist das?«

»Der Schlüssel zu einem Safe in der California Central Bank. Dort liegen wichtige Dokumente von deiner Momma. Verwahre den Schlüssel gut. Sieh dir die Papiere eines Tages einmal genau an.«

Dobe nahm ihr Gesicht in beide Hände und küßte sie auf die Wangen.

46.

In fünfzehn Minuten sollte das Privatflugzeug auf dem Oakland Airport landen. April Irons diktierte ihrer Sekretärin letzte Anweisungen. Sie hatte in letzter Zeit eine ganze Reihe von Sekretärinnen verschlissen. Keine war dem Dauerstreß gewachsen gewesen.

April sah hinunter auf die pazifische Küste. Die Wellen rollten an einen fast leeren Strand. Dort unten drehte das Team *Birth of a Star*. Es war dem Streß ebensowenig gewachsen wie die Sekretärinnen.

Michael hatte April auf dem laufenden gehalten. In seinen Anrufen klagte er darüber, daß er die täglichen Abzüge des Films nicht zu sehen bekam, wie übrigens niemand dazu Zugang hatte, außer Sam. Das wunderte April nicht. Auch sie hatte keine Abzüge mehr bekommen.

Michael hatte sich auch über den Zeitplan beschwert. »Der Regisseur braucht eine Woche für eine Strandszene mit zwei Personen. Drei Wochen hinkt er hinter den Terminen her. Die Moral ist auf einem Tiefpunkt. Außerdem schottet Shields sich ständig mit diesem dummen Luder ab. Wenn dieser Film nichts wird, bin ich geliefert.«

Tatsächlich lief alles schief. Michael hatte mit Jahne geschlafen. Jetzt schlief Sam mit ihr und Michael hackte auf Sam herum. Das trieb April zu Verzweiflung. Michael war zumindest ein Schauspieler, auf den Verlaß war. Der Film stand und fiel mit ihm. Doch er mußte sich natürlich auch die Frage stellen, ob das womöglich sein letzte Rolle als Liebhaber war.

Verbittert erinnerte April sich an ihre Vereinbarung mit Sam Shields. Sie hatte ihm den Seitensprung mit Crystal Plenum vergeben, ihm aber klargemacht, bevor sie ihm den Vertrag für *Birth* gab, daß sie von nun an mit seiner Treue und Beständigkeit rechnete.

Nun schlief dieser Hurenbock mit Jahne Moore, und April verlor das Gesicht, ganz zu schweigen von dem finanziellen Verlust. Denn offensichtlich hatte Sam die Übersicht über sich, die Crew und das Projekt verloren.

Darum flog April jetzt nach Oakland. Sie wollte sich den Verantwortlichen vorknöpfen. Nach der Landung kam April ein junger Mann entgegen und begrüßte sie höflich. Nicht Sam Shields. April faßte es kaum. »Wer, zum Teufel, sind Sie?« verlangte sie barsch zu wissen.

»Joel Grossman, Miss Irons. Sams Regieassistent.«

Die Sekretärin setzte sich vorn neben den Fahrer, Joel Grossman in den Fond neben April. Da schoß sie auch schon ihre erste Frage ab: »Wo liegen die Probleme? Antworten Sie in fünfundzwanzig Worten oder weniger.«

»Wir haben keine Probleme«, versicherte er hastig. »Wir hatten nur einen geringen Zeitverlust wegen des Wetters. Abgesehen davon...«

»Jetzt haben Sie noch zwölf Worte frei. Kommen Sie zur Sache.«

»Nun, Miss Irons, Sie wissen ja, daß Sam Künstler und Perfektionist ist...«

»War es Ihre Idee mich heute vom Flughafen abzuholen oder Sams?«

Der junge Mann wand sich verlegen. »Sams, Miss Irons.«

Sie schaltete die Sprechanlage zu dem Fahrer ein. »Halten Sie. Sofort.«

Die überlange schwarze Limousine hielt. April verlangte hart: »Steigen Sie aus, Grossman, und richten Sie Sam aus, er soll nie wieder einen kleinen Jungen für Männerarbeit einteilen.«

»Aber Miss Irons, wir sind auf einem Highway! Es sind fünf oder sechs Kilometer bis zur nächsten Ausfahrt.« Seine Unterlippe zitterte.

»Sie sind schließlich Regieassistent. Lassen Sie sich also etwas einfallen. Raus!« Sie machte das nicht gern, aber sie mußte mit dem Aufräumen anfangen. Immerhin investierte sie in den Film vierzig Millionen Dollar.

Nichts funktionierte mehr. Die Kosten beliefen sich auf astronomische Summen. Und wofür? Um den Pazifik aufzunehmen! Jupiterlampen brannten, Kameras surrten. Auch das wertete April als Zeichen dafür, daß Sam der Aufgabe nicht gewachsen war. Solange er die Crew nicht zu einem geordneten Miteinander zusammenschweißen konnte, würde der Film nie gelingen.

Wo war er überhaupt? Spielte er wieder mit Jahne Moore herum? April dachte nicht nur darüber nach, sondern sie dachte auch daran, daß Sam ihr Geld verschwendete. Das steigerte ihren Zorn nur noch.

Sie wartete im Wagen, bis der Aufnahmeleiter endlich aufmerksam wurde und zu ihr eilte. »Holen Sie Sam!« fauchte sie ihm entgegen und ließ das Fenster hochschnurren, bevor der Mann etwas erwidern konnte.

Zehn Minuten später klopfte Sam an die Wagentür. April haßte das, was jetzt auf sie zukam, am meisten, »Steig ein«, verlangte sie ohne Begrüßung. »Ich habe keine Tagesabzüge bekommen, und du hast meine Anrufe nicht beantwortet. Und lüg mich nicht an, Sam. Ich meine es ernst.«

»Ich weiß nicht, April. Der Film kommt einfach nicht richtig in Gang.«

»Dann wirst du dich gefälligst darum bemühen, daß er in Gang kommt«, fauchte sie. »Hätte ich Abzüge bekommen, wäre ich vielleicht früher in der Lage gewesen zu helfen und einzugreifen. Warum hast du mir die Abzüge nicht geschickt?«

Sam setzte seinen intensiven Blick auf, diesen Künstlerblick à la New York, den sie zu verachten begann. Die vergessen alle, daß das hier ein Geschäft ist. Filmgeschäft, sagte sie sich gereizt. Das hat mit Kunst nichts zu tun, sondern mit Geld. »Jahne wirkt auf der Leinwand nicht, April. Ich habe wirklich hart mit ihr gearbeitet, und sie müht sich, so sehr sie kann.«

»Ich habe ihre Filmtests gesehen und weiß, was sie kann. Wenn du sie nicht filmen kannst, tust du mir leid.«

»April, glaub nicht, daß ich mich nicht hundertprozentig einsetze. Jahne und ich...«

»Um das klarzustellen: Ich bin deine Produzentin, egal wie gut du vögelst. Verstanden? Ich bin dein Boß, und momentan ist es mir scheißegal, was du mit deinem Schwanz tust, solange das nicht meinen Geldbeutel berührt. Dein Platz im

Bett kann blitzschnell durch einen anderen ersetzt werden. Also erzähl mir nichts von einem hundertprozentigen Einsatz. Warum bist du drei Wochen hinter dem Zeitplan? Warum überziehst du das Budget?«

»Vorwiegend des Wetters wegen. Wir haben in sieben Tagen keinen Strahl Sonne gehabt. Ich hatte auf heute nachmittag gehofft, aber danach sieht es nicht aus.«

»Also?«

Sam zuckte ratlos mit den Schultern.

April hätte ihn am liebsten erwürgt. Hatte er keine Alternative? Warum hatte sie sich von ihm überhaupt dazu überreden lassen, die Aufnahmen vor Ort statt im Studio zu drehen? »Du wolltest der liebe Gott sein, darum bist du Filmregisseur geworden. Aber wir sind hier nicht auf der Bühne, Mr. Off-Broadway. Das hier ist das Filmgeschäft. Wenn du also keine Außenaufnahmen machen kannst, wirst du sie eben innen machen. Herrgott, muß ich dir denn alles eintrichtern wie einem Idioten? Mach dir die Sonne. Du hast die verdammten Lampen dafür und nutzt sie nicht. Du hast deinen Etat überschritten und erzählst mir was von Sonnenschein?«

»Moment, darum geht es nicht allein. Michael hat mir eine Menge Schwierigkeiten gemacht. Er ist launisch.«

»Du bumst sein Mädchen. Was erwartest du da?«

»Jahne und ich…«

»Wie ich schon sagte, kümmert mich das einen Dreck. Doch das kostet mein Geld. Warum geht die Strandszene also nicht weiter? James und Judy bei dem Strandspaziergang. Das ist die vorletzte Szene des Films. Wo liegt das Problem?«

»Michael ist drei Zentimeter kleiner als Jahne, Haar und Absätze nicht eingerechnet.«

»Und?«

»Wir haben bei der Suche nach einer Lösung Zeit verloren. Schließlich haben wir eine Rampe über den Strand gebaut. Das müßte eigentlich funktionieren.«

»Hoffentlich, denn du hast nur noch den morgigen Tag dafür.« Sie wies auf die Tür. »Ich bin um sechs Uhr morgen früh hier, Regen oder Sonne, Sam. Ach, noch etwas. Du findest dich besser heute abend in meinem Hotelzimmer ein. Es ist mir egal, ob er dir hart genug wird oder nicht. Aber ich will kein Getuschel darüber hören, daß du mir ein Filmsternchen vorziehst.«

Auf dem Weg ins Hotel legte April den Kopf an die weiche Lehne. Wieder einmal Migräne. Der Arzt hielt die Anfälle für streßbedingt. Verdammter geiler Bock! Das ganze Leben ist doch streßbedingt. Kaum betrat sie ihr Hotelzimmer, klingelte das Telefon.

»April, wie ich hörte, warst du beim Set. Aber zu mir bist du nicht gekommen«, klagte Michael tief gekränkt. Da sie diejenige war, die seine Schecks ausstellte, fand April, er hätte durchaus zu ihr kommen können, nicht umgekehrt.

»Momentan habe ich viel um die Ohren, Michael, und eine heftige Migräne. Ich mußte ins Hotel zurück und mich hinlegen.«

»Migräne? Ich kenne ein altes chinesisches Heilmittel gegen Migräne. Soll ich zu dir kommen und es dir zeigen?« schmeichelte er honigsüß.

»Das ist eine Vierzigmillionen-Migräne, Michael. Für so etwas Teures haben die alten Chinesen meiner Ansicht nach kein Heilmittel gehabt. Ich sehe dich morgen früh um sechs. Wir werden diese Szene drehen – Sonne oder Wolken.«

Am nächsten Morgen traf April vor Michael, Sam und Jahne ein. April sprach mit dem Beleuchter, der auf ihren Wunsch mehr Lampen aufstellte und Reflektoren um den Strand postierte. Als nächster erschien Sam am Strand. »Wie ich sehe, übernimmst du jetzt die Rolle des Regisseurs.«

»Das überrascht dich, Sam? Es geht hier nicht um eine seltene Begabung oder so. Damit wir uns richtig verstehen: Du machst nicht, wofür du bezahlt wirst. Darum muß es ein anderer tun. Entweder befolgst du heute meine Anordnungen, oder ein anderer wird sie befolgen. Ist das ganz klar?« Er wurde blaß, nickte und ging davon.

»Ach, Sam...« Sie war noch nicht ganz fertig mit ihm.

»Warum hat Jahne die Beine voller Make-up? Versucht sie, Lepra zu überschminken?«

Jahne verließ gerade ihren Wohnwagen.

»Die Szene ist schwierig. Sie will, daß sie gut aussieht. Also habe ich ihr erlaubt, das Make-up aufzutragen wie sie es will. Ich glaube, das war kein Fehler.«

»Hoffentlich nicht, Sam. Das ist deine Entscheidung. Du wirst für deine Entscheidungen bezahlt. Ich hoffe nur, daß sie richtig ist und nicht dein Schwanz das Denken ersetzt.«

Michael näherte sich zielstrebig. Seine Hände steckten in den Taschen seines Morgenrocks. April wappnete sich. Sie gedachte an diesem Tag nichts mehr durchgehen zu lassen. Wenn es ihm nicht behagte, daß sie ihn letzte Nacht hatte abblitzen lassen, konnte sie es auch nicht ändern.

Doch Michael ignorierte April. Er fauchte Sam an: »Was zum Teufel soll das?« Er wies auf die Holzbretter, die den Strand entlang verlegt worden waren. »Etwa eine Rampe?«

»Ja, Michael. Auf diese Weise können wir den Größenunterschied zu Jahne ausgleichen.«

»Ich gehe über keine Scheißrampe. Das können Sie vergessen.«

»Die Beleuchtung stimmt, die Crew und die Besetzung sind fertig. Ich möchte diese Szene heute im Kasten haben, Michael. Wir haben zuviel Zeit verloren.« April stand neben Sam und vor Michael.

Zum erstenmal an diesem Morgen sprach er mit ihr. »Ich bin der einzige, der diesen Mistfilm auf seinen Schultern trägt, und ich gedenke nicht, mich lächerlich zu machen, indem ich über eine verdammte Rampe laufe.«

April mußte den Film fertigbekommen. Dieses Projekt geriet immer mehr außer Kontrolle. »Wie sollen denn sonst die Aufnahmen aus der Ferne gemacht werden?«

Michael hatte sich schon abgewandt. Nun drehte er sich um. »Laß die Hure in einem Graben laufen!«

47.

Jahne wartete in ihrem Wohnwagen auf die nächste Aufnahme. Sie nutzte die Zeit zu einem Brief an Brewster Moore. Denn nur ihm konnte sie sich ja anvertrauen. Mais Tod hatte sie unglaublich hart getroffen. Sie konnte nicht schlafen, und die verschwollenen Augen stellte für die Maske ein Problem dar.

> Ich weiß, daß Sie mir das vorhergesagt haben.
> Trotzdem...

Jahne hielt inne. Hatte sie nicht alles erreicht? Eine große Karriere, den Mann, den sie liebte. Sie konnte es noch immer nicht ganz glauben, daß sie Sam endlich wiederhatte.

> Er liebt mich, aber mir ist, als wäre ich gar nicht richtig da. Vielleicht ist auch er nicht richtig da. Wenn er mein Gesicht berührt, ist es nicht mein Gesicht, weil es nicht das Gesicht von früher ist, als er mich nicht liebte.

Tatsächlich empfand Jahne mitunter die Liebkosungen wie Schläge. Doch das war natürlich unsinnig. Denn sie wollte ihn doch, und nun hatte sie ihn.

Irgend etwas in ihr konnte jedoch die Liebe, die Sam ihr so offen zeigte, nicht akzeptieren. Jetzt erlebte sie zum erstenmal, was sie früher bei anderen Frauen beobachtet hatte. Sie erinnerte sich an die Liebe zwischen Chuck und Molly. Sie dachte an die hübschen Schauspielerinnen und Tänzerinnen, die sie kannte und ihre glühenden Liebhaber, die ihnen nachliefen und jeden ihrer Wünsche erfüllten. Sie erinnerte sich auch, wie sie damals nur Zaungast gewesen war.

Nur Neil hatte Jahne geliebt. Doch seine Liebe war ihr wie eine Verurteilung erschienen, nicht wie ein Kompliment. Ihn zu erhören hätte sie wie ein Eingeständnis ihres Versagens empfunden.

Energisch rief Jahne sich in Erinnerung, daß Mary Jane, die unansehnliche fette Frau, gestorben war. Ihre Stelle wurde von Jahne Moore, eine graziösen Frau mit einem erfolgreichen, gutaussehenden Liebhaber eingenommen, der sie auf Händen trug. Sie gehörte jetzt zu den Siegern. Die Vergangenheit war tot. Doch das alles wirkte schal. Lag es an Mais Tod?

Zweifellos erlebte sie eine Art Nervenzusammenbruch. Doch den konnte sie sich nicht leisten. Zweihundert Menschen hingen von ihren Stimmungen, ihrem Aussehen und ihrer guten Nachtruhe ab.

Jeden Abend, wenn Sam sie liebte, weinte sie. Anfangs war er tief gerührt gewesen. Auch ihm standen Tränen in den Augen. Doch nun war eine Woche vergangen, und die Tränen hörten nicht auf. Die Liebe, das einzige, was Jahne trösten und entspannen konnte, wurde zu einem Tal der Tränen.

Michael machte jede Filmaufnahme zum Alptraum. Jahne ertrug es kaum, ihn anzusehen und die Liebende zu spielen. Sie verachtete ihn. Jahne kannte keinen Mann, der so kleinlich auf eine Abfuhr reagierte wie er. Seine Gemeinheiten sprengten jeden Rahmen. Denn immerhin hatte er ja Jahne betrogen, nicht umgekehrt. Warum überraschte ihn dann ihre Ohrfeige?

Was auch der Grund sein mochte, er haßte Jahne. Mit Tricks sorgte er dafür, daß sie ihren Text verpatzte oder ihren Einsatz. Er brachte sie durch plötzliche Bewegungen aus dem Rhythmus. Da Jahne nach Mais Tod besonders verwundbar war, trafen sie diese Gehässigkeiten hart. An diesem Vormittag hatte er Jahne »Quellkopf« genannt – wegen ihres verschwollenen Gesichts.

Doch das Beängstigendste von allem waren Jahnes Gefühle für Sam. Denn wenn er sie liebevoll, zärtlich, bewundernd ansah, wurde sie eifersüchtig. Dann schossen ihr die Tränen in die Augen. Verrückt! Sie war eifersüchtig auf Sams Gefühle für sie, Jahne, weil sie für Sam noch immer Mary Jane sein wollte. Sams Liebe sollte Mary Jane gelten, nicht Jahne.

Die widersprüchlichen, ja, absurden Gefühle verunsicherten Jahne. Jerry, der darauf wartete, daß sie ihren Brief beendete, damit er sie schminken konnte, wurde unruhig. Jahne legte den Füller aus der Hand und griff wieder nach einem Schokoriegel. Sie war ganz wild auf Süßigkeiten. Fast vier Jahre lang hatte sie auf Desserts und Zuckerzeug verzichtet. Nun konnte sie die Gier danach nicht mehr unterdrücken. Jeder Bissen tröstete sie, bis sie merkte, daß die Kostüme, die ihr Mai gemacht hatte, nicht mehr paßten. Sie nahm mindestens fünf Pfund zu und die Kameras zeigten jeden Fettansatz gnadenlos. Die Kostümabteilung geriet in Not.

Jahne aß den letzten Bissen des Schokoriegels und leckte sich die geschmolzene Schokolade von den Fingern. Dann schrieb sie weiter.

Ich gerate oft in Versuchung, Sam alles zu sagen. Doch ich weiß nicht, ob es irgend etwas verbessern oder alles nur verschlechtern würde. Ich möchte im Grunde nicht, daß sich etwas an Sams augenblicklichem Verhalten ändert, sondern an dem in der Vergangenheit. Ich wünschte mir, daß er mich damals so geliebt hätte wie jetzt.
Ein Jammer, daß Sie mich nicht auch in meinem Innern operieren konnten, wie Sie es so unnachahmlich mit meinem Äußeren getan haben.

Quatsch! Jahne zerknüllte den Brief und warf ihn in den Papierkorb, zusammen mit dem Unschlag von Dr. Moores letztem Schreiben.

Es klopfte. »Kommen Sie, Miss Moore?« rief Joel Grossman.

»Ich bin bereit«, erwiderte sie grimmig.

Minos Paige stand vor dem Wohnwagen. Er trug einen dunkelblauen Overall mit einem Schild an der linken Brusttasche: »Film-Reinigungsteam«. Minos wartete, bis Jahne Moore den Wohnwagen verlassen hatte und betrat dann, zusammen mit dem Aufseher, seine Arbeitsstätte.

Minos saugte sorgfältig. Er wischte Staub, machte Ordnung. Der Aufseher saß in einer Ecke und ließ ihn nicht aus den Augen. Minos entleerte den Papierkorb in seinen großen Müllbeutel und verließ anschließend den Wohnwagen.

Später in seinem Auto hatte er Zeit, die zerknüllten Papiertaschentücher, Schokoladenpapier und die anderen unangenehmen Überbleibsel durchzusuchen – und dabei stieß er auf Gold! Er fand den Umschlag mit der New Yorker Anschrift von Dr. Brewster Moore!

48.

Schon nach dem ersten Klingeln hielt Lila den Telefonhörer in der Hand. Bei der neuen Folge für *Three for the Road* hatte sie nicht nur die Hauptrolle ergattert, sondern auch noch einen neuen Wohnwagen zugewiesen bekommen.

»Miss Kyle, tut mir leid, Sie stören zu müssen, aber hier ist jemand, der Sie sehen will«, meldete der Sicherheitsdienst.

»Na und? Soll ich raten, wer es ist?«

»Nein, Madam. Er heißt Minos Paige. Er sagt, er müsse Sie persönlich sprechen. Es sei geschäftlich.«

»Schicken Sie ihn her.« Sie knallte den Hörer auf die Gabel und versuchte, ihre Aufregung zu beherrschen. Paige wußte, daß er nicht zum Studio kommen durfte, es sei denn, es handelte sich um etwas wirklich Wichtiges. Sonst mußte er seine Berichte zu ihr nach Hause schicken.

Beim Eintreten winkte er schon lächelnd mit einem gelben Umschlag. Lila streckte die Hand danach aus. Doch Minos setzte sich unaufgefordert damit hin. Sein Benehmen reizte Lila. Doch sie hoffte, daß er etwas entdeckt hatte, was ihr den Emmy sichern würde. »Ich habe einen langen Tag hinter mir, Mr. Paige. Möchten Sie einen Drink? Oder einen Kaffee oder Wasser?«

»Nein, danke. Ich dachte, Sie wollen das alles von mir persönlich erfahren. Darum bin ich hier. Sie brauchen sich keine Sorgen machen, daß mich jemand erkannt hat. In dieser Branche habe ich seit langem nicht mehr gearbeitet. Und von den Alten ist ja kaum noch einer da.«

Lila wußte, daß er jetzt gleich aufzählen würde, wie schwer er hatte arbeiten müssen und daß das Honorar seine

Mühen kaum deckte. Sie nahm sich vor, ihn hinauszuwerfen, wenn er nichts Ordentliches vorzuweisen hatte. »Also, was haben Sie?«

»Was möchten Sie zuerst? Die guten oder die sehr guten Nachrichten?«

»Das ist kein Ratespiel, Paige. Reden Sie!«

Minos nahm das Bild. »Jahne Moore, richtiger Name Mary Jane Moran. Geboren in Scuderstown, New York, am 22. September 1958.«

»Wie bitte? Wann wurde sie geboren?«

Minos vergewisserte sich noch einmal. »Am 22. September 1958.«

»Lieber Gott, dann ist sie...« Lila rechnete nach. »Dann wäre sie achtunddreißig. Da haben Sie eine Fehler gemacht.«

Minos öffnete schweigend seinen Umschlag und zog ein Blatt heraus. Er reichte es Lila. »Beweisstück A«, erklärte er zufrieden.

Es war die Fotokopie einer Geburtsurkunde von Mary Jane Moran. »Woher wollen Sie wissen, daß das Jahne Moore ist?« fragte Lila und gab Paige die Kopie zurück.

Minos zog weitere Fotokopien aus dem Umschlag: »Highschool Diplom, Jahrbuch mit Bild, Krankenpflegediplom, Arbeitslosenkarte von New York City, Aussagen von jungen Leuten, mit denen sie in einem Workshop Theater im Keller einer Kirche gespielt hat.«

»Für Mary Jane Moran. Was ist nun mit Jahne Moore?« Lila konnte ihre Aufregung kaum zügeln.

»Hier ist eine gesetzliche Namensänderung und eine Adresse eines Anwalts in Albany. Der ist wütend, weil er eine Testamentsvollstreckung nicht durchgebracht hat. Aber warten Sie, es wird noch besser. Interview und Akten von einer Arzthelferin in der Praxis eines Chirurgen für plastische Chirurgie in New York. Offenbar ist unsere Jahne Moore ein richtiges Aschenputtel. Sie ist zu etwas Geld gekommen und ließ sich herrichten. Die Großmutter ist kurz vorher gestorben. Also stammt das Geld womöglich von ihr. Jahne Moore hat sich von Kopf bis Fuß runderneuern lassen. Dauerte zwei Jahre. Die Arzthelferin sagte, Mary Jane Moran habe häßlich, dick und mausig ausgesehen und wurde nach den Operationen zu einer vierundzwanzigjährigen Schönheit mit Sex-Appeal. Alles für Geld.« Minos Paige machte eine Pause. »Ich habe mir die Freiheit genommen, der Helferin eine größere Zahlung zu versprechen. Einen Namen habe ich natürlich nicht genannt.«

Lila riß Minos die Unterlagen aus der Hand und blätterte sie hastig durch. Medizinische Unterlagen, Aufnahmen vor und nach den Operationen. »Sie ist also zu diesem Dr. Moore gegangen. War sie mit ihm verwandt?« wollte Lila wissen.

»Nein. Die Schwester sagt, daß sie wahrscheinlich scharf auf ihn war. Er war ihr Henry Higgins. Sie wissen schon, aus *My Fair Lady*.« Minos sprach weiter, während Lila sich von den Unterlagen kaum losreißen konnte. »Sie hat sich noch als Mary Jane Moran bei dem Arzt eingetragen. Das war ihr größter Fehler. Sie hätte von Anfang an mit dem Pseudonym kommen sollen. Vor der Chirurgie. Typisch Amateur. Aus den Unterlagen geht sogar ihre jetzige Anschrift in L.A. hervor. So, das war das Gute. Sind Sie bereit für das sehr Gute?«

»Minos, ich bin beeindruckt.« Lila war nervös und aufgedreht wie ein Brummkreisel. Jahne Moore nichts als eine Seifenente. Und Seife weicht auf. So mußten sich Alkoholiker bei dem ersten Drink nach langem Entsagen fühlen, dachte Lila. Friedlich, und im reinen mit der Welt.

»Darauf kommen Sie nie: Sharleen Smith aus Lamson, Texas, hat einen Bruder Dean.«

»Sie meinen einen Freund, der Dean heißt«, verbesserte Lila.

»Nein, einen Bruder. Dean Smith. Zwei Jahre jünger als sie. Sie geben sich als Paar aus. Schon seit Jahren. Aber die Mutter sagt, es seien ihre Kinder.«

»Die Mutter gibt das zu? Wo ist die denn jetzt? Woher wissen Sie, daß das stimmt?« Lilas Wort überstürzten sich.

»Ich habe die Mutter in New Orleans aufgestöbert. Sie war Alkoholikerin und Nutte, bevor sie von Sharleen Geld bekam. Nun ist sie nur noch Alkoholikerin. Sharleen hält sie sich vom Leibe und hat sie aus irgendeinem rätselhaften Grund nach New Orleans geschickt.«

»Man braucht kein Detektiv zu sein, um sich den Grund dafür auszurechnen, Minos. Ihre Kinder schlafen zusammen.«

»Ja, ich weiß. Doch da ist noch mehr an der Geschichte. Ich hatte nur nicht genug Zeit, um da genauer hineinzuleuchten und wollte Ihnen erst mal das geben, was ich bisher habe.«

Lila lehnte sich zurück. Unglaublich! Hatte es je einen Gewinner des Emmy gegeben, der sich der Inzucht schuldig gemacht hatte? »Sie haben gute Arbeit geleistet, Minos. Ich sehe mir das alles heute abend an und rufe Sie morgen zurück. Vielleicht müssen Sie noch mehr für mich unternehmen.« Sie stand auf.

Minos blieb sitzen. »Und das Geld für die Schwester?«

»Das hat sich gelohnt, Mr. Paige. Machen Sie sich keine Sorgen. Wir sprechen morgen weiter.« Sie schloß die Tür hinter ihm.

Lila lehnte regungslos an dem Türrahmen. Sie hielt nun alle Macht in Händen. Ich hab's geschafft, dachte sie. Endlich. Die Auszeichnung ist mir sicher. Nun habe ich Candy und Skinny beseitigt. Es hat lang gedauert. Doch sie sind tot. Jetzt bekomme ich meine eigene Show.

So sehr begeisterten sie Paiges Resultate, daß sie darüber vergessen hatte, sich nach Jughead und seinen Drohbriefen zu erkundigen.

Lila las sie Unterlagen noch einmal durch und steckte sie zurück in den Umschlag. Plötzlich flog die Tür ihres Wohnwagens auf. Lila sprang auf. Sie starrte die Gestalt im Türrahmen wie betäubt an.

»Was machst du denn hier? Wie bist du überhaupt auf das Gelände gekommen? Ich habe doch ausdrücklich angeordnet...« Lila nahm den Telefonhörer, um den Sicherheitsdienst anzurufen und denen die Hölle heiß zu machen.

»Lila, Lila! Du solltest endlich lernen, deine Temperamentsausbrüche zu zügeln.« Theresa O'Donnell zog in aller Ruhe ihre langen weißen Handschuhe aus, trat ein und setzte sich in den Sessel vor dem Toilettentisch, den Lila gerade verlassen hatte.

Handschuhe in Kalifornien! dachte Lila. Nur ihre Mutter verfiel auf so etwas Affektiertes. Wen spielte sie denn heute? Miss Piggy? Nachdem Lila ihren ersten Schock überwunden hatte, fühlte sie sich wieder als Herrin der Lage. »Ist es für dich nicht etwas gefährlich, deinen Sarg am hellichten Tag zu verlassen?« Lila verzichtete auf den Anruf.

Theresa blickte in den Spiegel und überprüfte ihr Make-up. »Gewisse Risiken muß man auf sich nehmen, Darling. Das weißt du doch.«

»Heute hast du jedenfalls viel riskiert, weil ich dich nämlich rauswerfen lasse.«

Theresa lachte guttural. »Lila, mir gehört ein Teil des Geländes. Man entfernt die Aktionäre nicht von ihrem eigenen Besitz. Und eine Theresa O'Donnell wird nirgendwo hinausgeworfen.«

Lila trat einen Schritt näher zu ihrer Mutter. »Was willst du hier?«

Seufzend wandte Theresa sich Lila zu. »Es hat da ein äußerst bedauerliches Mißverständnis gegeben, das richtiggestellt werden muß. Mir wurde eine Rolle in *Three for the Road* angeboten und wieder entzogen. Angeblich, weil zu viele Konfliktmöglichkeiten bestanden. Ich sagte Paul Grasso, daß sich das kaum auf meine Tochter beziehen könne, da sie Profi sei, mit der entsprechenden professionellen Einstellung. Doch er beharrte darauf, daß du mich nicht in der Show haben willst.«

Theresa schlug mit den langen Handschuhen auf den Tisch. »Darum bin ich hier, Darling. Du mußt dieses Mißverständnis aufklären und Marty sagen, daß du mit mir zusammenarbeiten willst. Ich freue mich schon auf unsere Zusammenarbeit. Das habe ich schon seit ewigen Zeiten angestrebt, genau wie du, nicht wahr? Also ruf Marty an. Ich warte.«

Lila hatte geahnt, daß das einmal kommen mußte und sich davor gefürchtet. »Verschwinde!« verlangte sie.

Theresas Miene wurde hart. Dann lächelte sie wieder. »Jack Warner hat mir einmal etwas gesagt, was ich nie vergessen habe und seither immer beim Aushandeln meiner Verträge nutzen konnte: Stelle nie ein Ultimatum, wenn du nicht alle Trümpfe in der Hand hast.« Theresa stützte einen Ellenbogen auf und schlug ein Bein über das andere. »Wie ich sehe, hattest du Besuch von Minos Paige, Lila. Was hat dieser kleine Schnüffler hier zu suchen? Du erwägst doch nicht etwa, mit diesem Abschaum von Hollywood Geschäfte zu machen? Das würde ich mir an deiner Stelle zweimal überlegen.«

Lila vermied es, den Umschlag anzusehen, der viel zu nahe neben Theresa lag. Denn der Inhalt dieses Umschlags ging nur Lila etwas an. Mit ihrer Mutter wollte sie diese schmutzigen Geheimnisse am allerletzten teilen.

»Woher kennst du Minos Paige?«

»Ich kenne jeden, Lila. Vergiß das nicht.« Theresa lachte unbekümmert. Das störte Lila. Hatte Theresa wirklich die besseren Karten? »Du solltest nie vergessen, daß das, was du einem anderen antust, auch dir angetan werden kann. Dieses Spiel taugt auch für zwei Personen. Darum solltest du gründlich nachdenken. Du wirst sicher zu der Einsicht gelangen, daß es viel sinnvoller ist, wenn wir zusammenarbeiten, statt uns zu bekriegen.« Theresa wies auf den Umschlag auf dem Tisch. »Ich habe einige von denen zu Hause. Eine ganze Menge übrigens. Und wenn ich nichts zu verlieren habe, könnte es sein, daß ich den einen oder anderen in den Verkehr bringe.«

Lila wurde es eisig kalt. »Deine Umschläge zu Hause haben auch mit dir zu tun, Mutter.«

Theresa machte eine geringschätzige Handbewegung. »Wir wollen das kurz und nett halten, Lila. Du möchtest gern die Geheimnisse von jemand anderem ausgraben, aber deine unter Verschluß halten. Hier sind meine Bedingungen. Ich werde die Saisoneröffnungsfolge mit dir machen und eine Miniserie.«

»Ich denke nicht…«

»Darum bitte ich dich nicht, du undankbares kleines Miststück. Das ist ein Befehl. Mach das mit Marty DiGennaro aus. Das dürfte dir keine Mühe bereiten. Was das auch für kleine Geheimnisse sein mögen, die Minos da für dich herauswühlt, sie sind doch nichts im Vergleich zu deinen.«

»Sie werden nicht nur mich steinigen, Mutter, sondern auch dich.«

»Besser eine öffentliche Kreuzigung als in Vergessenheit zu geraten. Betrachte getrost nächste Woche als letzten Termin. Sonst reiß ich deine Vorhänge alle herunter. Denn verlieren kann ich nichts. Keine Fernsehshow, keinen Film, keinen mächtigen Mann in meinem Leben. Aber du hast sehr viel zu verlieren, nicht wahr, Lila?« Theresa stand auf und zog ihre Handschuhe wieder an. »Du willst sicher den Emmy. Überleg dir das. Und wenn du diese Frage mit ja beantwortest, rufst du Marty DiGennaro an und erzählst ihm, wie innig du mich liebst.«

Theresa ging zur Tür. »Solltest du finden, daß du nichts zu verlieren hast, bist du bald wieder bei mir und Kevin. Eine glückliche Familie.« Sie schloß die Tür leise hinter sich.

49.

Nachdem Flora Lee fort war, wohnte Dobe bei Sharleen und Dean. Sharleen hatte momentan keine Aufnahmen für *Three for the Road* und erholte sich zusehends. Stundenlang arbeitete sie im Garten, jätete, band Tomaten hoch oder kochte Obst ein und übertraf sich selbst bei köstlichen Salaten.

Dann nahte die Zeit von Dobes Abreise. Sharleen bedauerte das tief. Für sie war er der einzige, an den sie sich anlehnen konnte. Nun wartete die Einsamkeit wieder auf sie.

An diesem Abend sollte das Abschiedsessen stattfinden. Sie unterhielten sich ungezwungen und fröhlich. Dobe erzählte pausenlos Anekdoten, während eine zufriedene Oprah als Herrin inmitten der ausgelassenen Welpen thronte.

Nach dem Essen half Dean beim Abräumen, während Dobe die Spülmaschine einräumte und Sharleen alle Spuren des Essens beseitigte. Sie achtete sehr auf Ordnung und Sauberkeit. Danach ging Dean mit den Hunden hinaus. Das war der Moment, in dem Dobe über Geschäftliches zu sprechen begann.

»In was investierst du?« fragte er.

»Das weiß ich nicht. Lenny macht das für mich.«

»Kaufst du Land?«

«Nun, wir haben das Haus hier gekauft. Aber abgesehen davon, glaube ich nicht, daß wir noch Land haben.« Irgendwie beschlich Sharleen ein ungutes Gefühl. Sie hielt es für falsch, mit Dobe über so etwas zu reden. »Bist du satt geworden?« versuchte sie das Thema zu wechseln.

»Und wie. Es hat wunderbar geschmeckt. Du bist eine tolle Köchin. Aber ich möchte dich noch etwas fragen. Denkst du noch daran, eines Tages eine Ranch zu bewirtschaften?«

Auch darüber wollte sie nicht mit Dobe sprechen. Sie fürchtete, daß das nur zu Schwierigkeiten führte. »Ja«, gab sie zu. »Dean und ich würden das eines Tages schon wollen. Wenn wir genügend Geld haben.« Bei dem Wort »Geld« wußte sie plötzlich, was ihr dieses Unbehagen bereitete. Das ganze Gespräch verlief so, wie Dobe seine Unterhaltungen mit denen führte, die er mit den angeblichen Benzintabletten hinters Licht führte.

»Sucht ihr nach einem Partner?« fragte Dobe. Einen Moment lang wußte Sharleen nicht, auf was die Frage abzielte. Da erklärte er schon: »Ich meine einen Partner für eure Ranch. Jemanden, der das geeignete Anwesen findet und sich darum kümmert, bis ihr selbst es übernehmt.«

»Ich weiß nicht, Dobe.« Das Herz wurde ihr schwer. Lieber Gott, ich hätte es wissen müssen, daß Dobes Hilfe etwas kosten würde! Wie alle anderen ist auch er nur hinterm Geld her. Warum hat er mich nicht einfach um Geld gebeten? Warum muß er versuchen, es mir abzuluchsen?

»Weißt du, ich sehe das so, Sharleen. Je länger du wartest, desto höher steigen die Grundstückspreise in Montana. Ich habe einen Kumpel getroffen, der mir vierhundert Morgen für hunderttausend Dollar bar auf die Hand verkaufen würde. Es ist prächtiges Land. Aber nach diesem Geschäft mit den Schuhen bleiben mir nur fünfzigtausend. Wenn ihr als Partner einsteigen würdet, könnten wir den Besitz entweder teilen oder ihn gemeinsam nutzen. Dort gibt es einen Fluß, Sharleen, der ist einfach bezaubernd. Auch ein Haus. Das ist ein bißchen erneuerungsbedürftig. Man sieht ihm an, daß nur ein einzelner Mann darin gewohnt hat. Aber es ist solide und liegt einmalig. Dir bricht das Herz, wenn du es siehst.«

Sharleen legte keinen Wert darauf, daß ihr Herz schon wieder gebrochen wurde. Das hatten schon Daddy und Flora Lee erreicht. Nun Dobe. Wie oft konnte man sich eigentlich das Herz brechen lassen? Sharleen fühlte sich elend, traurig und hoffnungslos. Offenbar wollten alle außer Dean Geld oder Arbeit von ihr.

»Nun ja, offenbar ist es dafür noch zu früh«, meinte Dobe enttäuscht.

Dobe hatte Sharleen und Dean geholfen, als sie die Hilfe dringend nötig hatten. Sharleen erinnerte sich, wie sie auf der Straße gestanden hatten, müde, mit der Angst vor der Polizei im Nacken und ohne Zuhause. Sharleen meint noch jetzt die wohltuende Klimaanlage in Dobes großem Auto zu fühlen.

»Dean und ich würden uns freuen, dich zum Partner zu haben, Dobe«, sagte sie. »Ich bitte Lenny morgen um einen Scheck.«

»Bist du sicher?« fragte er.

»Ganz sicher.« Doch überzeugend klang es nicht.

Dobe merkte es wohl nicht, denn er schüttelte erfreut ihre Hand. »Das wirst du nicht bereuen. Partner. Ich bin überzeugt davon, daß das ein Supergeschäft ist.«

Sie nickte. »Fein.«

»Hast du was dagegen, wenn ich es Dean sage? Ich wollte es vor ihm nicht anschneiden für den Fall, daß du von meinem Gedanken nichts hältst. Aber nun…«

»Sagen wir ihm lieber nichts, bevor nicht alles perfekt ist. Er ist so schnell Feuer und Flamme und wird dann ebensoschnell ungeduldig. Überraschen wir ihn lieber nach dem Abschluß.«

»Wie du meinst, Partner.«

50.

April Irons hatte die Crew aufgescheucht. Am meisten jedoch Jahne. Sie wußte, daß es Probleme mit dem Film gab. Doch sie sah in April eigentlich nur Sams Ex-Geliebte. Er hatte zwar behauptet, es sei aus zwischen ihnen. Doch darauf verließ Jahne sich nicht.

Am Abend von Aprils Besuch in Oakland war Sam zum erstenmal seit Wochen nicht in ihr Zimmer gekommen. Das machte Jahne mißtrauisch. Zwar behauptete er später, er habe mit April Geschäftliches besprechen müssen. Doch Gerüchte verbreiten sich schnell, und sie gelangten auch zu Jahne.

Lügt mich Sam an, wie er Mary Jane angelogen hat? fragte sie sich. Ich bin völlig von ihm abhängig, und gerade davor hat Mai mich gewarnt.

Die Strandaufnahmen am nächsten Morgen verliefen in gespannter Atmosphäre. Tatsächlich hatte man für Jahne einen Graben ausgehoben, um den Größenunterschied auszugleichen. An dem Abend liebte Sam sie leidenschaftlicher als je zuvor und versprach ihr wieder und immer wieder, daß April ihm nichts bedeute.

Nach allem, was Jahne gehört hatte, waren die Abschlußpartys bei den Filmleuten wilde, ausgelassene Feste. Doch die Party nach den Dreharbeiten von *Birth of a Star* drückte nicht einmal Erleichterung darüber aus, daß es nun geschafft war. Michaels Launen, Mais Tod und Aprils Zorn ließen keine Hochstimmung aufkommen. Jahne hatte die üblichen Abschiedsgeschenke für alle besorgt. Das erwartete man von einem Star. Sam hielt eine kleine Ansprache. Doch Michael ließ sich nur kurz sehen, und April Irons, Seymore LeVine und die Herren in den grauen Anzügen erschienen überhaupt nicht. Die Party endete früh.

Bevor es ans Ausfeilen und Überarbeiten des Filmmaterials ging, wollte Sam einige Tage freinehmen und die Küste hinunterfahren. Jahne brauchte erst am Ende der Woche wieder bei den Aufnahmen für *Three for the Road* zu erscheinen. So konnten Sam und Jahne Kurzferien machen. Sie luden das Gepäck in den Wagen.

Richtig entspannt und frei fühlte Jahne sich allerdings nicht. Es verging kein Tag, ja, kaum eine Stunde, in der sie nicht meinte, Sam reinen Wein einschenken zu müssen. Doch natürlich hatte sie den richtigen Zeitpunkt dafür längst verpaßt. Sie hatte schon zu viele Lügen erzählt. Doch tief in ihrem Innern hatte sie wohl immer noch gehofft, er werde sie eines Tages erkennen.

Jahne brauchte indessen fast nie über sich zu sprechen. Das besorgte Sam um so lieber. Er redete über seine Gedanken, Pläne, über Filme und Theater, über Bücher und vieles andere. Jahne hörte gern zu, auch wenn sie begriff, daß Sams Gespräche etwas Narzistisches an sich hatten. Mitunter merkte sie, daß er ihre Intelligenz vorwiegend schätzte, weil sie ihm als Medium diente, das er mit seinem Ich füllen konnte.

Die Fahrt an der Küste entlang bei warmem, sonnigem Wetter ließ keine trübe Stimmung aufkommen. Doch Jahne dachte oft an Mai. Einmal entfuhr ihr versehentlich ein Seufzer.

»Was hast du denn?« wollte Sam sofort wissen.

»Ich dachte nur an L.A. Dort bin ich in ein Haus gezogen, das sicherer ist. Doch ich mag es nicht. Es ist mir zu groß, zu kalt, zu unpersönlich. An sich hatte ich gehofft, Mai würde mit mir in dem neuen Haus wohnen.«

»Ich werde dir helfen, es warm zu wohnen«, bot Sam an.

»Du wirst mein erster Gast sein, Sam.«

Er nahm ihre Hand und legte sie sich innig an die Wange.

Mai hatte Jahne verlassen. Es gab nur noch Sam, den sie lieben konnte. Und in diesem Augenblick liebte Jahne ihn so sehr, daß es schmerzte.

51.

Warum beschäftige ich mich nicht mit Astrologie, dachte April bitter, während sie sich dem farblosen Ziegelgebäude in West L.A. näherten, in dem der Verlust von vierzig Millionen Dollar besiegelt werden sollte. Dann hätte sie wenigstens die Zukunft voraussagen können. Doch hier galt es, ein Bild des Schreckens zu zeichnen, kein Horoskop.

Bisher hatte April mit ihren Produktionen stets ein geschicktes Händchen gehabt. Gerade mit Neuverfilmungen kannte sie sich aus. Ebenso mit Spitzenstars. Nur mit einem Verlust von vierzig Millionen hatte sie keine Erfahrung. Für April hieß eine solche Niederlage, daß sie künftig zur Zielscheibe all jener werden würde, die ständig darauf herumhackten, daß sie nichts von der Marktlage verstand und als Frau höchstens für kleinere Aufträge taugte. Alle würden sich damit brüsten, das Desaster prophezeit zu haben.

April ließ sich in die zweite Etage bringen, wo das Gemetzel stattfinden sollte.

Was April erwartete, glich der Konfrontation zwischen den »Crips« und den »Bloods«, den schlimmsten Jugendbanden von Los Angeles. Keiner dieser Dummköpfe im Besprechungszimmer wußte eine Antwort, alle hatten Angst. Darum zogen sie sich auf eine Verteidigungslinie zurück. April seufzte.

Rauchschwaden zogen durch den Raum, der Kaffee in den Pappbechern wurde kalt. Alle schrien durcheinander, angeführt von Michael McLain.

Er attackierte April sofort mit unflätigen Anschuldigungen. Doch sie hörte daraus nur die nackte Angst. Darum wollte sie sich seine Verzweiflung zunutze machen.

»Hallo, meine Herren.« Sie nahm Platz. Seymore LeVine war den Tränen nahe. Sam senkte den Blick. Er schämte sich nicht wegen des hoffnungslos verdorbenen Films, sondern wegen seiner sexuellen Eskapaden. April kannte sich mit Schamgefühlen bei Männern aus. Als ob ein paar Samenergüsse hier oder da eine Rolle spielen, verglichen mit einem Vierzig-Millionen-Dollar-Berg von Scheiße, dachte sie böse.

»Wie steht es?« fragte sie.

»Wir sind am Ende«, erklärte Seymore tonlos.

»Wir sprachen gerade darüber, daß der geniale Regisseur einige hunderttausend Meter Film verdorben hat, um seiner Freundin ein Geschenk machen zu können«, giftete Michael. »Ich möchte hinzufügen: einer Freundin, die für manches gut sein mag, nur nicht für die Leinwand.«

»Man kann mit Michael einfach nicht arbeiten«, warf Sam ein. »Außerdem stört eine gewisse Leblosigkeit bei Jahne, jedenfalls streckenweise.«

»Das interessiert mich nicht«, unterbrach April. »Es geht nicht darum, daß oder warum der Film Scheiße ist, oder wer dafür verantwortlich gemacht werden sollte. Es geht darum, wie man ihn retten kann.« April war die Ruhe selbst, wie immer, wenn sie mit dem Rücken zur Wand stand. Die schlimmste Zeit machte sie durch, bevor alles verloren war. Jetzt aber wußte sie, daß sie die Zügel in die Hand nehmen mußte. Das gab ihr Kraft.

»Wir müssen den Film retten«, wiederholte sie.

»Unmöglich«, urteilte Michael. Sam zuckte wie unter einem Schlag zusammen.

April seufzte. Sam glich einem gereizten Gaul: Die Augen weit aufgerissen, so daß das Weiße vorherrschte, bereit, im nächsten Augenblick davonzugaloppieren. Michael benahm sich unmöglich. Auch in seinen ausgeglichensten Momenten gehörte Michael nicht zu denen, die ein Problem zu lösen verstanden. Seymore fand grundsätzlich keine Lösungen, und ähnlich stand es mit den anderen Anwesenden.

Natürlich konnte man bei der Bearbeitung eines Films einiges ausbügeln: Die richtige Musik unterlegen, hier und da einen neuen Dialog hineinbringen. Wenn es hart auf hart kam, ließen sich einige Szenen nachdrehen, auch wenn das zusätzliche Kosten verursachte.

»Wir können das noch hinkriegen«, erklärte April aus diesen Überlegungen heraus.

»Ausgeschlossen!« behauptete Seymore.

»Wir sollten jetzt nicht überreagieren. Die Säuglingssterblichkeit in Kalkutta zu beseitigen ist unmöglich. Hier geht es darum, einen Film auf Vordermann zu bringen.« April stand auf und glättete die Lederhosen, die sie fast zweitausend Dollar gekostet hatten, sich aber trotzdem im Schritt unangenehm anfühlten.

»Bei der Säuglingssterblichkeit hätten wir vergleichsweise größere Erfolgschancen«, stöhnte Seymore, der wegen seiner stets pessimistischen Einstellung »Katastrophen-Seymore« genannt wurde.

»Vielen Dank für die allgemeine Unterstützung«, spottete April kalt. »Die Neuverfilmung eines Filmklassikers ergibt nur einen Sinn, wenn etwas Neues hinzukommt. Nehmen wir *High Girl Friday* oder *Front Page*. Als Hildy zur Frau wurde, kam bei der Neuverfilmung etwas hinzu.«

»Ja. Sex. Und Cary Grant. Wir haben nichts«, faßte Seymore deprimiert zusammen.

»Ihr habt mich«, warf Michael ein.

»Ich wiederhole: Wir haben nichts«, versteifte Seymore sich.

»Herrgott, Seymore, halten Sie den Mund!« schrie Michael. Er wandte sich aggressiv an Sam. »Was ist, Sie genialer Drehbuchautor und Regisseur?«

»Straffung würde helfen. Der Ablauf ist zu langsam. Und wenn wir einen neuen Blickwinkel für die Liebesgeschichte hätten…«

»Vergiß die Liebesgeschichte.« April erlebte einen gewaltigen Adrenalinstoß. Sie hatte solche Situationen schon erlebt. Doch jede war wieder ein wenig anders. Jedesmal fürchtete sie, es dieses Mal nicht schaffen zu können. Doch wie bei all den vorhergehenden Problemen spürte sie auch jetzt, daß die Lösung vor ihrer Nase lag. Sie mußte nur schlau genug sein. Sie durfte die Augen nicht verschließen und mußte den Mut aufbringen und die Kraft, den Gedanken auch in die Tat umzusetzen.

»Ich will die Tagesabzüge sehen. Jeden. Ich brauche jeden Schnitt, auch die, die nicht verwendet wurden. Jeden verdammten Millimeter Film will ich vorwärts und rückwärts sehen.«

52.

Jahne kehrte in ihr Haus zurück. Ein leeres Haus. Unpersönlich. Die neuen Folgen von *Three for the Road* würden kein Spaziergang werden. Jahne litt unter der Arbeitslast. Zudem bedrückte sie die Einsamkeit. Denn Sam hatte mit der Bearbeitung des Films so viel zu tun wie sie mit der Serie. Tagsüber sah Jahne ihn nicht, nur abends. Jahne erlebte das wie einen Alptraum. Zwar hatte Sam verlangt, sie solle ihm vertrauen, was das Drehbuch, ihre Rolle, seine Treue und Liebe anlangte. Doch das gelang ihr immer schlechter. Jede Nacht fühlte sie sich wie auf dem Prüfstand.

An diesem Abend hatte Sam versprochen, in jedem Fall zu kommen, wenn auch etwas später. Sie deckte den Tisch, stellte hin, was die Haushälterin vorbereitet hatte.

Schließlich aß sie etwas Salat und Quark, duschte und ging zu Bett. Sie wollte den Rest ihres Abendessens mit Sam zusammen einnehmen. Die Katze sprang schnurrend aufs Bett und machte es sich in Jahnes Armbeuge bequem.

Sehr viel später wachte Jahne auf. Sie schob die Katze fort und stand auf. Unwillkürlich dachte Jahne, daß es immer so anfing: abendliche Verspätungen, Lügen, Streit, Vorwürfe und Leugnen. Töricht, etwas anders zu erwarten. Sam hielt eben nichts von Treue.

Obwohl Jahne Sam kannte, hatte sie sich gegen den Rat ihres Agenten auf dieses Filmabenteuer eingelassen, hatte sich Marty DiGennaro zum Feind gemacht, Monica Flanders und Sy Ortis. Kurz, sie hatte ihre Karriere zerstört.

Sie sah sich in dem dunklen Wohnzimmer um. Es war wie ein Grab. Sie haßte dieses Haus. Trotz der Sicherheit, trotz der Alarmsysteme fühlte sie sich hier als Zielscheibe.

Im Eßzimmer welkte der Salat auf den Tellern. Fröstelnd setzte Jahne sich auf die Couch. Die Zeit verstrich langsam.

Plötzlich hörte sie ihn. Regungslos blieb sie sitzen. Er rief leise ihren Namen, sah im Schlafzimmer nach, dann in der Küche. Endlich fand er sie.

»Ach, hier bist du! Tut mir leid, daß es so spät geworden ist.« Er wirkte verhärmt. Die dunklen Ringe unter seinen

Augen traten schärfer hervor. »Warum sitzt du im Dunkeln? Du bist wütend, hab ich recht?«

»Du kommst Stunden zu spät, hast nicht angerufen und fragst, ob ich wütend bin?«

»Tut mir leid, Baby. Ich hab vergessen, vom Büro aus anzurufen. Schließlich dachte ich mir, daß ich ja ohnehin gleich da bin. Ich weiß, das war gedankenlos. Dafür entschuldige ich mich. Aber wir hatten ja nichts Besonderes vor.«

Sie stand auf. »Nein, wir hatten nichts Besonderes vor. Wir wollten nur zusammen zu Abend essen und uns lieben. Für so was lohnt es kaum, zu Hause anzurufen. Das Essen ist auch ungenießbar geworden.«

»Das macht nichts. Ich habe mit April gegessen.« Er merkte sofort, daß er das besser nicht erwähnt hätte. »Jahne, du begreifst nicht, unter welchem Druck ich stehe. Es ist nicht leicht, diesen Film so hinzubekommen, wie wir uns das beide wünschen. Ich muß mich mit April gutstellen. Es gibt sehr viel zu besprechen.«

»Was hast du denn sonst noch mit April gemacht? Am besten legst du die Karten offen auf den Tisch. Du spielst nämlich nicht Patience. Bei diesem Spiel sind zumindest zwei beteiligt. Oder wird es ein Spiel zu dritt?«

»Herrgott, Jahne, April ist die Produzentin. Verstehst du das nicht?«

»Verstehst du nicht, daß ich weder dumm noch blind bin? Diesmal werde ich die Augen nicht schließen, während du mich demütigst.« Sie brach ab. Denn Sam hatte Jahne Moore nie gedemütigt. Er hatte Mary Jane Moran blamiert. Sie ging zu dem Panoramafenster und starrte in die Dunkelheit. Er trat hinter sie. Doch sie wandte sich nicht zu ihm um.

»Wann hätte ich dich je angelogen oder gedemütigt?« fragte er gekränkt.

»Sag bloß, daß du nicht mit April Irons geschlafen hast.«

»Jahne, das war vor langer Zeit.«

»Wann genau? Wann fing das an?«

»Bei meinem ersten Besuch in L.A. Sie versuchte, *Jack and Jill* zu kaufen, und ich zögerte, weil ich die Regie haben wollte.«

Bei seinem ersten Flug nach L.A.! Da hatte er noch mit Mary Jane in New York ein Verhältnis gehabt. Jahne erinnerte sich an seine Anrufe und fragte sich jetzt, ob er sie von Aprils Haus aus angerufen hatte.

»Scheinbar hast du nicht lang gezögert.«

»Es war eine schwierige Situation für mich, Jahne. Ich wollte das Stück zwar verkaufen, aber ich wollte auch die Regie führen und für jemanden eine Rolle darin bekommen. Ich habe einige Punkte für mich verbuchen können, andere nicht. Wir haben den Deal im Bett besiegelt. In einer Art Hochstimmung. Mir stiegen die Limousinen, die Palmen, die Lobhudelei zu Kopf. Ich glaubte, der Nabel der Welt zu sein. Zum erstenmal wurde ich umworben. Wahrscheinlich dachte ich auch, so eine Affäre werde mir noch mehr Einfluß verschaffen. Darin irrte ich mich.«

Während Sam zwischen L.A. und New York hin- und herpendelte, während er mich tröstete, hat er mit April Irons geschlafen. Er hat mich bedauert, aber seinen Deal im Bett mit ihr besiegelt. Er hat seinen Jet-lag als Ausrede benutzt, um Sex mit mir zu vermeiden. Und ich habe mir Vorwürfe gemacht!

Am liebsten hätte sie ihn ins Gesicht geschlagen. Doch wie hätte sie die Schläge erklären sollen?

»Geh«, flüsterte sie nur. »Verlaß mein Haus.«

53.

April sah sich zwei Tage und drei Nächte lang den Film an. Sie fand das Wort Fiasko dafür zu mild.

Den Film zu betrachten, hatte ihr fast körperliche Pein verursacht. Michael spielte den Wütenden, auch wenn die Rolle etwas anderes verlangte. Jahne Moore sah nur gut aus. Sie sprach ihren Text auch gut. Doch irgendwie kam bei dem Zusammenspiel der beiden nichts herüber.

April schloß die müden Augen. Sie hörte die Dialoge. Die klangen gut. Sie öffnete die Augen wieder und schloß sie ebenso schnell. Wieder gefiel ihr der Text. Natürlich dient der Groll oft als guter Zündstoff für Leidenschaft. Und Groll hatte es bei dem Set wahrhaftig genug gegeben. Was April brauchte, war ein Mann wie Mankiewicz, um den Film in Ordnung zu bringen. Der verstand es, die Hitze zu halten. Ein Jammer, daß er schon tot war.

Plötzlich rührte April sich nicht mehr. Sie erstarrte. Was hatte Mankiewicz damals gesagt? Sie brachte seine Worte nicht zusammen. Doch die liefen darauf hinaus, daß der erste, der es wagen würde, zum ersten Mal den Geschlechtsakt auf die Leinwand zu bringen, Milliardär werden würde. Oder hatte es Goldwyn gesagt?

April hielt die Augen geschlossen und hörte nur noch zu. Dann kam ihr der Gedanke, so, als sei er schon immer in ihrem Kopf gewesen. Ja!

Natürlich ging April damit ein Risiko ein. Das wußte sie. Der Film galt als Darstellung einer großen, romantischen Liebesgeschichte. Doch die genügte nicht. Wir sind jetzt in den 90ern, sagte April sich. Es wird allmählich Zeit, der Welt eine Liebesgeschichte vorzuführen und die Liebenden auf der Leinwand zu zeigen. Nicht Pornodarsteller, sondern Stars, die man kannte und liebte. Nicht nur eine Kurzeinblendung mit einem Vorüberhuschen an dem Eigentlichen. Zwar mußte man hier und da etwas verwischen. Doch warum sollten die Leute nicht sehen, was sie sehen wollten? Mochten die Frauen im Zuschauerraum ruhig eine feuchten Slip bekommen und die Männer ein bretthartes Glied. Was schadet es, daß Michael ein alternder Star war. Man konnte seinen Körper doublen. Sie würden da einfach schneiden und einsetzen.

Das müßte eigentlich die Alten wie die Jungen anlocken. Die Alten würden Sehnsucht verspüren. Vor zwanzig Jahren hatten die Frauen Michael zu ihrem Idol erkoren. Die Männer hatten ihn als Vorbild angesehen und waren mit ihm älter geworden. Man konnte den schlafenden Hund noch einmal wecken. Alle würden verrückt danach sein, und alle würden nach Hause gehen und das machen, was sie im Kino gesehen hatten. Mein Gott, diese Möglichkeiten!

Alles paßte zusammen. Klar, Mut gehörte schon dazu. Seit dem *Letzten Tango* hatte kein Star mehr Sex gezeigt. Sogar Michael Douglas hatte sich in *Basic Instinct* zurückgehalten. Doch McLain war verzweifelt. April wußte, saß sie ihn für den Gedanken erwärmen konnte.

Nur Jahne Moore konnte Schwierigkeiten machen. April lächelte. Für die Klausel über das Double waren zwar hohe Anwaltskosten und viel Mühe nötig gewesen. April hatte Sy Ortis verflucht. Doch nun erlaubte ihr eben diese Klausel, alles mögliche einzuschieben. Sie hatte da ganz freie Hand. Wenn die Nahaufnahmen Jahne Moores Gesicht zeigten, war das eben der Zauber von Hollywood. Vielleicht regten Miss Moore oder Sy Ortis oder Marty DiGennaro sich auf. Vielleicht verlor Jahne ihren Vertrag bei Flanders Cosmetic. Vielleicht regte sich sogar Sam auf, wenn er seine Freundin breitbeinig auf der Leinwand sah.

Nur gut, daß ich mir die Genehmigung der Endfassung ausbedungen habe, dachte April. Sam konnte zustimmen oder gehen. April war das egal. Sie stand auf.

54.

Nach zwei Nächten ohne Sam war Jahne am Ende. Sie ging wie ein Zombie durch den Tag, fand nachts keinen Schlaf. Was hatte er ihr nur angetan und was sie ihm? Sie lag im Bett und weinte sich die Augen aus. Wen hatte sie gerächt? Was bewiesen? Am Ende ihrer Kräfte rief sie ihn am Freitag an und bat ihn, Samstagabend zu ihr zu kommen.

Sie liebten sich, als seien sie Jahre, nicht Tage, voneinander getrennt gewesen. Jahne gab zu, daß sie sich unvernünftig verhalten hatte und glaubte Sam, als er ihr erneut versicherte, daß zwischen ihm und April nichts mehr war. Sie schlief mit ihm und hatte zum erstenmal seit Tagen keine Alpträume.

Doch wie ein Schorf juckte die Vergangenheit und ließ Jahne keine Ruhe.

An diesem sonnigen Sonntagmorgen lag Sam ausgestreckt auf der Wohnzimmercouch. Er wirkte erschöpft.

Plötzlich zog er etwas aus der Tasche und hielt es ihr hin. Einen Augenblick lang dachte sie an Michael McLains Geschenk. Doch Sam hatte keinen Schmuck aus der Tasche geholt, sondern einen Schlüssel.

»Mi casa, su casa«, sagte er.

»Das heißt also, daß wir zusammengehören?« fragte sie lachend, um ihre Gefühle zu verbergen.

Die *L.A.Times* lag auf seinem Bauch. Er trank frischgepreßten Grapefruitsaft. Wie üblich hatte er die Zeitungslektüre beim Sportteil begonnen. Sie sah ihm zu, als er nach den Basketballtabellen suchte. Jahne hielt den Schlüssel fest in der Hand. Mary Jane hatte nie von Sam einen Schlüssel erhalten. Sie starrte ihn an. Das merkte er wohl, denn er blickte auf. Auch das mußte man als Tribut an ihre Schönheit werten, daß Sam sich von seiner Leidenschaft für den Sport ablenken ließ.

»Sam, wieviele Frauen hast du schon gehabt?« Sie wußte, daß sie nicht hätte fragen dürfen, doch sie konnte sich nicht bremsen. »Wieviele hast du geliebt?«

»Soll das ein Verhör werden? Das mag ich nicht, Jahne. Ich nehme mal an, daß es auch eine Reihe von Highschoolboys gab, die sich um dich gerissen haben. Doch die interessieren mich nicht. Ich bin immerhin ein Jahrzehnt über meinen sexuellen Höhepunkt hinaus.«

»Das ist mir nicht aufgefallen.«

»Du schmeichelst mir.« Er widmete sich wieder der Zeitung.

Jahne las die Bücherrezensionen und sonstigen Kritiken. Doch der Gedanke hatte sich in ihr festgesetzt. Jahrelang aufgestaute Eifersucht und die entsetzlichen Jahre der Mary Jane verdrängten die Vernunft. »Ich will nichts von deinen Eroberungen wissen. Nur, wen du geliebt hast.«

Stirnrunzelnd senkte er die Zeitung. »Das klingt schon vernünftiger.« Er setzte sich zu ihr auf die Armlehne ihres Sessels und legte den Arm um sie. »Wozu willst du das denn wissen?« fragte er sanft. »Genügt es dir nicht, daß ich dich liebe? Jahne, ich bemühe mich so sehr, dich in dem Film gut aussehen zu lassen. Ist dir nicht klar, was ich für dich empfinde?«

»Du warst doch verheiratet.« Es klang wie eine Anschuldigung.

»Ja, das war ich. Ich dachte damals, ich liebte sie. Aber ich begriff, daß wir beide zu jung waren, um unserer Gefühle wirklich zu kennen.«

Jahne wußte selbst nicht, wonach sie suchte. »Wie alt warst du damals?«

»Etwa in deinem Alter. Aber du hast sehr viel mehr Verstand als ich damals.« Er streichelte ihr Haar. Dann legte er beide Hände um ihr Gesicht und beugte ihren Kopf zurück. »Ja, dein Kopf sitzt fester als meiner.«

Doch das genügte ihr noch immer nicht. Sie mußte es aus seinem Munde hören. »Wenn du deine Frau nicht geliebt hast, wen denn dann?«

»Jahne, es gibt Fragen, die ich dir nie gestellt habe, weil ich spürte, daß du nicht darüber sprechen willst. Das akzeptierte ich. Kannst du es nicht ebenso halten?«

»Du meinst meine Narben? Das ist doch etwas anderes. Sie haben nichts mit dir zu tun. Doch wen du liebst, wie du liebst, das geht mich etwas an.«

Sam stand auf. Er trank einen Schluck Saft und hielt das Thema für beendet. Das irritierte Jahne und erleichterte sie gleichzeitig. »Ich habe einmal eine Frau namens Nora geliebt. Sie war verrückt, ich war verrückt, aber ich habe sie geliebt.«

Jahnes Herz schlug schneller. Erfuhr sie jetzt, daß er Mary Jane nie geliebt hatte? »Hat sie dich geliebt?«

»Wer weiß? Sie hat es behauptet, doch sie hat mich mit dem Produzenten meines ersten Stücks betrogen. Wahrscheinlich rechnete sie sich bei ihm mehr Chancen aus als bei mir, einem einfachen Stückeschreiber. Damit hatte sie ja auch recht.«

»Wer noch?«

»Ich habe eine Frau in New York geliebt. Auch eine Schauspielerin.«

Lieber Gott, hab Dank! Doch dann fiel Jahne ein, daß er womöglich nicht Mary Jane meinte, sondern Bethanie Lake. »Wie hieß sie denn?«

»Was spielt das jetzt für eine Rolle?« Er kniete vor ihr, legte beide Hände auf ihre Schultern und sah ihr tief in die Augen. »Ich kann ganz ehrlich sagen, daß ich niemanden so geliebt habe wie ich dich liebe. Du bist konkurrenzlos. Niemand reicht an dich heran. Glaubst du mir das?«

Das war es also. Der Herr hat es gegeben, der Herr hat es genommen. Wenn er Mary Jane geliebt hatte, leugnete er es jetzt jedenfalls. Tränen füllten Jahnes Augen.

»Jahne, weine nicht! Ich wußte, daß es dumm ist, Fragen zu stellen. Ich schwöre dir, daß ich sie alle längst vergessen habe. Sie zählen nicht. Es gibt nur dich.« Er zog sie aus dem Sessel und umarmte sie. So wiegte er sie wie ein Kind.

»Es gibt nur dich.«

Jahne stand für die Aufnahme von *Three for the Road* bereit. Marty und die Crew blickten sie an. Die Kameras surrten. »Perfekt«, sagte Marty. »Du bist perfekt.« Und dann sagte Sam aus dem Dunkel hinter den Kameras hervor: »Perfekt!« Sie war nackt. Doch sie produzierte sich stolz vor allen und wurde von allen bewundert.

»Seid ihr verrückt?« schrie Lila. »Seht euch diese Narben an! Seht sie euch doch an.« Sie blickten genauer hin. Unter ihren Blicken wurden Jahnes Narben rot, begannen zu glühen. Zu Jahnes grenzenloser Beschämung begannen ihre Brüste herunterzuhängen, ihre Oberschenkel wurden dicker, ihr Bauch rutschte tiefer und wölbte sich nach vorn. Alle lachten. Neil stand neben ihr im Kostüm eines Zauberers. »Simsalabim«, rief er und hob seinen Zauberstab. »Vorher und nachher.«

Jahne wachte von ihrem Alptraum in Schweiß gebadet auf. Zwar schlief Sam neben ihr. Doch das Entsetzen hielt Jahne noch in seinen Klauen. Sie atmete stoßweise. Sam wachte nicht auf, als Jahne leise aufstand, das Schlafzimmer verließ und ins Badezimmer ging. Es war riesig, größer noch als das im Beverly Wilshire. Auch hier fehlte der Whirlpool nicht. Der Raum wurde indirekt beleuchtet. Schränke und Kommoden waren in die Wand eingelassen.

Sie machte Licht und betrachtete sich in dem deckenhohen Spiegel. Sehr genau musterte sie das Gesicht, das sie bezahlt hatte. Ihre Augen waren geblieben. Doch im Licht des Badezimmers hatten sie sich irgendwie verändert. Sie drehte die Lampe aus und ging ins Wohnzimmer.

Auch hier machte sie Licht. Der weißgekachelte Boden führte ins Eßzimmer, die langgestreckte Diele und die Küche. Jahne öffnete die Glastüren, die zum Pool und in den Garten hinausgingen. Der Mond schien hell. Es war eine der wenigen smogfreien Nächte von L.A. Jahne stand auf ihrer luxuriösen Terrasse, umgeben von tropischen Bäumen, vor ihr lag eine Nachbildung eines römischen Schwimmbeckens.

Leider fand Jahne daran keinen Gefallen. Es kam ihr fremd vor, entsprach weder ihrem Geschmack noch ihrem Wesen oder ihrem Lebensstil. Vielmehr hatte man es ihr aufgezwungen, genau wie ihren Ruhm und ihr neues Leben. Großartig, doch nicht für sie. Sie seufzte. Ihre Füße wurden kalt.

Da rieb sich Snowball, die schwarze Katze, an ihren Beinen. Als sie von ihrem Kurzurlaub kamen und das Haus betraten, hatte Sam alles bewundert, mit Ausnahme von Snowball. In New York hatte er Midnight auch nur geduldet. Die Katze sprang ihm damals gern nachts auf die Brust und weckte ihn. »Warum haben Frauen Katzen?« hatte er sich beschwert. Als ob sie es spürte, hatte Snowball sich von Anfang an von Sam ferngehalten. Doch sie umschlich Jahnes Füße, als wollte sie Sie warmhalten.

Sam wachte auf, als Jahne zurückkehrte. »Wo warst du denn?« fragte er sie.

»Ich habe geträumt, bin aufgewacht und etwas herumgegangen.«

Er versuchte sie ins Bett zu ziehen. »Ich habe auch geträumt. Von dir«, murmelte er. Weil er sie so heftig zog, fiel sie über ihn. Snowball glitt ihr aus den Armen, versuchte sich zu fangen und sprang über Sams Brust davon. Sam schrie überrascht auf. Die Katze hatte ihn verletzt.

»Nicht, Midnight!« rief Jahne. »Tut mir leid, Sam. Ich hatte die Katze auf dem Arm.«

Sam schwieg. Jahne bekam Angst. «Fehlt dir etwas?« fragte sie. Er schwieg noch immer. Sie hörte, wie er nach dem Lichtschalter tastete. Plötzlich wurde es hell im Zimmer. Jahne kniff die Augen zusammen. Sie sah die Kratzer, die von den Pfoten der Katze herrührten. Sie bluteten. Doch Sams Gesicht jagte ihr einen viel größeren Schrecken ein.

»Nicht Midnight. So heißt die Katze nicht.«

»Wie habe ich ihn genannt?« fragte Jahne. Doch sie kannte die Antwort. Die Dunkelheit, der Alptraum und die Katze hatten den Betrug entlarvt.

Schwarze Katzen, die Snowball hießen, weiße, die Jahne Midnight nannte. Das paßte zu Mary Janes widersprüchlichem Wesen. »Wer bist du?« fragte er.

Sie saß wie gelähmt auf der Bettkante.

»Wer bist du?« fragte er wieder. Er stand auf und ergriff ihre Schulter. »Das ist alles schon einmal passiert. Eine Katze, die im Bett auf mich sprang. Doch es war keine schwarze namens Snowball, sondern eine Weiße namens Midnight. Wer bist du?«

Seine Stimme wurde lauter. Er blickte ihr in die Augen, die jetzt nicht von den tiefblauen Konkavlinsen geschützt waren. »Mein Gott!« sagte er und erkannte sie. Dennoch wiederholte er seine Frage.

Für Jahne brach die Welt zusammen. Alles drehte sich um sie in rasender Geschwindigkeit. »Ich weiß es nicht«, flüsterte sie.

Um Viertel nach drei Uhr morgens saßen sie sich am Küchentisch gegenüber. Die Deckenbeleuchtung verbreitete ein kalkiges Licht. Sam war leichenblaß, seine Lippen bildeten nur einen farblosen Strich.

»Wann hast du dich dazu entschlossen?« Er stellte die Frage nicht zum erstenmal. Sie sprachen über nichts anderes. Seit Stunden. Jahne verspürte eine grenzenlose Müdigkeit. Sie hatte versucht, alle Fragen zu beantworten. Trotz ihres Zorns fühlte sie sich schuldig. Sie hätte es ihm ja wirklich früher sagen müssen. Dann hätte er die Entscheidung selbst treffen können und wäre nicht in diese passive Rolle gedrängt worden. Doch sie hatte seine Fragen satt. Sie hatte ihm die ganze Geschichte erzählt. Jetzt wollte er sie wiederholt haben. Er kam ihr wie ein Anwalt der Anklage vor. Doch sie fühlte, daß sie ihm die Antworten schuldig war und holte noch einmal tief Luft. »Im Winter, nachdem du fortgegangen bist.«

»Moment mal. Das klingt so, als stünden die beiden Vorgänge in einem Zusammenhang. Unser Zerwürfnis und deine Chirurgie.«

»Das stimmt ja auch.«

»Mary Jane, es war deine Entscheidung, dich aufschneiden zu lassen. Das kannst du mir nicht anhängen.«

»Nein? Kann ich das nicht? Warum nicht? Hast du es mich nicht immer spüren lassen, daß ich nicht hübsch genug war?«

»Das ist eine verdammte Lüge. Ich habe niemals ein Wort über dein Aussehen verloren.«

»Das habe ich auch nicht gesagt. Ich sagte, daß du es mich hast spüren lassen. Du hast mit all den hübschen Mädchen geschlafen, weil ich dir nicht genügte. Nicht so, wie ich aussah. Dann gefiel es dir in Hollywood, und du hast mich verlassen. Da beschloß ich, die Dinge in die Hand zu nehmen. Wage es nur nicht, mir das vorzuwerfen.«

»Das sind doch Hirngespinste. Wir haben Schluß gemacht, weil es zwischen uns vorbei war. Das ist alles.«

Jahne stand auf. Sie zitterte. Doch auch in ihrem Innern tobte ein Sturm des Zorns. »Lüg mich nicht an«, brüllte sie. »Ich habe mit dir geschlafen und kenne die Wahrheit. Mary Jane hast du nie gelobt. Nicht mit dem kleinsten Wort. Doch Jahne...« Sie senkte die Stimme, imitierte Sam: »Du bist so schön. Ja, Jahne, ja. Gott, wie ich deine Beine, deine Brüste liebe. Du bist so vollkommen, du bist...«

»Halt den Mund!« schrie er. Sie hatte ihn allzu gut nachgeäfft. Er sprang auf und ging zur Tür.

»Wohin gehst du? Wag es nicht, jetzt fortzugehen.«

»Verdammt, du wirst mir nicht sagen, was ich tun soll.« Er

stolperte über den Stuhl. Der stürzte zu Boden. Doch Sam ließ sich nicht aufhalten. Jahne nahm eine schwere Keramikschüssel und schleuderte sie an die Tür. Die Schüssel zerbarst an der Wand und hinterließ einen tiefen Kratzer am Türrahmen. Die Scherben spritzten durch die Küche. Jahne hatte Sams Kopf nur um Haaresbreite verfehlt. Zu Tode erschrocken drehte er sich um.

»Kehr mir nicht den Rücken zu!« warnte sie ihn. »Lüg nicht, und verlaß dich nicht zu sehr auf mich. Ich bin nicht mehr die Frau, die du in New York sitzengelassen hast, du Hurensohn.«

»Du hast mich angelogen. Was willst du denn, das ich jetzt tun soll? Soll ich darüber hinweggehen? Weiß ich denn, wer du bist? Wie soll ich dir je wieder vertrauen?«

»Ach, sieh mal an! Als hättest du mich nicht täglich angelogen. Du hast mich wegen der Rolle in *Jack and Jill* angelogen, wegen Bethanie Lake und April Irons. Du hast mich auch belogen, was meine Partner in *Birth of a Star* und die Qualität des Drehbuchs anlangte.« Obwohl sie eisern entschlossen gewesen war, nicht zu weinen, flossen nun die Tränen. Denn sie wußte ja, daß sie nicht übertrieb. Ihre Zwitterrolle zwischen Mary Jane und Jahne rieb sie auf. Sie nahm eine Vase mit Anemonen und warf sie auf den Boden. Der Vase folgten Kristallgläser. Entweder ging das Glas zu Bruch oder sie. Ihr Ausbruch lähmte Sam. Er war kein gewalttätiger Mensch.

»Was willst du denn von mir, Jahne? Was?«

»Daß du mich liebst.«

»Ich habe dich doch geliebt. Und du hast mir das angetan!«

»Nun spürst du es endlich mal selbst. Ich habe dich mehr geliebt als mein Leben. Du warst für mich keine Zufallsbegegnung. Du machst dir keine Vorstellung davon, wie es ist, wenn man liebt und merkt, daß man dem anderen nicht genügt, weil man nicht vollkommen genug ist, nicht hübsch oder jung genug.«

»Darum hast du beschlossen, mir ein Lektion zu erteilen. Herrgott, das ist doch makaber! Das ist nicht deine Nase, es ist nur dein halber Po, und du hast ein künstliches Kinn. Während wir zusammenwaren, hast du mich ausgelacht. Ich lag dir zu Füßen, und du hast gelacht.«

»Gelacht habe ich nun ganz bestimmt nicht.«

Unter dem unbarmherzigen Licht, inmitten der Scherbenhaufen in der Küche, begriff sie das ungeheure Ausmaß ihres Problems. Sam war der einzige Mann, der ihre Schmerzen heilen konnte. Wenn er sie jetzt lieben würde, nachdem er wußte, wer sie gewesen war und was sie getan hatte, konnte er den Bruch in ihrem Inneren zusammenfügen. Seine Absolution, sein Verständnis und seine Liebe würden ihr zeigen, daß er sie endlich akzeptierte. Wenn er ihr vergab, konnte sie sich selbst vergeben. Wenn er sie liebte, konnte sie mit sich wieder ins reine kommen.

Konnte er das nicht, würde sie nie wieder einem Mann trauen können, der sie in ihrer Neuschöpfung liebte, weil sie ihm nicht glauben konnte, daß er damit auch ihr früheres Ich einbezog.

Eiskalte, nie gekannte Furcht überfiel sie. Sie fröstelte. Ihre Zukunft hing davon ab, ob Sam die Wahrheit erkannte und an ihrer Seite blieb.

»Bitte, Sam, ich versteh, daß du verletzt bist. Das bedaure ich, und es tut mir sehr leid. Aber das ist wirklich wichtig.« Sie kam auf ihn zu. Unter ihren nackten Füßen spürte sie das zerbrochene Glas nicht. Tränen rannen ihr über die Wangen. »Verurteile nicht nur, Sam. Denn wenn du es tust, werde ich dir nicht verzeihen können.«

Doch Sam, blaß wie der Tod, versuchte gar nicht, Jahne zu trösten. Er schüttelte nur den Kopf.

»Wie konntest du nur? Mary Jane, wie konntest du das tun?«

Plötzlich spürte sie nun doch das Glas unter ihren Füßen. Die Schnittwunden schmerzten. Blut vermischte sich auf dem Boden mit Scherben. Doch es kümmerte sie nicht. Sie wußte nicht weiter. Wie konnte sie Sam ihren Selbsthaß, ihre Verzweiflung, ihren Ehrgeiz, die Triebfedern ihres Handelns, begreiflich machen? Wie konnte sie die Operationen verteidigen? Würde er je verstehen können, daß sie ihre

Freunde, ihr ganzes Leben nur aus einem einzigen Grund hinter sich gelassen hatte? Hatte er Verständnis für die Gefühle einer häßlichen, alternden, alles andere als begehrenswerten Frau? Sie mußte an sein Mitleid appellieren. Doch wie?

Auf Sams Zügen spiegelten sich nun Entsetzen und Ekel. »Wie konntest du mir das antun?« wiederholte er.

Verrufen

»Ich würde mich in einem Film nie nackt zeigen. In Kleidern aufzutreten bedeutet, einen Spielfilm zu machen, ausgezogen wird es ein Dokumentarfilm.«

Julia Roberts

»Es ist schwieriger, der Presse die Stirn zu bieten, als einen Leprakranken zu baden.«

Mutter Teresa

»Das sind doch alles Märchen, daß man nur attraktiv sein muß, um ein rundum glückliches Leben zu führen, das keine Schattenseiten kennt.«

Michelle Pfeiffer

1.

Nun hassen Sie Sam Shields, habe ich recht? Sie finden, daß er all den Typen gleicht, die Sie auch kennen – Männern, die Sie verlassen haben, die Ihnen Lügen auftischten und die am Ende nicht mehr zu Ihnen hielten. Doch vergessen Sie nicht, daß Sam Shields, wie all die anderen, an die Sie denken, glaubte, er sei es auf den man es abgesehen habe, und daß man ihm übel mitgespielt habe. Er war derjenige, der sich getäuscht fühlte und den man betrogen hatte.

Nach dem Auftritt in der Küche verließ Sam Jahnes Haus wie ein Betrunkener. Er konnte es nicht fassen, daß die Frau, die er geliebt und für die er seine Karriere aufs Spiel gesetzt hatte, ihn auf diese Weise hinters Licht führte. Jahne war Mary Jane! Unfaßbar. Gespenstisch, wie ein Stephen-King-Roman. Sie hatte ihn zum Narren gehalten. In krankhafter Selbstzerfleischung versuchte er, sich an Unterhaltungen zu erinnern. Wie oft hatte sie über ihn gelacht, wie oft ihn bei Lügen, Ausflüchten, Halbwahrheiten ertappt?

Unweigerlich setzte bei ihm der Verteidigungsmechanismus ein. Natürlich hatte er sich falsch benommen. Doch wieviele Monate vorher hatte sie begonnen, ihm diese Falle zu stellen? Sicher, er war kein Mustermann. Doch sie war verrückt und heimtückisch. Welche Frau dachte sich so etwas aus? Welche Frau setzte so etwas in die Tat um? Wie würden Sie die Frage beantworten, liebe Leserin?

Sam saß in dem abgedunkelten Raum und sah sich die erste Rohfassung des neuen *Birth of a Star* an. Er rutschte nervös auf seinem Platz herum. Tatsächlich würde es so gehen. Es entsprach zwar nicht dem, was er sich unter der Verfilmung dieser Vorlage gedacht hatte. Doch man konnte es lassen.

Er und April, Laslo und Michael sowie die Doubles waren nach Hongkong geflogen und hatten in hektischen neunzehn Tagen die neuen Szenen für den Film abgedreht. Die Joy-Wah-Studios waren eine Filmfabrik, die allmonatlich

Dutzende von Action- und Pornofilmen auf den asiatischen Markt warfen. Sie hatten Techniker und eine Crew für Spezialeffekte, die schnell und billig arbeiteten. Durch deren tatkräftige Hilfe hatte sich der Film verändert.

Sam faßte sich an die Schläfe. Seit einer Woche oder länger plagten ihn fürchterliche Kopfschmerzen. Nichts half dagegen. Vielleicht lag es am Klima oder dem Wasser in Hongkong, vielleicht daran, daß er stundenlang auf die Leinwand starrte. Nicht einmal die täglichen Massagen und die Kunst der chinesischen Akupunktur hatten ihm Erleichterung verschafft.

Sam hatte praktisch Tag und Nacht gearbeitet, um den Film zu retten – und sich selbst. Nachdem die neuen Szenen geschrieben und abgedreht worden waren, durfte er Hongkong endlich verlassen und mit der Rohfassung und seinen Kopfschmerzen nach L.A. zurückkehren.

Der Film war anders geworden, doch nicht notwendigerweise schlechter, wie er sich einredete. Die erste Filmversion war ein Reinfall gewesen, eine Totgeburt. Er hatte von Anfang an bei diesem Melodram seine Bedenken gehabt. Bis auf diesen Tag wußte Sam nicht, ob die Fehlgeburt eine Folge des allzu häufig umgeschriebenen Drehbuchs war, oder ob, Michaels Sabotage oder Jahnes leblose Darstellung die Schuld trugen. Jedenfalls hatte der Film nichts getaugt. Nun hatten sie die Musik unterlegt, hatten gestrafft. Dieser *Birth of a Star* hatte Chancen. Sam zweifelte nicht daran, daß es der in sexueller Hinsicht ungeschminkteste Film war, der je hergestellt worden war. Zweifellos würde er die Kosten wieder einspielen. Trotzdem wußte Sam nicht, ob man ihn einen guten Film nennen konnte.

Auf dem Flug nach Hongkong war er noch wütend auf Jahne gewesen. Er hatte kein Wort mehr mit ihr gewechselt. Doch in den wenigen Stunden, die ihm an Freizeit blieben, hatte er aus den Panoramafenstern des Hotels Regent den überwältigenden Blick auf den Hafen von Hongkong genossen und versucht, innerlich mit allem klar zu kommen. Er hatte Jahne geliebt. Vielleicht liebte er sie noch immer. Er wußte auch warum. Ihr Anblick hatte seinen Augen wohlgetan, wie es nur weibliche Schönheit vermag. Gleichzeitig hatte sie für ihn gesorgt, wie es Mary Jane einmal getan hatte. Sie besaß die Fähigkeit zur Leidenschaft, die nur den Häßlichen in dem Maße eigen ist. Mary Jane hatte ihm ein Wohlgefühl verschafft. Sie hatte ihn angebetet. Er hatte überhaupt nicht das Verlangen gehabt, ihr zu gefallen. Und sie hatte ihn akzeptiert wie eine Mutter, während Jahne ihm den sexuellen Anreiz eines Mädchens im Alter ihrer Tochter gab. Konnte man es ihm ankreiden, daß er das begehrt hatte? Sehnten sich nicht alle Männer nach der Sicherheit einer kritiklosen Liebe? Sexuelle Versuchung ohne Herausforderung! Jahne besaß die Reife einer Vierzigjährigen in dem Körper einer Jugendlichen und die Verwundbarkeit von beiden.

Damals in New York hatte er sich wegen Mary Jane und seiner Abhängigkeit von ihr geschämt. Jetzt wußte er, daß er sie geliebt hatte, auch wenn er sie nie seinen Eltern vorgestellt hätte oder sich mit ihr auf einer Hollywoodparty hätte zeigen wollen. War das etwa nicht nur menschlich? Das mußte doch jeder verstehen. Er rutschte wieder unbehaglich auf seinem Sitz herum. Die Bilder auf der Leinwand quälten ihn. Jahnes Gesicht, Jahnes Körper bedrängten ihn.

Hatte Jahne ihn zum Gespött gemacht? Lachten die Hampelmänner wie Molly und Chuck und diese kleine Ratte Neil jetzt über ihn, seine Oberflächlichkeit und Dummheit? Wer hielt ihn sonst noch für einen Narren? Ganz Hollywood? Er seufzte, wußte nicht, ob Jahne aus Gemeinheit gehandelt hatte oder weil sie ihn liebte. Zweifellos hatte ihn Mary Jane geliebt. Es fragte sich nur, ob sie diese Transformation aus Liebe oder Rache auf sich genommen hatte. In jedem Fall lief es auf einen grausamen Trick hinaus. Denn trotz dieses Betrugsmanövers liebte er Jahne noch immer. Vielleicht konnten sie wirklich noch einmal zusammenfinden, später, nachdem er gerettet hatte, was an *Birth of a Star* zu retten war.

Wieder in L.A., igelte Sam sich in dem Schneideraum ein und ließ die Filmstreifen bewachen. Niemand außer Michael, Seymore und April hatten Zugang zu den Filmrollen. Die Herren im grauen Flanell durften nur die Endfassung des Films sehen. Bis dahin blieb alles unter Verschluß.

Inzwischen hatte es sich herumgesprochen, daß der Film Schwierigkeiten machte. Das brachte April in Rage. Sie fürchtete, daß die Verleiher sich den Film nicht einmal ansehen würden. Darum bestand sie darauf, die Premiere vorzuverlegen. Jahne, Laslo, nicht einmal der kleine Joel Grossman sollten den Film zu Gesicht bekommen. Sam schüttelte den schmerzenden Kopf. Der arme A. Joel Grossman. Er war verloren, seit Adrienne zu Michael McLain übergelaufen war und ihn im Stich gelassen hatte. Adrienne, das Double.

Sam wußte, daß er seine Kraft nicht in den Film steckte, um Jahne oder Mary Jane einen Gefallen zu tun oder um seinen Zorn oder seine Rache abzureagieren. Er arbeitete, damit der Film ein Erfolg wurde, damit er, Sam, die Kontrolle behielt und seine Karriere nicht gefährdet wurde. Wie April ihm zu verstehen gegeben hatte, würde es ein anderer machen, wenn er nicht dazu bereit war.

Inzwischen war er mit seiner Arbeit recht zufrieden. Adriennes Körper wirkte wunderschön. Die Schnitte verliefen nahtlos, nahtloser als die Chirurgie an Jahnes Körpers. Sie würde sich absolut vollkommen auf der Leinwand wiedersehen.

War es das nicht, was alle Frauen anstrebten?

Michael McLain lag zufrieden auf dem weichen Bett. Er lächelte, obwohl keine Kamera dieses Lächeln einfing. Alles hatte sich zum Guten gewendet. Die Aufnahmen waren vor einer Woche beendet worden, und sie hatten ihm viel Spaß gemacht. Natürlich empfand er ein seltsames Gefühl in der Magengrube, als er gewissermaßen die Szene verließ und ein Double weitermachte. Doch Adrienne, das Mädchen, das für Jahne Moore die Nacktszenen übernommen hatte, ließ keinen Zweifel daran, daß sie nur Augen für ihn hatte. Schließlich hatte er immer noch das, worauf es ankam, obwohl sein Bauch nicht mehr flach wie ein Brett war. Er tätschelte Adriennes nackten Po. Sie war bei ihm geblieben, um noch eine Woche mit ihm in Hongkong Urlaub zu machen. Eine Woche Shopping und Sex. Er mochte beides.

Ihm gefielen auch die Tagesabzüge. Die Streifen waren

nicht nur heiß, sie waren wahnsinnig heiß und einfach phantastisch. Laslo und Sam, dieser geile Bock, hatten einige geschickte Drehs und Szenen ausgeklügelt. Noch nie hatte Sex auf der Leinwand so gut ausgesehen.

Im Studio hatten sie es Michael so leicht wie möglich gemacht. Ein Heer orientalischer Mädchen hatte ihn gepudert und massiert oder mit Glyzerin eingerieben, damit seine Haut aussah, als schwitze er. Sie verehrten ihn und verbeugten sich vor ihm.

Ja, alles hatte funktioniert. Die ganze Sache barg zweifellos ein Risiko. Doch der Film ermöglichte es Michael McLain, sich als Hauptdarsteller in einem Liebesfilm, vom Kino zu verabschieden. Danach würde er dem Filmgeschäft den Rücken zukehren und etwas Seriöses anfangen.

Vielleicht würde er sogar noch heiraten.

2.

In ihren zwanzig Lebensjahren hatte Lila schon manche Tätigkeit verabscheut, doch nichts so sehr wie die Zusammenarbeit mit ihrer Mutter. Wenn die Hexe morgens für *Three for the Road* erschien, begrüßte sie die ganze Crew mit Namen. Lila wußte nicht, wie sie sich die in so kurzer Zeit hatte merken können. Lila kannte sie nach einem Jahr noch nicht. Theresa hielt dem Maskenbildner ihr vielfach geliftetes altes Gesicht hin und unterhielt sich freundschaftlich mit ihm.

Doch am meisten litt Lila, wenn sie Marty und Theresa zusammen sah. Als Lila Marty ihren Gesinnungswandel mitteilte, zeigte Marty sich sofort hocherfreut. Er hofierte Theresa geradezu und verehrte sie. Er lachte über ihre törichten Witze, und er diskutierte mit ihr über Beleuchtung und Kameraführung.

Immer wieder drängte Lilas Zorn zum Ausbruch. Doch sie beherrschte sich stets rechtzeitig. Theresas katastrophale Drohung hing über Lilas Haupt. So tobte sie eben schweigend. Zu Lilas Wut gesellte sich Eifersucht. Sie war eifersüchtig, sobald Marty sich mit einer anderen als ihr beschäftigte. Lila akzeptierte gerade noch, daß sie Marty mit den beiden Kolleginnen teilen mußte, obwohl sie auch das schon hart genug fand. Doch nun kam zusätzlich Theresa. Das ertrug Lila kaum.

In dieser Zeit fand sie nur Trost in dem Gerücht, daß *Birth of a Star* ein Reinfall zu werden versprach. Lila blätterte alle verfügbaren Illustrierten und die entsprechenden Zeitungsberichte durch, um Neuigkeiten darüber zu erfahren. Begeistert hatte sie Minos Paige gelauscht, als der ihr von einem heftigen Streit zwischen Regisseur, Produzentin und Stars berichtete. Diese Nachrichten bestätigte auch Marty.

Da Theresa nur noch wenige Tage bei der Serie bleiben würde, konnte Lila sich auf die bevorstehende Emmy-Verleihung konzentrieren. Sharleen machte ihr keine Sorgen. Jahne schon eher. An sich hatte ein Filmverriß keinen Einfluß auf den Emmy, der ja nur einer Fernsehleistung zugesprochen wurde. Doch die Praxis bewies das Gegenteil. Also betete Lila, daß die Premiere von *Birth of a Star* vor der Verleihung stattfinden möge. Lila wäre gern mit einer Filmrolle zu Starruhm gelangt. Doch eine Filmrolle, die für Jahne Moores Absturz sorgte, befriedigte Lila fast ebenso.

Nach zwei Wochen, zwei unerträglich langen Wochen, neigte Theresas Gastrolle sich also dem Ende zu. Lila hatte sich mit Marty zum Abendessen verabredet, wollte aber nicht über Nacht bleiben. Sie schlief nie bei ihm. Sally gewöhnte sich allmählich daran, sie um zwei Uhr früh nach Malibu zurückzufahren.

»War doch gar nicht so schlimm, Lila, nicht wahr?« meinte Marty und bezog sich auf Theresa. Während der Aufnahmen hatten sie nie ein Wort über Theresa verloren.

»Schlimm genug«, antwortete sie kurzangebunden.

»Du warst jedenfalls wirklich gut, Lila. Wir werden einige Rekorde brechen, wenn das gesendet wird.«

»Das erwarte ich auch«, erklärte Lila ungerührt.

Marty wechselte das Thema. »Mir ist, als hätte bald jemand Geburtstag, und dafür habe ich auch schon ein Geschenk.«

»Und?« erwiderte sie nur.

»Wie möchtest du den Tag feiern?«

»Ich möchte *Birth of a Star* sehen«, erklärte sie unumwunden.

Herrgott, sie wußte immer, wie sie ihn kleinkriegen konnte. Bis heute bedauerte er, daß es ihm nicht gelungen war, die Verfilmungsrechte zu bekommen, weshalb der Film in die Hände von Barbaren gefallen war. Allerdings wußte er auch, wie scharf die Abzüge des Films bewacht wurden. »Warum? Der Film ist schlecht.«

»Woher willst du das wissen? Hast du ihn gesehen?«

»Nein, aber...«

»Ich will ihn sehen. Das wünsche ich mir zum Geburtstag.«

Sally schaffte es. Marty fragte nicht, wie er es bewerkstelligt hatte. Sally verfügte noch immer über Beziehungen, von denen Marty lieber nichts wissen wollte. Doch er dankte Sally überschwenglich dafür, daß er ihm die Filmrollen von *Birth of a Star* beschafft hatte. Nun wartete alles auf den großen Moment. Der Abendbrottisch war gedeckt. Es fehlten weder die Gladiolen noch die Kerzen. Auf dem Kaminsims lag ein kleines Samtetui.

Marty war kein eitler Mann. Doch an diesem Abend kleidete er sich mit besonderer Sorgfalt. Er war mit sich zufrieden. Auf Lilas Drängen hin hatte er einen Trainer angestellt, der ihn fit hielt. Auch an diesem Tag hatte Marty ausgiebig trainiert. Das zahlte sich aus. Sein Bauch war flach, seine Haut straff, an seinen mageren Armen zeigte sich der Ansatz von einem Bizeps.

Am beschwerlichsten fand Marty den Gang zum Friseur. Auch darauf hatte Lila bestanden.

Doch das alles spielte keine Rolle. Marty war glücklich. Er dachte an die Nächte, die sie zusammen verbrachten. Der Schweiß trat ihm aus den Poren. Er war ihr Sklave, und an diesem Abend wollte er das beweisen.

Denn er hatte ein unübertreffliches Geburtstagsgeschenk für sie. Es lag auf dem Couchtisch, umschlungen von einem roten Seidenband. Er wußte, daß es Lila glücklich machen würde. Es handelte sich um ein Drehbuch, dessen Hauptrolle für Lila maßgeschneidert war. Martys Geschenk an Lila. In der nächsten Saison wollte er den Film mit ihr drehen, auch wenn dafür *Three for the Road* verschoben werden mußte. Er dachte daran, wie Sy toben, der Sender reagieren und Flanders Cosmetics ihm die Hölle heißmachen würden. Doch das rührte ihn nicht. Es gab in Hollywood genügend Anwälte, die die Wogen für Marty glätten konnten.

Lila betrachtete die riesige Schachtel, die Robbie auf dem Tisch abgestellt hatte. Sie hatte Robbie lange nicht mehr gesehen. Lila bedankte sich lächelnd.

»Ich mußte warten, bis sie bei den Aufnahmen war. Ken hat Kevin aus dem Haus gelockt. Anders ging es nicht. Ich möchte nicht wissen, was sie anstellt, wenn sie herausfindet, daß die Puppen weg sind.«

Lila schnaubte verächtlich. Sie mußte sich für ihre Verabredung mit Marty fertigmachen und hatte keine Zeit für Robbie, diesen fetten Jammerlappen. Immerhin hatte es Monate gedauert, bis er ihr diesen Tribut zu Füßen legte. Darum sollte er nun genauso lang warten, bis sie ihm verzieh. Doch ihre Augen leuchteten beim Anblick der Schachtel.

»Also gut. Ich muß mich beeilen. Ich bin heute abend verabredet.«

»Hast du keine Zeit für einen Kaffee?« fragte er. Ihre Verachtung wuchs. Was für ein winselnder Wurm! Statt Mitleid fühlte sie nur Gereiztheit in sich aufsteigen.

»Nicht mal für einen Espresso«, erklärte sie.

Robbie mußte gehen.

Lila setzte sich neben Marty in den Vorführraum seines Hauses. Sie hatten köstlich gespeist. Nun wollten sie sich die gestohlene Kopf von *Birth of a Star* ansehen.

»Fang an, Sally«, bat Marty über seine Sprechanlage und löschte das Licht.

Der Film begann wie erwartet: Michael McLain trifft das Mädchen. Er ist erfolgreich, sie ein unbeschriebenes Blatt, jedoch talentiert. Er hilft ihr, während seine eigene Karriere allmählich dem Ende zusteuert. Sie betet ihn an. Das alles war gut, doch nichts Besonderes. Marty wurde unruhig. Das freute Lila, denn es hieß, daß ihm der Film nicht gefiel.

Plötzlich kam Michael wieder groß ins Bild. Er beugte sich über Jahne. »Beweis mir, daß du mir vertraust«, verlangte er.

Ein schneller Schnitt, als seine Hand ihre erfaßte, ein verschwimmendes Bild, dann wieder seine Hand auf ihrer. Doch nun lagen sie ausgestreckt auf einem Bett. Alles konnte man nicht sehen, doch der Geschlechtsakt wurde unmißverständlich angedeutet. In Nahaufnahme Jahnes Mund. Ein Schnitt zu den stoßenden Hüften von hinten. Wieder ihr Mund.

Michael stöhnte auf der Leinwand, und Lila hatte das Gefühl, daß auch Marty stöhne. Plötzlich umfaßte Jahne mit den Händen Michaels nackten Rumpf, als könne sie nicht genug von ihm bekommen.

»Jesus Maria!« keuchte Marty.

Die Geschichte lief weiter, bis zu einer Sexszene, diesmal in einer Toreinfahrt. Michael öffnete die Knöpfe ihrer Bluse und hob ihren Rock. Er reizte sie von hinten, ohne auf die Passanten, die an der Toreinfahrt vorbeigingen, Rücksicht zu nehmen. Sie drehte sich zu ihm um, wollte mehr. Jahne war phantastisch, ihre Beine schlangen sich um ihn. Unglaublich! Ihre prächtigen Brüste wippten vor seinem Mund.

Lila starrte auf die Szenen wie hypnotisiert. Das war ein Pornofilm. Dreck. Doch die Aufnahmen wirkten blendend. Außerdem war das alles ungemein sexy. Oder empfinde ich das nur so? dachte sie. Im Dunkeln faßte Lila Marty zwischen die Beine, zog aber die Hand zurück, als habe sie sich verbrannt. »Du hast eine Erektion. Du willst sie!«

»Unsinn, Lila. Das ist ein Film mit sehr viel Sex.«

»Verdammt, du bist ihretwegen erregt. Du hältst sie wohl für reizvoller als mich?« Sie schrie jetzt. Auf der Leinwand ging der Sex weiter.

»Sally, schalt bitte aus«, sagte Marty in die Sprechanlage. »Dann kannst du gehen.« Er knipste das Licht an und betrachtete Lila. Zum erstenmal machte sie Besitzansprüche auf ihn geltend. »Lila, das ist eine automatische Reaktion. Ein guter Porno hat bei mir immer diese Wirkung. Ich bin ein optisch veranlagter Mensch. Doch der Film ist eine Entweihung. *Birth of a Star* war ein Klassiker. Es hat mich schockiert, Jahne in einem Pornofilm zu sehen. Ich hatte keine Ahnung...«

Lila sank auf die Couch und schluchzte. »Sie wird jetzt alle Aufmerksamkeit auf sich ziehen. Sie wird Emmy und Oskar bekommen.«

»Bist du verrückt? In dieser prüden Stadt? April muß verzweifelt gewesen sein. Sonst hätte sie das nie gemacht. Der Sender wird verrückt spielen. Sie werden auf ihre Klauseln über Wohlverhalten und Moral pochen. Den Flanders-Vertrag kann Jahne vergessen.«

»Meinst du?« Lila trocknete ihre Tränen. »Meinst du, das kommt nicht an?«

»Verstehst du das nicht, Lila? Ein Mädchen, das Amerika zu seinem Idol erhoben hat, läßt sich auf Sex mit Michael McLain ein!« Marty lachte. Er ging zu dem Tisch und nahm das rotverschnürte Päckchen. »Mach dir keine Sorgen, Darling. Sie verschwindet in der Versenkung. Inzwischen sieh dir mein Geburtstagsgeschenk an.« Er gab ihr das Drehbuch.

»Was ist das?« fragte sie mißtrauisch.

»Das beste für eine junge Schauspielerin, was ich in zehn Jahren gesehen haben. Und es ist für dich. Wir können den Film in der nächsten Saison abdrehen. Paramount hat mir dafür schon grünes Licht gegeben.«

Lila sprang auf und umarmte ihn. »Ja!«

»Herzlichen Glückwunsch zum Geburtstag«, sagte Marty.

»Vielen Dank!«

Lila wußte, daß sie nun Jahne Moore und Sharleen würde ausstechen können. Marty hatte noch nie etwas Zweitklassiges gemacht. Die Oscar-Nominierung durfte sie als sicher annehmen. Damit und mit dem Emmy würde sie zum größten Star seit Jahren aufsteigen. Das schönste daran war, daß sie ihre Mutter übertrumpfen würde. Denn das machte Lila größer als Theresa O'Donnell je gewesen war. Sie fröstelte, als sie daran dachte, daß sie Martys Werben fast zurückgewiesen hätte.

Nur Marty besaß die Macht, Lila in diese Höhen zu tragen. Nur Marty liebte sie so. Auch wenn ihre Affäre nicht ideal sein mochte, auch wenn er ein Mann war, den sie eigentlich nicht einmal berühren wollte, behandelte er sie gut, besser als je ein Mensch zuvor. Tränen traten in ihre Augen. »Ich liebe dich«, flüsterte sie.

»Gut«. Er nahm das Etui von dem Kaminsims. »Hier habe ich noch etwas für dich.«

Lila nahm das Geschenk und öffnete es. Auf weißer Seide ruhte ein riesiger Brillantring.

»Zwölf Karat. Lupenrein. So hinreißend wie du«, sagte Marty.

Lila starrte auf den funkelnden Ring. Seine Pracht nahm ihr den Atem. Sie konnte den Blick nicht davon losreißen.

»Du wirst mich heiraten«, verkündete Marty.

3.

Jahne konnte weder essen noch schlafen. Die Szene mit Sam stand ihr noch immer vor Augen. Angesichts Sams Zorn hatte Jahne sich seltsamerweise schuldig gefühlt. Weil sie ihn noch immer liebte und weil sie zugelassen hatte, daß er sie liebte. Sam hatte sie, außer sich vor Schock, Schmerz und Wut, verlassen. Doch er hatte fünf lange Tage später tagsüber angerufen, als er davon ausgehen mußte, daß sie nicht anwesend sein würde und hatte eine Nachricht hinterlassen. Er habe viel zu tun, müsse wegen des Films nach Hongkong fliegen und werde erst Wochen später zurückkehren. Er habe nachgedacht und wolle sie bei seiner Rückkehr sehen.

Sam hatte noch immer nicht angerufen. Jahne glaubte noch daran, daß die Zeit die Wunden heilen würde und Sam allmählich seine Liebe für Mary Jane und Jahne zusammenfügen konnte.

Nacht für Nacht quälte sie sich mit der Frage herum, ob sie die Schmerzen nur für Sam auf sich genommen hatte, damit sie ihn zurückgewinnen konnte, oder ob sie dabei an ihre

Zukunft und ihr weiteres Leben gedacht hatte. Nacht für Nacht strich sie ruhelos durch das leere Haus.

Immer wieder stand sie auch vor dem großen Spiegel in ihrem Ankleidezimmer und betrachtete ihr Gesicht. Das hatte ihr Macht über Pete gegeben, es hatte ihr die Rolle im Melrose Playhouse beschert, Martys Aufmerksamkeit verschafft und ermöglicht, Sam an sich zu binden.

Doch inzwischen sah Jahne ein, wie machtlos sie im Grunde seit ihrem Zerwürfnis mit Sam war und seit die Aufnahmen für *Three for the Road* wieder begonnen hatten. Denn auch bei der Serie hatte sich vieles verändert. Ihre Meinung war nie gefragt gewesen, jetzt zählte sie überhaupt nicht mehr. Die Beziehung zwischen Lila und Marty und die Mißstimmung, die Jahne durch ihr verspätetes Eintreffen beim Set verursacht hatte, bekam sie voll zu spüren. Und was *Birth of a Star* anlangte, so war sie auch bei diesem Film von allem ausgeschlossen. Ihre Anrufe wurden nicht erwidert. Man brauchte sie nicht mehr. Sie bekam nicht einmal Abzüge zu Gesicht!

Lila hielt dagegen offenbar alle Fäden in der Hand. Jahnes Rolle war törichter und aussageschwächer geworden. Lila beherrschte fast alle Szenen, bekam jeden zündenden Text und alle Nahaufnahmen. Sharleen stolperte willig durch ihre Rolle, doch Jahne fand es beschämend. Und Sy Ortis lehnte jede Hilfe ab, weil er sich darauf berief, daß er von vornherein von der Filmerei abgeraten hatte und er das alles nur als Folge von Jahnes Eigenmächtigkeit hielt. Er freute sich darüber, daß der Film in Schwierigkeiten steckte. Auch er hatte keinen Vorabzug erhalten.

Neuerdings verlor Jahne keinen Gedanken mehr an ihre Diät. Sie brachte ohnehin kaum einen Bissen hinunter. Die Jeans schlotterten um ihren Körper. Unter ihren Wangenknochen bildeten sich Höhlen, unter ihren Augen Ringe.

Das fiel auch Pete eines Nachmittags auf. »Fehlt dir was?« fragte er. Sie hatten seit Monaten nicht mehr Worte gewechselt als »Hallo« und »Gute Nacht«. Er hatte sein aufrichtiges, jungenhaftes Wesen nicht verloren. Daß es sogar Pete auffiel, wie sehr Jahne litt, machte sie betroffen.

»Nun, es geht mir nicht sonderlich gut«, versuchte sie abzuwiegeln.

»Kann ich dir irgendwie helfen?«

Beschämt senkte sie den Blick. Seine Güte trieb ihr die Tränen in die Augen. »Nein, danke.« Doch als er ging, fiel ihr etwas ein. »Moment, Pete, warte, bitte. Ist dein Vater nicht Vorführer?« Er nickte. »Glaubst du, er könnte mir eine Kopie des Films besorgen?«

Man konnte es so beschreiben: Jahne Moore betrat den Vorführraum, in dem *Birth of a Star* gezeigt werden sollte, im Zustand völliger Unschuld. Zwei Stunden und zehn Minuten später war sie entjungfert worden. Sie hatte eine Frau gesehen, angeblich sie selbst, die viele Male in den verschiedensten Stellungen und in unterschiedlichster Kleidung mit einem jüngeren, schlankeren Michael McLain Geschlechtsverkehr gehabt hatte. Ihre rechte Brust wurde in Großformat auf der Leinwand von seinen Händen umfaßt. Seine Lippen spielten mit den Spitzen ihrer Brüste und Jahnes Reaktion darauf drückte ihr Gesicht, gleichfalls in Großaufnahme, aus. Sie kniete auf allen Vieren und streckte ihm ihren Po einladend entgegen. Einmal legte sie ihr Bein um Michaels Hals und liebkoste seine Wange mit dem Fuß. Dem ersten Bein folgte das zweite, und so rahmte sie bald sein Gesicht mit ihren Schenkeln ein. Auf ihren Armen bildete sich Schweiß. Der glitzerte auch auf ihrem Rücken und an ihren Beinen. Er kräuselte ihr Schamhaar.

Doch das alles war nicht Jahne. Die saß neben Pete in dem kleinen Vorführraum und sah, was man aus *Birth of a Star* gemacht hatte. Es überschritt alle Grenzen zwischen Unterhaltung und Soft Porno. Und »soft« war es absolut nicht! In diesem Film hatte sie nicht mitgespielt, obwohl es ihr Gesicht war und obwohl die Illusion geweckt wurde, daß es ihr Körper war, der geliebt wurde und zum Orgasmus kam.

Jahne wurde es schwindelig. Laslos glänzende Aufnahmetechnik, die einschmeichelnde Musik, der ganze Aufbau federten die Vergewaltigung der Filmvorlage ab. Doch es blieb eine Vergewaltigung. Jahne wußte nicht, wie man so etwas überhaupt technisch hatte fertigbringen können. Weder ihr eigener narbenreicher Körper noch der alternde von Michael spielten hierbei mit.

Pete saß unruhig neben Jahne. Er räusperte sich. Einmal flüsterte er »O Gott«. Dann schwieg er.

Allmählich packte sie das Entsetzen. Es kroch langsam in ihr hoch. Sehr langsam. Wieviele Männer würden beim Betrachten dieses Films sexuell erregt werden? Wieviele Fremde würden in Gedanken mit ihr schlafen? Wie konnte sie sich je wieder Achtung in einer Stadt, einem Ort, einer Gemeinde verschaffen? Wie konnte sie je wieder eine Rolle bekommen, die ihre schauspielerische Begabung forderte, eine Rolle, die sie sich immer gewünscht hatte? Wie konnte sie sich je wieder unter Menschen wagen?

Sie hatte gedacht, Sam liebe sie. Doch dies bewies das Gegenteil.

Der Film war zu Ende. Petes Vater schaltete das Licht in dem Kontrollraum ein.

Jahne stand mühsam auf. Sie griff nach der Armlehne des Sessels neben ihr und erbrach sich.

»Was wollen Sie also?« fragte Howard Taft, der beste Anwalt der Unterhaltungsindustrie von Los Angeles.

»Klagen. Eine Einstweilige Verfügung gegen den Film erreichen. Ihn verbrennen lassen.«

»Gut und schön, Miss Moore. Ich kenne mich mit künstlerischen Meinungsdifferenzen aus. Doch hier geht es um International Studios. Wir sprechen von April Irons und Bob LeVine. Wir sprechen nicht von Leuten, die sich ducken, wenn man ihnen droht. Wir würden diese Einstweilige Verfügung auch nie durchsetzen können.«

»Warum nicht?«

»Ihr Vertrag ist glasklar. Auch wenn Sie das nicht gewußt haben, bleibt die Tatsache bestehen, daß Sie selbst das Double verlangt haben. Sie selbst bestanden auf Geheimhaltung und keiner Namensnennung des Doubles. Daran hat man sich gehalten. Sie können niemanden wegen Einhaltung des Vertrages verklagen.«

»Wen sollte ich denn verklagen?«

»Ihren Agenten. Doch das empfiehlt sich kaum, wenn Sie je wieder arbeiten wollen.« Howard nahm seine Nickelbrille ab und putzte die Gläser mit einem blütenreinen Taschentuch aus seiner Brusttasche. Er beobachtete Jahne. »Verstehen Sie mich recht. Ich würde Ihnen liebend gern Ihr Geld abnehmen. Vielleicht könnte man auch ein gewisses Abschwächen hier oder da erreichen. Aber eine Klage wäre nur teuer und würde ihre Karriere ruinieren.«

»Ich pfeif auf meine Karriere.«

»Offensichtlich geht Ihnen das wirklich unter die Haut. Doch Ihre Gefühle könnten sich später auch noch ändern. Die Klage würde lange dauern. Denn die Studios können nicht nachgeben. Sie sind im Recht. Am Ende erreichen Sie absolut nichts.«

Tränen standen in Jahnes Augen. Wieder überwältigte sie ihre Hilflosigkeit.

Nachdem Jahne Howard Tafts Kanzlei verlassen hatte, stieg sie in ihr Auto. Nach Hause konnte und wollte sie nicht.

Sagt man nicht immer, L.A. klopfe jeden weich? Jahne machte L.A. härter als sie je gewesen war. Hart wie einen Diamanten. Wenn Sam in L.A. war, gedachte Jahne ihn zu finden. Sie bog in seine Einfahrt ein.

Sams Schlüssel steckte noch in ihrer Tasche. Sie wußte selbst nicht, warum sie den seit Wochen mit sich herumtrug. Nun steckte sie ihn ins Schloß. Das dauerte eine Weile, weil ihre Hände zitterten.

Glücklicherweise traf sie Sam an. Es hätte sie nicht gestört, wäre er in Crystal Plenums oder April Irons' Gesellschaft gewesen. Das alles lag weit hinter ihr. Doch er lag auf dem Sofa, ein feuchtes Tuch über den Augen.

»Du mieses Dreckstück!« schrie Jahne.

Sam sprang auf. Das Buch, das auf seinem Bauch gelegen hatte, fiel zu Boden. »Jesus, Jahne! Mary Jane. Hast du mir einen Schrecken eingejagt. Ich kann mir schon denken, was du sagen willst…« Er atmete, als habe er einen Marathonlauf hinter sich. Sie jagte ihm Angst ein? Sehr gut.

»Das weißt du nicht, du verlogener Scheißkerl.«

»Moment mal! Du brauchst nicht…«

»Sag mir nicht, was ich tun oder lassen soll, du verlogener Hund.«

»Du hast gelogen. Ich…«

»Ich habe ihn gesehen.«

Es erübrigte sich, zu erklären, was sie gesehen hatte. Sam erstarrte. Er versuchte langsamer zu atmen. Das ist ein altbekannter Trick der Schauspieler. »Jahne, ich hatte gar keine Wahl. Der Film taugte nichts. Ich hatte April enttäuscht und dich auch. Nur so konnte er gerettet werden. Und er wird erfolgreich sein, Jahne, ich meine Mary Jane. Wenn du erst über den…«

»Suchst du nach dem Wort Ekel?«

»Nein, Überraschungseffekt. Wenn du deine Überraschung überwunden hast, wirst du merken, daß er so ankommen wird.«

»Du hast den Zuhälter gespielt und mich zu einer Zwanzigdollar-Hure degradiert. Beleidige nicht meine Intelligenz, indem du mir einredest, er würde mir gefallen. Niemand hat mir gesagt, was du vorhattest.«

»Was hätte das genützt? Du hättest nie zugestimmt, und wir standen mit dem Rücken zur Wand.«

Sie schwieg. Ihr Zorn sank in sich zusammen. Sie ließ ihre Taschen auf den Boden fallen und wäre am liebsten ohnmächtig geworden. Doch sie wollte sich vor Sam keine Schwäche anmerken lassen. Sie wollte stark und furchteinflößend sein. Sie ging auf ihn zu. Er wich zurück.

»Du hast mich hintergangen, und ich Idiotin habe mir auch noch Vorwürfe gemacht. Beim erstenmal in New York dachte ich noch, daß du nicht mit Bethanie fortgegangen wärst, wenn ich hübscher, lieber, verständnisvoller gewesen wäre. Dann hättest du vielleicht meine Rolle nicht für das höchste Gebot verkauft und mich sitzengelassen, ohne je wieder mit mir zu sprechen.«

Sie ging um das Sofa herum. Ständig wich er weiter zurück. »Ja, ich habe mir Vorwürfe gemacht. Und wie hört sich deine Entschuldigung an? Jetzt bin ich hübscher, netter und habe mehr Sex-Appeal. Warum hintergehst du mich jetzt? Du weißt genau, daß mir nur daran lag, eine seriöse Darstellerin zu werden. Du weißt, wie wichtig mir der Film war.«

Sam stand nun mit dem Rücken an der Wand neben dem Kamin. »Immer nur du!« brauste er auf. »Du und was du willst, wie du verletzt wurdest, wie du dich fühlst, was deiner Karriere wichtig ist. Und ich? Ich dachte, du liebst mich? Doch du hast mir nicht gesagt, wer du bist. Du hast mich mit einem Trick dazu gebracht, daß ich mich in dich verliebe, und meine Karriere geriet in Gefahr. Glaubst du, ich könnte jemals wieder einen Film mit einem Budget von fünfzig Millionen Dollar machen, wenn dieser den Abfluß hinunterschwimmt? Hast du an meine Gefühle gedacht? Ich mußte den Film retten. Das habe ich auch getan.«

»Um welchen Preis, Sam?« Jetzt mußte er doch endlich zugeben, was er verbrochen hatte.

»Denk doch an den *Letzten Tango.* Der hat Brandos Karriere auch nicht geschadet.«

Dieser Mann war hoffnungslos. »Nein.« Sie lachte bitter. »Männer steigen sogar in der Achtung, wenn sie Frauen auf der Leinwand vögeln. Aber du wirst dich wahrscheinlich erinnern, daß Maria Schneider sich deswegen das Leben genommen hat.« Jahne bückte sich und nahm ihre Handtasche. Sie ging zur Tür.

»Ich liebe dich, Jahne. Ich wollte dich heiraten.«

Sie blieb stehen. Ihr Herz klopfte wie ein Schmiedehammer. Sehr langsam drehte sie sich zu ihm um. »Das ist ein toller Zeitpunkt, um mir das zu sagen. Warum klingt dein Vorschlag wie eine Waffe?«

»Verschone mich mit diesem frömmelnden Scheiß. Wäre dein Gesicht nicht ausdruckslos wie ein unbeschriebenes Blatt Papier gewesen, hätte ich das nicht machen müssen. Ich habe mit dem auskommen müssen, was ich hatte.«

»Demnach ist es mein Fehler. Ich höre von dir keine Entschuldigung. Du sprichst nicht von Gewissensbissen oder Schuldgefühlen. Ich höre nur, daß du rechtschaffen und richtig gehandelt hast. Bist du zufrieden mit dem, was du mir angetan hast?«

Er hielt in der Bewegung inne. Bisher hatte er sie noch angesehen. Nun senkte er den Blick.

Sie warf den Schlüssel auf den Boden und verließ Sams Haus.

Jahne stand im grellen Sonnenschein vor Sams Haus im nachgemachten Indianerstil und erkannte, daß sie niemanden hatte, an den sie sich jetzt wenden konnte.

Mit Mai hätte sie sprechen, ein Glas Bier trinken, weinen und lachen können. Jahne setzte sich in ihren Wagen und fuhr wie eine Wilde durch die Canyon Road. In das Mausoleum, das sie bewohnte, konnte sie nicht gehen.

Es gab nur eine einzige Zuflucht für sie. Sie fuhr nach Osten. Vierzig Minuten später erreichte sie das Tor. Der Sicherheitsdienst grüßte und rief im Haus an. Jahne wartete. Sie hoffte inbrünstig, daß Sharleen da sein möge.

Sie war da und kam ihr an der Haustür entgegen. Lächelnd lehnte sie sich an die Wagentür. »Schön, daß du da bist.«

Aus Jahne brach so heftiger Tränenstrom heraus, daß sie das Steuerrad umklammern mußte, um nicht vom Sitz zu fallen.

»Jahne, meine Liebe, was ist denn passiert?« Sharleen öffnete die Tür. Doch Jahne konnte sich nicht bewegen. »Komm, Honey.« Sharleen löste Jahnes Hand vom Steuerrad. »Komm zu uns ins Haus.«

Doch es dauerte noch eine Weile, bis Jahne dazu imstande war.

4.

Strahlende Sonne erfüllte das Schlafzimmer. Jahne schlug die Augen auf. Seit drei Tagen wohnte sie bei Sharleen. In ihrem Herzen dankte Jahne ihrer Freundin und deren Freund innig für das, was sie getan hatten. Auch wenn Dean nicht der hellste sein mochte, war er doch schrecklich lieb. Es tat gut, einfach neben ihm zu sitzen.

Sharleen hatte Marty angerufen und ihm mitgeteilt, daß Jahne krank sei. Sharleen hatte sogar einen Arzt kommen lassen, »damit es koscher aussieht«, wie sie sagte. Sharleen fuhr täglich zu den Aufnahmen, weckte Jahne aber nicht. Erst gegen zehn Uhr klopfte Dean schüchtern an Jahnes Tür und brachte ihr ein Glas frischen Saft und eine Tasse Kaffee. Er blieb, bis sie beides getrunken hatte und holte dann die Hunde herein, mit deren Tricks er sie ablenkte.

Später machte Dean es Jahne unter einem Baum im Garten bequem, während er sich seiner Gartenarbeit widmete und mit den Hunden spielte. Anfangs konnte Jahne nicht einmal lesen.

Der üppige Garten erinnerte sie an die Gemälde von van Huysum im Getty-Museum. Überfluß, hier in natura, nicht nur als Farben auf der Leinwand. In Jahnes Leben hatte der Überfluß immer gefehlt. Ein karges Leben in New York, ein hohler Erfolg in L.A. Es lief alles auf eine fruchtlose Suche nach etwas hinaus, was sie suchte und nicht fand: Liebe, Wärme, Überfluß.

Zweifellos hatte sie sich vieles selbst verdorben. Sie hatte sich einen Mann als Objekt ihrer Liebe ausgesucht, der selbst keine Liebe schenken konnte. Ein oberflächlicher, egoistischer Mann. Sie hatte ihre Freunde verlassen und sich den Geboten ihres Ego und ihrer Eitelkeit unterworfen, was ihr nur wenig eingebracht hatte. Gewiß, ihr Gesicht hatte auf Zeitschriften geprangt, ihr Bild flimmerte über den Bildschirm, Sie besaß Geld und Ruhm. Doch vieles hatte sie ausgelassen. Sie war nie in Europa gewesen, hatte nie ein Baby geboren, nie auf einem Pferd gesessen, beherrschte keine Fremdsprache, konnte nicht Ski fahren, hatte nie im Freien kampiert, eine Kreuzfahrt unternommen oder ein College besucht. Außerdem hatte sie niemandem geholfen außer sich selbst.

Gott hatte sie mit einer Begabung ausgestattet. Brewster Moore hatte ihr Schönheit verschafft. Wenn Jahne Bilanz zog, mußte sie sich eingestehen, daß sie fast so blind und egoistisch gehandelt hatte wie Sam Shields. Sie hatte das, was man ihr gab, vergeudet.

Sam. Wenn sie an ihn dachte, mußte sie weinen oder lachen. Er hatte sie nie verstanden oder es auch nur einmal ernsthaft versucht. Sowohl Mary Jane als auch Jahne hatten darüber hinweggesehen. Sam hatte sich von ihr bemuttern lassen, er hatte ihrer Schönheit gehuldigt. Doch gekannt hatte er sie nicht. Und was hatte er ihr gegeben? Komplimente, Umarmungen, Liebkosungen. Brosamen. Die hatte Jahne für ein Festmahl gehalten.

Sie verstand inzwischen die Versuchungen, denen Sam erlegen war. Ehrgeiz hatte Moralvorstellungen und Urteilsfähigkeit ausgelöscht. Galt das nicht aber auch für Jahne? Sie hatte Sam haben wollen und sich deshalb bereit gefunden, einen schlechten Film mit ihm zu drehen. Sie hatte triumphiert, als es ihr gelungen war, ihn in ihr Bett zu holen, wie eine Spinne über ihr mumifiziertes Opfer triumphiert. Hatte sie Sam gekannt? Nein.

Es lohnte sich nur, ein Ziel zu erreichen, wenn es auch lohnend ist. Das hatte ihr einmal jemand gesagt. Offenbar kannte sie den Unterschied zwischen leerer, selbstsüchtiger Eitelkeit und echter Leistung nicht. Sie hatte Sam Wärme gegeben, indem sie sich selbst wie Holz ins Feuer geworfen hatte. Die Flammen hatten Sie jedoch verzehrt, bis nur noch Asche übrigblieb.

Sam hatte Jahne betrogen, April Irons hatte sie manipuliert, Sy Ortis hatte sie ausgenutzt, Monica Flanders hatte sie ausgebeutet. Doch all das mit Jahnes Einverständnis. Sie hatte sich wie eine Ware verkauft. Also konnte sie anderen auch keine Vorwürfe machen.

Gegen Mittag unterbrach Dean Jahnes Grübeleien. Sie aßen eine Kleinigkeit. Meist brachte Dean die Zutaten zu einem Salat aus seinem Gemüsegarten: zarten Blattsalat, kleine Radieschen, Zuckererbsen, Karotten. Jahne bereitete den Salat zu. Dean fügte einmal Thunfisch und ein anderes Mal Nudeln hinzu. Sie aßen auf der Terrasse und tranken dazu Limonade. Dean freute sich, nicht allein essen zu müssen, und Jahne erholte sich in seiner beruhigenden Nähe.

Eines Nachts überfiel Jahne wieder einer ihrer schrecklichen Alpträume. Sharleen kam an ihr Bett und tröstete sie. Jahne zitterte am ganzen Körper. Und plötzlich brach alles aus Jahne heraus. Wie sie sich schon einmal Mai anvertraut hatte, erzählte Jahne nun Sharleen ihre ganze traurige Geschichte. Sharleen litt mit Jahne. Sie wiegte sie wie eine Mutter und hielt sie so lang umschlungen, bis Jahne endlich einschlief.

Danach ging es mit ihr wieder bergauf. Den Vormittag verbrachte sie mit Dean, den Nachmittag allein in ihrem Zimmer. Den Gedanken konnte sie nicht entfliehen. Sie sah die schrecklichen Filmszenen vor Augen, durchlebte noch einmal ihre Beziehung mit Sam.

Sie dachte auch über das Leben nach, das nun noch vor ihr lag. Sie hatte erreicht, was sie sich vorgenommen hatte. Von einer Frau, die bei niemandem einen bleibenden Eindruck hinterließ, war sie zu einem Mädchen geworden, das niemand vergessen konnte. Sie besaß mehr Geld als sie brauchte und weitaus mehr Ruhm.

Doch in den letzten drei Jahren hatte sie, von wenigen Ausnahmen abgesehen, keinen Menschen kennengelernt, den es zu kennen lohnte. Mai lebte nicht mehr. Raoul war nach Südamerika zurückgekehrt, Dr. Moore führte sein Leben in New York. Sie stand völlig allein da. Außer Sharleen und Dean vertraute sie keinem mehr. In wenigen Tagen oder Wochen würde ihr Ruf ruiniert sein. Vielleicht wollten dann nicht einmal mehr Sharleen und Dean etwas mit ihr zu tun haben, wenn sie diesen gräßlichen pornographischen Film sahen. Sogar Brewster, der sich durch nichts erschüttern ließ, mußte schockiert sein.

Abends bereiteten Dean und Jahne meist das Abendessen vor und warteten auf Sharleen. Anschließend sahen sie sich ein Video an oder die beiden Frauen unterhielten sich. Ein einfaches Leben, aber warmherzig. Mitunter empfand sie so etwas wie ein Gefühl von Heimat bei den beiden.

Doch eines Tages riet ihr Sharleen, wieder zum Set zurückzukehren. Denn Marty entfernte sich immer mehr von seiner dritten Hauptdarstellerin. Das Drehbuch klammerte Jahne aus, was ja nahelag, da sie nicht zur Verfügung stand. »Du kennst doch Lila. Sie läßt keine Gelegenheit aus, dir oder mir die Schuld zu geben, wenn auch nur das geringste nicht klappt.«

Jahne entschuldigte sich betreten, weil sie Sharleen und Dean so lange zur Last gefallen war.

»Du bist uns nicht zur Last gefallen, Jahne«, widersprach Sharleen energisch. »Du gehörst zur Familie. Warum bleibst du nicht einfach bei uns, statt in dein Haus zu gehen? Wir können doch gemeinsam zur Arbeit fahren.«

Dean stimmte zu. »Es wäre toll, zwei Schwestern zu haben, auch wenn ich dann mittags nicht mehr mit dir essen kann.«

»Darf ich nur noch eine kleine Weile bei euch bleiben? Ich meine, bis die Premiere von *Birth of a Star* überstanden ist? Ich möchte gern den Sturm bei euch über mich ergehen lassen.«

»Herzlich gern. Und wer weiß? Vielleicht wird der Film gar nicht so schlimm.« Sharleen lächelte. »Außerdem kann uns beiden ohnehin nichts Schlimmeres mehr passieren.«

Darin täuschte Sharleen sich.

Der Sicherheitsdienst rief von der Pforte aus an. Sharleen ging an den Apparat, denn Jahne und Dean spielten mit den Hunden.

»Hier ist ein Besucher ohne Termin. Soll ich ihn hochschicken?«

»Nein. Ich möchte mit ihm sprechen.«

»Sind Sie Jahne Moore?« fragte eine Männerstimme aus dem Hintergrund.

»Wie heißt der Mann?« fragte Sharleen.

»Sam Shields«, antwortete Sam nun an Stelle des Mannes.

»Ich glaube nicht, daß Jahne Sie sprechen möchte«, antwortete Sharleen sofort.

»Wer sind Sie?« fragte Sam.

»Eine Freundin von Jahne. Eine echte Freundin«, antwortete Sharleen.

»Mir ist nicht nach theatralischem Schnickschnack und Moralpredigten. Es hat lang genug gedauert, bis ich sie gefunden habe. Ich möchte sie sehen.«

»Ich weiß, wie Sie Jahne behandelt haben und was für ein Mann Sie sind. Ihren Typ kenne ich seit meinem elften Lebensjahr. Männer, die nur nach dem Äußeren gehen, nicht nach dem Menschen. Sie haben ein Mädchen wie Jahne nicht verdient.«

»Sie wird mich sehen wollen. Fragen Sie sie.«

Widerstrebend legte Sharleen den Hörer neben den Apparat und ging in den Garten. Jahne rannte über den Rasen, die drei Hunde hinter ihr her. »Jahne, es möchte dich jemand sehen.«

»Wer denn?« Jahne kam auf Sharleen zu.

»Sam.«

Da erstarrte Jahne. Sharleen sah ihr tief in die Augen.

Würde Jahne wieder schwach werden? Einen Moment lang standen die Mädchen schweigend voreinander.

»Sag ihm, er soll gehen«, antwortete Jahne endlich.

Spät am Abend schrieb sie einen Brief an Dr. Moore:

> Nie in meinem Leben habe ich mich so abhängig gefühlt wie jetzt. Nicht einmal von Ihnen war ich im Krankenhaus so abhängig. Nun bin ich auf die Herzensgüte von Fremden angewiesen. Doch ich fürchte, daß sogar Fremde und auch Sie mich erbarmungslos verurteilen werden, nachdem Sie den schrecklichen Film gesehen haben, in dem ich die Hauptrolle spiele.
>
> Ich weiß, daß es viel ist, um was ich Sie bitte: Könnten Sie sich entschließen, mich hier zu besuchen? Ich würde nach New York kommen. Doch ich stecke ohnehin in Schwierigkeiten bei den Aufnahmen für die Fernsehserie. Wenn Sie meine Bitte ablehnen, habe ich vollstes Verständnis dafür. Doch ich wäre überglücklich, wenn ich Sie wiedersehen dürfte.

Erst nachdem sie den Brief in den Umschlag geschoben hatte, erinnerte sie sich an etwas, was Dean gesagt hatte, als er sich darüber freute, Jahne noch eine Weile in seinem Haus zu haben.

Er hatte von zwei »Schwestern« gesprochen.

5.

Film ein Bombenerfolg
TROTZ ODER WEGEN SEINER UNGESCHMINKTEN SEXSZENEN BRICHT »BIRTH«-NEUVERFILMUNG SÄMTLICHE KASSENREKORDE

Eine verblüffende Ausnahme von der alten Hollywoodregel »Dreck bringt nichts« ist die Neuverfilmung von *Birth of a Star* mit Michael McLaine und Jahne Moore. Der Film wird nicht nur von den Kritikern gelobt. Er lockt auch die Kinogänger in Scharen an. Ältere, Jüngere und Teenager sind scharf auf eine Liebesgeschichte, bei der es keine Tabus gibt und die alle Erwartungen übertrifft...

Daily Variety

Lila zerknüllte den Artikel und warf ihn durch das Zimmer. Verdammt! Sie griff nach der *L.A.Times*.

»Keine Frau der Welt ist so sexy wie Jahne Moore«, lautete der Aufmacher für den Artikel im Unterhaltungsteil der Ausgabe. Darunter nicht etwa ein Interview, sondern nur reihenweise Aufnahmen von Jahne Moore. Das Miststück ist so blasiert, daß sie sich nicht einmal um die Publicity schert, dachte Lila aufgebracht.

In ihrer Vorstellung versetzte Jahnes Erfolg mit *Birth of a Star* sie, Lila, wieder zurück auf die Startposition. Direkt an den Anfang. Die Einnahmen des Films waren gigantisch. Der Film rangierte schon nach kurzer Zeit auf Rang zwei der Beliebtheitsskala und würde bald auf Platz eins stehen. Allein am letzten Wochenende hatte der Film dreizehn Millionen eingespielt. Nicht genug damit – es sprachen auch noch alle darüber. Der Film verletzte fast alle Tabus und spielte dennoch schwindelerregende Gewinne ein. Jetzt, wo Lila gerade davon überzeugt gewesen war, daß sie den Emmy in ihre kleine schwarze Tasche stecken konnte, mußte ihr diese Beleidigung widerfahren! Das fand sie unfair und gedachte etwas dagegen zu unternehmen.

Lila betrachtete den gleichfalls zerknüllten Zeitungsausschnitt. Auf einer der letzten Seiten stand die Ankündigung, die von rechts wegen auf der Titelseite der verdammten Zeitung hätte stehen müssen:

REGISSEUR UND STAR KÜNDIGEN BEVORSTEHENDE HOCHZEIT AN

Gegen ihre Überzeugung und nur, um mit Jahnes Publicity Schritt halten zu können, hatte Lila Marty ihr Jawort gegeben. Und nun ging diese Nachricht gegenüber der anderen unter. Tante Robbie hatte behauptet, die Ankündigung würde groß aufgemacht werden. Nun, sie stand auf Seite 24 der *L.A.Times,* und der Text dazu belief sich nur auf wenige Worte. Für Lila grenzte das an Majestätsbeleidigung. Gehörte sie nicht zu den gekrönten Häuptern Hollywoods? War sie nicht Kerry Kyles Tochter und die der Puppenmutter, die bei all ihren Fehlern zumindest ein Star gewesen war?

Das Telefon klingelte. Lila nahm ab. Sie erwartete Martys Anruf.

»Bist du verrückt? Bist du, verdammt noch mal, komplett verrückt geworden?« kreischte die Stimme.

Lila erwog, einfach den Hörer aufzulegen. Doch sie erinnerte sich daran, mit was ihr die Puppenmutter gedroht hatte. »Halt den Mund!« fauchte sie nur.

»Ich hab es gerade in der *Times* gelesen. Damit kommst du nicht durch. Du bist zu weit gegangen.«

»Halt den Mund. Ich lasse mir keine Vorschriften machen. Wenn ich deine Meinung hören will, schicke ich dir einen Fragebogen.«

»Lila, das darfst du nicht! Marty DiGennaro ist nicht Kevin. Das wird euch beide ruinieren.«

»Sei endlich still. Ich habe dich in die Serie gebracht oder etwa nicht? Halt dich in Zukunft von mir fern. So war es ausgemacht. Wenn du mich nicht in Ruhe läßt, bring ich Marty dazu, die abgedrehten Folgen aus dem Programm zu nehmen.« Lila war außer sich vor Wut. Sie wünschte, sie könnte Theresa endlich ein für alle Mal den Mund stopfen.

»Lila, hör mir zu. Du kannst manche Leute zwar hinters Licht führen…«

»Ja, ja, aber ich kann Mom nicht zum Narren halten. Hab ich recht? Scheiß drauf, Mom. Scheiß auf dich und Tante Robbie und Kevin und Candy und Skinny und Estrella und euch alle. Darüber hast du dir doch vor zwanzig Jahren auch keine Gedanken gemacht, oder? Das brauchst du jetzt auch nicht mehr. Ich warne dich noch einmal: Laß mich in Ruhe!« Sie knallte den Hörer auf den Apparat. Keine Minute später klingelte es erneut. Lila wandte sich ab. Sie ließ es klingeln. Bebend vor Zorn stand sie auf. Erst preßte Marty ihr das Jawort ab, dann kam der Kassenschlager von Jahne, dann erhielt ihre Verlobung nicht genügend Beachtung.

Sie mußte unbedingt den Emmy bekommen und es der Puppenmutter endgültig beweisen, daß sie, Lila Kyle nicht jemand war, mit dem man so einfach herumspielen konnte.

Hastig überdachte sie ihre Möglichkeiten. Dann wußte sie, daß es Zeit zum Gegenangriff wurde. Sie brauchte niemanden mehr. Nur noch Marty. Und den würde sie heiraten.

Ihre Hände zitterten. Plötzlich fiel ihr die Schachtel ein. Robbies »Geburtstagsgeschenk« – oder Friedensangebot. Es lag noch immer da, wo er es hingelegt hatte. Sie lächelte grimmig, suchte in der Küche nach einem sehr scharfen Messer und kehrte damit zur Schachtel zurück.

An sich überraschte es Minos Paige nicht sonderlich, Lila Kyles Anruf zu erhalten. Minos überraschte im Grunde nichts und gewiß nicht die unstillbare Sucht der Bewohner dieser Stadt, dem anderen eins auszuwischen. Doch die präzisen Anweisungen, die ihm Lila erteilte, ließen ihn aufhorchen. Immerhin faßte er sich so schnell, daß er sein Honorar nennen konnte, was exakt das Vierfache der Summe ausmachte, die er damals von Lila erhalten hatte. Doch das, was er jetzt für Lila erledigen mußte, war auch viermal so wichtig für sie. Davon war Minos überzeugt.

Minos hatte keine Probleme damit, Lilas Anweisungen zu befolgen. Er kannte seine Prioritäten. Er wußte, wen er anzurufen hatte und in welcher Reihenfolge. Lächelnd wählte er die erste Nummer. Lilas erster Auftrag hatte ihm keinen großen Gewinn gebracht, denn er hatte dafür über zwei Monate lang arbeiten müssen. Dieser neue Auftrag beanspruchte nur Minuten. Er konnte ihn weitgehend telefonisch ausführen.

Als ich den Anruf in meinem Büro beantwortete, hörte ich eine monotone Stimme, die ich sehr gut kannte. »Raten Sie mal, wer Ihnen jetzt eine sehr gute Nachricht überbringt?« neckte er mich, Laura Richie, eine Frau, mit der es nur wenige Männer wagen, Witzchen zu machen.

»Kevin Costner und Sie sind schwanger.«

»Laura, das ist noch besser. Und ich schwöre, daß Sie die erste sind, der ich das sage. Ich mache das nicht nur für Geld, Laura, sondern weil Sie mich in der Vergangenheit anständig behandelt haben. Also nehmen Sie sich einen scharfen Bleistift oder zwei und einen großen Block. Ansonsten brauchen Sie mir nur zuzuhören und mitzuschreiben.«

Die völlig einseitige Unterhaltung mit Minos dauerte kaum eine Viertelstunde. Ich habe das Gespräch aufgenommen. Hin und wieder hört man von mir ein uncharakteristisches Keuchen. Einmal sage ich »Heiliger Strohsack!« Doch abgesehen davon, redet nur er. Ich wiederholte »ihr Bruder?« Doch er ließ sich nicht unterbrechen. Am Ende stellte ich eine Frage: »Haben Sie einen Beweis dafür, Minos?«

»Der läuft in fünf Minuten über Ihr Fax.«

»Bilder von den Operationen?«

Er lachte. »Dafür müssen Sie zahlen.«

»Und was ist mit einem Exklusivvertrag? Was verlangen Sie dafür?«

»Mehr als Sie aufbringen könnten. Es gibt keine Exklusivverträge. Ich rufe auch den Enquirer, den Observer, Entertainment Weekly, People und Time in den nächsten zwanzig Minuten an. Aber Sie haben es zuerst erfahren. Also bringen Sie die Ernte ein, solange das Wetter hält.«

Bevor er das Gespräch beendete, mußte er noch etwas anbringen: »Denken Sie daran, Laura, Sie schulden mir jetzt etwas. Und Sie dürfen meinen Namen nicht in der Veröffentlichung nennen.«

»Wenn Sie die Beweise haben, möchte ich ihn nicht einmal wissen.«

Lachend hing Minos auf.

6.

Sharleen Smith schläft mit ihrem eigenem Bruder
Die schockierende Geschichte eines Stars – in dieser Ausgabe des National Observer
Keine Frau der Welt ist so sexy wie Jahne Moore?
Wer ist diese Frau wirklich?
Plastik von oben bis unten. Alles über Jahne Moore und Ihre Gesichts- und Schönheitsoperationen. Vollständiger Bericht von Laura Richie. In dieser Ausgabe von Entertainment World. Jetzt bei Ihrem Zeitschriftenhändler.

Das Telefon klingelte ununterbrochen. Sam stand kurz vor einem Selbstmord. Jeder Journalist des Landes wollte von Sam ein Interview haben und wissen, wie es sich mit Jahne Moore schlief. Tags zuvor, nach dem Mittagessen im Le Dôme, hatten sie ihn schon auf dem Parkplatz mit Fragen bombardiert. »War sie anders im Bett als vor den Operationen?« »Haben Sie das als Publicitygag inszeniert?« »Wie glauben Sie, wird das Ihren Film beeinflussen?«

Seine Sekretärin drehte bereits durch. Sam meldete sein Privattelefon ab. Bob LeVine hatte fassungslos von ihm wissen wollen, wie er einen weiblichen Frankenstein in ihren Sexfilm hatte einschleusen können. LeVine wollte Sam direkt vom Studiogelände entfernen lassen. Natürlich kam auch der unvermeidliche Anruf von April. Zwei ihrer Anrufe hatte er aus dem Weg gehen können. Doch er wußte, daß er das Spiel nicht zu weit treiben durfte. Dabei hatte er keine Ahnung, was er sagen sollte. Er hob den Hörer ab.

»Hallo, April.« Er bemühte sich um Sachlichkeit, nahm

sich vor, ganz gelassen zu bleiben. »Sechzehn Millionen«, sagte sie.

»Wie bitte?«

»Wir haben dieses Wochenende sechzehn Millionen eingespielt. Das wurde mir gerade mitgeteilt. Sie mußten den Film um Mitternacht noch einmal vorführen, damit die Zuschauerwünsche befriedigt werden konnten. Sechzehn saubere Millionen.«

Sam verschlug es die Sprache.

> O'CONNOR KÜNDIGT ZEHN-STÄDTE-TOUR AN ZUR HEILSRETTUNG DER NATION. FAMILIEN SOLLEN SICH ANSCHLIEßEN
> New York, N.Y. Der Erzbischof der römisch-katholischen Erzdiözese von New York prangerte gestern bei seiner Sonntagspredigt in der St. Patricks Cathedral das Fernsehen und besonders die Serie Three for the Road als Beispiel dafür an, wie das Anbeten des Goldenen Kalbes Hollywood dem Land geschadet hat. Er verurteilte außerdem Murphy Brown, Cheers und eine Reihe anderer Serien. Sein Feldzug der christlichen Familien solle, wie er sagte, den Schmerz lindern, der dem amerikanischen Volk durch die unter der Anklage der Inzucht stehende Sharleen Smith und durch Jahne Moore mit ihrem Sexfilm zugefügt worden ist. Er bat seine Gemeinde, mit ihm für die Seelen der Stars zu beten und fügte hinzu, daß sich alle drei Schauspielerinnen aus Three for the Road schuldig gemacht hätten, »lüsterne Gedanken hervorzurufen«…

Jahne kam sich vor wie ihm Belagerungszustand. Auch sie hatte das Telefon ausgehängt. La Brecque hatte ihr drei weitere Sicherheitskräfte geschickt, und die Polizei von Beverly Hills hatte einen Streifenwagen vor ihrem Haus postiert und bemühte sich, den Verkehr zu regeln. Jahne durfte sich nicht sehen lassen.

Gespenstisch. Nur zwei Wochen, nachdem der Film seinen Siegeszug angetreten hatte, brachte diese neue Enthüllung eine Lawine ins Rollen, deren Schäden noch nicht abzusehen waren. Verzweifelt fragte Jahne sich, wer ihre Krankengeschichte herausgegeben hatte. Hatte Sam sie noch gemeiner betrogen, als sie bisher angenommen hatte?

Natürlich schlachteten die Medien die Ironie der Tatsache aus, daß sie, Sexgöttin der Nation, ihr Aussehen allein der medizinischen Kunst verdankte. Jahne fehlte der Mut, alles zu lesen, was veröffentlicht wurde. Doch sie schaltete die Sendung *Entertainment Tonight* ein, wo sie gerade noch das Interview von John Tesh mit Miss Hennessey, Dr. Moores Sprechstundenhilfe, sah. Sie zeigten alte Fotos von Jahne vor den Operationen.

Als nächstes brachten sie eine widerliche Reportage über Sharleen Smith, die darauf hinauslief, daß man diesen Hinterwäldlern nicht trauen konnte. Jahne wurde es übel. Sie erinnerte sich an Deans Versprecher, als er gesagt hatte, es wäre schön, zwei Schwestern zu haben. Wenn das nun stimmte? War sie, Jahne, überhaupt in einer Position, hier zu richten? Sie stöpselte das Telefon wieder ein und wählte Sharleens Privatnummer. Sie hörte nur das Besetztzeichen. Doch Jahne wußte, daß Sharleen sie jetzt brauchte.

Memorandum

An: *Alle Angestellten von Sy Ortis*
Von: *Sy Ortis und Partner*
Betr.: *Presseinformationen*

Wer Informationen über Sharleen Smith oder Jahne Moore oder Three for the Road an die Presse weitergegeben hat, wird fristlos entlassen und wegen Vertrauensbruchs gegenüber einer Klientin angeklagt.

Für eventuelle Rückfragen wenden Sie sich bitte an Miss Hancock von der Presseabteilung.

S.O.

Tatsächlich gelang es Jahne, die Phalanx der Reporter zu durchbrechen und zu Sharleen zu gelangen. Sie saßen nebeneinander im Wohnzimmer, Sharleen noch blasser als gewöhnlich, aber gefaßt. Zwei Männer von Sys Büro hingen in der Küche am Telefon, ein Anwalt schrie seine Anordnungen vom Eßzimmer aus in die Leitung.

»Jahne, bist du mir böse?« fragte Sharleen.

»Warum sollte ich dir böse sein?«

»Weil du mir dein Geheimnis anvertraut hast, ich dir aber nicht meins.«

»Ich bitte dich, Sharleen! Das ist doch kein Tauschgeschäft. Freundschaften funktionieren nicht auf dieser Basis.«

»Sind wir denn noch befreundet?« Eine Träne stahl sich unter Sharleens langen Wimpern hervor.

»Natürlich!« Jahne drückte Sharleens Hand.

»Es ist schrecklich, wenn man merkt, daß einen alle verachten.«

»Allerdings.« Jahne versuchte zu lächeln. Doch ihre Lippen bebten. Sie weinte nicht. Schadete es denn, daß sie von allen gehaßt wurde? Dieses Risiko hatte sie ja auf sich genommen. Sie hatte ihre Veränderung nicht nur gewollt, sondern auch dafür bezahlt. Nun mußte sie offenbar noch weiter dafür zahlen. Sie dachte an Brewster Moore. Aus den turbulenten und entnervenden letzten Monaten hatte Jahne gelernt, daß – abgesehen von Mai und Sharleen – nur die ruhigen Krankenhausgespräche mit Brewster tief in der Nacht und Brewsters Briefe von Bedeutung waren. Doch seit ihrem letzten Brief hatte sie nichts mehr von ihm gehört. Er hätte sie bestimmt nicht verraten. Wurde nun auch er von Journalisten bedrängt? Würde er sie verachten, weil sie ihm die Reporter auf den Hals gehetzt und ihm Schwierigkeiten bereitet hatte? Sie kroch förmlich in sich zusammen. Der Gedanke, daß Brewster sie verachten könnte, setzte ihr mehr zu als alles andere.

Sharleens Vater spricht über seine Jahre im Gefängnis von Clint Roper, exklusiv für *Dallas Independent*
Dean Smith sen., Vater von *Three for the Road*-Star Sharleen Smith und ihrem Halbbruder Dean junior hat sich gegenüber diesem Reporter offen über seinen Mord an Boyd Jamison geäußert, den er vor dem Smith-Wohnwagen in Lamson, Texas, vor drei Jahren

umgebracht hat. Er bestätigte auch die Berichte über die Inzucht zwischen seinem Sohn und der Tochter... Ab Montag wird *Independent* über seine Recherchen berichten, die sich mit Mr. Smiths Behauptung beschäftigen, daß Sharleen ihn hätte retten können, wäre sie bei seiner Gerichtsverhandlung erschienen und daß er den Jungen nur getötet hat, weil er seine Tochter vor dessen Zudringlichkeiten bewahren wollte. Er bittet sie, sich mit ihm in Verbindung zu setzen. Smith sen. hat seit dem Mord weder von seiner Frau, seiner Tochter noch seinem Sohn etwas gehört und liebt sie alle...

»Ich kann es noch immer nicht glauben, daß Daddy lebt«, flüsterte Sharleen. Sie wirkte völlig gebrochen. »Wir müssen ihn doch nicht besuchen, oder?« fragte Dean, die Augen weit aufgerissen, wie immer, wenn ihn etwas ängstigte.

«Nein, das wohl nicht. Aber er sagt, wir seien böse Kinder, und das sagen ja auch alle anderen.«

»Das verstehe ich nicht.« Dean saß neben Sharleen auf dem Sofa. »Warum sind sie alle so aufgebracht? Ich habe ihn doch bloß geschlagen, weil er dich geschlagen hat. Ich bin froh, daß er nicht tot ist, aber ich würde wieder zuschlagen, wenn er dir zu nahe träte.«

»Darum sind sie ja nicht wütend.«

»Warum denn dann?«

»Wegen dem, was wir nachts machen, so, wie wir zusammen schlafen.«

»Das haben wir doch immer getan. Warum sind sie jetzt wütend?«

»Weil sie es vorher nicht wußten.«

»Heißt das, daß du den Preis nicht bekommst?«

Erst wußte Sharleen nicht, wovon er sprach. Dann erinnerte sie sich an die Emmy-Verleihung. »Ja, wahrscheinlich.«

Dean kniete vor ihr. »Bist du nun traurig?«

Sharleen nickte. »Aber schlimmer ist, daß ich mich so schäme.« Eine Träne rollte über ihre Wange.

»Sharleen, bitte nicht weinen?« Er tröstete sie zärtlich.

ERSTE PHOTOS: JAHNE MOORE – VORHER UND NACHHER

In der neuesten Ausgabe des *National Questioner* erscheinen die Exklusivaufnahmen von Jahne Moores Operationen. Sehen Sie selbst, wie sich eine Frau von vierunddreißig, übergewichtig und häßlich, in eine vierundzwanzigjährige Schönheit mit einem göttlichen Körper verwandelt!
EXKLUSIV.

SHARLEEN SMITHS MUTTER WEGEN PROSTITUTION VERHAFTET.

THE LOS ANGELES TIMES
New Orleans, Louisiana. Flora Lee Deluce, Mutter von Sharleen Smith, einer der Hauptdarstellerinnen von *Three for the Road*, wurde letzte Nacht wegen illegaler Prostitution in einem Motel an der Landstraße 101 – im Volksmund wegen seiner Stundenmotels als Matratzenmeile bekannt – festgenommen.
Die Festnahme erfolgte im Zuge einer Routinerazzia. Zunächst merkte die Polizei nicht, daß Mrs. Deluce Miss Smiths Mutter ist.
Mrs. Deluce wollte sich nicht über ihre Beziehung zu ihrer Tochter äußern, erklärte aber, daß die Polizei sie in eine Falle gelockt hätte…

»Was für eine Familie!« schrie Sy Ortis in sein Autotelefon. Er rang nach Luft. »Gibt es denn bei den Smiths kein Familienmitglied, das nicht im Gefängnis gesessen oder ein Gesetz übertreten hat?«

BIRTH SCHLÄGT ALLE KASSENREKORDE

Jahne Moores *Birth of a Star* hat erneut die Kassenrekorde gebrochen und in weniger als einem Monat 83 Millionen eingespielt.
Hollywood Reporter

Sharleen saß im Wohnzimmer. Sie glich einem Häufchen Elend. Eine Decke lag über ihren Schultern. Da hörte sie eine Stimme und sah auf. »Dobe!« rief sie überglücklich. »Dobe Samuels, was machst du denn hier? Ach, dein Anblick wärmt mich mehr als ein Ofen in einer Winternacht.«

»Und du siehst aus, wie etwas, das man aus der Gosse gezogen hat. Warum, in Gottes Namen, hast du dich hier im Dunkeln versteckt?«

»Ich habe Dobe gesagt, daß du krank bist, Sharleen«, erklärte Dean den unerwarteten Besuch. »Er mußte doch wissen, daß du weinst und so.«

»Weswegen hast du denn geweint?« erkundigte Dobe sich.

»Ach, Dobe, es ist einfach fürchterlich. Die Reporter und die Leute vom Fernsehen lassen uns nicht in Ruhe, und dann auch noch die Nachricht, daß Daddy im Gefängnis ist. Dean und ich sind ganz fertig. Ach, und da ist ja auch noch Flora Lee...«

»Die Menschen machen sich ihre Betten so, wie sie darin liegen wollen. Man kann ihnen nicht immer helfen. Aber du hast jedenfalls nichts Schlimmes getan. Warum hast du dich also versteckt, als seist du eine Verbrecherin?«

Sie zuckte nur die Schultern.

»Setzt euch, ihr beiden«, verlangte Dobe, und sie gehorchten.

»Und jetzt hört ihr mir zu. Ihr begeht keine Inzucht. Jetzt nicht und auch in Zukunft nicht. Flora Lee ist nicht deine Mutter...«

»Das weiß ich. Dean ist nur mein Halbbruder. Aber das genügt schön, um es zu einer Sünde zu machen.«

Dobe unterbrach Sharleen mit einer unwirschen Handbewegung. »Dean ist auch nicht dein Halbbruder. Flora Lee hat das deinem Daddy nur so aufgeschwatzt. Aber das stimmt nicht. Seine Geburtsanzeige beweist das. Flora Lee war mit Dean schon schwanger, bevor sie deinen Daddy überhaupt kennengelernt hat. Er ist ein Deluce, der Sohn ihres ersten und einzigen Mannes. Mit eurem Daddy war sie nämlich nie verheiratet. Der war für sie nur ein Hafen im Sturm.«

Sharleen saß stocksteif da. »Dean war also nicht Daddys Sohn?« Sie faßte das nicht. Es war zuviel. Die Geheimnisse, das Schamgefühl, das sie so lange gequält hatte, alles umsonst. Sie begann zu schluchzen. »Das ist so schwer, Dobe. Lila war gemein, und dann Mr. McLain und die Platte, zu der mich Mr. Ortis gezwungen hat und wegen der ich mir albern vorkomme, und Marty, dem man nur schwer etwas rechtmachen kann. Nun das. Auch wenn das alles stimmt, was du sagst, kann ich nicht zu der Emmy-Verleihung gehen und auch nicht zu Ara Sagarians Party. Denn alle würden über mich lachen oder tuscheln.«

»Kümmere dich nicht um einen Haufen perverser Typen und Geistesgestörter. Was geht es dich an, was sie denken?«

»Hast du gelesen, was sie in den Zeitungen schreiben? Da wird einem doch schlecht. Warum hat Momma mir das nie gesagt? Sie hätte mir viel Kummer erspart.«

»Denk nicht mehr an deine Momma. Sie war nie sehr wahrheitsliebend, Sharleen.« Beim Anblick der völlig gebrochenen Sharleen wurde Dobe das Herz schwer. Was war aus der bezaubernden, strahlenden und so natürlichen jungen Frau geworden! »Liebes, hier hab ich etwas für dich. Frag nicht, wie ich es bekommen habe. Versprochen?« Er dachte daran, wie er Minos Paige krankenhausreif geschlagen hatte und daß dem nun zwei Zähne fehlten.

Sharleen nickte.

»Also gut, Liebes. Du hast mir nie viel von deiner Kindheit erzählt, aber ich habe eine Menge Phantasie und bin auch nicht dumm. Ich dachte mir jedenfalls, daß du das eines Tages brauchen könntest.« Er nahm aus seiner Aktentasche einen Umschlag mit Dokumenten und übergab sie Sharleen.

»Das ist deine Geburtsurkunde und die von Dean. Daraus geht eindeutig hervor, daß ihr in keiner verwandtschaftlichen Beziehung zueinander steht. Das sind nur Kopien. Die Originale liegen in dem Safe, zu dem du den Schlüssel hast.«

»Dobe, das kann ich gar nicht glauben. Erlaub mir wenigstens diese Frage: Ist das auch wahr? Sind das keine getürkten Papiere, so wie man einen Führerschein fälschen kann?«

»Sie sind absolut wasserdicht und korrekt. Keine Fälschung. Die Zeitungen werden davon eine Kopie bekommen, sobald du das Okay dazu gibst. Außerdem kannst du sie wegen Verleumdung belangen. Wenn ihr wollt, könnt ihr getrost heiraten. Also hör auf zu weinen.«

SCHAUSPIELERIN – EIN KUNSTPRODUKT?
Daß Jahne Moore das Produkt einer das Aussehen verändernden Chirurgie ist, hat Los Angeles wie ein Donnerwetter erschüttert. In einer Stadt mit der größten Pro-Kopf-Zahl von Ärzten für plastische Chirurgie wird jetzt jeder (und jede) kritisch gemustert. Man wartet auf die Enthüllungen weiterer gekränkter oder unzufriedener Krankenschwestern oder Laborantinnen aus den Arztpraxen. Schon jetzt erwägen viele in Hollywood, von sich aus an die Öffentlichkeit zu treten und sich zu ihren kosmetischen Operationen zu bekennen, bevor es ein anderer tut… Raquel Welch, Sprecherin der Gruppe »Amerika den Schönen«, fragt: »Was gibt es denn an einem kleinen Lifting oder einer Generalüberholung auszusetzen? Ich habe nur Hochachtung für Jahne Moore. Was sie gemacht hat, ist nicht anders als alle übrigen kosmetischen Hilfsmittel. Männer finden es ganz normal, daß sie täglich eine Rasierklinge benutzen, um ihr Aussehen zu verbessern. Wenn eine Frau das gleiche wagt, wird sie als Hochstaplerin gebrandmarkt…«

»Er ist nicht mein Bruder!«
Sharleen Smith dementiert.
Wieder ist in bezug auf die von Skandalen geschüttelte Serie *Three for the Road* von einer neuen Wendung zu berichten. Sharleen Smith leugnete heute im Verlauf einer Bekanntgabe ihre Blutsverwandtschaft mit ihrem angeblichen Bruder. Sie bewies ihre Behauptung anhand von Geburtsurkunden und einer schriftlichen Aussage von Flora Lee Deluce, die zu dem Thema nicht zu sprechen war.
Auf die Frage, ob sie gegen die Veröffentlichungen eine Verleumdungsklage einreichen würde, antwortete sie: »Ich glaube, es ist schon genug Schaden angerichtet worden.«

Lila streckte sich auf ihrer Couch aus. Um sie herum lagen zahllose Zeitungsausschnitte. Ein Luftzug vom Fenster brachte den Haufen durcheinander. Lila fühlte sich um ihre Publicity wegen der Verlobung betrogen. Doch die Lawine von schlechter Presse für Sharleen und Jahne entschädigte sie etwas.

Für den Moment hatte man sie um die nächsten Aufnahmen für die Fernsehserie gebracht, Marty und der Sender hatten zunächst eine Woche Pause eingelegt, bis das weitere Vorgehen geklärt werden konnte. Lila wußte nicht, ob Marty ärgerlich werden würde, wenn er erfuhr, wer diese Schmutzlawine losgetreten hatte. Sie heuchelte zunächst Mitleid mit ihm und schlug ihm dann vor, Sharleen und Jahne durch andere Schauspielerinnen zu ersetzen.

Jedenfalls war ihr nun der Emmy sicher. Die Wahl sollst nächste Woche stattfinden. Doch es ließ sich schon jetzt absehen, daß niemand ein Monster oder eine Frau wählen würde, die der Inzucht verdächtigt worden war.

7.

Seit Dobe mit der guten Nachricht aufgetaucht war, ging es Sharleen besser denn je. Nicht nur, weil sie keine öffentliche Bloßstellung mehr befürchten mußte, sondern weil sie endlich von ihren Schuldgefühlen befreit worden war. Ich bin keine Sünderin, Dean ist kein Mörder!

Zwar war Daddy nicht tot, doch es tat gut zu wissen, daß er hinter Schloß und Riegel saß. So hatten der Ruhm und das Rampenlicht, dem sie ausgesetzt war, am Ende doch etwas Gutes gehabt.

Besonders glücklich war Sharleen, weil sie und Dean nun offen zusammenbleiben konnten. Sie durften sich lieben wie bisher.

Allerdings mußte man sich an so eine unglaublich gute Nachricht erst gewöhnen. Sharleen schlug Dean vor zu heiraten. Er war sofort damit einverstanden.

Sie beschlossen ihre Hochzeit bei einem Gespräch im dunklen Garten. Tagsüber konnten sie das Haus ja nicht verlassen. An diesem Abend erfüllte Sharleen eine so tiefe, überwältigende Liebe, daß sie ihr fast die Luft zum Atmen nahm. Dean mochte alles andere als vollkommen sein. Gewiß suchten die meisten Frauen bei einem Mann mehr, als Dean zu bieten hatte. Doch sie liebte ihn. Sie wollte keinen anderen. Seine Herzensgüte, Offenheit und Reinheit zählten für sie mehr als alles auf der Welt. Er war ihr Anker und ihr Kompaß und war immer der Motor gewesen, der sie aus gefährlichem Fahrwasser steuerte.

Am Tag der Emmy-Verleihung wachte Sharleen erleichtert auf. Ihre Geburtsurkunden lagen der Presse vor. Natürlich hatte das wieder einen Riesenwirbel entfacht. Und der Abend der Verleihung drohte noch einmal eine üble Heimsuchung zu werden. Doch Dobe bestand darauf, daß sie mit Dean hinging.

Sharleen hatte versucht, Dobe davon zu überzeugen, daß das alles für sie zu einem Spießrutenlauf werden würde.

»Weißt du, Dobe, ich möchte nur in Ruhe auf dem Land leben, auf einer Ranch mit Pferden für Dean und einem Rudel Hunde und vielen Bäumen und Feldern, Seen und Hügeln. Möglichst viele Kinder sollten herumlaufen. Nicht unbedingt meine. Irgendwelche, die sonst kein Zuhause haben. Aber niemand sonst. Ich wünsche mir, daß du ganz in der Nähe bist. Aber ich will keine Luxusgeschäfte mehr sehen oder ausgefallene Partys besuchen oder Zeitschriften mit Klatschgeschichten lesen. Ich sehne mich nur nach Frieden und Ruhe für Dean und mich. Und ich möchte nie wieder ein Abendkleid tragen müssen.« Sie schwieg einen Moment. »Verstehst du etwas von Square Dance, Dobe?«

»Nein. Ich war nie lang genug an einem Ort, um das zu lernen.«

»Ich möchte es schon seit Jahren lernen. Wenn Dean und ich auf dem Land wohnen, könnten wir Square Dance lernen und uns echt amüsieren. Vielleicht können wir uns das bald leisten.« Weiter ging sie auf das Thema nicht ein, weil sie vermeiden wollte, daß Dobe Gewissensbisse wegen des Geldes bekam, das sie ihm für den Landkauf gegeben hatte.

Daran schien Dobe sich auch gar nicht mehr zu erinnern. »Das alles ist möglich, Sharleen. Schneller als du meinst. Jetzt machst du dich für die Geschichte heute abend hübsch und benimmst dich so, als gehöre dir die Welt. Um es in dieser Stadt zu etwas zu bringen, muß man so tun, als seien einem alle Menschen völlig wurscht. Soviel habe ich schon gelernt. Du wirst sehen, Sie liegen dir zu Füßen.«

Sharleen glaubte Dobe. Hatte er nicht immer recht behalten? »Trotzdem werde ich mir irgendwie fehl am Platze vorkommen.«

»Nun, mein Kind, wenn ich ehrlich sein soll, du hast nie vor eine Fernsehkamera gehört. Doch abgesehen davon bist du das süßeste, hübscheste Mädchen von Amerika, und du kannst überall hingehen, den Kopf hoch erhoben. Die meisten Frauen würden liebend gern mit dir tauschen. Trotz der Publicity – oder gerade deswegen. Und das beweist dir nur, wie krank im Kopf sie alle sind. Das ist nicht das wahre Leben, Sharleen. Täusch dich da nicht. Hier dreht sich die Erde andersherum und schneller als sonstwo. Hier altert eine Frau in zwei oder drei Jahren, während es normalerweise zwei oder drei Jahrzehnte dauert. Die ganze Stadt ist aus den Fugen geraten. Das wissen nur wir beide. Alle anderen glauben, es sei das Paradies auf Erden. Nicht eine dieser Hollywoodweiber kann dir das Wasser reichen. Soviel ist sicher. Vielleicht noch Jahne Moore. Die scheint Rückgrat zu haben. Sonst keine.«

Er hatte sie aufgerichtet. »Du bist ein wunderbarer Mann, Dobe. Du hast nur das Beste im Leben verdient.« Sie umarmte ihn innig. Auch wenn er ihr ein bißchen Geld abgeschwatzt hatte, war er ein guter Freund, der ihr seine Treue bewiesen hatte.

Jahne wachte am Morgen der Emmy-Verleihung gerädert und nervös auf. Sie hatte am Abend zuvor zwei Beruhigungstabletten genommen. Doch eine Wirkung verspürte sie nicht. Sie wählte Sharleens Privatnummer.

Sharleen wirkte ausgeglichen und zufrieden. »Gehst du hin?« fragte Jahne.

»Ja, mit Dean und Dobe. Und du, Jahne? Komm mit uns. Du hast doch nichts Verwerfliches getan.«

»Ich weiß nicht. Mit wem sollte ich schon gehen? Sy wollte mir jemanden schicken. Doch das will ich nicht. Auch La Brecque hat sich angeboten. Stell dir vor, daß es schon so weit mit mir gekommen ist, daß ich in Begleitung eines bezahlten Leibwächters auf eine Party gehen muß.«

»Wie gesagt, schließ dich uns an. Dobe ist ein guter Freund. Wir sollten Lila nicht den ganzen Rahm abschöpfen lassen.«

»Vielleicht rufe ich dich später noch einmal an.«

Nach dem Gespräch ging Jahne ruhelos auf und ab. Sie fröstelte. Das Haus war kalt – wie immer.

Sollte sie sich diesen Mörderhaien aussetzen? Konnte sie es sich leisten, der Veranstaltung fernzubleiben? Sharleen brauchte sich nicht zu verstecken. Doch bei Jahne lagen die Dinge anders. Der einzige Grund, sich zu zeigen, war nur, allen zu demonstrieren, daß sie gut aussah, sich gut fühlte und nichts verbrochen hatte. Wäre Mai dagewesen, hätte die ihr wahrscheinlich den Rücken gestärkt.

Unter den Umständen empfand Jahne alles wie eine zu schwere Last. Das richtige Kleid aussuchen, zum Friseur gehen, Maniküre, Make-up, Parfum, Schmuck... Es strengte Jahne an, nur darüber nachzudenken. Sie stellte sich vor, wie die Kameras auf sie gerichtet wurden, wie dreißig oder vierzig Millionen Menschen vor den Bildschirmen in Nahaufnahme ihr Gesicht musterten und nach verräterischen Narben suchten, nachdem ein Moderator die ganzen Klatschgeschichten vor Beginn der Sendung noch einmal aufgewärmt hatte. Anschließend, nach Bekanntgabe der Gewinner, richteten sich die Kameras auf die Verlierer, um deren Reaktion – Enttäuschung, Wut, Überraschung – einzufangen.

»Nein, das kann ich nicht.« Sie warf sich in ihrem Schlafzimmer entmutigt auf ihr Bett.

Eine Stunde später klingelte das Telefon. Sie meldete sich nur mit einem zögernden »Hallo.«

»Jahne, Gott sei Dank! Hier ist Brewster.«

»Brewster? Ach Gott, Brewster, wie schön, Ihre Stimme zu hören!« Plötzlich wurde ihr ganz warm. »Brewster!« wiederholte sie leise.

»Geht es Ihnen nicht gut, Jahne?« Im Telefon knackte es. Offenbar rief er von weither an. Irgendwo aus Südamerika. Wie lieb von ihm, an sie zu denken!

»Ich schäme mich so, Brewster, und irgendwie habe ich den Eindruck, ich sei an der Endstation angekommen.«

»Endstation? Welcher, Jahne? Ich kann Sie kaum verstehen?«

»Ich spreche von der Endstation des Lebens. Ach Brewster, mir ist hundeelend zumute. Nichts ist so geworden, wie ich es mir ausgemalt habe. Ich erhielt eine zweite Chance im Leben und nutzte sie nicht.« Ihre Stimme brach.

»Das ist eine schreckliche Verbindung«, rief Brewster. »Ich verstehe immer nur Wortfetzen.«

»Brewster, schämen Sie sich, daß Sie mich kennen? Dieser schreckliche Film und nun dieser Skandal! Macht man Sie in der Praxis auch verrückt? Habe ich Ihr Leben zerstört?«

»Es fragte sich eher, ob ich Ihres zerstört habe. Jahne, wie geht es Ihnen? Sie scheinen so weit weg zu sein.«

»Mögen Sie mich noch, Brewster?«

»Natürlich, Jahne, ich…«

Jahne schüttelte das Telefon. Doch die Leitung war tot. Da schluchzte sie leise, hoffnungslos vor sich hin. Nun war auch Brewster fort.

Der Sicherheitsdienst meldete sich von der Pforte. Sie hob ab. »Erwarten Sie einen Brewster Moore?«

Jahne schluckte. »Ja«, murmelte sie nur.

Kurz darauf klingelte es an ihrer Tür. Wie durch einen dichten Nebel lief Jahne zur Tür, riß sie auf und stand vor Brewster Moore. Er hielt einen Koffer in der linken Hand und einen Regenmantel über dem rechten Arm.

»Sind Sie denn nicht in Honduras?« fragte sie.

Er trat ein. »Sind Sie denn nicht in Schwierigkeiten?« Er setzte alles ab, und sie lagen sich in den Armen.

Brewster sorgte dafür, daß Jahne etwas aß, sich das Haar wusch und suchte mit ihr ein Kleid aus. Es gelang ihr schließlich, sich wieder in den Griff zu bekommen. Und dann saßen sie nebeneinander in der Limousine. Unter den Umständen hatte Brewster Jahne vorgeschlagen, daß sie sich duzten, und Jahne war ihm dankbar für dieses Freundschaftsangebot. »Ohne dich würde ich das heute abend nicht durchstehen«, gestand sie ihm. »Danke, daß du den weiten Weg gemacht hast, um mich zu der Verleihung und der Party zu begleiten.«

»Ich wollte mir das nicht entgehen lassen. Du kannst das nicht wissen, aber es gibt sehr viele Menschen, Männer wie Frauen, die äußerst nervös werden, wenn sie mich heute abend sehen. Seit mein Name mit deinem in Verbindung gebracht wurde, habe ich mehr Anrufe erhalten, als du dir vorstellen kannst. Alle haben Angst.«

»Wieso denn das?«

»Glaubst du denn, du seist meine einzige berühmte Patientin? Natürlich warst du damals noch kein gefeierter Star. Doch seit Jahren korrigiere ich die Fehler, die andere Chirurgen an sehr reichen, sehr berühmten Leuten begangen haben. Es wäre unethisch gewesen, wenn ich dir damals, als du zu mir kamst, Namen genannt hätte. Unethisch wäre es auch jetzt noch. Doch alle werden fürchten, daß ich nur hier bin, um wegen eines Buchs oder mit dem Fernsehen oder sonst einem Medium zu verhandeln und mit meinem Wissen an die Öffentlichkeit zu gehen. Angesichts dessen, was diese Schweine dir angetan haben, reizt es mich auch sehr, genau das zu tun. Allein in den letzten achtundvierzig Stunden bin ich von Laura Richie und nahezu allen Verlegern der englischsprechenden Welt angerufen worden. Alle baten mich, mehr zu erzählen. Sie haben mir unanständige Geldsummen geboten. Äußerst verführerisch für mich, weil sie vielen Kindern wie Raoul nützen könnten. Zu dir werden die auch noch kommen. Also wundere dich nicht darüber.«

»Ha! Ich werde mein ganzes Leben lang mit keinem blutsaugenden Reporter mehr sprechen und wünschte nur, ich könnte davonlaufen und irgendwo neu anfangen.« Sie lachte. »Das hast du sicher schon einmal gehört.«

»Ja, aber es ist auch gar nicht so abwegig. Vielleicht solltest du wirklich wieder nach New York gehen.« Er griff nach ihrer Hand. Seine war klein und warm und tröstlich.

»Wozu sollte ich nach New York gehen? Wieder auf die Bühne? Da kann ich nur lachen. Die Leute kämen doch bloß, um mich in irgendeinem Broadwaystück anzugaffen. Da bin ich noch besser im Zirkus aufgehoben. Nein! Die New Yorker Bühne ist für mich gestorben. Über meine kaputte Karriere werde ich mir später Gedanken machen, wenn ich Zeit dazu habe. Jetzt will ich jeden Moment auskosten, den du hier bist.« Jahne mühte sich zu lächeln. »Zuallererst muß ich mich wohl den schönen Mörderhaien stellen.«

Brewster lachte. »Einige davon waren sehr häßliche Mörderhaie, bevor sie zu mir kamen. Findest du nicht, daß du dich schon allein dadurch auszeichnest, daß du dich offen mit deinem Arzt sehen läßt? Damit bekennst du dich zu allem.«

Das mußte Jahne zugeben. »Nur bei den anderen weiß es niemand, während man mein Alter kennt, wieviel ich vorher gewogen habe und wie ich aussah. Die Mädchen, mit denen ich die Schule besucht habe, sind befragt worden, und meine Affären mit Pete und Michael McLain wurden ausgegraben. Das alles ist entsetzlich entwürdigend.«

»Ich bin kein Psychiater. Doch ich kenne mich mit den menschlichen Verhaltensweisen aus. Wenn sie dich heute abend sehen, werden sie dich wie Prinzessin Diana behandeln, und zwar vor ihren Skandalen. Vergiß nicht, daß ich Einzelheiten aus dem Leben vieler Berühmtheiten kenne, gegen die dein kleines Problem nur Stecknadelkopfgröße hat. Und wenn es zu schlimm für dich wird, und du dem allen entkommen willst, bin ich gern bereit, dir einige Bilder zu zeigen, die ich aus New York mitgebracht habe. Das mag nicht ganz der beruflichen Ethik entsprechen, aber ich hasse Heuchler.«

Lila streckte sich auf dem Seidenlaken. Dann nahm sie die Schlafbrille ab. Sie zuckte zusammen, als das grelle Nachmittagslicht auf ihre Augen traf. Das war der Nachteil eines

Hauses in Malibu: die gnadenlose Sonne aus dem Westen. Auch bei zugezogenen Vorhängen war sie noch zu grell. Lila klingelte nach dem Mädchen um frischen Apfelsinensaft. Weitere Hilfe brauchte sie nicht. Wie immer kümmerte Lila sich selbst um ihre Toilette.

Jetzt war die begehrte Auszeichnung für Lila in greifbare Nähe gerückt. Sie fühlte ihr Gewicht schon in der Hand.

Die Risiken, zweifellos vorhanden, lohnten den Einsatz. Lila hatte Marty schon gesagt, daß sie auf einem eigenen Zimmer, einem eigenen Bett und einem gewissen Freiraum bestehen würde. Solange ihre Mätzchen ihn befriedigten, brauchte er sich schließlich nicht zu beklagen.

Das Telefon klingelte.

»Lila, meine Liebe, wie schön, daß ich Sie erreiche! Hier spricht Laura Richie. Hoffentlich störe ich nicht. Ich wollte nur die erste sein, die Ihnen zum Emmy gratuliert. Niemand verdient die Auszeichnung mehr als Sie.«

»Danke, Laura. Das werde ich Ihnen nicht vergessen. Sie gratulieren mir für etwas, das ich noch gar nicht habe. Damit beweisen Sie echtes Vertrauen.«

Ich lachte. »Unsinn, wozu gibt es Freunde? Die Sache ist ja bombensicher. Das wissen alle. Tatsächlich hatte ich schon den Artikel für meine morgige Kolumne vorbereitet. Manchmal ist so etwas riskant, weil man bei einer Lüge oder einem vorzeitig verratenen Geheimnis ertappt werden kann. Doch es ist gleichzeitig notwendig, wenn man, wie ich, an drei Orten zugleich sein muß.«

»Laura, Sie müssen mich entschuldigen. Ich hab es eilig. Unten erwarten mich die Fotografen und die Leute vom Sender. Das Haus quillt über. Aber ich plaudere nichts aus. Das hebe ich alles für Sie auf. Sie sind immerhin meine älteste und liebste Freundin in Hollywood.«

Lila konnte den Honig verteilen wie ihre Mutter.

Das war das letztemal, daß ich mit Lila Kyle sprach.

8.

Michael McLain lag neben seinem Pool und trug eine weitere Lage Sunblocker auf. Er konnte diese perfekte Hautfarbe, die seine Männlichkeit so vorteilhaft betonte, hier erzeugen, ohne seine Haut zu gefährden, indem er sein Gesicht der Sonne alle fünfzehn Minuten aus einem anderen Winkel präsentierte.

Aras Party würde für ihn anregend und qualvoll zugleich sein, wie wenn man mit einer Frau schläft, deren Körper makellos, deren Gesicht jedoch gewöhnlich ist. Genau das würde er ja auch in Kürze tun. Denn er hatte später am Abend eine Verabredung mit Adrienne.

Birth of a Star hatte ihm den Auftrieb gegeben, den er seit langem gebraucht hatte. Doch Michael McLain war weder dumm noch naiv. Er machte sich nichts vor. Für einen Mann seines Alters hatte er den Gipfel erreicht. Etwas Besseres würde er nie angeboten bekommen.

Die Zeit war reif, sein Image als Filmstar gegen eine andere Rolle auszutauschen. Und was hatte Michael McLain noch nie mit einer Frau gemacht?

Er hatte noch nie geheiratet.

Nun, in den 90er Jahren stand man wieder auf Familie. Hatte Adrienne ihm nicht gesagt, ihre Periode sei ausgeblieben? Diesmal gab es keine Abtreibung. Diesmal würde er heiraten und ein Baby bekommen. Er würde Vater werden. Wie kann man sein sechstes Lebensjahrzehnt besser beginnen?

Er verkniff sich das zufriedene Lächeln. Das erzeugte nur Falten. Direkt nach der Emmyverleihung würde er es durchsickern lassen, daß Adrienne das Double in *Birth of a Star* gewesen war. Vorher mußte er noch gewisse Gesichtskorrekturen an ihr vornehmen lassen. Dann konnte er seine Heirat mit ihr bekanntgeben. Welche Schlagzeilen!

Theresa O'Donnell trat aus ihrem Duschraum und schlang ein Handtuch um ihren alten Körper. Sie war müde, und die Vorbereitungen für den Abend hatten noch nicht einmal begonnen. Sie holte den von Estrella zurechtgelegten Lycrabody aus dem Ankleidezimmer. Es war eine Spezialanfertigung aus Paris und funktionierte wie ein Ganzkörperkorsett. Sie puderte sich und begann dann mit dem mühseligen Geschäft, den Body anzuziehen – ähnlich einer Wurstmasse, die in den Darm gepreßt wird.

Erschöpft setzte sie sich anschließend vor den Spiegel. Ihr Anblick flößte sogar ihr Entsetzen ein. Sie war einmal »The Loveliest Girl of the World« gewesen.

Aus ihrem Kinn waren mehrere geworden. Die Höhlen unter ihren Augen füllten nun Tränensäcke. Ihr Haar, nicht mal zu ihren Glanzzeiten ein Attribut ihrer Schönheit, wurde immer schütterer, eine Folge von vierzig Jahren Färben und Dauerwellen. Sie nahm eine Perücke und stopfte die grauen Haare darunter.

Als nächstes trug sie schichtweise Grundierung auf ihre schlaffe Haut auf.

Kevin erschien mit einem Glas Wodka. Er war eifersüchtig auf Robbie, der Theresa zu Aras Party begleiten sollte.

Gehässig fragte er sie: »Soll ich dir einen Spachtel holen?«

»Sehr witzig. Aber ich spreche nicht mit dir, bis du mir Candy und Skinny zurückgebracht hast.«

»Die habe ich nicht. Aber ich könnte mir denken, wo sie sind.«

Um vier kam Tante Robbie zu Theresa. »Wo ist sie?« fragte er Kevin. Der machte nur eine Kopfbewegung in Richtung auf das Schlafzimmer im ersten Stock.

Robbie ging nach oben. Ohne anzuklopfen öffnete er die Tür.

»Gütiger Himmel!« stöhnte er halblaut. Das Zimmer glich einem Schlachtfeld. Alle Vorhänge waren zugezogen. Im Halbdunkel sah Robbie Kleiderhaufen, ein Bett, von dem die Laken gerissen waren und einen aufgedunsenen Fleischhügel, der wie tot auf den Kacheln des Badezimmers lag. Theresa war nackt und schmutzig. Ihr graues Haar wirkte verklebt, wie das einer Straßendirne. So endet eine Legende, dachte Robbie. Er gestattete sich indessen nicht, bei dem Gedanken zu verweilen. Er mußte sich beeilen.

Nachdem er die Vorhänge aufgezogen hatte, wurde das Zimmer hell. Theresa stöhnte und wandte den Kopf ab.

Robbie zerrte Theresa vom Boden hoch und rief nach Estrella. Als das Mädchen kam, schrie es vor Entsetzen auf. »Suchen Sie ihr schwarzes Kleid, und bügeln Sie es. Sie braucht ein Paar lange weiße Handschuhe und Pumps.«

Estrella wühlte in den Kleiderhaufen.

»Theresa muß von Glück sagen, daß sie Sie hat, Estrella.«

»Erst recht Sie, Mr. Robbie. Niemand würde mit ihr auf die Party gehen wollen. Sie sind ein guter Freund.«

»Ich habe keine Freunde«, schrie Theresa. »Keiner kann mich leiden.«

»Verdammt Theresa, nun reiß dich zusammen.« Er schüttelte sie. »Du hast gleich einen Auftritt.«

»Nein, nicht mehr. Sie werden es herausbekommen. Alle«, murmelte sie.

Robbie hatte keine Ahnung, wovon sie sprach. »Theresa, du mußt nüchtern werden, und du mußt zu der Party gehen. Wenn du dich nicht zeigst, bist du ein für allemal erledigt. Das wird live gesendet. Verdammt, Theresa, ich will, daß du zu der Party gehst.«

»Aber Robbie«, schluchzte Theresa, »das kann ich nicht. Ich würde gedemütigt werden.«

»Nicht, wenn du nüchtern bist.«

»Lila wird dasein. Mit einem Preis. Sie wird mich umbringen«, flüsterte sie.

»Lächerlich! Seit wann hast du vor Lila oder sonst jemandem Angst?«

»Sie war so ein süßes Baby! Kerry hätte keinen Sohn großziehen können. Ich wollte keinen Sohn. Eine Tochter war genau das Richtige.«

»Sicher. Genau richtig.«

»Aber sie wird mich umbringen, wie sie Candy und Skinny umgebracht hat«, jammerte sie.

Robbie versuchte gar nicht erst, hinter den Sinn ihrer trunkenen Schwafeleien zu kommen. Doch die Puppen ließen ihn aufhorchen. Er spürte Gewissensbisse. Doch wie sonst hätte er mit Lila wieder Frieden schließen sollen? Nun waren die Puppen eben fort.

Dennoch stellte er die Frage: »Wovon sprichst du überhaupt, Theresa?«

Sie wich zum Bett zurück. »Ich habe es doch richtig gemacht, Robbie, nicht wahr? Ich habe ein Mädchen großgezogen. Ein süßes Mädchen. Doch nun haßt sie mich. Ich hätte es ihr nie antun dürfen.«

»Was?«

»So, wie ich sie großgezogen habe. Und daß ich sie gehaßt habe, weil sie so jung und schön war, und diese gräßliche Serie, die ich mit ihr gespielt habe. Sie haßt mich deswegen. Sie will mich umbringen. Wie sie Candy und Skinny getötet hat. Sie hat meine beiden Babys getötet.«

»Theresa, was soll das?«

Langsam, als schmerzte jede Bewegung, kroch Theresa wieder vom Bett herunter, kniete sich auf den Boden und wühlte darunter herum.

Statt der leeren Flaschen, die sie dort hortete und einzelnen Schuhen, zog Theresa eine lange weiße Schachtel heraus, einen Sarg. Dann noch einen. Zwei Kindersärge. Robbie fröstelte wie Theresa. Wimmernd öffnete sie die Särge.

Robbie blickte hinein. Skinny war enthauptet worden, ihr Kopf zu Kleinholz zerhackt. Candys Gesicht verunstalteten tausende von Schnittwunden. Beide Puppen waren nackt, ihre Körper mit Farbe oder vielleicht auch Blut beschmiert. Und beide Puppen hatten an den entsprechenden Körperstellen kleine männliche Genitalien angenagelt bekommen.

Neil Morelli hatte keine Einladung zu Aras Party erhalten. Das wunderte ihn nicht. Mehr hatte ihn Rogers Anruf nach so langem Schweigen gewundert. Neil freute sich darüber. Er hatte viele Fragen auf dem Herzen, die ihm nur Roger beantworten konnte. Denn Neil wußte inzwischen, wer für seinen Mißerfolg in Hollywood verantwortlich war.

Anfangs hatte Neil gezögert, Roger von seinem Plan, sich bei der Emmyverleihung einzuschmuggeln, zu erzählen. Doch Roger war so nett und väterlich, daß Neil ihm doch alles anvertraute. Und Roger stimmte Neil sogar zu und gab ihm Anweisungen, wie er seinen Plan durchführen konnte.

Roger war es, der ihm den Namen des Mannes sagte, der für die Einstellung der Türsteher verantwortlich war. Neil bekam die Stellung, weil er behauptete, einen Frack zu besitzen. Das stimmte zwar nicht. Doch mit Rogers Hilfe stahl er einen aus einem Kaufhaus, außerdem das entsprechende Hemd und die Fliege. Alles andere, was Neil noch brauchte, bekam er von seinen Kumpels in der Taxizentrale. Roger fuhr auch im Bus mit Neil zu der Veranstaltung. Sie waren noch einmal genau den Plan durchgegangen. Neil wußte nun, wo jeder saß und von wo aus man den besten Blick auf die Bühne hatte.

Sam Shields hatte diesmal eine persönliche Einladung von Ara bekommen, er würde nicht mehr nur als Aprils Begleiter hingehen.

Seit *Birth of a Star* diesen Erfolg einfuhr, galt Sam als begehrter Mann. Er konnte immerhin auf zwei erfolgreiche Filme stolz sein. April hatte ihm die Regie für drei weitere Filme angetragen. Doch dieses Angebot hatte Sam auch von Columbia erhalten. Er konnte nun frei wählen.

An diesem Abend trug er einen neuen Armani-Smoking. Er trat als Sieger auf.

Allerdings erwartete ihn auch ein Wiedersehen mit Mary Jane. Es war üblich, daß man nach der Übergabe des Preises bei Aras Party vorbeischaute. Natürlich hatte Sam vor, beizeiten zu gehen. Doch er wollte Mary Jane auf alle Fälle sehen. Er war bereit, ihr zu verzeihen, weil er sie zurückgewinnen wollte. Seit er an Sharleens Haus abgewiesen worden war, wollte er es mehr als je zuvor.

Und schuldete sie ihm nicht etwas? Mary Jane hätte nicht einmal eine einfache Rolle in einer Werbesendung bekommen, hätte er sie nicht damals in *Jack and Jill* herausgebracht. Für ihn, Sam, hatte sie sich den Operationen unterzogen. Manchmal war es schon seltsam, wie sich in dieser Stadt alles zusammenfügte.

Sam hoffte, daß Jahne die Auszeichnung bekam, weil sie

dann in gehobener Stimmung sein würde und vielleicht eher geneigt, ihm entgegenzukommen.

Bevor er unter die Dusche ging, dachte er befriedigt darüber nach, wie sehr Jahne Moore ihn geliebt haben mußte, um so viele Schmerzen auf sich zu nehmen.

Monica Flanders wartete ungeduldig auf Hyram. Der sollte sie abholen. Hyrams Frau Sylvia war verärgert, daß sie nicht zu Ara Sagarians Party eingeladen worden war. Die Einladung hatte auf Hyram und Monica gelautet.

Monica betrachtete sich noch einmal im Spiegel. Sie erwartete noch mehr Publicity zu erhalten, noch mehr kostenlose Reklame als je zuvor. Gleichgültig, wer von den Frauen die Trophäe davontrug, alle repräsentierten Monicas Make-up. Doch Monica hoffte sehr, daß diese operierte Person nicht als Siegerin des Abends hervorging. Deren Vertrag gedachte Monica auf alle Fälle zu kündigen. Flanders hatte keine Verwendung für eine solche Frau.

Paul Grasso nahm noch einen Schluck Wodka und versuchte zum drittenmal, die Fliege richtig zu binden. Warum durfte man eigentlich nicht die fertiggebundenen tragen, die man nur unter dem Kragen einhaken mußte?

Dies war Pauls Abend. Er hatte es schließlich ohne Glück geschafft. Nur ungern erinnerte sich Paul an Aras letztjährige Party, bei der er sich hatte einschleichen müssen, damit er mit Marty ins Gespräch kam. An diesem Abend würde seine Entdeckung, Lily Kyle, die Empfängerin der begehrten Auszeichnung werden. Auf der anschließenden Party bei Ara kam Paul dann mit den echten Promis zusammen. Wie beim Roulette saßen nur die mit den hohen Einsätzen vorn am Tisch. Die Blindschleichen mit ihren Zwanzig-Dollar-Chips hielten sich im zweiten Glied.

Paul Grasso fühlte sich schon jetzt als Gewinner.

Sy fand es geradezu unverschämt, daß alle drei Schauspielerinnen, die für den Emmy nominiert waren, zu seinen Kundinnen zählten und keine von ihnen ihn eingeladen hatte, sie zu dem Ereignis zu begleiten. Er hatte darum mit Crystal vorlieb nehmen müssen, die wütend war, weil sie selbst keine Einladung erhalten hatte.

Zwar brauchte er keines dieser drei Mädchen, um seinen Triumph auskosten zu können. Doch es wäre eine nette Geste gewesen. Immerhin hatte er sie zu dem gemacht, was sie geworden waren. Er hatte sich auch bei den Skandalen hinter sie gestellt. Nur Sharleen hatte ihm telefonisch gedankt, als die Nominierung bekannt wurde. Jahne hatte ihm ein kühles Dankeschön geschrieben. Von Lila hatte er natürlich nichts gehört.

Doch solche Kleinigkeiten berührten Sy nicht weiter. Dieser Abend stellte für ihn den Höhepunkt seiner Karriere dar. Er wußte, daß er Ara bald ablösen würde. Wahrscheinlich kann ich schon im nächsten Jahr die Emmy-Party in meinem Haus ausrichten, dachte er zufrieden. Wenn ich tatsächlich größer bin als Ara Sagarian, und das munkelte man in L.A., will ich auch die Höhepunkte für mich in Anspruch nehmen, die mit meinem Einfluß einhergehen.

Sy hatte darüber selbstverständlich nicht gesprochen. Doch die Meldungen in der Sensationspresse hatten den Ruf der Mädchen eher gefördert als ihm geschadet. Der Aufruhr wegen Sharleen und Jahne würde schnell vorbei sein, verdrängt von neuerwachtem Interesse an ihnen. Und das brachte wieder höhere Quoten.

Er hoffte ein wenig, daß Sharleen oder Jahne an diesem Abend die Glücklichen sein würden. Sie konnten es brauchen, und es würde ihnen ein gewisses Gewicht gegenüber Lila geben.

Alles in allem konnte Sy an diesem Abend nur gewinnen.

April machte sich für den Abend zurecht. An diesem Abend wollte sie es einigen von ihnen heimzahlen. Sy Ortis und Marty DiGennaro gehörten zu ihren auserwählten Opfern. Denn April ging davon aus, daß *Three for the Road* überhaupt keinen Preis bekommen würde. Die schlechte Presse dieser Hure Jahne hatte dieser zwar ebensowenig geschadet wie Sharleen die Enthüllungen über die Geschwisterliebe. Doch

April hatte so ihre Mittel, um das eine oder andere zu beeinflussen. Es stand zu erwarten, daß Les Merchant, der Chef des Senders, unter dem wachsenden Druck die Serie aus dem Programm nehmen mußte. Und April wußte sehr genau, was die Ratten in Hollywood taten, wenn ein Schiff zu sinken begann.

So hatte April Irons an diesem Abend vor, Ortis und Marty DiGennaro so übel mitzuspielen, wie die beiden es die ganze Zeit mit ihr gemacht hatten.

Marty DiGennaro summte vor sich hin, während er versuchte, seine opalbesetzte Krawattennadel zu befestigen. Über diese Summerei hatte sich seine Ex-Frau immer aufgeregt. An sie dachte er nur noch höchst selten. Er hoffte indessen, daß sie die Party an diesem Abend besuchte, damit sie ihn mit Lila am Arm sah.

Die Krawattennadel hatte einmal Gary Cooper gehört. Marty hatte sie so diskret wie möglich aus dem Nachlaß des Schauspielers gekauft. Sally hatte sich darüber aufgeregt, weil er fand, daß Opale Unglück brachten. Doch Marty hielt von solchem Aberglauben nichts. Er hatte soviel Glück gehabt, wie er sich das nie hätte träumen lassen. Eine hinreißende Verlobte, die keinen anderen Mann ansah, eine Reihe Oscars und nun eine triumphale Karriere beim Fernsehen.

Aras Gäste trafen ein. Er war müde, geradezu erschöpft, von den vielen Vorbereitungen. Doch die lohnten sich. Nicht schlecht für einen alten Mann, dachte er. Statt unter der Erde zu ruhen oder zumindest zurückgezogen in Palm Springs zu leben und Golf zu spielen, veranstaltete er wieder ein rauschendes Fest, zu dem nur die Crème de la Crème der Industrie erschien.

Ara war noch immer ein Spieler. Ein Mann, der die Macht in Händen hielt und sich mit Trendsettern und Erfolgreichen umgab.

Lächelnd hinkte er dem ersten Gast entgegen.

»Vergiß nicht, mit wem du sprichst«, fauchte Theresa Robbie an, der ihr keinen Tropfen Alkohol gab. »Ich brauche etwas, um meine Nerven zu beruhigen.«

»Momentan hast du genügend Valium in dir, daß du abheben könntest, Theresa. Du brauchst nichts mehr.«

Theresa wollte nicht so leicht aufgeben. Als ob Valium ein Ersatz für Wodka wäre! »Du vergißt wohl eine äußerst wichtige Tatsache. Ich stehe unter einem unglaublichen Druck. In Kürze muß ich ihr gegenübertreten. Ich muß mich all diesen Menschen zeigen. Und das live im Fernsehen. Jesus! Das habe ich noch nie gemacht.«

»Das schaffst du schon«, versicherte er ihr väterlich.

Crystal erschien mit Sy – in miserabler Stimmung. Sie kannte die Regel, wonach man, wollte man anerkannt sein, einen Raum betreten und sogleich alle Augen auf sich ziehen mußte. Doch sie hatte Aras Empfangssaal betreten, und niemand hatte von ihr Notiz genommen.

Ihr Gesicht schmerzte. Sie glaubte keine zehn Minuten mehr lächeln oder diese unerträglichen Fratzen sehen zu können, ohne einen Krampf im Gesicht zu bekommen. Silver war da, Larry Gordon. Dawn Steel sah toll aus. Wo mochte sie das Kleid gekauft haben? Crystal wäre als Disney-Hure gegangen, wenn es von ihr verlangt worden wäre. Denn all diese Leute waren berühmt dafür, daß sie Berühmtheiten, deren Glanz zu verblassen begann, wieder zu neuem Glanz verhalfen. Darum mußte sie nett zu Dawn sein. Crystal erinnerte sich an einen Ausspruch ihres ersten Regisseurs, wonach die meisten davon ausgingen, daß das schwierigste Kunststück das Weinen auf Befehl sei. Dem hatte er widersprochen und behauptet, nicht Weinen, sondern Lachen, zumindest glaubhaft Lachen, sei wesentlich schwieriger. Damit hatte der Mann recht gehabt.

Plötzlich entdeckte Crystal den Hurensohn. Mit den winzigen Schrittchen, die ihr Kleid zuließ, ging sie auf Sam Shields zu. Die Mächtigen der Industrie scharten sich um ihn. Crystal beachteten sie nicht.

»Willst du nicht Hallo sagen?« fragte sie.

Er lächelte, höflich und leer, wie sie in letzter Zeit sehr häufig angelächelt wurde. »Hallo, Crystal.«

»Ich wollte mich bei dir bedanken, daß du meine Karriere ruiniert hast. Und ich wollte dir das geben.« Und sie spuckte ihn an.

Elizabeth schlenderte mit Larry herum. Warren saß neben Annette, Kevin Costner und Cindy plauderten mit Marvin Davis. Joe Pesci hatte sich mit Jack Nicholson und einer Flasche Wasser in eine Ecke des Raums zurückgezogen. Steven Seagal aß Sushi neben einem der zahlreich aufgestellten Fernsehapparate. Scott Rudin warf eine Serviette nach Paula Weinstein. Rob Reiner blieb an der Seite seiner Frau, einer der berühmten Singer Sisters.

Doch am Ende versammelten sich alle vor dem einen großen Fernseher in Aras Bibliothek, als ob sie sich dadurch, das sie sich um einen Fernseher scharten, mehr wie ein Teil des Publikums fühlen würden. Ara saß inmitten seiner Gäste. Auf dem Bildschirm erschien Theresa O'Donnell. Sie lächelte und öffnete einen Umschlag. In Aras Bibliothek wurde es absolut still. Ara hoffte sehr, daß nicht Lila die Gewinnerin wurde.

Theresa tat so, als habe sie Mühe, den Umschlag zu öffnen, damit die Spannung gesteigert wurde. Schließlich nahm sie eine Karte heraus und sagte: »Die Gewinnerin ist…«

9.

Jahne hatte ihren Platz am Ende einer Sitzreihe neben Dr. Moore eingenommen. Sie zwang sich, gerade zu sitzen und ruhig zu atmen. Brewster hielt ihre Hand. Das beruhigte Jahne. Außerdem war es ein kluger Schachzug. Denn damit bewies Jahne, daß sie sich über ihre schlechte Presse hinweggesetzte. Sie zeigte sich in aller Öffentlichkeit mit ihrem Arzt. Ohne Verlegenheit oder Scham.

Je länger es dauerte, um so mehr Verlierer gab es. Das Publikum wurde unruhig. Selbstverachtung und Angst schienen greifbar über den Anwesenden zu hängen. Die Gewinner strahlten. Doch die Verlierer sanken in ein Tal der Verzweiflung. Jahne glaubte, sie könne über dem allen stehen.

Doch würde ihr das wirklich gelingen? Es fiel ihr nicht leicht, hier mit den Besten und Schönsten der Branche zu sitzen und zu wissen, daß man sie beobachtete und abschätzte. Sicherlich waren weder Sharleen noch Lila gute Schauspielerinnen. Doch es fragte sich, inwieweit die Jury das mitbeurteilte. Seltsamerweise wollte Jahne, das erkannte sie jetzt, gewinnen. Nicht, weil sie diese Art von Wettstreit besonders mochte, sondern weil sie nach Anerkennung lechzte.

Das erste, was Sharleen in dem Theater, in dem die Verleihung stattfand, sah, war ihr eigenes Gesicht auf dem Monitor. Sie wandte sich sofort ab. Tatsächlich hatte Sy ihr noch eine Karte besorgen können. Und so erschien Sharleen eingerahmt von Dobe und Dean. »Machen dich die Bilder auf dem Monitor nervös?« flüsterte sie Dobe ins Ohr.

»Und wie! Ich habe Angst, daß ein paar von den Leuten zusehen könnten, denen ich die Benzintabletten verkauft habe.«

Entsetzt riß Sharleen die Augen auf. Doch dann merkte sie, daß Dobe sie nur foppte.

»Die brauchen mich nicht zu kümmern, Sharleen. Dafür ist ihnen ihre Habgier und Dummheit zu peinlich. Halt den Kopf hoch, Mädel. Du bist im Fernsehen und brauchst dich nicht zu schämen.«

»Ich schäme mich, daß ich je an dir gezweifelt habe«, gab sie zu. »Ich dachte, ich würde dich nie wiedersehen, nachdem ich dir das Geld gegeben habe.«

»Aber du hast es mir trotzdem gegeben. Wieso?«

»Weil ich einem Freund keine Bitte abschlagen kann.«

»Mir ist schon aufgefallen, daß du mich nie nach dem Land gefragt hast.«

»Es macht nichts, wenn du das Geld verspielt hast, Dobe. Ich wollte nur dich nicht verlieren.«

»Hältst du mich für einen kompletten Idioten? Geld verspiele ich nicht. Aber ich habe uns kein Land in Montana gekauft.«

»Gut.« Nun gestand er es wenigstens. Das erleichterte Sharleen sehr. Denn das war das einzige, was zwischen ihnen gestanden hatte. »Schon gut, Dobe. Das ist Schnee von gestern.« Er konnte das Geld ruhig behalten. Nur sein Lügen hätte sie gestört.

»Fein. Ich bin froh, daß du nicht enttäuscht bist. Montana quillt nämlich schon über von Yuppies und Hollywoodtypen. Sie haben den ganzen verdammten Staat umgekrempelt. Echt. Montana ist nicht mehr, was es einmal war. Darum habe ich das hübscheste Stück Land in Wyoming gekauft, das du je in deinem Leben gesehen hast.«

Sie riß die Augen auf. »Das hast du getan, Dobe?« Sie strahlte. Das Glück machte sie ganz trunken.

»Und ob. Hast du daran etwa gezweifelt?« Er grinste. »Zu Haus habe ich alle Dokumente darüber. Neunhundert Morgen. Das ist gar nicht so übel, finde ich. Ich zeig es dir heute abend auf der Karte. So, und nun wink den Leuten zu, und dann setzen wir uns und hören uns an, was man uns erzählen will. Was auch passiert, behalt dieses Strahlen im Gesicht, wenn die Gewinnerin verkündet wird.«

Der Zeremonienmeister hatte die vielen anderen Preise in den seltsamsten Kategorien schon verliehen. Schließlich kündigte er an: »Und jetzt warten wir auf den Namen der besten Schauspielerin in einer Spielfilmserie des Fernsehens. Übergeben wird die Auszeichnung von einer Künstlerin, die Ihnen allen bekannt sein wird: Meine Damen und Herren – Theresa O'Donnell!«

Die Erkennungsmelodie von »The Loveliest Girl in the World« wurde gespielt, als Theresa mit unsicheren Schritten herauskam. War sie betrunken? Erst las sie die Namen vor, die nominiert worden waren. Dann bat sie um den Umschlag.

Lila starrte auf die Bühne. Entsetzt! Die Puppenmutter präsentierte den Emmy! Zwar war Lila darauf vorbereitet, daß sie die Auszeichnung erhalten würde. Doch nicht, daß sie sie aus Theresas Hand erhalten würde.

Und wenn sie sie nun nicht erhielt? Diese Möglichkeit erstickte Lila förmlich. Sie griff nach Martys Hand und preßte sie in einem klauenartigen Griff.

»Mein Gott, hast du kalte Hände«, sagte er, als der Zeremonienmeister Johnny Burton Lilas Mutter den Umschlag übergab.

»Die Gewinnerin ist... Lila Kyle!«

10.

Das tiefe Luftholen im Saal glich einem Aufstöhnen. Dann brach der Applaus aus. Die Kamera erfaßte Lila, die zunächst die einstudierte Überraschung zeigte und kurz darauf das strahlendste Lächeln, das sie auf oder hinter der Bühne zustande brachte. Sie küßte Marty, sprang auf und eilte auf die Bühne. Ihr Herz hämmerte. Ihr war, als bewege sie sich im Wasser. Wie in einem Traum. Langsam, in Zeitlupe kam die Bühne näher.

Lila stand vor ihrer Mutter. Die hielt die Auszeichnung in beiden Händen. Lila griff danach. Aus glasigen Augen starrte Theresa Lila an. Lila zog an der Trophäe. Theresa ließ sie nicht los. Lila zog erneut. Theresa gab sie nicht frei. Doch Lila wollte ihren Preis haben. Er gehörte ihr! Alles würde von jetzt an ihr gehören. Endlich gab Theresa nach. Lila drückte die Statue an ihre Brust. Im Saal brach ein noch heftigerer Beifallssturm aus als zuvor.

So etwas hatte Lila noch nie erlebt. Sie hatte ja auch noch nie als Schauspielerin auf einer Bühne gestanden. Vor diesem handverlesenen Publikum nahm sie den Beifall entgegen und die Liebe, die ihr entgegenschlug. Unbeschreiblich war das. So hatte sie sich das Nacht um Nacht erträumt. Das war die echte, reine Liebe. Diese Liebe brauchte keine Berührung. Lila empfand sie wie ein warmes Bad oder die tröstende Brust einer Mutter. Lila fühlte den Applaus an ihren Brustwarzen, die sich aufrichteten. Sie fühlte ihn in ihrem Bauch und tiefer.

»Oh!« keuchte sie in Mikrophon. »Vielen Dank!« brachte sie heraus. Die vorbereitete Ansprache hatte sie vergessen. »Ich danke Ihnen allen.« Das Publikum war der umständlichen und langweiligen Reden längst überdrüssig. Diesem Ausdruck echten Gefühls jubelten sie alle zu. Der Applaus wurde stärker. Er brandete zu ihr herauf. Lila fühlte, wie sich etwas in ihr aufstaute, anschwoll. Und zum ersten und letzten Mal in ihrem Leben fühlte sie das beglückende Ziehen, das zur mächtigen Woge tief in ihrem Innern wurde, einer Woge, die sie erschütterte und dort auf der Bühne zum Orgasmus brachte.

Erst nach Minuten verebbte der Applaus. In diesen Minuten weinte Lila. Aus Erleichterung und aus Freude. Wahrscheinlich aber vorwiegend darum, weil es der erste Applaus eines Publikums seit der Party ihrer Mutter vor vielen, vielen Jahren war. Damals hatte ihre Mutter sie anschließend geschlagen. Sie war eifersüchtig gewesen. Ob sie auch jetzt eifersüchtig war? Lila fröstelte. Seit damals hatte Lila nur vor einer Kamera gespielt. Eine Reaktion oder ein Echo fehlt dabei. An diesem Abend begriff sie, was sie verpaßt hatte. Und sie wollte nun mehr.

Obwohl sie noch immer bebte, riß sie sich zusammen. Mit gemessenen Schritten – und ohne Theresa eines Blickes zu würdigen – verließ Lila das Podium. Sie verbeugte sich noch einmal, die Statue in den Händen.

Es war der glücklichste Augenblick ihres Lebens – und der letzte.

11.

Aus dem Zuschauerraum hörte man ein Knacken. Lila fiel nach vorn. Die Trophäe entglitt ihrer Hand und rollte davon. Die Kameramänner brauchten vier Schrecksekunden, bevor sie begriffen, daß hier etwas Ungewöhnliches geschah. Lila Kyle war nicht mehr vor ihren Linsen. Mitch Goldman, der Produzent der Emmy-Show, bellte im Kontrollraum einen Befehl an Kamera 1: »Großaufnahme!«

Lila kam ins Bild. Sie lag direkt vor der Bühne. »Ist das Weibsstück besoffen wie ihre Mutter?« fragte Mitch halblaut. »Oder ist sie gestolpert?« Die Menge murmelte benommen. Sollte das ein Gag sein, oder war es ein Unfall?

Johnny Burton erreichte Lila zuerst. Er berührte sie und bemerkte sofort den roten Fleck, der sich auf dem Rücken ausbreitete.

»Sie ist erschossen worden«, schrie er. »Holt einen Arzt!«

»Scheiß auf diese Live-Sendungen«, stöhnte Mitch Goldman.

In Aras Bibliothek stöhnten alle auf, als Lila fiel. Niemand rührte sich. Wie versteinert starrten sie auf den Bildschirm. Was war da vorgefallen? Gerade eben war Lila zur Gewinnerin erklärt worden. Sie hatte sich verbeugt und war dann zu Boden gesunken. Alle beobachteten, wie Johnny Burton sich über sie beugte. Seine Stimme schallte laut in der stillen Bibliothek: »Sie ist erschossen worden.«

Aras erster Gedanke war: Das ist ein Trick. Doch dann schrie jemand.

»O mein Gott!« rief Michael McLain. Einige Frauen schrien. »Ist sie wirklich tot?« Nun drängten sie näher an den Bildschirm. Véronique Peck weinte. »Ruhig, sonst hören wir nichts«, verlangte Michael Douglas. In dem Aufruhr blieb Ara, unbemerkt von allen anderen, ruhig in seinem Sessel sitzen.

Sam war gerade erst von der Toilette zurückgekommen. Er hatte etwas Zeit gebraucht, um sich von Crystals unangenehmen Angriff zu erholen. Er sah den Aufruhr, hörte Burton und blieb wie angewurzelt stehen.

Sein erster Gedanke galt Jahne. War sie in Sicherheit? Wäre sie auch erschossen worden, wenn sie gewonnen hätte?

Plötzlich überfiel ihn eine heftige Sehnsucht nach ihr, das stärkste Gefühl, das er je erfahren hatte. Wenn sie nun tot wäre? Er würde sie nie wieder sehen und nie wieder lieben können!

In diesem Moment wußte er, daß er nie eine Frau außer ihr lieben konnte.

Robbie vermochte keinen klaren Gedanken mehr zu fassen. Das versuchte er nicht einmal. Doch er handelte. Er hob die zusammengebrochene Theresa auf die Arme und verließ mit ihr schnell die Bühne. Lila! Ob sie ernsthaft verletzt war? Nein, das war nur Fernsehen. Es konnte nichts von Bedeutung sein. Theresa hatte auch nur einen ihrer Anfälle. Er mußte sie jedenfalls fortbringen. Wo war der Wagen? Er schrie nach dem Fahrer. Der ließ sich nicht auftreiben. Doch Robbie wuchs über sich selbst hinaus. Er gelangte auch ohne den eigenen Wagen in das Krankenhaus, in dem seine beiden Mädchen ihn jetzt brauchten.

Sy Ortis stand mitten im Zimmer, direkt neben Ara, bereit, die Glückwünsche entgegenzunehmen. Nun konnte er sich jedoch nicht mehr rühren. Lila erschossen? Er preßte die Hand auf die Brust, tastete in seiner Jackentasche nach seinem Spray. Herr im Himmel. Ein Emmy und eine landesweite Live-Ausstrahlung von dem Schuß. Sy konnte sich nicht genug über diese Frau wundern. Denn zweifellos hatte sie das inszeniert. Er erinnerte sich daran, was ein Busunfall einmal für Gloria Estefan bedeutet hatte. Wenn Lila überlebte, und daran zweifelte Sy keine Minute, würde sie auf Jahre hinaus die begehrteste Schauspielerin weit und breit sein. Ohne Zweifel würde das die Titelgeschichte in der nächsten Ausgabe von *People* werden. Die ganze Stadt würde ihr zu Füßen liegen.

Der Raum begann sich zu drehen. Ara wollte ihn aufhalten. Es gelang ihm nicht. Da schloß er die Augen. Als er sie wieder öffnete, sah er alles in ein rosa Licht getaucht. Nein, nicht rosa. Rot. Er wußte es, hatte es kommen gefühlt. Der scharfe Schmerz, der gleich darauf zurückwich und ihm einen Moment lang eine Atempause verschaffte. Ara versuchte aufzustehen, zu rufen, konnte es aber nicht. Plötzlich durchfuhr ihn wieder dieser glühende, rasende Schmerz. Er spürte ihn in seinem Kopf und an der einen Seite seines Körpers. Ara versuchte den Mund zu öffnen und um Hilfe zu rufen. Nur ein langer Speichelfaden löste sich aus seinem Mundwinkel. Er sackte in seinem Sessel zusammen. Dankbar spürte er, wie ihn eine leichte Bewußtseinstrübung überfiel. So nahm auch der Schmerz etwas ab.

Ara blieb sitzen, während die Menge sich um ihn drehte. Pausenlos. Wie ein Karussell. Sein Kopf schmerzte wieder. Nein, das Wort reichte nicht aus. Der Kopf schien zu bersten. Ara beschloß, ganz ruhig zu bleiben, bis das aufhörte. Und dann hörte es wirklich auf. Für immer.

»Nein, das arme Mädchen!« Die blonde Schöne neben Paul Grasso brach in Tränen aus. Sie drückte den Kopf an Pauls Schulter. Paul schüttelte sie ab.

Marty! dachte er. Was ist mit Marty DiGennaro? Von ihm war nicht gesprochen worden. Offenbar war nur Lila etwas passiert. Die Berichterstattung war nun von der Bühne in den Nachrichtenraum verlagert worden. Von dort ertönte die ernste, aber klare Stimme eines Journalisten. »Wie wir erfahren haben, ist das ein Terroranschlag der Internationalen Anti-Vetternwirtschaft-Liga gewesen. Die Polizei bemüht sich noch, die Identität des Schützen festzustellen. Der FBI wurde hinzugezogen.«

Paul wandte sich an die Blondine neben ihm, die noch immer schluchzte. »Ich war es, der Lila Kyle entdeckt hat«, brüstete er sich.

»Moment mal!« rief McLain. »Seien Sie doch still! Wir müssen hören, was sie sagen!« Er wies auf den Fernsehschirm. Adrienne stand neben ihm, wie sie den ganzen Abend dicht bei ihm gewesen war. Doch jetzt klammerte sie sich mit beiden Händen an ihn. »Ist schon gut, Süße«, beruhigte er sie. Ihre Abhängigkeit entzückte ihn. »Das ist weit weg von hier. Du bist ganz sicher.« Ihr Bauch rundete sich schon, und Michael tätschelte die Rundung. Dann sah er wieder auf den Bildschirm. Lila Kyle erschossen! Daran zweifelte Michael nicht mehr. Wie hieß diese Liga? Nun mußte man mit der heimtückischen Ermordung vieler Filmstars rechnen. Er dachte an den Psychopathen im Gefängnis, der ihm ständig Briefe schickte, an die vielen Einzelgänger und Verwirrten, die mit einer Ausgabe von *Fänger im Roggen* herumliefen. Zu den alten Drohungen würden nun die neuen der weiblichen Fans kommen, sobald er seine Verlobung mit Adrienne bekanntmachte. Er führte Adrienne hinaus. Es hatte keinen Sinn zu bleiben. Das schadete seiner Verlobten nur in ihrem Zustand. Im Hinausgehen fand er, daß alles schlimmer hätte kommen können. Lila hätte auch vor der Verleihung getötet werden können. Dann hätte Jahne Moore den Preis bekommen.

Irgend jemand fragte »Wer ist die Frau, von der sie gesprochen haben… diese…?«

»Keine Frau. Vetternwirtschaft. Nepotismus. So nennt man das, wenn man durch Familienbeziehungen einen Job bekommt.«

Da schrie Seymore LeVine entsetzt. »Scheiße, dann werden sie uns alle umbringen.«

12.

Neil Morelli wandte sich ganz gelassen ab. Er wartete nicht auf die Reaktion. Roger hatte ihm ja genau gesagt, was er zu tun hatte, und Roger hatte ihm auch gesagt, daß es glatt gehen werde. Neil hielt die Waffe offen in der Hand. Er ging links neben die Bühne, auf die starken Jupiterlampen und Johnny zu, der Lila Kyle, in einer Art umgekehrten Pietà-Pose in den Armen hielt. Neil überkam eine tiefe Ruhe. Nun lag das schlimmste hinter ihm.

Die Schreie drangen nur aus weiter Ferne zu ihm. Er hörte sie. Das wohl. Immerhin schrie fast die Hälfte der Anwesenden. Die anderen duckten sich unter ihre Sitze oder rannten zum Ausgang. Der Tumult berührte Neil nicht. Er ging ihn nichts an.

Kurz bevor er die Bühne erreichte, wurde er festgenommen. Er spürte einen Schlag von hinten, sackte zusammen und lag auf dem Boden. Er spürte keinen Schmerz. Roger hatte ihm gesagt, daß er keine Schmerzen haben würde. Die Waffe wurde ihm aus der Hand genommen. Die brauchte Neil ja auch nicht mehr. Er brauchte nur etwas mehr Luft. Seine Lungen fühlten sich eigenartig leer an, weil so viele Menschen auf ihm knieten. Schmerzen waren das jedoch nicht. Nur viel Druck. Dann wich der auch. Die Arme wurde auf seinem Rücken zusammengebunden. Neil registrierte das kaum.

Jemand riß ihn vom Boden hoch. Die Kameras erfaßten ihn. Auch das hatte Roger vorhergesagt. Neil lächelte. Er war kein Versager. Weit gefehlt. Von nun an war er ein Star. Der Vollstrecker. Er würde alle aus diesem elenden System befreien. Von nun an wurde nicht von der Mutter auf die Tochter weitergegeben oder vom Vater auf den Sohn. Das hatte Roger prophezeit. Und Roger hatte ihn, Neil, auserwählt. Neil hatte gewisse Zweifel gehegt. Nun triumphierte er. Er hatte seine Mission erfüllt. Bis auf die Ansprache.

Von überall prasselten Fragen auf ihn ein. Fünf Männer umzingelten ihn. Neil lächelte. »Ich vertrete die Internationale Liga gegen Vetternwirtschaft«, schrie er. »Tod denen, die sich uns entgegenstellen…« Und dann folgte sein Monolog aus der Show.

13.

Ein Superknüller fällt einem nur einmal im Leben in den Schoß – wenn überhaupt. Die Nachricht von Lilas Erschießung bewog mich, dem Fahrer einer der Limousinen vor dem Theater 210 Dollar in bar plus meine Rolex zu geben, damit er seinen Fahrgast im Stich ließ und mich zum Krankenhaus fuhr.

Die Straßen rund um das Krankenhaus waren von Polizeifahrzeugen verstopft. Die roten Bonbonlichter drehten sich gespenstisch und warfen ihr Licht auf die gespannten Gesichter der Gaffer. Der Krankenwagen verlor wertvolle Zeit, bis die Polizei ihm die Durchfahrt ermöglichte. Vor der Notfallambulanz wurden die Türen des Krankenwagens aufgerissen. Sanitäter zogen eine Trage aus dem Wagen und rannten damit in die Notaufnahme. Ich sah Marty DiGennaro, der neben der Trage lief. Er hielt eine Infusionsflasche hoch.

In der Notaufnahme herrschte das totale Chaos. Denn inzwischen fuhr ein weiterer Krankenwagen vor. Ich wußte damals nicht, daß er Ara Sagarians irdische Überreste transportierte. Nicht nur Marty DiGennaro entdeckte ich, sondern auch Theresa O'Donnell.

Theresa ging direkt hinter der Trage. Ich weiß nicht, woher sie kam. Ein Polizist beruhigte sie und bot ihr höflich seine Hand an: »Ist alles okay, Miss O'Donnell. Hier ist nur Polizei und Krankenhauspersonal.« Robbie Lymon stützte Theresa auf der anderen Seite. Eine Frau in einem strengen Kostüm und einem Schild an der Brusttasche, das sie als Angestellte des Krankenhauses auswies, bat Theresa, ihr zu folgen.

Irgendein Assistenzarzt fragte: »Was bringt ihr da?«

»Schlaganfall. Tot«, rief der Sanitäter.

»Park ihn irgendwo. Der hier lebt noch.« Und so wurde Ara Sagarian in einem Flur der Notaufnahme abgestellt. Er war tot. Doch er blieb da auch die nächsten vier Stunden noch, während das Drama um ihn herum seinen Fortgang nahm.

Die Gruppe um Lila wurde von der Polizei weitergeleitet, während die Menschenmenge wie gierige Maden, die sich am toten Fleisch laben wollen, nachdrängte. Videorecorder surrten, Reporter feuerten Fragen ab. Die letzte, die Theresa hörte, bevor sie das Ende des Flurs erreichte, war: »Lebt sie noch, Miss O'Donnell?«

Eine Schwester, deren weiße Tracht in scharfem Kontrast zu Martys schwarzem Smoking stand, öffnete eine Tür von innen und hielt die nachdrückende Menge zurück. So zog sie erst Marty, denn Theresa O'Donnell und Robbie hinein. Mit den Ellenbogen hatte ich mich direkt hinter die drei gedrängt. Doch ich wußte, daß ich wie die anderen Medienleute draußen bleiben mußte. Ich preßte die Nase an die Glastüren und wartete mit meinen sensationslüsternen Kollegen auf Nachrichten und Neuigkeiten.

Da erlebte ich meine Glückssträhne. Die Tür wurde gewaltsam aufgestoßen und schlug mir gegen die Nase. Bei mir blutet immer alles schnell und reichlich.

Im Krankenhaus herrschte noch immer Hektik. Der Pfleger sah das Blut und winkte mich hinein. Pflegerinnen und Krankenhauspersonal hatten Marty, Theresa und Robbie in eine ruhige Ecke gelotst. »Ich gehöre dazu«, murmelte ich der Schwester zu, und als sie meinen Schmuck und das Blut sah, ließ sie mich neben ihnen Platz nehmen. Gelegentlich half ich ein bißchen nach, damit die Blutung nicht zum Versiegen kam. Doch auch ohne diese Nachhilfe zierten meine gelbe Seidenbluse – 316 Dollar bei Giorgie – große Blutflecken. Unauffällig verteilte ich noch etwas Blut auf meinem Gesicht. Hier ging es nicht um Eitelkeit.

Die Schwester kümmerte sich um Theresa, die laut stöhnte und die Emmytrophäe fest umklammert hielt. Marty saß schweigend auf seinem Stuhl. Robbie Lymon schluchzte.

Ein Arzt kam durch die Tür des Behandlungszimmers und fragte nach Lila Kyles nächsten Angehörigen.

»Das bin ich«, meldete Theresa sich.

»Und ich bin ihre Tante… ich meine Onkel«, verbesserte Robbie sich.

»Ich bin ihr Verlobter, Doktor.« Marty erhob sich.

Der Doktor sah Marty sonderbar an. »Der Patient kann nicht ihre Verlobte sein.« Und zu uns allen gewandt, erklärte er: »Ich muß mit einer Blutsverwandten sprechen oder einem gesetzlich angetrauten Ehegatten. Ist so jemand hier?«

Robbie meldete sich für Theresa, die noch immer hilflos stöhnte. »Das ist die Mutter, Doktor. Miss O'Donnell.«

Der Arzt wandte sich nun an Theresa. »Miss O'Donnell, wir wissen noch nicht genau, was vorgefallen ist, aber Sie brauchen sich keine Sorgen zu machen. Der Patient, der uns gebracht wurde, ist nicht Ihre Tochter. Das kann ich Ihnen versichern.«

Theresas Knie wurden schwach. Ohne die Stütze der Schwester wäre sie zu Boden gesunken. Mir fiel auf, daß sie noch immer die Statue umklammerte. »Schwester«, bellte der Arzt. »Bringen Sie Miss O'Donnell in ein Behandlungszimmer.«

Theresa wurde fortgebracht. Robbie folgte ihnen.

Marty fand nun endlich seine Stimme wieder. »Von was reden Sie überhaupt? Natürlich ist das meine Verlobte. Ich habe doch gesehen, wie sie erschossen wurde. Ich habe in dem Krankenwagen neben ihr gesessen.«

»Das ist eine anatomische Unmöglichkeit«, erklärte der Arzt kurzangebunden. »Das kann nicht Lila Kyle sein.«

»Warum nicht?« fragte Marty ebenso gereizt.

»Weil der Patient mit der Schußwunde einen Penis hat.«

14.

»Eintritt verboten, nur Krankenhauspersonal« stand an den Türen, die von einem Sicherheitsbeamten des Krankenhauses bewacht wurden. Er hielt die Hände hinter dem Körper und erweckte einen militanten Eindruck. Eine Frau nickte ihm zu und so ließ der Mann sie vorbei. Theresa und Robbie landeten endlich in einem Behandlungszimmer, das größer und besser eingerichtet war, als das Besprechungszimmer des Arztes. Sie befanden sich im Zimmer von Dr. Robert Stern, dem Verwaltungsdirektor. Robbie wußte inzwischen nicht mehr, was hier überhaupt gespielt wurde. Was hatte der Doktor gemeint, als er sagte, Lila sei nicht erschossen worden? Daß sie einen... Unvorstellbar! Robbie hatte sie doch auf der Trage gesehen. Theresa schien sich inzwischen gefaßt zu haben. Sie unterhielt sich flüsternd mit dem Arzt und einer sehr beflissenen Frau.

Die Frau stellte sich als Miss McElroy vor. »Dr. Stern ist mit dem Fall vertraut und besteht darauf, daß Sie sich so lang wie Sie möchten in seinem Büro aufhalten, wo Sie vor Störungen sicher sein können. Ein Arzt aus der Notaufnahme wird sich, sobald das der Zustand des Patienten zuläßt, mit Ihnen unterhalten. Momentan ist nur gewiß, daß der Patient noch lebt. Leider kann ich Ihnen nicht mehr sagen, Miss O'Donnell. Doch bald weiß ich mehr.«

Sie bot die üblichen Getränke an und gab Theresa eine Telefonnummer, unter der sie zu erreichen sein würde, falls sie eine Frage oder einen Wunsch hatte. Sie zog eine Schublade in Dr. Sterns Schreibtisch auf, zeigte Robbie und Theresa das versteckte Telefon und die Nummer, die nur sie und Dr. Stern kannten. Nur wenn dieses Telefon klingelte, sollte Theresa sich melden. Miss McElroy zog den Stecker des Tischtelefons heraus und empfahl, es nur dann wieder einzustöpseln, wenn sie nach draußen rufen wollten.

Nachdem sie gegangen war, warf Robbie sich in einen Ledersessel. Theresa begann durch das Zimmer zu wandern. Sie öffnete eine Schranktür nach der anderen, eine Schublade nach der anderen, bis sie fand, wonach sie suchte. Sie wählte aus Dr. Sterns Vorräten einen erstklassigen Brandy. Mit der Flasche und Gläsern in der Hand setzte sie sich Robbie gegenüber. Sie goß sich das Glas voll, ohne die Flasche abzusetzen und trank es bis zum letzten Tropfen aus. Sie atmete, als hätte sie unter Wasser zu lange die Luft angehalten.

»Nimm dich zusammen, Theresa. Und erklär' mir endlich, was das alles soll.«

»Du sagst kein Scheißwort zu mir. Verstanden? Ich war den ganzen Abend sehr brav und habe genau gemacht, was du verlangt hast. Oder etwa nicht? Nun, die Party ist vorbei. Unter den Umständen habe ich mir einen Drink verdient, und ich rate dir, auch einen zu nehmen. Du siehst aus wie der Tod. Du brauchst nicht auch noch ohnmächtig zu werden.«

Theresa goß sich ein zweites großes Glas voll Brandy und trank das in kleineren Schlucken. Ihre Miene wirkte abweisend und geistesabwesend. »Nun gibt es keine Hoffnung mehr.«

»Du hast gehört, was Miss McElroy sagte. Lila lebt noch.«

Theresa schüttelte den Kopf. »Ich spreche nicht von Lila. Kannst du nicht eine Minute lang an mich denken? Was ich durchmache und was mit mir passiert, meiner Zukunft?«

Robbie starrte Theresa an. Doch in dem Moment klopfte es. Vor der Tür stellte der Wachposten eine Frage an jemanden. Dann ging die Tür auf, und ein junger Arzt trat ein.

Er war nervös und in Eile. Sein weißer Kittel zeigte Blutspuren. In der Hand hielt er einige Formulare. Er wandte sich sofort an Theresa. »Ich muß mit Ihnen allein sprechen«, erklärte er nachdrücklich.

»Lebt sie?« fragte Robbie.

»Ja.« Er wiederholte seine Forderung. »Wir müssen uns unterhalten.«

Theresa holte tief Luft. »Sie können vor Mr. Lymon offen reden. Er ist mein ältester und bester Freund. Worum geht es, Doktor?« Sie tat so, als wüßte sie nicht, was jetzt kommen mußte.

»Ist Lila Kyle Ihr Kind? Sind Sie die leibliche Mutter?«

»Ja«, antwortete Theresa.

»Dann muß ich Sie bitten, das korrigierte Formular über die Erlaubnis zu der Operation zu unterzeichnen. Es ist genau das gleiche wie das, was Sie unterzeichnet haben. Doch auf diesem hier ist das Geschlecht korrekt angegeben.«

Der Arzt machte eine Pause. Diesmal sah er Robbie an. »Sie wissen selbstverständlich von dem Geschlecht Ihres Kindes.«

Robbie traute seinen Ohren nicht. »Was zum Teufel soll das heißen, Theresa? Wovon spricht er überhaupt?«

Theresa brachte Robbie mit einer Handbewegung zum Schweigen. Sie beantwortete die Frage des Arztes mit einem kurzen »ja«.

»Also wissen Sie, daß Lila Kyle ein Mann und keine Frau ist.«

»Ja.«

»Was?« schrie Robbie. Doch niemand achtete auf ihn.

»Selbstverständlich ändert das nichts an unseren Bemühungen, ihr… ich meine: sein Leben zu retten. Doch aus juristischen Gründen müssen wir das genau festhalten. Bitte unterzeichnen Sie das jetzt, Miss O'Donnell.«

Theresa schrieb ihren Namen. »Wie groß sind die Chancen?«

»Das kann man jetzt noch nicht beurteilen. Wir tun alles, was in unserer Macht steht. Offenbar handelt es sich nur um eine einzige Kugel. Doch die hat die Aorta getroffen. Ich will ganz offen sein, Miss O'Donnell. Es steht auf Messers Schneide, fürchte ich. Es hat keinen Sinn, Ihnen falsche Hoffnungen zu machen. Wir tun was in unserer Macht steht.«

»Doktor… diese andere Sache. Wie lange wird die vertraulich bleiben?«

Er zögerte. »Über den Zustand von Miss Kyle darf nur der Krankenhaussprecher eine Auskunft nach draußen erteilen. Es wird keine offizielle Presseverlautbarung geben, bevor wir mehr wissen. Zur Zeit wird also über die geänderte Geschlechtsbezeichnung nichts gesagt werden.« Er fügte dann jedoch offen hinzu: »Was hintenherum passiert, ist natürlich eine andere Sache. Das ist immerhin eine Information von großer Tragweite. Ich bin völlig auf die Verschwiegenheit des

Personals angewiesen. Doch angesichts dieses Heers von Reportern und Fans...« Damit ließ er Robbie und Theresa allein.

Robbie stand auf. »Was verdammt noch mal meint er mit geänderter Geschlechtsbezeichnung?«

Theresa nahm einen langen Schluck aus ihrem Glas. »Ich wollte ein Mädchen haben«, murmelte sie, als spräche sie mit sich selbst. »Einen Jungen hätte ich nie großziehen können.«

»Antworte mir!« verlangte Robbie.

Theresa warf den Kopf zurück. »Sprich nicht in diesem Ton mit mir. Ich habe genug um die Ohren und kann mich nicht noch mit einem aufgebrachten Schwulen befassen.« Robbie schwieg. Da fuhr sie fort: »Bei dem Baby gab es ein Problem. Ein Hoden hatte sich nicht gesenkt. Du kennst ja Kerry. Er konnte sich schon nicht mit der Heirat abfinden, doch noch weniger mit der Vorstellung, Vater eines Sohns spielen zu sollen. Jesus, wir haben doch nur wegen der Publicity geheiratet. Das Studio hat es so verlangt. Das weißt du ja besser als jeder andere.«

»Und?« fragte Robbie.

»Was, und? Wir haben einige Nächte lang gesumpft. Ich wurde schwanger, und Kerry ging zu dir zurück oder zu irgend einem anderen Burschen, mit dem er es damals hatte. Als ich ihm sagte, daß ich schwanger bin, hat er so gelacht, daß ich dachte, er bekäme einen Gehirnschlag.« Theresa trank wieder und füllte das Glas nach, bevor es ganz leer war. »Nachdem er sich an den Gedanken gewöhnt hatte – nachdem wir beiden uns daran gewöhnt hatten – sprachen wir über unsere kleine Tochter. Wir wollten beide eine Tochter. Ein Junge kam für uns nicht in Betracht.«

»Aber den bekamt ihr.«

»Theoretisch, ja.«

»Theoretisch? Was, zum Donnerwetter, heißt das schon wieder? Gab es denn da eine Frage?«

»An sich nicht. Doch mit diesem Hoden... Nun, den anderen haben wir mit einem Faden abgebunden. Er bildete sich zurück. Kein Problem. Und so habe ich Lila als Mädchen großgezogen.«

»Wie hast du...? Lilas Geburtsurkunde lautet doch auf ein

Mädchen. Ich habe die Urkunde selbst gesehen. Wie hast du das denn gemacht?«

»Ach das! Du erinnerst dich sicher an Dr. Carlton, den alten Quacksalber. Der erfüllte einem doch jeden Wunsch. Der hat mehr Leute in Hollywood mit Amphetaminen oder Morphium versorgt, als der umtriebigste Drogenhändler. Er hat auch Abtreibungen vorgenommen. Die waren damals noch ungesetzlich. Und er hat Schußverletzungen versorgt, die nie der Polizei gemeldet wurden. Der übernahm einfach alles. Er galt als Vertrauensarzt der Branche. Er hat mich auch in der Westlake Frauenklinik betreut. Als er mir sagte, ich hätte einen Sohn, erklärte ich ihm einfach, er habe sich geirrt, es sei ein Mädchen, und ich erwarte von ihm, daß er das auf der Urkunde entsprechend ausfüllte.«

»Das hat Carlton gemacht? Er hat Lila als Mädchen eingetragen?«

»Natürlich, was denkst denn du? Er hat selbst den Hoden abgebunden und eine Hormonbehandlung durchgeführt, als die Zeit dafür reif war. Es hat mich eine Menge Geld gekostet.«

»Jesus Maria! Theresa, was sagte Kerry denn dazu?«

Theresa lachte. »Vielleicht weißt du das nicht. Aber in der Nacht, in der Lila zur Welt kam, war Kerry auf einer von Aras Sexorgien. Nur für Männer und die ganze Nacht. Er, ich meine Kerry, erschien erst im Krankenhaus, nachdem alles andere in Ordnung gebracht worden war.«

»Wieso hat er es nie erfahren?«

»Wie denn? Etwa beim Windelwechsel oder täglichen Bad? Du bist vielleicht blauäugig, Robbie. Dabei kanntest du Kerry besser als ich. Er wollte mit mir oder dem Baby oder einem glücklichen Familienleben nichts zu schaffen haben. Er hat sich meines Wissens ja auch von dir zurückgezogen, als du mehr von ihm wolltest, als nur den gelegentlichen Fick. Kerry wollte sich nicht anbinden lassen. Von niemandem. So blieb es unser Geheimnis. Lilas und meins.«

»Und Estrella?«

»Estrella wurde gekauft und dafür bezahlt. Sie wußte vom ersten Tag an, was los war. Sie hatte die Wahl: entweder vernünftig damit umzugehen und die Bequemlichkeiten eines Lebens mit uns zu genießen, oder zu der strohgedeckten Kate in der Wüste von Mexiko zurückgebracht zu werden. Was hättest du denn gewählt?«

Der Brandy zeigte Wirkung. Theresas Augen wurden glasig. Sie sank auf einen Stuhl. »Was für ein süßes kleines Mädchen sie war! So rund und weich. Dazu die bildschönen Augen und das herrliche Haar!« Theresa versank in ihren Erinnerungen. »Wir haben nie wieder einen Gedanken daran verschwendet. Als es so weit war, hat Carlton sie, wie gesagt, mit Hormonen behandelt. Er hat ihre Brustimplantation in Mexiko vernehmen lassen. Lila hat sich nie beklagt, nie etwas in Frage gestellt. Sie war als Mädchen glücklich. Der Penis war winzig. Kaum zu sehen. Wir haben die meiste Zeit vergessen, daß sie als Junge zur Welt gekommen ist.«

»Sie war jedenfalls nicht sehr glücklich, als sie bei mir eingezogen ist. Mein Gott, Theresa, du hast ihr das Geschlecht genommen! Du hast sie zum Neutrum gemacht. Du hast sie verkrüppelt. Kein Wunder, daß sie dich haßt«, warf Robbie ihr in höchster Erregung vor.

»Damit hat das nichts zu tun«, schrie Theresa. »Sie haßt mich, weil ich ihr nicht bei ihrer Karriere geholfen habe. Aber ich wußte ja, was passieren würde. Man verliert sein Privatleben, und es gibt auch keine Geheimnisse mehr, die man bewahren kann, wenn man berühmt ist. Jedenfalls heutzutage nicht. Ich wußte, daß sie früher oder später bloßgestellt werden würde.«

»Du meinst, daß du bloßgestellt werden würdest. Du bist immerhin die, die für diese Tragödie verantwortlich zeichnet.« Nun nahm auch Robbie einen Schluck Brandy. »Verglichen mit dir kommt mir Joan Crawford vor wie Mutter Teresa.«

»Untersteh dich! Du tust gerade so, als hätte ich sie geschlagen oder ans Bett gefesselt. Sie hatte ein phantastisches Leben, und jeder Wunsch wurde ihr erfüllt.«

»Sie hatte kein eigenes Ich mehr.«

»Na und? Was ist denn mit meinem wahren Ich? Was spielt es für einen schreienden Säugling schon für eine Rolle, ob es Kleid oder Hose trägt? Doch für mich und meine Karriere war es wichtig.«

»Für deine Karriere!« schnaubte Robbie.

»Genau, meine Karriere. Ohne die gäbe es nämlich keine hübschen Kleider, kein großes Haus, keine Angestellten, Privatschulen und so weiter. Nur ich habe das geschaffen. Aber dann mußte sie ja unbedingt fortlaufen. Mit deiner Hilfe, wie ich hinzufügen möchte.«

»Na und?«

»Ihr Fehler war, daß sie Schauspielerin wurde. Warum hat sie den Kerl nicht geheiratet, den ich ihr ausgesucht hatte und der ihr Leben leicht gemacht hätte? Warum mußte sie unbedingt ein Star werden? Doch nur, um mir Konkurrenz zu machen. Seit ihrer Pubertät hat sie es darauf abgesehen gehabt. Nun habe ich nichts mehr. Die Leute werden über mich lachen. Niemand wird Verständnis aufbringen. Ich werde nie wieder arbeiten und nie wieder eine Party besuchen können.«

»Und was ist mit Lila? Was passiert mit ihr?«

»Nichts. Sie hat noch immer Kerrys Treuhandvermögen. Und sie macht mit der Serie Millionen. Obendrein dieser Emmy. Ich hoffe, sie machen damit keinen Mist. Ist das nicht genug?«

Das Telefon in der Schublade klingelte. Theresa sah Robbie an. Doch der schüttelte ablehnend den Kopf. Also torkelte Theresa zum Schreibtisch.

»Ja? Natürlich warte ich.« Sie wandte sich an Robbie. »Das war Miss McElroy. Sie wollte nur die Ärzte ankündigen, die gleich zu mir kommen werden, und ich solle ihnen die Tür öffnen.«

Es klopfte. Theresa trank rasch noch ihr Glas aus. Robbie öffnete die Tür. Zwei Ärzte in grüner OP-Kleidung kamen herein.

Der ältere Arzt sprach zuerst. »Miss O'Donnell, ich fürchte, wir haben eine sehr schlechte Nachricht. Es tut mir leid, wir haben ihn verloren.«

Theresa rührte sich zunächst nicht. »Was heißt das: Sie haben ihn verloren?«

»Lila Kyle ist tot, Miss O'Donnell. Er starb während der Operation.«

Robbie stieß einen Laut aus, der wie ein Gurgeln klang. Er ging zur Tür. Theresa schrie: »Robbie, laß mich nicht allein. Ich brauche dich!« Doch Robbie beschleunigte seinen Schritt.

15.

Jahne hörte den Schuß. Sie sah, wie Lila, einer Marionette gleich, der man die Fäden gekappt hatte, zusammensackte. Doch eigentlich brachte ihr das gespenstische, schreckliche Schweigen danach erst zu Bewußtsein, daß etwas Entsetzliches passiert war. Dann schrien die Leute.

Später fragte Jahne sich, was sie ohne Brewster getan hätte. Er zog sie von ihrem Sitz hoch. Inmitten all der Schreierei, dem Schieben und Drängeln der hysterischen Massen, brachte er sie zu Sharleen, Dean und Dobe. »Behaltet sie bei euch«, verlangte er von Dobe. »Ich bin Arzt und werde sehen, ob ich helfen kann.«

Er gelangte zur Bühne, indem er über die Sitze stieg. Dobe dirigierte die Frauen in den Schutz einer Säule. Jahne beobachtete, wie die gefeierten Stars sich gegenseitig die Kleidung zerrissen, um zuerst zum Ausgang zu gelangen. Nach einer Weile kehrte Brewster zu ihnen zurück.

»Der Schütze wurde festgenommen. Es handelt sich um einen Verrückten, der seinen Neid abreagiert hat. Nun brauchen wir keine Angst mehr zu haben, außer, daß wir von einem der Stars totgetrampelt werden können, die hinauswollen.«

»Ist Lila okay?« fragte Sharleen.

»Das glaube ich nicht. Sie wurde in die Brust getroffen. Doch sie lebt noch.«

»Mein Gott, es hätte eine von uns treffen können«, flüsterte Jahne schaudernd. Sharleen weinte.

Endlich drangen die Sicherheitskräfte von La Brecque zu ihnen durch. Es wurde viel über Notausgänge und Verschwörung und Schnüffler geredet. Doch Jahne achtete gar nicht darauf. Sie zitterte wie am Vormittag. Doch diesmal hörte es nicht auf. Sie fürchtete sich nicht vor einem neuerlichen Anschlag oder gar um ihr Leben. Vielmehr kämpfte sie gegen eine allgemeine Angst: vor dem Theater, der Bühne, den Sicherheitsleuten, der Menschenmenge, den Scheinwerfern, dem Lärm. Sie versuchte etwas zu sagen. Doch ihre Stimme versagte.

»Jahne ist krank«, stellte Dean fest, und Jahne war ihm unendlich dankbar, weil er es bemerkte. Brewster legte ihr sein Jackett um die Schultern und nahm sie in den Arm. Sie schloß die Augen. Er murmelte etwas. Doch sie verstand es nicht. Irgendwie gelangten sie aus dem Theater in ein Auto. Sirenen schrillten. Das Licht der Polizeiwagen blinkte im Wettstreit mit den Blitzlichtern der Fotografen.

Brewster ließ Jahne in den nächsten zwei Tagen nicht mehr allein. Sie wohnte im Beverly Wilshire in einer Suite. Das Haus wurde als zu unsicher erklärt, bis man die wahren Zusammenhänge über das Attentat erfuhr. Brewster sprach mit Jahne, oder er las ihr vor. Doch meist schlief sie. Er ließ sie nicht fernsehen und duldete keine Anrufe oder Zeitungen im Zimmer. Am zweiten Tag erzählte er ihr von Lila. Jahne hörte ihm schockiert zu.

»Ein Mann? War sie transsexuell?«

»Nicht im medizinischen Sinne. Sie war nicht körperlich verändert worden. Wahrscheinlich impotent, ein Neutrum.«

Jahne weinte wieder. »Ach, ist das alles traurig.« Er hielt ihre Hand, bis sie einschlief. Jahne glaubte, einen Monat lang durchschlafen zu können.

Brewster ließ sie nur für den Gang zum Badezimmer aufstehen. Er bestellte das Essen aufs Zimmer, ließ sie mit Sharleen sprechen, hielt die anderen fern.

Endlich kehrten ihre Kräfte zurück. »Du bist ein phantastischer Arzt.«

»Eine phantastische Krankenschwester. Aber das bist du auch, was das anlangt.«

Es schien Jahne, als habe sie seit Jahrzehnten nicht mehr als Krankenschwester gearbeitet.

»Geht es dir besser?«

»Viel besser. Ich kann es noch gar nicht fassen, aber ich glaube, ich bin wieder ganz in Ordnung.«

»Da wäre jemand, der dich gern sehen möchte. Er hat praktisch seit drei Tagen im Gang campiert. Ich wollte meine Kompetenzen nicht überschreiten, indem ich ihn fortschickte.«

»Sam?« fragte sie, und Brewster nickte.

»Möchtest du ihn sehen, oder soll ich ihn fortschicken?«

»Ich habe ihn schon einmal fortgeschickt. Jetzt stelle ich mich ihm lieber. Tut mir leid.«

»Das braucht dir nicht leid zu tun. Es geht um dein Leben, Jahne. Es gibt nichts, weswegen du dich entschuldigen müßtest. Du schuldest mir nichts.« Er ging zur Tür.

Ich muß katastrophal aussehen, dachte Jahne und ärgerte sich sofort über sich selbst. Denn wen kümmerte das schon? Sam etwa? Er zählte nicht mehr.

Sie blickte hoch. Sam war leise eingetreten. »Geht es dir gut? Ich konnte es kaum glauben und mußte dich mit eigenen Augen sehen. Geht es dir wirklich gut?« Sie nickte. Sam stand neben ihrem Bett. »Als ich den Mord auf dem Bildschirm sah, erkannte ich, daß ich es nicht überleben würde, wäre dir etwas passiert. Mary Jane, ich… ich weiß nicht, was ich sagen soll, damit du zu mir zurückkommst. Aber ich weiß, daß es niemanden, absolut niemanden auf der Welt gibt, den ich heiraten will außer dir.«

»Mich heiraten? Ich sollte dich heiraten? Ich möchte dich nie wiedersehen.«

»Ich weiß, daß das deine Einstellung wegen *Birth of a Star* war. Das hat dich getroffen. Aber jetzt siehst du doch sicher ein, daß es nötig war, um…«

»Bist du übergeschnappt? Bist du vollständig verrückt geworden?«

»Bitte, hör mir zu. Wir haben beide Dinge getan, auf die wir nicht stolz sein können. Aber es ist noch nicht zu spät.«

»Darin irrst du dich um zweihundert Prozent. Es ist Jahre zu spät.«

»Jahne, was du gesagt hast, jedes einzelne Wort, stimmte.

Ich habe lange nachgedacht. Jetzt weiß ich, was ich will: dich. Nur dich. Laß uns alles andere vergessen. Das Leben ist zu kurz, um es zu vergeuden.« Er nahm ihre Hand.

Jahne betrachtete ihn eindringlich. Was hatte sie eigentlich an ihm geliebt? Sein Aussehen? Seinen Egoismus? Sein leichtlebiges, oberflächliches Naturell? Seinen Witz? War sie nicht selbst unglaublich seicht gewesen, daß sie ihre Gefühle an einen Mann wie ihn verschwendete?

»Du hast recht. Das Leben ist kurz, und man darf es nicht vergeuden«, bestätigte sie. »Darum werde ich auch keine Minute mehr mit dir verbringen.«

Erst am dritten Tag erlaubte Brewster Jahne, die Nachrichten selbst im Fernsehen zu verfolgen. Es lief die Sendung *Entertainment Tonight*, die sich mit dem Mord befaßte. Jahne sah sich, Lila und Sharleen beim Eintreffen in dem Theater. Sie sah sich in Nahaufnahme unter den geladenen Gästen. Es war makaber. Wer wollte sich so etwas anschauen? Warum schaltete überhaupt jemand eine solche Sendung ein? Um den Tod eines Idols zu verfolgen? Eines falschen Idols obendrein. Arme Lila. Jahne fühlte Übelkeit in sich hochsteigen.
»Als Arzt werde ich dir die Medizin verschreiben, auf die meine Mutter immer schwor«, erklärte Brewster lächelnd. Er telefonierte nach dem Zimmerservice.

Jahne trank gerade ein Glas Ginger Ale, als sie zum erstenmal den Schützen sah. Sie brachten eine Nahaufnahme von Neil Morelli.

16.

Jahne verabschiedete sich von Brewster an ihrer Haustür. Der Abschied am Flughafen wäre über ihre Kraft gegangen, weil er sie zu sehr an den Abschied von Neil damals in New York erinnert hätte. Sie fröstelte.

»Frierst du?« fragte Brewster. Seine Fürsorge rührte sie. Doch nach dem Frost, der sich über ihr Leben gelegt hatte, hätte Winter sein müssen – wäre man nicht in Hollywood gewesen. Da ist man herzlos. Die Luft war mild.

»Nein, es geht mir gut.« Doch Jahne war nicht sicher, ob das auch so bleiben würde. »Brewster, ich weiß nicht, wie ich dir je werde danken können.«

»Das tust du gerade.« Er sah auf seine Schuhspitzen.

»Du hast mehr verdient als bloße Worte.«

»Dafür gibt es doch Freunde.« Er küßte sie sehr behutsam auf die Lippen. Dann ließ er sie allein.

Jahne kehrte ins Haus zurück. Ihre Lippen brannten. Seit Sam hatte sie niemanden mehr geküßt, und sie merkte jetzt, wie gut es sich anfühlte. Etwas von ihrer Verkrampfung wich. Doch dann erinnerte sie sich wieder an Lila. Jahne nahm ihre Katze auf den Arm und setzte sich mit ihr aufs Sofa. Sie begann, eine Liste aufzustellen. Es gab noch viel zu tun.

Das Telefon klingelte. Jahne wußte nicht, ob sie abheben sollte oder nicht. Doch sie brauchte es nicht zu entscheiden. Der Sicherheitsmann von La Brecque machte das für sie. Er stand an der Tür und rief ihr zu. »Es ist jemand namens Sam. Möchten Sie den Anruf entgegennehmen?«

Jahne erstarrte. Was wollte der denn noch? Sie schüttelte den Kopf – nicht in Beantwortung der Frage, sondern über sich selbst. »Ich werde mit ihm sprechen.« Sie griff nach dem Hörer.

»Mary Jane, bist du es?«

»Ja.«

Sam zögerte. »Es geht hier um Berufliches. Ich weiß nicht, wie du zu mir stehst, aber ich glaube, wir müssen uns über manches unterhalten. Unter anderem unterzeichne ich einen Vertrag über drei Filme mit Paramount. Und ich möchte dich für die Hauptrolle in dem ersten dieser Filme gewinnen.«

Nun schwieg Jahne. Hollywood. Sie hätte fast verächtlich geschnaubt. Es war eine Stadt, in der der Teufel sich als Produzent maskiert und mit drei Filmen für Paramount lockt. Wer war dieser Typ am anderen Ende der Leitung? Wer glaubte er zu sein, und für wen hielt er sie?

»Tut mir leid. Das Heimchen macht das nicht mehr.«

Seine Stimme ging um einige Tonlagen tiefer. Er brachte seine schauspielerischen Qualitäten ins Spiel. War er verrückt oder nur der gefühlloseste Mensch Amerikas? »Es kann wie früher werden. Ich arbeite an dem Drehbuch, und das ist wirklich gut, Jahne. Wirklich. Es geht um einen Rennfahrer, der die Frau, die er liebt, fast verliert, weil er seinen Sport nicht aufgeben will.« Er legte eine Pause ein, während Jahne schwieg. »Ich weiß, das klingt simpel, aber im Text ist es das nicht.« Wieder ließ er einige Sekunden verstreichen. Erst dann sprach er mit seiner richtigen Stimme: »Wir könnten gut sein zusammen, Jahne«, sagte er.

Sehr behutsam legte sie den Hörer auf.

17.

Sie spielten noch immer den verdammten Song. Sy Ortis verlor fast die Herrschaft über seinen Wagen, weil er an seinem Autoradio herumspielte, auf der Suche nach einem anderen Sender. Doch der Song wurde auf allen Kanälen gespielt. Seit der Schießerei hörte man den Song der Kins über weibliche Hochstapler. Als nächstes kam die idiotische Parodie von Al Yankovic auf Lila, die er auch noch »Lila« nannte. Dabei ließ sich dem Original kaum noch etwas hinzufügen.

Jeder spielte verrückt. Die Sponsoren, die Presse, das Studio. Kurz, ganz Hollywood wollte an *Three for the Road* mitverdienen oder aussteigen. Und diese alte Hure, Laura Richie, hatte die Stirn, ihn nachts zu Hause über sein Privattelefon anzurufen und ihn zu fragen, ob er Jahne Moore oder Lila schon mal nackt gesehen habe.

Als Sy Ortis zur Rezeption kam, hatte der Kerl am Tresen eine aufgeschlagene Ausgabe des *Informer* vor sich, mit dem marktschreierisch aufgemachten Titel: »Skandal beendet *Three for the Road*.«

Seine Sekretärin erwartete Sy schon. »Haben Sie etwas von Mr. DiGennaro gehört?«

»Nein. Er steht noch unter Beruhigungsmitteln. Doch das Krankenhaus hat wegen des Befindens von Miss… ich meine Mr. Kyle angerufen. Er ist tot.«

»Na und? Was kümmert das mich?« bellte Sy Ortis. »Diese Hündin, ich meine, dieser Sohn einer Hündin war ohnehin schon so gut wie tot.« Sy bekam keine Luft mehr. Er eilte in sein Büro und suchte nach seinem Spray. Seine Brust fühlte sich an, als würde sie gleich zerspringen. Wenn er nicht aufpaßte, lag er bald in dem Leichenschauhaus neben diesem Miststück. Seinen Schreibtisch zierten unzählige rosa Notizzettel. Er sah sie durch. Alles Kunden und wahrscheinlich bald Ex-Kunden, wie er vermutete. Angeblich wollten all diese *niños de las putas* – in Gedanken benutzte er lieber die spanische Sprache für diese Hurenkinder – über Verfahrensfragen sprechen. Es gab eben keine Loyalität mehr, keinen Sinn für Geschichte bei diesen Schweinen. Nun würden sie alle in die Arme der anderen Agenten stürzen.

Totaler Zerfall. Marty hatte einen Nervenzusammenbruch erlitten. Die Blondine war pervers. Jahne Moore war das Ergebnis von chirurgischen Machenschaften und Lila Kyle war ein Mann. Der Sender brodelte. Die Sponsoren stiegen aus. Sy mußte von Glück sagen, wenn die Fabrikanten ihm nicht den letzten Penny aus den Taschen klagten. Er rechnete mit Millionenverlusten.

Doch das war noch nicht das Schlimmste. Hollywood bestand aus Luftblasen. War man gut im Geschäft, dann lief es, war man es nicht, dann existierte man nicht mehr. Sy ahnte, wie ihn die Leute künftig ansehen würden. Er stellte sich ihr verstecktes Grinsen vor, wenn er ein Lokal betrat. Er glaubte es sehen und hören zu können.

Darum mußte er sich um Schadensbegrenzung kümmern. Sofort. Wenn es dafür nicht schon zu spät war. Immerhin ließ sich Jahne Moore noch retten. *Birth of a Star* lief nach wie vor bombig. Sie konnte auch andere Rollen spielen. Immerhin ließ sich eine Weile lang von dem Neugierfaktor zehren. Vor kurzem hatte Sy ein Drehbuch über eine Prostituierte gelesen, die zwei Kinder adoptiert. Daraus ließ sich etwas machen. Inzwischen wollte er den *Informer* verklagen und

Laura Richie, diese Hündin. Nein, das Klagen dauerte zu lang und kostete zuviel. Er runzelte die Stirn.

Plötzlich fiel ihm etwas ein. Er brauchte frisches Blut. Das ließ sich immer beschaffen. Außerdem gab es noch die Familie Smith. Offensichtlich war Dean doch nicht der Bruder dieser Provinzgöre. Also mußte man für Sharleen die Revolverblätter verklagen. Vielleicht brachte er Sharleen auch dazu, daß sie sich verlobte, besser noch, heiratete. Damit wurde man die frömmelnden Heuchler und Moralprediger wieder los. Blieb nur Lila. Marty mußte natürlich wieder auf Vordermann gebracht werden. Dann ließ sich auch Lila ersetzen.

Sy dachte daran, daß er vor einer Woche erwogen hatte, Sharleen und Jahne fallen zu lassen. Nun mußte er eben auf Lila verzichten und die beiden anderen behalten. Auch mit zwei von den dreien hatte die Serie gute Aussichten, erfolgreich zu bleiben.

Darum lief am Ende der Faden wieder zu Marty. Momentan war er nicht zurechnungsfähig. Sy hoffte, daß ihm einige Wochen in dem Sanatorium ausreichten. Wenn nicht, kam auch der Regieassistent von *Birth of a Star*, A. Joel Grossman, in Frage.

Der Belagerungszustand, dem Sy Ortis und seine Firma »Early Artists« ausgesetzt wurden, dauerte vier Tage. Die Medien, die Filmleute, der Sender und die Sponsoren mußten abgewimmelt werden. Offenbar hielt es jeder für seine Pflicht, anzurufen und sich in Szene zu setzen. Die Einschaltquote für *Three for the Road* war dennoch in die Höhe geschnellt, genau wie Sy es Hyram Flanders vorhergesagt hatte.

Die Sprechanlage summte. »Miss Moore ist hier und möchte Sie sprechen.«

»Okay.« Heilige Muttergottes, er hatte keine Lust auf diese nervige Tante, die ständig eigene Ansichten vertrat. Zumindest brauchte Sy nicht zu befürchten, daß sie hysterisch wurde. Er hatte die Begabten erlebt, wenn sie zum erstenmal merkten, daß die Öffentlichkeit nicht nur gibt, sondern auch nimmt. Diese Erkenntnis hatte Crystal klein und bescheiden gemacht. Sy mochte es, wenn seine Talente bescheiden wurden. Das machte sie respektvoller. Man mußte natürlich aufpassen, daß sie nicht durchdrehten. Das war eine Gefahr.

Jahne Moore würde sich zwar Sorgen machen, aber nicht durchdrehen, dachte Sy. Sie hatte sich ja vermutlich inzwischen von ihrer Überraschung wegen *Birth of a Star* erholt und eingesehen, wie recht er gehabt hatte, als er sagte, es würde ein Schlager werden, und sie solle mit dem Fernsehen weitermachen. Außerdem wollten *Playboy* und *Penthouse* eine Fotoserie über sie bringen – selbstverständlich mit einem Sonderentgelt für Sy. Damit ließ sich das ganze Gerede von wegen Chirurgie entkräften. Ein kluger Schachzug. Jahne würde zufrieden sein. Sy machte sich bereit, ein besorgtes Talent zu besänftigen.

Jahne machte allerdings keinen besorgten Eindruck. Sie sah schön aus wie immer und war die Ruhe in Person. Sie trug die verdammten Jeans mit einem einfachen weißen Sweater. Unwillkürlich dachte Sy daran, was unter dem Sweather war. Er lächelte. Sie erwiderte das Lächeln nicht. Was stimmte denn nun nicht mit dieser Hure?

»Hallo Sy.« Sie setzte sich ihm gegenüber. »Ich möchte meine Option ausüben.«

»Welche Option?«

»Ich möchte aus *Three for the Road* aussteigen.«

»Wie bitte?«

»Ich steige aus, Sy. Das darf ich laut Kontrakt. Und auf diesen Passus komme ich jetzt zurück.«

Was sollte diese Scheiße nun wieder? Sy kniff die Augen zusammen. »Sie haben jetzt natürlich eine Menge anderer Offerten. Das ist mir klar. Einige Angebote hatte ich ja selbst auf dem Tisch. Aber wir wollen doch das Kind nicht mit dem Bad ausschütten.«

»Wie Sie es auch nennen möchten: Ich kündige. Ich kündige den Vertrag mit *Three for the Road*, übernehme keine Filmrollen, stelle mich keinen Kosmetikanzeigen mehr, eröffne keine Einkaufspassagen. Ich steige aus dem Geschäft aus.«

Sys Sekretärin steckte den Kopf zur Tür herein und meldete Sy: »Ihre Frau ist am Apparat.«

Er drückte auf den Knopf, den seine Sekretärin ihm zeigte.

»Was?« schrie er. »Nein. Wag es nicht, in den Club zu gehen. Du wirst mit niemandem sprechen. Nein. Besonders nicht mit Anne.« Anne war mit seiner Frau befreundet und mit einem Reporter der *L.A.Times* verheiratet. »Dann bist du eben einsam!« Er legte auf und widmete sich wieder Jahne Moore.

»Sie sind noch immer wegen *Birth of a Star* aufgebracht«, begann er, so ruhig es ihm gelingen wollte. »Außerdem hat Sie der Todesfall aufgeregt. Aber das ist jetzt nur eine Überreaktion, die begreiflich ist. Sie sind sensibel wie alle Künstlerinnen. Sie müssen das als eine Herausforderung betrachten.«

»Sparen Sie sich die Mühe. Ich gehe.«

»Jahne, hören Sie mir zu. Ich habe eine tolle Idee, wie wir es ihnen alles zeigen können. Ich habe mit Guccione gesprochen. Wir werden ihnen beweisen, daß all die Gerüchte nichts als ein Haufen Lügen sind. Übertreibungen. Wir machen eine Fotoserie. Acht Seiten. Bob sagt, er wird die Aufnahmen selbst machen. Sie werden phantastisch herauskommen. Sensationell. Größer als je zuvor. Und danach können Sie sich Ihre Rolle aussuchen.«

Lachend schüttelte sie den Kopf.

»Sie verstehen offenbar nicht, was ich Ihnen sagen will, Jahne. Wissen Sie, hier hat schließlich jeder gewisse kosmetische Korrekturen hinter sich. Dessen braucht man sich nicht zu schämen. Mir ist klar, daß Sie solche Aufnahmen nicht gern machen, und ich würde sie auch nicht empfehlen. Doch angesichts des Schadens, der ihrer Karriere zugefügt wurde, wird so eine Serie in einem guten Magazin…«

»Sy, *Penthouse* ist kein gutes Magazin, und Bob Guccione ist der Antichrist persönlich. Außerdem funktioniert es eben nicht. Die Narben sind zu deutlich.«

Sy umkrampfte sein Spray. »Wollen Sie damit behaupten, daß die Gerüchte alle wahr sind?«

Jahne sah ihn offen an. »Ja.«

»Sie haben also überall Narben? Wie Frankenstein?« fragte Ortis entgeistert.

»Diese Formulierung gefällt mir nicht sonderlich. Aber es stimmt. Ich habe viele Narben.«

»Also kein *Penthouse.*«

»Nein.« Jahne lächelte.

»Warum, zum Teufel, lächeln Sie?« keifte Sy unbeherrscht. »Sie drei waren Traumfleisch. Gott, ist das ein Alptraum. Wissen Sie, was das für Sie bedeutet?«

Jahne zuckte gleichgültig mit den Schultern. »Das Ende meiner Karriere als Sexbombe.« Sie kicherte.

Das dumme Luder kicherte! »Vielleicht endet damit Ihre Karriere auch vollständig. Sehen Sie das nicht ein? Die Illusion ist doch fort. Die Leute werden Sie auf dem Bildschirm sehen und sich fragen: Wo sind denn nun die Narben? Sie werden Sie wie hypnotisiert beobachten. Kein Produzent oder Regisseur wird Sie mehr nehmen wollen.«

Jahne lachte.

»Worüber, zum Teufel, lachen Sie eigentlich?« schrie Sy.

»Ich finde es irgendwie komisch. Eine Fernsehserie hat die drei Frauen mit dem meisten Sex-Appeal Amerikas herausgestellt. Was Sie so offenherzig mit Traumfleisch bezeichnen, ist in Wahrheit eine Art Frankenstein, eine, die mit ihrem Bruder schläft und eine dritte, die in Wirklichkeit ein Mann ist. Da läßt sich nicht mehr viel daraus machen, Sy, wie?«

18.

Eine solche Beerdigung gab es noch nie. Nicht bei Rudolph Valentino oder Jean Harlow. Nicht einmal bei Marilyn Monroe. Lila Kyles Beerdigung war Karneval und Medienorgie zugleich.

Es gab niemanden außer dem todunglücklichen Robbie Lyman, der sich um alles kümmerte. Theresa lag sturzbesoffen zu Hause, Sy Ortis wies alles weit von sich, Marty hielt sich in einer Privatklinik auf, und Ara Sagarian war tot. Geliebt von Millionen. Doch nun fand sich nur Robbie bereit, den Sarg für Lila auszusuchen und den Trauergottesdienst zu organisieren.

Robbie ließ von Bob Mackie ein lavendelfarbenes Kleid anferti-

gen. Da sie im Leben ein Mädchen gespielt hatte, sollte sie auch im Tod so gekleidet sein, meinte er. Doch die Farbe des Kleides paßte schlecht zu ihrem roten Haar. Trotzdem erschien ihr Bild so auf den Zeitschriften der ganzen Welt. Es gab etwa tausend Kränze und Blumengestecke.

Und Tausende verabschiedeten sich von ihr. »Sie waren ihre Fans«, weinte Robbie. »Lila liebte sie.« Doch nicht alle hatten Lila geliebt. Eine Frau versuchte, ihr das Make-up von dem toten Gesicht zu kratzen. Eine andere sprach Beschwörungsformeln an ihrem Sarg. Das Bestattungsinstitut errichtete eine Glaswand, um die Verstorbene vor der Berührung durch das Publikum zu schützen. So wirkte Lila wie ein Schneewittchen im gläsernen Sarg.

Schlimmer als die, die die tote Schauspielerin schändeten, waren die, die sie an dem Sarg verehrten. Hunderte junger Männer – manche auch nicht mehr so jung – erschienen in imitierter Lila-Kyle-Kleidung: hochhackige Schuhe, Make-up und langhaarige rote Perücke. Manche schrieen und wurden ohnmächtig beim Anblick der Leiche. Andere schluchzten. Viele mußten fortgebracht werden. Doch nachdem sie am Sarg vorbeidefiliert waren, liefen sie an das Ende der Schlange und stellten sich erneut an.

Auch die Teenager kamen zu Tausenden. Die Geschlechtsenthüllung schien den Mädchen nichts auszumachen. Vielleicht fanden sie das sogar gut.

Etwa zweihundert Wagen fuhren die lange Zeile von Forest Lawn entlang. Trotz dieser vielen Menschen hatte Lila nur einer wirklich gekannt: ihre »Tante« Robbie. Er mußte von dem Grab fortgetragen werden.

19.

Sein Geist umkreiste kleine Dinge. Banalitäten. Marty wußte, daß er eigentlich ganz in Ordnung war. Die Sonne warf wechselnde Bilder auf seine blütenweißen Laken. Seine Nachttischlampe hob sich schwarz von der Wand ab. Marty nahm sich eine Bananenscheibe von den Cornflakes.

Langsam bewegte Marty sich in Bademantel und Pantoffeln zum Fenster und blickte in den gepflegten Garten hinaus. Wahrscheinlich japanisch, dachte er. Alles war so ordentlich, so sauber. Das konnte nur Japan sein. Doch plötzlich kam die Erinnerung, und er verließ das Fenster.

Ein Schlüssel wurde im Türschloß herumgedreht. Die Schwester, deren Namen Marty vergessen hatte, erkundigte sich: »Wie geht es Ihnen heute, Mr. DiGennaro?« Sie nahm das Frühstückstablett vom Tisch. »Sie haben heute morgen sehr gut gegessen. Ihr Appetit kommt schon wieder.« Sie verließ das Zimmer und schloß von außen wieder ab. Marty blieb mit seinen Gedanken und der Stille allein.

Von einem Sessel im Queen-Anne-Stil aus blickte er wieder in den Garten. Plötzlich schossen ihm Tränen in die Augen und rannen ihm übers Gesicht. So saß er oft und weinte. Ganz genau wußte er nicht, warum. Doch er bemühte sich auch nicht aufzuhören.

Das Krankenhausbett war schon gemacht worden. Der imitierte Aubusson-Teppich war gesaugt, die Kommode nach Sheraton-Art sowie sein Nachttisch von Staub befreit worden. Das erledigten die Mädchen, während Marty vor dem Frühstück mit seiner Wassertherapie beschäftigt war. Der Service in diesem Haus beeindruckte ihn. Mußte ein gutes Hotel sein. Aller Kummer dieser Welt läßt sich durch einen Aufenthalt in einem Luxushotel überwinden, egal wo es sich befindet, dachte er.

Er blieb in dem Sessel sitzen und weinte. Mitunter, immer kurz bevor er seine Medikamente bekam, ging ein winziges Fenster in seinem Hirn auf, und er erinnerte sich. Lila. Sie war tot. Dann flossen die Tränen. Lila hatte ihn angelogen. Lila war ein Mann. Die Tränen flossen schneller.

Sie hätte nicht lügen müssen. Er hätte sie auch so geliebt. Doch so wurde er zum Homosexuellen. Und das war er nicht. Trotzdem hätten sie schon eine Möglichkeit gefunden. Die hatten sie im Grunde ja auch gefunden. Er hätte es hingenommen, wenn sie nur nicht gelogen hätte.

Er war nun zum Gespött von Hollywood geworden. Jeder bemitleidete ihn. Gerade das Mitleid schmerzte. Vielleicht war es auch die Tatsache, daß er Lila nun nie wiedersehen würde. Nein, er litt noch mehr darunter, daß er nun nie wieder würde arbeiten können. Er konnte nie wieder Schönheit auf der Leinwand oder dem Bildschirm erschaffen. Das schmerzte am meisten.

20.

Monica Flanders stand hochaufgerichtet vor ihrem zusammengesunkenen Sohn Hyram. Bei ihrer Größe von kaum einsfünfzig konnte man einen anderen nicht leicht überragen. Doch Monica gelang das erstaunlich gut.

»Erst stellen wir fest, daß die Blondine mit ihrem Bruder schläft…«

»Es war nicht ihr Bruder, Ma«, warf Hyram ein.

»Ach, ich bitte um Entschuldigung!« höhnte Monica. »Sie hat selbst erst vor kurzem festgestellt, daß er nicht ihr Bruder war. Das erleichtert mich ja ungemein. Dann entdeckt die Welt, daß die Dunkle ein Monster ist.« Monica holte tief Luft, genau wie Hyram.

»Kein Monster, Ma. Nur die Patientin eines Arztes für plastische Chirurgie. Du hast selbst…«

»Ich habe nie ausgesehen wie sie«, unterbrach Monica ihn scharf. »Sie war ein Nichts. Ein häßliches Wesen. Und sie repräsentiert Flanders Cosmetics. Als ob das nicht genug wäre, haben wir außer einer Perversen und einem Fleischkloß noch eine Mißgeburt. Einen Transvestiten, der unsere Frauen davon überzeugt, daß sie unseren Lippenstift benutzen sollen. Super, Hyram. Ideal. Eine großartige Idee, die du da gehabt hast.«

»Mutter, die Show hatte die höchsten Einschaltquoten, die es je im Fernsehen gegeben hat.«

»Es ist eine Show der Ungeheuerlichkeiten. Ich pfeif auf die Einschaltquoten, Hyram. Sag mir was über den Verkauf.«

»Nun ja, du mußt damit rechnen, daß er etwas zurückgeht…«

»Hyram, du bist wirklich und wahrhaftig ein Rindvieh. Auch wenn man in Betracht zeiht, daß der größte Fehler meines Lebens der war, dich zu meinem Nachfolger zu machen, glaube ich, daß du noch immer nichts kapierst. Die Kosmetikserie ist gestorben. Die kannst du vergessen. Keine Frau wird diese Produkte je wieder kaufen. Wir verkaufen Träume, Hyram, nicht Alpträume. Wie es so schön heißt: Das Fest ist aus.«

»Aber wir haben fast hundert Millionen Dollar in das Zeug investiert.«

»Trag die Verluste wie ein großer Junge, Hyram.«

»Bist du verrückt, Mutter? Wir werden für Lila Kyle einen Ersatz finden. Wir verändern die Anzeigen. Wir könnten sogar die beiden anderen ersetzen. Aber wir müssen die Produktserie behalten, Mutter.«

»Zieh unser Sponsoring zurück. Mach die Verlustrechnung auf, und entwickle eine neue Serie, Hyram.«

Er stand auf. »Ich werde den Verlust nicht einstecken. Nicht in meinem ersten Jahr als Präsident. Mutter, es ist mir absolut ernst. Ich werde das ausfechten. Ich bringe es vor den Aufsichtsrat und werde meinen Standpunkt durchsetzen. Sie sehen es bestimmt nicht wie du.«

»Das werden sie doch, Hyram. Und sie werden sich auch daran erinnern, wer sie auf den Gedanken gebracht hat. Tu es nicht. Es wird dir leid tun.«

Doch er hörte nicht auf seine Mutter. Und es würde ihm noch leid tun.

21.

Jahne saß auf der Veranda von Sharleens Haus, inmitten von verpackten Möbeln und Geschirr. Die beiden Freundinnen hatten eine ganze Zeit geschwiegen. Die Sonne sank hinter dem Smog des Tals tiefer und erzeugte einen grandiosen Sonnenuntergang.

»Umweltverschmutzung und Staub erzeugen diese Farben«, sagte Jahne.

»Also ist auch Schmutz für etwas gut.«

»Ja, und ich dachte, der Schmutz, der über uns geschrieben wird, sei nutzlos.«

»Nie!« widersprach Sharleen. »Wo denkst du hin? Wir haben unser Geschirr damit eingewickelt. Und in Wyoming werden wir ihn dazu verwenden, Feuer zu machen und den Garten zu mulchen.« Sharleen schmunzelte. Dann blickte sie wieder zu der Farbenpalette am Himmel. »Sieht wirklich toll aus. Gut, daß es jeden Abend so einen Sonnenuntergang geben kann.« Sie seufzte. »Es fällt mir noch immer schwer, daran zu glauben, daß Lila tot ist. Sie wird keinen schönen Himmel mehr erleben. Irgendwie ist das so ungeheuerlich. Wer hätte sie je für einen Mann gehalten?«

»Sie war ja auch kein richtiger Mann, auch wenn sie gewisse Anlagen dazu hatte.«

»Jetzt wissen wir auch, warum sie so gemein war. Ich denke mir, sie war einfach unglücklich. Wie kann eine Mutter das ihrem Kind antun?«

»Ich möchte wissen, was Marty mit ihr angestellt hat. Ich meine, sie muß ihm ja wirklich allerhand vorgemacht haben. Sonst hätte er sie ja kaum als Frau akzeptiert. Ich habe schon manchmal einen Orgasmus vorgetäuscht, aber nie ein falsches Geschlecht.«

»Wie?«

»Hast du etwa noch nie jemand einen Orgasmus vorgespielt?«

»Warum denn? Was hätte ich davon?« fragte Sharleen.

»Damit du nicht so unter Druck stehst oder er nicht unter Druck steht. Um Schluß zu machen, wenn es langweilig wird. Du weißt schon.«

»Nein, ich weiß gar nichts«, gestand Sharleen. »Ich habe nicht mit vielen Männern geschlafen, aber ich habe niemals etwas vorgetäuscht, was ich nicht gefühlt habe. Das wäre doch wie eine Lüge.«

»Da hast du sicher recht, Sharleen. Aber die meisten Frauen machen es.«

»Ich verstehe nichts von Sex«, fand Sharleen. »Ich habe mich so lange wegen Dean und mir geschämt, daß es mir nun schwerfällt, damit aufzuhören, weil es nichts zum Schämen gibt. Weißt du, auch damals, als ich noch glaubte, es wäre unrecht, hatte ich immer das Gefühl, wir machten es richtig. Manchmal war es das einzige in meinem Leben, was ich gut fand.«

»Du wirst das Schuldgefühl restlos überwinden. Du mußt dir nur immer wieder sagen, daß es dafür keine Grundlage gibt.«

»Auch wenn er nicht mein Bruder ist, kommt er mir noch so vor. Und das gefällt mir eben. Wir sind wie Blutsverwandte, verstehst du? Wir kennen uns richtig. Doch nun schäme ich mich nicht mehr. Klar weiß ich, was die anderen sagen und denken werden. Aber das berührt mich nicht. Denn, was wir getan haben, und was wir sind, hat sich von Anfang an richtig angefühlt. Sex mit anderen Männern ist anders. Da sind sozusagen zwei verschiedenen Arten im Bett. Ihre Art und unsere Art. Sogar mit Boyd und dann mit Michael McLain habe ich diesen Wettstreit empfunden.«

Jahne dachte an Michael und Sam und nickte.

»Und mit Dean ist das eben nicht so. Da habe ich nicht den Eindruck, er oder ich müßten etwas Besonderes tun. Es gibt keinen Wettstreit. Es sind nur wir, und wir sind eins. Das ist nicht so aufregend wie mit Michael. Das gebe ich zu. Und eine Weile lang hat mich das auch durcheinandergebracht. Aber jetzt bin ich sicher: Auch wenn es nicht Sex ist, wie er sein sollte, ist es Sex, wie Dean und ich ihn mögen.« Tränen traten in die bezaubernden Augen des Mädchens, als sie Jahne unsicher ansah.

Plötzlich wurde Jahne unheimlich neidisch. Denn für sie hatte es immer nur den Kampf zwischen ihr und den Liebhabern gegeben. Kampf um Besitz, um das Dominieren, um die Freiheit. Die Schlacht der Geschlechter. Stets war der Aufregung die Enttäuschung gefolgt, die Einsamkeit und das Gefühl, betrogen worden zu sein. Immer. Niemand ist je auf meiner Seite gestanden, dachte sie. Außer vielleicht Neil. Doch er war nicht aufregend und nicht ansehnlich genug für Jahne gewesen. Sie hatte nie mit ihm geschlafen. Nun war es für Neil wohl zu spät. Vielleicht auch zu spät für Jahne.

Sie betrachtete ihre schöne junge Freundin, die ein so einfaches, ehrliches Gemüt hatte und so rein war wie frischgefallener Schnee. Sie dachte an die vielen Ratschläge, die sie Sharleen gegeben hatte. Herablassend hatte Jahne sich gegenüber der jüngeren Kollegin benommen. Das machte sie jetzt verlegen.

»Was wirst du jetzt machen?« fragte Jahne.

»Wir nehmen meinen Freund beim Wort. Dean und ich. Wir ziehen mit Dobe nach Wyoming. Wir sind ja Partner auf einem Stück Land, das er gekauft hat. Dean und ich werden später heiraten.«

»Du gehst also, ohne einen Blick zurück?«

»Sicher doch! Und ich werde glücklich werden. Der Schuß hätte auch mich treffen können oder dich.«

»Wirst du nichts vermissen? Du wirst dann nicht mehr im Mittelpunkt stehen wie jetzt. Dann gibt es keine Spannung mehr. Nur noch den Alltag.«

»Vermissen werde ich es bestimmt. So wie früher wird es nie wieder sein. Das wissen wir beide. Doch so wahnsinnig viel Geld bleibt am Ende ja auch nicht übrig. Viel ging für Steuern und Honorare drauf. Das Haus war so stark belastet, daß wir viel an Zinsen und Tilgung zahlen mußten. Sieht ganz so aus, als wäre nur Mr. Ortis der große Absahner. Der wird mir nicht fehlen. Ich habe meine Stiefmutter mehr vermißt, als sie bei uns war, als in der Zeit ihres Untertauchens, wenn du verstehst, was ich meine. Die Vorstellung, berühmt zu sein, wird mir bestimmt ein bißchen fehlen. Wäre ja unnatürlich, wenn es anders wäre. Aber das alles hier fehlt mir nicht.« Sie sah sich um. »Nur du wirst mir fehlen. Aber ich hoffe, du kommst uns besuchen.«

»Das verspreche ich dir.«

»Und was machst du? Bleibst du hier?«

»Ich muß noch einiges regeln.«

»Und danach?«

»Das weiß ich noch nicht.«

»Du bist auf unserer Ranch immer willkommen, Jahne.«

»Danke!« Gerührt fand Jahne, daß sie eine so gute und ehrliche Freundin nicht verdient habe. Um die gedrückte

Stimmung zu verscheuchen, scherzte sie: »Von nun an gibt es keine Crimson, Cara und Clover mehr.«

Sharleen ging auf Jahnes Stimmung ein. Sie warf den Kopf zurück und pfiff. »Du irrst dich. Wir nehmen doch die drei Hunde mit.« Lachend streichelte sie den Kopf des ersten Hundes, der an ihr hochsprang.

22.

Jahne zog sich sorgfältig an. Wie für einen Termin zum Vorsprechen. Allerdings wußte sie selbst nicht, welche Rolle nun von ihr verlangt wurde. Die der guten Freundin? Dafür war es an sich zu spät. Die Rolle hatte sie Neil gegenüber viel zu lang vernachlässigt. Die Rolle der guten Fee? Doch Jahne taugte nicht dazu. Neil brauchte einen guten Psychiater und einen noch besseren Anwalt. Nichts sonst. Zumindest konnte sie Neil mit Geld aushelfen. Es sei denn, ihr Hilfsangebot kam schon zu spät.

Wahrscheinlich wird Neil nicht einmal ahnen, wer ich bin. Er wird mich ja nie als Mary Jane erkennen. Vielleicht will er mich nicht einmal sehen! Sie betrachtete sich im Spiegel ihres marmorgekachelten Badezimmers. Sie trug Jeans und einen weiten Pullover, den sie bei dem Kurzurlaub mit Sam in Nordkalifornien getragen hatte. Das Spiegelbild zeigte ihr eine schicke Frau, eine Frau, die bewundert wurde.

Auch das ist ein Vorteil des Ruhms, dachte Jahne, als sie den grüngefliesten Gang im Los Angeles County Gefängnis entlangging. Die Gefangenen durften nur von Verwandten und Anwälten besucht werden, auch wenn sich hier und da ein Reporter mit den entsprechenden Scheinen Zutritt verschaffte. Ein Filmstar besaß offenbar schon von vornherein Sonderrechte.

Jahne hatte sich als Freund in der Familie ausgegeben. Der Gefängnisaufseher hatte sie nur um Fotos mit Autogrammen gebeten, die sie in weiser Voraussicht mitgenommen hatte.

Sie schenkte ihm auch zwei Karten für die Vorschau eines Films. Die Karten hatte sie vor einigen Tagen zugeschickt bekommen. Der Aufseher betrachtete Jahne genau. Sie ahnte, daß er nach Narben suchte. Eine stämmige Matrone filzte Jahne nach Waffen.

Jahne wurde in ein kleines Zimmer gebracht. Die Beleuchtung war grell. Ein zerkratzter Holztisch und vier alte Stühle möblierten den Raum. Neil saß mit dem Rücken zur Tür. Er trug einen orangefarbenen Trainingsanzug. Als er sich zu ihr umwandte, sah sie, daß sein Gesicht noch immer das Frettchenhafte hatte. Seine Augen wirkten verschleiert und lagen tief in den Höhlen.

Plötzlich stand er auf. »Veronica!« Er breitete die Arme aus. Seine Augen wurden feucht.

Jahne faßte es kaum. Wie schnell Neil sie erkannt hatte! Trotz der Operationen. Trotz der langen Zeit, die sie sich nicht gesehen hatten. Trotz der ungewohnten Umgebung. Gehörte das zum Geheimnis der Liebe? Neil hatte Mary Jane geliebt, und er liebte sie noch immer. Sie umarmte ihn und setzte sich neben ihn an den Tisch.

»Verzeih, daß ich erst jetzt komme. Ich hatte Mühe, dich zu finden. Dein Telefon ist nicht eingetragen, und ich…«

»Das macht nichts, Veronica«, sagte Neil freundlich. »Das nehme ich dir nicht übel.«

Er wirkte gelassen, wenn auch etwas gedrückt. Wie soll man sich mit einem alten Freund unterhalten, der einen Mord auf dem Gewissen hat? Sollte sie überhaupt auf das Thema zu sprechen kommen?

»Was ist eigentlich passiert?« fragte sie behutsam.

»Sie haben einen Fehler gemacht. Das ist alles falsch gelaufen.«

»Was willst du damit sagen?« Jahne dachte an die Filmaufnahmen seiner Tat. Wollte Neil jetzt wirklich das Unschuldslamm herauskehren?

»Ich hatte nicht Jughead sein sollen, sondern Archie. Der, den jeder liebt. Das war der Fehler. Aber das ist jetzt in Ordnung gebracht worden. Roger hat es in Ordnung gebracht.

Es war nicht meine Schuld, daß das Mädchen erschossen wurde. Da hat jemand Mist gebaut. Dieser Johnny Burton. Der hätte gar nicht den Zeremonienmeister machen sollen, sondern ich.« Sein Blick wurde unruhig und flackerte irr.

»Das wird dir bestimmt vergeben werden«, flüsterte sie.

»Großartig!« brüllte er, den Kopf in den Nacken gelegt. Plötzlich veränderte sein Gesicht sich zu einer listigen Fratze. »Dann bekomme ich meine Show wieder, ja? Denn diese Sauerei verkrafte ich nicht mehr lang. Ich werde einfach nicht anerkannt und niemand respektiert mich. Das hält niemand auf Dauer aus. Ich bestimmt nicht.« Seine Stimme wurde noch lauter. Ganz übergangslos legte er den Kopf auf die Arme und weinte. »Du weißt ja gar nicht, wie das ist«, schluchzte er. »Im einen Moment fühlt man sich noch ganz dicht vor der Anerkennung, in der nächsten verliert man sie. Und dann ist alles plötzlich lieblos und kalt.«

»Doch, Neil, das verstehe ich gut.«

Sie strich sanft über seine Schulter. So saßen sie nebeneinander, während Neils Tränen flossen.

»Das tut mir so leid, Neil. Brauchst du etwas? Ich schicke dir, was du willst.«

»Ich brauche nichts.« Er hob den Kopf und wischte die Tränen ab.

»Was ist denn mit einem Anwalt? Ich könnte dir helfen...«

»Die Freundin meiner Schwester ist Anwältin. Diana. Außerdem ist ja auch noch Roger da. Der kümmert sich um alles.«

»Neil, ich möchte dir so gern helfen.«

Seine Miene veränderte sich dramatisch. Aus dem leeren, tränenfeuchten Lächeln wurde ein böses tierisches Grinsen. »Nicht Neil! Archie! Ich bin jetzt Archie. Bin richtig beliebt. Alle haben mich gern.«

»Gut, Archie«, versuchte sie, ihn zu besänftigen. Sein Ausbruch ängstigte sie. War er verrückt? Erkannte er sie überhaupt? »Wie behandelt man dich denn hier?«

»Ich bin der beliebteste Typ vom Riverdale High. Ich wurde schon zum Präsidenten der Seniorenklasse gewählt. Reggie ist gegen mich angetreten, aber ich habe gewonnen. Die

Wahl fiel einstimmig aus. Am Ende hat sogar Reggie mir seine Stimme gegeben.«

Jahne versuchte, über den dünnen Witz zu lachen. »Archie, wenn du wüßtest, wie traurig ich bin, daß deine Show abgesetzt wurde und du...«

Neil sprang auf. Sein Stuhl fiel polternd zu Boden. Jahne wich erschrocken zurück. Die Tür ging auf. Ein großer, schwarzgekleideter Gefängnisaufseher trat ein. Neil sagte nur: »Hallo, Veronica!« Er breitete die Arme aus, und seine Augen standen erneut voll Tränen.

Jahne mußte all ihre schauspielerischen Fähigkeiten aufbieten, damit sie nicht in Schluchzen ausbrach. Sie hörte noch eine Weile das unverständliche Stammeln ihres Freundes, der fortgebracht wurde. Neil hatte Jahne nämlich nicht erkannt. Er wußte nicht einmal, welcher Tag der Woche es war, wußte nichts über die Waffe oder seinen Todesschuß. Offenbar hatte er sich angewöhnt, jeden Veronica zu nennen. Das jedenfalls berichtete der Aufseher, der sie zum Ausgang begleitete. Neil hatte sich in seinem ganz privaten Gefängnis aus Schmerz eingekapselt. Sooft er aus seinem paranoiden, verblendeten Nebel auftauchte, überfielen ihn Schmerz und Panik, und die ließen sich schwerer ertragen als seine Wahnvorstellungen. An Neils Beispiel erkannte Jahne, warum die Menschen mitunter im Wahnsinn Zuflucht finden.

Wie viele Jahre würde Neil hinter Gittern verbringen müssen? Jahne wurde es übel bei dem Gedanken. Mary Jane und Neil hatten viele Gemeinsamkeiten gehabt. Sie wurden beide ohne die entsprechenden äußerlichen Vorzüge geboren. Beide waren klug und sensibel genug, um darunter zu leiden. Sie hatten ihr ganzes Leben versucht, die körperlichen Unzulänglichkeiten zu kompensieren. Am Ende hatte Neil versagt. Und damit wurde er nicht fertig. Ein magerer, komischer Kerl mit dem Gesicht eines Frettchens, dem niemand zuhören wollte, der keine Freunde besaß. Ein Mörder. Jahne schauderte. »Ach Neil, wie konntest du nur?« flüsterte sie.

Doch hätte Jahne damals in Scuderstown nicht beinahe das gleiche gemacht? Gemordet? Sie würde nie die Zeit nach der Beerdigung ihrer Großmutter vergessen. Ihr Versagen und die fehlende Anerkennung hatten sie fast so nah an den Abgrund getrieben wie Neil. Nur hatte Neil seinen Zorn nach außen abreagiert, statt Hand an sich selbst zu legen.

Armer, mitleiderregender Neil, arme, mutterlose, ungeliebte Mary Jane...

23.

Sam Shields setzte sich an das Ende einer Sitzreihe, wo er seine langen Beine ausstrecken konnte. Er hatte vergessen, wie unbequem die Sitze in einem normalen Kino sind. Neuerdings sah er Filme ja nur in privaten Vorführräumen.

Birth of a Star lief nun in der siebten Woche. Inzwischen hatte der Film weit über hundert Millionen eingespielt. Sam durfte davon drei Millionen auf sein Konto verbuchen. Er zog aus dem gemieteten Haus in sein erstes eigenes Heim, einen prächtigen Besitz in unmittelbarer Nähe des Hotels Bel Air. Er hatte sich zum beliebtesten Mann der Stadt gemausert. Jeder wollte ihn für seinen nächsten Film haben. Sam schwamm auf einer Woge von Popularität.

Der Kinoraum wurde dunkel. Der Vorspann lief. Ein junges Paar drängte sich an ihm vorbei zur Mitte der Reihe. Sie kuschelten sich aneinander, wie es die Amerikaner der Mittelklasse im Kino so machen. Die beiden, Anfang Zwanzig, saßen nur wenige Plätze neben Sam. Sam hatte die Publikumsreaktion einmal selbst miterleben wollen. Der Zufall bescherte ihm jetzt diese Möglichkeit.

Für eine Nachmittagsvorstellung hatten sich ungewöhnlich viele Zuschauer eingefunden.

Jahnes Bild erschien auf der Leinwand. Sie diskutierte mit dem Taxifahrer. Michael trat hinzu und half ihr. Das lief ganz gut, fand Sam.

April Irons wollte Sam für ein neues Projekt gewinnen. Es bestand kein Grund, ihren Vorschlag abzulehnen. Doch sie wollte ihm noch immer nicht die Gesamtverantwortung überlassen und behielt sich ein Einspruchsrecht vor. Im Kielwasser des Erfolgs von *Birth of a Star* verlor der Streit zwischen ihnen an Substanz.

Sam hatte den Film schon hunderte von Malen gesehen. Nun erlebte er ihn inmitten von »Rechtschaffenen«, wie Sy Ortis diese Gruppe von Menschen bezeichnete. Jahne und Michael – Judy und James im Film – hatten sich auf der Leinwand gerade zum erstenmal geküßt. Als James Judy die Bluse abstreifte, hörte Sam, wie das Publikum scharf Luft holte. Unauffällig warf Sam einen Blick zu dem Paar neben ihm. Der Mund des Jungen stand ein bißchen offen. Er wirkte wie hypnotisiert. Seine Freundin faßte nach seiner Hand und legte sie sich auf die Brust. Sam erschrak. Schmusten die Leute heutzutage denn noch in den Kinos?

Er wandte sich wieder der Leinwand zu. Die schöne Jahne kam ins Bild. Der Zauber der Szene übertrug sich auf das Publikum. Es wurde mäuschenstill, als James seinen ersten Liebesakt mit Judy vollzog.

Das kommt rüber, weil meine ohnmächtige Liebe und Wut hineingeschnitten wurden, dachte Sam. Ich habe sie geliebt und liebe sie noch. Jetzt könnte ich fast jede Frau haben. Doch ich werde nie wieder eine finden, die mich auch vor meinem Erfolg geliebt hat.

Die Liebesszene endete, nachdem die Kamera Adriennes nackten Po und Michaels sonnengebräunte Hand darauf gezeigt hatte. Die Illusion funktionierte bestens. Es sah aus, als sei das Jahne, die sich da ausgezogen hatte und geliebt wurde. Sam hörte einen tiefen Grunzlaut von dem Jungen neben ihm, als Michael seine Hosen auszog und über die Frau herfiel.

Die Hitze auf der Leinwand erfaßte das Publikum. »Gib's ihr«, rief einer. Sam wurde es schlecht. Seine Aufmerksamkeit pendelte zwischen dem Film und dem Publikum. Ihm wurde klar, daß er seine eigene Wut auf seine Mutter, seine Ex-Frau, Jahne und April in den Film eingebracht und Michael dazu als Werkzeug benutzt hatte. Die Liebesszenen wirkten heiß. Daran gab es keinen Zweifel. Doch darunter kochten Zorn und Angst. Im Grunde fehlte die echte Liebe. Der stürzende

Mann schlug während seines Falls nach der Frau. Seine Waffe war der Sex. Er liebte sie nicht. Er schlief mit ihr.

Im dunklen Kinoraum beobachtete Sam, was er Jahne angetan hatte und wie das auf das Publikum wirkte.

24.

Sharleen schloß die Tür ihres Hauses und sprang in die Fahrgastkabine von Dobes neuem Laster. Dean saß mit den vier Hunden auf dem Rücksitz. Nachdem sie das Tor passiert hatten, drehte er sich noch einmal um.

»Wirst du das vermissen, Dean?« fragte Sharleen.

»Ja, meinen Garten.« Es klang traurig.

Dobe blickte in den Rückspiegel. »Freust du dich nicht auf eine Farm? Das ist nicht nur ein Garten. Fast tausend Morgen, Dean.«

»Das ist ganz schön groß. Ich kann das nicht allein bewirtschaften«, wandte Dean ein.

Sharleen beruhigte ihn. »Dobe und ich werden dir helfen, Dean, nicht wahr, Dobe?«

»Klar. Darum mache ich das ja alles, damit ich mehr an die Luft komme und endlich einmal ehrliche, harte Arbeit leiste.« Er lachte.

Sharleen dachte an das, was sie zurückließ. Das Abschiednehmen fiel ihr nicht schwer. Denn nun hatte sie ja, was sie sich gewünscht hatte. Eine Ranch in Wyoming, Dean, Dobe und die Hunde. Sie würden viel arbeiten müssen, aber auch Spaß haben. Außerdem gab es im weiten Umkreis keine Menschen.

Auch kein Fernsehen, keine Interviews, keine Partys mit aufgetakelten Gästen, die einen mit falschen Komplimenten überschütteten, keine Zeitungen, keine Skandalmeldungen über Leute, die öffentlich bloßgestellt wurden, keine Lügen und keine Geheimnisse. Allerdings gab es auch nicht übermäßig viel Geld. Sys Buchhalter hatte von Managementgebühren, Anwaltshonoraren und Steuern geredet und dem

Anteil der Agentur an ihrem Einkommen. Da blieb nicht zuviel übrig. Doch ihr gehörte das Land, und sie besaßen die Möbel, die in einigen Tagen nachkommen würden. Damit besaßen sie mehr als die meisten Leute und mehr als Sharleen je erwartet hatte.

25.

Das aufzugeben, wird mich nicht hart ankommen, dachte Jahne. Sie packte ihre Kleidung in Koffer. Was verlor sie denn in Wirklichkeit? Die Rollen, die sie hatte spielen wollen, durfte sie nicht spielen. Früher hatte sie nur sogenannte Charakterrollen bekommen, nun die von nackten Zuckerpüppchen, von denen keine schauspielerischen Talente verlangt wurden, sondern Stöhnen, aufreizende Posen und viel Sex-Appeal. Angewidert hatte sie die Drehbücher, die man ihr gegeben hatte, gelesen. Durchweg Rollen, wie sie in Hollywood gefragt waren: Aussteiger, Huren, Opfer, verzweifelte Frauen und junge Mädchen, die in Schwierigkeiten geraten. Das wollte Amerika offenbar sehen.

Darauf konnte Jahne jedoch verzichten. Sie wußte nicht einmal mehr, warum sie unbedingt hatte Schauspielerin werden wollen. Jahne dachte an Neil. Genau wie er hatte sie als Kind nie ein gutes Wort gehört und keine Familie gehabt. Das hatte sie zur Bühne getrieben. Inmitten von Schminktiegeln und Menschen hatte sie sich eins mit dem Ensemble fühlen dürfen, das ihr als Familienersatz diente. Zumindest das Publikum zollte ihr Aufmerksamkeit. Und das war ihr wichtig gewesen: daß man sie zur Kenntnis nahm und lobte.

Es gab ihr einen schmerzhaften Stich in der Brust, sooft sie an die Jugendlichen in New York dachte, die danach gierten, gesehen, gehört, geliebt zu werden. Jahne hatte den Ruhm ausgekostet. Nun mochte er einer anderen zufallen. Sie hatte sich selbst auf der Suche nach dem Gral verleugnet. Dabei war es nicht einmal ein heiliger Gral gewesen, sondern ein ganz ordinärer.

Nicht Jahne allein trug die Schuld an dieser Entwicklung. Jede Fernsehshow, jede Zeitschrift, jeder Film hatte sie in diese Richtung gedrückt. Sei hübsch, beliebt, attraktiv, sexy! Nun wurde sie begehrt. Film und Fernsehserie gingen bald in den internationalen Verleih. Heute Scuderstown , morgen die ganze Welt. Ironie des Schicksals. Sie hatte es ihrer Großmutter, den Klassenkameradinnen, den Besetzungsagenten und Produzenten in New York zeigen wollen. Nun lebte ihre Großmutter nicht mehr. Jahne erinnerte sich nicht an die Namen ihrer Klassenkameradinnen in der High School. Und in New York kümmerte sich ohnehin niemand um sie.

Da sie schon einmal dabei war, mit ihrem Leben abzurechnen, machte sie gleich weiter. Die Bühne hatte sie darum so angezogen, weil sie Angst vor dem Leben hatte. Sie fürchtete sich vor der Alltagsroutine: Stellung, Ehemann, Familie. Jahne dachte an Sharleen und ihren mutigen Entschluß, nach Wyoming zu gehen und dort ein ganz normales Leben zu führen. Könnte ich das auch? fragte Jahne sich. Eine Rolle spielen ist leicht, eine Rolle leben jedoch schwer. Doch Jahne wollte keine Gefühle mehr spielen, sondern ihr Leben leben. Michael McLain hatte ihr beigebracht, worin der Unterschied zwischen einem Helden auf der Bühne und einem Schurken im Leben besteht.

Schurken gab es in L.A. genug. Alle spielten die Helden. Sy Ortis, Les Merchant, Hyram Flanders, Bob Levine, Michael McLain, Marty DiGennaro. Nicht zu vergessen Sam. Sie verkauften Traumfleisch.

Jahne betrachtete das Bild von sich und Sam, das neben ihrem Bett stand. Es war in Santa Cruz aufgenommen worden. Vor wenigen Monaten! Damals hatte Jahne noch an Sams Liebe geglaubt.

Wieder eine Erkenntnis: Sie war froh, diese Erfahrung mit Sam gemacht zu haben. Sie hatte sich nach Sam gesehnt, war zurückgewiesen worden und hatte darunter gelitten. Sie hatte alle Demütigung der Welt erlitten, die einem dicken, traurigen, klugen und sensiblen, häßlichen Mädchen widerfährt. Anders als die meisten, hatte sie sich verändern können. Doch Schönheit schützt nicht vor Verrat. Das hatten auch

Mai und Brewster Moore gesagt. Am Ende geriet die Schönheit den Frauen zum Fallstrick.

Jahne ging ins Badezimmer, um ihre Waschsachen einzupacken. Im Spiegel betrachtete sie ihr generalüberholtes Gesicht, von einem Künstler geschaffen. Teuer, symmetrisch, schön. Nur die Augen hatten sich nicht verändert. Die Augen eines kleinen Mädchens, das in einem Krankenhaus wartete, während seine blutüberströmte Mutter von Männern in weißen Kitteln fortgebracht wurde.

Auf Marmorplatten und in Schubladen drängten sich Flaschen, Tuben und Töpfchen, mit denen Schönheit erzeugt und erhalten werden sollte. Jahne schleuderte es samt und sonders auf den Boden. Emulsionen und Rouge vermischten sich mit Mascara, Moschusdüfte mit denen von Lavendel und Kräutern. Mit Lippenstift schrieb sie auf den Spiegel: Nie wieder. Das edle Badezimmer, eben noch ein Tempel für weibliche Verschönerungskünste, war ein Schlachtfeld geworden.

Nun lag Jahne auf der Couch in ihrem riesigen Wohnzimmer. Ein Zimmer zum Wohnen? Nein. Sie würde ihm nie nachtrauern. Was sollte sie nun tun? Nach New York zurückkehren? Wo konnte sie sich sicher fühlen?

Sie griff zum Telefon. Bitte sei da, betete Jahne. Sie stellte sich Brewster Moores Wohnung vor. Schlief er in einem Einzelbett, einem französischen oder einem Doppelbett? Schlief er allein? Bitte, lieber Gott, laß ihn allein schlafen!

»Hallo?«

»Brewster? Hier spricht Mary Jane.« Sie hörte, wie er hastig den Atem einzog. »Habe ich dich geweckt? Das tut mir leid.«

»Macht nichts. Ich habe schon sehr lange nicht mehr mit Mary Jane gesprochen.«

»Ich weiß. Auch mir ist sie fremd geworden. Brewster, es ist etwas geschehen… ich meine… ich wollte sagen, daß ich mich verändert habe…« Es klang albern und machte keinen Sinn. Brewster schwieg. »Wann mußt du wieder nach Honduras, Brewster?«

»Erst im nächsten Monat.«

»Brauchst du eine Krankenschwester?«

»Brauchst du eine Stellung?«

»Nein, aber ich hätte gern eine. Sehr, sehr gern sogar.«

Lachte er sie jetzt aus? Würde er sagen, daß sie nur eine Stümperin in dieser neuen Rolle sein und es auch nur als Zwischenstation betrachten würde?

»Ich weiß, daß dich die Frage überrascht, aber ich habe wohl schon lange darauf zugesteuert.«

»Den Eindruck habe ich auch.«

»Ich wäre noch immer eine gute Krankenschwester. Natürlich muß ich mein Wissen auffrischen. Da habe ich eine Menge vergessen. Ich verstehe auch nicht viel Spanisch, außer dem, was Raoul mir beigebracht hat.«

»Und das waren vorwiegend Flüche.«

»Ja.« Sie holte tief Luft. »Ich könnte bei den Kindern helfen. Das weiß ich. Vielleicht nicht im Operationssaal. Erst nach den Operationen. Und ich könnte Rat geben und trösten und denen helfen, die keine Gesichter mehr haben. Ich kann sie ansehen, Brewster. Das bedeutet ihnen viel, wie du mir gesagt hast. Es ist so wichtig, wenn man einen Menschen kennt, der einen sieht, wie man wirklich ist.« Tränen traten in ihren Augen. »Darf ich zu dir kommen, Brewster?« flüsterte sie.

»Willkommen an Bord«, antwortete er.

ANONYM II

Im Ernst! Ich würde alles hergeben, wenn ich dafür wieder anonym leben dürfte.

Kevin Costner

In Zukunft wird jeder fünfzehn Minuten lang weltberühmt sein.

Andy Warhol

Fünfzehn Minuten waren mehr als genug.

Jahne Moore

Hier bin ich wieder, Laura Richie. Natürlich war ich die ganze Zeit da, indem ich die Tatsachen berichtete und die Mosaiksteinchen der Geschichte zusammenfügte. Was für eine Story! Es ist nicht mein Verdienst, sie erfunden zu haben. Doch es ist meines, sie aufgezeichnet zu haben. Wer könnte so etwas schon erfinden? Ganz Amerika vergöttert drei falsche Sexidole: Eine, die es mit ihrem »Bruder« treibt, eine, die eine Art Frankenstein ist, und die dritte ist ein Mann! Man bräuchte dafür zu viele Ausrufungszeichen – ich gehe damit lieber sparsam um. Wie heißt es doch so schön? Das Leben schreibt die tollsten Geschichten. Sie können sich nicht beklagen, liebe Leserin: Für Ihre Mark haben Sie viel bekommen.

Drei Jahre habe ich mit den Recherchen für dieses Buch verbracht. Erst dann hatte ich die Teile des Puzzles zusammen. Dafür werde ich kaum den Pulitzer- oder einen anderen Literaturpreis erhalten. Doch das Buch stellte schon eine einmalige Reportage dar. Und wenn mich die Kritiker kleinkariert, spießig und boshaft schimpfen – was sie mit Sicherheit tun – verdrücke ich eine heimliche Träne am Bankschalter, wo ich meine nächsten Autorentantiemen gutschreiben lasse. Einen Vorschuß in siebenstelliger Höhe hat man mir schon überwiesen. Nancy, meine Sekretärin, hat eine so große Prämie von mir bekommen, daß sie ein kleines Appartement in San Diego anzahlen konnte. Sie geht nächsten Monat in Ruhestand. Sie schreibt mir noch diese letzte Fassung meines letzten Buches. Ich habe nämlich auch keine Lust mehr auf den Schmutz, die Geheimnisse und die Skandale, von denen Amerika so gern liest.

Doch Sie, verehrte Leserin, haben das Buch gekauft. Ich danke Ihnen dafür. Vielleicht erklären Sie den Kritikern und Reportern und Soziologen, woher die amerikanische Faszination am Klatsch über die Reichen und Berühmten stammt. Mir ist das ein Rätsel. Doch ich wußte, daß sich die Geschichte wie warme Semmeln verkaufen würde.

Auch ich, Laura Richie, Klatschkolumnistin der Sonderklasse, hatte mit der Story so meine Mühe. Lila, das arme Ding, konnte nichts mehr sagen. Sie – oder er – war nach der verrückten Beerdigung eingeäschert und ihre Asche in der Gruft neben ihrem Vater beigesetzt worden. Also kam auf mich eine Wartezeit zu. Denn oh-

ne Theresa brachte ich die Sache nicht zusammen. Zugegeben, das ist alles etwas makaber. Doch ich kenne mich mit den Gefeierten dieser Welt eben aus. Wenn sie einmal den Drogen Scheinwerferlicht und Ruhm verfallen sind, finden sie sich in der Dunkelheit nicht mehr zurecht. Darum ziehen sie letztendlich eine schlechte Presse dem Nichts vor. Ein Beispiel dafür ist auch Zsa Zsa Gabor.

Theresa lebte monatelang in totaler Abgeschiedenheit. Doch nachdem sich die Skandalpresse beruhigt hatte und der schlimmste Sturm verebbte, nachdem Robbie fort war und Theresa niemanden mehr hatte, vor dem sie sich produzieren konnte, niemanden, den sie mit ihren Leiden beeindrucken konnte, langweilte sie sich entsetzlich.

Das bewog sie am Ende zu sprechen. Vieles vom dem, was sie sagte, war gelogen, sollte vertuschen und war im Endeffekt Schrott. Doch sie trennte sich auch von dem, was nachprüfbar war. Für ein entsprechendes Honorar erzählte mir sogar Estrella, was sie wußte. Danach mußte Theresa ins Krankenhaus. Nicht ins Betty-Ford-Hospital. Dafür war es schon zu spät. Sie wurde mit Leberzirrhose im Endstadium in das »Cedars-Sinai« eingeliefert. Sie starb letztes Frühjahr.

Robbie hat jetzt eine florierende Buchhandlung in Aspen. Seine Kunden sind alle berühmt. Es dauerte etwas, bis ich Kevin auftrieb. Er redete wie ein Buch. Ich hatte Mühe, seinen Redeschwall zu stoppen.

Early Artist, Sy Ortis' Firma, ging natürlich kaputt. Seine drei Hauptkundinnen gab es nicht mehr, auch nicht mehr Michael McLain. Die anderen verließen seine Agentur in Scharen. Sy packte sein Geld und zog sich als sogenannter freischaffender Produzent in das Walhalla aller Ex-Agenten zurück. Sein Telefon wurde nie abgenommen.

Nachdem man Ara Sagarian im Flur des Krankenhauses schließlich fand, wurde er noch in der gleichen Woche wie Lila Kyle zu Grabe getragen. Sein Abgang wurde von dem von Lila überschattet, wie er auch im Leben von ihr unterdrückt worden war.

Es dauerte lang, bis ich Sharleen und Dean aufspürte. Anfangs hatte ich das Gefühl, sie seien vom Erdboden verschluckt worden. Nancy und ich haben viel recherchiert und einen Immobilienmakler im Butler County, Wyoming, ausfindig gemacht. Ich habe vier Wochen in einem einsamen Motel mitten in Nirgendwo verbracht, bis ich mit Sharleen zusammentraf. Die Ortsansässigen kannten ihren Namen nicht oder wollten nichts sagen. Nur in den ersten beiden Wochen litt ich unter dem Leben in dieser totalen Einsamkeit. Dann gefiel es mir. Denn es glich in nichts dem Leben in L.A. Es war sauber.

Einen Dauerurlaub konnte ich mir indessen nicht leisten. Darum wollte ich gerade die ganze Sache an den Nagel hängen und mich um die Familie Douglas kümmern, als meine Ungeschicklichkeit mir die Tür öffnete. Dazu muß ich sagen, daß eine unbefestigte Straße zu der Ranch führt. Die Ranch selbst war eingezäunt. Es gab keine Möglichkeit, hineinzugelangen. Das wußte ich. Mindestens ein dutzendmal war ich schon dort gewesen, allerdings vorwiegend, um von dieser Gebirgsstraße aus die herrliche Aussicht zu genießen. Hier gab es noch unverfälschte Natur.

Doch der Weg war ausgefahren. Nach einer Weile merkte ich, daß ich einen Platten hatte. Eine Reifenpanne auf einer Gebirgsstraße, dreißig Kilometer von der nächsten menschlichen Behausung entfernt. Und ich trug Schuhe mit hohen Absätzen!

Klar, ich bin kein Naturkind. Doch ich hatte Glück. Dean fand mich. Dieser reizende Mann hat mich zu sich nach Hause gebracht. Ich habe mit den dreien auf ihrer Ranch zu Mittag gegessen. Nach einem Monat hatte ich ihre ganze Geschichte.

Mit Minos Paige ging es leichter. Geld bringt die Menschen zum Reden. Ich erfuhr vieles von Minos, nachdem einer meiner Freunde vorbereitende Telefonate geführt hatte. Minos hat übrigens noch immer seine Lizenz.

Ricky Dunns nächster Film wurde ein Flop. Er heiratete Kiki Mansard, die neue Crystal Plenum. Als ihr Stern ebenfalls zu sinken begann, wurde Ricky zweimal wegen Drogenmißbrauchs und wegen tätlicher Angriffe auf Kiki verhaftet. Ricky arbeitet nicht mehr. McLain hatte ihn richtig eingeschätzt.

In anderer Hinsicht lag Michael mit seinen Beurteilungen schlechter. Er brauchte fünfzig Jahre, bis er sich zu einer Ehe entschied, aus der schließlich zwei Kinder hervorgingen. Vorher hatte Michael McLain erklärt, seine Frau ginge jungfräulich in die Ehe, und er habe sie bei der Abschlußfeier einer Klosterschule kennengelernt. Ich habe Mrs. Godowski auftreiben können und nach einigen

Kästen Bier trennte sie sich von ihren massiven Anschuldigungen. So erfuhr ich die Geschichte von Mrs. McLain, die ich aber nie gegen Michael ausspielte. Erst als Melvin Belli Adrienne in der Scheidungsklage vertrat, packte Michael von sich aus den Stier bei den Hörnern und machte eine Aussage. Er wollte unbedingt alle wissen lassen, daß seine Frau vor der Ehe eine Hure gewesen war. Sogar Michael McLain weiß, daß es besser ist, als Mann dazustehen, der von einer Frau hinters Licht geführt wurde, als arm zu sein. Und die Enthüllungen sparten ihm viel Geld. Offenbar hatte Adrienne während ihrer ganzen Ehe die Affäre mit A. Joel Grossman beibehalten. Das Kind war Joels Kind. Nach der Scheidung lebten er und Adrienne von Michaels Geld. A. Joel Grossman unterrichtete Filmtechnik an der California State University.

Crystal Plenum ließ Sy fallen. Der Zufall und etwas Glück spielten ihr ein gutes Drehbuch zu. Damit gelangte sie erneut an die Spitze. Angeblich darf sie auf einen Oscar hoffen.

Les Merchants Sender fiel wieder auf den dritten Platz zurück. Er wurde von den Aktionären abgewählt. Bob LeVine mußte International Studios verlassen. Doch sein Sohn Seymore, der River Road *finanziert hatte, machte sich selbständig und wurde erfolgreich.*

Der Erfolg hat viele Väter. Der Mißerfolg ist Waise. Niemand gab mehr zu, jemals etwas mit Three for the Road *zu tun gehabt zu haben. Erst im letzten Monat wurde der arme Marty aus dem Krankenhaus entlassen und zog sich vom Filmgeschäft völlig zurück.*

Die Spielerleidenschaft hat Paul Grasso endgültig eingeholt. Er lebt in Seattle und ließ sich von mir ausfragen, obwohl er das, was ich ihm dafür zahlte, früher als Trinkgeld abgelehnt hätte.

Monica Flanders starb im Schlaf. Vorher hatte allerdings ein erbitterter Kampf um ihre Nachfolge stattgefunden. Hyram mußte Flanders Cosmetics verlassen. Übrigens sah Monica im Sarg sagenhaft gut aus.

April Irons geht es blendend. Jeder, der das Geschäft kennt, wird es bestätigen. Sie hat mir verschiedene Interviews gegeben und ist Alleinherrscherin über das Studio.

Damit sind wir bei Sam Shields. Zwei seiner Filme fielen durch. Sein letzter scheint ein Hit zu werden. Wahrscheinlich haben Sie gelesen, daß er und April sich verloben wollen. Was für eine Liebesheirat steht da bevor!

Was es sonst noch an Informationen über die Story gibt, habe ich von meinem Mann erfahren. Ach, richtig, das muß ich noch nachtragen. Betrachten Sie es als Hochzeitsgeschenk von meinem Mann und mir an Sie. Allerdings interessiert sich die Öffentlichkeit nicht sonderlich für das Privatleben von Autorinnen wie ich eine bin. Jedenfalls habe ich so spät noch geheiratet. Als ich Dobe Samuels kennenlernte, wußte ich, daß er ein Ausnahmetyp ist. Und das bin ich ja in gewisser Hinsicht auch. Es hat sich gelohnt, auf ihn zu warten. Kurz bevor Sie dieses Buch lesen, heiraten wir im engsten Kreis. Dann bin ich Mrs. Dobe Samuels.

An der Hochzeit nahmen Brewster Moore und seine Frau Mary Jane teil. Er hat nie mit mir über meine Arbeit gesprochen. Wenn das Buch in den Handel kommt, möchte ich das gern nachholen und seine Meinung darüber hören. Doch seine Frau hat mir einiges erzählt. Mary Jane schätzt ihr Privatleben, und das hat sie in Honduras in reichlichem Maße, wenn ihr Adoptivsohn Raoul nicht gerade seine Schulfreunde mit nach Hause bringt. Es fiel mir nicht schwer, Mary Jane zum Reden zu bringen. Durch ihre Offenheit hoffte sie, sich von ihren Sünden reinzuwaschen. Vielleicht hat sie durch die Gespräche mit mir auch alles, was sie durchgemacht hat, besser verstanden.

Sie und Sharleen sind noch immer eng befreundet. Doch sie sehen sich nur im Sommer, wenn Mary Jane auf die Ranch kommt. Sharleen verläßt die Ranch nie. Ich werde es wohl auch nicht mehr tun. Mit dem Verkauf dieses Buches wollen Dobe und ich noch einmal dreitausend Morgen Land kaufen. Er hat ausgerechnet, daß wir mehr für die Ozonschicht der Atmosphäre tun können, als die Herstellung meiner Bücher ihr geschadet hat, wenn wir jährlich zweitausend Bäume pflanzen. Er hält es für keine schlechte Art, die restlichen Jahre zu verbringen und unseren wachsenden Wohlstand zu genießen. Mit dreitausend Morgen ist unser Lebensstandard zusätzlich gesichert.

Dobe hat auch erklärt, daß er auf keinem Quadratmeter dieses Bodens jemals einen Reporter oder irgend eine andere berühmte Person dulden wird.

Danksagung

Mein ganz besonderer Dank gebührt meiner Sekretärin Nancy Robinson, die mir gleichzeitig Kritikerin und Freundin war. Ohne ihre heitere und kluge Unterstützung wäre ich schon bei der zweiten Überarbeitung untergegangen, ganz zu schweigen von der dritten, vierten, fünften und sechsten. Mein herzlicher Dank geht auch an

Brendan Gunning für seine unvergleichliche redaktionelle Hilfe;

Todd Harris von der Agentur William Morris, der mich in Hollywood eingeführt hat und mir die Maxime beibrachte, wonach der Agent immer der Betrogene ist;

Dr. Michael Sachs, der von Frauen und Schönheit ebenso viel versteht wie von der ärztlichen Kunst;

Dr. Richard Gulian, für die Zeit, die er mir geopfert hat, indem er mir vieles erklärt hat, besonders im Hinblick auf die technischen Aspekte der plastischen Chirurgie;

Bill und Ann Johnson für ihre erste Beurteilung und ihre großzügigen Kommentare zu dem Entwurf;

Dwight Currie und Michael Kohlmann für ihre Freundschaft, ihren Humor und ihre Hilfe bei den Recherchen;

Ruth Bekker für ihre Insiderkenntnisse der New Yorker Bühnenwelt;

Diana Hellinger für ihren nie erlahmenden Enthusiasmus und ihre Ermutigung, die weit über normale Freundschaftshilfe hinausgingen;

Georgiana Francisco für ihre Insiderkenntnisse von L.A.;

Jane Scovell, die alles und jeden kennt und mir eine gute Kameradin ist;

Ellen Hall, die mir auf vielerlei Weise geholfen hat und meine Manuskripte immer wieder zur Post gebracht hat;

Mathilda Ducker, für ihre hilfreichen Vorschläge zur Gestaltung des ersten Kapitels;

und wie immer Curtis Laupheimer und Justine Kryvin für alles, was sie getan haben.

Zuletzt geht mein Dank an alle Frauen in Hollywood,

Schauspielerinnen und hinter den Kulissen arbeitende, die offen über ihre Erfahrungen und ihren Kummer mit mir sprachen, denn ihre wahren Geschichten sind noch erschütternder als meine erfundene. Ich hoffe, daß ich ihr Vertrauen in mich nicht verraten habe.

Anmerkungen der Autorin

Sollten Sie einmal nach Hollywood kommen, denken Sie daran, daß auch Produzenten nicht unbedingt wissen, wer oder was Hamlet ist. Manche tippen auf eine Automarke.

Schriftsteller, ob Melville, Faulkner, oder sogar Shakespeare, stehen bei uns nicht sonderlich hoch im Kurs. Kennen Sie den Witz von dem Starlet, das dumm genug war, mit einem Schriftsteller zu schlafen, um eine Rolle zu bekommen? In der Hackordnung Hollywoods rangieren Schriftsteller ganz am Ende.

Das trifft jedenfalls auf die meisten Roman-, Film- und Fernsehautoren, Verfasser von Sketches und Sitcoms zu. Nicht auf alle. Ich zum Beispiel bin Schriftstellerin. Ich habe mir in Los Angeles als Wohnort selbst ausgesucht, und ich werde respektiert. Geliebt sicher nicht. Doch ich bin auch meilenweit von Hohn und Schmähungen entfernt. Wenn sie mich schon nicht mögen, so achten sie mich doch, weil sie mich fürchten. Außerdem verdiene ich einen Haufen Geld.

Wer mich kennt, macht keinen Hehl daraus, daß er nichts für mich übrig hat. »Laura Richie ist ein Biest«, heißt es oft, wobei das noch höflich ist. Im Grunde kennen sie mich alle nicht wirklich. Für sie bin ich nur ein bekannter Name.

Meine Berühmtheit beruht darauf, daß ich über Berühmtheiten schreibe. Ein harter Job, auf den ich stolz bin. Die Biographien beruhen auf Tatsachen, nicht auf Mutmaßungen, nicht auf Hörensagen, nicht auf meinen eigenen Meinungen oder Vorurteilen. Solche habe ich massenhaft. Logisch. Doch die behalte ich für mich, soweit das einer Schriftstellerin möglich ist. Ich arbeite gewissenhaft und emsig wie eine Wühlmaus.

Wenn schon Schriftsteller nicht damit rechnen können, geachtet zu werden oder Interesse zu wecken, wer sonst?

Amerika ist ein Land, in dem nur drei Dinge angebetet werden: Geld, Jugend und Schönheit. Wenn Sie die beiden letzten haben, läßt sich daraus Kapital schlagen, womit Sie das erste dazugewinnen. Schönheit ist gleich Jugend. Schönheit stirbt nicht. Zumindest vermittelt sie diesen Eindruck.

Neu ist nur, daß man heutzutage Schönheit kaufen kann. Und daß das auch jemand getan hat.

Schönheit erzeugt Geld, Geld erzeugt Macht. Nicht immer. Manchmal. Jeder will über schöne Frauen lesen.

Ich weiß, wovon ich rede. Mein erstes Buch war Marion Anderson: Der Lebenskampf einer schwarzen Künstlerin. *Der Roman basierte auf meiner Doktorarbeit. Verkauft wurden 2 216 Exemplare. Ich hatte fünf Jahre daran gearbeitet. Doch die Künstlerin war eben nicht schön. Mein letztes Buch, »Cher!«, ist in einer halben Million Exemplaren über die Ladentische gegangen. Als gebundene Ausgabe. Wenn Sie das mit zweiundzwanzig Dollar multiplizieren (von denen ich fünfzehn Prozent einstreiche), können Sie mir alle möglichen Schimpfworte nachrufen, falls Ihnen danach ist.*

Es hat lang gedauert, bis ich bekannt wurde. Jetzt verkauft sich ein Laura-Richie-Buch automatisch. Ruhm! Unberechenbar, aber nützlich. Neunundfünfzig Prozent aller Amerikaner wissen, wer Donna Douglas ist – sie spielte die Ella May Clampett in den »Beverly Hillbillies« –, aber sie sind nicht in der Lage, auch nur einen einzigen Nobelpreisträger zu nennen. Darüber sollten Sie mal nachdenken. Keine Vorwürfe bitte! Ich habe diese Gesellschaft nicht gemacht, sondern versuche nur, darin zu leben. Und leben kann ich gut und ruhig. Nicht zu ruhig natürlich. Sonst würde ich überhaupt nichts verkaufen. Ich stelle mich in Talkshows und gebe hunderte von Radiointerviews. Doch davon und von meinem Bild auf der letzten Einbandseite des Buches abgesehen, schaffe ich es, mir ein Privatleben zu erhalten. Wissen Sie auch warum? Weil ein Schriftsteller, mag er noch so berühmt sein, niemals so berühmt ist, daß er seine Privatsphäre völlig einbüßt. Bei Schauspielern ist das anders. Schauspieler, Entertainer, Models, Spitzensportler, sogar berüchtigte Prostituierte oder Mitglieder der königlichen Familien sind öffentlich gefeierte Persönlichkeiten. Die Frauen werden zu Stars, weil sie schön sind. Die Männer, weil sie reich sind oder wegen ihrer Erfolge. Es ist seltsam, wie so etwas funktioniert. Die, die sich aus dem Sumpf der Anonymität ins Licht des Starruhms hochgearbeitet haben, erreichen damit zwar Anerkennung, verlieren aber gleichzeitig ihr Privatleben, das von der Öffentlichkeit vereinnahmt wird.

Denn noch etwas muß man wissen: Amerikaner berauschen sich am Ruhm. Ein Star ist ihnen wichtiger als das, was er tatsächlich bewirkt oder geschaffen hat. Abgesehen davon ist die Lobhudelei der Öffentlichkeit eine zweischneidige Sache. Du wirst von einem Tag auf den anderen hochgejubelt, doch sie stoßen dich ebenso plötzlich in den Dreck. Das ist mein Metier. Ich stoße Stars in den Dreck. Nachdem ich einmal damit begonnen hatte, über die ganze Wahrheit einer gefeierten Persönlichkeit zu schreiben, entdeckte ich damit eine unerschöpfliche Marktlücke. Amerika will die Gefeierten nämlich auch verunglimpft sehen. Es will Geschichten über Beschimpfungen, Pleiten, Inzucht, Schlägereien, Abhängigkeiten und Qualen hören. Kurz, über das Häßliche hinter der Schönheit. Ein bitteres Märchen. Meine Leser schätzen solche Geschichten. Je dunkler die Abgründe sind desto besser. Für Frauen beginnt es meist mit dem Aussehen. Eine Schönheit auf der Suche nach einem Publikum. Wir sind so, wie wir aussehen. Doch Schönheit allein genügt nicht.

Also erlauben Sie mir, Sie durch diese Geschichte zu begleiten. Nur ich kann sie von ihren Anfängen bis zum Ende so erzählen. Denn ich war dabei. Eine Hollywood-Saga wie diese gab es noch nie.

Laura Richie
Halfway, Wyoming 199